«PANDORA»

Della stessa autrice
(anche in ebook)

KISS ME LIKE YOU LOVE ME - VOLUME 1

KIRA SHELL

KISS ME LIKE YOU LOVE ME

VOLUME 2

A dangerous game

Sperling & Kupfer

Pubblicato per

Sperling & Kupfer

da Mondadori Libri S.p.A.

KISS ME LIKE YOU LOVE ME - VOLUME 2

ISBN 978-88-200-6834-9

I Edizione ottobre 2019

Anno 2019-2020-2021 – Edizione 1 2 3 4 5 6 7 8 9 10

L'amore è un gran casino.
A volte fa impazzire tutti.
Kira Shell

A tutti i miei lettori

Prologo

Non esisteva l'Isola che non c'è, ma
io credevo di poter volare tra le stelle.
KIRA SHELL

ERO seduto sul divano del salotto a fissare un quadro di Gesù.

La mamma mi diceva che dovevo ringraziare il Signore tutti i giorni, rivolgergli una preghiera ogni sera e andare con lei a messa.

Diceva che in me c'era qualcosa che non andava, che il *mangiabambini* di cui parlavo spesso era un mostro che esisteva solo nella mia testa e che la Chiesa sarebbe stata la salvezza.

Lei non mi capiva.

«Ti giuro che esiste», ripetevo continuamente, soprattutto quando tornavo da scuola e le maestre la chiamavano per parlarle della mia cattiva condotta.

Come quel giorno.

«Smettila di dire bugie!» mi rimproverò la mamma. «Quello che hai fatto è inaccettabile!» mi urlò contro perché la mia insegnante le aveva riferito che avevo palpeggiato una compagna di banco, ma non era andata davvero così.

Le avevo semplicemente posato la mano sulla coscia mentre piangeva per aver preso un brutto voto. La maestra ci aveva sorpresi e aveva pensato che la stessi toccando in un modo non adatto per un bambino. Quindi, stavo tentando di spiegare alla mamma che quelle brutte cose le faceva a me la *mangiabambini*, ma che io non le avrei mai fatte a qualcun altro. Eppure lei sembrava non sentirmi.

«Devi credermi, mamma», sussurrai rattristato.

«Questa è la seconda volta che mi chiamano per parlarmi dei tuoi comportamenti assurdi, Neil! Ma per quale diavolo di motivo fai queste cose? Lo fai per attirare la mia attenzione? Eh?» Si toccò il pancione con una mano; ormai mancavano pochi mesi alla nascita di Chloe e mia madre non era tranquilla.

Non volevo farla arrabbiare come l'ultima volta. Quando accadeva stava male e papà mi puniva.

«Mamma, io…» Non riuscii a finire perché lei avanzò verso di me e mi tirò uno schiaffo in pieno viso. Mi fece così male da farmi tremare il labbro. La guardai con gli occhi pieni di lacrime, la guancia dolorante, ma la mamma rimase fredda e con l'indice mi indicò le scale.

«Fila in camera tua!» ordinò severa e, a testa bassa, obbedii.

Salii al piano superiore correndo e mi chiusi la porta alle spalle. Non avevo voglia di vedere nessuno. Mi sentivo solo e incompreso. Mi inginocchiai ai piedi del letto e congiunsi le mani in segno di preghiera, proprio come la mamma mi aveva sempre detto di fare, poi sollevai il viso e parlai:

Ti prego, Dio, fai finire questa tortura.

Perché Kim ha scelto proprio me?

In cosa ho sbagliato? Dimmelo, perché io non riesco a capirlo.

Ti chiedo scusa.

Ti chiedo scusa se a Natale ho preteso troppi regali.

Ti chiedo scusa se qualche volta ho risposto male alla mamma senza volerlo.

Ti chiedo scusa se ho nascosto la merendina di Logan per fargli un dispetto.

Ti chiedo scusa se sono geloso per l'arrivo della mia sorellina Chloe, ma ho solo paura che la mamma si dimentichi di me.

Ti chiedo scusa se ho fatto arrabbiare papà perché ho macchiato la sua camicia nuova con del succo.

Ti chiedo scusa se a scuola non ricordavo l'ultima strofa della poesia e la maestra mi ha detto che avrei dovuto studiarla meglio.

Ti chiedo scusa se ancora non riesco ad allacciarmi le scarpe da solo e a lavarmi bene i denti.

Ti chiedo scusa se questa mattina, per sbaglio, ho fatto cadere sul pavimento i cereali di mio fratello.

Ti chiedo scusa per tutto, ma tu, per favore… aiutami.

I bambini temevano che i mostri si nascondessero sotto il letto, dietro le tende o nella cabina armadio, ma non era così.

Loro passeggiavano nel nostro mondo, avevano un aspetto ingannevole e un sorriso misterioso.

Ti porgevano la mano e ti offrivano una caramella, poi ti invitavano gentilmente a seguirli.

Lì, nel buio, in un posto torbido e sconosciuto, ti strappavano la pelle e le tue urla si spegnevano nella lenta agonia.

Un giorno, uno di quei mostri mi si era seduto accanto e senza permesso aveva abbattuto la porta della mia anima, mi aveva invaso il cuore e aveva contaminato con il veleno ogni parte del mio corpo.

Avevo lottato a lungo per difendermi, ma il mostro si era fuso e confuso con me troppo in fretta, creando disordine.

La speranza aveva iniziato a frantumarsi come cocci di vetro ogni volta che mi toccava e il castello della mia innocenza aveva cominciato a crollare pian piano a ogni ondata di dolore.

Da allora era nato dentro di me il nemico.

Avevano iniziato a coesistere due anime.

Diverse, opposte, lontane.

Così avevo imparato a gestirle e ad accettarle, diventando col tempo…

Il nemico di me stesso.

1
Neil

Forse la vita è come un fiume che va al mare. Non è andata dove intendeva andare, ma è finita dove aveva bisogno di essere.
FABRIZIO CARAMAGNA

FARE sesso, fare l'amore o scopare, per me erano tre atti che appartenevano a un'unica grande categoria: il piacere.

Il mio piacere, però, non era come quello degli altri: non facevo sesso per raggiungere l'orgasmo, perché spesso, quello, neanche arrivava.

No, per me era un meccanismo che mi concedeva un malato senso di eccitazione nell'immaginare che, sotto di me, ci fosse colei che aveva gravemente danneggiato la mia psiche e la mia anima: Kimberly.

Quella donna, infatti, non mi aveva soltanto praticato una violenza fisica, ma anche una violenza visiva, tattile e psichica. Spesso chi subiva una violenza del genere, durante l'infanzia, sviluppava in età adulta una condizione sociale anomala. Diventava manipolatore, disturbato, indisponente, perverso e inquieto.

Esattamente come me.

La mia personalità era gravemente lacerata e sapevo che più l'abuso era precoce – nel mio caso era avvenuto a dieci anni –, più il danno sarebbe stato enorme, comportando una modificazione psicopatologica delle tendenze istintive. Il dottor Lively me l'aveva ampiamente spiegato in una delle nostre sedute. E aveva aggiunto che la sofferenza e l'umiliazione che ancora avvertivo dentro, si manifestavano nelle relazioni sessuali e umane che avevo con le donne, riversandosi irreparabilmente su di loro. Infatti, non facevo altro che costringermi a rivivere il mio abuso, ma dalla parte attiva. Condizione, questa, definita dal mio medico «coazione a ripetere egosintonica».

All'improvviso il cervello, dopo aver passeggiato nel suo caos, mi riportò al presente.

Ero a letto, e non da solo.

«Neil.» Jennifer continuava a dondolarsi su di me, toccandomi i pettorali sudati.

Si mordeva il labbro e ondeggiava, facendo solo aumentare la mia maledetta nausea.

Le mie dita la guidavano, stringendole i fianchi, mentre fissavo l'anello d'acciaio che indossavo al dito medio della mano destra, per non guardare il punto in cui il suo corpo mi risucchiava e rilasciava con bramosia. Jennifer non desiderava nessun altro che me, mentre io non desideravo nessun'altra che... la bimba.

Per non pensare a Selene, però, riflettei su quanto odiassi la posizione in cui io e la bionda stavamo facendo sesso. Come al solito, non riuscivo a resistere sotto una donna per più di cinque minuti così, quando nella mia testa scattò il quinto minuto, capovolsi la situazione e mi misi a cavalcioni su di lei, appoggiandole l'erezione, bagnata delle sue secrezioni, sull'addome.

Le sfiorai una guancia con il naso e le sorrisi provocatorio; poi, decisi che adesso mi sarei preso un altro accesso del suo corpo.

Sfilai il preservativo usato e il suo sguardo ne seguì famelico il gesto.

Le piacevano le mie dimensioni, come piacevano a tutte, e io ne ero consapevole, per questo ostentavo una certa sicurezza a letto.

Jennifer, d'altronde, non nascondeva la voglia di gustarselo come un delizioso *lecca-lecca*.

Lo voleva... altroché se lo voleva...

Mi guardava con il fiatone, le guance arrossate e gli occhi carichi di un'aspettativa che avrei presto soddisfatto.

Mi ressi sulle ginocchia e dirottai il glande gonfio proprio verso la sua bella bocca. Appoggiai le mani sulla spalliera del letto e di nuovo, stesso ritmo.

Dentro-fuori, dentro-fuori, ma questa volta mi guardavo impossessarmi delle sue labbra peccaminose.

Guardavo e mi piaceva da matti ciò che vedevo, ma soprattutto il modo in cui lei riusciva a compiacermi. Non era affatto facile prenderlo tutto, però Jennifer sapeva dove fermarsi, sapeva come soddisfare le mie richieste. Era disinibita, sporca e audace.

D'un tratto, lei tossì e mi fermai qualche istante nel calore della sua bocca. Aspettai un cenno di assenso e poi ripresi a muovermi.

Le sue mani mi strinsero il culo che si contraeva a ogni spinta, sentii le unghie conficcarsi nella carne mentre continuavo a impadronirmi di ciò che volevo.

Quando Jen, però, iniziò ad ansimare e a rallentare le oscillazioni della nuca, capii che Xavier ci aveva di nuovo raggiunti sul letto, per infilare, questa volta, la testa tra le sue cosce.

In realtà, quel banale teatrino osceno era iniziato circa un'ora prima con noi due che condividevamo la stessa donna, come sempre.

«Bambolina, quanto ti è mancata la mia lingua? Eh?» La voce rauca ed eccitata di Xavier arrivò dritta alle mie spalle, rallentando di parecchio la corsa verso l'orgasmo che sentivo sempre più distante.

Quel giorno, la mia testa non voleva affatto collaborare. Ero teso e nervoso, al punto da non riuscire a lasciarmi andare, come invece avrei voluto.

«Cazzo», brontolai sottovoce, scivolando fuori dalla bocca di Jennifer per allontanarmi e alzarmi dal letto. Scoccai un'occhiata ai due che continuavano a concedersi piacere, e notai Xavier concentrato a far impazzire la bionda.

Il mio amico era sicuramente più generoso di me, che determinati privilegi, ultimamente, li avevo concessi solo alla ragazza dagli occhi oceano che era andata via: Selene.

Jennifer mi guardò supplicandomi di ritornare lì dov'ero, seppellito tra le sue labbra, ma scossi la testa e declinai il suo invito.

Mi recai in bagno e mi chiusi la porta alle spalle, percependo ugualmente i gemiti dei due che avevano iniziato a darci dentro seriamente.

Appoggiai le mani sul bordo del lavandino e guardai la mia immagine riflessa: i capelli erano un casino, le labbra erano rosse, i tendini sul collo troppo tesi, i muscoli ancora irrigiditi; avevo proprio l'espressione di un uomo insoddisfatto. Nel mio corpo l'erotismo circolava come una droga velenosa. Avevo ancora un'erezione ostinata, che non voleva proprio concedermi un attimo di smarrimento, i cinque secondi di esplosione totale, i brividi che partivano dalla base della spina dorsale fino al cervello, gli stessi che avevo sentito solo con una donna.

Con la bimba.

Ricordavo ancora il modo in cui ero venuto in quel corpicino morbido e strettissimo, che mi aveva risucchiato dentro di sé e fatto varcare le porte di un paradiso maledetto.

Ricordavo le sue dita delicate che mi si conficcavano nella schiena, con il timore di farmi male, ricordavo i nostri baci rudi che non riusciva a ricambiare pienamente, perché nessuno l'aveva mai baciata mentre la scopava.

Ricordavo ancora il modo in cui mi aveva guardato quando le avevo mostrato quanto mi fosse piaciuto il sesso con lei, perché ogni orgasmo che vivevamo insieme era così totalizzante da togliermi il fiato; anche quando non ansimavo, anche quando tentavo di non perdere il controllo, lei si prendeva una parte di me, a piccole dosi, in punta di piedi, come una fata che, ogni volta, cospargeva un po' di polvere magica sulla mia anima.

Avevo pensato di chiamarla, di chiederle se fosse arrivata a Detroit, se stesse bene e se avesse trovato il mio piccolo regalo nella tasca del cappotto.

Cristo, le avevo davvero infilato un cubo di vetro, con dentro una perla, all'interno della tasca?

Sì, l'avevo fatto, quando, con la scusa banale di salutarla con un bacio sulla fronte, mi ero avvicinato così tanto a lei da agire in maniera del tutto indisturbata.

Era partita la mattina di quello stesso giorno ed erano soltanto le dieci di sera, eppure sembrava che fosse trascorsa un'infinità di tempo dall'ultima volta in cui mi ero immerso nel suo oceano.

Avrei voluto abbracciarla, baciarla e trascinarla con me nella mia camera da letto, ma mi ero imposto di non fare cazzate e di lasciarla andare, perché era la decisione più giusta.

La più giusta.

Me lo ripetevo continuamente come un pazzo, per impedirmi di prendere il cellulare e mandarle un messaggio con scritto: *Torna immediatamente qui da me, Trilli*, perché, anche qualora l'avesse fatto, niente sarebbe cambiato.

Io non sarei cambiato, sarei rimasto lo stesso *bambino* disturbato che usava le sue bionde, che faceva innumerevoli docce al giorno, che si rifiutava di riprendere la terapia, che non riusciva a gestire i propri impulsi, che parlava con se stesso, che era incapace di amare.

La mia personalità mai e poi mai avrebbe accettato l'amore, perché un banale «Ti amo» avrebbe rievocato la bestia che era in me.

Era giusto lasciarla andare, lasciarle vivere la sua vita, magari con un uomo normale che non soffriva di disturbo dissociativo, di IED o di qualsiasi altra ossessione compulsiva, come me. Con un uomo che la trattava con gentilezza, che la toccava con delicatezza e che non andava a letto con nessun'altra, all'infuori della sua donna. Con un uomo serio e rispettoso, con il quale creare una famiglia, fare dei figli e vivere una storia con tanto di lieto fine.

Insomma, Selene meritava tutto questo, ma era qualcosa che io non potevo darle.

Tuttavia, se non avessi avuto i miei problemi, ci avrei provato, ci avrei seriamente provato a legarmi a lei, ma purtroppo la realtà era un'altra, e io, a causa del mio modo d'essere, non avrei mai potuto pensare di iniziare una relazione stabile con una donna.

Non fino a quando Kimberly fosse rimasta nella mia testa.

Fissai intensamente i miei occhi dorati attraverso il riflesso di quello specchio e tutto mutò.

Piano piano, come un sogno…

Il maori sul bicipite destro sparì, le spalle imponenti divennero più esili, i pettorali meno gonfi, il corpo più piccolo, i capelli più lunghi e chiari, il viso privo di barba e i lineamenti più… infantili.

Ed eccola lì la mia persecuzione.

«Sei tu che hai la costante necessità di usare donne diverse.» Parlai per primo, *guardandomi* allo specchio prima ancora che lui mi attaccasse.

Il bambino inclinò la testa di lato e mi osservò scettico. Indossava la canotta sportiva blu dell'Oklahoma City, di nuovo, e i pantaloncini dello stesso colore.

Di sicuro, voleva giustificarsi e dare a me la colpa di tutto, come sempre.

«Vorresti negarlo?» seguitai, stringendo le dita attorno al bordo del lavandino.

Ero nervosissimo e la voglia insoddisfatta, che continuava a pulsare tra le gambe, non mi era per niente d'aiuto.

«Non puoi averla, è volata via. Trilli non c'è più e dovresti essere contento.» Abbozzai un sorriso di scherno, poi mi passai la mano sul viso. «Sei tu che mi costringi a comportarmi in questo modo, lo capisci?» lo accusai per farlo smettere di guardarmi come se fosse solo colpa mia.

Era tutta colpa sua, di quello che sussurrava alla mia coscienza e del suo pianto a volte ininterrotto, che tentavo di placare nel modo che conoscevamo entrambi.

«Lei mi piace», rispose, incrociando le braccia al petto. Adesso era indispettito e imbronciato, ma a me non fregava un cazzo perché era stato lui a mettermi in quella situazione.

«Lo sai che non si può avere una relazione con una donna come Selene andando a letto con le altre, vero? Non è rispettoso e lei non accetterebbe mai una situazione del genere, non accetterebbe di condividermi. È giusto che sia andata via», lo redarguii, alzando anche la voce.

Maledizione, perché quel bambino doveva farmi incazzare così tanto?

«Sparisci, mi stai facendo perdere la pazienza», lo minacciai, poi mi avvicinai alla tazza del water perché un bisogno fisiologico più urgente mi costrinse a interrompere quell'assurdo dialogo.

Il problema, però, era che pisciare con un'erezione come la mia sarebbe stato non solo difficile, ma anche abbastanza snervante. Cercai di pensare ad altro, di concentrarmi su un argomento distante dal sesso, come lo studio, gli ultimi esami, la laurea e finalmente riuscii a liberarmi.

«Bambino del cazzo», brontolai a quel ragazzino capriccioso, poi mi infilai subito nel box doccia.

Quaranta minuti di acqua fredda furono sufficienti ad acquietare la mia rabbia, sbollire l'eccitazione sessuale e a cacciare via l'odore della saliva di Jennifer, e del nostro sudore.

Il momento della giornata che preferivo era proprio quello: acqua, bagnoschiuma, profumo.

Tutti sapevano quanto fossi fissato per l'igiene, oltre che pretenzioso nello scegliere le donne con le quali scopare e poco incline a concedere alle mie prede rapporti orali.

Mi piaceva farlo, ma non a tutte, anzi quasi a nessuna, eccetto a Trilli, il cui sapore era ancora ben impresso nel mio palato.

Era un sapore diverso, intenso e unico, semplicemente… *suo*.

Dovevo smetterla, però, di pensarci, o la mia erezione sarebbe tornata, e questa volta non sarebbe bastata una semplice doccia fredda per farla sparire.

Uscii dal bagno completamente nudo, con il corpo ancora gocciolante d'acqua, e mi diressi verso i miei boxer per infilarmeli.

Jennifer e Xavier avevano finito e se ne stavano comodamente distesi sul letto della mia dépendance a fumare una sigaretta. Sentivo i loro occhi puntati addosso, ma evitai di guardarli.

«Con chi parlavi lì dentro?» Fu la curiosità di Jennifer a interrompere il silenzio mentre mi stavo tirando su anche i jeans. Le scoccai un'occhiata furtiva e scossi una spalla con indifferenza.

«Ero a telefono», mentii; dannazione, non mi ero reso conto di aver alzato così tanto la voce da farmi sentire anche qui in camera, quindi propinare una scusa banale come quella risultava l'unica cosa da farsi.

Jen assunse un'espressione scettica e Xavier si mise seduto per scrutarmi attentamente.

«Quanto ci impieghi per farti una doccia? Spero per te che ti sia fatto anche una bella sega, amico. Non capisco come fai a controllarti così tanto dopo aver scopato per un'ora», mi prese in giro lui mentre mi infilavo la felpa bianca per coprire il torace ancora umido. I capelli erano in disordine, li avevo frizionati solo con un asciugamano, così mi avvicinai allo specchio e infilai le dita nel ciuffo per dargli una sistemata.

«Xavier, ciò che faccio o non faccio non deve interessarti», ribattei burbero, afferrando poi le chiavi, il cellulare e il mio pacchetto di Winston; a quel punto, mi voltai a guardarli e sorpresi Jennifer a fissarmi il culo come al solito. Xavier era alto e atletico, ma io ero più possente. Praticavo boxe dall'età di sedici anni, bevevo poco alcol e non assumevo droghe, pertanto il mio corpo era prestante e aitante come pochi, potenziato solo dai miei assidui allentamenti. «Io sto andando a fumare. Date una pulita e aprite la finestra.» Uscii e mi sistemai il cappuccio della felpa sulla testa per ripararmi dal freddo.

Mi sedetti su una chaise longue e mi accesi una sigaretta, sbuffando il fumo nell'aria.

Fissai l'acqua cristallina della piscina inutilizzata dinanzi a me, e rivissi il momento in cui, al terzo piano, avevo sedotto Selene e le avevo rubato il primo bacio, incastrando il suo piccolo corpo con il mio. Ricordai i suoi occhi oceano con i quali mi aveva fissato intimidita e il suo sapore dolce che si era diffuso sul mio palato, rendendomi dipendente dalle sue labbra carnose.

Quante donne avevo baciato? Tantissime.

Ma nessun bacio aveva mai avuto un tale effetto su di me.

Sentivo ancora sulla pelle l'ardore di quell'attimo, come se mi avesse lasciato inciso un segno indelebile simile a una ferita dolorosa.

Cercai di scacciare via qualsiasi pensiero, ma i ricordi continuavano a riaffiorare, come se la mia mente si stesse divertendo a torturarmi.

Rivissi il momento in cui la vidi per la prima volta nella mia stanza, spaventata e avvolta nel lenzuolo del mio letto. I capelli castani erano arruffati e le labbra gonfie e screpolate.

Mi aveva svegliato citando Bukowski, il mio autore preferito, mentre il panico le si insinuava in tutto il corpo a causa della prova della sua verginità impressa sul mio letto; le avevo strappato via la purezza in un momento di incoscienza, e ancora me ne compiacevo come un bastardo. Selene era stata qualcosa di nuovo per me. Era sempre stata buffa e al tempo stesso adorabile con le sue smorfie o con la sua timidezza, che poi cedeva il posto a un lato testardo e aggressivo; tuttavia, bastavano un sorriso malizioso o un bacio prepotente per abbattere la sua corazza. Forse proprio per questo avevo approfittato della sua bontà senza rendermi conto di quanto lei fosse stanca della mia mancanza di rispetto, delusa dai miei continui comportamenti e consumata dal mio carattere decisamente difficile.

Sapevo che Selene era partita perché alla festa di Halloween avevo esagerato.

Avevo seriamente esagerato.

Non solo giorni prima me l'ero fatto succhiare da una biondina nella dépendance, proprio davanti a lei, ma a quella festa avevo addirittura chiesto a Jennifer di fare uno dei nostri giochetti perversi, includendo anche Selene.

Sapevo che si odiavano, sapevo anche quanto, per questo avevo scelto proprio Jennifer come terzo, perché volevo che la bimba capisse chi fossi – un pervertito che usava le donne a suo piacimento – e si allontanasse da me.

«Ehi, sapevo che ti avrei trovato qui. A che pensi?» Mio fratello avanzò verso di me, reggendosi sulle stampelle. Lentamente si sedette sulla chaise longue accanto e sospirò; mi ero reso conto che per lui non era semplice convivere con i postumi di un incidente quasi mortale. Nonostante gli ematomi fossero scomparsi, ogni volta che vedevo i cerotti e le ferite sul suo viso, ricordavo di aver rischiato seriamente di perderlo. E il petto mi si serrava in modo doloroso.

«A niente», ribattei, evitando di dirgli che in realtà il *niente* era Selene, e non riuscivo a smettere di pensare a lei.

«Mmh...» mugolò, riflessivo. Ero certo che Logan mi conoscesse così bene che non avrebbe creduto tanto facilmente alle stronzate che dicevo per nascondergli la verità. «L'hai chiamata?» aggiunse, e d'istinto mi voltai a guardarlo.

Che diavolo di domanda era?

Io non chiamavo le donne, non mi interessavo a loro e non me ne fotteva niente della loro vita.

Sì, avevo «rubato» il numero di cellulare di Selene dalla rubrica di mio fratello e sì, le avevo scritto dei messaggi, fissandola dal suo balcone, ma non provavo alcun sentimento nei suoi confronti, soltanto attrazione sessuale.

«Perché avrei dovuto chiamarla? Io non faccio queste stronzate.» Ne facevo altre, peggiori.

«Io e Alyssa le avevamo chiesto di avvisarci quando fosse arrivata a Detroit, ma nessuno dei due ha ricevuto nulla. Neanche un messaggio», mormorò Logan con un velo di inquietudine che rese improvvisamente nervoso anche me.

Non volevo, però, lasciarmi sopraffare dai cattivi pensieri. Mio fratello era diverso da me; lui era apprensivo, premuroso, gentile e si affezionava facilmente alle persone, io ero completamente l'opposto, quindi, preoccuparmi per quella ragazzina non rientrava nelle mie abitudini né nelle mie priorità.

«Sta' tranquillo. Vedrai che se ne sarà semplicemente dimenticata. Avrà parlato con sua madre, disfatto le valige, avvisato gli amici del suo ritorno...» Continuai a fumare con nonchalance, immaginando che fosse andata esattamente così. «Insomma, quelle cazzate lì», conclusi, atono.

Logan inarcò un sopracciglio; sembrava scettico e anche sorpreso dalla mia indifferenza.

Seccato, inspirò a fondo, poi si voltò in direzione della dépendance, sentendo la porta chiudersi con uno scatto secco. Io sapevo già di chi si trattava e chi si stava incamminando verso di me, ma mio fratello no.

«Ecco a te le chiavi.» Xavier me le lanciò e le afferrai al volo con una mano; Jennifer, accanto a lui, si strinse nel suo giubbino a causa del freddo e mi sorrise. Aveva il trucco sbavato e si era di nuovo fatta quelle trecce laterali perfette, che le davano un aspetto attraente.

«Oh, ciao, principessa.» Xavier abbozzò una smorfia di scherno rivolta a Logan, però io lo fissai con la chiara intenzione di stroncare sul nascere qualsiasi cosa stesse per dire o per fare.

«Ci vediamo domani», intervenni risoluto, facendogli capire di andarsene. Lui scosse una spalla con strafottenza e si diresse verso il cancello, seguito da Jennifer che mi fece l'occhiolino.

«Non ci credo...» sbottò Logan, deluso. «Quando la finirai di fare porcate simili?» mi rimproverò, passandosi una mano sul viso.

Forse avrei smesso, un giorno, o forse avrei continuato per sempre, perché ero fatto così: male.

«Hai intenzione di farmi la predica?» mi difesi. Non avevo bisogno che mi ricordasse che ero sbagliato, che ero un depravato con una personalità deviata.

In fin dei conti, non era colpa mia.

Se avessi avuto un'infanzia normale, probabilmente sarei stato diverso da quello che ero.

«No, sono venuto da te perché è da stamattina, cioè da quando

Selene è andata via, che non fai altro che evitare di parlarmi. Scopare con Jennifer non ti aiuterà a dimenticarla», ribatté austero. Mi voltai a guardarlo, con la sigaretta sospesa tra le labbra. Cazzo, «dimenticarla» era una parola importante.

Cosa diavolo pensava, Logan? Che fossi legato in qualche modo a quella ragazzina? Che me ne fossi...

«Pensi che io ne sia innamorato?» chiesi in tono derisorio. Quasi gli scoppiai a ridere in faccia; era assurdo solo supporre una cosa del genere. Io avevo chiuso con quella mocciosa.

Era tornata a Detroit, era tornata alla sua vita, lontana da me, lontana da Player 2511, lontana da tutti i pericoli che mi circondavano. Ed era esattamente ciò che volevo.

«No, non lo penso, ma credo che ti piaccia molto, più di chiunque altra», rispose con una certa fermezza. Aveva ragione: Selene mi piaceva, così come mi era piaciuto ciò che c'era stato tra noi, ma ciò non significava niente. L'amore per me era tutt'altro, aveva un'accezione negativa e non avrei mai potuto associarlo a una donna che non fosse Kimberly.

Lei per me era l'Amore, un amore malato, impudico, perverso, sporco, immorale.

Lei aveva deviato la mia mente, producendo dentro di me una visione terribile e distorta di un sentimento a detta degli altri puro, una visione con la quale avrei convissuto per sempre.

«È giusto che viva la sua vita. Non mi importa di quella ragazzina», replicai schietto, ma mio fratello sembrava determinato a rompermi le palle.

«Ah, sì?» mi incalzò. «Allora spero che trovi un ragazzo che la meriti», aggiunse provocatorio. «Un ragazzo che la riempia di attenzioni.»

Immaginai per un istante Selene con un altro. Avrei tanto voluto dire che non mi faceva alcun effetto, invece una strana sensazione corrosiva iniziò a diffondersi dalla bocca dello stomaco fino al petto.

«Smettila», lo redarguii per farlo tacere, cercando di concentrarmi sulla mia sigaretta, ma niente riusciva a scacciare dalla mente le immagini che aveva evocato.

«Qualcuno che la baci, la tocchi e le sussurri parole dolci all'orecchio mentre le fa provare un orgasmo così devastante da farle dimenticare perfino della tua esistenza», seguitò, e fu allora che balzai in piedi.

Gettai la sigaretta lontano con rabbia e inchiodai il mio sguardo nel suo, che apparve stranamente divertito.

«Finiscila, cazzo!» Alzai la voce come un folle e gli puntai un dito contro, perché, maledizione, doveva chiudere la bocca, smetterla di provocarmi o infastidirmi.

«Mmh... okay, quindi non ti importa di lei, certo. È tutto molto chiaro.» Ostentò un sorriso insolente e io mi passai le mani tra i capelli, alzando il cappuccio della felpa sulla testa. Logan mi conosceva benissimo, sapeva quali tasti toccare per farmi sbottare, per farmi mettere a nudo e farmi parlare.

Okay, dovevo ammettere che forse di quella ragazzina un po' mi importava, in fin dei conti era pur sempre la mia Trilli, la mia Isola che non c'è, e questo non sarebbe cambiato nel giro di poche ore, ma ciò non significava che l'avrei cercata, che avrei iniziato una relazione con lei o che addirittura le avrei dichiarato sentimenti inesistenti.

Se Selene voleva la favola, io non ero di certo il principe azzurro con il quale realizzarla.

«Tu vuoi solo farmi incazzare», lo accusai, camminando irrequieto avanti e indietro, mentre Logan mi osservava attentamente, ricordandomi il dottor Lively e il suo fastidioso modo di analizzarmi.

«Ci tengo a te e lo sai. Voglio solo che tu sia sincero con te stesso», disse, serio, così mi fermai e lo guardai.

«Sei stato proprio tu a dirle che sono instabile, che l'avrei usata come faccio con tutte e che non avrebbe mai dovuto legarsi a uno come me, e adesso? Adesso che l'ho lasciata andare, non accetti la mia decisione?» Feci un sorriso beffardo e continuai a fissarlo. «Almeno tu dovresti capirmi e appoggiarmi, cazzo!» Ero davvero furioso, e i miei nervi si sarebbero placati solo se avessi tirato pugni al mio sacco.

«La accetto, ma è innegabile che per te Selene conti qualcosa e forse sarebbe stata la donna giusta. A lei avresti potuto dare qualcosa di più, oltre al tuo corpo, perché non è come Jennifer o come tutte le altre che vengono a letto con te solo perché ammaliate dal tuo aspetto.» Scosse la testa contrariato ed entrambi ci rendemmo conto che aveva detto la verità. Le donne non volevano sapere nulla di me, non erano interessate al mio passato, al mio modo d'essere o alle mie passioni.

A loro non importava nient'altro che il mio aspetto e le mie capacità sessuali.

«Ho appena scopato con un'altra, come fai a pensare che Selene possa essere la donna giusta o stronzate simili?» lo rimbeccai e continuai imperterrito a negare l'evidenza di qualcosa che, in realtà, avevo notato anch'io. Selene aveva sempre dimostrato un interesse per me, per quello che ero, per ciò che mi piaceva, come disegnare o leggere; si era perfino intrufolata nella mia stanza per ficcanasare tra le mie cose e capirmi meglio.

A lei non era bastato avermi, non era bastato usarmi come permettevo di fare a tutte, lei voleva la mia anima, voleva strapparmela via, anche se io ero riuscito a proteggermi, ero riuscito a impedirglielo.

Ero riuscito a sfuggirle, ma soltanto in parte.

Infatti avevo condiviso con la bimba situazioni che, con altre donne, non avevo mai voluto condividere.

Non riuscivo a spiegarmi perché avessi deciso di donarle piccole parti di me, parti che trascendevano il rapporto meramente fisico.

«Ti manca?» mi chiese Logan, così, dal nulla, come se fosse normale pormi una domanda del genere. Lo guardai per secondi infiniti. Avevo sulla punta della lingua una sola risposta, negativa, che, tuttavia, non riuscii a pronunciare, perché sapevo che sarebbe stata un'enorme bugia.

Mi mancava?

Non era trascorso neanche un giorno dalla sua partenza e a me sembrava essere passata un'eternità, che quando lei non c'era, non ci fossi neanch'io. Da quando se n'era andata via, ne sentivo la presenza attorno e l'odore addosso.

Percepivo un vuoto di dimensioni imprecise che era inutile colmare con altra roba, si riempiva solo incastrando il pezzo perfetto, e quel pezzo era lei.

L'avevo sempre respinta, ma la volevo come se non l'avessi mai avuta o come se fossimo stati sempre insieme e, d'improvviso, me l'avessero strappata.

Eravamo come due macchine che si scontravano, che si rincorrevano provocando scintille, ma anche un mucchio di pezzi rotti.

Sbagliavamo spesso strada, eravamo bravi a incasinarci; nel farci male, poi, eravamo proprio imbattibili, ma, nonostante tutto, eravamo la cosa più imperfetta e bella del mondo.

«No», risposi con fermezza, e mi complimentai con me stesso. Ero un ottimo attore.

Logan mi guardò infastidito; forse aveva capito che stavo mentendo, ma, prima ancora che riprendesse a farmi la ramanzina, spostai lo sguardo su Matt, che si stava infilando il cappotto di fretta e correva agitato verso di noi.

Mi alzai subito in piedi, perché, dal suo viso provato e l'espressione preoccupata, intuii subito che fosse successo qualcosa.

«Matt!» proruppi e anche mio fratello si voltò nella sua direzione, aggrottando la fronte.

Il compagno di mia madre, che per quattro anni era sempre stato compito e ordinario, aveva i capelli sfatti, la camicia abbottonata male e il respiro accelerato.

«Ragazzi, dobbiamo correre in ospedale.» Ci allarmò subito e in quel momento, dietro di lui, sopraggiunse anche mia madre, con la stessa espressione sconvolta. Iniziai seriamente a inquietarmi, una strana sensazione negativa si arrampicò sul mio corpo come un serpente pericoloso.

«Cos'è successo, Matt?» Logan afferrò le stampelle e lentamente si alzò in piedi, poi osservò Matt e Mia visibilmente confuso. Fu allora che lui parlò con voce rotta.

«Si tratta di Selene, non è mai arrivata in aeroporto. C'è stato un incidente, l'auto è uscita fuori strada e...» Tentò di spiegare, ma smisi di ascoltarlo perché nella mente iniziarono a riecheggiare le parole: *incidente, auto, Selene...*

Indietreggiai di qualche passo e persi qualsiasi contatto con la realtà, finendo d'improvviso catapultato nel più profondo degli incubi. Avvertii il mio respiro graffiare nei polmoni, il cuore pompare sempre più velocemente e la familiare adrenalina scorrere in ogni fibra del mio corpo.

Nel mio cervello era appena stata innescata una bomba e l'aveva fatto esplodere in mille pezzi. Ero incazzato nero, anzi no, di più.

Se le fosse successo qualcosa di grave sarei impazzito. E non ebbi dubbi sul colpevole di tutto ciò: Player 2511.

«Andate, io potrei essere solo d'intralcio in questo momento, resterò qui con Chloe.» Logan indicò le sue stampelle e ostentò un sorriso rassicurante, incitandomi a muovermi.

Sfilai in fretta, dalla tasca dei jeans, le chiavi dell'auto e seguii la Range Rover di Matt, diretta all'ospedale in cui era stata portata Selene.

Guidai come un pazzo mentre tutte le mie colpe iniziavano a materializzarmisi nella testa. Se io non avessi indotto la bimba a scappare, l'incidente non sarebbe mai successo.

Se io non avessi agito in quel modo a quella maledetta festa di Halloween, lei sarebbe rimasta qui, con noi, con me, e sarebbe stata ancora la Trilli che tanto piaceva al bambino.

Mi passai una mano sul viso, poi la posai di nuovo sul volante; stavo tremando perché, per la seconda volta nella mia vita, avevo paura.

Temevo davvero che le conseguenze dell'incidente fossero gravi.

D'un tratto, l'ansia si insinuò in ogni parte di me, scavando un canale nel quale tutti gli altri pensieri furono irrimediabilmente attirati.

Stava bene?

Era viva?

Certo che lo era.

Doveva per forza esserlo.

Intravidi in lontananza l'enorme edificio dell'ospedale e nella mente riecheggiarono i ricordi della permanenza di mio fratello in una di quelle stanze spoglie. E adesso l'incubo sembrava ripetersi.

Accostai bruscamente l'auto, senza curarmi di parcheggiarla a dovere. Sfilai la chiave e scesi in fretta, avviandomi verso l'ingresso.

A ogni passo la mia agitazione aumentava e non avrei avuto pace fino a quando non mi fossi accertato delle condizioni di salute di Selene.

Superai le porte automatiche seguito da Matt e da mia madre. Una volta dentro arricciai il naso a causa del forte odore di disinfettante, e mi guardai attorno spaesato. Adocchiai un infermiere di passaggio, intenzionato a chiedergli informazioni, ma Matt mi precedette.

«Mi scusi, hanno portato qui una ragazza, Selene Anderson, è mia figlia e avrei bisogno di...»

Ma quello non gli concesse neanche il tempo di terminare, perché inarcò un sopracciglio e sbuffò.

«Pensa che conosciamo a memoria i nomi di tutti i pazienti?» rispose con un'arroganza che mi fece fremere dalla voglia di prenderlo a pugni. In un secondo, l'istinto prese il sopravvento: avanzai verso di lui, infuriato, e lo afferrai per il camice, sbattendolo di spalle contro la parete bianca dietro di sé.

«Neil, no!» urlò mia madre, ma non mi curai della paura che sentii nella sua voce. Portai quella faccia da imbecille a poca distanza dal mio naso e lo fissai con una rabbia cieca che divampava nelle mie iridi.

«Ascoltami bene, stronzo», sibilai, sondando la sua espressione terrorizzata. «Ero già incazzato, ma tu hai peggiorato la situazione. Ora vai da un tuo collega o da un fottuto medico, e aiutaci a trovarla», lo minacciai. «Subito!» Lo strattonai malamente e il tizio mi osservò turbato, come se fosse sul punto di pisciarsi addosso. Matt mi posò una mano sulla spalla, nella chiara intenzione di calmarmi, e io mi voltai a guardarlo. Respiravo a fatica e avevo i pugni serrati. Era sempre la stessa storia: la rabbia sopraggiungeva come un demone e mi avvolgeva con le sue fiamme, impedendomi di ragionare lucidamente.

«Ora chiediamo a qualcun altro, calmati», mormorò Matt e il velo di tristezza che attraversò i suoi occhi scuri mi fece immediatamente pentire del mio atteggiamento istintivo e folle. Comportarmi in quel modo non era stato affatto rispettoso nei confronti del dolore di un padre che temeva il peggio per sua figlia.

«Sì, scusami», mormorai, mortificato. Lui abbozzò un sorriso forzato e proseguimmo la ricerca del reparto nel quale era stata ricoverata la mia Trilli. Qualche minuto dopo, Matt riuscì a ottenere l'informazione desiderata da un medico, e finalmente potemmo incamminarci verso la sua stanza.

Ero nervoso e agitato, mi mancava l'aria al pensiero di non rivederla più, al pensiero che le fosse accaduto qualcosa di molto grave.

Cazzo, non mi era mai successo di preoccuparmi così tanto per qualcuno che non fosse Logan o Chloe. Mentre seguivo Matt e mia madre verso il corridoio del reparto, sembravo davvero un maledetto psicopatico. Sentivo la pelle ardere sotto i vestiti, le mani tremare, la fronte accaldata e madida di sudore, il respiro irregolare e il cervello annebbiato. Quando un altro infermiere si parò dinanzi a noi con un'espressione severa, lo fissai torbido.

Ero certo che prima o poi avrei pestato qualcuno, quel giorno.

Matt spiegò subito la situazione e il tipo, tarchiato e calvo, ci indicò la stanza numero 3.

Numero 3.

Il 3 simboleggiava il destino e la forza di affrontarlo. Lo avevo scoperto molti anni prima, quando stavo cercando un tatuaggio da fare sul fianco sinistro e, prima di scegliere il *Pikorua*, mi ero informato su vari simboli con i relativi significati.

Mi aggrappai alla speranza che il numero della stanza di Selene fosse un segnale positivo, per attenuare la disperazione che mi incombeva sul petto. Seguendo Matt, guardavo scorrere tutte le stanze, nelle quali c'erano solo letti spogli, gente sofferente e pareti bianche che assottigliavano l'aria attorno a me, facendomi quasi soffocare.

Ma lei non c'era.

Non vedevo niente e non sentivo nessuna voce; nella mia testa lampeggiavano solo i suoi occhi azzurri che volevo rivedere subito. Dovevo accertarmi che stesse bene o rischiavo davvero di impazzire e combinare casini.

Avvertivo una sensazione assurda dentro di me, come se una parte del mio cuore fosse stata strappata via e la rimanente non avesse motivo di battere senza quel piccolo, ma fondamentale, pezzo mancante.

In quell'istante capii quanto Logan, poco prima, avesse avuto ragione.

Desideravo rivedere quell'oceano nel quale ero stato risucchiato sin dal primo giorno, un oceano al quale avevo rubato più di una goccia, un oceano nel quale volevo solo giocare, ignaro del fatto che, poco tempo dopo, tra le mie mani avrei raccolto la perla più bella.

«Judith.» La voce di Matt mi riportò alla realtà, quando avvolse tra le braccia una donna bellissima che sembrava proprio l'esatta fotocopia di Selene.

La signora, che fino a qualche istante prima se ne stava accovacciata su una delle sedie lungo la parete spoglia e bianca, scoppiò a piangere tra le braccia del suo ex marito, puntando poco dopo gli occhi di un azzurro cielo prima su mia madre e poi su di me.

«Ciao, Judith», mormorò mia madre, con un tono afflitto. Matt sciolse l'abbraccio e la donna si asciugò le lacrime con il dorso della mano, rivolgendoci un sorriso rattristato.

«Come sta Selene?» esordì Matt. Avrei voluto parlarle anch'io, ma mi ero fermato in un punto imprecisato del reparto e mi sentivo incapace di emettere una sola sillaba.

Volevo sapere come stava Selene, cosa le fosse successo, ma al tempo stesso ne ero terrorizzato.

Non ero pronto a ricevere notizie negative. Se quell'incidente avesse provocato danni irreparabili, non me lo sarei mai perdonato.

«Selene è dentro. La dottoressa la sta visitando», ci informò con voce stanca e afflitta.

«Quando è successo?» chiesi, attirando la sua attenzione su di me. I suoi occhi mi studiarono con diffidenza; sapevo bene di non suscitare un'impressione positiva, ma in quel momento, per me, era di fondamentale importanza sapere in che condizioni si trovasse sua figlia.

«Questa mattina. Selene ha urtato la testa e…»

Il cuore salì in gola e ridiscese nel petto, come se stesse facendo un giro sulle montagne russe.

«È entrata in coma. Il trauma cranico è moderato, ma non sappiamo quando si risveglierà», aggiunse, guardando Matt.

Non sapevo se gioire alla notizia che non ci fossero state conseguenze irreversibili, o se angosciarmi all'idea di come fosse ridotto il suo piccolo corpo.

Iniziai a camminare per il reparto di terapia intensiva, proprio di fronte alla sua porta chiusa.

Non ero in vena di parlare, volevo solo vederla.

Mi passai una mano sul viso e mi appoggiai alla parete alle mie spalle. I miei occhi si posarono sulle sedie disposte in lunghe file, come al cinema, con la differenza che in un ospedale non c'è niente da vedere, se non il sangue di chi arriva in barella, le lacrime di chi aspetta e prega, i volti spazientiti e annoiati degli infermieri che talvolta se ne fottono persino della vita o della morte dei poveri pazienti. Mi resi conto che quella disposizione delle sedie cancella la voglia di parlare, di condividere, di donare uno sguardo o anche un semplice sorriso.

Inquietato, guardai il muro davanti a me e aspettai che il tempo passasse; di tanto in tanto cercavo di prevedere le mosse dei medici, ma senza alcun risultato. E intanto l'ansia aumentava, insieme alla sofferenza, e nella mente frullavano troppe domande, troppi dubbi, troppe paure.

Improvvisamente la porta si aprì, rivelando la figura di una donna di circa quarant'anni, con il viso magro e gli occhi allungati.

Mi sollevai di scatto dalla parete e mi avvicinai a lei.

«Come sta mia figlia, dottoressa Rowland?» chiese subito Judith con lo sguardo di una madre che supplicava di ricevere solo buone notizie. La dottoressa sospirò e si umettò le labbra sottili.

«Per fortuna non c'è stata nessun'emorragia interna. Abbiamo riscontrato, tuttavia, la presenza di un ematoma cerebrale. La paziente ha subito un trauma cranico e...» Si fermò, spostando lo sguardo su ciascuno di noi. «Quando sarà sveglia, dovrò farle una visita più approfondita per accertarmi che non ci siano traumi neurocognitivi.» Si schiarì la voce e cercò di mantenere il suo atteggiamento controllato.

«Cosa vuol dire?» chiese Judith allarmata.

La dottoressa proseguì come se non l'avesse sentita. «Per il momento non so dirvi altro. Dovrò consultare le analisi e, tra non molto, tornerò per darvi delle informazioni più certe», spiegò sbrigativa, ma dal tono sembrò preoccupata. «Può ricevere soltanto visite brevi...» aggiunse, precedendo la nostra domanda successiva.

Senza proferire una parola di più, se ne andò, stringendo la sua cartellina al petto. La osservai allontanarsi assorto nei miei pensieri, poi tornai a guardare Judith e la porta semiaperta della stanza.

«Posso vederla?» chiesi alla madre di Selene come un disperato; lei indugiò qualche istante sul mio viso. «Per favore, ho bisogno di vederla, solo qualche minuto», proseguii, anche se non mi ero neanche presentato, dato che convenevoli e buone maniere non facevano parte del mio modo d'essere.

Chissà cosa pensava di me Judith, della quale non ricordavo neanche il cognome, nonostante sua figlia me l'avesse rivelato poco prima di partire. Mi resi conto che la situazione era assurda: non avevo mai pregato nessuno in vita mia, e adesso mi ritrovavo a guardare supplichevole una donna che conoscevo a malapena.

«Va bene, ma solo qualche minuto», replicò in tono freddo.

Non persi altro tempo e posai una mano sulla superficie della porta, entrando a passo lento.

La stanza sarebbe stata spoglia e buia, se non ci fosse stata una piccola luce accanto al letto asettico, sul quale non avrei mai voluto vedere la mia Trilli.

Delle flebo erano collegate alle sue braccia, le labbra erano schiuse per permettere al tubo tracheale di farla respirare, la testa era fasciata, il bellissimo viso tumefatto, tagli profondi le contornavano gli zigomi e il naso sottile.

Non riuscivo ancora a credere che fosse successo davvero.

Afferrai una sedia e la posizionai accanto al suo letto. Mi sedetti e le sfiorai con i polpastrelli la mano pallida. Era fredda. Sollevai lo sguardo sul viso addormentato, caduto da svariate ore in un sonno profondo, e inspirai profondamente.

«Ciao, Trilli», sussurrai, mandando giù il nodo che avvertivo in gola e che quasi mi impediva di parlare.

Che uomo ignobile ero? Si trovava lì per colpa mia e non riuscivo neanche a guardarla, perché i sensi di colpa si erano conficcati nel mio petto come tante schegge di vetro.

«Non saprei neanche da dove iniziare, ma probabilmente sai già che non sono bravo con i discorsi.» Mi inumidii le labbra e continuai ad accarezzarle lentamente la mano.

Stavo rivivendo lo stesso dolore che avevo provato, solo poche settimane prima, con mio fratello.

«Mi hai sempre chiesto di parlare, Selene», iniziai, intimidito dalla sua presenza, come se i suoi occhi fossero aperti e mi stessero osservando per scavarmi dentro. «E adesso lo farò», aggiunsi con un sorriso triste. «Ti avrei concesso di starmi accanto, se soltanto fossi stato diverso da ciò che sono, perché, sin dal primo istante, tu sei sempre stata la mia Isola che non c'è, anche se sappiamo entrambi che non esiste...» Le accarezzai ancora la mano in modo delicato, come se fosse un cristallo che temevo di rompere. «Io... non sono capace di amare, per questo non posso darti quello che meriti. Tu sei sempre stata più coraggiosa di me, sai? Sei sempre stata disposta a capirmi, a leggermi dentro, ma io non sono riuscito a fare lo stesso con te. E mi dispiace.» Abbassai lo sguardo e con i polpastrelli le sfiorai le dita inerti. «Siamo arrivati alla nostra fine, ancor prima di iniziare, nonostante tu abbia tentato più volte di stravolgere il mio mondo e renderlo più giusto...» Le sorrisi appena, poi mi morsi il labbro, sfogando su di esso tutta la mia frustrazione. «Ultimamente abbiamo litigato a causa mia, ma tu hai accettato ogni lato di me, anche quello peggiore...» Le mie dita le risalirono lentamente il braccio, accarezzando la pelle vellutata. «Hai tentato di addolcire i miei demoni mentre io non facevo altro che ostacolarti. Hai cercato di ricomporre i miei pezzi, ma non te l'ho lasciato fare.» Abbassai lo sguardo, ero deluso da me stesso e dal mio fallimento.

«Sapevo sin da quando ti ho incontrata che ti avrei lasciata andare, perché sono un pazzo che allontana tutti i cuori buoni come il tuo.» Sospirai e tornai a osservare i suoi lineamenti delicati. «La colpa è mia, per tutto. Ho troppe ferite ancora aperte dentro di me, per poter amare», confessai con il petto che si restringeva a ogni parola. «Non sono ancora libero, ho ricevuto troppo male da chi avrebbe dovuto proteggermi, e non ne sono ancora uscito.» Serrai la mascella e chiusi gli occhi, riempiendo i miei polmoni dell'aria che improvvisamente sentivo mancare. «È così ingiusta la vita con me, Trilli. Ho trovato qualcosa di speciale, che non potrò mai vivermi, perché non ti merito...» Strinsi la sua esile mano nella mia, grande, come il dolore che provavo in quel momento. «Ma se fossi stato diverso da quello che sono, credimi, ti avrei cercata ovunque e non ti avrei lasciata andare per nessun motivo al mondo. Sono sospeso tra il passato e il presente, e non potrò mai vivere una vita normale con i mostri aggrappati alle mie spalle.» Le accarezzai con il pollice il dorso della mano e appoggiai i gomiti sul letto, per starle ancora più vicino. «La verità è che ti ho usata e di questo non me ne pento. Capisci perché sono deviato? Sono profondamente diverso dall'immagine che ti sei creata di me.» Scossi la testa arrabbiato con me stesso, per la mia incapacità di capirla e di trattarla come meritava. «Ma vorrei ringraziarti per avermi concesso di vivere qualcosa di nuovo...» Le baciai la mano e una scia di brividi percorse la mia schiena, facendomi tremare. «Tu mi hai seguito nel buio, Selene, sei stata l'unica ad arrivare alla mia anima dannata.» Le sorrisi e mi inumidii le labbra per raccogliere il sapore della sua pelle appena baciata. «Ma io non potrò seguirti nella luce, non potrò varcare il confine dell'oscurità...» Continuai a guardarla.

La consideravo bellissima.

Il suo viso non splendeva in quel momento, ma per me era sempre una perla lucente.

«Se sei qui, è solo per colpa mia, per ciò che fa parte del mio passato, per ciò che devo ancora affrontare e distruggere...» Mi fermai e inspirai profondamente, mentre avvertivo più che mai sulle spalle il macigno con il quale convivevo da una vita intera. «Ricordi quel giorno in cui ti ho chiesto quale sarebbe stato il finale della storia tra la principessa e il cavaliere oscuro?» La malinconia mi avvolse come un velo invisibile. «Tu sicuramente meriti un finale da principessa, Trilli. Io, invece...» Mi fermai ancora, raccogliendo altro coraggio per ammettere la realtà a me stesso. «Devo riuscire a combattere contro i miei mostri, prima di poter tornare a vivere», mormorai. «E non so se ci riuscirò. Non so se riuscirò a sfuggire alla vendetta di chi, in realtà, mi vorrebbe morto. Non so se riuscirò a superare il dolore che mi trascino dietro, ma ti prometto questo...» Le posai ancora le labbra sul dorso della mano e indugiai qualche istante prima di continuare. «Anche se non potrò starti accanto come vorrei e come vorresti, ti proteggerò al costo della mia stessa vita. Non permetterò a niente e nessuno di farti ancora del male. Pagherò io per i miei errori e per il mio passato marcio, e nessun altro. Farò in modo che tu sia felice, anche senza di me, perché sarò felice anch'io se ti saprò al sicuro.» Mi alzai dalla sedia e le fissai ancora il viso. «Ti proteggerò, proprio come farebbe la conchiglia con la sua perla...» Mi avvicinai e le accarezzai una guancia, beandomi della vista della sua pelle candida. Le fissai le labbra carnose, chiuse e screpolate, che avrei voluto assaporare di nuovo, ancora e ancora, ma non potevo, anche se sentirla sarebbe stato tutto ciò di cui avrei avuto bisogno. «Farò in modo che tu abbia la vita che meriti, come ti ho già detto, non potrò starti accanto come vorrei e come vorresti...» ripetei, allontanando la mano dal suo viso. Avvertii il calore del nostro contatto disperdersi nell'aria improvvisamente gelida.

Uscii dalla stanza, con il peso della colpa che gravava su di me, e incontrai subito gli occhi di Judith che mi stava fissando, e non di certo con indulgenza.

«Mi scusi, forse mi sono concesso più di qualche minuto», dissi subito, perché, probabilmente, il motivo del suo sguardo freddo era il tempo che le avevo rubato per parlare con sua figlia. La donna annuì, senza alcuna espressione sul viso maledettamente identico a quello di Selene. Guardarla faceva male, perché suscitava in me ricordi che avrei voluto cancellare. Perciò distolsi gli occhi e mi avvicinai a mia madre, seduta su una delle sedie insignificanti e, prima ancora che potessi dirle qualsiasi cosa, la dottoressa tornò da noi, facendo balzare in piedi Matt.

«Signori...»

Mi voltai nella direzione della donna in camice, e la tensione che le aleggiava negli occhi non mi piacque per niente.

Si fermò e ci guardò con attenzione, attendendo forse il momento giusto per parlarci.

«Ha qualche novità?» chiese subito Matt, affiancando la sua ex moglie.

Certo che aveva delle novità per noi e, ahimè, forse non del tutto positive.

Dopo un profondo respiro, la dottoressa parlò con tono compito e deciso.

Ci disse che l'incidente era stato più grave di quanto pensasse, che ci sarebbero state delle conseguenze, che Selene non sarebbe stata più la stessa, che avremmo dovuto comprenderla e starle accanto, che avremmo dovuto essere forti e che avremmo superato tutto insieme, ma le sue parole mi parvero troppo vaghe.

Cosa avrebbe dovuto affrontare davvero, la mia Trilli, al suo risveglio?

2
Selene

Si hanno due vite.
La seconda comincia il giorno in cui ci si rende conto che se ne ha solo una.
CONFUCIO

OSSERVAVO le mie mani intrecciate a quelle di Neil e ancora stentavo a credere che lui fosse qui, vicino a me.

Non avrei mai pensato che saremmo arrivati a questo punto.

Lui che era sempre stato così ostile all'amore e ad aprire il suo cuore, lui che era così irraggiungibile e scontroso, così irascibile e testardo, adesso era qui, accanto a me, a stringere il mio corpo contro il suo, a fondere la nostra pelle, le nostre anime, i nostri respiri.

«A che pensi?» mi chiese. Sentii la sua voce profonda, baritonale e non potei fare a meno di osservare gli occhi luminosi e le labbra gonfie dei miei baci.

«A quanto odiassi parlare con me fino a poco tempo fa», risposi, accennando un sorriso sarcastico.

Percepivo il suo profumo di muschio, era intenso e avvolgente.

«A quanto fossi insensibile, vorrai dire», ribatté con un sospiro profondo. «Non mi ero reso conto di quanto tu fossi importante per me, o forse non volevo ammetterlo a me stesso. Non sei entrata soltanto nella mia vita, Selene, ma nella mia anima. Hai spazzato via tutto il male che avevo dentro. Sarei annegato nel mio inferno se non ti avessi incontrata.»

Sorrisi e lo accarezzai. Le mie dita sfiorarono subito la muscolatura imponente del torace. L'indice seguì le linee scolpite dei pettorali, beandosi della pelle liscia, e sospirai.

«L'importante è che tu l'abbia capito.» Gli appoggiai la testa sul petto mentre un braccio possente scivolò sul mio fianco.

Sentii il suo cuore battere in sincronia con il mio, e ne memorizzai la melodia meravigliosa.

«È normale che io abbia sempre voglia di te?» Il suo sguardo mi fissò il seno nudo in quel modo sfacciato che tanto amavo di lui.

«Non ricominciare.» Mi imbarazzavo a confessare quanto anch'io avessi voglia di lui.

Molti uomini non erano capaci di soddisfare le loro donne, invece Neil aveva come prerogativa proprio quella di farmi impazzire. Era esperto e capace di stuzzicare tutti i miei desideri, anche quelli più indecenti.

«Sai che sono un fidanzato esigente, vero?» Il suo timbro si fece autoritario e dominante; sembrava che non potesse proprio fare a meno di me.

Cercai di riflettere sulla sua domanda, e la risposta che fosse un compagno eccezionale mi arrivò sulla punta della lingua, ma non volevo dargli troppe sicurezze.

«Lo so, ma devo andare a lezione. Dovremo rimandare.» Gli sfiorai il collo con la punta del naso.

Profumava tantissimo e non mi sarei mai stancata di inspirare il suo odore: di uomo, di sesso e di muschio.

Era eccezionale.

Con il tempo avevo imparato a comunicare con i suoi demoni.

Non era cambiato.

Non sarebbe mai cambiato, e a me piaceva proprio così com'era.

Bastava poco per irritarlo, ma al tempo stesso una mia carezza era tutto ciò di cui aveva bisogno per tirar fuori il suo lato più docile e buono.

Mi accorsi che mi stava fissando pensieroso, e, ogni volta che lo faceva, io ero un po' meno mia e sempre più sua.

«Ti amo con tutte le tue imperfezioni, Mr. Incasinato.» Mi avvicinai a lui e posai le mie labbra sulle sue in un bacio dolce, un bacio che sapeva di noi, del nostro mondo caotico, dell'amore che ci aveva salvati, che aveva unito le nostre anime e ci aveva legati per sempre.

Neil, tuttavia, non mi aveva mai detto quelle due piccole parole. Era impossibile che lo facesse ad alta voce.

Forse lo sussurrava appena mentre dormivo, o quando ero distratta, o quando era certo che io non lo sentissi.

Era sempre stato un uomo unico nel suo genere ed era per questo che non lo avrei mai sostituito con nessun altro al mondo.

Eravamo un casino perfetto.

«Sappi che ti proteggerò sempre, proprio come farebbe la conchiglia con la sua perla.» Udii la sua voce, intensa, e mille farfalle si librarono in volo, fluttuando nell'aria, poi mi sorrise e mi strinse a sé, tra le sue braccia, l'unico posto in cui volevo essere, l'unico posto che consideravo... casa.

Sollevai lentamente le palpebre, avvertendo le ciglia leggermente appiccicate tra loro.

Le pareti colorate cedettero il posto a un bianco spento e acromatico.

Il profumo di Neil svanì, così come la sua bellissima voce.

Il calore del suo corpo venne sostituito dall'aria fredda e tagliente di quello spazio vuoto.

Spostai gli occhi in cerca dell'apparecchio dal quale proveniva uno strano tintinnio, in sincronia con i battiti del mio cuore, e lo individuai proprio accanto a me.

La testa era dolente, così come l'addome e la spalla.

Cercai di muovermi, ma non ci riuscii.

Cosa stava succedendo?

«Non statele troppo addosso, sicuramente si sentirà ancora stordita.» Percepii la voce di una donna che non riuscii a riconoscere. Mi sentivo debole e frastornata.

«Si è svegliata...» mormorò una voce famigliare. «Tesoro», aggiunse.

Dirottai gli occhi su mia madre, che aveva parlato con il suo solito tono delicato.

Le guardai il viso, che apparve stanco e provato, e mi sforzai di farle un debole sorriso.

Mi sentivo già stanca: gli occhi faticavano a stare aperti, un sondino nasogastrico mi impediva di muovermi come avrei voluto e il mio corpo era debole e intorpidito.

«Come ti senti, piccola mia?» Mia madre mi accarezzò il braccio e mi osservò con gli occhi lucidi. «Sei in ospedale, durante l'incidente hai battuto forte la testa, ma stai bene», mi rassicurò subito.

Spostai gli occhi dal suo viso al resto della stanza e finalmente ricordai tutto.

Avevo avuto un incidente.

Sarei dovuta tornare a Detroit per riprendere in mano la mia vita, invece avevo rischiato di perderla. Era un miracolo che fossi viva. Mi tornò in mente il dolore lancinante che avevo avvertito durante l'impatto, il sangue sugli indumenti, l'autista che giaceva sul sedile anteriore ormai privo di vita, con il volto irriconoscibile e le palpebre spalancate, lo sguardo spento e risucchiato in un'altra dimensione.

Non era stato un incubo, era tutto vero.

Mi sentivo dissociata da quello che mi circondava, e i lampi di dolore alla testa mi indussero a serrare gli occhi e riaprirli lentamente.

«Mi fa male la testa», sussurrai. Mia madre rivolse subito un'occhiata allarmata a quella che doveva essere la dottoressa, visto il camice, e quest'ultima la rassicurò.

«È assolutamente normale. All'inizio le emicranie saranno frequenti», rispose con un tono pacato e cordiale. Era una donna giovane, con l'aria affidabile e un sorriso dolce.

«Da quanto...» Mi leccai il labbro inferiore che sentivo secco e screpolato, poi continuai. «Da quanto sono qui?» domandai.

La dottoressa sospirò, poi ribatté: «Da circa dieci giorni. Sei stata in coma farmacologico».

La guardai incredula.

Dieci giorni?

Che cos'era il coma farmacologico?

Tentai di corrugare la fronte, ma la pelle bruciava.

Sollevai un braccio e con i polpastrelli sfiorai il tessuto ruvido di una garza.

«Non è nulla, tesoro, è solo una ferita riportata a causa dell'urto.»

Mia madre mi prese la mano tra le sue e si sedette accanto al mio letto, probabilmente per tentare di tranquillizzarmi.

Era tutto un sogno per me.

Un sogno surreale.

La dottoressa, intanto, proseguì con le sue spiegazioni, accarezzandomi un braccio. «Abbiamo volutamente deciso di tenerti in coma farmacologico per precauzione, Selene. Adottiamo questo metodo con tutti i pazienti che hanno riportato lesioni cerebrali traumatiche. Nel tuo caso, la tac ha riscontrato un'emorragia intracranica, pertanto è stato necessario far riposare il tuo organismo e dare al cervello il tempo di guarire mentre perdurava l'ematoma. L'entità, per fortuna, era lieve e non grave.»

Avevo compreso poche parole, l'unica cosa che, tuttavia, poté consolarmi fu l'esclusione di conseguenze gravi.

«Il mal di testa è forte?» chiese premurosa e io annuii, incapace di fare qualsiasi altra cosa. «Allora ti darò un analgesico.» Si allontanò, ma si voltò verso mia madre prima di andare via. «Oggi Selene non potrà ricevere visite perché dovremo sottoporla ad alcuni esami.»

Dopodiché, non ebbi neanche il tempo di rendermi conto di ciò che succedeva.

Sembrava che il mondo stesse andando avanti e che la mia vita, invece, si fosse fermata.

Dopo circa mezz'ora la dottoressa tornò in camera, mi liberò dalle flebo e dal sondino nasogastrico che mi aveva permesso di nutrirmi in quei lunghi dieci giorni, poi si sedette accanto a me con un foglio da compilare.

Mi sottopose a domande di ogni tipo per escludere la presenza di un'amnesia post-traumatica. L'incidente che avevo subito avrebbe potuto provocarmi la perdita della memoria, ma così non era stato.

I miei ricordi erano tutti lì, intatti e nitidi.

Se ne rese conto anche lei quando mi sottopose a una vera e propria intervista, a partire dalle mie informazioni anagrafiche come il nome e l'età; poi mi chiese anche di contare, di stilare una lista di parole e di localizzare un oggetto che spostava con la mano.

Una volta finito mi disse che, prima delle dimissioni, avrei dovuto sottopormi a una risonanza magnetica e a dei test neurologici specifici, soltanto per fugare ogni dubbio, e che probabilmente mi avrebbe prescritto degli integratori alimentari a base di vitamine.

Rimasi in silenzio ad ascoltarla, nonostante fossi frastornata.

Sentivo e vedevo tutto, ma non riuscivo a emettere una sola parola.

Ero confusa e, adesso, anche arrabbiata perché avevo capito che il mio incidente non era stato casuale, bensì provocato da quel bastardo mascherato.

Il sovraccarico di tutte quelle sensazioni non fece altro che peggiorare il mio mal di testa.

Mentre la dottoressa mi spiegava che avrei potuto avere problemi di concentrazione, insonnia, ricordi spiacevoli dell'evento traumatico ricorrenti, che soltanto con il tempo si sarebbero attenuati, io avevo la mente altrove.

Con crescente agitazione, ascoltai solo per metà i dettagli tecnici che la dottoressa continuava a fornirci, rivolgendosi anche a mia madre, in tono informato e composto.

Disse che circa il sessanta per cento dei casi come il mio si rimetteva autonomamente nei mesi successivi, senza un trattamento psicoterapeutico, ma che comunque la presenza di una possibile sintomatologia post-traumatica veniva spesso curata con dei farmaci, che mi avrebbe prescritto solo qualora fosse stato necessario. Aggiunse, infine, che, in generale, stavo bene e che sarei tornata presto alla mia quotidianità, anche se questo non bastò a rendermi più tranquilla, anzi, ero terribilmente nervosa.

«Meno male.» Mia madre si posò una mano sul petto, sollevata all'idea che fondamentalmente stessi bene.

Tentai di massaggiarmi le tempie, ma il fastidio che avvertivo alla testa mi fece subito desistere.

Volevo restare sola, metabolizzare la situazione che stavo vivendo, perché nessuno sapeva l'enorme segreto che celavo dentro di me.

L'incidente era stato voluto, premeditato, studiato a tavolino da uno stratega che, probabilmente, voleva la mia morte, come aveva voluto quella di Logan. Per questo ero arrabbiata.

Un'azione del genere non poteva rimanere impunita.

D'ora in poi sapevo che avrei avuto un nuovo obiettivo: scoprire chi fosse quel folle senza identità, perché anche lui aveva un volto e un nome, e io avrei fatto di tutto per scoprirlo.

Per quale motivo aveva colpito me?

Non facevo parte della famiglia Miller, ma di certo ero in qualche modo legata a Neil.

Chiunque gli stesse accanto o attorno, diventava automaticamente un suo bersaglio e io avevo trascorso più di un mese con Neil, spingendo sicuramente il nemico a dubitare che per lui contassi qualcosa di più e non che fossi una delle tante con le quali quell'incasinato si era solo divertito.

«Lasciatemi sola», ordinai, con un timbro basso e deciso.

D'un tratto, avevo paura.

Paura della realtà che avrei dovuto affrontare.

Avevo paura di non farcela ad affrontare tutto, paura di rientrare nel suo mirino, paura di non riuscire a scoprire chi fosse e paura che potesse nuovamente colpire Logan, Chloe, o direttamente Neil.

Avevo paura di immergermi in un gioco diabolico e pericoloso e di uscirne vinta.

Una lacrima mi solcò il viso e mi voltai per fissare la finestra dinanzi a me.

Mi sentivo come una barca adagiata su una laguna ghiacciata.

Guardavo il paesaggio freddo, come freddo era tutto ciò che avvertivo dentro.

Ero incagliata nel ghiaccio.

Un corpo stremato.

Un'anima impaurita e risucchiata in una realtà troppo grande da affrontare.

Non avevo voglia di parlare con nessuno, ma al tempo stesso volevo rivedere le persone a cui tenevo.

Soprattutto lui. Neil.

Lo odiavo per quello che mi aveva fatto, lo odiavo per avermi indotta a fuggire via, per avermi mostrato il suo lato peggiore quando mi aveva portata con sé nella camera da letto, dove ad attenderci c'era anche Jennifer. Lo odiavo per avermi delusa e ferita in quel modo, ma il mio cuore sembrava capace di battere solo per lui e per nessun altro.

Maledetti sentimenti, pensai.

Contrassi il viso a causa di un'altra stilettata di dolore, e decisi che pensare troppo non era opportuno in quel momento. Dovevo rimettermi e sperare di tornare in forma quanto prima.

Oltre all'angoscia e alla confusione, però, avvertivo una strana sensazione dentro di me, una sensazione negativa che non comprendevo, forse perché ero ancora turbata per quello che mi era successo.

Un'improvvisa malinconia, mista alla paura, mi serrò il petto, inducendo le lacrime a scivolare giù, fino al mento.

«Perché stai piangendo, tesoro?» Mia madre mi accarezzò il viso e raccolse con il pollice una lacrima dalla mia guancia. «Andrà tutto bene, ci sono io qui con te», mi rassicurò, ma ero consapevole di quello che mi aspettava.

Eravamo solo all'inizio, perché Player non si sarebbe fermato.

Lui aveva già iniziato a giocare.

Non sarebbero bastate le parole confortanti di mia madre per cancellare via dalla mia testa l'immagine di quella Jeep nera, di quella maschera e di quella mano che si sollevava per salutarmi, per preannunciarmi che mi avrebbe uccisa.

Io ero un suo bersaglio.

«Mamma, tu non puoi capire...» Lei non sapeva nulla, non era a conoscenza dei pacchi macabri, delle buste sigillate, degli enigmi indecifrabili, e di chi ci fosse dietro l'incidente di Logan e adesso il mio.

Era tutto assurdo.

«Tesoro...»

«Mamma, per favore.» Volevo che andasse via anche lei; l'amavo come non avevo mai amato nessuno, ma avevo bisogno della mia solitudine, che però mi fu negata.

L'ora seguente, infatti, fu tutto un susseguirsi di infermieri e dottori che mi informarono di quello che avrei dovuto fare quel giorno: analisi, controlli, test neurologici.

La mia vita aveva davvero preso una piega diversa e non sapevo neanche cosa aspettarmi quando fossi uscita di lì.

La dottoressa aveva più volte ribadito che ero viva «per miracolo», ma le conseguenze reali di ciò che mi era capitato erano ancora imprevedibili.

Tuttavia, ero certa che la mia permanenza in ospedale si prospettava lunga e il ritorno alla normalità non sarebbe stato per niente semplice.

La dottoressa mi consigliò di non saltare mai i pasti, perché avevo perso peso, e di bere molta acqua per idratarmi. Il mio corpo era debole e provato da ciò che era successo.

Mia madre rimase al mio fianco per tutto il tempo, trascorse la notte con me, dormendo su una scomodissima sdraio che qualcuno le aveva portato.

Il giorno dopo, al mio risveglio, potei finalmente ricevere le prime visite. Approfittando del fatto che mia madre era uscita un secondo dalla stanza, feci una breve valutazione dei danni. Mi toccai il sopracciglio sinistro, perché faceva male ogni volta che aggrottavo la fronte, e tastai il cerotto enorme che copriva dei punti di sutura. Se avessi avuto uno specchietto avrei potuto accertare lo stato pessimo in cui ero ridotta, anche se sospettavo che mi sarebbe rimasta una cicatrice indelebile che avrebbe per sempre segnato il mio viso.

Sospirai e posai le mani sul lenzuolo freddo che avvolgeva metà del mio corpo; indossavo un camice bianco, e pensai a dove fossero i miei vestiti.

«Selene, posso entrare?» Due colpi di nocche spostarono la mia attenzione sulla porta della stanza, e tutto ciò che vidi fu un uomo. Stanco e afflitto.

Quell'uomo aveva meno di cinquant'anni, quell'uomo era un chirurgo, quell'uomo lo ricordavo bene, perché ero partita per New York proprio per ristabilire un rapporto civile con lui.

Avevo davanti mio padre, Matt Anderson.

Non risposi e continuai a fissarlo, senza alcuna espressione sul viso. Lui avanzò a passo lento; dalla tensione della mascella e dalla rigidità delle spalle potei capire quanto fosse agitato.

«Come stai?» chiese cauto e io considerai assolutamente inutile quella domanda.

Mi imposi di restare in silenzio, un silenzio così assoluto da aumentare la sua ansia. Matt, infatti, si morse il labbro inferiore e si mosse a disagio, poi si sedette accanto al letto, prendendo la mia mano tra le sue.

Fu un contatto inaspettato. Non era mai stato così affettuoso con me.

Quanto tempo aveva trascorso lì fuori ad attendere questo incontro?

Lo guardai: aveva un aspetto sciatto e la camicia abbottonata male, come se l'avesse indossata di fretta pur di raggiungermi.

«Potrei stare meglio», risposi, con la lingua impastata e le labbra secche.

«Non hai idea di quello che ho provato in questi giorni. Ero terrorizzato al pensiero di perderti.» Mi accarezzò il dorso della mano con il pollice e abbassai lo sguardo su quel gesto, che percepii come vero e spontaneo.

Mio padre era davvero preoccupato per me, glielo lessi negli occhi carichi di emozioni contrastanti.

«Come vedi sono qui sana e salva», sussurrai con un filo di voce. Lui abbozzò un'espressione lieta, io invece rimasi fredda e distante.

«Qui fuori ci sono Logan e Alyssa, ti andrebbe di salutarli?» Accennò un sorriso debole e annuii senza neanche pensarci.

Avevo voglia di parlare con loro, li reputavo miei amici, perché erano stati gli unici a starmi accanto durante la mia permanenza a New York.

«Bene, vado a chiamarli.» Matt si alzò in piedi, ma, prima ancora che lo facesse, sfilai la mano dalla sua e la posai sull'addome.

La tristezza aleggiò sul suo viso.

Era sempre stato un uomo controllato e ostile a manifestare le sue emozioni, in quel momento, però, apparve fragile e trasparente come un cristallo.

Apprezzavo la sua presenza, ma ciò non mi avrebbe indotta a cadere tra le sue braccia, perdonando tutto quello che aveva fatto quattro anni prima.

«Matt, la dottoressa le ha consigliato un lungo riposo. Di' ai ragazzi che dovranno trattenersi poco», intervenne mia madre, avvicinandosi a noi, poi mi sorrise, indulgente, e posò una mano sulla spalla dell'uomo che aveva amato.

Mi chiesi ancora una volta come avesse fatto a perdonarlo, come facesse a guardarlo negli occhi senza provare alcun rancore.

L'ammiravo, l'ammiravo tanto per la sua forza e tenacia.

Era sempre stata una donna dai mille valori, giudiziosa e saggia.

Mia madre possedeva, infatti, una luminosità invisibile, che soltanto con l'anima si poteva percepire.

Era una di quelle persone la cui purezza non si poteva definire, ma soltanto avvertire a ogni minimo sguardo o sorriso.

Oltre che essere di una bellezza ammaliante, era anche intelligente e buona, fin troppo buona, per questo mio padre le aveva voltato le spalle, tradendola con altre donne, perché sapeva che lei l'avrebbe sempre perdonato.

«Certo, Judith», ribatté lui, passandosi una mano sul viso stanco.

Guardò mia madre e mi parve di leggere ancora una forma d'amore nei suoi occhi. Un amore ormai svanito, quell'amore di cui lui aveva avuto bisogno, l'amore che gli faceva comodo.

Perché l'aveva sposata pur sapendo di non poter rinunciare alle sue amanti?

Be', non l'avrei mai capito.

L'amore creava molteplici dinamiche tra gli esseri umani e confondeva i pensieri in innumerevoli modi.

Una cosa, però, era ormai assodata: Cupido scagliava le sue frecce nella direzione sbagliata, in maniera del tutto illogica, e spesso l'attrazione si scontrava con il sentimento, creando confusione.

Per questo l'amore era ingannevole e illusorio.

E io non facevo eccezione: anche io ero innamorata e anche un'illusa.

Già, perché segretamente ero innamorata di loro due insieme, Matt e Judith, che avrei voluto vedere uniti come una vera famiglia, ed ero un'illusa perché questo non sarebbe mai successo.

Amore-illusione.

Illusione-amore.

Si trattava di una dicotomia che era ben presente nella mia mente e forse per questo non riuscivo a perdonare mio padre e a superare quello che era successo anni prima.

Infatti, anche se avevo compiuto ormai ventun anni, emotivamente ero ancora aggrappata al periodo in cui Matt era il marito di Judith, in cui Matt era ancora mio padre, in cui Matt abbracciava me e Judith come se fossimo tutta la sua vita.

Ecco svelato il mio segreto.

Un segreto che Matt Anderson non avrebbe mai scoperto.

Dei passi provenienti dalla soglia della stanza mi riscossero da quei pensieri. Rivolsi subito l'attenzione alla porta e notai Logan avanzare verso di me con Alyssa.

Lei era bella come sempre, con la pelle candida e con i capelli castani che sembravano più lunghi di quanto ricordassi. Logan, invece, slanciato e affascinante, mi regalò subito un sorriso dolce.

«Ciao, amica mia», esordì Alyssa, chiedendomi il permesso di un abbraccio. Annuii e dopo averglielo concesso lei si accomodò sulla sedia accanto a me.

Logan, invece, mi stampò un bacio sulla guancia, poi si sedette sul bordo del mio letto.

«Ciao, ragazzi», dissi, guardando entrambi mentre mia madre si aggirava nervosamente per la stanza con le braccia conserte.

«Come stai? Come ti senti?» chiese Logan, puntandomi addosso i suoi occhi nocciola.

«Come una che ha avuto un incidente quasi mortale», brontolai, facendoli sorridere.

«Ci siamo spaventati così tanto.» Alyssa mi strinse la mano e cercò di non piangere.

«Lo so... posso immaginarlo», mormorai appena, storcendo le labbra in una smorfia triste.

«Quando abbiamo notato che non ci avevi avvertiti del tuo rientro a casa, ci siamo preoccupati, ma pensavamo che te ne fossi solo dimenticata», spiegò Logan, afflitto.

«Oppure che fossi stanca e ci avresti chiamato il giorno dopo», aggiunse Alyssa, probabilmente rattristata dai loro pensieri sbagliati.

«No, vi avrei avvisati quando fossi tornata a casa.» Sollevai un angolo delle labbra e sorrisi mortificata. Mi sentivo in colpa per aver spaventato tutti e causato così tanta preoccupazione.

Abbassai lo sguardo sulle lenzuola bianche che mi coprivano le gambe e, per un istante, pensai di confessare a Logan che il mio incidente era stato provocato dalla stessa persona che aveva provocato anche il suo, ma mi morsi il labbro e tacqui, perché qualcosa dentro di me mi suggerì di rimandare quella confessione a un altro momento.

«Tu come stai?» Mi rivolsi proprio a lui, perché avevo notato l'assenza delle stampelle.

«Indosso soltanto un tutore sotto i jeans. Neanche si vede.» Logan sorrise e si posò la mano sulla gamba, contento che le sue condizioni di salute stessero migliorando.

Ero felice di sentire finalmente una notizia positiva, ma non potei fare a meno di ripensare a quello che era successo, prima della mia partenza.

A tutto ciò che mi era sfuggito di mano, senza neanche che me ne accorgessi.

Rivissi il momento in cui le labbra di Neil si erano posate sulla mia fronte e la sua mano si era infilata piano piano nella tasca del mio cappotto per donarmi la perla all'interno del cubo di vetro. Così mi parve di risentire la sua voce, maschile e profonda, sussurrare quel «Buon viaggio, Trilli».

Rievocai quell'attimo breve, intenso e magico, ma anche sofferto e malinconico.

Mi chiesi dove fosse Mr. Incasinato, se fosse venuto qualche volta in ospedale o se mi avesse già cancellata per sempre dalla sua vita.

Con Neil non ero sicura di niente prima e non lo sarei stata neanche adesso.

Era un uomo dall'aspetto avvenente, certo, ma sempre cupo e sdegnoso, avvolto in un'aura di affascinante mistero che mi aveva indotta a commettere numerosi errori.

Primo fra tutti, tradire Jared; secondo, cedergli completamente per poi scoprire quanta dipendenza provocava il suo corpo.

In quel momento decisi di raccogliere il coraggio a due mani e chiesi di lui.

«Neil…è…» Mi umettai le labbra attirando l'attenzione di Logan e Alyssa. Loro erano i soli a sapere di noi due oltre alla governante Anna. «Cioè, lui…» farfugliai a disagio. Se non fosse mai stato lì, se avesse preferito trascorrere quei dieci giorni con Jennifer, i Krew e le sue numerose amanti, i miei amici avrebbero pensato a me come a una stupida.

Una stupida che credeva di contare qualcosa per lui.

«Sì, è venuto qui ogni giorno nella speranza che ti svegliassi. Era qui anche stamattina, ma è andato via due ore fa per fare una doccia e cambiarsi, lo sai che...» Logan lasciò la frase in sospeso; non era necessario che terminasse: ormai avevo capito l'ossessione di Neil per l'igiene e le docce. Sapevo quanto odiasse rimanere con gli stessi indumenti addosso per troppo tempo e quanto detestasse l'idea di non entrare a contatto con l'acqua per più di qualche ora.

Lui non mi aveva mai parlato del suo problema, non si era mai confidato con me, nonostante avessi tentato più volte di comprenderlo o giustificarlo, calpestando la mia stessa dignità.

Era proprio per quel motivo che avevo dichiarato la mia sconfitta; perché non ero riuscita a conquistare la sua fiducia. Mi aveva solo concesso il suo corpo, come aveva sempre fatto con tutte, ma a me non bastava più.

Allora mi aveva mostrato il lato di sé perverso e osceno, e nella dépendance aveva permesso a una ragazza di concedergli un preliminare in mia presenza. L'aveva fatto per mostrarmi chi fosse e quanto fosse inutile, da parte mia, sperare anche soltanto di poter sfiorare la sua anima.

Aveva, inoltre, ampiamente chiarito che il muro psicologico che aveva innalzato attorno a sé era troppo spesso e invalicabile per essere abbattuto da una ragazzina inesperta come me.

Del resto, non avevo mai vissuto grandi esperienze nella vita, non mi ero mai imbattuta in uomini come lui, pertanto mi era difficilissimo riuscire a trovare un modo per scalfirlo e infrangere la corazza d'acciaio che ergeva ogni volta che tentavo di sconfinare o di superare i limiti che lui stesso mi imponeva.

Voleva a tutti i costi annientarmi, farmi capire che avrebbe vinto lui, e alla fine ci era riuscito.

Adesso, infatti, non sapevo più cosa provavo per lui, se sdegno, rabbia, odio o attrazione.

L'avrei capito soltanto quando...

«Parli del diavolo...» Fu il commento di Alyssa a interrompere i miei pensieri.

Mi voltai d'istinto verso la porta e il cuore volò alto come un aeroplano di carta, pronto a essere strappato di nuovo in mille pezzi dalle mani di Neil.

Mia madre rallentò i suoi passi e gli scoccò un'occhiata indecifrabile. Conoscendola, sospettavo che non le sarebbe mai piaciuto uno come lui.

Alyssa, invece, sorrise e Logan le lanciò un'occhiata complice.

«Ehm, noi andiamo a prendere un caffè. Signora Martin, vuole farci compagnia?» Logan invitò mia madre a seguirli e io alternai lo sguardo da lui a lei. Mia madre puntò i suoi occhi azzurri su Neil, in piedi sulla soglia della porta, e con un profondo sospiro seguì Logan, accennando un sorriso di circostanza.

Ero certa che non avesse intuito nulla. In fondo, per come mi conosceva lei, non avrebbe mai immaginato quanto mi ero spinta oltre, per giunta con il figlio di Mia Lindhom.

Quella consapevolezza mi provocò un certo sollievo, ma mi fece anche sentire una persona orribile, perché mia madre aveva un ricordo molto diverso di me, quello di una ragazzina vergine e timida, che avrebbe fatto l'amore con Jared solo qualora fosse stata pronta.

Invece, io, in pochissimo tempo, avevo perso la verginità in un momento di incoscienza, ero caduta in errore molteplici volte e avevo tentato in tutti i modi di usare la fisicità per scoprire qualcosa in più di Neil.

Ogni volta che vorrai qualcosa di me, dovrai dirmi qualcosa di te.

Questo era stato il compromesso che avevo proposto a Neil, un giorno qualsiasi, quando mi aveva sorpresa a fissarlo inebetita durante uno dei suoi allenamenti. Ricordavo ancora il modo in cui il cuore batteva nella pancia, esattamente come adesso che lui era lì, ad attendere che uscissero tutti per parlarmi.

Mi misi seduta comoda sul letto e mi sistemai in fretta i capelli. Sapevo di non avere un bell'aspetto – avevo graffi e lividi ovunque –, e scacciai subito l'idea che in pochi secondi potessi migliorare la situazione.

Quando Neil avanzò nella stanza, con tutta la sua sicurezza, mi presi del tempo per ammirarlo.

La sua figura era a dir poco maestosa e dirompente, quasi intimidatoria.

Il mio corpo si tese, perché, malgrado lo odiassi, Neil sarebbe comunque rimasto l'uomo più bello che avessi mai visto in tutta la mia vita.

E in quel momento stava osservando me.

Proprio me.

All'improvviso, un'ansia inspiegabile mi fece irrigidire e serrare i polmoni, nei quali l'ossigeno faticò a circolare.

In quell'istante, mia madre lo superò e potei notare la loro differenza d'altezza.

Neil era molto alto e, quando continuò a camminare deciso verso il mio letto, percepii il modo in cui il suo corpo incombeva, imponente, in quello spazio ristretto.

Aveva un fisico slanciato, armonico e più massiccio di quanto ricordassi.

Aveva aumentato i suoi allenamenti?

O forse era trascorso troppo tempo dal nostro ultimo incontro e vedevo più chiaramente perché qualsiasi donna avrebbe fatto follie per lui?

Mi resi conto ancora una volta che tutto in lui ostentava una prestanza e potenza invidiabile, a partire dal portamento virile fino ad arrivare al viso mascolino e affascinante.

I capelli, di un castano scuro, erano più corti sui lati e più lunghi al centro. Il ciuffo, che tendeva all'indietro, era folto e scombinato, le labbra carnose, il naso proporzionato, gli occhi invece…

Più si avvicinava a me, più il loro colore mi ammaliava.

Dorati come l'oro, gialli come due girasoli, come la sabbia illuminata dal sole, come due stelle o forse come le spighe di grano all'alba, erano indefinibili e decisamente unici. Lo pensavo ogni volta.

Ero davvero patetica.

Dopo quello che mi aveva fatto, avrei dovuto prendere in mano la mia dignità e cacciarlo fuori dalla stanza e invece non avevo la forza di reagire.

Senza chiedermi il permesso, si sedette sul mio letto e fece cigolare le molle sotto il suo peso.

I suoi gesti manifestarono una dominanza capace di farmi sentire in soggezione.

Mi schiarii la voce e la mia attenzione fu calamitata da come la sua camicia nera si tendeva sui bicipiti allenati e sul torace scolpito; i jeans chiari invece cadevano a meraviglia sulle gambe forti dalla muscolatura definita.

Odiai me stessa per il modo in cui la sua presenza riusciva a stordirmi, facendomi dimenticare le mille ragioni per le quali avrei dovuto essere arrabbiata con lui.

«Ciao», disse, e il timbro baritonale mi provocò sempre gli stessi brividi lungo tutto il corpo.

Perché aveva una voce simile?

Era matura, erotica e mi induceva a immaginare i momenti in cui mi aveva sussurrato le sue perversioni all'orecchio per condurmi con sé nel suo mondo di lussuria.

«Hai ottenuto quello che volevi», replicai d'istinto, dando voce al mio orgoglio.

Mi stupii di me stessa.

Non era stato lui, alla festa di Halloween, a portarmi nella stanza in cui c'era anche Jennifer?

A indurmi a prendere un taxi e andare via?

Non era forse lui la causa della mia partenza?

Le mani stavano sudando e il respiro divenne incalzante, senza alcun motivo plausibile.

Neil, inaspettatamente, sorrise e apparve ancora più affascinante.

Quello non era, però, un sorriso sincero, o ilare, ma nervoso e provocatorio.

Intanto mi fissava con un'insistenza tale da farmi arrossire, ma io tentai di controllarmi.

«Che cosa avrei ottenuto secondo te?» mi incalzò, con uno sguardo inquisitorio.

Per un attimo mi sentii incapace di parlare, ma non sapevo se attribuire quella difficoltà al trauma dell'incidente o al modo in cui quegli occhi dorati mi stavano sondando il viso.

«Guardami», risposi con un tono pungente.

Malgrado il mio cuore non facesse altro che battere per lui, ero ancora seriamente delusa da tutto ciò che era successo, soprattutto dal suo atteggiamento spietato.

Le mie parole lo fecero sussultare e la sua espressione mutò, diventando più tenebrosa.

Non amava che gli rispondessi a tono. Non amava che qualcuno tentasse di ostacolarlo nella sua intenzione di predominare in qualsiasi circostanza.

Al centro della fronte gli apparve una piccola ruga d'espressione e mi resi conto che stava riflettendo su qualcosa.

Sospirò e spostò lo sguardo sulle mie labbra.

«Pensi che io volessi questo?» mormorò indicando la mia figura distesa sul letto.

Qualcosa dentro di me vibrò e una voce interiore mi ricordò il nostro attimo di perdizione nella piscina al terzo piano della villa di Matt, su quel lettino soffice. Ricordai il modo in cui Neil si era lasciato andare, il modo in cui, seppur silenziosamente, si era fermato dentro di me, tremando tra le mie ginocchia, per regalarmi una parte di sé che non aveva mai donato a nessun'altra.

Non riuscivo a pensare sul serio che non ci tenesse almeno un po' a me, altrimenti non mi sarei spiegata il perché di quel gesto tanto profondo e intimo.

«No, ma volevi che ti odiassi, volevi mostrarmi quanto fossi perverso. Volevi che io e Jennifer ti usassimo in quella stanza e poi...» Mi fermai, senza abbassare mai lo sguardo dal suo. «Poi volevi che me ne andassi, che ti lasciassi in pace, perché non avresti mai potuto darmi nient'altro oltre... al sesso», dissi senza alcuna esitazione.

Neil mi guardò serio e si infilò una mano tra i capelli, segno che si stava innervosendo. Con quel gesto potei sentire il suo profumo fresco e piacevole, che mi avvolse tutta.

Lo inspirai e d'istinto chiusi le palpebre. Mi beai di quella fragranza forte ma dolce, facilmente associabile a un profumo di pulito, così intensa da avvilupparmi a sé.

Quando le riaprii, mi ritrovai le sue iridi a poca distanza e le osservai.

Le osservai alla ricerca di pianeti e galassie sconosciute, ma non trovai nulla se non l'infinità dell'universo.

«Non è questo ciò che ti avevo detto di portare con te a Detroit», disse deluso, facendomi incantare sul movimento delle sue labbra, tanto carnose quanto diaboliche.

Tornai a fissarlo, occhi dentro gli occhi, e deglutii, pronta a ribattere.

«Ciò che è successo in piscina è avvenuto prima che tu facessi la tua stronzata con Jennifer», ribattei con la stessa sicurezza con la quale lui mi aveva parlato poc'anzi. Neil continuò a fissarmi con un cipiglio serio, ma potei leggergli sul viso la mortificazione che stava provando in quel momento.

Si sentiva in colpa, non era necessario che me lo confessasse. Ero riuscita a innescare in lui un briciolo di consapevolezza dell'immoralità delle sue azioni.

«Non ti chiederò scusa», puntualizzò senza alcuna titubanza. «Io sono chi hai visto in dépendance e la notte di Halloween. Te l'ho soltanto dimostrato chiaramente.» Utilizzò un tono decisivo, per farmi capire che ero stata io a sbagliare, ero stata io a crearmi aspettative inutili su di noi, un noi che per lui non era mai esistito.

«E allora perché...» La voce tremò e cercai di non piangere; in quel momento, tra l'altro, ero più vulnerabile e la testa mi doleva, ma dovevo concludere quell'assurdo discorso con lui. «Perché in piscina ti sei lasciato andare fino a quel punto?»

Lui corrugò la fronte, forse per capire a cosa mi stessi riferendo. Però, mi imbarazzava utilizzare termini più espliciti; eravamo diversi, e di certo il pudore era una delle caratteristiche che ci distingueva.

Tuttavia, feci un ampio respiro e continuai: «Perché mi hai dato quella perla prima che partissi?» Volevo tentare di provargli che non era indifferente a me e al nostro passato, ma Neil se ne stava seduto a guardarmi, con una freddezza calcolata e un'espressione imperturbabile in viso, che rendeva tutto più difficile.

«Ti sono venuto dentro perché non l'avevo mai fatto con nessun'altra ed ero curioso di vivere un'esperienza del genere.» Ci pensò lui a essere esplicito e il moto di imbarazzo mi fece distogliere subito lo sguardo dai suoi occhi. Ancora una volta tentai di essere forte e attesi che rispondesse alla seconda domanda.

«Per quanto riguarda la perla, si tratta di un portafortuna che volevo regalarti. Soltanto una bimba come te avrebbe potuto dare un senso diverso a quel gesto.» Di nuovo fu freddo, cinico, apatico e fermamente sicuro di sé e delle sue parole.

Prima della mia partenza, mi aveva chiaramente detto che avrebbe voluto che portassi qualcosa di lui con me a Detroit.

E allora perché adesso stava tentando di sminuire tutto in quel modo?

Ero confusa.

Avrei voluto avventarmi su di lui e staccargli le labbra a morsi per farlo tacere, perché le sue risposte non stavano facendo altro che ferirmi e irritarmi.

«Sei proprio uno stronzo.» Lo guardai e gli riversai addosso la mia rabbia.

Non urlai, però il mio fu un sussurro così astioso da risultare più assordante di un grido.

Il mio umore peggiorò e sentii la necessità di mettermi in guardia per schermarmi da lui e dalle sensazioni contrastanti che avvertivo dentro di me.

Tuttavia, Neil si allontanò, perché aveva percepito il mio stato d'animo pessimo, poi si alzò in piedi, sovrastandomi con la sua altezza imponente.

Abbassai il mento sulle pieghe del lenzuolo, nell'esatto punto in cui lui aveva lasciato la sua sagoma, e sollevai il viso per guardarlo.

Adesso sembrava in difficoltà, lo capii dal modo in cui si toccò i capelli e iniziò a mordersi il labbro inferiore.

«Non sei stata niente e nessuno per me, Selene. Soltanto una ragazzina con cui mi è piaciuto divertirmi. Non sai né baciare, né scopare. Te l'ho sempre detto. Credevo che lo avessi capito.» Mi parlò con una severità agghiacciante.

Corrugai la fronte e strinsi le labbra a causa del mal di testa. Mi toccai le tempie e abbassai il viso. Era assurdo che fosse così insensibile in un momento simile; dal canto mio, ero in preda a un tumulto interiore: non volevo che andasse via, ma al tempo stesso volevo che sparisse dalla mia stanza, ma soprattutto dalla mia mente.

Era lì che lui soggiornava costantemente.

Scossi la testa e cercai di schiarirmi le idee.

Che cosa pretendevo?

Che Neil capisse i suoi errori?

Quel momento probabilmente non sarebbe mai arrivato e io dovevo farmene una ragione.

Provai una profonda angoscia, che mi fece desiderare di essere altrove, e non lì, con lui.

«Puoi essere il nulla nell'infinità dei miei ricordi, oppure puoi essere tutto davanti al nulla della mia esistenza, ma non potrò deciderlo io», aggiunse con il suo timbro ipnotico, come se mi stesse nascondendo un segreto impenetrabile.

Chinò le spalle possenti e fissò un punto del pavimento, anziché me.

Perché doveva essere così difficile capire il significato delle sue parole?

Perché doveva essere così contorto e contraddittorio?

Fece un passo indietro, poi un altro, sollevando un'ultima volta lo sguardo su di me.

I suoi occhi si agganciarono ai miei, come se non volessero lasciarmi.

Mi sentii sopraffatta.

Per caso Cupido si stava, di nuovo, divertendo a scoccare frecce nella direzione sbagliata?

Sì, pensai.

Che Cupido stronzo e insolente!

Neil si allontanò ancora e fui assolutamente certa che non avrei mai dimenticato l'oro brillante del suo sguardo, neanche se me lo fossi imposta, come mi ero imposta di odiarlo.

Più la nostra distanza aumentava, più il mio cuore si restringeva.

Forse lo stava chiamando.

Sì, il mio cuore lo stava proprio chiamando, come in cerca di una seconda possibilità che mi resi conto all'improvviso di essere pronta a dargli, perché sapevo che dietro i suoi comportamenti c'era una motivazione importante.

«Neil, aspetta...» Allungai un braccio nell'aria, ma afferrai soltanto il silenzio che mi piombò addosso, quando i suoi passi sicuri smisero di riecheggiare per la stanza e sparirono oltre la porta.

Neil era andato via.

Forse non l'avrei più rivisto.

Forse non avrei mai scoperto come sarebbe andata tra noi, se le sue parole fossero state vere, e se realmente non fossi stata nulla per lui, così come aveva detto.

Di una cosa, però, fui assolutamente certa.

Niente fu in grado di esercitare una forte pressione sulla mia anima, come il vuoto lasciato dalla sua assenza.

3
Selene

Se ami qualcuno lascialo libero. Se torna da te,
sarà per sempre tuo, altrimenti non lo è mai stato.
RICHARD BACH

ERO tornata a casa.

Dopo un'altra settimana in ospedale, ero di nuovo dove tutto mi riportava a quello che ero prima di partire per New York.

Ero nel luogo in cui ero cresciuta: l'Indian Village era un quartiere storico situato a est di Detroit, che non emanava alcun lusso ostentato, ma era sofisticato e particolareggiato, grazie ad alcuni importanti edifici degni di nota, come la Bliemaster House.

Le case e gli appartamenti erano tutti disposti a schiera, con giardini ben curati e garage ristrutturati. I nostri vicini erano i Burns e i Kamper, rispettivamente situati a destra e a sinistra della nostra modesta villetta.

Appena scesa dall'auto, mi guardai attorno ed ebbi l'impressione di non essere mai andata via di lì, perché tutti i miei ricordi più belli erano legati proprio a quella casa, a mia madre, ai miei amici e alla mia università.

Mi sentivo ancora frastornata e confusa. La dottoressa mi aveva detto che i primi tempi avrei sofferto di forti emicranie e sensibilità alle fonti di luce, e che avrei portato addosso i segni del mio incidente ancora per molto.

Erano ancora lì, incisi sul corpo e nell'anima, ma ero fiduciosa che prima o poi mi sarei ripresa.

Entrai in casa e sorrisi, dato che la trovai esattamente come la ricordavo.

La villetta non era molto grande, ma in compenso era semplice e confortevole.

Nell'arredamento primeggiava il legno antico e mia madre aveva perfino conservato i vecchi lampadari di nonna Marie, perché forse anche lei, come me, non ne aveva ancora superato la morte.

Mia nonna, infatti, un tempo viveva con noi, perciò sentivo spesso la sua presenza e avvertivo ancora nell'aria il profumo della sua *cherry pie*, la crostata di ciliegie che preparava proprio per me, ogni domenica. La gustavamo sempre insieme con una buona tazza di tè, un'abitudine che io e mia madre avevamo conservato, per commemorarla.

Sospirai e, a passo lento, salii le scale per raggiungere la mia stanza.

Varcata la soglia, notai che tutto era in ordine e pulito.

La testiera del letto, in legno intagliato, era contro la parete sopra la quale alcune mensole sfoggiavano libri di ogni genere, disposti l'uno accanto all'altro.

Due abat-jour posate, invece, sui comodini laterali, rendevano la stanza ben illuminata.

Oltre al letto e ai comodini, non c'era molto, soltanto una scrivania accanto alla finestra, due piccoli pouf bianchi, un armadio a sei ante, con tutti i miei vestiti riposti al suo interno, una piccola toeletta con uno sgabello e qualche mia vecchia foto al muro.

Mi guardai attorno per assaporare ogni dettaglio. Quanto mi era mancata la mia stanza.

D'un tratto, mi soffermai sullo specchio della toeletta, dove c'erano le boccette di alcuni profumi e qualche cosmetico. Osservai la mia immagine riflessa, notando quanto fossi pallida e stanca. Le occhiaie erano ben evidenti, tanto quanto la ferita, ormai rimarginata, che mi marchiava il lato sinistro della fronte. I punti di sutura erano stati rimossi, ma la cicatrice era ancora gonfia e leggermente arrossata. Con un po' di trucco, forse, l'avrei coperta, ma sarebbe rimasta lì, per sempre, a ricordarmi ciò che era successo.

«Allora, disfiamo queste valige?»

Sussultai quando entrò mia madre, bella e sorridente come

sempre. I capelli ramati erano sollevati con un semplice fermaglio e indossava una camicia chiara e dei pantaloni neri.

Mi lanciò un'occhiata interrogativa e sollevò i miei bagagli sul letto.

«Che fai?» chiese incuriosita.

«Secondo te, dovrò fare un nuovo taglio per coprirla?» Le indicai la mia cicatrice e lei corrugò le sopracciglia, dubbiosa.

Certo, quel segno non era un problema poi tanto grave, ma stentavo a riconoscere il mio viso, nonostante mi rendessi conto che dovevo semplicemente accettare quel marchio indelebile sulla pelle. Mia madre sorrise e si avvicinò, posandomi le mani sulle spalle, con la solita indulgenza che la caratterizzava.

«Non si nota neanche. Per me sei sempre bellissima.» Mi baciò la fronte e le feci una smorfia sarcastica.

Si notava eccome, ma lei stava tentando di rassicurarmi, come avrebbe fatto del resto chiunque altro.

«Lo dici solo perché sono tua figlia», brontolai con un sorriso ironico.

Poi la superai e iniziai a disfare le valige. Mia madre si avvicinò e si apprestò ad aiutarmi. Tuttavia, spesso avvertivo dei capogiri o delle vertigini, ma la dottoressa Rowland mi aveva assicurato che era del tutto normale e che prevedere i meccanismi cerebrali di un trauma come quello che avevo subito, non era affatto semplice.

Potevano verificarsi sbalzi d'umore, ansia, tensione, insonnia, che, soprattutto i primi tempi, avrebbero potuto alterare il modo in cui svolgevo le mie attività quotidiane.

Pertanto, mi aveva consigliato di annotare tutto su un'agenda personale, qualora avessi percepito sensazioni o sintomi anomali durante le mie giornate.

«Non dimenticare di trascrivere lì tutto ciò che noti di sospetto.» Come se mi avesse letto nel pensiero, mia madre indicò proprio l'agenda che avevo appena posato sul comodino; io annuii, sfregando le mani sui jeans, poi mi sedetti sul letto e sospirai. «Cosa c'è?» chiese preoccupata lei e io scrollai le spalle senza darle una risposta.

In realtà non sapevo cosa dirle, però percepivo un vuoto inspiegabile dentro di me. Ero felice di essere finalmente uscita dall'ospedale, ma sapevo anche di non essere in grado di dimenticare quanto accaduto.

Non avevo confessato a nessuno che il mio incidente non era stato affatto casuale, ma provocato da un pazzo esaltato, e che questo mi rendeva inquieta.

«Mi sento solo stanca», risposi, fissando un punto indefinito delle mie gambe. Avrei voluto piangere, ma cercai di non farlo; dopotutto, non volevo spaventare mia madre, che aveva già sopportato abbastanza in quel periodo.

Lei si sedette accanto a me e mi accarezzò i capelli lunghi, come faceva sempre quando ero bambina.

In realtà, mi sentivo ancora una bambina.

«La dottoressa ha detto che si tratta di un malessere temporaneo.» Mi sollevò il viso delicatamente, e inchiodò gli occhi nei miei, unendo le nostre anime. «Vedrai che starai bene, affronteremo tutto insieme.» Mi sorrise e la fissai attentamente, riflettendo sulle sue parole. Mia madre mi sarebbe stata accanto e mi avrebbe dato la forza necessaria per affrontare tutto. Le sorrisi e lei all'improvviso si ricordò di qualcosa.

«Oh, volevo darti questo.» Infilò una mano nella tasca dei pantaloni e tirò fuori un oggetto per porgermelo. «Credo sia proprio tuo.» Aprì il palmo della mano, mostrandomi il…

Cubo di vetro trasparente con dentro una perla.

Schiusi le labbra e nella testa mi riecheggiarono le sue parole insensibili.

Il cubo era solo un portafortuna.

Un inutile, stupido portafortuna, al quale solo una bimba poteva dare un significato diverso.

A me, però, aveva perfino salvato la vita.

«Lo avevi con te dopo l'incidente. Non te ne sei separata fino a quando sei arrivata in ospedale», mi spiegò lei, inducendomi a fissarlo.

In quell'istante, diedi di nuovo un valore profondo a quel simbolo. Era incredibile come un oggetto avesse impresso su di sé tutto ciò che era successo, come se lui stesso avesse avuto vita propria, come se lui stesso avesse visto con i propri occhi il momento in cui Neil me l'aveva regalato, prima che salissi sul taxi, e poi ciò che era successo dopo, su quella strada.

Lo strinsi tra il pollice e l'indice, e lo avvicinai alla luce della lampada, ammirando il modo in cui il vetro diventava iridescente e la perla, al suo interno, brillava.

Mi alzai dal letto e lo posai sulla scrivania, accanto a una foto che ritraeva me e mia madre con nonna Marie.

Non seppi neanch'io perché lo misi proprio lì, fu un gesto inconscio e spontaneo. Avrei potuto gettare via quel piccolo oggetto o riporlo in qualche cassetto, ma i miei occhi volevano ammirarlo ancora, forse perché era più unico che raro o forse perché era particolarmente bello da meritare un posto tra i souvenir che avrebbero arredato la mia stanza.

Lo guardai ancora, fino a quando la mia vista non divenne offuscata e la testa iniziò a girare.

Mi toccai la fronte a causa di un lieve lampo di dolore, che mi fece vacillare sulle gambe, e mia madre si precipitò da me.

«Selene.» Mi afferrò per le spalle per impedirmi di rovinare al suolo, e mi accarezzò una guancia, incastrando gli occhi nei miei. «Devi mangiare qualcosa e riposare», disse con un tono severo e preoccupato. Ero d'accordo con lei: non solo mi mancavano i suoi pranzi squisiti, ma sentivo anche davvero il bisogno di distendermi. Era però soltanto mezzogiorno e non avevo voglia di trascorrere altro tempo a letto, così, cinque minuti dopo, optai per il divano in salotto.

Accesi il televisore e mia madre mi posò un plaid sulle gambe, poi si rifugiò in cucina per dedicarsi ai fornelli.

«Cosa vuoi che ti prepari?» chiese entusiasta, sistemandosi un grembiule giallo attorno alla vita.

Mi lanciò un'occhiata scaltra, perché in realtà sapeva già cosa le avrei chiesto, perciò le sorrisi con la stessa avvedutezza.

Riuscivamo a capirci con un solo sguardo; non avevo mai provato una sintonia simile con Matt.

«*Crab cake*!» dicemmo all'unisono, scoppiando a ridere.

Quello era il mio piatto preferito, e lei lo sapeva bene; per questo, con tutto l'impegno del mondo, preparò delle buonissime *crab cake*, il cui profumo, che aleggiava nel salotto, mi stuzzicò l'appetito.

Lo stomaco iniziò a brontolare e la raggiunsi rapidamente in cucina per apparecchiare.

Anche quella parte della casa era funzionale e decisamente informale, come noi.

Il legno di olmo, in tinta scura, delle ante, spiccava sul colore di pietra naturale del top. Il pavimento, in cemento levigato, contrastava con le pareti bianche, illuminate da una piccola finestra, accanto al piano cottura.

«No, Selene. Non affaticarti», mi redarguì, sventolando un tovagliolo con una mano, quando aprii un cassetto. Sorrisi, perché la trovavo davvero buffa.

«Mamma», brontolai. «Non posso trascorrere un'intera giornata senza far nulla», mi intestardii, terminando di sistemare le posate. Poi posizionai le sedie, in stile Novecento, attorno al tavolo e sorrisi, prima di affacciarmi sul giardino all'inglese.

Mia madre adorava occuparsene coltivando piccole piante di ogni genere.

In realtà, lei aveva una sua filosofia: sosteneva che i giardini fossero testimoni tangibili del rapporto millenario che univa l'uomo alla natura.

Era sempre stata una donna profonda, ma anche abbastanza singolare.

«Le *crab cakes* sono pronte.» La sua voce mi colpì alle spalle, mentre fissavo, oltre la finestra, le siepi profumate che dividevano il nostro giardino da quello dei vicini. Mi voltai con un sorriso, poi mi accomodai al solito posto.

Lì, con mia madre, mi sentivo a casa, mi sentivo al sicuro, ma percepivo anche una strana sensazione di angoscia dentro di me, perché il mio corpo non era più lo stesso, la mia testa non era più la stessa.

In fin dei conti, nessuno tornava a essere quello di prima dopo un incidente simile.

Pranzammo, gustando quel buonissimo piatto tramandato di generazione in generazione, e mentre io me ne stavo in silenzio ad assaporare la mia porzione, mia madre sembrava pensierosa.

«A che pensi?» bofonchiai, a bocca piena.

Avevo una fame da lupi e ormai mi ero decisamente dimenticata delle regole del bon ton.

Mia madre sollevò gli occhi azzurri dal suo piatto al mio viso, e si schiarì la voce.

«Avrei dovuto evitare che tu partissi...» mormorò, con un timbro basso e afflitto.

Cosa stava cercando di dirmi?

Smisi di masticare e ingurgitai a fatica, fissandola attentamente.

«Se io non ti avessi costretta a trascorrere del tempo con tuo padre, probabilmente tutto questo non sarebbe successo», sussurrò rattristata.

Si sentiva in colpa.

Mia madre pensava davvero che l'incidente non sarebbe mai accaduto se io non fossi andata a vivere da mio padre? Era assurdo. Mi alzai dalla sedia d'istinto e mi avvicinai a lei, accarezzandole una spalla.

Non doveva neanche lontanamente dubitare che fosse colpa sua.

La colpa non era di nessuno, se non di Player, il bastardo che aveva ideato quel gioco maledetto.

«Mamma», la richiamai, ma lei scosse la testa e posò le mani sul viso, lasciandosi andare a un pianto silenzioso che aveva trattenuto troppo a lungo. La strinsi a me e le accarezzai i capelli, perché comprendevo il suo stato d'animo. Non doveva essere stato facile mostrarsi forte soltanto per non indurre me a crollare, e questo aveva inevitabilmente condotto lei a reprimere una sofferenza che necessitava di essere liberata, proprio come era accaduto in quel momento.

«Va tutto bene, sono qui», le sussurrai, perché sembrava scossa e impaurita, come una bambina.

I singulti le facevano fremere le spalle e il respiro venne rotto dai singhiozzi. Tentai di tranquillizzarla e, quando si tirò indietro sulla sedia, mi sedetti sulle sue ginocchia e l'abbracciai.

Ero troppo grande per accovacciarmi su di lei, ma a nessuna delle due sembrava importare.

Con i pollici le asciugai le lacrime sulle guance e lei sorrise accarezzandomi la fronte, proprio dove c'era la cicatrice.

«Sei tutto per me. Non importa quanti anni tu abbia, rimarrai sempre la mia piccolina», disse dolcemente e tornai ad abbracciarla.

Dopo aver terminato il nostro pranzo, mi dedicai a lavare i piatti e a riordinare la cucina.

Mia madre mi aveva quasi imposto di andare in camera a riposare, ma non avevo voglia di starmene a letto e, per di più, non avevo alcun mal di testa, quindi ne avrei approfittato per terminare le faccende in cucina e disfare le mie valige.

Ci impiegai quattro ore per pulire la cucina, che ora appariva linda, e per sistemare i miei vestiti sulle grucce. Dopodiché, feci un bagno caldo e riordinai i capelli, che avrei dovuto tagliare; non capivo neanch'io come mai li portassi così lunghi, dato che si annodavano facilmente sulle punte e spesso erano arruffati.

Sbuffai e indossai una semplice felpa color acquamarina con un paio di jeans, poi scesi in salotto, lì dove mia madre era seduta al tavolo per la sua ora di pittura su vetro.

Raccolsi i capelli in una coda alta e mi avvicinai a lei, che se ne stava con le spalle leggermente chine in avanti, concentrata a dipingere dei piccoli fiori su un bicchiere.

Accanto a lei c'era tutto il necessario: vernice, alcol, uno straccio pulito e pennelli di vario tipo.

Non me ne intendevo molto, ma mia madre era davvero brava in quell'arte, tanto che conosceva tre tecniche diverse, una più complessa dell'altra. Quella di dipingere, infatti, era una delle tante passioni che coltivava nel tempo libero, quando non andava all'università a insegnare.

Mi fermai ad ammirarla. Mi piaceva osservarla mentre decorava a mano libera qualsiasi oggetto di vetro avessimo in casa, prediligendo soprattutto fiori o paesaggi.

«Come ti senti?» chiese, con gli occhi inchiodati sul suo disegno.

«Per ora bene.» Erano trascorse circa due settimane dal mio incidente, e piano piano stavo tornando alla mia normalità.

«Ne sono felice», ribatté.

Quando era impegnata con i suoi hobby, era sempre poco loquace e molto assorta.

In particolare, la pittura su vetro richiedeva fantasia, ispirazione, ma soprattutto molta precisione, così decisi di non disturbarla ulteriormente e di sedermi sul divano.

Tirai fuori il cellulare dalla tasca della mia felpa e rilessi i messaggi.

Avevo sentito Alyssa e anche Logan, ma da Neil non era arrivato nulla.

Non facevo altro che controllare il telefono come una stupida, nella speranza che si degnasse di chiamarmi o di scrivermi anche un banale «Come stai». Ero certa che sapesse che mi avevano dimessa, dato che mio padre l'aveva sicuramente comunicato alla famiglia intera, ma probabilmente Neil preferiva spassarsela con una delle sue bionde.

Si era dimenticato di me.

Già, forse era stata tutta una menzogna, un'illusione che avevamo vissuto, eppure...

Eppure l'avevo sentito coinvolto, soprattutto l'ultima volta che eravamo stati insieme.

Il modo bruciante in cui mi guardava mentre si muoveva su di me, il modo in cui emetteva piccoli sospiri virili accanto al mio orecchio, il modo in cui si mordeva il labbro inferiore quando guardava in basso, verso il punto nel quale eravamo congiunti, il modo in cui le spalle e la schiena si tendevano quando le mie dita scivolavano sulla pelle liscia, per deliziarlo con lievi carezze.

E poi c'era stato lui.

Il suo orgasmo incontenibile.

Il modo in cui era esploso dentro di me, vibrando tutto, perdendo l'autocontrollo che si ostinava a mantenere sempre. Aveva chiuso gli occhi e il suo corpo si era confuso con il mio, ma senza alcun verso, alcun gemito, come suo solito. Mi aveva concesso soltanto un sospiro di piacere, basso e maschile, che aveva attraversato la mia spina dorsale fino a dissolversi, facendomi beare di un'intimità sconosciuta che lui non aveva mai condiviso con nessuna, prima di allora.

Forse adesso che era successo una volta, ci aveva preso gusto. Forse si era lasciato andare anche con quella stronza di Jennifer o con chissà chi, ma, nonostante tutto, quella prima volta sarebbe rimasta per sempre mia.

Per sempre nostra.

Lanciai il cellulare sul divano e sbuffai.

Ormai era inutile attendere un suo segnale e io mi ero imposta di non cedere.

Di non cercarlo, perché non lo meritava.

Mi chiedevo cosa fosse successo dopo la mia partenza, perché avevo percepito un certo distacco nelle sue parole, e perfino nel suo timbro di voce, che mi era apparso sensuale ma freddo, privo di espressività.

Come faceva a essere così indifferente?

Come faceva a non provare nessuna emozione umana?

Il suono del campanello mi riscosse da quelle riflessioni e voltai il viso verso la porta d'ingresso, poi spostai lo sguardo su mia madre che aveva smesso di dedicare la sua attenzione al bicchiere di vetro.

«Aspettavi qualcuno?» le chiesi subito.

«No», ribatté, alzandosi dalla sedia. Si pulì le mani su uno straccio bianco e andò ad aprire.

Quando lo fece, lanciai un'occhiata all'ingresso e trattenni il respiro. Lì, in piedi, sul tappetino a forma di semiluna della porta principale c'era un ragazzo, che riconobbi subito nell'istante in cui gli occhi verde giada inchiodarono l'azzurro di mia madre, e le sue labbra si aprirono in un sorriso educato.

«Jared, che piacere vederti, accomodati pure», disse lei, ignara di quello che era davvero successo tra noi. Sapeva che non stavamo più insieme, ma non era a conoscenza del perché.

«Piacere mio, signora Martin», replicò lui gentile.

Mia madre si spostò di lato e lo invitò a entrare, io invece balzai in piedi dal divano, toccandomi nervosamente i capelli. Non avevo di certo dimenticato ciò che era accaduto in quel parco.

Lo fissai, irrigidendomi, e riflettei sul da farsi.

Se lo avessi cacciato, probabilmente avrei dovuto dare delle spiegazioni a mia madre oppure sarebbe stato lui stesso a raccontarle di Neil, e non potevo permettere che accadesse una cosa simile.

Non me ne sarebbe importato nulla se il mio amante fosse

stato un uomo qualsiasi, ma in quel caso si trattava del figlio della compagna di mio padre, e avrei dovuto ponderare bene come rivelare la questione.

Mi stampai in fretta un sorriso finto sul viso per celare la mia agitazione a mia madre, anche se avevo il cuore che batteva al centro della gola, impedendomi quasi di respirare in maniera regolare.

Nel frattempo, Jared avanzò nel salotto con un mazzo di fiori stretto nella mano destra e un sacchetto nella sinistra.

Davvero?

Prima si era divertito a terrorizzarmi e picchiarmi e ora voleva regalarmi un mazzo di fiori?

E poi, chi l'aveva informato del mio incidente?

Anziché rivolgersi a me, parlò qualche istante con mia madre mentre io me ne stavo ferma, a fissare il suo corpo snello.

Indossava un semplice maglione bianco con un paio di pantaloni blu. Il cappotto lungo gli conferiva una certa eleganza. Sembrava addirittura più grande della sua età.

Era impeccabile come sempre, ma soltanto io sapevo quanto fosse ingannevole il suo aspetto così inappuntabile.

Dopo aver preso coraggio, mi avvicinai a loro, a passo incerto, e guardai il bouquet di rose rosse e gerbere rosa che teneva in mano; ne sentii perfino il profumo fresco.

«Vado a prepararvi una cioccolata calda, allora», disse mia madre.

Non avevo ascoltato una sola parola di quello che si erano detti, né avevo capito da quale argomento fossero partiti per poi arrivare alla cioccolata. Non facevo altro che osservare il viso aggraziato di Jared, i lineamenti delicati e i capelli biondi nei quali, molte volte, avevo infilato le dita mentre ci baciavamo sulla nostra panchina, al solito parco; d'un tratto, però, quel viso angelico mutò in un volto trasformato dalla rabbia e rivissi tutto come in un film: la sua mano che si sollevava per colpirmi, le offese con cui mi aveva insultata, il modo in cui mi aveva piegata sul cofano dell'auto per intimarmi di fare quello che diceva, senza contraddirlo.

Una smorfia di sdegno si impresse sul mio volto e non riuscii a nasconderla.

«Ciao», disse lui e mi guardò; sussultai come se quella fosse la prima volta in cui mi rivolgeva la parola.

Mi porse il bouquet e desistetti dall'accettarlo.

Con quale coraggio si presentava in casa mia come se non fosse successo nulla?

«Non pensavo di rivederti», replicai fredda, spiazzandolo.

Jared lanciò un'occhiata in cucina, precisamente a mia madre, perché anche lui aveva finto come me, poi si leccò le labbra e parlò.

«Ho saputo del tuo incidente. Sono qui soltanto per accertarmi che tu stia bene», spiegò, come se avesse il diritto di prendersi cura di me.

Stava scherzando?

«Perché non ti sei preoccupato di me quando mi hai colpita in viso?» gli chiesi pungente. Non presi il mazzo di fiori e continuai a fissarlo, senza alcun timore. Se avesse minimamente provato a sfiorarmi ancora, l'avrei preso a calci dritto nei piani bassi. Jared sospirò e mi parve in evidente disagio; se ne stava lì, in piedi, come un pulcino indifeso, ma io sapevo bene quanto fosse, invece, violento e pericoloso.

«Ho perso la ragione. A quale uomo non sarebbe accaduto in una situazione del genere?» Tentò di giustificarsi, peggiorando la sua posizione. Sorrisi incredula per quello che avevo appena sentito e scossi la testa indignata.

«Nessun uomo deve toccare una donna, a prescindere dalla... *situazione*», ripetei l'ultima parola per fargli capire quanto fosse stata stupida la risposta che mi aveva dato. Al suo gesto non c'erano giustificazioni, anche se l'avevo tradito e avevo rimandato la mia confessione a causa delle condizioni gravi di sua madre.

Avevo pur sempre sbagliato, e questo non l'avrei mai negato, ma niente e nessuno dava il diritto di picchiare una donna.

«Ti chiedo scusa.» Era in imbarazzo e terribilmente teso. Non faceva altro che dondolarsi sulle gambe e guardarsi attorno intimorito, probabilmente perché c'era anche mia madre. «Sono stato un coglione, non ho mai picchiato una donna. Mai.» Iniziò a parlare con affanno. «Ero turbato e arrabbiato, ma poi ho pensato tutti i giorni a quel gesto ignobile, così lontano da me e dal mio modo d'essere.» Abbassò il mento e il suo sguardo si rifugiò altrove, per fuggire dal mio. Sospettai anche che stesse per piangere. «Mi sono sentito in colpa. Ero ferito, perché io ti...» Si fermò e i suoi occhi scivolarono nei miei, mostrandomi una sofferenza tacita che non avevo mai notato prima. «Ti amavo», sussurrò, porgendomi il sacchetto che stava reggendo con l'altra mano. «Accetta almeno questo», insisté e guardai prima la sua mano tremante, poi di nuovo lui. «Se non lo farai, tua madre si insospettirà», aggiunse e su questo non potevo dargli torto.

Afferrai il sacchetto e anche il bouquet di fiori, soltanto per non destare dubbi in lei, poi fissai le rose profumate. Erano luminose e bellissime.

«Accetto solo per evitare domande. Lei sa che ci siamo lasciati, ma non sa quello che è successo», ribattei, per fargli capire che la sua reputazione da finto ragazzo per bene non era stata compromessa.

Jared sospirò, poi i suoi occhi lambirono lenti le mie forme, dall'alto verso il basso, facendomi irrigidire.

Non indossavo nulla di appariscente.

Non ero truccata e i capelli erano, come al solito, in disordine, quindi, per quanto mi riguardava, ero sciatta e per niente attraente.

«Come fai a essere bellissima anche dopo un incidente così grave?» disse con una malinconia struggente.

Si avvicinò, un passo dopo l'altro, e azzerò completamente la distanza tra noi.

Rimasi immobile e guardinga, ma ciò non gli impedì di fare quello che fece dopo.

Con una mano mi scostò una ciocca di capelli dalla fronte e fissò per qualche istante la mia cicatrice. La forma ricalcava quella della lesione che l'aveva provocata, era ancora dolente e leggermente rialzata, ma la dottoressa mi aveva rassicurata sulla possibilità che potesse regredire nel giro di otto o dodici mesi, lasciando soltanto un piccolo segno. Jared spostò le sue iridi dalla cicatrice ai miei occhi, e io feci subito un passo indietro per fargli capire di non oltrepassare i limiti.

«Spero che mi darai modo di starti accanto. Ti assicuro che voglio esserti solo amico», affermò, attendendo poi una mia reazione.

Io e lui? Amici?

Non avevamo mai avuto un rapporto di coppia maturo, e c'erano tante cose che non avevamo fatto, ma Jared aveva comunque provato un sentimento per me e non reputavo opportuno stabilire un'amicizia tra noi.

«Non mi sembra il caso.» Lo respinsi e lanciai un'occhiata oltre le mie spalle.

Mia madre stava preparando la cioccolata calda e sorridendo al display del cellulare, forse per un messaggio ricevuto. Per fortuna era distratta e non si era accorta di nulla.

Più tardi le avrei chiesto per quale motivo avesse un'espressione sognante sul viso, ma in quell'istante mi concentrai su Jared, tornando subito sul nostro discorso.

«Qual è il problema? Neil è geloso?» chiese con tono sprezzante.

Notai la punta di fastidio con il quale aveva pronunciato il suo nome e Jared scosse la testa, rendendosi conto di aver lasciato parlare il suo orgoglio ferito. «Scusa, non sono affari miei», disse, inspirando a fondo.

Non aveva ancora metabolizzato quanto successo, e mi fu davvero chiaro in quell'attimo.

«È meglio che tu vada», risposi semplicemente, perché non volevo parlare di Neil o di quello che c'era – o meglio, che non c'era – tra noi.

«Sì, infatti.» Si girò verso la porta e mi scoccò un'ultima occhiata. «Ringrazia ugualmente tua madre per la cioccolata, ma dille che ho ricevuto una chiamata urgente da mio padre.»

Jared se ne andò e, dopo aver messo i suoi fiori in un vaso, reprimendo l'impulso di gettarli via, mi sedetti sul divano. Aprii il sacchetto che mi aveva dato, e tirai fuori un pacco di…

«Pop Rocks», sussurrai a me stessa.

Erano le mie caramelle preferite, a forma di granuli scoppiettanti, che appena scivolavano sulla lingua liberavano il loro gusto delizioso. La prima volta le avevo assaggiate al distributore accanto alla biblioteca nella quale, spesso, mi recavo per studiare o per scegliere libri da leggere.

La stessa dove, mesi prima, avevo incontrato Jared.

«Sono di zucchero filato», aggiunsi con un tono rattristato.

Jared conosceva i miei gusti, e in realtà sapeva molte cose di me, perciò un'inspiegabile tristezza mi strinse il petto.

Non ero, però, pentita di quello che avevo fatto.

Neil non era stato solo una tentazione, era stato lo sbaglio più bello che potessi commettere.

Con lui avevo provato qualcosa di nuovo e indescrivibile. Mi aveva fatta soffrire, certo, ma non importava.

I suoi gesti a volte irrispettosi, altre volte indecifrabili, non avrebbero mai cancellato quello che avevo provato con lui.

Per lui.

«Dov'è Jared? Perché è andato via?» Mia madre entrò in salotto con un vassoio e due tazze fumanti. Le sorrisi nervosamente e mi preparai a dirle una bugia.

«Ha ricevuto una chiamata urgente da suo padre ed è dovuto andar via», dissi convincente. Mia madre si piegò per posare il vassoio sul tavolino basso di fronte a noi, poi si sedette al mio fianco, notando le mie caramelle preferite.

«È stato carino», commentò fissandole, ma avrebbe cambiato idea se le avessi detto cosa aveva fatto in quel parco, quella fatidica sera. Tuttavia, le sorrisi e tentai di mostrarmi d'accordo con lei.

«Sì, lo è stato», replicai, pensierosa.

Distesi le gambe e rigirai tra le dita il pacco di caramelle, tirandone fuori una.

Lo avrei finito nel giro di poche ore, ne ero certa.

Le avrei mangiate per sfogare la tensione, per aggrapparmi a qualcos'altro che non fossero le mie paranoie o i miei continui pensieri su Neil e su tutte le cose che ancora sfuggivano alla mia logica.

«Come ti senti?» mi domandò per l'ennesima volta mia madre, forse scambiando il mio silenzio assorto per malessere, poi mi accarezzò i capelli e io sollevai il viso per guardarla.

«Meglio. Dai, vai a fare il tuo bagno caldo, hai bisogno di rilassarti.» In questi giorni aveva perfino timore di lasciarmi sola qualche istante, ma non ce n'era motivo.

«Sicura?» Tentennò, piegandosi per afferrare il vassoio da riportare in cucina.

«Sicurissima, madre», risposi ironica.

In realtà, il mal di testa era tornato, forse perché dedicare la mia attenzione a Jared era stato più sfiancante di quanto pensassi, e non ero ancora nelle condizioni adeguate per sottoporre la mente a uno stress simile, ma non lo confessai a mia madre.

Cercai piuttosto di essere rassicurante. Volevo che si dedicasse un po' a sé dopo quella lunga giornata.

«Okay, torno subito, allora. Dammi un quarto d'ora di tempo.» Si affrettò ad andare via, non perché non vedesse l'ora di farlo, ma perché non vedeva l'ora di tornare da me.

Più tardi, infatti, avremmo visto un film e mangiato qualche schifezza ipercalorica.

Sorrisi e mi accigliai quando il mio cellulare vibrò, segnando l'arrivo di un messaggio. Lo tirai fuori dalla tasca della felpa e sbloccai il display per leggerlo.

Avevi detto che ci saremmo sentite e non mi hai chiamata, stronza!

Era Alyssa.

Digitai subito la risposta e la inviai.

Hai ragione, scusa. Oggi è venuto a trovarmi Jared.

Avevo raccontato ad Alyssa quello che era successo con lui. La mia amica lo odiava per quello che mi aveva fatto, perché anche lei, come me, non tollerava la violenza sulle donne. Sosteneva che un uomo capace di azioni violente una volta, sarebbe stato pericoloso e incline a commetterle di nuovo.

Tienilo alla larga, è ancora innamorato di te, mi avvertì.

Lo pensavo anch'io. L'avevo sospettato dal suo sguardo, un misto di amore e delusione, a volte innocente, altre insidioso e ombroso.

Messaggiai un po' con Alyssa, chiedendole come stava proseguendo la relazione con Logan. Anche se stavano ancora insieme, nessuno dei due aveva ufficializzato le cose.

Logan era diverso da Neil. Era riflessivo, giudizioso, romantico, ma aveva anche una personalità forte. Perciò, ero contenta per la mia amica, che meritava di viversi il vero amore con un ragazzo come lui.

Quando, dopo circa dieci minuti, mi salutò, i miei occhi scivolarono sulle altre conversazioni.

Su una in particolare.

Il numero del mittente non era salvato in rubrica, ma sapevo bene a chi apparteneva.

La aprii e la lessi.

Sembra che tu ti stia annoiando... Ancora quel pigiama orribile... I nostri balconi sono comunicanti.

Erano tutti di Neil, la mia risposta era stata solo: *Come fai ad avere il mio numero?*

Mi mossi agitata sul divano perché i ricordi mi avevano trasportata lì, nella mia stanza a New York, con lui.

Dovevo odiarlo, odiarlo con tutta me stessa, eppure...

Il mio corpo non faceva altro che desiderare lui, desiderava le sue labbra, le sue mani, il suo profumo.

La memoria era diventata la mia peggior nemica, perché più mi riportava indietro nel tempo, più sentivo la sua mancanza.

Potrei averlo preso da Logan, aveva scritto.

«Logan...» Sorrisi.

Neil otteneva sempre quello che voleva. Per un attimo, lo immaginai a sbirciare sul cellulare di suo fratello per rubare letteralmente il mio numero e contattarmi. Era stato un gesto buffo ma anche lusinghiero, e per giunta non mi aveva mentito in proposito.

Era stronzo, spesso perverso e problematico, ma non era ipocrita.

Non mentiva mai.

Lui decideva cosa mostrare di sé e soprattutto a chi. Concedeva il suo corpo, ma mai la sua anima.

Quella era chiusa in uno scrigno d'oro del quale nessuno possedeva la chiave.

Di nuovo, pensai al mio incidente e a tutto quello che era accaduto prima.

Avevo fatto il possibile per scoprire cosa lo avesse reso così freddo e irremovibile, ma Neil era un muro d'acciaio impenetrabile.

Era sempre serio, pensieroso, non sorrideva quasi mai.

Anche nel sesso era controllato, schematico, metodico, concentrato come se stesse facendo un banale sport, e non si trovasse nel bel mezzo di un momento di condivisione e intimità.

Mi resi conto che avevo davanti un enigma di difficile risoluzione.

Malgrado mio padre, dopo il mio incidente, fosse venuto a

trovarmi in ospedale, non mi aveva mai parlato di Neil, perché io avevo evitato di fargli domande su di lui.

Spesso la curiosità di sapere come stesse o cosa stesse facendo c'era stata, ma, se avessi voluto cedere, avrei potuto contattarlo direttamente, cosa che non avevo fatto.

Non avrei fatto mai.

Mi riscossi e tornai a concentrarmi sui messaggi di Neil, lasciando che i ricordi aleggiassero nella mia testa.

Ti va di... parlare? Aveva scritto quell'incasinato, che di parlare non ne voleva mai sapere, eccetto quel giorno.

Perché? gli avevo chiesto.

Perché ho sussurrato al bambino che in cielo c'è una stella per ognuno di noi, abbastanza lontana da impedire ai nostri dolori di offuscarla, e lui oggi sembra essere d'accordo. Vorrebbe vederla con te...

Il bambino...

Avevo sempre associato quella risposta, profonda e introspettiva, a un evento del passato che, probabilmente, aveva segnato irrimediabilmente la sua anima.

Mi ero convinta che Neil avesse sofferto molto, in passato, perché le volte in cui mi ero beata del suo corpo nudo, avevo notato delle piccole cicatrici sull'avambraccio sinistro, simili a ustioni.

Erano tre, piccole e rosse.

Non erano molto visibili, ma non sarebbero sfuggite a un occhio attento come il mio. Avevo persino tentato di sfiorarle, proprio quando, come una ragazzina curiosa, mi ero messa a ispezionare i suoi bellissimi tatuaggi, ma Neil era stato categorico nell'afferrarmi il polso per impedirmi di toccarle.

Qualcosa nei suoi occhi era cambiato, una rabbia viscerale e oscura aveva risucchiato le sue iridi dorate, intimandomi di non varcare determinati confini.

Ero ammutolita e avevo tentato di farlo parlare. Del resto, non era facile, perché, dopo il sesso, scappava sempre e, prima del sesso, era così bravo a confondermi da rendermi incapace perfino di formulare parole sensate.

Lo faceva di proposito.

Usava il suo corpo come un'arma.

Sapeva di avere un aspetto magnifico, un'aura intimidatoria, un atteggiamento così freddo da congelare qualsiasi tentativo di contrastarlo.

Giocava d'astuzia, usava la sua spiccata virilità per appagare le donne, farle inginocchiare al suo volere, indurle a desiderare solo lui e nessun altro, senza reticenze.

Neil, infatti, voleva che le donne lo cercassero, che non lo dimenticassero, che non potessero fare a meno di lui, perché sopravviveva grazie a loro.

Erano il cibo prelibato con il quale si teneva in vita.

Guardai ancora i messaggi. *Accetto.*

Era stata la mia risposta quella sera, alla quale non seguiva nient'altro.

Rimasi allora immobile, con il cellulare tra le mani, in preda a un tumulto di emozioni che svolazzava attorno a me.

Le guance avvamparono a causa di un turbine di pensieri indecenti e mi costrinsi a non pensare al suo corpo nudo e imponente, ai muscoli scolpiti, alla voce matura, alla virilità dirompente, che pochi uomini potevano vantare.

In quell'attimo, mia madre sopraggiunse in salotto, avvolta da un accappatoio e con i capelli bagnati, lasciando la scia della fragranza piacevole del suo bagnoschiuma. Si fermò di colpo, appena incontrò il mio sguardo perso.

«Mamma...» la chiamai, spostando gli occhi su di lei. Aveva un'espressione interrogativa sul viso e mi resi conto che volevo sentire una sua opinione su Neil. «Come ti sembra il figlio di Mia?» chiesi in maniera diretta, facendole aggrottare la fronte.

Non l'avevo più visto dopo quella volta in ospedale, ma ero certa che mia madre avesse avuto diverse occasioni di parlargli o di incontrarlo in sala d'attesa. Logan mi aveva confessato che nei miei dieci giorni di coma era sempre venuto a trovarmi nella speranza che mi risvegliassi, quindi lei aveva sicuramente avuto modo di conoscerlo.

«Parli del maggiore o di Logan?» Si accigliò, frizionando i capelli bagnati.

«Del maggiore», risposi imbarazzata, facendola sorridere.

«Oh, Neil… gran bel ragazzo, sì sì», commentò e io mi sentii improvvisamente a disagio.

Tentai di mascherare l'agitazione e lei socchiuse gli occhi, per sondare attentamente le mie reazioni.

«Ma…» continuò. «Non abbiamo mai parlato. Si è soltanto limitato a dei saluti furtivi e poche parole. Sembra un tipo taciturno, sempre sulle sue, insomma… poco loquace», disse pensierosa.

Nascosi un sorriso, perché era tutto vero.

Neil era burbero, sempre imbronciato e schivo. Chi non lo conosceva, poteva addirittura avere paura di lui, perché riusciva a intimidire tutti.

«Perché me lo chiedi?» Nelle sue iridi intravidi piccoli sprazzi di malizia che tentai di cancellare con un'espressione seria e disinteressata.

Dovevo fingere che quel ragazzo non avesse alcun effetto su di me.

«Così…» Scrollai una spalla. «Lo sai che per me è importante la tua opinione.» Ed era vero.

Malgrado avessi sempre fatto le mie scelte in maniera del tutto autonoma, amavo ascoltare un suo parere o un consiglio. Era pur sempre mia madre, l'unica persona al mondo della quale mi fidassi ciecamente.

«Non lo conosco e non mi piace esprimermi superficialmente, ma non mi ispira molta fiducia», proseguì lei con un tono severo, che di solito adottava quando voleva che non mi dimenticassi delle sue considerazioni. Annuii e abbozzai un sorriso tirato, cercando di celare quanto in realtà fossi delusa dall'impressione negativa che Neil aveva suscitato in lei.

Non potei, però, darle torto.

Il suo atteggiamento era fuorviante e molto spesso induceva a pensare male di lui, anche se, dentro di me, ero certa che Neil nascondesse un lato umano e che sapesse essere buono.

Se solo avesse visto il lato colorato della vita, che forse gli era stato negato sin da bambino, sarebbe stato in grado di amare.

Tuttavia, nessuno può salvare chi non vuole essere salvato.

La nostra non era una storia d'amore.

Non era una delle favole che mia madre mi raccontava da bambina.

Era la realtà, pertanto Neil avrebbe deciso di aprire il suo cuore a qualcuno solo quando fosse stato pronto.

Avrebbe dovuto, infatti, affrontare le sue paure e superare i suoi limiti, altrimenti sarebbe morto risucchiato dalle sue stesse tenebre.

E nessuno avrebbe potuto salvarlo.

4

Selene

L'amore ci aveva sorpreso inatteso e violento come un assassino che sbuchi fuori d'improvviso, e ci aveva pugnalato entrambi.
MICHAIL BULGAKOV

SABATO.

Era sabato e, come i due fine settimana precedenti, sapevo che Matt stava per arrivare da New York per farmi visita e chiedermi nuovamente come stavo, se volevo parlargli, se volevo tentare di trascorrere del tempo con lui e tutte le solite sciocchezze che usava per ripulirsi la coscienza tormentata dai suoi errori.

Quel pomeriggio, però, anticipai le sue mosse.

Uscii a passeggiare nel parco, così non lo avrei incontrato.

Mi sedetti, dunque, su una panchina persa nel verde, in una delle tante aree naturali di Detroit, tra fontane e alberi, e mi guardai attorno. Nonostante le basse temperature, molta gente passeggiava con i propri cani; i più sportivi, invece, si dedicavano a una corsetta salutare; le coppiette, infine, si scattavano foto o si baciavano su qualche panchina riparata dall'uggia degli alberi.

Sorrisi, perché avevo sempre amato trascorrere del tempo lì, con un buon libro, la pace e la natura.

Quel giorno mi ero portata *Peter e Wendy* di J.M. Barrie.

Lo stesso libro con cui il destino aveva voluto che iniziassi il mio nuovo viaggio a New York.

Il primo giorno nella Grande Mela, infatti, mi ero recata in una libreria, la *Magic Books*, proprio con l'intenzione di acquistare un romanzo che mi avrebbe accompagnato durante tutta la permanenza da mio padre. E la scelta era caduta su quel capolavoro inglese, che mi si era quasi tuffato involontariamente tra le mani.

Il viaggio, però, si era concluso troppo presto, e io non avevo letto neanche una pagina di quella famosissima opera.

In effetti, con tutto quello che era accaduto a casa di mio padre, avevo accantonato la mia lettura, ma amavo divorare libri di qualsiasi genere, di qualsiasi periodo, anche se prediligevo i classici, come *Peter Pan*, appunto. Avevo sentito parlare molto bene del capolavoro di Barrie: si diceva che il vero motore della sua storia fosse la fusione tra realtà e fantasia. Così, circondata dal verde, sentii il desiderio di immergermi nel mondo incantato di Peter Pan per tornare alla leggerezza tipica dell'infanzia. Forse qualcuno mi avrebbe considerata troppo grande per un libro simile, ma ne avevo bisogno.

> «Scappai di casa perché sentii il mio papà e la mia mamma che parlavano di quel che avrei fatto una volta diventato adulto... Non voglio crescere, mai e poi mai... Voglio rimanere per sempre un bambino e divertirmi. Volai quindi ai Giardini di Kensington e da allora vivo con le fate.»

Lessi quelle righe sottovoce e mi fermai a riflettere sul personaggio.

Peter Pan era dotato di una personalità assolutamente complessa.

Innanzitutto era un bambino molto presuntuoso che non faceva altro che vantarsi delle sue abilità. Viveva in una condizione di solitudine, insieme ai Bambini Sperduti, e aveva tentato, per questo, di convincere Wendy a seguirlo sull'Isola che non c'è, per compensare l'assenza di una figura femminile. Alla fine, in modo molto furbo e persuasivo, era riuscito a convincerla perfino ad abbandonare i suoi genitori pur di andare con lui.

Peter aveva un carattere a dir poco autoritario, imponeva le sue regole e costringeva i bambini a seguirle.

Inoltre, era molto diretto nel dire tutto ciò che gli passava per la testa, tanto che a volte i suoi discorsi erano assurdi, altre volte contraddittori, perché non sempre riusciva a dissociare la realtà dall'immaginazione. In sostanza, era un bambino a tratti inaffidabile, a tratti pieno di creatività e voglia di vivere il momento senza mai tirarsi indietro.

Fremeva di vita esattamente come Neil.

«Posso?» Una signora anziana, claudicante, con un bastone su cui reggeva il corpo gracile e affaticato, mi chiese di potersi accomodare al mio fianco sulla panchina. Le feci spazio e le sorrisi, dandole il permesso di sedersi. Aveva un visto gentile, con le rughe che contornavano gli angoli degli occhi e della bocca, le guance un po' scarne e le iridi grigie come l'argento.

Una leggera folata di vento mi scompigliò una ciocca di capelli e girò le pagine del libro, facendomi perdere di vista le righe che stavo leggendo.

«Oh, *Peter e Wendy*?» La donna anziana lanciò un'occhiata curiosa al mio volume e le mostrai la copertina.

«Esatto», ribattei.

«Interessante», commentò, con un'intonazione dolce nella voce, poi seguitò. «Sai perché il protagonista si chiama proprio Peter Pan?» Posò il bastone accanto a lei e sistemò il grazioso vestito blu che indossava sotto un cappotto lungo che la riparava dal freddo.

«No, in verità», confessai, perché forse quel dettaglio mi era sfuggito o forse non era stato spiegato.

«C'è chi lo associa al dio Pan, dall'aspetto per metà umano e metà caprone. Secondo la tradizione era un dio dalle forti connotazioni sessuali, come Dioniso, infatti era rappresentato con un grande...» Si guardò attorno circospetta, poi posò una mano accanto alle labbra per sussurrare: «Fallo».

Ridacchiai e arrossii; caspita, quell'anziana era davvero buffa, figurarsi se in un parco pieno di gente non attiravo l'unica esperta di Barrie. Già che c'ero, pensai di chiederle il legame tra il dio Pan e Peter Pan.

«E cosa...» Tentai di farle proprio quella domanda, ma lei proseguì.

«Il dio Pan aveva difficoltà nell'accoppiamento a causa del suo aspetto e della sua piccola statura, per questo era solito esercitare la sua forza generatrice mediante la masturbazione, oltre che con la violenza sessuale», mormorò, cercando di mantenere basso il timbro di voce per via della delicatezza delle tematiche che mi stava esponendo. Un brivido intenso mi serpeggiò lungo la spina dorsale. All'inizio mi sentii a disagio per le sue parole, poi improvvisamente sospettai che ci fosse un legame tra il mio libro, il dio Pan e perfino l'anziana signora che mi stava fornendo quelle informazioni. Credevo fermamente nel destino ed ero certa che mi stesse lanciando dei segnali che avrei dovuto cogliere.

«Quindi, l'autore si è ispirato al dio Pan per elaborare una storia per bambini?» le chiesi, mio malgrado interessata.

Il discorso non aveva molto senso e il mio scetticismo fu tangibile, ma la signora annuì.

«Secondo alcuni studiosi è facile trovare alcuni punti in comune tra Peter Pan e il dio Pan: entrambi infatti sono umani solo per metà, subiscono, seppur in modo diverso, un rifiuto dalla figura materna, in seguito al quale vanno a vivere nella natura con delle creature strane, e suonano divinamente il flauto.» Sollevò un indice con fare saccente per rafforzare il suo concetto e a me venne il dubbio che quella fosse la trasposizione di un suo personale pensiero, ma sorvolai, e mi limitai ad annuire. Non volevo controbattere alle affermazioni di quella signora strana, che di certo non erano molto consoni per un parco.

«Come mai stai leggendo quest'opera, cara?» aggiunse, incuriosita, poi osservò attentamente il mio aspetto. Dai capelli ramati che scendevano oltre le spalle, agli occhi azzurri sui quali fissò il suo sguardo, mettendomi quasi a disagio.

«Tempo fa, ero entrata in una libreria alla ricerca di qualcosa da acquistare e questo libro è letteralmente caduto ai miei piedi, senza che io me ne accorgessi», le spiegai, assaporando di nuovo il momento in cui ero entrata in quella bellissima libreria newyorkese.

«A volte un buon libro può essere la ragione di tutte le ragioni. La risposta di tutte le risposte.» Abbassò lo sguardo sul volume che reggevo tra le mani, posato sulle gambe, poi lo sollevò di nuovo sul mio viso, sorridendo in quel modo dolce che mi ricordava tanto nonna Marie.

Ebbi perfino l'impressione di sentire il suo profumo nell'aria, e sospirai. Probabilmente il mio cervello era in vena di fare scherzi quel giorno.

La mia conversazione con l'anziana signora durò circa un'altra mezz'oretta e per fortuna cambiammo discorso. Quando notai che era arrivata l'ora di rientrare, dovetti salutarla a malincuore, per imboccare la strada che mi avrebbe condotta a casa.

A poca distanza dall'abitazione, notai le luci accese nel salotto e le ombre di due figure, così alzai gli occhi al cielo.

Probabilmente non ero riuscita nell'intento di evitare mio padre.

In fin dei conti, dato che le cose a New York non erano affatto cambiate tra noi, consideravo inutile la sua insistenza.

Tuttavia, ormai credevo che a quest'ora se ne fosse già andato, arreso all'idea che non ci fossi, e invece lui, alle otto di sera, era ancora lì, in casa mia.

Ad aspettare me.

Spalancai la porta d'ingresso e infilai le chiavi nel cappotto, lasciando la borsa sul mobiletto al mio fianco.

Annusai l'aria del salotto e riuscii a percepire la fragranza forte della sua colonia maschile, che confermò ulteriormente la sua presenza.

Mi armai della pazienza necessaria e seguii le voci dei miei genitori. Nessuna espressione di stupore attraversò il mio viso quando sorpresi Matt, in piedi, nel nostro salotto, con un calice di vino in una mano e l'altra affondata nelle tasche dei pantaloni eleganti.

Mia madre, invece, era seduta sul divano, mentre un vassoio di stuzzichini posato sul tavolino centrale e una bottiglia di vino facevano da sfondo alla scena di due ex, che ridevano e chiacchieravano come se non ci fosse stata alcuna guerra in passato tra loro.

Sospirai e osservai mia madre, la quale con un'occhiataccia cercò di farmi capire che avrei dovuto tenere a freno la lingua.

Matt, dal canto suo, bevve l'ultima goccia dal calice e si piegò per posarlo sul tavolino, poi puntò gli occhi scuri su di me, pronto a bersagliarmi.

«Ti aspettavo», ammise, come se fosse necessario puntualizzarlo.

«Wow, sono sorpresa», ribattei con un'ironia pungente.

«Selene!» mi ammonì mia madre, come al solito.

«Hai fatto il possibile per evitarmi, vero? Ma ti ho aspettata per tutto il pomeriggio.» Matt si sistemò la giacca blu di alta sartoria, abbinata a una camicia nera, e si avvicinò con quel portamento sicuro di chi aveva sempre avuto in pugno tutto e tutti.

Eccetto me.

«Vi lascio parlare, io me ne vado in camera», dissi contrariata. Quella era la solita frase che gli dicevo ogni volta che veniva a trovarmi a casa. Il tempo massimo di tolleranza della sua presenza e del suo costoso profumo era di due minuti. A New York ero riuscita a sopportare di più Matt soltanto perché… be'…

Neil era stato un'ottima distrazione.

Sentii subito un brivido caldo corrermi sulle braccia e dovetti scacciare via all'istante il suo pensiero, per evitare di destare sospetti nell'uomo che mi stava fissando, in attesa della mia attenzione.

«Queste chiamate di lavoro anche nel fine settimana sono irritanti.» Una terza voce, femminile, paralizzò ogni mio muscolo, e a poca distanza da me si palesò una donna bionda, dalle forme perfette e un viso da attrice.

Con passo deciso, Mia Lindhom stava varcando la soglia del salotto della mia umile dimora, avvolta in un tailleur che probabilmente io non mi sarei mai potuta permettere, neanche lavorando per un mese intero. I capelli chiari, mossi sulle punte, attorniavano dei tratti delicati e sensuali.

Gli occhi, due porzioni di cielo, erano macchiati da striature dorate.

Una sfumatura che rievocava quelli di *suo figlio*.

Un colpo allo stomaco mi riportò di nuovo alla mente quegli occhi leggermente allungati e dal colore atipico, e, ancora, il cuore sussultò, turbato dall'effetto che provocava in me l'immagine del viso perfetto di Neil.

«Selene, tesoro», esordì Mia, amorevole. «Come stai? Avrei tanto voluto vederti prima, ma tuo padre ha preferito aspettare che tu stessi meglio e… wow! Ti trovo davvero in ottima forma, un po' dimagrita, ma sempre bellissima», disse tutto d'un fiato, abbracciandomi forte.

Mi irrigidii e guardai mio padre oltre le spalle della sua compagna. Se ne stava in piedi, fermo, a osservarci con la sua solita impassibilità. Decisi di ignorarlo e, dopo un po', ricambiai il gesto affettuoso della sua compagna. In fondo, con Mia avevo raggiunto una certa complicità, proprio quando tutti stavamo affrontando il dolore dell'incidente di Logan.

In quella situazione ci eravamo unite, come in una vera famiglia, e supportate per superare le ore di lunga attesa.

«Sono così felice di rivederti», mormorò tra i miei capelli, ma non risposi.

Le avevo promesso che avremmo provato a essere «amiche», ma ancora non ero del tutto pronta a delle dimostrazioni d'affetto così plateali.

«Mia.» Mio padre le posò una mano sulla spalla per interrompere il nostro abbraccio durato più del previsto; probabilmente aveva percepito il mio disagio, mi conosceva e sapeva com'ero fatta.

Mia arrossì e fece un passo indietro, sistemandosi nervosamente i capelli.

Matt le disse di raggiungere mia madre sul divano, poi mi inchiodò di nuovo con il suo sguardo criptico, pronto a riprendere il nostro discorso.

«Non puoi trascorrere un intero pomeriggio fuori casa soltanto per impedirmi di vederti. Vengo qui ogni sabato per accertarmi che tu stia bene, non per farmi una vacanza o per perdere tempo», mi redarguì, proprio lì, in presenza delle due donne che avevano perso la testa per lui.

Una in passato, e l'altra nel presente.

Spostai lo sguardo dal suo viso a quello di mia madre, che scosse la testa per esortarmi a non controbattere e a essere razionale.

Ebbi perfino la sensazione di percepire la sua voce che mi implorava di mantenere la calma.

«Chi saresti tu per dirmi ciò che posso o non posso fare?» replicai, vanificando la speranza di mia madre che rimanessi zitta a sopportare i rimproveri di quell'uomo.

«Tuo padre», ribatté severo. «E mi preoccupo per te», aggiunse.

«E da quando?» Ostentai un sorrisetto sarcastico per sfidarlo.

«Da sempre», mi rimbeccò, quasi esausto, perché le mura difensive delle quali mi ero circondata sembravano troppo spesse persino a lui. Erano anni che cercava di abbatterle senza alcun risultato ed era bastato un breve periodo di lontananza tra noi per far riemergere lo stesso vuoto che avvertivo da piccola.

Lo guardai negli occhi e, nelle sue iridi, riuscii a vedere l'amore che provava per me, ma, ancora una volta, preferii la strada più semplice.

Negarlo a me stessa e a lui.

Negare a entrambi una seconda possibilità.

«Oggi sono qui.» Si interruppe. «Anzi, siamo qui.» Indicò la sua compagna con un indice. «Per due motivi», annunciò, mentre tentavo di ascoltarlo in silenzio, senza discutere nuovamente. «Primo, volevo vederti perché non rispondi alle mie chiamate, non mi parli di te o della tua salute. A me non interessa se viviamo distanti. Pur di vederti, andrei in capo al mondo.» La sua voce subì una strana variazione e potei notare una crepa leggera formarsi nel ghiaccio della sua personalità risoluta. «Secondo, tra qualche giorno sarà il mio compleanno.» Lo disse come se fosse un bambino che stava per chiedere qualcosa di impossibile ai suoi genitori. «Non sono in vena di festeggiamenti, grandi cene o chissà cosa. Il regalo più bello che potrei ricevere, sarebbe trascorrere qualche giorno con te», disse con un filo di voce. Sgranai gli occhi di fronte a quell'assurda richiesta.

Matt voleva che fossi io il suo regalo di compleanno?

Questo non me lo aspettavo proprio.

«Cosa?» Mormorai pietrificata e alquanto incredula.

«Andremo a Coney Island, a Brooklyn. Solo io e te. Alla casa sul mare dei nonni, te la ricordi?»

Deglutii e il mio cuore dondolò come un'altalena.

Certo che la ricordavo.

Era la casa dei miei nonni paterni, quella dove amavo trascorrere l'estate a raccogliere conchiglie in riva al mare e a mangiare i fantastici hot dog dal *Nathan's Famous*.

Non riuscii a nascondere il brillio dei miei occhi, perché in quel luogo conservavo i ricordi più belli della mia infanzia.

Ci ero stata, però, solo durante le vacanze estive, e in autunno il clima non era di certo congeniale per trascorrere delle giornate all'aperto.

«Abbiamo già controllato le temperature. Non potremo fare una nuotata, certo, ma potremo ugualmente goderci la spiaggia e il panorama. La villa ha i riscaldamenti adeguati. Ho già pensato a tutto», spiegò lui, entusiasta.

Sembrava leggermi nella mente, pronto a neutralizzare qualsiasi mia obiezione. «La tua compagnia sarà il mio regalo di compleanno. Puoi fare almeno questo per me?» sussurrò nella speranza che accettassi.

Spostai di nuovo lo sguardo da mio padre alle due donne sedute sul divano. Mia madre sorrise, Mia invece si alzò in piedi e batté le mani con euforia.

«Si tratterà solo di un weekend. Sabato starete soli, domenica io e i ragazzi vi raggiungeremo», intervenne contenta.

«Sarà l'occasione giusta per stare tutti insieme», proseguì Matt.

Oh, perfetto. Quindi avrei trascorso un giorno con lui e un giorno con l'intera famiglia?

Ci sarebbe stato anche Neil?

Un altro «No» stava per vibrare sulle mie labbra, ma mia madre si intromise, avanzando verso di me.

«Selene, la dottoressa Rowland sostiene che tu stia bene e che non ci siano problemi se decidessi di affrontare un viaggio o di uscire un po'. Porterai le medicine con te», mi suggerì.

La dottoressa mi aveva prescritto delle vitamine e degli antiemicranici da prendere nel caso in cui il mal di testa si fosse presentato in maniera intensa e persistente, ma non c'era nulla che potesse limitare o ostacolare le mie normali attività quotidiane. In effetti era una fortuna che stessi bene, anche se il trauma di quello che avevo vissuto, alcune notti, veniva a disturbare il mio sonno con incubi tremendi dei quali non avevo parlato con nessuno.

Interpretando il mio silenzio per assenso, mia madre mi sorrise e lanciò un'occhiata complice a Matt. «E poi, faresti un regalo a tuo padre. Insomma, quarantotto anni si festeggiano una volta sola nella vita», lo prese in giro lei e Mia scoppiò a ridere posando una mano sulla spalla del suo compagno, che guardò entrambe le donne con un cipiglio serio in volto.

«Ehi, il mio fascino è ancora irresistibile», ribatté a tono.

«Indubbiamente», confermò mia madre, alzando gli occhi al cielo, perché, oltre al fascino, c'era qualcos'altro che con gli anni non era mai cambiato: il suo enorme ego.

* * *

Avevo accettato.

Alla fine avevo accettato la proposta di Matt di trascorrere un weekend con lui e la sua famiglia.

Avevo rimuginato a lungo su quella decisione, non solo per il rapporto contrastante tra me e mio padre, ma anche perché avevo paura di vedere Neil.

Il cuore ebbe un sussulto quando pensai che avrei trascorso ventiquattro ore con lui nei paraggi.

La sua vicinanza annullava la mia lucidità, e temevo che il suo sguardo enigmatico mi avrebbe fatto dimenticare i motivi per i quali ero delusa da lui. Se avesse tentato di imporsi su di me con una delle sue perversioni, io avrei ceduto, perché sapevo già quanto fosse difficile, per me, resistergli.

Neil era riuscito a scorrermi nelle vene e non potevo negare a me stessa di aver voglia di rivederlo.

Cercavo, infatti, i suoi occhi nel viso di ogni uomo e percepivo la sua voce nell'aria. La sua presenza era opprimente.

Era come un sogno, una fantasia, che proiettava la mia mente in un'altra dimensione: quella del desiderio carnale che provavo per lui, misto alla determinazione di scoprire ancora tutto ciò che riguardava la sua vita.

Neil, però, non era un ragazzo come gli altri, non era un uomo con un normale appetito sessuale.

Non era capace di stabilire relazioni umane. Era ingestibile e troppo indecifrabile.

Era perverso, cinico, bastardo e me l'aveva ampiamente dimostrato.

Volevo ancora permettergli di farmi del male?

O di umiliarmi?

Del resto, più passavano i giorni e più sospettavo che si fosse dimenticato di me e della mia esistenza.

Continuavo a sperare in una sua chiamata, ma lui non mi cercava. Non l'avrebbe fatto.

Era stato chiaro anche in ospedale: non ero stata niente e nessuno per lui.

E allora perché nei suoi occhi avevo letto il desiderio di me? Di toccarmi e baciarmi?

Neil poteva anche avere difficoltà nell'esprimersi a parole, perché odiava parlare, ma i suoi occhi comunicavano per lui, e io avevo imparato a leggerli.

E, stando a quanto avevo notato, sembrava che si fosse imposto di allontanarsi da me, ma non che lo volesse davvero.

Anche per questo avevo ceduto alla proposta di Matt.

Inoltre, volevo raccontare a Neil di Player e confessargli la verità, oltre a cercare di capire se la sua freddezza fosse solo un muro psicologico studiato per ferirmi, o se davvero non contassi nulla per lui.

Maledissi me stessa per quello che provavo.

Un uragano, una tempesta di emozioni a cui associavo un unico nome: Neil Miller.

«Bene, molto bene.» La dottoressa Rowland mi riportò al presente, mentre stava verificando la reazione delle mie pupille al riflesso fotomotore, per accertarsi che rispondessero correttamente all'intensità della luce. «Perfetto», aggiunse, quando controllò anche l'occhio sinistro.

Ero seduta sul lettino del suo studio di Detroit, perché, prima di partire per il weekend a Coney Island, mia madre mi aveva suggerito di sottopormi a un controllo, soltanto per precauzione.

«Come va con l'emicrania?» chiese, porgendomi la mano per aiutarmi a rimettermi in piedi. La ringraziai e mi concentrai sulla sua domanda.

«È sempre molto frequente», ribattei, rattristata.

«Stai segnando tutto sulla tua agenda?» Si avviò verso la scrivania e posò i palmi aperti sulla superficie di legno, in attesa di una risposta. Mia madre era accanto a lei, con la mia borsa tra le mani e un'espressione preoccupata sul viso.

«Certo, come lei mi ha suggerito.»

«Bravissima, Selene. Voglio però che tu stia attenta anche ai periodi durante i quali si manifesta l'emicrania, alla sua intensità e al numero di ore in cui persiste. Voglio che segni tutto, perfino se si presenta prima, durante o dopo il ciclo mestruale», suggerì.

Il ciclo mi era appena passato ed era stato puntuale come un orologio svizzero, ma non avevo notato se il mal di testa fosse stato più frequente o più intenso in quei giorni.

D'ora in poi avrei segnato anche quello.

«Con la capacità di concentrazione come va?» Si rivolse a mia madre e quest'ultima guardò me, mentre mi avvicinavo a loro.

«Ancora non ha ripreso i corsi, dottoressa», rispose, riferendosi all'università che avrei presto dovuto ricominciare. La donna sorrise e infilò le mani nel camice.

«Un lungo riposo è necessario dopo incidenti simili. Tuttavia, confermo che Selene sia perfettamente in grado di uscire o di affrontare un viaggio. Può tranquillamente godersi un weekend fuori, non le farà altro che bene.» Guardò mia madre e poi me.

Ricevere il permesso della Rowland mi rese più tranquilla; l'idea, invece, che avrei rivisto di sicuro Neil mi chiuse perfino lo stomaco. Era assurdo il modo in cui tutto il mio corpo reagiva a lui, nonostante non fosse fisicamente presente nella mia vita.

Non mi era mai successo di essere così stravolta da un uomo, di esserne così ossessionata.

I miei stessi pensieri mi spaventavano, soprattutto considerando che magari lui se ne stava beato a concedere orgasmi incredibili alle donne che si susseguivano nella sua dépendance, mentre io ero qui, ancora arrabbiata per quello che aveva fatto la notte di Halloween.

Che stupida.

Salutammo la dottoressa Rowland dopo aver fissato il nostro prossimo appuntamento e tornammo a casa.

Quando arrivammo dinanzi alla nostra villetta, tentai di aiutare mia madre con i sacchetti della spesa, ma lei insisté affinché non mi affaticassi, dando avvio a una lunga discussione madre-figlia su chi avrebbe dovuto trasportarli dentro.

La sua eccessiva apprensione era più sfiancante dei miei mal di testa.

«Mamma, ti dico che sto ben…» Ammutolii quando sul portico colsi due figure ad attenderci, o meglio, avrei dovuto dire, ad attendermi.

«Ehi, forestiera», esordì Janel, correndomi incontro, insieme a Bailey. Erano le mie due migliori amiche, che mia mamma, per farmi una fantastica sorpresa, aveva invitato a casa per trascorrere l'intera giornata da noi.

Il mio sguardo si posò per prima cosa su Janel, che avevo conosciuto il primo anno di università.

All'inizio, il suo fisico minuto, sempre stretto in indumenti eccessivamente attillati, e quel visetto furbo, contornato da un caschetto nero, avevano suscitato in me una certa diffidenza, soprattutto perché Janel era il mio opposto: loquace, estroversa, piena di energia e molto dinamica; amava partecipare alle feste delle confraternite, adorava i muscoli dei giocatori di basket e odiava studiare. Seguiva i corsi solo per accontentare i suoi genitori, entrambi laureati e con una carriera ben avviata.

«Fatti vedere! Cazzo! Guarda che fisico, sembri una modella», commentò Bailey, stringendomi in un abbraccio così forte da bloccarmi il respiro.

Era stata proprio Janel a presentarci, un anno prima, e la trovavo davvero bellissima con la sua chioma rossa, in contrasto con gli occhi verdi, che esaltava ancora di più il suo fascino.

A differenza di Janel, Bailey era un genio all'università, ma un disastro nella vita sentimentale. Frequentava molti ragazzi, solo perché fermamente convinta che l'amore esistesse e che dovesse essere lei a cercarlo.

«Il principe azzurro non verrà mai a bussare alla tua porta, dovrai essere tu a bussare alla sua», ripeteva sempre e questo la incitava a proiettare su ogni ragazzo un'ipotetica storia d'amore che la induceva irrimediabilmente a soffrire appena il tipo in questione la usava per poi gettarla via.

Senza un attimo di esitazione, invitai le mie amiche a entrare e parlammo del mio incidente, di ciò che avevano combinato loro durante la mia assenza e di tutte le novità che mi ero persa.

Pranzammo insieme, complimentandoci per la capacità di mia madre di preparare piatti squisiti, e trascorremmo l'intero pomeriggio a chiacchierare, con lunghe pause che prevedevano snack salati e dolci ipercalorici.

«Ora che sei qui hai ripreso a uscire con Jared?» chiese Janel, portando alle labbra una manciata di patatine.

Eravamo in salotto, sedute sul divano, mentre Bailey se ne stava a gambe incrociate sul tappeto persiano, perché a suo dire era più «comodo».

Riflettei, indecisa se cambiare l'argomento o rivelare tutto alle mie amiche. Tuttavia, sapevo che mentire sarebbe stato controproducente, perché presto avrebbero scoperto che ci eravamo lasciati, così optai per la verità.

«No», risposi. «Ci siamo lasciati», mormorai appena e gli occhi increduli di entrambe si spostarono su di me.

«Cosa? Davvero?» La prima a rompere il silenzio fu Janel.

«Sì, davvero.» Ero incerta se confessare loro anche il motivo. Conoscendole, se avessi soltanto nominato un altro ragazzo, avrebbero voluto sapere tutto su di lui e io non ero così sicura di voler parlare di Neil e di quello che avevamo condiviso.

Ero gelosa dei miei ricordi e della nostra intimità.

«Come mai? Sembravate la coppia perfetta. Sai, una di quelle da copertina», commentò Bailey dispiaciuta.

Lo era più lei di me, in verità.

«Ti sei rifiutata ancora di fare sesso con lui?» intervenne Janel, dopo un lungo silenzio di riflessione. Sussultai e lanciai subito un'occhiata in cucina, timorosa che mia madre potesse sentirla.

Per fortuna, però, era ancora al telefono a parlare con chissà chi.

Ultimamente notavo sempre più spesso che riceveva messaggi davanti ai quali sorrideva come una ragazzina alle prime cotte.

Non avevo mai indagato a riguardo, ma avevo il sospetto che potesse esserci un uomo nella sua vita.

In tutta onestà, però, non sapevo come avrei potuto reagire qualora mi avesse confessato davvero di avere un compagno.

Scacciai via quel pensiero insidioso e tornai a concentrarmi sulle ragazze, intente ancora a fissarmi in attesa che io snocciolassi altre informazioni.

«No, non è stato per quello.» Le mie amiche sapevano che non l'avevamo mai fatto e pensavano che fossi ancora vergine. Non immaginavano però che, in una circostanza del tutto anomala, avevo perso la mia innocenza con il figlio di Mia e neanche che mi fossi concessa a lui altre volte, diventando letteralmente dipendente dal suo corpo.

Ma chi avrebbe avuto la forza di resistergli?

Neil sapeva come sedurre le donne, non sarebbe servito a nulla opporgli resistenza.

«E allora per quale motivo?» insisté Janel e dentro di me iniziò una terribile lotta tra la possibilità di propinarle una bugia oppure dirle come stavano le cose.

Entrambe si scambiarono un'occhiata interrogativa, in attesa che io rispondessi, poi tornarono a guardare me.

«C'è un altro?» intuì Bailey e sgranai gli occhi.

Era così evidente nella mia espressione colpevole che ci fosse un altro?

Abbassai lo sguardo sui miei jeans e con l'indice disegnai dei cerchietti invisibili sulla coscia, soltanto per mascherare il disagio. Le mie amiche non mi avevano mai giudicata, perché fino ad allora ero sempre stata io quella più razionale, quella poco incline agli errori, la ragazza che respingeva perfino i giocatori di basket pur di proteggere il proprio onore, e adesso…

«Sì», confessai di getto e loro si misero sull'attenti, pronte a bombardarmi di domande.

Oddio, le loro facce sconvolte mi provocarono un imbarazzo incontenibile.

«Cosa, cosa, cosa?» urlò Janel, facendomi sobbalzare.

«E ce lo dici così? Chi è il fortunato?» Bailey si inginocchiò e batté le mani, pronta ad ascoltare il racconto di una storia d'amore che non esisteva.

Non sapevo neanche da dove iniziare. Mi accertai ancora che mia madre fosse impegnata nella sua telefonata e, dopo un profondo sospiro, decisi di vuotare il sacco.

«Forse ho perso la testa per un ragazzo. Ma è tutto assurdo», commentai afflitta e impacciata, poi iniziai a raccontare tutto, cercando di rendere la situazione chiara alle mie amiche.

Neil aveva sconvolto tutti i miei piani, rendendomi succube dei suoi comportamenti, schiava del piacere che riusciva a farmi provare, assoggettata al suo corpo perfetto.

Era viscerale quello che sentivo per lui, qualcosa che non ammetteva ragioni né spiegazioni.

«Perché ti sembra così assurdo, scusa? Prima o poi tutti perdiamo la testa per qualcuno.» Bailey si attorcigliò una ciocca di capelli rossi con l'indice e guardò in alto con un'espressione sognante. «E non è qualcosa che puoi prevedere o controllare», aggiunse con sicurezza.

«Su questo concordo. L'amore, spesso, rende folli e irrazionali. Il fatto che lui sia uno stronzo, ma che a te piaccia da impazzire, è successo a tutte noi almeno una volta nella vita», dichiarò Janel.

E questo perché avevo omesso i dettagli più importanti: i comportamenti ambigui che Neil spesso assumeva, le sue innumerevoli docce, le bionde che sceglieva come amanti, i momenti nei quali fissava il vuoto perso nei pensieri che prendevano il sopravvento nella sua mente, il mio sospetto che fosse borderline, la stanza delle scatole nella quale mi ero permessa di entrare solo una volta, pagandone sulla mia pelle le conseguenze.

Insomma, alle mie amiche lo avevo descritto come un banale ragazzo dall'aspetto magnifico e l'atteggiamento da bastardo, esperto nel sesso e abile seduttore, senza però dire che in lui c'era tutto un mondo inesplorato nel quale mi aveva impedito di mettere piede.

«Prendete me, per esempio. Ero pazza di Tyler e poi...» Bailey agitò una mano nell'aria, riferendosi al suo ultimo flirt che, in realtà, si era rivelato un totale fallimento.

«E la cosa peggiore è che continua a controllare il suo profilo su Instagram tutti i giorni.» Janel la indicò con il pollice, alzando gli occhi al cielo.

«Ragazze, i social sono il mezzo più potente per controllare i movimenti degli uomini. Dove vanno, cosa fanno, con chi sono...» Bailey tirò fuori il cellulare dalla tasca dei jeans e digitò qualcosa, mostrandoci il suo profilo Instagram.

«Cosa stai facendo?» brontolò Janel annoiata.

«Quello che fanno tutte. La stalker.» Le strizzò un occhio l'altra.

«Non è vero che lo fanno tutte, io non ho mai controllato Jared o altri ragazzi», replicai, pensierosa.

Non mi reputavo una ragazza gelosa, perciò Jared aveva sempre avuto la sua libertà e io la mia, soprattutto sui social.

«Guardate che fisico.» Bailey ci mostrò il profilo del Tyler in questione.

La sua pagina era tutta un susseguirsi di foto a petto nudo, in costume, in palestra, con gli amici in qualche locale, con donne bellissime e con smorfie da narcisista, perfino davanti allo specchio.

Sembrava un adolescente immaturo che ostentava una finta virilità.

No, decisamente bocciato.

«Il solito buffone egocentrico», sentenziò Janel e io ero perfettamente d'accordo con lei. «Vediamo cosa posta il tuo amante, invece. Come si chiama?» aggiunse, facendomi aggrottare la fronte.

Cosa voleva fare? Cercare Neil su Instagram?

Una vampata di calore mi fece arrossire tremendamente; mi resi conto che non sapevo che foto avesse sul suo profilo, e nel caso in cui ce ne fossero state molte a petto nudo, o con il suo sedere sodo in vista, probabilmente non avrei retto i commenti perversi che di solito le mie amiche riservavano ai ragazzi più carini del nostro campus.

Scossi la testa.

Cosa stavo facendo?

Ero gelosa all'idea che le mie migliori amiche vedessero alcune foto di Mr. Incasinato, mentre altre ragazze, sicuramente, lo stavano toccando su un letto e godendo di lui in una maniera ben più indecente?

Tentennai qualche istante, ma Janel insistette e così le risposi, rivelandole il suo nome.

«Si chiama Neil Miller», sospirai sconfitta.

«Mmh, vediamo un po'...» bofonchiò, riflessiva.

Non avevo mai usato un social per trarre informazioni su qualcuno, e in quel momento mi sentivo una ragazzina alle prese con una forte cotta, che tentava di capire cosa stesse combinando il centro fisso dei propri pensieri durante la sua assenza.

«Se il tizio in questione non è anziano, né calvo o tarchiato, direi che dovremmo scartare molti omonimi», brontolò riferendosi ai profili di molti Neil Miller. «Ce n'è uno che si chiama Neil David Miller, potrebbe essere lui?» chiese, ma non sapevo darle una risposta certa.

Non sapevo neanche se Neil avesse un secondo nome.

Quell'uomo nascondeva molte cose di sé e, in quel momento, mi resi conto appieno di quanto fosse misterioso.

«Fa' vedere.» Mi sporsi anch'io per sbirciare e capire se quello individuato fosse il profilo giusto.

Su quella pagina non c'erano foto di corpi o visi, come invece era successo con Tyler e con tutti i tipi che le mie amiche seguivano su Instagram, ma c'erano solo cinque immagini: un'alba che catturava alla perfezione i colori viranti dalla notte al giorno, un edificio, che sembrava più uno schizzo realizzato a mano, la terza rappresentava una mano che reggeva una sigaretta con un anello d'acciaio sul medio, e un posacenere a forma di teschio. Fu proprio quest'ultima foto a farmi capire con certezza che avevamo trovato il Neil giusto.

E il suo stile mi stupì. Mi sentii nuovamente una sciocca per l'aver associato Neil al tipico esemplare maschile in voga tra le nostre coetanee: il classico ragazzo di bell'aspetto, senza cervello, che si portava a letto molte donne.

Neil non era affatto quel genere di uomo, eppure, una parte di me continuava a commettere errori.

Continuavo a sottovalutarlo.

«Ha un profilo strano...» commentò Bailey corrugando la fronte.

«Cazzo... che vene», sussurrò Bailey estasiata dalle vene spesse, e in risalto, sul dorso della pelle ambrata.

Non commentai, ma anche il mio gusto personale approvò la virilità che sprigionava la mano inconfondibile di Neil. Poi mi concentrai sulle altre foto: la quarta rappresentava il sedere di una donna in perizoma; qualcuno le stava versando addosso della vodka mentre delle dita maschili l'afferravano per il filo quasi invisibile.

Era la tipica foto da uomo etero, amante delle donne, indubbiamente.

E Neil lo era, anche troppo.

«Ha molti seguaci, ma lui segue solo sei persone», notò Janel, mentre la mia attenzione veniva calamitata dall'ultima foto.

La quinta.

Era una libreria, in una stanza da letto, con la copertina di un'opera di Charles Bukowski intitolata *Donne*.

Un lieve sorriso si impresse sul mio volto al ricordo di quello che avevo scoperto su di lui.

Neil amava leggere e in camera sua aveva una libreria piena di opere importanti, tra cui quelle di Bukowski, il suo autore preferito.

Pensai allora a quanta fatica mi fosse costato «parlare» con lui di argomenti così semplici, ma personali, come i gusti letterari, perché per Neil era più intimo parlare delle sue passioni, di quello che gli piaceva fare, dei suoi gusti, che mostrarsi nudo a svariate donne.

Aveva una strana concezione di «condivisione».

Lui condivideva esclusivamente la sessualità e nient'altro.

Tutto il resto apparteneva solo a lui, in maniera egoistica e totalizzante.

Non dava niente di sé, come se donare un pezzo della sua anima potesse distruggerlo e confondere la realtà che si era creato attorno.

«Sembra un tipo abbastanza riservato...» commentò Bailey, poi riafferrò il suo cellulare per spulciare Tyler e i suoi muscoli pompati.

Ero certa che anche Neil avrebbe potuto mostrare il suo corpo per suscitare invidia negli uomini e desiderio nelle donne, ma sembrava non importargli dell'apparenza.

Perfino l'immagine del profilo era una semplice mano che reggeva una matita.

Niente di più.

A differenza degli altri, non amava esporsi, non in foto perlomeno, perché, considerando i teatrini osceni a cui avevo assistito, era egocentrico anche lui, ma a modo suo.

Un modo decisamente più perverso.

«Allora ci vuoi dire dove l'hai conosciuto?» chiese Janel, diventando una sua nuova follower.

Non mi sfuggì, infatti, il movimento rapido del pollice, anche se lei aveva tentato di essere scaltra e di non farmelo notare. Aveva deciso di seguirlo nonostante non sapesse neanche quanto fosse bello e magnifico, figuriamoci se le avessi mostrato il suo aspetto.

«È il figlio maggiore della compagna di mio padre, quindi...» Lo dissi come se fosse la cosa più naturale del mondo, quando invece avevo tantissimi dubbi in proposito.

«Quindi l'hai conosciuto grazie a tuo padre? Cazzo, Matt per una volta ne ha fatta una giusta!» ironizzò, conscia del rapporto conflittuale che avevo sempre avuto con lui.

«È carino, almeno?» intervenne Bailey, curiosa.

Carino?

Ero certa che non avessero mai visto, nella loro vita, uno

come Neil, perché non era paragonabile ai palloni gonfiati che adocchiavano all'università.

La sua era una bellezza concessagli come un dono da Dio, e il suo corpo era modellato da assidui allenamenti. Era un metro e novanta di linee scolpite e di proporzioni che sembravano essere state realizzate ad arte.

Armoniose, lineari, semplicemente eccezionali.

Neil possedeva la fisicità dell'uomo virile, carnale e seducente.

Caratteristiche difficili da trovare in un'unica persona.

«Hai il suo numero? Insomma, vi siete sentiti in questo periodo?» Per fortuna la domanda di Janel mi permise di sorvolare sulla curiosità di Bailey.

Sospirai ancora, cercando di reprimere la rabbia al pensiero che Mr. Incasinato non mi aveva inviato neanche un messaggio, pur sapendo che ero stata dimessa.

«No. Mi ha mancato di rispetto più volte e ho deciso di andare via da New York, perché la situazione tra noi stava diventando distruttiva per me.»

Vederlo con Jennifer era stato il colpo di grazia.

Certo, la ragazza anonima della dépendance mi aveva sconvolta, ma Jennifer era quella che odiavo di più.

Dopotutto, era stata lei a rivelare tutto a Jared: mi aveva picchiata in mensa in preda a una folle gelosia e io avrei dovuto aspettarmi un gesto simile da lei.

«Oh, cazzo.» Janel rimase esterrefatta da ciò che a me provocava solo un gran mal di testa ormai da giorni.

Bailey, invece, scosse la testa e lanciò una proposta.

«Se hai il suo numero, chiamalo, no? Parlaci. Chiarisci le cose con questo stronzo, tanto scappare non serve a nulla.» Scrollò una spalla e, in effetti, mi resi conto che quella poteva essere una soluzione in una circostanza normale; loro, però, non sapevano fin dove si fosse spinto Neil, non conoscevano il lato diabolico di lui che lo induceva a compiere perfino azioni spudorate all'ennesima potenza.

Avrei dovuto accettarlo nella sua totalità o cambiare strada.

O tutto o niente.

Non c'era altra alternativa.

Neil non sarebbe mai cambiato per fare un favore a me o a qualsiasi altra donna; mi aveva mostrato quello che era davvero e io avevo deciso di andarmene proprio perché sapevo che non sarei mai stata capace di gestire un uomo con problemi enormi come i suoi.

Mi toccai la fronte e scossi la testa.

Troppi pensieri, troppe paranoie, troppe elucubrazioni potevano solo peggiorarmi l'umore.

«Infatti, chiamalo», la sostenne Janel, ridestandomi dai miei pensieri.

«Non se ne parla», risposi categorica.

«Ma perché?» si imbronciò Bailey.

Perché avrei fatto la figura della ragazzina, ecco perché.

Avevo già compromesso la mia dignità e il mio orgoglio tutte le volte che mi aveva reclamata con il corpo. Avevo sempre soddisfatto le sue voglie, perché pensavo avessimo raggiunto un compromesso – ogni volta che gli concedevo qualcosa di me, lui avrebbe dovuto dirmi qualcosa di sé – e credevo che quella fosse la strada giusta.

Lo credevo prima della notte di Halloween.

«Oh, dammi qua. Lo farò io per te.» Janel mi strappò di mano il cellulare, approfittando della mia distrazione.

Entrai nel panico, ma subito tornai in me quando, per fortuna, mi ricordai di non aver memorizzato il numero di Neil.

Che sciocca.

Sorrisi vittoriosa perché sapevo che Janel avrebbe cercato a vuoto nella rubrica, ma quando sventolò davanti ai miei occhi i messaggi dei quali le avevo parlato, individuò il numero e avviò subito la chiamata.

Impallidii e mi lanciai su di lei per riprendermi il cellulare, ma la mia amica si alzò in piedi e mi sfuggì come una gazzella.

«No!» urlai sconfitta.

Janel attivò il vivavoce e il suono del primo squillo aleggiò tra le pareti del salotto.

Bailey si morse il labbro divertita, io, invece…

Mi agitai subito: il battito cardiaco aumentò e il respiro divenne incalzante.

Brividi, solo brividi.

Cosa avrei dovuto dire a Neil? Come avrei dovuto giustificare quella chiamata?

Iniziai a sperare che lei chiudesse o che lui si rifiutasse di rispondere mentre fulminavo Janel con lo sguardo.

«Farò la figura della ragazzina», bisbigliai per il mio comportamento infantile e imbarazzante.

Mi aveva sempre chiamato «bimba» e adesso gli avrei dato un motivo in più per farlo.

Bailey si sollevò dal tappeto e si sedette accanto a me, con le ginocchia raccolte al petto; Janel, invece, se ne stava in piedi con una mano sul fianco e gli occhi rivolti al cielo, annoiata dall'attesa.

Quarto squillo e ancora niente.

Stavo per tirare un sospiro di sollievo. Forse non avrebbe risposto.

Perfetto!

Avremmo dimenticato quest'assurdità e sarei uscita illesa da un'ipotetica figuraccia.

Il fato però non fu dalla mia parte, perché, al sesto squillo, Neil rispose.

«Pronto.» La sua voce tuonò tra le pareti, come se fosse lì, davanti a noi. Scioccamente sobbalzammo tutte e tre.

Janel mi passò in fretta il cellulare, e trattenne una risata divertita mentre attorno a noi calava un silenzio assordante.

Era bastata una semplice parola di sei lettere e tutta l'autorità sprigionata da Neil aveva messo a tacere gli animi burloni delle mie amiche. La voce forte, dal timbro baritonale e profondamente maschile, era quella di un uomo adulto e troppo maturo per avere solo venticinque anni.

Un uomo che incuteva timore, un uomo con il quale non poter sorpassare certi limiti, ma anche un uomo affascinante, dalla virilità marcata e dalla sensualità particolarmente erotica.

Fissai il numero che comparve sulla schermata e non dissi una sola parola.

Schiusi appena le labbra. Lui era in linea, sentii il suo sospiro spazientito, mentre io il mio respiro non sapevo neanche dove fosse finito.

Trascorsero secondi interminabili, secondi nei quali rimasi in apnea, secondi nei quali anche il mondo smise di girare, in attesa di assistere a quello che sarebbe successo.

Guardai Janel, imbarazzata, senza essere in grado di spiegare come facesse la sua voce a provocare brividi di paura e piacere lungo tutto il mio corpo.

Mossi il pollice sul display e feci la prima cosa che mi passò per la testa.

Riagganciai.

Riagganciai davvero.

Ora sì che mi ero comportata proprio come una bambina!

5
Neil

Ci sono dei momenti in cui la follia
diventa così vera che non è più follia.
CHARLES BUKOWSKI

AVEVO perso il conto del tempo che avevo trascorso tra le cosce di Jennifer.

Ero sospeso su di lei, i gomiti puntati ai lati del suo viso, il corpo sudato, la fronte premuta sul cuscino e il respiro corto che tentavo di regolarizzare.

«Stai bene?» sussurrò, senza fiato. Era stanca ma soddisfatta.

Mi stava guardando con gli occhi socchiusi e preoccupati, le labbra umide e i seni gonfi che premevano contro il mio torace ogni volta che inspirava.

Tra le gambe era ancora vergognosamente bagnata e me ne compiacqui.

Era venuta per tre volte di seguito. Io, invece, non avevo fatto altro che muovermi come un automa, colpirla come una macchina inarrestabile, sbatterla come un buon amante e, proprio quando le spinte erano diventate violente e impazienti, io non ero venuto.

Di nuovo, cazzo.

Ormai succedeva da settimane.

Il mio corpo non collaborava più e non rispondeva al bisogno umano di provare un semplice e banale orgasmo. Avvertivo l'eccitazione, avvertivo il piacere, l'erezione c'era e durava anche molto, ma quando ero sul punto di esplodere, di liberare la frustrazione, di tendermi e abbandonarmi a quei pochi secondi di benessere fisico, il mio fisico si bloccava e mi provocava un senso di impotenza psicologica terribile.

Percepivo la scarica di godimento lungo la spina dorsale e, quando speravo che sfociasse lì dove più la bramavo, tornava indietro, lasciandomi insoddisfatto.

Sospirai rassegnato e sfilai il preservativo, che usavo sempre.

Con tutte.

Tranne che con la bimba.

Mi alzai dal letto, avvertendo un freddo improvviso, e gettai il profilattico pulito nel cestino dei rifiuti.

Non c'era nessuna goccia, nessun segno di liquido seminale.

Mi passai le mani prima sul viso, poi tra i capelli stravolti, ed emisi un ringhio di rabbia che fece sobbalzare anche Jennifer.

La mia bionda se ne stava mollemente semisdraiata sul letto della dépendance, nuda, a contemplare il mio corpo perfetto, ma disturbato.

Stavo iniziando seriamente a preoccuparmi, perché non mi era mai successa una cosa simile.

Non sapevo neanche come comportarmi, non ne avevo parlato con nessuno, perché…

Me ne vergognavo.

Era quella la verità.

Il senso di vergogna, che mi soffocava da giorni, mi impediva di affrontare il problema o di confidarmi con qualcuno.

«Non sei venuto…» commentò Jennifer, come se non fosse abbastanza ovvio anche a me.

Tutte, ormai, l'avevano notato, non solo lei.

Tuttavia, per le donne non era cambiato nulla, anzi, la mia resistenza era aumentata, la durata degli amplessi anche, e questo mi permetteva di far raggiungere loro l'apice del piacere anche per più volte consecutive. La questione, infatti, riguardava solamente me e la corsa disperata verso l'orgasmo che il mio corpo si ostinava a non farmi raggiungere.

Le mie amanti, però, anche se soddisfatte, dubitavano delle loro abilità amatorie.

Molte infatti mi chiedevano se erano abbastanza brave nei preliminari, perché si sentivano a disagio e impotenti. Si scusavano con me perché afflitte e travolte da uno stato di angoscia, che era provocato soltanto da me e dal mio rifiuto.

Anche se ogni volta tentavano di dare il massimo pur di compiacermi, nulla serviva a migliorare la situazione difficile nella quale ero improvvisamente precipitato.

Non provavo più nessuna scossa di godimento estremo, nessun'estasi, niente di niente.

«Lo so, lo so, cazzo!» ribattei a Jennifer, alzando la voce, e lei sussultò.

Il mio umore, poi, ultimamente era peggiorato a dismisura.

Tutti avevano terrore di me, soprattutto perché, dopo il sesso, ero aggressivo come una bestia.

Non sapevo se attribuire il motivo in generale agli eventi degli ultimi tempi, o soltanto al mio nuovo disturbo, che adesso mi indicava la presenza di un problema in più.

Iniziai a camminare nudo per la stanza da letto, alla ricerca del mio pacchetto di Winston.

Sapevo di avere gli occhi di Jen addosso, li percepivo sulla schiena e sul culo, ma non mi importava.

Non ero timido, tantomeno pudico.

Nei miei trascorsi con le donne, tra l'altro, non c'era mai stata un'intesa emotiva. Semplicemente mi faceva star bene sottometterle, soddisfarle e vederle deliranti mentre le scopavo.

Tutto qui.

Mostrarmi senza vestiti non era un problema per me; lo era, invece, mostrare la mia vulnerabilità e perdere il controllo. Un controllo che stringevo gelosamente nel pugno della mano e che adesso mi stava sfuggendo, perché il mio corpo aveva deciso di fare quello che voleva, contrastando la mia volontà.

Il bambino, la mente e il corpo non erano più connessi tra loro.

Lo erano stati soltanto in una circostanza, quando avevo *usato* Selene prima che partisse per Detroit; era stata quella l'ultima volta in cui avevo provato un orgasmo fantastico, liberatorio e totalizzante.

Ogni volta rivivevo il ricordo di quel momento e ne assaporavo la sensazione sublime che alla fine di tutto mi aveva lasciato prosciugato di qualsiasi energia e mi aveva reso appagato.

Ripensavo sempre a quanto mi fossi sentito bene dentro di lei.

Accettato, giusto e al sicuro.

Mi ero sentito un uomo.

Un uomo che, per la prima volta, non stava facendo niente di sbagliato, di immorale o perverso.

La notte di Halloween, però, avevo commesso l'ennesima stronzata, incitando la bimba a fuggire da me, a prendere il primo taxi e a subire un incidente quasi mortale.

L'avevo vista soltanto in ospedale, quando mi aveva guardato con lo sguardo cristallino pronta a difendere la sua dignità contro le azioni pietose che avevo commesso per la necessità di farle capire chi ero.

In effetti, ero entrato nella sua stanza nella totale consapevolezza che mi avrebbe sputato addosso tutta la sua rabbia, e ne aveva tutte le ragioni. Durante quella conversazione tesa, poi, avevo provato due sensazioni assurde: il dolore di non ricoprire più alcun posto nella sua vita, perché avevo fatto di tutto per allontanarla, e il sollievo che, forse, quella fosse la cosa più giusta da fare.

Non le avrei chiesto scusa, però.

Se lo avessi fatto avrei annullato tutto ciò che le avevo mostrato di me. Selene, invece, doveva conservare i nostri ricordi per odiarmi, per starmi alla larga, per non immischiarsi in tutti i miei casini.

Forse avevo sbagliato il modo, ma il *fine* era solo uno: proteggerla.

Volevo permetterle di tornare alla sua vita, al suo mondo incantato, fatto di fiabe, colori e unicorni, un mondo che non prevedeva la crudeltà dell'essere umano.

Selene non sapeva neanche di cosa fossero capaci gli uomini.

Non riusciva a vedere la realtà con i miei occhi; io, invece, avrei tanto voluto vederla con i suoi.

Era davvero una fata: piccola, ma con una forza invidiabile.

Era capace di contenere nel suo cuore tutti i sentimenti più belli, sentimenti che non tutti erano in grado di provare.

Come… *l'amore.*

Selene era capace di amare e questo mi induceva ad ammirarla, perché l'amore richiedeva coraggio e lei ne aveva da vendere.

Era coraggiosa, decisamente più di me.

Un colpo al petto mi fece premere la mano sul pettorale sinistro, come se qualcuno mi avesse appena tirato un pugno sul cuore, per scuoterlo.

Cazzo.

Perché mi sentivo confuso?

Non avevo ottenuto ciò che volevo?

Non l'avevo indotta io ad andare via dopo averle mostrato quanto fossi perverso e bastardo?

Volevo che tornasse a Detroit, volevo che portasse qualcosa di me con lei, ma nel suo sguardo non avrei mai voluto leggere tutto quel vuoto.

Io l'avevo delusa e non c'era rimedio a questo.

Sospettavo, anche, che il suo incidente non fosse stato casuale; temevo che c'entrasse quel figlio di puttana di Player, al quale presto avrei attribuito un nome e un'identità, anche se non avevo alcuna certezza a riguardo; in realtà, non sapevo neanche come indagare per ottenere delle risposte.

Se avessi scoperto che lui…

No. Mi riscossi.

Se l'incidente fosse stato causato da lui, mi sarei sentito così in colpa da non rispondere più delle mie azioni.

«Lascia che provi a farti stare bene.» Le mani di Jennifer vagarono dai miei fianchi al pube. Non mi ero neanche accorto che si fosse alzata dal letto per raggiungermi.

I suoi capezzoli mi punsero sulla schiena e le labbra avide mi posarono un bacio sulla spalla. Dovette mettersi in punta di piedi per tentare di raggiungere la mia altezza.

Qualsiasi uomo si sarebbe eccitato a quel lieve contatto, ma non dopo aver scopato per circa un'ora senza neanche eiaculare e, soprattutto, non se fosse stato di pessimo umore come me.

Mi sentivo frustrato, teso e angosciato.

L'erezione ancora c'era e la bionda mugolò quando la circuì con il palmo della mano, ammirandone le dimensioni, che poco prima aveva accolto dentro di sé. Ma sapevo che neanche la sua bravura avrebbe risolto il mio problema.

Sì, un fottuto problema. Ormai lo avevo ammesso a me stesso.

Ero venerato dalle donne, sapevo come eccitarle, come soddisfarle e sapevo come prolungare i tempi di un amplesso. Avevo un corpo prestante che, spesso, le induceva a provare un leggero dolore misto al piacere, ma tutto questo non faceva di me un supereroe, né un uomo invincibile.

Ero pur sempre un comune essere umano, che aveva cominciato a soffrire di un disturbo tangibile ed evidente.

«Non toccarmi!» sbottai, togliendomi violentemente la sua mano di dosso. «Non devi toccarmi quando non ti do il consenso. Cazzo!» Alzai la voce e Jennifer indietreggiò timorosa che potessi farle del male; lo intuii dal modo in cui sollevò le braccia per proteggersi da me. In effetti, la bionda mi temeva da quando in mensa, mentre stava picchiando Selene, l'avevo presa per la gola per sbatterla contro il muro, ma non per farle del male. Volevo solo spaventarla e ci ero riuscito.

Le donne, io, le schiaffeggiavo solo a letto mentre erano carponi di fronte a me, mai in altre circostanze.

Perché riuscivo a suscitare desiderio e subito dopo paura?

In cosa mi stavo trasformando?

Cosa stavo diventando?

Mi sentivo sempre meno un uomo e sempre più un mostro.

Non riuscivo neanche a tollerare il mio riflesso allo specchio, perché il bambino tornava con prepotenza a dirmi di cercare la sua Trilli. Io, però, non gli avrei mai dato ascolto.

Lei non esisteva, non era mai esistita per noi.

Cercai di non pensare troppo e di mantenere la calma. Inspirai poi l'odore fruttato di Jennifer che avevo addosso, misto al sudore e al sesso che avevamo condiviso, e sentii l'esigenza imminente di lavarmi, anche se quel giorno, come sempre, avevo già fatto numerose docce.

Ed eccola, la mia ossessione compulsiva.

Mi lavavo più volte al giorno e spesso la comparsa di reazioni allergiche sulla mia pelle mi indicava quanto stessi esagerando. La mia ossessione per l'igiene, che avvertivo soprattutto dopo i miei numerosi rapporti sessuali – nonostante i preservativi, il numero ridotto di baci e il mio rifiuto di ricambiare i rapporti orali –, mi provocava forti irritazioni cutanee, causate dall'eccessivo utilizzo di saponi e bagnoschiuma. Tuttavia, mi era impossibile fermarmi:

Kim soggiornava nella mia testa e non conoscevo altro modo oltre al sesso per tenerla alla larga.

«Devo fare una doccia», dissi a Jennifer con un tono più pacato. Il mio umore oscillava tremendamente dalla furia alla ragionevolezza nel giro di pochi minuti, rendendomi particolarmente instabile e poco lucido.

Nessuno accanto a me era al sicuro, quando vivevo periodi del genere.

Così, mi allontanai da lei, per evitare di fare qualcosa di cui avrei potuto pentirmi. Jennifer, in fondo, non c'entrava nulla con i miei problemi e non volevo riversare su di lei tutto quello che mi stava fottendo il cervello.

La bionda mi guardò come se fossi un pazzo, ma non dissi altro e mi chiusi in bagno, restandoci per circa un'ora.

Quando uscii, profumavo come una femminuccia e la fragranza di muschio che emanavo era eccessiva.

Mi avvicinai al letto e recuperai dal pavimento i boxer e i jeans neri, che infilai di fretta.

Non avevo la minima idea, invece, di dove fosse finita la mia felpa, ma in meno di un secondo la individuai tra le mani di Jennifer.

Lei era ancora nuda, con solo un perizoma rosso a coprirle a stento il culo sodo.

Aveva fatto tutto ciò che doveva fare dopo una scopata con me: aprire la finestra, tirare via le lenzuola e riordinare la stanza, e adesso mi stava contemplando il torace con un'espressione ebete sul bel visetto.

«Ridammi la felpa.» Senza attendere che obbedisse, gliela strappai dalle mani, con i miei soliti modi burberi, e la lanciai sul letto.

Non l'avrei indossata, perché avevo bisogno di indumenti puliti, ma ciò non significava che potesse farlo lei.

Ero geloso delle mie cose, un possessivo cronico.

Nessuno doveva toccare ciò che mi apparteneva: sigarette, chiavi della macchina, cellulare, vestiti, libri, il mio bloc-notes; insomma, tutto ciò che era mio, doveva rimanere *solo mio*.

Perché temevo che le persone potessero contaminare quello che mi apparteneva.

Le mie felpe o magliette le aveva indossate una sola donna in tutta la mia vita, mia sorella, perché soltanto i miei fratelli potevano varcare certi limiti.

Ero fatto così.

«Ma che diavolo ti prende?» sbottò Jennifer, tirando fuori un coraggio che vacillò appena mi voltai a guardarla. Il mio sguardo scivolò sul seno sodo e sulla pelle chiara, ancora arrossata a causa del modo in cui l'avevo scopata. I capelli biondi, invece, erano umidi e arruffati.

Storsi il naso quando percepii il suo odore, e pensai che avrebbe dovuto farsi una doccia alla svelta.

Cazzo. Ero proprio fissato.

«Chiudi la bocca.» Sorvolai sulla sua domanda e recuperai finalmente il pacchetto di Winston, sfilando una sigaretta che incastrai tra le labbra. «Le tue scenate in questo momento non le sopporto», misi in chiaro, perché non ero nelle condizioni mentali adatte per affrontare una conversazione, un litigio o qualsiasi cosa volesse fare.

Jennifer corrugò la fronte e rimase ferma esattamente lì dov'era, a soppesarmi con lo sguardo. La ignorai e tirai fuori l'accendino per dedicarmi alla prima boccata di nicotina, come un disperato.

La puzza del fumo era decisamente più piacevole dell'odore che ancora aleggiava in camera.

«C'entra lei, vero?» eruppe, attirando i miei occhi su di sé.

Era stupida o cosa?

Non aveva badato al mio avvertimento e stava continuando a parlare.

«Da quando quella mocciosa è andata via, non fai altro che trattare tutti con sufficienza, sei sempre nervoso e adesso...» Sollevò un angolo delle labbra, indicando con l'indice la patta dei miei jeans scuri. «Non raggiungi più neanche l'orgasmo. Scommetto che con *lei* non avevi questo problema.» Jennifer non mi stava solo provocando, stava anche mostrando la sua ossessione assoluta per Selene.

Percepiva la bimba come una vera minaccia, come un fantasma onnipresente, anche adesso che era lontana, a vivere la sua vita a Detroit. La definiva una «mocciosa» soltanto perché era il suo opposto.

Jennifer era quattro anni più grande, era più esperta, aveva una certa abilità in fatto di uomini e sapeva come usare la lingua, sia per succhiarmelo che per sputare veleno.

Ostentai un sorrisetto enigmatico e mi avvicinai a lei, sbuffandole lentamente il fumo sul viso.

La sovrastavo in altezza e il mio carattere arrogante sarebbe stato capace perfino di annientarla, tanto quanto il mio atteggiamento indifferente.

Fuori dal letto non mi importava di nessuno.

«La temi molto...» le sussurrai a un soffio dalle labbra. «*La mocciosa*», ripetei l'appellativo con il quale aveva definito Selene.

Non avevo parlato con i Krew di quello che era successo, perciò non sapevano dell'incidente né tantomeno che la bimba fosse andata via proprio a causa mia.

Ricordarla mi angosciava.

Ogni volta che la pensavo, un'energia bollente si irradiava lungo tutto il mio corpo, fermandosi al centro del petto.

Era qualcosa che bruciava, che faceva male, qualcosa che sapevo essere profondamente sbagliato, ma del resto ero attratto da tutto ciò che danneggiava, che incendiava, che avvelenava, che eccitava, che mi rendeva vivo.

E lei era tutto questo, concentrato in un corpo minuto e un paio di occhi oceano.

«Non temo nessuno, credo solo che tu...» Jennifer tentò ancora di parlare, ma smisi di ascoltarla, dandole le spalle per uscire dalla stanza.

«Non ho tempo per ascoltare le tue stronzate. Lavati», ordinai, con una calma agghiacciante. Stavo cercando di controllarmi, perché se avessi perso la pazienza avrei fatto solo danni.

Mi recai in salotto, teso come una corda di violino.

Avevo i muscoli contratti, le vene gonfie e non solo quelle, dato che anche tra le gambe non ero messo meglio.

I jeans mi comprimevano, facendomi sentire costretto in quegli strati di stoffa. Se fossi stato solo avrei camminato beatamente nudo nel mio spazio, proprio come faceva un animale in gabbia, e invece...

«Ehi... era ora che finiste! Ci avete proprio dato dentro, eh? Lei è viva?» Xavier sporse la testa per fingere di sbirciare in camera da letto e interruppe il discorso con Luke su alcune partite di basket.

Erano entrambi stravaccati sul mio divano angolare e mi stavano guardando incuriositi.

«Sì, cammina», ribattei a tono, dando seguito a quegli inutili discorsi maschili. Spesso disgustavo me stesso per il modo in cui sminuivo le donne, ma era soltanto perché ero stato annientato da una di loro e questo mi aveva causato l'impossibilità di provare emozioni, o di vivere relazioni umane in maniera normale.

Schiacciai la sigaretta, ancora a metà, nel posacenere della penisola, e annusai nell'aria l'odore di pizza.

Lo stomaco brontolò e, senza chiedere il permesso a Xavier, mi piegai per afferrarne un trancio dal suo cartone posato sul tavolino basso del salotto.

«Ma che cazzo! Ordinatene una!» sbottò infastidito.

«Hai il culo sul mio divano, nella mia dépendance, nella mia proprietà. Almeno la cena me la devi.» Portai la fetta alle labbra e la divorai in due bocconi.

Evitai, però, di bere alcol. Xavier e Luke erano abituati a mangiare porcherie e ingurgitare fiumi di birra in continuazione, io no. Cercavo di mangiare in modo sano e di associare le mie abitudini agli allenamenti di boxe.

Era tutto lì il segreto di un fisico eccezionale, solcato da muscoli scolpiti e ben modellati.

«Non eri a dieta, principessa?» Xavier mi tirò ironicamente un pugno sugli addominali e sussultai appena per il timore che potesse colpirmi più in basso.

Era abbastanza coglione da farlo.

«Mai stato a dieta, evito solo di mangiare schifezze.» Scrollai le spalle e in quel momento Jennifer uscì dalla camera da letto sbattendo la porta, per far sì che tutti noi la notassimo.

Si era rivestita e sistemata i capelli con le sue solite trecce.

Marciò spedita verso il salotto, ancheggiando sugli stivali alti, e Xavier fischiò in segno di approvazione, mentre le fissava la gonna corta che oscillava a ogni passo.

«Ne abbiamo ordinata una anche per te», la informò Luke,

indicandole il cartone chiuso della pizza, posato sull'angolo cucina, ma la bionda serrò la mascella e lo incenerì con lo sguardo.

La pizza non era per niente al centro dei suoi pensieri, perché era a dir poco furiosa.

Con me, ovviamente.

«Io me ne vado», annunciò, sistemandosi la borsa su una spalla. Ostentò un atteggiamento stizzito proprio per attirare la mia attenzione, e sospirai seccato.

Pensava che le sarei corso dietro? Che illusa.

Io non avevo mai rincorso nessuno, tantomeno una donna, quindi per me poteva anche andarsene, non me ne fotteva niente.

«Cos'è successo?» Xavier si accigliò, perché chiaramente lei aveva stuzzicato la sua curiosità proprio come voleva; in fin dei conti, era lui il ficcanaso. Luke, invece, rimase chiuso nella sua solita discrezione. Avrebbe ascoltato senza intromettersi, era fatto così.

«Chiedetelo a lui.» Mi indicò. «Probabilmente la mocciosa gli ha fottuto il cervello», proseguì Jennifer, ma rimasi impassibile. Il mio livello di sopportazione era limitato, ma la bionda era pur sempre una donna e io dovevo controllarmi.

Se fosse stata un uomo, l'avrei già messa al suo posto, a modo mio.

«La mocciosa? E chi sarebbe?» insisté il moro, mentre Luke stette in silenzio, perché la mia bimba, lui, la ricordava benissimo, dato che l'aveva persino baciata. «Oh, la figlia di Matt?» intuì Xavier sghignazzando, e io mi irrigidii.

I muscoli del torace si tesero e, seminudo com'ero, temevo che potessero notarlo anche loro.

«Che fine ha fatto la bambolina? Non la vedo da molto tempo.» Aggrottò la fronte e fece saettare gli occhi neri su di me. Il fatto che stessero parlando di lei mi infastidiva più dell'appellativo «mocciosa» che le aveva affibbiato Jennifer.

«È andata via ed è stato meglio così», commentò Luke, che finalmente ruppe il silenzio. Subito spostai lo sguardo su di lui e mi chiesi dove fosse finita tutta la sua discrezione.

E poi... Come cazzo faceva a saperlo?

«Chi te l'ha detto?» sbottai e non seppi controllare il tono di voce, che da pacato divenne astioso. Jennifer scosse la testa e sondò il mio atteggiamento aggressivo.

Ero sempre stato indifferente alle donne, proponevo addirittura di condividerle, e il fatto che di Selene evitassi perfino di parlare, che la proteggessi da loro e tentassi, a modo mio, di far credere che non contasse nulla per me, infastidiva Jennifer, e molto anche.

Ultimamente, la bionda mi riservava continuamente delle scenate di gelosia, malgrado le avessi ripetuto più volte di evitarle, perché non aveva nessun diritto di rompermi i coglioni.

Non stavamo insieme.

Non era la mia donna e io di certo non ero il suo uomo, né di nessun'altra.

«Voci di corridoio», rispose Luke, riportando la mia attenzione su di lui.

«E ti dispiace che sia andata via?» lo incalzai. Ricordavo perfettamente il modo in cui si era leccato le labbra dopo il loro bacio. Selene si era avventata su di lui soltanto per provocare me, dopo che aveva assistito allo spettacolo della biondina inginocchiata tra le mie gambe.

Luke e io ne avevamo parlato, chiarendo la situazione, ma di certo non avevo dimenticato quello che mi aveva detto in macchina:

«Se lei tenterà ancora di sedurmi, non la respingerò.»

«Cosa?» domandò accigliato, fingendo di non aver capito, ma io sapevo quanto fosse furbo e lui sapeva quanto lo fossi anch'io.

«Ti dispiace che sia andata via?» ripetei. «D'altronde volevi fartela, non è così?» lo provocai volutamente.

Xavier scattò in piedi e lo stesso fece anche Luke, ma per motivi diversi.

Il primo voleva interporsi tra noi nel caso in cui ci fosse stata una rissa, il secondo invece mi stava sfidando.

«Ma che cazzo vuoi?» Luke alzò la voce e gli sorrisi.

Non volevo nulla da lui, ma ero nervoso, e non sapevo neanche per quale motivo.

In realtà, di motivi ce n'erano tanti; avevo accumulato troppa frustrazione, troppa rabbia, al punto tale da sentire la necessità di esplodere e sfogarmi sul primo che mi fosse capitato a tiro.

«Se n'è andata! Io non l'ho toccata, Xavier non l'ha toccata.

Abbiamo rispettato il tuo ordine! Questa reazione è fuori luogo!» continuò Luke, puntandomi un dito contro, anche se non mi era chiaro il perché si fosse alterato così tanto. «Prenditela solo con te stesso, perché probabilmente è andata via proprio per fuggire da uno come te!» concluse e fu allora che feci un passo avanti, inducendo Xavier a bloccarmi per le spalle.

«Che hai detto?» sibilai, cercando di capire dove volesse arrivare.

Luke sapeva qualcosa, qualcosa che a me sfuggiva e ora doveva parlare, altrimenti avrei agito e ne avrebbe subito le conseguenze.

«Ci ho parlato la notte di Halloween», confessò con un'espressione compiaciuta sul viso. Tentai di avanzare ancora, ma Xavier bloccò ogni mio movimento.

Lui aveva parlato con lei? Quando era capitato di preciso? E perché Selene non me l'aveva detto?

«L'ho incontrata mentre fuggiva in lacrime dalla stanza da letto nella quale tu l'avevi condotta per giocare con lei e con Jennifer. Mi ha raccontato tutto ed era a dir poco sconvolta. Io l'ho semplicemente consolata», ammise con una certa soddisfazione, mentre il mio cervello si era bloccato su un'unica parola.

Consolata?

Mi fermai e lo fissai intensamente. Quello della notte di Halloween era stato un altro maledetto errore del quale mi ero pentito amaramente, ma che al tempo stesso ero stato costretto a fare. Forse sarebbe bastato farle vedere quello che ero, senza coinvolgerla direttamente nelle mie perversioni, ma Selene doveva capire appieno chi fossi, doveva allontanarsi da me.

Mi ero quindi comportato in quel modo tremendo perché sapevo che mi avrebbe odiato e le avrei reso tutto più facile.

Volevo che tornasse a Detroit, volevo che si allontanasse da me e dai pericoli che incombevano attorno alla mia vita.

Ed era successo. Era successo davvero, ma non nel modo in cui speravo.

«Consolata? In quale cazzo di modo l'avresti consolata?» chiesi minaccioso.

Luke trattava le donne esattamente come facevo io, per questo volevo saperne di più.

Se mi avesse confessato di averla toccata o baciata ancora,

stavolta lo avrei preso a pugni, e nessuno lo avrebbe sottratto alla mia furia.

Non avrei mai impedito a Selene di andare a letto con altri uomini, purché fossero meritevoli del suo corpo e dei suoi valori.

E lo fossero più di me, non di certo meno di me.

Doveva riservare il meglio di sé, a chi era migliore di me.

Non a uno come Luke.

Per questo le avevo detto che l'avrei sempre protetta dai Krew, perché li conoscevo: sapevo che tipi erano, sapevo quanto fossero pericolosi e depravati.

Cercai ancora di oltrepassare Xavier, esattamente come un leone tentava di varcare le sbarre della sua gabbia, in cerca di una via di fuga, ma lui sapeva quanto fossi agile e non abbassava mai la guardia.

«Rilassati», replicò Luke. «Mentre tu eri in una delle stanze a scoparti Jennifer, noi abbiamo solo parlato. Sei stato tu, però, a farle vedere quello che eri. Come pensavi che avrebbe reagito? Selene non è come le donne che frequenti di solito, non è abituata a quello che facciamo noi!»

Ancora una volta, Luke mi accusò e difese Selene.

Odiavo il modo in cui stava parlando di lei, come se la conoscesse più di quanto la conoscessi io. Quando in realtà avevo capito che genere di ragazza fosse prima di lui.

Mi resi conto in quell'istante che la mia reazione era immotivata, non ero in me. L'associai però al malessere fisico che ormai sopportavo da giorni, all'impossibilità di concludere un rapporto sessuale come un uomo normale, all'incidente di Logan, a quello di Selene, alle bionde che continuavano a susseguirsi nel mio letto, al bambino che non riusciva a darmi pace, ai disturbi dai quali ero affetto e che proibivo a me stesso di curare.

Era solo colpa del fatto che ero bloccato in un labirinto senza alcuna via d'uscita.

Dopotutto, ero rinchiuso in una prigione di vetro dall'età di dieci anni, e i problemi mi martellavano costantemente la testa per ricordarmi che c'erano e che ci sarebbero sempre stati.

La causa di tutto era di sicuro la voglia di liberarmi da tutta la sofferenza che, giorno per giorno, mi stava consumando e mi rendeva irrazionale e violento.

Provavo soltanto tanta rabbia recondita e un'adrenalina pura, che mi scorreva nel corpo, pronta a riversarsi su chiunque, per cercare un minimo di sollievo.

Tentai di calmarmi. Il fatto che avessero solo parlato, mi indusse a respirare e a frenare l'istinto.

Stavo sbagliando a manifestare ai Krew che, in qualche modo, ci tenevo a quella ragazzina; già sospettavano che mi piacesse, e adesso stavo dando loro soltanto una conferma.

Dovevo tornare in me, a essere l'uomo indifferente e imperturbabile, l'attore da premio Oscar che fotteva tutti, togliendo loro ogni dubbio o perplessità.

«Scusami», dissi a Luke, facendo qualche passo indietro. Mi passai una mano tra i capelli ancora umidi per via della doccia, e scossi la testa. «Non è un periodo facile, sono nervoso.» Aggiunsi con un tono convincente.

Luke rilassò le spalle e Xavier smise di stare in guardia.

Non ci eravamo mai picchiati in passato. Certo, eravamo delle teste di cazzo, ma quattro anni prima avevamo stabilito un accordo ben preciso: *mai mettersi l'uno contro l'altro per una donna.*

«Direi troppo nervoso», brontolò Luke, fissandomi diffidente.

Sospirai e proseguii seguendo il mio copione.

«Ho già troppi problemi a cui pensare, me ne frego di quella ragazzina», dissi infastidito e questo era parzialmente vero.

Jennifer sussultò al suono del mio timbro forte e deciso, e un velo di speranza le calò sul viso.

In realtà, riflettei davvero su quanto fosse sbagliato discutere con Luke per Selene.

Lui non l'aveva più toccata e lei non aveva mai manifestato un reale interesse nei suoi confronti, perciò la mia reazione era stata davvero insensata e per di più assurda.

Ero geloso di un'ipotetica relazione «platonica» e inesistente tra Luke e Selene?

Proprio io?

Una risata gutturale mi fece vibrare il petto, poi mi appoggiai a uno degli sgabelli della penisola, lo stesso sul quale mi ero accomodato per consentire alla biondina senza nome di succhiarmelo poco tempo prima, e…

Scoppiai a ridere di gusto.

Risi davvero, come uno squilibrato.

Soltanto la mia voce sferzò il silenzio assordante che era calato nella lussuosa dépendance.

Xavier e Luke si scambiarono un'occhiata, Jennifer invece non smetteva di fissarmi, riflessiva.

«C'è qualcosa che qui dentro non funziona, ragazzi miei.» Picchiettai l'indice sulla tempia sinistra e puntai ancora gli occhi sul biondo, con un sorrisetto malefico tutto per lui.

Niente da fare, cambiavo umore ogni minuto e quella sera sembrava essere proprio lui il mio bersaglio.

Luke.

Era il sacco contro il quale le mie mani avrebbero voluto sferrare dei pugni violenti, ma tentai di scacciare via quei pensieri malsani.

Perché ero incazzato con lui?

Non lo sapevo, sapevo solo che non riuscivo a smettere di fissarlo.

I Krew non erano a conoscenza della mia infanzia e di quello che avevo vissuto da bambino, né dei disturbi dai quali ero affetto.

Mi consideravano soltanto strano, a volte incomprensibile, altre volte criptico, ma nessuno di loro dubitava neanche lontanamente lo schifo che avevo subìto. Feci tamburellare le dita sulla superficie della penisola e adocchiai poco distante da me la rotella in acciaio che, probabilmente, avevano utilizzato per tagliare la pizza in spicchi simmetrici.

L'afferrai e la osservai, soffermandomi sul riflesso delle mie iridi dorate proiettato dall'acciaio lucente.

«Oggi credo proprio che sia una brutta giornata», sussurrai a me stesso, sfiorando con l'indice la parte dentellata dell'utensile, poi feci ruotare lentamente la rotella.

Erano sempre brutte giornate.

Soprattutto da quando la bimba era andata via.

Mi tagliai per sbaglio e una piccola goccia scarlatta colò dal mio polpastrello.

La guardai: era densa e di un color porpora brillante.

Poi distolsi lo sguardo, mi alzai dallo sgabello e osservai i Krew.

Erano immobili, come statuine di cera, con la schiena dritta e le gambe tese.

Perché avevano quell'espressione turbata sul viso?

Mi avviai a passo lento, ma deciso, verso Jennifer e la squadrai.

Era bella la mia bionda, o avrei dovuto dire la *nostra* bionda, dato che la scopavamo tutti e tre, non solo io.

Mi fermai a poca distanza dal suo corpo; era più bassa di me, nonostante indossasse i tacchi alti che le slanciavano le gambe longilinee. I suoi occhi chiari mi fissarono le labbra, poi si spostarono sul mio sguardo torbido. Fiutavo la sua eccitazione, ma anche la paura che le stava attorcigliando lo stomaco.

Inclinai la testa di lato e avvicinai l'indice ferito alla sua bella bocca.

«Succhia», ordinai sottovoce e lei sussultò.

Percepii il suo respiro profondo e caldo sulla pelle. Tentennò qualche secondo, indecisa sul da farsi, poi deglutì e schiuse le labbra, permettendomi di infilarle il dito in bocca.

L'indice entrò a contatto con il calore liquido della sua lingua e Jennifer lo circuì, succhiandolo come le avevo ordinato. Lo fece con un'incertezza che non le apparteneva, forse perché aveva visto qualcosa nei miei occhi, qualcosa che le aveva fatto intendere di non contraddirmi.

«Oggi sono stato paziente con te», le sussurrai all'orecchio, con un timbro di voce sensuale ma intimidatorio.

Con il mio torace nudo le sfiorai il seno coperto dal giubbino di pelle e lei tremò; io non provai niente. «Ma non accadrà di nuovo. Non portarmi mai oltre il limite, Jen.» Le stampai un bacio sotto l'orecchio, soltanto per rafforzare il messaggio che speravo avesse recepito, poi mi allontanai e sfilai l'indice dalla sua bocca, abbozzando un sorrisetto sfacciato.

Dopo una notte insonne, mi ero alzato di pessimo umore, come sempre, come ogni dannato giorno.

Ero andato all'università, avevo seguito i corsi e adesso stavo cercando Logan per tutta la villa.

Mi incamminai veloce nell'unico luogo in cui non avevo controllato, perché dovevo urgentemente parlare con lui. Mio fratello era il solo a cui confidassi i miei problemi o qualsiasi pensiero mi affliggesse.

Quando raggiunsi la porta della sua camera, la spalancai con irruenza. Mi fermai, però, nel vedere Alyssa intenta a dondolarsi su di lui, mentre lo baciava con ardore.

«Ma che diavolo!» La ragazza divenne paonazza e scese in fretta da sopra Logan. Per fortuna entrambi erano ancora vestiti, perché li avevo interrotti prima ancora che arrivassero al sodo.

«Neil!» urlò mio fratello, furioso perché odiava quando irrompevo nella sua camera come un carro armato senza bussare né curarmi di quello che stesse facendo.

«Devo parlare con te.» Avanzai con un sorrisetto impertinente e guardai le gambe nude della sua fidanzata perché il vestitino che indossava le si era sollevato troppo sulle cosce.

Logan era disteso, con i capelli arruffati, le labbra macchiate di rossetto e lo sguardo minaccioso con il quale stava cercando di intimorirmi, senza alcun risultato ovviamente.

«Non potresti almeno bussare? Santo cielo!» sbottò, mettendosi seduto, poi si diede una sistemata al ciuffo. Alyssa, invece, deglutì e scese dal letto, lisciandosi la parte inferiore del vestitino svolazzante. Non sapevo a che punto fossero della loro relazione – ormai si frequentavano ufficialmente dal periodo in cui Logan aveva subìto l'incidente –, ma non ero ancora certo che tra loro si trattasse di amore. Sospettavo che a mio fratello piacesse soltanto divertirsi con lei, che ne fosse attratto, ma niente di più.

«Scoperete un'altra volta. Io...» indicai me stesso, «...sono più importante.» Ed era la pura verità.

Logan per me c'era sempre stato, così come io c'ero sempre stato per lui; le donne erano un passatempo secondario e in quel momento Alyssa doveva sparire, per permettermi di avere la giusta privacy con lui.

Mio fratello alzò gli occhi al cielo e si sedette sul bordo del letto, infastidito.

«Piccola, ti chiamo dopo», mormorò, regalandole un sorriso rassicurante, e io feci una smorfia di disappunto.

Perché gli uomini usavano sempre gli stessi nomignoli con le donne?

Io non l'avrei mai fatto.

Preferivo dire qualcosa di personale, qualcosa di unico, alle persone che reputavo importanti. Ero un anticonformista, mi piaceva l'originalità e non mi sarei mai adattato ai comportamenti tipici della vita di coppia.

«Okay, amore. A dopo», ribatté lei dolcemente e io rabbrividii.

Amore… la situazione era più grave di quanto pensassi.

Sospirai e mi appoggiai con il culo sulla scrivania, attendendo impaziente che Alyssa andasse via. Quando lo fece, Logan mi riservò tutta la sua rabbia, scoccandomi un'occhiata truce che mi fece sorridere.

«Hai del rossetto qui, *amore*», lo presi in giro, indicandomi il labbro inferiore e lui si sollevò in piedi, espirando dal naso. Adesso, per fortuna, riusciva a camminare senza l'utilizzo delle stampelle e indossava soltanto un tutore sotto i jeans che gli impediva di fare sforzi eccessivi, malgrado fosse già tornato quasi del tutto alla normalità.

«Non sei divertente, stronzo!» brontolò, poi si diresse verso il bagno.

«Ti sei completamente rincretinito», lo derisi, seriamente preoccupato.

Come aveva fatto quella ragazza a ridurlo così?

«Quando ti innamorerai, ne riparleremo.» Entrò nel bagno della sua stanza e sentii lo scroscio dell'acqua, perché probabilmente si stava lavando i denti.

«Puoi star certo che non diventerò come te», ribattei, poi presi una matita dal suo portapenne e mi sedetti sulla sedia, alla sua scrivania. Aprii un quaderno di appunti a caso e mi misi a disegnare ghirigori senza senso. «Non capisco perché gli uomini diventino così coglioni ogni volta che si impegnano in una relazione», borbottai, parlando con me stesso, perché mio fratello era decisamente indaffarato, adesso. Tirò lo sciacquone e, dopo poco, riapparve in camera con i capelli ordinati e il profumo di menta del dentifricio addosso.

Fissò dapprima il mio viso, poi la matita che reggevo tra le dita, e marciò infuriato verso di me per sfilarmela.

«Non iniziare a scarabocchiare sui miei appunti!» La rimise al suo posto e tornò a sedersi sul letto, in attesa che io parlassi. Mi voltai, rigirandomi sulla sedia da studio, e incrociai le mani sull'addome, con le gambe allungate dinanzi a me e una caviglia accavallata sull'altra.

Ecco, avevo assunto la tipica posizione dello spavaldo che ero.

«Allora? Cosa devi dirmi?» chiese incuriosito.

Non sapevo da dove iniziare, il mio atteggiamento ilare e strafottente era solo un modo per nascondere il mio stato d'agitazione. Non avevo mai sofferto di un problema del genere e rivelarlo non era facile.

Per uno come me, sentirsi incapace di vivere un rapporto sessuale appieno era imbarazzante.

«Ho un problema...» Chinai il busto in avanti e assunsi un'espressione seria. Puntai i gomiti sulle ginocchia e lo guardai, cercando le parole giuste per confessargli tutto.

Cazzo, era difficile.

«Quale problema? Neil, non farmi preoccupare», mi redarguì, agitato.

Fissai le sue iridi di un nocciola denso, dove ogni volta ritrovavo me stesso. Logan era sempre stato la parte migliore di me, quella pura e incontaminata. Mi guardai attorno, a disagio. Per la prima volta stavo provando quello che ogni comune essere umano aveva provato nella propria vita almeno una volta: l'imbarazzo.

«Io non...» L'impaccio era evidente nel mio tono di voce. Odiavo quella momentanea situazione di impedimento. Logan mi guardava perplesso e io sembravo un idiota che non riusciva a parlare.

Ecco perché odiavo farlo, le parole erano inutili.

Tra l'altro, il più delle volte le usavo solo per esprimere problemi o stati d'animo negativi, non c'era stata mai una volta che avessi avuto l'esigenza di parlare per gioire o raccontare qualcosa di positivo.

«Tu cosa?» mi incitò, sempre più allarmato.

Dovevo dirlo. O adesso o mai più.

Avevo bisogno di confidarmi con qualcuno e con i miei amici ero sempre stato riservato: non amavo parlare di me o della mia vita, ero schivo e diffidente.

Non ero uno che diceva senza reticenze tutto ciò che pensava, ma riflettevo sempre su cosa dire e, soprattutto, a chi dirlo.

Pochi godevano della mia fiducia.

«Non riesco più a raggiungere l'orgasmo.» Lo dissi tutto d'un fiato, fissando le punte delle sue Air Jordan nere anziché il viso di Logan. Sapevo che non mi avrebbe mai deriso per una problematica del genere, ma mi sentivo ugualmente a disagio.

Per un uomo non era piacevole ammettere una cosa simile.

Mi sentivo incompleto, sbagliato, difettato.

Una Ferrari con un motore malfunzionante.

«Che significa?» chiese sorpreso. «Da... da quanto?» Adesso sembrava lui impacciato e incapace di sostenere quell'assurda conversazione. Mi alzai di scatto dalla sedia, come se avessi avvertito delle pietre infuocate sotto le natiche, e iniziai a camminargli nervosamente di fronte.

«Da un bel po'. Sento tutto, provo il piacere, l'erezione c'è, posso andare avanti per ore a scopare ma... non c'è nessuna eiaculazione», conclusi a fatica.

L'orgasmo era un'emozione estrema, una scarica di energia seguita da un profondo stato di rilassamento, e io non ricordavo neanche più cosa volesse dire sentirsi appagati.

Il raggiungimento del culmine sessuale metteva fine al desiderio e alla tensione erotica, ma nel mio corpo accadeva l'inverso. La mia frustrazione era palpabile tanto quanto il nervosismo, perché il desiderio e l'eccitazione erano bloccati in una fase refrattaria dalla quale non riuscivo a liberarli.

«Gesù, non deve essere per niente facile», commentò, sfregando una mano sulle labbra, sconvolto.

No che non lo era, era terribile, ma chi non l'aveva mai vissuto non poteva capirmi appieno.

Era come spiegare i colori a un non vedente.

«Pensi che fisicamente ci sia qualcosa che non vada in me?» Mi tremò la voce, il solo dubbio che questa situazione potesse dipendere da una condizione fisica o da una patologia grave mi terrorizzava.

Mio fratello ci pensò qualche istante. Non sopportavo l'idea di farlo preoccupare così tanto, ma non sapevo proprio a chi rivolgermi.

Se solo avessi avuto un padre o un migliore amico con il quale poter parlare di determinati argomenti, non avrei spaventato a morte lui.

«No, che cazzo dici!» sbottò Logan, alzandosi in piedi. «Non c'è niente che non vada nel tuo corpo, Neil. Credo che si tratti di un problema...» Si fermò, fissandomi negli occhi. «Psicologico.»

Psicologico?

In effetti, le sue parole avevano un senso.

Sin da ragazzino avevo sempre avuto un rapporto strano con il sesso: non riuscivo mai a lasciarmi andare completamente, non provavo mai un vero coinvolgimento emotivo. Mi preoccupavo più di «dare» che di ricevere, volevo sempre che le donne arrivassero al piacere, che raggiungessero l'orgasmo. Mi concentravo a durare il più a lungo possibile, a mantenere l'erezione fino alla fine, mi preoccupavo anche della «qualità» oltre che della quantità e quindi cercavo di dare il massimo, ma senza mai lasciarmi coinvolgere.

Era tutto piuttosto meccanico, metodico, studiato e ben calcolato.

Il fatto stesso che non cedessi mai alle richieste sui rapporti orali, denotava il massimo controllo che mantenevo con ognuna di loro.

Insomma, le donne perdevano la testa quando erano sotto di me, io, invece, pensavo a Kim, al bambino che piangeva, alla mia anima danneggiata, e la mente mi abbandonava.

Regrediva nel passato, in un tempo lontano.

Distante, ma ancora presente.

«Pensi sia associato, quindi, a un blocco psicologico?» chiesi a Logan, poi mi passai una mano sul viso e guardai oltre la portafinestra il chiarore del cielo.

Non ero stupido, ero consapevole di avere una personalità disturbata. Le continue docce ne erano la prova, esattamente come il parlare con me stesso, le allucinazioni sul bambino, l'insonnia, la rabbia che faticavo a gestire e i pensieri tedianti sul perché tutto questo fosse successo proprio a me.

Perché proprio io?

Perché Kimberly aveva scelto me?

Me lo chiedevo ogni giorno, anche se avrei voluto chiederlo a lei.

Alla mia puttana.

«Secondo me, devi parlarne con il dottor Lively», suggerì Logan, afflitto, e per una volta fui d'accordo con lui.

Odiavo la clinica, lo studio asettico del mio psichiatra e odiavo seguire la terapia.

Ero fermamente convinto della mia decisione di non riprenderla, ma, al tempo stesso, sapevo che il mio medico sarebbe stato l'unico in grado di aiutarmi a far luce sul problema.

Che per me era importante risolvere.

Il sesso, infatti, era sempre stato il modo attraverso cui tentavo di rimanere in vita, l'unico mezzo per mettere a tacere il bambino e asciugare le sue lacrime.

Come avrei fatto senza?

Come sarei sopravvissuto?

In quale altro modo sarei riuscito a gestirmi?

Non conoscevo altre soluzioni per equilibrare il me adulto con il me bambino: due parti della stessa anima che non volevano collaborare. Il sesso era proprio il filo che le teneva insieme, legate, per impedire che l'una prevalesse sull'altra, annullandola completamente.

Cosa sarebbe successo se il me bambino avesse vinto contro il me adulto?

Avevo paura della risposta e delle conseguenze, per questo lottavo sempre.

Lottavo per impedire l'inizio di una guerra e per mantenere quella situazione di pace tra i due lati opposti e contrastanti di me.

«Hai ragione», risposi a mio fratello, scacciando via ogni pensiero, poi me ne andai trascinando con me tutta l'angoscia che avevo dentro.

Quel pomeriggio avrei dovuto accompagnare Chloe dal dottor Lively per il suo ultimo incontro.

Mia sorella ormai stava meglio e Carter era diventato soltanto un lontano ricordo, tanto che aveva ripreso ad andare a scuola, i voti erano tornati di nuovo alti, usciva con le amiche e sorrideva sempre più spesso.

Ero contento per lei, il mio psichiatra aveva fatto un ottimo lavoro e mia sorella si era impegnata fino alla fine per vincere la sua battaglia.

Chloe era riuscita a tirar fuori una forza invidiabile che aveva a lungo celato dietro la debolezza.

Seduto in sala d'attesa, aspettavo che lei uscisse. Come al solito, la donna paffuta posizionata all'ingresso non faceva altro che controllarmi lanciandomi, di tanto in tanto, occhiate fugaci, mentre io sfogliavo annoiato una rivista di auto e moto, così almeno non avrei trascorso il tempo a leggere inutili giornali di gossip, moda o altra roba per femminucce.

Sospirai e lanciai il giornale sul tavolino basso di fronte a me.

Avevo già una Maserati che era il sogno di qualsiasi mio coetaneo, perciò non avevo nessun motivo di sbavare sulle immagini di altre macchine.

Ero soddisfatto della mia bambina e guidarla era una delle poche cose, dopo la boxe, che riusciva a rilassarmi. Sapevo di avere una meravigliosa pantera fra le mani e ogni volta, quando mi sedevo al posto del conducente, avevo la responsabilità di gestirla.

«Potrai tornare da me quando vorrai, soprattutto qualora si ripresentino l'ansia o gli incubi.» La voce del dottor Lively mi ridestò da quelle riflessioni. Spostai lo sguardo sull'uomo che stava accompagnando verso di me mia sorella, e mi alzai in piedi.

«Possiamo andare. Madison sarà qui a momenti», esordì Chloe sorridente e pronta a uscire con la sua amica per festeggiare la fine della terapia.

Guardai il mio psichiatra, che a sua volta aveva puntato gli occhi chiari su di me. Stava sicuramente pensando a quando avrei ripreso la mia terapia e a quale occasione avrebbe dovuto cogliere per rivedermi, considerando che mia sorella aveva ormai terminato le sedute.

In realtà, avevo bisogno di parlare con lui e cercai di comunicarglielo con gli occhi. Dallo sguardo del dottore capii che lo aveva intuito.

A ogni modo, accompagnai Chloe fuori, precisamente all'angolo che distava qualche metro dalla clinica, e mi accertai che Madison arrivasse con i suoi genitori.

«Sei paranoico», brontolò lei, sistemandosi il cappellino di lana. Faceva freddo, perché ormai le temperature erano basse, così nessuno a New York usciva di casa senza prima coprirsi con strati e strati di vestiti pesanti.

«Hai sedici anni, sei mia sorella e sono particolarmente apprensivo», mi giustificai, evitando di cedere all'impulso di fumare; tanto sarei tornato dentro per parlare con Krug, quindi non avrei avuto il tempo di terminare la mia sigaretta. Infilai le mani nelle tasche del giubbino nero e osservai le auto che sfrecciavano sulla strada.

«Geloso», mi corresse con un sorrisetto beffardo.

Sì, ero anche geloso, come lo sarebbe stato qualsiasi fratello maggiore.

«Brava, per questo devo accertarmi che Madison sia accompagnata dai suoi genitori.»

Quante adolescenti mentivano pur di fare le loro stronzate di nascosto?

Io non l'avrei lasciata da sola ad aspettare questa sua amica, ma avrei constatato con i miei occhi che mi avesse detto la verità.

Chloe sbuffò e, quando un'auto accostò vicino al marciapiede suonando il clacson, notai effettivamente la presenza dei genitori di Madison e della ragazzina, seduta sui sedili posteriori.

«Chiamami se dovessi avere bisogno di qualcosa. E non rientrare tardi», l'avvertii severo, ma mia sorella sorrise e si mise sulle punte per baciarmi una guancia.

«Sei un rompipalle, Neil. A più tardi.» Corse via e raggiunse l'amica. Seguii con lo sguardo la sua figura fino a quando l'auto non ripartì per immergersi nel traffico.

Sospirai e mi preparai mentalmente a quello che avrei dovuto affrontare adesso.

Non avevo più scuse, ormai.

Entrai in clinica e mi avviai spedito verso lo studio del dottor Lively.

La porta era aperta, in sala d'attesa non c'era nessuno, e sapevo che lui stava aspettando me. Mi conosceva da dodici anni ormai, capiva le mie richieste d'aiuto, seppur tacite.

«Accomodati, Neil.» Krug era in piedi accanto alla scrivania a leggere un documento. Gli occhiali da vista erano posizionati sulla punta del naso e lo sguardo era concentrato sul foglio, ma nonostante questo aveva percepito la mia presenza sulla soglia.

Avanzai di qualche passo nella stanza, ma decisi di rimanere distante. Un'eccessiva vicinanza avrebbe potuto compromettere il mio tentativo di parlare.

«Allora, cosa succede? Sono felice che tu voglia finalmente confrontarti con me.» Mi guardò e mi sorrise, posando il documento sulla scrivania. Mi aveva sempre chiesto di parlargli e adesso ero lì, di fronte a lui, volontariamente, proprio come sperava da tre anni.

Sospirai profondamente e vuotai il sacco raccontandogli tutto, da uomo a uomo, senza alcuna inibizione.

Non fu per niente semplice, ma il fatto che stessi parlando con il mio psichiatra, e non con una persona qualunque, risvegliò in me la speranza che almeno lui potesse aiutarmi a capire cosa stesse succedendo.

«Si chiama *anorgasmia*.» Lively si sfilò gli occhiali da vista e si appoggiò sul bordo della scrivania, assumendo una posizione informale. Io, invece, ero ancora in piedi, con le mani infilate nelle tasche dei jeans e lo sguardo inchiodato su di lui. Mi schiarii la gola e con una mano abbassai la zip della cerniera asimmetrica del mio chiodo di pelle, perché un'improvvisa sensazione di agitazione mi fece boccheggiare in cerca d'aria.

«Quindi?» gli chiesi, cercando di restare calmo. Non era uno dei nostri tipici colloqui professionali, nei quali lui mi analizzava e io cercavo di raccontargli il mio passato.

Adesso ero io a fargli delle domande e lui a darmi delle risposte.

«Quindi si tratta di un disturbo dell'orgasmo maschile. La risposta agli stimoli sessuali e il mantenimento dell'erezione sono buoni, ma l'orgasmo non viene raggiunto. Questo tipo di disturbo si suddivide in varie fasi e può degenerare in una condizione cronica se non si agisce immediatamente sulla causa», mi informò, sondando il mio viso in attesa di una reazione.

Mi grattai il mento ispido per un accenno di barba, e riflettei.

Mi stava facendo capire che avrei avuto bisogno di una terapia per curarmi altrimenti la mia situazione sarebbe peggiorata.

«Sostiene quindi che sia un disturbo psicologico?» Cercai di mantenere un tono fermo, per tentare di gestire la mia agitazione.

«Ne sono certo. Spesso l'anorgasmia è secondaria a patologie di altra natura, ma, nel tuo caso, si tratta sicuramente di una conseguenza dei traumi sessuali che hai subìto da bambino», dichiarò con fermezza.

D'un tratto, l'agitazione sfuggì al mio controllo: il cuore iniziò a palpitare e la mano destra a tremare in maniera incontrollata.

«Neil, stai abusando del tuo corpo e lui ti sta lanciando segnali di aiuto. Si sta ribellando a te. Non puoi andare avanti così ancora per molto. Violentare te stesso per rivivere i ricordi, perpetuando nel tempo amplessi senza affetto, senza calore umano, senza sentimento e senza neanche riporre fiducia nelle tue amanti, non farà altro che distruggerti. Sottoponi il corpo a una condizione di stress fisica e mentale. Tra non molto rischierai di non provare più neanche l'eccitazione e il tuo corpo non risponderà più ad alcuno stimolo sessuale. È questo quello che vuoi?» chiese, con un tono deciso.

Sussultai a causa delle sue parole, crude ma vere.

I miei disturbi erano come dei mostri che si erano arrampicati su di me ed erano riusciti a mettermi in catene. Avrei potuto evitare tutto questo molto prima, invece ero arrivato a un punto di non ritorno, un punto nel quale, a tutti i miei fottuti problemi, si era aggiunto anche quello sessuale.

«Diventerei… impotente?» domandai a fatica.

Cristo, anche soltanto menzionare quella parola provocava un'angoscia inspiegabile dentro di me. L'impotenza era il peggior incubo per un uomo, qualcosa che avrebbe distrutto l'immagine che mi ero creato di me stesso.

L'efficienza sessuale era l'arma con la quale sottomettevo chiunque alla mia volontà.

«No. Non si tratta di impotenza, quella è una causa di natura organica. Il tuo è un disturbo psichico, che potrebbe riversarsi in maniera ancora più decisiva sul tuo corpo.» Si avvicinò e fece un ampio respiro prima di continuare. «Neil, qui non viene messa in discussione la prestanza fisica, ma la tua instabilità psicologica.

Necessiti di cure», mi disse con fermezza. Poi continuò a parlarmi, ma faticai a sostenere la nostra conversazione. Dopo un tempo che mi parve infinito, uscii dallo studio e da quella maledetta clinica, senza dire altro.

Prima che me ne andassi, il dottor Lively mi aveva consigliato di evitare qualsiasi rapporto sessuale per il momento, di dedicarmi agli allenamenti e ad altre attività dinamiche che riuscissero a «compensare» l'appagamento che a letto non ero più in grado di provare.

Nonostante la sua insistenza, non gli avevo garantito, però, che sarei tornato da lui per iniziare davvero la mia terapia, ma neanche gli avevo negato la possibilità che avrebbe rivisto la mia faccia da stronzo nei giorni seguenti.

Camminai furioso diretto verso la mia auto posteggiata e imprecai di tutto.

Volevo andarmene, sparire e dimenticarmi di ciò che mi aveva detto.

Il dubbio di Logan era corretto.

Il problema era nella mia testa, non nel mio corpo.

Sfilai il keyless dalla tasca dei jeans e sbloccai le portiere. Sarei stato pronto a partire, se solo non ci fosse stata un'enorme Ducati Monster rosso fiammante parcheggiata pericolosamente vicina alla mia Maserati.

«Ma che cazzo!» sbottai, rallentando i passi a poca distanza dalla moto.

Mi guardai attorno alla ricerca dell'idiota che l'aveva accostata così tanto alla mia portiera da impedirmi di aprirla, ma non c'era nessuno nei paraggi. Ero sul punto di avere una crisi di nervi e non mi sarebbe dispiaciuto spaccare la faccia a qualcuno. Di sicuro, la prima cosa che avrei fatto, tornato a casa, sarebbe stata quella di rifugiarmi in palestra ad allenarmi, pertanto, anticipare il riscaldamento con qualche testa di cazzo sarebbe stata un'alternativa abbastanza piacevole.

«Oh, scusa Miller, la mia bambina è fuori uso.» Una voce assertiva, e piuttosto familiare, mi colpì dritto alle spalle.

Mi voltai nella direzione dalla quale proveniva e colsi una chioma nera e due occhi verdi che conoscevo benissimo.

Quella moto apparteneva a *Megan Wayne*.

Non c'era alcun dubbio.

Mi irrigidii subito e maledissi mentalmente quella giornata, sperando che finisse il prima possibile, perché non potevo continuare così; ne avevo abbastanza di tutto quello che stava succedendo.

«Okay, perfetto. Entrerò dall'altra parte», le risposi seccato.

Bene, avevo trovato la soluzione; e anche se una soluzione non ci fosse stata, avrei fatto di tutto pur di troncare sul nascere quella situazione assurda.

Evitai di guardare Megan, ma gli occhi si rifiutarono categoricamente di seguire il mio comando, perché ormai sembrava che tutto il mio corpo avesse vita propria.

Le osservai, quindi, le spalle femminili avvolte in un giubbino di pelle, adornato da borchie stellate sul bavero. I jeans neri e attillati, invece, evidenziavano le gambe magre, che terminavano in un paio di stivali di pelle con un tacco basso.

Era indubbiamente bella, ma il suo fascino irriverente e selvaggio non avrebbe avuto mai alcun effetto su di me.

«Sapresti farla partire? O comunque darle un'occhiata per capire come mai non si accende?» Megan parlò ancora, bloccando il mio tentativo di fuggire da lei e dai ricordi che aleggiavano attorno alla sua figura. Mi voltai a osservarla ancora una volta, e non notai nessun lampo di malizia o di ironia nelle sue iridi: la sua era semplicemente la richiesta d'aiuto di una donna, che era da sola, sul ciglio di un marciapiede, alle otto di sera.

Avrei potuto dirle di no, andarmene e fregarmene, come facevo sempre, con tutti, ma un lato umano, che non credevo neanche di possedere, mi fece desistere. Provai compassione per lei e, con un sospiro profondo, la superai per dirigermi verso la Ducati.

«Oh, grazie. Non sapevo che fossi così gentile», mi prese in giro e mi lanciò la chiave che afferrai al volo, ignorando la sua provocazione.

Non le risposi, non mi piaceva sprecare il mio tempo a parlare, così mi resi semplicemente utile e montai in sella alla moto. Dire che fosse un vero mostro era riduttivo.

Avevo già guidato moto del genere, in passato, ma ne avevo dimenticato l'ebbrezza.

Tirai indietro il cavalletto e girai la chiave, dopo aver messo in folle. Schiacciai il pulsante rosso di accensione, ma niente. Non partiva.

Trascorsi qualche minuto a controllare quale fosse il problema, così scesi dalla moto e lo individuai poco dopo: la benzina.

«Hai mai sentito parlare del carburante?» commentai ironico. «Sei completamente a secco.» La guardai e lei corrugò la fronte, alternando gli occhi verdi da me alla moto, poi inarcò un sopracciglio, scettica.

No, non mi credeva.

Maledizione, quella donna era davvero una svitata.

«Cosa? È impossibile», ribatté, indicando il serbatoio con un dito.

Alzai gli occhi al cielo e mi avvicinai a lei così tanto da farle inclinare il collo.

Percepii il suo buon odore e osservai le ciglia lunghe che le incorniciavano gli occhi color edera.

«Perché voi donne volete sempre sconfinare? Perché non ti limiti a guidare un cazzo di maggiolino rosa? Credo che sarebbe più adatto a te.» Le sondai il viso e sollevai un angolo delle labbra per provocarla. Non credevo affatto che Megan fosse una Barbie da infilare in un maggiolino rosa, ma non credevo neanche che fosse in grado di montare moto di quel calibro.

Su quel punto, non mi interessava stuzzicarla: pensavo realmente quello che le avevo detto.

Perché guidava una Ducati se non era neanche capace di accorgersi del serbatoio vuoto?

«Perché voi uomini dovete sempre ragionare come degli stronzi maschilisti, nella convinzione che una donna sia un essere inferiore a voi per intelletto e forza fisica?» mi rimbeccò, con un tono basso e sicuro di sé.

Mi sarebbe piaciuto continuare quell'interessante scambio di opinioni, se soltanto di fronte a me avessi avuto chiunque altra, ma non lei.

Solitamente adoravo giocare al gatto e al topo con le donne, o semplicemente sopraffarle con il mio aspetto che sortiva un effetto suadente su di loro, ma non l'avrei mai fatto con questa *svitata*.

Megan era la mia esatta fotocopia, con la differenza che tra le gambe aveva la fica.

Conoscevo il suo carattere; se le avessi dato corda, avrei reso quel battibecco infinito, e io non avevo tempo da perdere.

«Mi piacerebbe stare qui a smontare le tue idee femministe, ma, ahimè, ho altro da fare», mentii.

Non avevo nulla da fare, dovevo soltanto allontanarmi da lei il prima possibile e tornare a casa a fare un'altra delle mie docce. Perciò, cercai di superarla, ma la Svitata intralciò il mio passaggio, posando le mani sui fianchi stretti.

Cosa diavolo voleva adesso?

«Ho detto che ho da fare», ripetei lentamente, questa volta più minaccioso, ma Megan sorrise e scrollò una spalla con superbia.

«Se sei un galantuomo, adesso dovresti chiedermi: 'Megan, cara, vorresti un passaggio?'» Imitò il mio timbro di voce, fallendo miseramente, poi proseguì con la sua pagliacciata. «A quel punto io ti risponderei: 'Oh, sì, Miller, sei davvero gentile'.» Si posò una mano sul petto e sbatté le ciglia, fingendosi lusingata. «E questa sarebbe una buon'azione che farebbe di te un uomo migliore.» Sollevò un indice con fare accorto e io mi guardai attorno nella speranza che nessuno stesse assistendo a quella scenetta, finta e teatrale.

Rimasi serio, severo e impassibile, fino a farle svanire dal viso il sorriso spontaneo che non avrei di certo ricambiato.

Io sorridevo poco e quando accadeva era per motivi validi.

«Be', ti sfugge un dettaglio: io non sono un gentiluomo. Per cui, levati di mezzo e non rompermi il cazzo.» La spostai con una mano senza alcuna difficoltà, perché la mia forza era di gran lunga superiore alla sua. Quella stessa forza mi era utile per annientare le donne con molta facilità: sia a letto che fuori dal letto; quindi, se Megan avesse continuato a tediarmi con la sua insistenza, l'avrei schiacciata come una lattina di birra.

«Non puoi scappare da me per sempre», disse ancora e mi fermai.

Le scoccai un'occhiata fulminea e lei vacillò sulle gambe. Sapeva quanto fossi incline alla rabbia, quanto fossi incapace di gestire il mio temperamento, perciò continuare a provocarmi non era una mossa intelligente da parte sua.

«Sei tu che dovresti scappare da me.» *O l'avrei distrutta.*

Aggirai la mia auto e aprii la portiera del passeggero.

Entrai in fretta e scavalcai il cambio per sedermi al mio posto.

Io, Neil Miller, stavo fuggendo a gambe levate come se avessi il diavolo alle calcagna.

Accesi il motore e abbassai il finestrino, perché avevo bisogno di fumare.

Tastai le tasche del mio giubbino, tirando fuori il pacchetto di Winston, e incastrai una sigaretta tra le labbra.

Megan non la sopportavo; non ne sopportavo la presenza né lo sguardo felino che, ogni volta, tentava di scavarmi dentro.

Non la tolleravo per niente, eppure non riuscivo a smettere di guardarla.

I miei occhi puntavano proprio lei, oltre il parabrezza.

Se ne stava in piedi, stretta nelle spalle a causa del freddo.

Sarei dovuto andare via subito, fottermene di lei e della sua moto, ma ero ancora inspiegabilmente fermo lì, in macchina. Avvicinai l'accendino alla sigaretta e, con una mano chiusa a conca, l'accesi. Megan si allontanò e il mio sguardo scivolò dalla chioma nera, fluttuante nell'aria gelida, al culo alto e sodo, che si contraeva a ogni colpo d'anche.

Aveva delle curve ben definite e una femminilità che avrebbe stordito qualsiasi uomo.

Persino io, che ero un perfezionista e avevo buon gusto in fatto di donne, approvavo molto l'armonia delle sue forme. Megan era indubbiamente stata creata per essere ammirata, e non solo.

Liberai il fumo denso oltre il finestrino e continuai a fissarla.

Avrebbe preso un taxi, forse, ma nel frattempo era lì, sola, a piedi e al freddo.

L'unica mia consolazione era che quella non era una zona pericolosa, pertanto se la sarebbe cavata anche senza di me. Premetti l'acceleratore, innescando il rombo potente della marmitta che tuonò nell'aria, come se fosse il ruggito di un leone, e i suoi occhi saettarono nella mia direzione; mi scrutarono mentre con una mano facevo tamburellare le dita sul volante, tenendo l'altra piegata mollemente oltre il finestrino.

In quel momento, volevo che capisse che stavo per andarmene e che non le avrei dato alcun aiuto. Feci una retromarcia a dir poco brusca e subito dopo frenai di scatto, inchiodando le ruote sull'asfalto.

Dovevo andarmene, cazzo, dovevo andarmene e…

«Sali», le ordinai, sporgendo appena il viso oltre il vetro per far sì che mi sentisse.

Lei sussultò, voltandosi nella mia direzione, poi inarcò un sopracciglio compiaciuta, perché un lato di me, quello più compassionevole, aveva ceduto senza neanche sapere perché.

Forse volevo soltanto scrollarmi di dosso la responsabilità di lasciarla lì; era pur sempre una donna, e se le fosse successo qualcosa mi sarei sentito in colpa.

Tuttavia, non la guardai quando aggirò l'auto per accomodarsi sul sedile del passeggero e neanche quando il suo profumo di fiori d'arancio si confuse con il mio all'interno dell'abitacolo; fissai invece un punto imprecisato di fronte a me, nella speranza di spiegarmi cosa cazzo avessi appena fatto.

«Grazie, Miller, quindi un cuore ce l'hai anche tu.» Richiuse la portiera e posò la borsetta sulle cosce.

«Ti sento, sai? Batti forte.» La voce della bimba, della Trilli che aveva acquietato per un breve periodo il dolore del bambino, mi riecheggiò nella testa, ricordandomi il suo timbro dolce e carezzevole, diverso da quello di Megan, che era, invece, più seducente e maturo.

Evitavo sempre di pensare a Selene, perché, quando accadeva, suscitava qualcosa di inspiegabile dentro di me.

Quella ragazzina era stata l'imprevisto più bello nel bel mezzo della mia vita incasinata, un tuono che aveva scatenato non solo l'attrazione malsana che provavo per lei, ma anche qualcos'altro, qualcosa di indefinibile.

Era una creatura divina, una piccola fata, che era stata in grado di riportarmi in vita con un battito di ciglia e che adesso mi odiava, perché ero stato un bastardo.

Ora è tutto noioso senza di te, ragazzina, pensai.

«Cavolo, questa macchina è pazzesca.» Megan mi ridestò dai miei pensieri, permettendomi di ritornare al presente. Aveva messo la cintura di sicurezza e stava fissando la plancia luminosa, rosso fuoco, i comandi posizionati sul volante e quelli multimediali.

Il display si accese d'improvviso e lei sobbalzò, facendomi sorridere inorgoglito.

«Ti darò un passaggio.» Tornai serio e allungai un braccio verso il lettore musicale. «Ma non dire una parola, non sopporto chi parla continuamente.» Con l'indice avviai la mia playlist personale e alzai leggermente il volume, come facevo sempre quando viaggiavo da solo.

Megan non ribatté e appoggiò la nuca al sedile, per mettersi comoda.

Partii e lasciammo la sua moto lì. L'avrebbe recuperata il giorno dopo.

Mi immersi allora nel traffico di New York e sbuffai quando fui costretto a fermarmi a un semaforo.

Per fortuna la Svitata non aveva detto una parola negli ultimi cinque minuti.

Bene.

Si era attenuta al mio ordine, anche se non pensavo che una donna come lei sarebbe stata così accondiscendente.

Probabilmente, avevo sortito su di lei l'effetto desiderato.

«Ascolti i The Neighbourhood?» Come se mi avesse letto nella mente, Megan tornò a parlare, rivolgendomi una domanda alquanto banale.

«Se ci sono nella mia playlist, vuol dire che li ascolto», risposi seccato, fissando il semaforo nell'attesa che scattasse il verde. In realtà erano il mio gruppo preferito, ma omisi questo dettaglio. Mi passai invece le dita nel ciuffo e lo sistemai nervosamente, soltanto perché la sua voce mi irritava.

Perché le donne dovevano pormi domande poco interessanti e tediarmi con discorsi noiosi?

Questo era un altro motivo per il quale odiavo parlare.

«La mia preferita è *Cry Baby*», seguitò, ma, ancora una volta, non la guardai.

Verde.

Accelerai e Megan urtò la schiena contro il sedile. La mia auto spesso aveva il sopravvento su di me, era potente come un'onda in attesa di prendere la sua forma, scattante come un vento impetuoso, selvaggia come una belva indomabile.

Per questo l'avevo scelta.

«Dannazione! Guidi malissimo!» sbraitò Megan e sorrisi, lanciando un'occhiata allo specchietto retrovisore prima di fare un sorpasso.

«La prossima volta prendi un taxi o vattene a piedi, se preferisci.» Feci un ultimo tiro dalla mia sigaretta e la gettai, chiudendo il finestrino, poi accesi il riscaldamento. In quel momento partì la canzone che lei aveva citato, come se l'avesse richiamata con qualche formula magica. Senza il mio permesso, Megan allungò un braccio per alzare il volume e iniziò a canticchiarla.

Cercai di mantenere la giusta concentrazione sulla guida, perché l'ultima cosa che avrei voluto, per concludere in bellezza quella giornata di merda, sarebbe stata una multa, ma la donna accanto a me era una distrazione fastidiosa.

«Abiti sempre al solito indirizzo?» le chiesi poi e le scoccai un'occhiata in tempo per vederla annuire.

Imboccai la strada che l'avrebbe condotta a casa, ma la sua voce attirò, di nuovo, la mia attenzione.

«Questa canzone parla di un uomo che si innamora della donna sbagliata», spiegò con un mezzo sorrisetto. «Chissà, magari potrebbe succedere anche a te. Ti innamorerai di me, Miller, anche se non vorrai», mi sussurrò all'orecchio.

Decelerai subito e mi voltai a guardarla. Adesso stava sorridendo in modo furbo. In quell'istante accostai proprio dinanzi al suo appartamento e la fissai riflessivo.

Che cazzo stava dicendo?

I suoi occhi verdi penetrarono nei miei, per cogliere le tenebre che mi incombevano sull'anima, le stesse contro le quali ancora lottavo e che, nel profondo, accomunavano entrambi; per questo non sopportavo la sua vicinanza, perché lei rievocava ricordi che volevo cancellare. *Non potrebbe mai capitare che io mi innamori di te, perché non è quello che voglio fare e perché non è quello che potrei fare. Né con te, né con nessun'altra*, le volevo rispondere, ma decisi di non ricambiare la sua ironia.

«Siamo arrivati.» Interruppi il nostro contatto visivo e tornai a fissare oltre il parabrezza.

Per quale motivo mi stava guardando in quel modo?

Sentii il suo profumo invadere il mio spazio e, di nuovo, mi voltai verso di lei ritrovandola a poca distanza da me. I miei occhi affondarono nei suoi e potei vedere delle striature di un marrone caldo orbitare attorno alla pupilla stretta.

Erano gli stessi occhi che, un tempo, avevo visto spenti, impauriti e imbarazzati.

Adesso, però, premevano in me il pulsante della rabbia e riaccendevano lo sdegno dei ricordi.

«Che cazzo stai facendo?» sbottai con i miei soliti modi burberi e lei ridacchiò, per niente spaventata o sorpresa. Rimase protesa verso di me e continuò a fissarmi, con chissà quali pensieri che le stavano inondando il cervello.

«Volevo solo ringraziarti», disse con innocenza e con una scrollata di spalle. Corrugai la fronte e scossi la testa, perplesso.

«E in quale modo avresti voluto ringraziarmi?» la incalzai, perché a me sembrava proprio che si fosse sporta per tentare di baciarmi e, cazzo, il solo pensiero mi faceva inorridire.

Insomma, io e Megan? Era impossibile.

Lei sorrise, fingendo che avessi interpretato male il suo gesto, ma non ero stupido.

Ero un uomo scaltro e con le donne avevo una certa esperienza.

Mi accorgevo di tutto, sentivo i loro desideri, la loro eccitazione, i loro pensieri indecenti. Mi accorgevo se tentavano di sedurmi e, quando non provavo attrazione, in alcuni casi le respingevo, in altri fingevo di stare ai loro giochetti. In altri ancora, mi lasciavo sedurre, ma solo se e quando lo decidevo io, e con il fine di prendermi ciò che volevo.

Se Megan fosse stata una donna qualsiasi, probabilmente l'avrei indotta io stesso a cedermi.

Tuttavia, anche se conoscevo svariati modi per eccitare una donna, per stuzzicarla, per lusingarla o per abbattere il suo pudore, con lei non li avrei mai adottati, perché era inconcepibile per me anche solo sfiorarla.

«Ti ho capita, sai...» Ostentai un sorrisetto enigmatico perché mi ero reso conto di cosa le stava frullando nella testa.

La fissai negli occhi senza alcuna incertezza, e lei aggrottò la fronte, mostrandosi finalmente vulnerabile.

Voleva giocare con me? Se avessi iniziato anch'io, avrei giocato sporco.

«Sai che non ti toccherei mai, per questo ti piace provocarmi», sussurrai, con un tono rauco e austero, tipico di un uomo che non poteva essere fottuto da un bel faccino e un corpo attraente come il suo.

Megan indietreggiò, riuscendo comunque a mantenere un atteggiamento sicuro.

Sorrisi maliardo.

Non avrebbe mai vinto contro uno come me; doveva accettare questa realtà.

«Ti avrei soltanto dato un bacio sulla guancia. Esistono anche gesti semplici e sinceri con i quali trasmettere la propria gratitudine a una persona», spiegò, facendo una pausa a effetto. «Miller», concluse, aprendo la portiera. La vidi scendere dall'auto e incamminarsi, con un sorriso insolente, verso il palazzo in cui abitava con la sua famiglia.

Appoggiai la testa sul sedile e mi passai una mano sul viso.

Sapevo molte cose di lei, cose che avrei preferito non ricordare.

Con un sospiro, mi convinsi che si era trattato soltanto di un passaggio, un banalissimo passaggio, eppure promisi lo stesso a me stesso che avrei dovuto starle alla larga come avevo sempre fatto negli ultimi anni.

Non volevo instaurare nessun rapporto con lei: non eravamo amici, non eravamo conoscenti, non eravamo niente.

Un cazzo di niente.

Ero intenzionato a ripartire, quando il cellulare vibrò segnandomi l'arrivo di una chiamata.

Sollevai appena i fianchi per estrarlo dalla tasca dei jeans e puntai gli occhi sul display.

Trilli.

Era così che avevo memorizzato il suo numero, quando, con la mia solita prepotenza, avevo deciso di prenderlo dal cellulare di Logan per contattarla e proporle di parlare, prima che partisse per Detroit.

Un sorriso spontaneo mi incurvò le labbra. Per un momento pensai che si fosse dimenticata di quello che le avevo fatto, ma al tempo stesso speravo che non fosse così, perché ricordarsi di me significava anche ricordarsi della mia stronzata della notte di Halloween, e io preferivo che lei avesse un vuoto, piuttosto che mi associasse a un mostro o a un depravato, come spesso mi aveva definito.

Tornai serio e qualcosa di potente mi provocò un forte soffio al petto.

Per me dovevano esistere solo i miei fratelli e nessun altro.

Ero già troppo rotto, distrutto, consumato, perciò non potevo legarmi a nessuno, soprattutto a una donna.

Non potevo permettermi di soffrire o di star male; ero fin troppo fragile e le relazioni amorose erano per i vittoriosi, non per chi, come me, era già stato vinto dalla vita.

Per chi, come me, aveva un concetto personale di amore, incomprensibile a molti. Le donne creavano soltanto guai, erano uno spettacolo che preferivo godermi sotto le lenzuola, in maniera intensa e fugace.

Il cellulare continuò a squillare.

Avrei dovuto rifiutare la chiamata, ma il pollice se ne stava sospeso sul display, indeciso sul da farsi.

Selene era stata il regalo più bello che mi fossi mai concesso, ma ero certo che tra noi non poteva funzionare, per questo avevo fatto di tutto per mandarla via.

Avevo tentato di farmi odiare per renderle più facile voltare pagina, ma poi c'era stato anche l'incidente.

Più ci pensavo e più quel soffio al petto diventava doloroso.

Uno come me, lei, non avrebbe dovuto neanche incontrarlo.

Era meglio non incontrare uomini persi, smarriti, deviati, pieni di problemi e segreti.

Non c'era niente di attraente in me.

Avevo imparato a camminare sulle macerie e non avrei mai

voluto che lei scoprisse tutto ciò che nascondevo dentro di me, altrimenti mi avrebbe guardato con occhi diversi.

Disgustati, probabilmente.

Altro squillo, il sesto, e d'un tratto dentro di me divenne tutto chiaro.

Volevo ancora sentire la sua voce, volevo ancora toccarla e scoparla; il mio desiderio non era svanito, l'attrazione per lei neanche, ed era inutile che continuassi a negarlo a me stesso.

Io la volevo.

Ero contraddittorio, lo sapevo bene, ma in fondo nascondevo una grande verità: mi vergognavo di quello che avevo vissuto sulla mia pelle. Ogni notte sentivo ancora le mani di Kim su di me, la sua lingua, le parole sporche, i ricatti e tutto ciò mi nauseava inducendomi spesso a provare conati di vomito, sperando che bastassero per sputare fuori dall'anima il suo demone.

Stavo combattendo la guerra da una vita intera ormai e non volevo includere nessun altro, tantomeno la bimba.

Eppure, il mio pollice aprì la chiamata.

«Pronto», dissi con un timbro forte e deciso, perché volevo intimidirla.

Se si fosse avvicinata a me, mi sarei nuovamente comportato come un bastardo pur di allontanarla e di farle capire che io non la meritavo.

Dall'altra parte, però, ci fu silenzio: nessuna parola, nessuna voce.

La mia Trilli non fiatò neanche.

Allontanai il cellulare per accertarmi che fosse ancora in linea.

Selene era ancora lì, ma nessuno dei due sfruttò quell'occasione per esaudire il reciproco desiderio di «parlare».

Non era forse per quello che mi aveva chiamato?

Oppure voleva sentirmi perché le mancavo o perché voleva sbraitarmi contro?

Percepii una risatina trattenuta, poi il nulla come se la bella Tigre non fosse da sola.

Allora pensai che forse aveva chiamato il mio numero non perché motivata da un improvviso coraggio che le era scemato appena aveva sentito la mia voce, ma forse perché aveva parlato di me, e quindi, incitata da qualcuna delle sue amichette, aveva fatto un gesto infantile del quale dopo si era pentita.

Quest'ultima supposizione mi eccitò e mi fece sorridere al tempo stesso.

Aveva ventun anni, ma l'esperienza di una quindicenne.

Dopo pochi secondi, però, Trilli riagganciò la chiamata, privandomi anche del suo respiro agitato.

Si era comportata proprio come una ragazzina adorabile.

Questo forse avrebbe infastidito altri uomini, a me invece divertiva, perché mi confermava che riuscivo sempre a capire le sue mosse e, a volte, anche ad anticiparle.

Mi piaceva la spontaneità dei suoi gesti, mi piaceva la malizia infantile con la quale cedeva al mio corpo quando, ogni volta, la cercavo per puro egoismo.

Mi resi conto davvero in quell'attimo che non sapevo più nulla di lei, né cosa stesse facendo, né come stesse affrontando la convalescenza.

Ero distante eppure la pensavo. Sempre. In ogni momento della giornata.

Ogni volta che oltrepassavo la sua stanza per raggiungere la mia, osservavo le pareti spoglie, e provavo sempre la stessa sensazione: avvertivo tanti piccoli spilli conficcati nelle costole, lo stomaco si aggrovigliava e le gambe si fermavano lì, per costringermi a fissare il suo letto, che profumava ancora di cocco.

Mi bastava chiudere gli occhi per sballarmi di lei, del suo sapore dolce e delle curve sinuose.

Sarebbe stata sempre la mia Isola che non c'è, il posto nel quale fantasticavo di vivere, l'asintoto che non avrei mai raggiunto, una bimba che sarebbe cresciuta con un altro uomo.

Tuttavia, tornavo subito in me quando la consapevolezza di non essere la persona giusta per lei mi precipitava addosso.

Il mio passato era pieno di cocci infranti, di peccati, di sbagli e di vergogna, e il presente era ancora troppo incasinato.

Mi riscossi dai miei pensieri e sorrisi compiaciuto per il modo in cui, anche senza sfiorarla, riuscivo a fottere la lucidità di Selene, facendole compiere gesti così infantili come quello di poco prima.

Fu allora che mi accorsi che la Trilli non piaceva soltanto al bambino.

Piaceva anche a me, ma questo non avrebbe cambiato il mio pensiero.

Io non l'avrei mai cercata.

6
Selene

Quei maledetti occhi mi fottevano sempre. Ci facevo l'amore solo a guardarli.
Charles Bukowski

Coney Island.

Io e Matt eravamo giunti a destinazione. Dopo due ore di aereo, mi aveva aspettata all'aeroporto per affrontare insieme un'ora di traffico e raggiungere Brooklyn e poi, da lì, la casa sulla spiaggia.

Terminato il lungo tragitto, scesi dall'auto con i muscoli intorpiditi.

In quell'istante, non sapevo dire come mi sentissi: ero euforica e carica di aspettative, ma al tempo stesso risoluta e diffidente. Quello poteva essere l'ennesimo tentativo senza successo di mio padre per migliorare le cose tra noi, ma, in una parte profonda di me, speravo anch'io che un weekend insieme potesse servirci a fare dei progressi.

«Ecco qui la nostra casa sul mare», esordì Matt con entusiasmo, prendendo i nostri borsoni dal bagagliaio. Ci eravamo portati poche cose, d'altronde due giorni sarebbero trascorsi in fretta e non erano necessari molti cambi. Mi guardai attorno, annusando l'aria salmastra del mare poco distante, poi osservai la spiaggia isolata. Il sole svettava alto nel cielo, un venticello freddo alzava le onde provocandone il rumore armonioso contro la battigia.

«Allora, ti piace? La ricordi ancora?» La voce di Matt riportò la mia attenzione sull'alloggio di fronte a noi. Il legno scuro e laccato di bianco ne caratterizzava la parte esterna, il portico spazioso era dotato di due panche di legno. Lì fuori c'erano anche un tavolo e delle sedie per poter godere in pieno relax delle fresche brezze del posto, davanti a un buon bicchiere di vino. Sfiorai con una mano la balaustra di legno e salii i primi gradini, avvertendo sotto le dita i ricordi dei nonni e della mia infanzia trascorsa con loro.

«Vieni, entriamo.» Mio padre sembrava decisamente più entusiasta di me, ma non potevo negare che in quel momento stavo provando anch'io una sensazione di pace nuova e inaspettata.

Lo seguii verso la porta d'ingresso e, quando Matt aprì, sorrisi nel notare che niente era cambiato dall'ultima volta. Il pavimento in grès effetto legno contrastava con le pareti bianche. Le tende di lino e l'arredamento sobrio rendevano l'ambiente luminoso, fresco e arioso. Avanzai ancora, come una bambina che stesse ammirando per la prima volta qualcosa di grandioso, e osservai il salotto.

I due divani, rivestiti di un tessuto color acquamarina, rievocavano il colore dell'oceano. La cucina era piccola e funzionale; poco più in là, dato che la casa era su un unico piano, c'erano cinque stanze da letto e un solo bagno.

Matt posò sul pavimento i nostri borsoni e io presi il mio per sistemarlo in una delle camere. Scelsi quella in cui dormivo anche da bambina. Era piccola ma accogliente, oltre ad affacciarsi proprio sul mare.

La vetrata ampia, infatti, mi concedeva una visuale panoramica idilliaca. Il letto era rivestito da lenzuola color panna confuse con le sfumature dell'azzurro, mentre il legno bianco padroneggiava su tutto l'arredamento, dall'armadio alla testiera del letto, con decorazioni a tema marino.

«Allora, cosa preferisci mangiare? Cucinerò io», dichiarò Matt euforico, quando tornai in cucina. Lo guardai pensierosa mentre sistemava delle scatolette nelle dispense.

Era diverso quel giorno.

Aveva adottato un look decisamente più casual e sportivo, gli occhiali da sole scuri erano sollevati sulla testa e i capelli neri tirati su dal gel. Sembrava più giovane, forse per via dell'abbigliamento informale che gli conferiva un'aria più sbarazzina.

«Puoi preparare quello che vuoi», ribattei atona. Era il suo compleanno e ancora non aveva ricevuto i miei auguri, ma neanche se n'era accorto; per lui contava solo che avessi accettato di trascorrere la giornata con lui.

«Ti anticipo che non sono molto bravo in cucina...» Si grattò la nuca, tirando fuori dal sacchetto della spesa un barattolo di burro d'arachidi con dei pancake, insieme a varie bustine di pistacchi.

Ne aveva davvero comprate tante e non ne capivo il motivo.

«Potremmo mangiare qualcosa di semplice», proposi con una scrollata di spalle.

Poi decidemmo di pranzare fuori, al tavolo all'aperto, con la vista dell'oceano, della quale ci saremmo beati per soli due giorni. Non ci importava che le temperature fossero basse, e noi fossimo gli unici folli ad aver scelto di trascorrere del tempo alla casa sul mare, visto che l'estate era terminata da un bel pezzo.

Un'ora dopo, Matt aveva servito due piatti di uova strapazzate e pancetta, che sarebbero state deliziose se non le avesse completamente bruciate.

Non ero una persona pretenziosa a tavola, ma quel giorno assodai il fatto che mio padre era davvero incapace ai fornelli.

«Com'è?» farfugliò imbarazzato versandomi dell'acqua nel bicchiere.

«Fa schifo, ma ho fame e quindi...» Addentai la seconda forchettata di poltiglia gialla e mandai giù, bevendo un sorso d'acqua che rendeva più commestibile il mio boccone. Matt sbuffò, posando un canovaccio sul tavolo; per l'occasione, aveva perfino indossato un grembiule da cuoco che lo rendeva seriamente buffo.

«Ha sempre cucinato Anna per me, e quando stavo con Judith se ne occupava lei. Sono un po' arrugginito», fece un mezzo sorriso che però non ricambiai. L'iniziale atmosfera armoniosa era stata, di nuovo, sostituita dalla familiare tensione che colpiva entrambi ogni volta che tentavamo di dialogare.

«Dovremmo sfruttare questo tempo a nostro favore. Le ventiquattro ore che mi hai concesso passeranno in fretta ...» mormorò, inchiodando i suoi occhi nei miei.

Per lui sarebbero trascorse in fretta, per me troppo lentamente, invece. Girai la mia forchetta nel piatto, spostando le uova bruciacchiate che stavo tentando di finire di mangiare, poi sollevai gli occhi su di lui, sospirando. Avrei voluto dirgli di riaccompagnarmi all'aeroporto, ma ormai avevo accettato di stare con lui e non avevo voglia di rovinare il suo compleanno.

«Okay, di cosa vorresti parlare?» gli chiesi, annoiata.

«Parlami di te. Come procede con Jared?»

Tra le tante cose che avrebbe potuto chiedermi, scelse decisamente la peggiore. Mio padre non sapeva nulla di quello che era successo, né tantomeno della mia segreta passione con Neil.

Tornai a dedicarmi al cibo, guadagnai tempo con un altro boccone, poi risposi.

«Ci siamo lasciati, ma preferirei non parlarne.» Non ero dell'umore adatto per raccontargli di Jared, forse non l'avrei mai fatto, perché rivelargli tutto significava anche parlargli di Neil, e io non potevo assolutamente farlo.

Neil...

Il suo nome vibrò nei pensieri. Era assurdo il modo in cui quelle quattro lettere riuscissero a mettermi in subbuglio il cuore.

«Parlami di te e di come è stato facile tradire mia madre con Mia, sono tutta orecchie.» Abbozzai un sorriso insolente e osservai il modo in cui Matt deglutì a disagio e serrò la mascella, innervosito. Sapevo che non era andata così, me l'aveva raccontato Mia, ma mi piaceva provocare mio padre.

Non si aspettava un affronto del genere, ma, di certo, la casa sul mare non avrebbe rimosso l'astio che provavo verso di lui.

«Io e tua madre avevamo già deciso di separarci prima ancora che conoscessi Mia», replicò con un tono imbarazzato. «Le cose tra noi non andavano più bene da tanto. Il mio lavoro, il suo lavoro, il secondo figlio che non le ho mai concesso, tutto pian piano mi è scivolato fra le mani senza che me ne rendessi conto», ammise, fissando il suo piatto per metà pieno; neanche lui aveva gradito molto le sue uova. Si accarezzò con una mano il pizzetto e spostò lo sguardo oltre la balaustra di legno. Il mare, nella sua infinità, accompagnava le nostre voci con il suono delle onde che irradiava nell'aria vibrazioni irregolari. Matt stava fissando proprio la distesa azzurra, incidendo su di essa tutti i suoi pensieri.

«Anche se non avessi incontrato la mia attuale compagna, io e Judith ci saremmo lasciati ugualmente, perché era finito l'amore, era finita la passione e lei non faceva altro che chiedermi il divorzio. C'è ancora molto affetto tra noi, condividiamo la cosa più bella, ovvero te, il frutto del nostro amore, ma il matrimonio era destinato a finire.» Sospirò. «Ho commesso molti errori e non potrò mai tornare indietro nel tempo. Potrò solo evitare che il passato condizioni il mio o il tuo futuro, per questo sto cercando di fare il possibile per recuperare con te.» Puntò i suoi occhi nei miei e potei vedervi dentro la sofferenza che lo affliggeva da tanto, perché avevo smesso di considerarlo un padre quattro anni prima e per lui quel lasso di tempo corrispondeva a un'eternità. «Se tu commettessi un errore nei confronti di una persona che ami, non vorresti che quella stessa persona ti concedesse una seconda opportunità?» mi chiese.

Riflettei sulla sua domanda; la persona che più amavo al mondo era mia madre e probabilmente sì, se l'avessi delusa, avrei fatto qualsiasi cosa per il suo perdono. Per Matt forse era lo stesso, ma qualcosa dentro di me mi faceva dubitare della sua sincerità.

«Avere un'altra donna accanto non vuol dire dimenticare l'amore per la propria figlia.» Mio padre mi prese la mano e io sussultai per quel gesto inaspettato. «Resterai sempre tu la donna che amo di più al mondo. Né Mia né nessun'altra, per me, sarebbero equiparabili a mia figlia.» Lo disse con così tanta sicurezza che una vibrazione intensa mi fece fremere il petto. In quel momento Matt non stava mentendo e me lo stava comunicando con tutto il linguaggio del corpo, a partire dagli occhi.

Nel suo sguardo, per un istante fugace, rividi me stessa e il legame che ci univa un tempo.

Decisi quindi di non rivangare il passato e di accettare il suo invito a trascorrere il pomeriggio in giro per Coney Island. Ogni volta che la visitavo, mi chiedevo se fossimo ancora a New York; era infatti un quartiere di Brooklyn particolarmente diverso dallo stile della Grande Mela. Non c'erano solo la spiaggia, il mare e i fast food: tutto era un'esplosione di colori, giochi e divertimento.

C'era un mondo nel quale perdersi tra l'ebrezza del mare e il grande luna park.

Ogni venerdì, durante il periodo estivo, fra le tante attrazioni di Coney c'erano anche i fuochi d'artificio, che da piccola ammiravo sempre con i miei nonni.

«Ti facevano paura», bofonchiò mio padre quando glielo ricordai; poi addentò un pezzo di hot dog acquistato dal *Nathan's*

Famous, dopo che avevamo passeggiato per diverse ore chiacchierando del più e del meno.

«Non è vero», mi difesi, camminando accanto a lui.

Il sole stava per calare, e mi persi a fissare le luci spettacolari del tramonto. I raggi irrompevano dagli angoli di alcune nuvole e riempivano di oro e arancio tutto ciò su cui si posavano.

«Avevi fame, vero? La prossima volta pranzeremo fuori.» Matt, all'improvviso, indicò l'hot dog quasi terminato che tenevo in mano. In effetti, l'avevo divorato in pochi bocconi, perché alla fine avevamo rinunciato a quelle uova, svuotando i nostri piatti nella pattumiera. Annuii e accartocciai tra le mani il fazzoletto sporco, aspettando di trovare un cestino nel quale gettarlo.

«Da piccolo sognavo di fare lo scrittore, sai?» esordì dal nulla, camminando a passo lento su una passerella di legno che costeggiava l'enorme spiaggia. Stavamo tornando a casa a piedi, visto che, per goderci la bellezza del posto, avevamo deciso di non utilizzare l'auto; malgrado le temperature fossero basse, la giornata era stata soleggiata e piacevole.

«Davvero?» Mi strinsi nel cappotto e mi sistemai i lembi della sciarpa attorno al collo, senza distogliere l'attenzione da lui.

«Sì. Ho partecipato anche a dei concorsi di poesie, aggiudicandomi il primo posto», confessò, abbozzando un sorriso nostalgico, con lo sguardo rivolto al mare.

«E poi cosa ti ha spinto a studiare medicina?» gli chiesi.

«Tuo nonno», disse di getto. «Era un medico, e prima di lui lo era stato anche suo padre. Così voleva che io, il maggiore dei suoi figli, intraprendessi la loro stessa strada. Per un po' ho scritto di nascosto, perché sapevo che non avrebbe mai accettato che inseguissi il mio sogno. Ma quando mi sono ritrovato dinanzi a un bivio riguardo al mio futuro, ho accantonato la mia passione e mi sono gettato a capofitto nello studio.» Infilò le mani nelle tasche del giubbino e tolse gli occhiali da sole, per godersi anche lui i colori del tramonto che presto avrebbero ceduto il posto alle stelle.

«E zio Robert? Perché lui non ha studiato medicina?»

Mio zio aveva intrapreso una strada diversa: era diventato un avvocato e ora viveva a Chicago. Non era sposato, non aveva figli, e per giunta non era in buoni rapporti con Matt.

«Lui è stato più fortunato, mio padre gli ha concesso di scegliere; a me, invece, aveva già programmato la vita intera», rispose con un tono astioso nei confronti dell'uomo che ormai non c'era più, e che probabilmente un tempo non era stato poi così gentile come invece pensavo.

Il suono del suo cellulare interruppe il nostro discorso. Matt mi chiese di concedergli un minuto e rispose.

«Pronto, tesoro», disse.

Era sicuramente Mia, l'unica donna alla quale si rivolgeva in quel modo.

Decisi di rimanere in silenzio e mi godetti la pace che aleggiava attorno a noi. Poca gente, poche auto, alcuni locali chiusi. Tutto era perfetto.

«Oh, capisco, quindi verrete solo voi tre? Perché lui no?»

Mi voltai verso Matt per capire di cosa stesse parlando e colsi una sua occhiata fugace seguita da un sospiro profondo. «Be', cerca di convincerlo. Vuoi che ci parli io? Non capisco questo suo atteggiamento.» Corrugò la fronte e si grattò un sopracciglio con il pollice. Con ogni probabilità stavano parlando di Neil.

Non voleva raggiungerci?

Per quale motivo?

Adesso era addirittura così disgustato da me tanto da evitarmi a tutti i costi?

Non potei nascondere la delusione che sentivo. Dopo aver condiviso così tanto, eravamo arrivati a ignorarci. Per giunta, avvertivo un disagio enorme dentro di me al pensiero di quello che avevo fatto con lui.

A ogni modo, non ero pentita, ma non era facile affrontare il vuoto della sua assenza.

Inoltre, anche se all'apparenza Neil non nutriva più alcun interesse nei miei confronti, qualcosa mi induceva a non crederci.

Era impossibile che avesse mentito l'ultima volta che eravamo stati insieme.

Non volevo pensare che fosse così meschino.

Aveva fatto l'amore con me, mi aveva dato una parte di sé, e io avevo vissuto tutto quanto sulla mia pelle, non era stato frutto della mia immaginazione.

Era questo il filo della speranza al quale restavo aggrappata con entrambe le mani, per non cadere giù e rompermi in mille pezzi.

«D'accordo, noi vi aspettiamo.» Matt chiuse la chiamata nell'esatto momento in cui imboccammo la strada che ci avrebbe condotti alla casa sul mare.

Avrei voluto chiedergli cosa gli avesse raccontato Mia, ma decisi di agire d'astuzia e di aspettare che fosse lui a parlare per primo.

«Domani Mia verrà con Logan e Chloe. Neil, invece, sembra aver deciso di non accompagnarli», spiegò deluso; sembrava non capire il perché di quel rifiuto.

Io, invece, lo capivo.

Il perché ero io.

«Oh, e come mai?» Finsi di essere dispiaciuta, celando la rabbia che stava dilagando dentro di me al pensiero che Neil non volesse neanche vedermi.

Dannazione!

Ero andata via a causa sua: era stato lui a esasperarmi con i suoi atteggiamenti irrispettosi, era stato lui a farmi del male. Poi c'era stato l'incidente e lui era venuto a trovarmi una sola volta, una volta soltanto, come se non avesse abbastanza tempo per me e non gli importasse nulla della mia salute.

«Non lo so. Non riuscirò mai a capirlo. Neil è un ragazzo particolare», affermò.

Salimmo i gradini del portico e aprì la porta d'ingresso per permetterci di rifugiarci all'interno. Tuttavia, riflettei sul modo in cui Matt aveva definito Neil e la curiosità ebbe la meglio.

Anche se lo odiavo, non facevo altro che pensarlo.

Evidentemente qualcosa non andava in me, perché consideravo assurdo il mio comportamento.

«Perché particolare?» chiesi, sfilando il cappotto che sistemai sull'attaccapanni.

«Perché è un ragazzo molto complicato. Ha vissuto un'infanzia difficile, che purtroppo ha avuto delle gravi ripercussioni sul suo modo di essere.» Matt si diresse in cucina e si voltò a guardarmi. «Vuoi che ti prepari qualcosa di caldo da bere?»

Sorrisi per la sua accortezza, in effetti stavo gelando e non mi sarebbe dispiaciuto scaldarmi con un buon tè o una tisana.

«Sì, grazie.» Mi sedetti su uno sgabello della penisola e posai il mento sui palmi delle mani, fissando mio padre che prendeva un pentolino per riempirlo d'acqua. Tornai, però, subito sul nostro discorso; forse Matt poteva darmi qualche informazione in più su Mr. Incasinato da aggiungere a quelle che, un tempo, avevo tentato di ottenere dalla governante Anna.

«Comunque...» Ripresi da dove ci eravamo interrotti. «Io ci ho parlato poco con Neil, non lo conosco abbastanza», mentii; in realtà, ero riuscita a capire alcuni lati del suo carattere, mentre altri mi sfuggivano e nessuno sembrava capace di darmi una mano a ottenere delle maledette risposte. Neil aveva un modo di comunicare tutto suo: parlava attraverso il corpo e usava il sesso per instaurare un rapporto con le donne. Era diverso da qualsiasi altro uomo e ciò non rendeva affatto semplice entrare nella sua mente.

Matt si voltò a guardarmi e strinse gli occhi in un'espressione riflessiva che risultò quasi intimidatoria.

Cos'avevo detto di strano?

«Selene», mi redarguì con lo stesso tono che utilizzava quando qualcosa lo infastidiva. «Sono un uomo e so riconoscere i ragazzi che hanno una particolare attrattiva sulle donne.» Si avvicinò a me e, adesso, a dividerci c'era solo la penisola, sulla quale Matt posò le mani assumendo una postura autoritaria. «E Neil indubbiamente ha un aspetto capace di incantarle con molta facilità.» Non capii quale piega stesse prendendo il nostro discorso, ma non riuscii a trovare le parole per formulare una risposta sensata, così Matt, incitato dal mio silenzio, proseguì: «È un bel ragazzo, è intelligente, ma anche molto furbo...» Sembrava che tutto quel preambolo stesse per sfociare in un avvertimento, ma, ancora, rimasi in silenzio. «Sarò contento se cercherai di stargli accanto, d'altronde avete già convissuto insieme e mi pare che non ti abbia dato alcun tipo di problema, ma cerca di non superare mai determinati *limiti* con lui.» Enfatizzò la parola «limiti» per attirare la mia attenzione su di essa. «Lui non è come suo fratello Logan, soprattutto con le donne», concluse severo, e quell'ultima affermazione confermò quello che avevo già presunto.

Mio padre sapeva molto.

Conosceva Neil meglio di quanto pensassi, ma anche lui mostrava una certa ritrosia nel dirmi qualcosa in più.

Maledizione.

Cercai di non mostrarmi scossa. Se Matt avesse davvero dubitato che Neil mi avesse ammaliata, forse avrebbe facilmente intuito che tra noi c'era stato qualcosa.

«Potresti...» La mia domanda scivolò troppo in fretta dalle labbra, mettendo Matt sull'attenti. «Potresti essere un po' più chiaro?» Mi morsi il labbro inferiore per celare il mio improvviso disagio.

Dovevo fingere di non aver capito cosa intendesse, per spazzare via sul nascere qualsiasi suo dubbio.

Mio padre sembrò rifletterci qualche istante, poi inspirò e mi rispose.

«Quando gli piace una donna, fa di tutto pur di ottenerla, e non è molto difficile che la preda scelta gli ceda. Basta guardarlo.» Si passò una mano sul viso e adesso sembrava seriamente preoccupato.

Oh, sapevo perfettamente cosa intendeva.

A una donna bastava davvero guardare Neil per innescare in lei il desiderio di inginocchiarsi a lui e donargli tutta se stessa.

Mi imbarazzai della direzione che avevano preso i miei pensieri.

«Il problema è che non voglio che tu ti faccia incantare da uno come lui. Voglio bene a Neil, ma tu sei mia figlia, e non vorrei mai e poi mai che ti considerasse in modo diverso rispetto a un qualsiasi membro della famiglia. Inoltre, è più grande di te e il suo stile di vita è molto diverso dal tuo. Sono stato chiaro, ora?» Quella non fu una domanda, ma un ammonimento.

Il suo tono era diventato improvvisamente quello di un padre che non avrebbe mai accettato un uomo simile accanto a sua figlia.

Tuttavia, non ci badai perché la mia mente stava analizzando cosa intendesse Matt per stile di vita «diverso».

Forse Neil beveva o assumeva droghe?

Ricordavo di avergli posto quella domanda e lui mi aveva assicurato di non essere dipendente da niente.

«Assume droghe? O qualcosa del genere?» insistei ancora. In quel momento, mio padre si era voltato a riempire due tazze con il nostro tè caldo e quelle per poco non gli scivolarono dalle mani a causa della mia domanda inaspettata. Si girò verso di me, ancora una volta, e me ne porse una. Io la strinsi subito e mi scaldai.

«No, Selene. Niente di tutto questo. Non ha mai fatto uso di droghe, che io sappia.»

Bene, almeno aveva anche qualche piccolo pregio nel mare di difetti che, in poco tempo, avevo già individuato. «Ma ha problemi ben più grossi, problemi che vanno oltre una sbronza o l'assunzione di stupefacenti. Per fortuna, però, Neil è sempre stato un ragazzo sveglio e non incline a questo genere di abitudini, ma voglio lo stesso che tu stia attenta. Non farmelo ripetere», mi ammonì, sorseggiando il suo tè, appoggiato al piano di marmo della cucina.

Non gli feci altre domande e lasciai cadere così il discorso.

Avevo già capito che tipo di ragazzo fosse Neil, e le raccomandazioni di mio padre non facevano altro che rafforzare lo scudo di ferro con il quale un giorno avrei dovuto affrontarlo, soprattutto dopo quello che era successo tra noi l'ultima volta. Ad Halloween.

Io-Jennifer-lui.

Ero ossessionata da quella scena perversa.

Non riuscivo proprio ad accettarla.

D'un tratto, la rabbia prese di nuovo il sopravvento e sperai di non incontrarlo più.

Se il mattino seguente non avesse cambiato idea e non ci avesse davvero raggiunti, probabilmente non l'avrei più rivisto, perché magari non ci sarebbero state ulteriori occasioni di incontrarci. Io vivevo a Detroit con mia madre, Neil a New York con mio padre. Tecnicamente saremmo stati davvero obbligati a vederci solo qualora i nostri genitori si fossero sposati, cosa che non era ancora prevista, di conseguenza io e lui non eravamo niente, non avevamo nulla da condividere e conducevamo due vite distinte e lontane.

Quella consapevolezza aumentò la mia angoscia, perché dentro di me volevo che la realtà fosse un'altra.

Nella mia fantasia, per noi esisteva ancora una seconda possibilità.

Dopo aver terminato il nostro tè, io e Matt decidemmo di vedere uno dei film con cui ero praticamente cresciuta: *Notting Hill*. Trovammo, infatti, per caso il dvd tra le vecchie cose di nonna

Lizzie, e fu proprio mio padre a propormi di inserirlo, dato che sapeva che Julia Roberts era sempre stata la mia attrice preferita.

«Eri una romanticona sin da piccola», mi sbeffeggiò, distendendosi sul divano. Si posizionò su un fianco, un braccio piegato sotto la testa e le ginocchia flesse.

«O forse ero solo attratta dal fascino di Hugh Grant.» Mi misi comoda sull'altro divano e mi accovacciai con addosso un plaid con dei motivi scozzesi. Mio padre aveva detto che non ci sarebbero stati problemi con il riscaldamento, invece quel giorno avevamo scoperto che non funzionava e che avremmo dovuto usare coperte di lana e pigiami pesanti.

«Anche Julia Roberts è molto affascinante. Dicono che sia la donna con il sorriso più bello del mondo, ma credo sia un'enorme bugia», brontolò con un'espressione buffa. Lo guardai inclinando appena la testa di lato, e corrugai la fronte, pensierosa.

«Perché sarebbe una bugia?» chiesi con un cipiglio serio.

«Perché il sorriso è qualcosa di soggettivo. Per me, il più bello del mondo è quello di mia figlia», rispose serio e prima abbassai il viso, poi spostai lo sguardo sul film. Cercai di non farmi vedere, ma gli angoli delle mie labbra si incurvarono verso l'alto e Matt dovette accorgersene perché, poco dopo, mi lanciò in faccia uno dei cuscini, prendendomi in pieno il naso.

Mi misi seduta dritta, fulminandolo con gli occhi, e lui assunse un'espressione innocente che lo fece apparire un ragazzino dispettoso, piuttosto che un uomo alla soglia dei cinquant'anni.

Dopo un istante scoppiammo a ridere, poi tornammo a guardare il film, commentando di tanto in tanto alcune scene; dopo circa mezz'ora mio padre si appisolò, lasciandomi sola a farneticare su quanto fosse elegante Anna e su quanto fosse gentiluomo William.

Alla fine del film, mi alzai dal divano e osservai Matt.

Era ancora vestito e le spalle gli si contraevano involontariamente a causa di piccoli brividi di freddo. Non aveva indossato nessuna coperta per lasciarla a me, così raccolsi la mia e gliela posai addosso lentamente, attenta a non svegliarlo.

Matt bofonchiò qualcosa nel sonno, ma per fortuna continuò a dormire.

Lanciai un'occhiata al mio orologio da polso: erano le undici e mezza di sera, e allo scoccare della mezzanotte il suo compleanno sarebbe terminato.

Non gli avevo fatto gli auguri, né concesso alcun regalo se non la mia compagnia.

Stando alle sue parole, era quella il regalo per lui, ma, in quel momento, mi venne un'idea assurda.

Mi recai nella camera da letto dove un tempo dormivano i miei nonni, e tirai fuori da un cassetto una targhetta di legno. Sorrisi, perché sapevo che l'avrei trovata lì, insieme al pirografo, che mio nonno amava usare per intagliare il legno per passione. Mi recai in cucina e mi posizionai sulla penisola, pulendo per bene con uno straccio la superficie sulla quale avrei inciso le mie parole per Matt.

Forse quel gesto non era granché, ma era il regalo più sincero che avessi mai fatto a qualcuno in tutta la mia vita. Così, tentai di concentrarmi e scrissi solo tre parole, imprecise: LOVE, LIFE, FAMILY, con l'iniziale del mio nome appuntata sull'angolo destro della targhetta. Esteticamente il risultato non fu il massimo, perché non avevo mai inciso il legno prima di allora; avevo solo tentato di applicare la tecnica che avevo visto usare a mio nonno, ma ci sarebbe voluta un'esperienza maggiore per raggiungere il suo livello di bravura.

Tuttavia, ero certa che mio padre avrebbe compreso cosa simboleggiasse il mio dono, così mi avvicinai a lui e posai la targhetta sul tavolino centrale del salotto.

L'avrebbe trovata al suo risveglio.

Tentai di non fare alcun rumore e, quando Matt mugolò qualcosa assonnato, sussultai, voltandomi verso di lui nella speranza di non averlo svegliato. Tirai un sospiro di sollievo nell'accorgermi che stava ancora dormendo come un ghiro e mi avvicinai a lui, soltanto per sistemargli la coperta sulle spalle.

«Buon compleanno», sussurrai, piegandomi accanto al suo orecchio, poi gli stampai un bacio delicato sulla guancia, fuggendo subito via nella mia stanza, imbarazzata dal mio stesso gesto.

Mi chiusi in camera e posai la schiena sulla porta, poi sorrisi e uno strano calore mi fece arrossire.

Mi sentii come una neonata che, per la prima volta, aveva stretto nella piccola mano quella del suo papà.

* * *

Il mattino seguente rimasi accucciata a letto, sotto le coperte calde.

Sapevo che avrei dovuto alzarmi, ma nonostante i raggi del sole filtrassero dalla finestra scaldando l'intera camera, mi rigirai sul fianco opposto, e rimasi a letto un altro po'.

Mi strofinai gli occhi chiusi, con il dorso della mano, e poi sbadigliai rumorosamente.

Stavo per riaddormentarmi, quando degli strani schiamazzi iniziarono a diffondersi dal salotto fino alla mia porta, facendomi intuire subito che Mia fosse già arrivata.

Tastai il comodino di legno in cerca del cellulare per sbirciare l'orario e, quando lessi il display, mi resi conto che erano già le dieci.

Sgranai gli occhi e saltai giù come una molla, tanto che per poco non scivolai sul pavimento liscio a causa dei calzini di lana a pois.

Assonnata, mi grattai la nuca e, poiché non avevo un bagno personale, mi resi conto che dovevo necessariamente aprire la porta e percorrere, nelle mie condizioni disastrose, l'intero corridoio per raggiungere la toilette in fondo.

Arrancai fino alla porta, passando le dita tra i capelli annodati e lunghi, e quando la aprii senza bussare, mi trovai davanti un ragazzo, in piedi, davanti alla tazza concentrato a…

«Oh, Cristo!» urlai, posando subito una mano sugli occhi, mentre l'altra rimase ferma sulla maniglia. «Scusami, non ho visto nulla!» Richiusi di fretta la porta ed espirai l'aria che inconsapevolmente avevo trattenuto. Riflettei sul da farsi: potevo tornarmene in stanza e rimanerci fino alla fine della giornata, raggiungere gli altri in salotto in questo stato oppure attendere che il ragazzo terminasse per entrare nel bagno e darmi una sistemata. Il rumore dello sciacquone, però, mi fece propendere per l'ultima opzione, perché lui aveva probabilmente finito.

Infatti aprì la porta e io sussultai, sollevando lentamente il viso.

Avevo davanti un gigante con due occhi a mandorla, a dir poco bellissimi.

«Selene!» Logan mi sorrise euforico e mi abbracciò. Rimasi immobile, il mio cervello era ancora assopito e poco reattivo, ma quando finalmente mi resi conto che era davvero Logan a stringermi a sé, ricambiai quel gesto affettuoso e inspirai il suo profumo speziato. «Spero che il mostro di *Loch Ness* non ti abbia terrorizzato, mi scappava la pipì.» Sciolse l'abbraccio e lo guardai confusa. Ma di che mostro stava parlando?

All'improvviso, però, capii tutto e...

Oddio. Si stava riferendo al suo...

«Logan», dissi ad alta voce e cercai di concedergli finalmente un sorriso sincero. Non avevo intenzione di fare alcun commento sulla battuta di poco prima, perciò lo guardai dall'alto verso il basso; non notai le stampelle e lo trovai in ottima forma. Torreggiava su di me, con le gambe tese e forti. Il viso era luminoso e privo di ematomi.

«Come... come stai?» farfugliò impacciato. «Dio, sarei voluto venire da te a Detroit, ma ho smesso di usare le stampelle soltanto pochi giorni fa e...» Si fermò di colpo, non doveva essere facile per lui ricordare quel periodo. Scossi la testa e gli posai una mano sul braccio.

Non doveva scusarsi con me, avevamo entrambi affrontato giorni terribili e di certo mi bastava che ci fossimo sentiti al telefono quasi tutti i giorni.

Logan era stato più presente di suo fratello.

«Va tutto bene, Logan. Mi hai tartassata di messaggi, non lo ricordi?» lo presi in giro e lui arrossì, grattandosi la nuca. Un ragazzone come lui che arrossiva in quel modo risultava seriamente tenero. Capivo perché Alyssa fosse pazza di lui, tanto che non faceva altro che parlarmi della loro relazione e di quanto Logan fosse speciale.

Tenero o no, però, se ne stava impalato sulla soglia del bagno, perciò alternai lo sguardo da lui alla porta, perché avevo anch'io delle esigenze incombenti di cui occuparmi. Logan parve leggermi nel pensiero, poi scosse la testa e si accostò di lato per lasciarmi passare.

«Avremo tutta la giornata per parlare, fai le tue cose, io torno di là.» Stava per andar via, ma dopo qualche passo tornò indietro e mi abbracciò ancora. «Sono felice di rivederti», mormorò con un sorriso dolce, poi si allontanò, concedendomi la mia privacy.

Entrai in bagno con un senso di angoscia tremenda addosso.

Dopo aver visto Logan, cominciai a temere che avrebbe potuto esserci anche Neil.

Certo, nella chiamata del giorno prima Mia aveva riferito a mio padre che forse lui non ci sarebbe stato. E se invece avesse cambiato idea? Conoscendo Neil, era sempre imprevedibile.

Una piccola parte di me era convinta che mi avrebbe sorpresa, così entrai in panico.

Fissai i miei occhi azzurri nel riflesso dello specchio e posai le mani ai lati del lavandino per reggermi a qualcosa. Non avevo idea di come avrei reagito nel vederlo, sarei anche potuta svenire e avrei fatto la figura della stupida.

Ero ancora in imbarazzo per la chiamata che gli avevano fatto le mie amiche soltanto qualche giorno prima; nonostante lui avesse risposto, avevo riagganciato come una ragazzina perché incapace di sostenere un dialogo con lui.

Sicuramente me l'avrebbe rinfacciato, evidenziando ancora quanto fossi piccola rispetto a lui e tutte le sue amanti.

Strinsi le dita attorno alla superficie fredda per stemperare il calore che mi si stava propagando nel petto. Se Neil fosse stato davvero lì, avrei avuto paura di affrontarlo? Mi riscossi subito. Mi stavo preoccupando di una banale telefonata?

E che dire di lui, invece?

Anch'io avrei avuto molto da ridire sul suo comportamento.

Neil avrebbe dovuto preoccuparsi di più di me, perché le sue azioni erano state di gran lunga più gravi delle mie.

Persa nelle mie riflessioni, mi lavai il viso e i denti, cercando di pettinare i capelli. La frangia semilunga mi copriva la cicatrice, le ciocche ramate, invece, scendevano oltre le spalle, fino al sedere. Tentai di districare i nodi con qualche difficoltà, ma alla fine ci rinunciai e uscii dal bagno con indosso ancora il mio pigiama lungo con la stampa delle tigri.

Sapevo che a Neil non piaceva, me l'aveva sempre detto.

Come lo aveva definito? Oh, sì... orribile.

Bene, mi sarei presentata a lui con quel pigiama «orribile» soltanto per fargli capire che non mi importava niente del suo giudizio. Stavo dando per scontato che lui fosse lì, ma potevo anche sbagliarmi.

Sorrisi tra me e me.

Tante elucubrazioni inutili aumentavano solo la mia agitazione. Decisi di prendere il toro per le corna, uscire dal bagno e andare a vedere se Neil alla fine si era degnato di unirsi a noi per il weekend.

Raggiunsi la cucina a passo incerto e dentro di me iniziò una lotta tra la *vecchia* me che desiderava vederlo e baciarlo, e la *nuova* me che cercava di odiarlo e dimenticarlo.

Neil provocava questo: ansia, confusione, tachicardia e…

Mi fermai.

Mi fermai in un punto a caso del salotto quando i miei occhi si posarono su un paio di spalle larghe avvolte da un giubbino di pelle rosso fuoco. Tutto dentro di me si aggrovigliò, il cuore precipitò inspiegabilmente nello stomaco e il respiro si bloccò nel petto, quando proprio lui, in tutto il suo metro e novanta d'altezza, si voltò verso di me, reggendo in mano una bustina di…

Pistacchi?

Inclinai la testa di lato e scioccamente mi toccai il petto per accertarmi che il cuore stesse ancora battendo, perché lo sentivo ovunque, eccetto lì.

I suoi occhi affondarono nei miei e io rimasi inspiegabilmente immobile ad ammirare il mio nemico.

Il mio nemico incasinato.

Fissai le sue iridi dorate che, in quell'istante, divennero come velluto; le labbra carnose crearono disordine nella mia testa e il corpo possente stuzzicò un voluttuoso fremito di piacere nel basso ventre che mi fece arrossire.

Il suo sguardo scese a osservare il mio abbigliamento, compresi i calzini a pois; i miei occhi, invece, osservarono i capelli di un castano chiaro, leggermente arruffati e corti sui lati. Il ciuffo rialzato dietro la fronte, stile *pompadour* moderno, gli conferiva un aspetto selvaggio, disordinato, ma attraente da morire. Un mix per me esplosivo.

La sua chioma sembrava più lunga dell'ultima volta e mi venne voglia di passarci le dita per appurarlo.

Neil era ancora più affascinante di quanto ricordassi.

Quante volte lo avevo immaginato? Quante volte avevo tentato di ripercorrere i nostri ricordi?

Ma nessuna riproduzione di Neil si equiparava alla realtà di averlo lì, in carne e ossa, a poca distanza da me.

Tornai a guardarlo negli occhi e lui posò la bustina di pistacchi, che poco prima stava sgranocchiando, sulla penisola. Poi, spostò l'attenzione su alcuni sacchetti della spesa, che non mi ero accorta fossero proprio lì accanto a lui, e tirò fuori delle scatolette da mettere in dispensa.

Praticamente mi aveva ignorata, interrompendo prima del previsto quel fugace contatto visivo tra noi.

Mi resi conto che per dirigermi al frigo e tirare fuori un cartone di latte avrei dovuto avanzare verso di lui, ma non ebbi il coraggio di fare un solo passo nella sua direzione. Continuai, invece, a osservare Neil come se fossi una turista che per la prima volta ammirava una scultura imponente e spettacolare.

Tutto in lui sembrava gridare erotismo puro, malgrado ci fossero strati di vestiti a coprirlo.

Sprigionava erotismo la pelle del collo virile, lasciata scoperta dalla felpa bianca. Sprigionava erotismo il modo in cui i muscoli delle braccia guizzavano a ogni movimento. Sprigionava erotismo l'insieme di vene che spiccava sul dorso delle mani per proseguire lungo i polsi ed espandersi in tutto il corpo. Sprigionava erotismo quel paio di jeans che avvolgeva un sedere sodo e due gambe maschili, decisamente armoniose. Sprigionava erotismo la barba curata che punteggiava la mascella mascolina, intonata al viso perfetto. Neil, con l'insieme di tutti quei dettagli, non necessitava di mostrare alcuna nudità per suscitare in qualsiasi donna un unico effetto: *desiderio*.

«Te ne starai impalata lì ancora a lungo, oppure mi dai una mano?»

Sussultai quando la sua voce, decisamente baritonale, mi graffiò la pelle e al contempo mi accarezzò i sensi. Lo guardai e i suoi occhi scivolarono sul mio pigiama. Trattenne un sorrisetto sensuale che lo rendeva indubbiamente bello, e capii subito a cosa stava pensando.

Lo considerava improponibile e infantile.

«Cos'hai da sorridere?» Finalmente parlai. Il mio tono non fu aggressivo come avrei voluto, ma almeno riuscii a non balbettare. Neil appoggiò le mani sulla penisola e sporse appena il busto in avanti facendo risaltare la perfezione della muscolatura che nascondeva sotto la felpa. I miei occhi indugiarono sulla pelle d'ambra e, per qualche istante, non battei le ciglia. Il fastidioso caos che avvertivo nello stomaco mi fece desistere ancora una volta dall'abbandonare il punto nel quale i miei piedi avevano messo radici.

Non percepivo più il senso di fame e avevo perso la capacità di muovermi, tanto erano forti quelle sensazioni.

Neil aggirò la penisola e, quando lo fece, mi resi subito conto che non sarei stata in grado di gestire una vicinanza eccessiva tra noi. Non avevo mai capito come mai sortisse su di me un effetto così devastante, ma ero assolutamente consapevole del fatto che quell'incasinato aveva la maledetta capacità di incantarmi.

Avanzò a passo lento verso di me, poi si fermò.

Inclinai il collo per spostare lo sguardo dal suo petto alle labbra carnose, fino agli occhi ammalianti che mi stavano fissando il viso, precisamente la fronte.

Inspirai il suo odore, lo stesso che aveva invaso l'intero spazio circostante, lo stesso che avevo percepito in ospedale, lo stesso che avevo addosso ogni volta che facevamo l'amore. Era un profumo morbido e sensuale. Una fragranza fresca, assimilabile al muschio.

«Non si nota molto», disse dal nulla, poi sollevò una mano e mi scostò una ciocca della frangia per sbirciare la cicatrice.

Avrei dovuto allontanarmi, schiaffeggiarlo o insultarlo e invece...

Capii quanto mi fosse mancato il suo tocco.

Mi venne da piangere perché le emozioni di quell'istante erano incontenibili e in lotta contro la mia razionalità.

Tuttavia, dopo un po' mi ridestai da quel momento ipnotico e trovai il coraggio di fare un passo indietro, notando la sua delusione.

Come una piccola parte di me si era aspettata, Neil era lì davanti a me e io non dovevo perdere la lucidità, non dovevo perdere la concentrazione, perché avevo bisogno di capire cosa fosse successo davvero tra noi.

«Non toccarmi», ordinai, burbera e assertiva.

Neil aggrottò le sopracciglia, poi indietreggiò, senza permettermi di intuire cosa stesse pensando adesso.

Dal canto mio, volevo che realizzasse che non poteva esercitare su di me il suo fascino come faceva con le altre.

Era sparito senza neanche degnarmi di un messaggio o una telefonata.

«Volevo solo...» Si posizionò dietro la penisola e tornai a respirare. «Volevo solo chiederti come stai.» Strinse un barattolo di nutella in una mano e lo mise in dispensa, voltandosi di spalle. Sembrava teso, adesso, e infastidito. Rimasi ancora rigida e avanzai a piccoli passi, mantenendo una certa distanza tra noi.

Non mi fidavo di me stessa, e di quello che sentivo dentro ogni volta che i nostri occhi si incrociavano.

Voleva sapere come stavo?

Se ne stava ricordando soltanto ora?

«È un po' tardi per chiederlo, non credi? Non mi hai chiamata, né mi hai inviato un messaggio in cui mostrassi un minimo di preoccupazione per me!» Mi alterai. «Un minimo, Neil», ripetei.

Ogni insicurezza sparì per far posto alla rabbia che, ormai da giorni, tentavo di reprimere.

Neil assottigliò lo sguardo in due lame ardenti, poi sorrise beffardo.

«Ho avuto da fare», ribatté, con arroganza. Sussultai a causa del suo timbro forte e deciso.

Ma lui, seccato, riprese a riporre scatolette in dispensa e finse che io non fossi lì.

Era sul serio quella la sua risposta?

«Certo, hai avuto da fare. E posso anche immaginare i tuoi *impegni*. D'altronde, io non sono niente e nessuno!» sbottai.

Non mi riconoscevo neanch'io, non ero più la ragazza docile e ragionevole che non alzava mai la voce con nessuno. Neil si voltò a fissarmi, e il modo in cui mi gettò addosso il suo sguardo gelido fu a dir poco spaventoso. Sostenni, tuttavia, con sicurezza i suoi occhi e lo fissai seria.

Qualcosa sembrò vacillare dentro di lui, e mi parve che la sua solita strafottenza si stesse confondendo con qualcos'altro.

«Selene», sussurrò e ora sembrava afflitto. Si morse appena

il labbro inferiore e mi chiesi quante lo avessero baciato in quel periodo, quante lo avessero accarezzato e toccato. La mia sicurezza voleva abbandonarmi per cedere il posto alle vere emozioni.

Cos'era quello che provavo? Gelosia?

Ebbi pietà di me stessa: non potevo essere gelosa di un uomo che non mi apparteneva neanche, eppure…

Abbassai lo sguardo sul pavimento, in quel momento per me era troppo difficile sostenere il suo.

«Non riesci proprio a capire», aggiunse e in pochi secondi me lo ritrovai di nuovo di fronte.

Non sollevai il viso per guardarlo, fu il suo profumo ad annunciarmene la vicinanza.

«Ho capito, invece. Non ti importa di me», affermai convinta, ma la voce mi tremò e lui mi sollevò il mento per costringermi ad allacciare i nostri sguardi.

Lo lasciai fare.

Nelle sue iridi dorate lessi uno stupore sincero, seguito poi da un'oscurità torbida che mi fece vacillare sulle gambe.

E forse morire avrebbe fatto meno male.

Si poteva provare dolore a guardare un uomo negli occhi?

«È questo che pensi?» mormorò, sorpreso.

Stavo per perdere la capacità di parlare. Bastava guardarlo. La sua prestanza avrebbe annichilito la razionalità di qualsiasi donna e il suo viso non era neanche lontanamente equiparabile a quello dei tanti ragazzi che avevo incontrato nella mia vita.

«Potrei pensare altro?» lo sfidai.

Il suo sguardo si spostò dai miei occhi alle labbra e la sofferenza che gli attraversò il volto mi fece sentire terribilmente in colpa.

Perché riusciva a ribaltare le carte in tavola così facilmente?

Ero *io* quella delusa e arrabbiata, ero *io* quella ferita, non lui.

«Sai cosa potrei fare?» Mi accarezzò il mento con il pollice e sorrise tristemente. «Potrei mettermi a raccontarti quante porzioni di cielo hai portato via con te il giorno in cui sei partita, Trilli, ma non servirebbe a cambiare la situazione.» Mi guardò con intensità e tentai di non cadere nella sua trappola.

Neil era bravo a incasinarmi la mente con le sue parole criptiche, era bravo a sedurre le donne, ma…

Un attimo.

Mi aveva chiamata Trilli.

Ero ancora la sua Trilli, allora, come se non fossimo mai stati lontani.

In quel momento apparve così sincero da farmi salire le lacrime agli occhi.

«Ricordi quando ti ho detto che avrei voluto volare nel tuo cielo?» aggiunse, riportandomi indietro nel tempo. Era accaduto nella mia stanza, precisamente nel bagno. E certo che lo ricordavo, ricordavo tutto di noi.

«Non ti avevo mentito, non ti ho mai mentito.» Si leccò il labbro inferiore, a disagio, e mi accorsi appieno di quanta fatica stesse facendo a parlarmi in quel modo.

Rimanemmo in silenzio per qualche secondo, ma sapevo che a quel momento di pace sarebbe seguito qualcosa di tremendo.

«Ma?» Lo incitai, perché ero certa che stesse per dirmi altro.

Neil guardò ancora le mie labbra, con quegli occhi voraci, capaci di morderle senza neanche sfiorarmi, ed ebbi perfino la sensazione di sentire il suo sapore sulla lingua. Pungente e maschile.

«Ma… non posso.» Si allontanò da me, trasportando con sé anche il calore che era riuscito a trasmettermi con quel leggero tocco. La sua mano destra tremò prima di andare a scompigliare il ciuffo alto.

Lo faceva sempre quando era nervoso.

«Cosa vuol dire che non puoi? Perché non puoi?» Allargai le braccia esasperata.

Avrebbe potuto riferirsi a tante cose: baciarmi, toccarmi, starmi vicino, dirmi la verità.

Di cosa stava parlando?

«Non posso, Selene. Non c'è un perché.» Iniziò ad alterarsi, lo intuii dalla variazione della voce e dal modo in cui tutto il suo corpo si tese. «Non possiamo ripetere gli stessi errori. Sei andata via perché l'ho voluto io. Lo capisci?» mi aggredì e feci un passo indietro. Con Neil era impossibile ragionare quando si arrabbiava in quel modo. La sua reazione stava diventando pericolosa e, dopo il discorso di mio padre, ero ancora più consapevole che avrei dovuto stare attenta a ogni mia parola o gesto, per non provocarlo.

«E tu capisci che i tuoi comportamenti sono contraddittori? Qual è il vero problema? Ti fa paura rinunciare alle altre perché non hai il coraggio di dirmi che in realtà vuoi me?» lo accusai, fingendo di aver colto la motivazione del suo atteggiamento. Non ero affatto certa che volesse me, ma tentai di mostrarmi sicura per abbattere il suo silenzio.

Neil, però, mi fissò rabbioso. Tentai di indietreggiare, ma lui fu più veloce e mi afferrò per un braccio. Mi sovrastò con la sua altezza, torreggiando su di me, e mi sentii piccola come una formica.

Avvertii una sensazione di calore, mista al gelo, nel punto esatto in cui le sue dita mi tenevano stretta, e tentai di divincolarmi senza alcun risultato.

«Mi stai facendo male», sussurrai, sentendo le lacrime raccogliersi sulle ciglia.

«Non lo capisci che mi sarebbe piaciuto scoparti *con* Jennifer? Volevo usarvi. Entrambe. Prima una e poi l'altra, o magari insieme. L'unica cosa che contava per me era trarne piacere», disse, con una forza oscura che mi sconvolse. Era così vicino da poter percepire il suo respiro caldo. L'intimidazione e la soggezione, che provavo in quel momento, erano devastanti. Neil riusciva a dominarmi, a esercitare un potere incontrollabile su di me, eppure, ancora una volta, provai a reagire senza riflettere su quello che stavo per dire.

«Tu sei malato!» urlai.

Un'unica parola e il mondo si frantumò attorno a noi.

Mi pentii subito di averla detta e cercai di fargliela capire con un solo sguardo, perché non ebbi il coraggio di fiatare.

Neil mi fissò intensamente, prima sorpreso e poi confuso. Iniziò a respirare rumorosamente dal naso, gli occhi si iniettarono di odio. Il suo viso si trasformò in una maschera di pura collera; se si fosse guardato allo specchio così incollerito, non si sarebbe riconosciuto neanche lui.

«Che hai detto?» mi domandò, intimidatorio, ma sapevo che aveva sentito perfettamente.

Continuai a fissarlo spaventata e annunciai la mia resa. Ormai avevo perso la capacità di articolare le parole, perfino di pensare, perché, in quel momento, tutta la mia attenzione fu calamitata dalla presa sul braccio, che divenne sempre più serrata e dolorosa.

Neil guardò i miei occhi e ci lesse dentro la paura che, come un demone violento, si era impossessata di ogni parte di me. In uno sprazzo di lucidità mi lasciò andare e fece un passo indietro, passandosi la mano sul viso.

Constatai davvero quanto la sua fosse un'anima oscura e tormentata, imprigionata in un corpo perfetto e ingannevole, quando iniziò a blaterare cose senza senso, rivolte forse a me o forse a qualcun altro.

«Cazzo!» sbraitò d'improvviso, tirando un calcio contro uno sgabello della cucina che rovinò al suolo, facendomi sussultare.

Mi resi conto che avevo appena innescato una bomba pronta a esplodere.

Avevo risvegliato la bestia che c'era in lui.

Indietreggiai quando calciò un altro sgabello con forza. Poi scoppiai a piangere e un'emicrania intensa mi indusse ad accovacciarmi sul pavimento, come una bambina.

«Cosa sta succedendo qui?» Logan entrò dalla porta d'ingresso e corse verso di me, probabilmente attirato dal frastuono. Alternò lo sguardo dal mio viso terrorizzato a suo fratello, poi disse: «Neil, che diavolo succede?» Nel frattempo, mi avvolse un braccio attorno alle spalle, ma lo spintonai e mi divincolai anche da lui.

Mi sentii improvvisamente confusa e spaventata.

«Chiedilo a quella stronza!» inveì contro di me, con una rabbia recondita che consideravo immotivata ed eccessiva; d'altronde, quella delusa e arrabbiata dovevo essere io, non di certo lui. «Mi ha detto che io sono malato, te ne rendi conto? Malato!» urlò, poi con una risata sguaiata manifestò tutto il suo sdegno. «Cazzo!» sbraitò ancora, e sfogò la rabbia su altri oggetti, facendomi sussultare di nuovo.

Serrai gli occhi e non guardai. Non volevo guardarlo.

Chiusi fuori la voce forte, i gesti violenti, i rumori assordanti. Mi coprii le orecchie e iniziai a tremare come una foglia.

«Okay, adesso esci! Hai bisogno di calmarti!» mi difese suo fratello e riaprii gli occhi lentamente.

«Io qui non volevo neanche venirci! Vaffanculo!» sbottò invece Neil, dirigendosi verso la porta, per poi uscire e sbatterla violentemente alle sue spalle.

Una volta che fu andato via, rimasi rannicchiata al suolo, con i singulti che mi facevano fremere le spalle e i brividi che mi percorrevano il corpo. Le lacrime scivolarono fino al mento, alcune bagnarono il collo, ci passai il dorso della mano e singhiozzai ancora.

«Ehi, Selene.» La voce dolce di Logan attirò la mia attenzione, ma non lo guardai.

Cercai di regolarizzare il respiro. Non avevo mai avuto una reazione simile in vita mia, ma ero ancora molto traumatizzata dal mio incidente e vivevo tutto in maniera amplificata.

«Hai toccato davvero un tasto dolente.» Logan tentò di scostarmi una ciocca di capelli dal viso, ma mi scansai, facendogli capire di non rifarlo. Lui sospirò e si sedette sul pavimento accanto a me, incrociando le gambe sotto di sé.

«Non volevo offenderlo...» farfugliai, stropicciando gli occhi che avvertivo ancora umidi. Ero spaventata e delusa all'idea che Neil riuscisse a essere un uomo ma anche una bestia.

«Lui non è cattivo, Selene. Ha solo paura della vita. Non hai idea di quello che ha dovuto affrontare», spiegò, e lo guardai tentando di capirci di più. Avevo intuito anch'io che Neil aveva vissuto qualcosa di tremendo da bambino, ma nessuno riusciva a darmi delle risposte concrete.

«Parlamene, Logan. Almeno tu...» lo implorai. «Perché non mi aiuti a capirlo?» singhiozzai, e Logan mi parve scosso e anche mortificato a causa di tutta la situazione.

Lui poteva aiutarmi a definire cosa fosse successo poco prima tra me e suo fratello? A capire il perché dei suoi comportamenti?

«Neil, a modo suo, ci tiene a te, Selene...» Si fermò, concedendomi il tempo di assorbire le sue parole. In quell'istante, un capogiro mi indusse a sfiorarmi la fronte, il battito cardiaco sembrò impazzito, ma, quando Logan proseguì, io lo ascoltai con attenzione. «Nella sua testa ti ha usata, ma nella realtà sai anche tu che non è andata così. Non ti ha mai usata. Ne è solo convinto, perché per lui il sesso significa ridurre le donne a un oggetto. La sua mente non è come la nostra...» aggiunse, sondando il mio viso in cerca di una reazione.

«Non è come la nostra?» sussurrai, a corto di fiato; non riuscivo neanche a parlare, il pianto aveva risucchiato tutte le mie energie. Logan si leccò il labbro inferiore e rifletté qualche istante prima di continuare.

L'attesa aumentò la mia agitazione, perché sapevo che non mi sarebbe piaciuto quello che avrei scoperto.

«No. C'è stata una donna in passato che gli ha fatto molto male. Del male non solo fisico, ma soprattutto psicologico. Lui era solo un bambino quando lei… lei ha…» Si fermò e scosse la testa. «Non spetta a me parlartene, gli mancherei di rispetto. Lo farà lui, quando sarà pronto», disse e la mia anima si ruppe.

Si frantumò, come tanti piccoli cocci di vetro. Non era necessario che Logan proseguisse, avevo capito.

Piegai le ginocchia al petto e le avvolsi tra le braccia, senza dire nient'altro.

Dentro di me l'avevo sempre saputo ma, fino all'ultimo, avevo cercato di ignorare tutti i segnali che avevo percepito.

Collegai ogni cosa. La realtà ebbe finalmente un senso.

Le docce, il considerare le donne come oggetti, la sua diffidenza verso l'intero genere umano.

Tutto.

Avevo avuto tutto sotto gli occhi, ma avevo sempre scacciato via ogni presentimento tremendo, ogni supposizione e ogni ipotesi inconcepibile, perché non volevo crederci.

Lui era stato violentato. Da una donna.

Soltanto immaginarlo, piccolo e indifeso, a lottare contro un mostro simile, mi provocò un dolore insostenibile.

Ebbi perfino difficoltà a respirare e, d'un tratto, pensai alla stanza segreta, quella costantemente chiusa a chiave.

Ai giornali che ero riuscita a scorgere furtivamente e che parlavano di «scandalo».

Quanto era durata quella tortura per Neil?

Quanti anni aveva? Otto? Nove? Dieci?

Perché gli articoli di quei giornali si riferivano a più bambini?

Si era trattata di un'organizzazione?

Cos'era successo davvero?

Avevo ancora troppi dubbi irrisolti, troppe domande prive di risposta.

Logan mi aveva solo confermato un sospetto che avevo sempre schiacciato in fondo all'anima, la mia non si era trattata di una scoperta inaspettata. Tuttavia, sapevo che il caso di Neil nascondeva altro.

Chissà cosa era stato costretto a sopportare.

Mi sentii stupida e insensibile.

Neil...

Mi venne voglia di corrergli dietro e abbracciarlo, di rassicurarlo e sussurrargli che sarebbe andato tutto bene, che il mondo custodiva ancora una parte buona, e umana, e che io avrei tentato di mostrargliela.

Logan mi stette seduto accanto per tutto il tempo, ad assistere alla mia disfatta.

Un'oscura tristezza mi piombò addosso, la mia saliva assunse un sapore amaro e mi misi a fissare un punto impreciso, dove vidi apparire il male che un bambino era stato costretto a vivere, perché gli era stato imposto da una donna mentalmente deviata.

Non avrei potuto definirla in nessun altro modo.

Il tempo rimase sospeso tra i nostri respiri, tra le riflessioni tacite e le domande inespresse...

Un'ora dopo, al rientro di Matt e Mia, che avevano fatto un giro turistico per Coney Island con Chloe, io ero ancora con Logan che tentava invano di tranquillizzarmi.

Adesso ci eravamo seduti sulla panca di legno fuori sul portico, Neil, invece, dopo la nostra breve e furente discussione, era sparito. Speravo che tornasse, perché volevo chiedergli scusa e chiarire le cose con lui.

«Come ti senti?» chiese Logan.

Lui era preoccupato per me, mentre io ero terribilmente preoccupata per Neil.

Era scappato via perché l'avevo fatto sentire sbagliato. Le mie parole avventate avevano riaperto in lui una ferita che nessuno avrebbe mai potuto rimarginare, tantomeno io.

Per un istante mi resi conto di quanto fossero immense le sue problematiche e mi chiesi se avrei mai avuto davvero la forza di stargli accanto.

Neil aveva paura di legarsi alle persone, perché le percepiva come un pericolo.

Per questo non faceva altro che allontanarmi; mi aveva mostrato il lato perverso di sé, nell'intenzione di spaventarmi, e non era venuto a trovarmi apposta a Detroit, dopo il mio incidente.

Neil non voleva illudermi della possibilità che si innamorasse di me.

Del resto, come poteva credere nell'amore dopo aver vissuto, sulla propria pelle, un inferno simile?

Per lui l'amore era distruzione, non salvezza, ecco perché una relazione tra noi sarebbe stata impossibile.

«*Non amo*», aveva detto in una delle nostre prime conversazioni, e adesso sapevo perché.

Neil avrebbe dovuto imparare ad accettarsi, a capire che poteva donare molto di più del suo corpo. Solo allora sarebbe stato in grado, forse, di stare con qualcuno.

«Sono preoccupata per lui, Logan», dissi per l'ennesima volta. Ero stata un'egoista, avevo sempre pensato a me stessa, alle attenzioni che pretendevo da lui, anziché riflettere sul perché Neil fosse così spaventato dai sentimenti umani. «Ho sbagliato tutto, sin dall'inizio.» Ora più che mai, mi ero accorta che, mettendolo sotto pressione, l'avrei solo indotto ad allontanarsi da me.

«Non lo sapevi», rispose Logan, con la sua solita dolcezza, con l'intenzione di farmi sentire meglio.

«Sì, invece. Ho percepito tutti i segnali e mi sono rifiutata di vederli...» Deglutii a vuoto e ricordai quando Neil mi aveva presa nella mia stanza, piegata su quella scrivania. Il modo in cui mi aveva afferrata per i capelli, gli affondi brutali e feroci, il modo in cui fissava il punto di congiunzione dei nostri corpi, alla ricerca del suo piacere, come se io non fossi sotto di lui a subirne i colpi.

In quel momento il suo sguardo mi era apparso così freddo e assente, che avevo sospettato che dentro di lui fosse in corso una vera guerra. Una guerra che tentava di vincere da chissà quanti anni.

Anche quando l'avevo sorpreso con Jennifer e Alexia, non l'avevo mai visto coinvolto, ma sempre impersonale, imperturbabile, serio, senza nessuna espressione di piacere o appagamento sessuale sul viso.

«Nessuno è mai pronto ad accettare una verità simile», replicò Logan, guardando il vuoto.

Fu allora che mi resi anche conto del perché fosse così legato a lui.

Neil aveva un legame fortissimo con i fratelli perché quello che provava per loro era l'unica vera forma d'amore.

«Chi altro lo sa?» mi permisi di chiedergli.

«Soltanto noi e adesso tu. Neil è molto riservato, non ne ha mai parlato con nessuno. A stento ne parla con me», rispose e un'altra domanda, più incisiva, frullò nella mia testa.

Dov'era finita la sua carnefice?

Non potevo neanche definirla una donna, era semplicemente una psicopatica, un demone, un mostro.

«Lei... è...» Avrei voluto dire «morta», e speravo con tutta me stessa che lo fosse. Guardai Logan negli occhi, e lui lesse nei miei la rabbia che stavo provando in quel momento.

«Lei è stata rinchiusa in un centro psichiatrico a Orangeburg, nella Carolina del Sud.» Logan mi precedette nel darmi l'informazione che cercavo.

In quell'istante, si levò un vento freddo che sferzò l'aria e il mare smise di essere calmo, come se avessimo appena nominato il diavolo in persona, capace di smuovere anche la natura stessa.

«Come si chiamava?» Osai di più, mordendomi il labbro inferiore; temevo che Logan mi dicesse di smetterla di ficcanasare sulla questione, ma non lo fece.

«Kimberly Bennett», rispose in un sussurro, e memorizzai subito quel nome.

Non avevo idea di cosa fare adesso che ero riuscita a ottenere una parte delle risposte che cercavo, ma ero certa che ricordare il nome di quella donna, prima o poi, mi sarebbe tornato utile.

Probabilmente avrei trascorso ore intere a pensare a Neil e a quello che Logan mi aveva confessato, ma di una cosa ero sicura: non dovevo provare compassione o pietà verso Neil.

Avevo, infatti, imparato a conoscere il suo carattere, sapevo quanto fosse forte, ed ero certa che non avrebbe mai accettato accanto a sé una persona compassionevole.

Neil non avrebbe mai voluto suscitare pietà in una donna, in tal caso l'avrebbe allontanata subito.

Scoprii, però, di provare solo una profonda rabbia verso Kimberly e una comprensione nuova verso Neil.

Il mio giudizio su di lui non era affatto cambiato.

Lo consideravo più di prima un uomo irraggiungibile, e se prima reputavo difficile entrargli nell'anima, adesso sapevo che era ancora più complicato; Neil non era semplicemente bellissimo, enigmatico, ribelle, dotato di un fascino dirompente e amato dalle donne, ma era soprattutto *inavvicinabile*.

Temevo di non essere all'altezza di gestirlo, ma, al contempo, il pensiero di abbandonarlo non mi sfiorava minimamente.

«Tu gli piaci. Questo lo sai, vero?» Logan recise il filo dei miei pensieri, riportando i miei occhi su di lui.

Io? Piacergli?

I palmi delle mani iniziarono a sudare e avvertii dentro di me una strana agitazione.

Non sapevo se essere lusingata o spaventata dalle sue parole.

«E anche lui ti piace molto», aggiunse Logan con un'espressione sagace sul viso.

Non ribattei e guardai altrove, soltanto per celare il rossore che mi divampò all'improvviso sulle guance. Neil era l'unico in grado di frantumare e ricomporre tutti i miei pezzi; mi era bastato rivolgere un solo sguardo ai suoi occhi color miele per sentire il suolo tremare sotto di me. Era indubbiamente quel tipo di uomo che entrava dentro l'anima, e fondeva erotismo e desiderio insieme, creando pensieri viziosi perfino negli animi più puri.

Tuttavia, non ebbi la forza di confermare quello che Logan aveva appena detto.

All'ora di pranzo decisi di partecipare alla grigliata proposta da Matt, benché non avessi ancora smesso di rimuginare su tutto quello che era accaduto. Mentre me ne stavo ferma a fissare Logan che aiutava mio padre con le braci, tentavo mio malgrado di sorridere e di mostrarmi spensierata.

Quei due battibeccavano continuamente e io li guardavo divertita, cercando di scacciare via la tristezza.

«Sarei stato capace di farlo anche da solo», brontolò Logan mentre Matt continuava a dargli suggerimenti con tono saccente.

«Dice sempre così, ma in realtà non è vero», bisbigliò Chloe al mio orecchio, facendomi sghignazzare.

«Guarda che ti ho sentita», la rimbeccò Logan, scoccandole un'occhiataccia.

Mi era mancata la piccola Miller, e soprattutto mi era mancata la complicità che ormai si era creata tra noi. Le lanciai un'occhiata e la sorpresi a osservarmi con una strana dolcezza nello sguardo. Notai che i suoi occhi si intonavano alle sfumature del cielo e i capelli chiari la rendevano molto simile a sua madre. I lineamenti del viso poi erano aggraziati, esattamente come quelli di Logan e Neil; constatai allora che la bellezza doveva essere proprio una loro caratteristica.

Prima di sederci a tavola, io e Mia ci occupammo di apparecchiare e di preparare vari stuzzichini, mentre Matt e Logan erano ancora concentrati sulla cottura delle salsicce.

«Dov'è finito Neil?» Mia posò una bottiglia di vino sul tavolo e si guardò attorno alla ricerca del figlio maggiore. Ancora non si era fatto vivo per colpa mia e delle mie parole. Avevo parlato a sproposito, senza rendermi conto di averlo profondamente ferito.

Mi sentii a disagio e non ebbi il coraggio di guardare sua madre negli occhi; temevo, infatti, che nei miei potesse leggere tutti i sensi di colpa che mi stavano attanagliando lo stomaco.

«Forse sarà in spiaggia?» suggerì Chloe; Logan lanciò un'occhiata fugace verso di me e aumentò il mio malessere.

Pensava anche lui che fosse colpa mia?

«Se volete, potrei andare a cercarlo», proposi dal nulla, attirando l'attenzione di mio padre.

«No, tornerà. Sarà andato a fare un giro alla scoperta delle splendide *attrattive* di Coney Island», sdrammatizzò Matt, poi si sedette accanto a me e mi accarezzò una spalla. «Ho trovato il tuo regalo. È stato un gesto bellissimo da parte tua, grazie di cuore.»

Mi stampò un bacio sulla tempia e gli sorrisi imbarazzata perché non ero abituata a quelle strane dimostrazioni d'affetto tra noi.

Poi, pranzammo senza attendere Neil. Logan provò anche a chiamarlo, ma non rispose.

A quel punto, Mia disse che era inutile aspettarlo e che probabilmente sarebbe rientrato tardi. Lei, però, non era a conoscenza della discussione che c'era stata poche ore prima, a differenza mia e di Logan, che per questo ci scambiavamo occhiate di pura preoccupazione. Dopo il pranzo mi occupai di lavare i piatti, scambiando poche parole con Mia, ma il mio pensiero correva solo e soltanto a un'unica persona: suo figlio.

Era assurdo che fossi tanto in ansia per un uomo che non si era fatto alcuno scrupolo di farmi del male, eppure a me non importava.

Dentro di me, sentivo di poter giustificare i suoi comportamenti, adesso.

Dopo che, assorta nei miei pensieri, avevo praticamente lucidato un bicchiere per più di dieci minuti, Mia richiamò la mia attenzione e mi chiese se qualcosa non andava. Tuttavia, fui abile nel gestire le mie emozioni e riuscii a fingere che non ci fosse alcun problema, a parte un'emicrania, che mi inventai per non destare troppi sospetti.

Non ero contenta di mentirle, ma di certo non avrei neanche potuto raccontarle quello che era successo con Neil.

Né a lei, né a mio padre.

Al termine delle faccende domestiche, mi rintanai in bagno per una rapida doccia.

Questa volta lavai i capelli e li asciugai, districandone i nodi. Li accarezzai con le dita e sorrisi nel notarli finalmente più morbidi e setosi, poi mi distesi a letto nel tentativo disperato di riposare.

Trascorsi l'intero pomeriggio così, immersa nella solitudine totale.

Quando poi arrivò l'ora di cena, Matt propose all'intera famiglia di trascorrere la serata in spiaggia, attorno al falò, e malgrado il mio pessimo umore, l'idea mi allettò parecchio. Avevo proprio bisogno di distrarmi, anche se annullare i pensieri era del tutto impossibile. Mi alzai così dal letto e decisi di indossare qualcosa di pesante per contrastare le temperature basse: oltre ai jeans scuri, optai per una maglietta a maniche lunghe e ci infilai sopra anche una felpa rosa con il cappuccio. Misi due gocce di profumo sul collo, poi applicai un po' di mascara sulle ciglia, per far risaltare i miei occhi azzurri. Probabilmente mi stavo facendo carina per Neil, per farmi notare da lui, ma non badai troppo alla questione, perché non era il momento di pensare a cose simili.

Non ero ancora convinta di ciò che mi aveva detto Logan: «*Tu gli piaci molto*».

Forse, un tempo, era stato attratto da me, come lo era stato di chissà quante altre, ma non avrei mai potuto far parte della sua vita.

Uscii dalla stanza e sospirai profondamente. Poi attraversai il corridoio con i pensieri che ancora mi aleggiavano nella testa, ma, prima che raggiungessi il salotto, una porta semiaperta, dalla quale proveniva la musica dei Coldplay, attirò la mia attenzione. Mi accigliai e seguii le note di *The Scientist*, proprio una delle mie canzoni preferite. Posai una mano sulla superficie in legno laccato e la spinsi in avanti, invadendo uno spazio nel quale non avrei dovuto mettere piede.

Mi saltò il cuore in gola quando vidi Neil sdraiato sul letto, concentrato a disegnare sul suo bloc-notes.

Mi fermai e ne ammirai il profilo lineare. Una sigaretta fumante se ne stava incastrata fra le labbra carnose e gli occhi fissavano intensamente i movimenti della mano che incideva delle linee sul foglio.

Indossava una semplice felpa nera e un paio di pantaloni sportivi. Il corpo scolpito stuzzicava la voglia di strappargli di dosso tutti quei vestiti, per riscoprire le emozioni che le sue mani esperte sapevano suscitare su di me.

Era bellissimo.

Arrossii stupidamente, quando mi resi conto della direzione che avevano preso i miei pensieri, non avevo mai fantasticato su nessun uomo prima di lui.

«Ti piacciono i Coldplay?» gli chiesi di getto, per impressionarlo.

Come no, bel modo di attirare la sua attenzione.

Prima l'avevo fatto arrabbiare come una bestia, e adesso volevo rimediare con quella frase da copione davvero pessima.

Neil si voltò a guardarmi, ma non apparve affatto sorpreso della mia presenza. Sembrava piuttosto che sapesse già da quanto tempo ero lì, imbambolata sulla soglia a spiarlo.

I suoi occhi dorati scivolarono su di me, lentamente, mettendomi in soggezione, poi con due dita strinse la sigaretta per allontanarla dalle labbra e liberò la nube di fumo nell'aria.

Lo fece in un modo così sfrontato da farmi irrigidire.

In quel momento, pensai che anche l'angelo più fedele a Dio avrebbe potuto vendergli l'anima, per avere solo un piccolo assaggio del suo corpo statuario, caldo e virile.

«Cosa vuoi?» mi apostrofò, con un tono calmo ma irremovibile.

Non era un buon segno.

Era ancora arrabbiato.

Feci qualche passo in avanti, malgrado mi stessi torturando le dita come una bambina che aveva fatto qualcosa di grave, poi inspirai a fondo prima di parlargli.

«Vorrei scusarmi, per... ecco... per stamattina.» Spostai lo sguardo sul cellulare che aveva collegato a una cassa portatile di piccole dimensioni e corrugai la fronte. Nonostante il nervosismo, mi chiesi se i Coldplay facessero parte della sua playlist o se quella canzone fosse partita in modo casuale.

Una piccola, folle parte di me sperava che li stesse ascoltando perché erano il mio gruppo preferito.

Agitata, mi scostai una ciocca di capelli dietro l'orecchio prima di spostare l'attenzione di nuovo su di lui.

Mi stava fissando e il suo sguardo autoritario riuscì a farmi sentire piccola e inadatta.

La sua sicurezza e dominanza erano un'arma letale per me.

«Non so cosa farmene delle tue scuse. Sparisci», sbottò, tornando a disegnare.

Stringeva gli occhi ogni volta che le ondate dense di fumo della sigaretta salivano verso l'alto e questo gli conferiva un'espressione attraente e irriverente al tempo stesso. Aveva un caratteraccio e sapevo che non avrei mai dovuto sfidarlo.

Tuttavia, mi schiarii la gola e ritentai.

«Non intendevo offenderti, Neil. Devi credermi», ammisi. La voce mi divenne supplichevole, ma lui non replicò nulla. Rimase seduto a ignorarmi, con tutta la sua strafottenza.

Oh, in quello era bravo.

Era bravissimo a far sentire una donna insignificante; era la sua dote migliore, dopo la sua prestanza.

Sarei andata via se avessi ascoltato l'orgoglio, ma ricordai a me stessa quello che mi aveva confidato Logan e ogni briciola di rabbia sparì; mi era impossibile essere arrabbiata con lui dopo le rivelazioni sul suo conto.

«Neil...» Usai un tono più pacato e mi passai una mano tra i capelli; per me non era per niente semplice gestire la situazione. Sapere quello che aveva vissuto mi metteva profondamente a disagio e mi induceva a riflettere tanto: io mi lamentavo continuamente di Matt e del divorzio dei miei genitori, mentre Neil non si era mai lamentato di niente, nonostante avesse vissuto qualcosa di terribile sulla sua pelle, qualcosa che rendeva nulli quelli che io avevo sempre reputato «problemi».

«Hai detto quello che pensavi. Va bene così.» Chiuse di scatto il bloc-notes e lo lanciò sul letto, mettendosi seduto. «Adesso voglio che tu sparisca, ragazzina. Lo capisci questo o devo farti un cazzo di disegnino?» disse in modo aggressivo e insensibile.

Ero tornata a essere una «ragazzina», non più la sua «Trilli», e tutto per colpa mia.

Schiacciò rabbioso il mozzicone nel posacenere, posizionato sul comodino accanto al letto, e si alzò in piedi.

Anche a quella distanza, la sua imponenza mi intimidiva e, dopo la reazione di quella mattina, non volevo discutere di nuovo con lui. Tentai di sfuggire ai suoi occhi severi e spostai lo sguardo su un pacco di pistacchi aperto, accanto al posacenere.

Da quanto amava così tanto i pistacchi? Aveva mangiato solo quelli in tutto il giorno?

All'improvviso, mi sembrava di notare cose di lui che a New York non avevo mai considerato; ero persino curiosa di scoprire le sue preferenze alimentari.

«Non volevo offenderti. Ti ho definito in quel modo solo perché hai nominato Jennifer e, credimi, quando parli di lei, o di voi insieme, io non riesco a essere lucida. Non voglio ricordare quello che ho provato in quella stanza la sera di Halloween...»

confessai con la massima sincerità, perché non ero lì per giocare o per sedurlo, come facevano tutte.

Ero lì perché ero pronta a comprenderlo.

Schivo e diffidente come sempre, Neil mi guardò in silenzio e a passo lento avanzò verso di me.

No, no, no. Perché non stava fermo lì?

Almeno sarei stata capace di ragionare; invece, la sua vicinanza riusciva a confondermi e a destabilizzarmi.

Si fermò dinanzi a me, e il suo profumo, così erotico e intenso, mi avvolse tutta.

Fu sufficiente quello per sprofondare nelle mie insicurezze.

Ero irrimediabilmente attratta da quell'uomo e dalla sua aura dannata; non potevo proprio farci niente.

«Sono davvero malato, sai?» Un sorrisetto sarcastico gli distese le labbra carnose e aggrottai la fronte, confusa.

«Cosa?» Non capii il perché della sua domanda, non era da lui parlare a sproposito.

«Mi hai sentito», disse severo. «Vivo ogni giorno con un'inconsueta e preoccupante mancanza di equilibrio mentale. Dovresti impiegare il tuo tempo con uomini diversi da me», aggiunse divertito, con un altro sorrisetto strafottente.

Non capivo dove diavolo volesse arrivare, ma mi sentivo sopraffatta dai suoi occhi puntati sulle mie labbra.

«E se a me piacesse proprio questo di te? La tua diversità?» Pronunciai l'ultima parola con un'intonazione suadente, e lui corrugò la fronte, inclinando la testa di lato.

Dio, era meraviglioso quando mi guardava così.

«Per di più, non ho paura del tuo possibile squilibrio», sussurrai decisa, anche se dentro di me ne avevo molta, ma ciò non mi avrebbe mai fatto desistere dal tentare di avvicinarmi a lui.

«Dovresti essere incazzata con me, adesso. Per tutto quello che ti ho detto e che ti ho fatto.» Avanzò di qualche passo e il suo profumo mi ricordò all'istante quanto mi piacesse avvertirne la fragranza di muschio, fresca e pungente. Avrei potuto indietreggiare o addirittura andar via, ma rimasi ferma ad aspettare che mi sfiorasse, come se il mio corpo non desiderasse altro.

«Dovrei, sì, ma non lo sono più.» Gli sorrisi appena, perché avevo capito le paure che celava dietro ogni comportamento, o dietro tutte le parole.

D'ora in poi avrei cercato di comprenderlo, facendo però attenzione a non lasciarmi soggiogare.

Neil era un maestro nel predominare, e la differenza tra l'essere accomodante e l'essere sottomessa poteva diventare davvero sottile con uno come lui.

«Che cosa vuoi da me, Selene?» Sondò il mio viso in cerca di una risposta e io non distolsi neanche per un secondo i miei occhi dai suoi, così chiari, così particolari e, adesso, così vicini.

Seguì ogni linea del mio viso, poi increspò le labbra in un sorriso astuto, assumendo l'espressione di un predatore che stava analizzando la sua vittima.

Appena il suo sguardo mi scivolò sulle labbra fissandole per secondi incessanti, una scossa elettrica mi attraversò dal petto fino al basso ventre.

Il mio cuore, in quell'istante, diventò di carta e le sue mani avrebbero potuto accartocciarlo, se solo avesse voluto.

Che cosa eravamo io e lui?

Che cosa eravamo stati un tempo?

Non eravamo un noi, ma eravamo qualcosa.

Non c'era alcuna categoria, nessuna etichetta, nessuna definizione da attribuirci.

Eravamo ciò che eravamo, forse non ancora un *tutto*, ma di certo non un *niente*.

Tentai di riflettere sulla risposta logica da dargli; dovevo fare attenzione perché non volevo che capisse che io e Logan ci eravamo parlati, non volevo che si arrabbiasse con lui per avermi confessato una parte del suo passato.

«Ti ho fatto una domanda.» Si inumidì il labbro inferiore e tremai a causa della voce bassa e autorevole.

Anziché rispondere, mi smarrii nei dettagli perfetti del suo viso, dimenticando tutto il resto.

Mi incantai a fissare gli sprazzi di malizia, che come fuochi d'artificio illuminavano le sue iridi; Neil sapeva di essere capace di rendermi vulnerabile.

Lui lo sentiva.

Sentiva il mio desiderio per lui, così avanzò ancora di un millimetro verso di me e io feci un passo indietro, poi un altro ancora, fino a urtare con la schiena la porta dietro di me.

«Voglio solo farti capire che voglio te, tanto quanto tu vuoi me.» Tentai di risultare sicura, ma tremai come una bambina. Stavo cercando di comportarmi come una donna e ci sarei riuscita a tutti i costi, almeno fino a quando il mio coraggio non mi avesse abbandonata.

Neil cercò di non ridermi in faccia, affondando i denti bianchissimi e lineari nel labbro inferiore, poi mi guardò come se fossi impazzita.

«Non ti rendi proprio conto di cosa vorrebbe dire stare accanto a uno come me, vero?» Fece un altro passo in avanti e il suo forte profumo mi stordì.

«Qual è il *posto* in cui vorresti essere, adesso?» disse d'un tratto, respirando a poca distanza dal mio viso. Posò un gomito a lato della mia testa e assunse una posizione sciatta, poi mi guardò tutta, dall'alto verso il basso, lentamente, come se fossi la creatura più bella che avesse mai visto. Notai il luccichio di desiderio venereo che gli attraversò gli occhi e intuii una brama proibita dentro di lui: voleva toccarmi senza alcun pudore e baciarmi senza alcuna delicatezza.

Arrivavo a stento al suo petto e il mio sguardo oscillava dalla forma dei pettorali alla gola maschile, sulla quale le mie labbra avrebbero voluto posarsi per assaggiarne il sapore della pelle.

«Ovunque, purché ci sia tu», balbettai, guardandolo da sotto le ciglia.

Neil sorrise compiaciuto e con una mano mi sfiorò il fianco destro.

Sussultai.

Volevo che mi toccasse eppure temevo di cedergli ancora. Per un istante eterno osservai il suo viso ipnotico e giunsi ancora alla stessa conclusione: *Neil era pericoloso*.

E nonostante questo continuavo a rischiare, perché in fondo ero attratta dal pericolo e avrei permesso alle sue fiamme di bruciare ogni parte di me.

«Sei disgustosamente dolce quando dici queste stronzate.»

Storse il naso con disappunto. «E per giunta...» La sua mano risalì lenta fino al costato, indugiando sotto la linea del seno destro. Inclinò il viso per avvicinarsi al mio orecchio e il suo respiro caldo mi accarezzò la curva del collo. «Non è questa la risposta giusta, bimba.» Mi fissò negli occhi e io annegai nei suoi, adesso carichi di lussuria.

Seguii il modo in cui si leccava il labbro carnoso, il petto muscoloso che si sollevava velocemente al di sotto della felpa aderente alle linee scolpite del torace, mentre la sua mano mi concedeva lievi carezze sul seno.

Il cuore mi martellava nel petto così forte da farmi temere che lui potesse sentirlo, e il respiro divenne affannoso a causa di quel contatto leggero ma dominante.

Neil iniziò a sfiorarmi il collo con la punta del naso. Piccoli brividi corsero dalle braccia lungo la schiena.

Lo sentivo come un potente temporale, le sue dita erano elettriche come tuoni impetuosi, il suo sguardo mi avvolgeva come un cielo oscuro e ogni carezza mi pioveva addosso come gocce d'acqua.

Inspirò profondamente il mio profumo, poi appoggiò la fronte alla mia, chiudendo le palpebre.

«Non tremare», sussurrò, conscio della mia agitazione. Tentai di tranquillizzarmi, ma desideravo che lui mi toccasse, d'altronde ero lì, nella sua camera, proprio per permettergli di usarmi.

Neil, però, non sembrava avere quell'intenzione.

«Non ti toccherò», mi rassicurò, riaprendo lentamente gli occhi per lasciarmi leggere tutta la sua premura tacita.

Perché no?

Stranamente ero delusa e mi vergognai di me stessa per questo.

Io, proprio io, volevo che lui...

«Lo sento, sai? Sento che mi vuoi. Percepisco quanto sei eccitata, ma anche intimidita», mormorò sottovoce, posandomi le labbra calde sulla fronte. Mi diede un bacio leggero, poi, piano piano, trascinò la bocca lungo la linea del naso. Si fermò sulla punta e anche lì lasciò un altro bacio, seguito da un piccolo morso che mi fece sorridere. «Tra noi è sempre stato così, sin dall'inizio...» mormorò e proseguì ancora. Mi sfiorò le labbra con un tocco leggero che fece schiudere le mie, e ne assorbii il respiro al sapore di tabacco.

Neil mi stava solo seducendo: mi avrebbe fatto bramare un bacio con tutta me stessa, lo avrei addirittura sognato, ma non me l'avrebbe concesso.

Mi stava solo facendo capire chi aveva il *comando* tra noi.

«Ti ho desiderata sin dal primo giorno, e questo non è mai cambiato, non potrà mai cambiare. Non so neanch'io come farò a gestire questa cazzo di situazione.» Si piegò sul mio collo, e anche lì, senza indugiare troppo, lasciò scivolare le sue labbra calde in modo fuggevole. Una scossa infuocata mi percorse la schiena a causa del desiderio irrefrenabile di lasciargli prendere tutto ciò che volesse, e mi irrigidii.

Mi parve persino di impazzire, ma sapevo che Neil mi avrebbe torturata fino a quando non avesse deciso lui di soddisfarmi.

Tuttavia, non riuscivo a gestire il crescendo di sensazioni, palpitazioni e desideri, così gli feci capire quanto lo desiderassi. D'istinto mi sporsi verso di lui, ma Neil si scostò appena, con un sorriso dilettato che mi fece imbronciare subito.

«Vuoi baciarmi? È questo ciò che vuoi?» Non risposi e osservai di nuovo la sua gola, l'unica striscia di pelle nuda che la felpa mi permetteva di vedere. A quel punto, mi posò anche l'altro gomito a lato della testa e premette appena il torace contro il mio petto. Quando si appoggiò a me, percepii la sua erezione turgida sul basso ventre e arrossii.

Il pensiero di essere incastrata tra il suo corpo armonioso e la superficie fredda di una misera porta mi esaltò.

«Sei proprio diventata una bimba cattiva. Vuoi baciare un malato di mente, ma sei sicura che lui voglia ricambiare?» sussurrò divertito e deglutii, imbarazzata. Quel timbro di voce carnale e lussurioso non faceva altro che bruciare la razionalità che tentavo di controllare, per evitare di mostrargli il divario che c'era tra noi.

Neil voleva annientarmi con il suo fascino, sedurmi con l'esperienza, incantarmi con la voce.

«Se non vuoi baciarmi, allora allontanati.» In quell'istante trovai la forza di spintonarlo via, per riacquistare la lucidità. Neil si morse il labbro, divertito più che mai dalla mia reazione, e io mi posai una mano sul cuore che non smetteva di battere incontrollato dentro di me.

«Selene! Neil! Dove siete? Venite giù al falò!» La voce di Logan, proveniente dal corridoio, interruppe quell'assurdo momento di… di… non sapevo neanche come definirlo.

Mi scostai dalla porta e spostai lo sguardo su Neil, che dall'espressione che aveva non sembrava affatto turbato quanto me.

Quell'uomo era riuscito a farmi intraprendere un viaggio sensuale senza neanche spogliarmi.

Lo fissai e mi persi a leggere la mappa del suo corpo.

Le linee erano il segno di una vita sregolata.

Gli angoli definiti facevano sperare l'impossibile.

Gli occhi dorati erano strade aperte su un deserto ancora da scoprire.

Aveva un viso così perfetto da rappresentare il modello di ogni eccellenza, e io avrei fatto di tutto per catturare la sua anima.

Con il fiato corto e il familiare calore sparso in ogni parte di me, uscii di fretta dalla camera e mi allontanai da lui e da tutto ciò che, in pochi minuti, mi aveva semplicemente… *devastata*.

7
Neil

Alcune persone non impazziscono mai.
Che vite davvero orribili devono condurre.
CHARLES BUKOWSKI

«MALATO».

Era così che Selene mi aveva definito, ed era stata quella parola il motivo della mia reazione furente.

Come al solito, non riuscivo a controllarmi quando il cervello si annebbiava e la bimba avrebbe dovuto tenerlo a mente per evitare che accadessero discussioni così accese.

Sapevo già che in passato aveva notato i miei comportamenti spesso contraddittori e anormali, ma non mi aspettavo di sentirle dire una cosa simile.

Proprio quella, cazzo.

Come se non sapessi di essere malato.

E lei, invece?

Lei lo sapeva davvero? O aveva solo parlato a sproposito? Lo aveva soltanto intuito?

A ogni modo, non avrei mai avuto il coraggio di parlarle del passato, anzi, in realtà non ne avevo mai parlato con nessuno all'infuori della mia famiglia e del dottor Lively.

Cosa avrei dovuto dirle? Che una donna più grande aveva abusato di me?

Che non solo avevo subito una violenza fisica, ma anche emotiva e psicologica?

Quello che avevo vissuto, infatti, mi aveva provocato una disfunzione significativa nelle relazioni umane.

Kimberly aveva esercitato su di me un «potere», una forma di possesso, che mi aveva reso un semplice oggetto.

Non valevo nulla per lei, e anche adesso sentivo che il mio corpo non valeva niente, esattamente come allora.

Con Selene non riuscivo a «parlare» come lei desiderava, perché nella mia mente esisteva una sola modalità comunicativa. Conoscevo, infatti, solo la sessualità come mezzo di comunicazione, solo la corporeità come ricerca di un senso di pace e sollievo, perciò non avrei mai potuto iniziare una relazione normale con lei.

Perché era quello il problema.

Prima o poi, la bimba avrebbe preteso una storia seria da me, ma lei era assolutamente perfetta e meritava di meglio di un uomo che conviveva ancora con la negazione del senso di *sé*, che viveva con i ricordi del ricatto, dell'umiliazione, della violenza silente che ancora urlava vendetta dentro di lui.

Per questo mi ero comportato in un modo irrispettoso, per questo tentavo di farla sentire inferiore a me, per questo cercavo sempre di farle capire che non poteva avermi.

E lei era scappata via.

Era scappata via da me mentre io continuavo semplicemente a sorridere come un fottuto stronzo al pensiero di averla illanguidita con quel lieve contatto tra noi.

Con una mano mi toccai la patta dei jeans, dando una sistemata all'erezione che mi ero costretto a non tirare fuori quando l'avevo inchiodata contro la porta.

In realtà, avrei dovuto ignorarla per tutto il tempo, sin da quando l'avevo beccata a sbirciarmi, sin da quando mi ero accorto della sua presenza, sin da quando ne avevo percepito perfino il profumo di cocco. Ma alla fine avevo ceduto.

Avevo ceduto come un idiota, appena i miei occhi avevano incontrato i suoi, azzurri come l'oceano, grandi, profondi e così puri da innescare in me pensieri indecenti che non avevo mai rivolto a nessun'altra.

Mi era bastato guardarla un secondo per aver voglia di spegnerle l'espressione pudica da bambina, di spogliarla con ardore, di leccarla ovunque, di toccarla con smania e di scoparla con tutto il desiderio viscerale che mi scorreva dentro.

Avrei voluto di più di un banale contatto infantile, perché io ero abituato al sesso impudico, sporco, osceno e perverso.

Avrei voluto piegarla e soggiogarla.

Avrei voluto prendermi il mio piacere, sbattendola sulla porta, proprio lì, senza nessun preliminare consolatorio, senza nessuna frase sdolcinata o complimento galante.

Come facevo sempre, con tutte.

Con lei, forse, avrei anche raggiunto l'orgasmo come non accadeva da settimane.

Il mio sarebbe potuto essere un esperimento, ma il buon senso aveva vinto. Anziché prendermi tutto di lei, mi ero limitato a sfiorarla e a respirarla, sia perché ero ancora incazzato – la odiavo per ciò che era successo quella mattina, quando mi aveva sbattuto in faccia un'amara verità –, sia perché non volevo usarla come un oggetto.

Io volevo di più, soprattutto da lei.

Semplicemente perché lei era una bimba.

La mia, precisamente.

E non sarebbe stato giusto pretendere da lei attenzioni che non era pronta o desiderosa di darmi. Proprio come le avevo detto prima, avevo percepito la sua eccitazione, ma anche la sua paura.

Voleva baciarmi, certo, tanto che non aveva fatto altro che fissarmi le labbra, il respiro le si era accelerato e le guance le si erano dipinte di un rosa tenue, ma nei suoi occhi avevo letto anche il terrore che provava verso di me.

In fin dei conti, era proprio per questo che volevo allontanarla e che non l'avevo cercata dopo l'incidente – cosa per cui mi sentivo in colpa –, perché vivevo ancora le conseguenze di quello che mi era stato fatto e riuscivo solo a perpetuare nel tempo lo stesso dolore, sfruttando un meccanismo mentale che puniva me, ma appagava il bambino.

Per questo non volevo che lei entrasse a far parte del mio enorme casino. Le donne con cui andavo a letto solitamente erano sempre consenzienti, accettavano di usarmi e di essere usate, a modo mio, ma erano diverse da Selene.

Perso nelle mie riflessioni, fissai la porta contro la quale la bimba aveva urtato la schiena, nella blanda intenzione di sfuggirmi, e sorrisi un'ultima volta, poi mi passai una mano tra i capelli. Erano morbidi e umidi, perché avevo già fatto tre docce, ma ne feci subito un'altra, soprattutto per attenuare i bollori provocati da quella banale ragazzina.

Sotto il getto, finii ancora una volta nel vortice dei miei pensieri.

Quante ce n'erano come lei al mondo?

Ma Trilli era qualcosa di fottutamente raro.

Era così bella da sembrare un sogno, così pura da risvegliare il mio desiderio, sempre.

Lei era bellezza e sofferenza al tempo stesso, seducente come un angelo terribile.

Era il mio opposto.

Mi sembrava incredibile che proprio io, che avevo mosso i primi passi nel sesso troppo presto, che avevo conosciuto tante donne disponibili ed esperte, venissi messo alla prova dal destino con una bimba qualsiasi.

Le mie voglie si incidevano lì, tra le forme e le curve incredibili del suo corpo che creavano qualcosa di immane.

Tutto.

Volevo tutto.

Volevo i suoi occhi oceano, volevo il nasino perfetto, volevo le labbra atteggiate in una smorfia impertinente o in un sorriso da capogiro che spesso incendiava l'aria che respiravo.

Volevo lei, che era il troppo di tutto.

La volevo sotto di me, mentre ondeggiavo tra le sue cosce aperte e mi smarrivo nel suo calore e…

Cazzo.

Dovevo smetterla e comportarmi come un uomo che non aveva alcuna ossessione per lei.

Un uomo normale che non la pensava in un modo dolce e poi perverso, e poi ancora dolce e poi ancora più perverso.

Avevo difficoltà a gestire quelle sensazioni assurde. Stavo impazzendo.

Sbuffai rumorosamente e decisi di fare qualcosa per distrarmi.

Uscii dalla doccia, mi vestii di fretta, infilando dei jeans scuri e una felpa nera, e mi diressi fuori per raggiungere la mia famiglia in spiaggia.

Matt aveva avuto l'idea di fare un falò in riva al mare, che reputavo una stronzata, ma quando mi aveva proposto di esserci non avevo replicato.

D'altronde eravamo lì per festeggiare il suo compleanno, perciò non volevo rovinarglielo con il mio umore che era decisamente pessimo.

Mi sentivo teso e frustrato.

Mi ero preso una «pausa» dalle bionde con cui mi intrattenevo quasi sempre, soltanto perché il mio psichiatra mi aveva consigliato di evitare che il disturbo sessuale di cui soffrivo potesse peggiorare – non volevo certo arrivare al punto di non provare più l'eccitazione o gli impulsi fisici –, perciò avevo iniziato a evitare di abbordare donne da portare a casa, così come i teatrini osceni con Jennifer, o con Jennifer e Alexia insieme, e mi ero concentrato su me stesso e su ciò di cui aveva bisogno il mio corpo.

Una tregua.

Una tregua dalla violenza alla quale, io stesso, lo sottoponevo da anni.

Non era facile, però, gestire l'astinenza forzata che mi ero imposto. Uno come me aveva istinti carnali frequenti, uniti a un appetito sessuale abbastanza spiccato, e controllarli richiedeva una grande forza di volontà.

Sospirai e mi passai le dita nel ciuffo, sistemandolo oltre la fronte. I miei capelli erano scombinati come sempre, ma sembrava che alle donne piacessero proprio per quello.

Dicevano che il mio aspetto aggressivo rispecchiava la mia anima.

Affondai le scarpe nella sabbia soffice e camminai sotto il cielo stellato seguendo l'unica fonte di luce che illuminava la spiaggia: il falò.

I miei fratelli erano già seduti attorno alle braci, su due tronchi di legno adattati a panche. Mia e Matt invece sorridevano e parlottavano tra loro, reggendo una busta colorata che non riuscii a identificare da quella distanza.

Ma era altro ciò che volevo vedere.

Gli occhi cercarono impazienti l'*oggetto* dei miei desideri.

Selene, splendente e bellissima, se ne stava lì, seduta, a fissare le fiamme ardenti che si innalzavano verso l'alto.

Brillava come la luna sfavillante nel cielo oscuro.

Era una fata che riaccendeva in me la voglia di immaginare una vita migliore, delle fantasie infantili, delle emozioni acerbe che non avevo mai provato neanche da ragazzino.

Ogni tanto avevo l'impressione che lei mi stesse donando l'infanzia che non avevo mai avuto.

«Finalmente ci degni della tua presenza», mi redarguì mia madre con tono severo, perché ero sparito per tutto il giorno a causa della discussione mattutina con Selene.

«Oh, Neil, eccoti qua. Hai trovato qualcuno di interessante qui a Coney Island?» si intromise Matt, facendomi un occhiolino furbo. Probabilmente si stava riferendo a una donna, ignaro dei problemi con il sesso che stavo affrontando in quel periodo. Conosceva, tuttavia, la mia abilità nel cercare tipe disponibili a soddisfarmi, anche se, il più delle volte, erano loro a cercare me.

Il mio aspetto era un buon punto di partenza per ottenere facilmente quello che volevo, non avevo bisogno di faticare molto prima di trovare qualcuna con cui trascorrere momenti piacevoli.

«Sì, ho fatto un paio di giri», mentii e *casualmente* mi sedetti accanto alla bimba.

Lei sussultò appena occupai la porzione di legno poco distante dal suo corpo, e deglutì, sforzandosi di ignorarmi. Ero certo che, se le avessi strappato di dosso la felpa rosa, avrei notato i brividi che le scorrevano sulla pelle, gli stessi che avevano attraversato la mia quando, in camera, le ero stato pericolosamente vicino. Un attimo dopo, però, mi pentii di essermi seduto proprio lì, perché percepivo il suo profumo di cocco a ogni minima folata di vento, il che mi induceva ad agitarmi per trattenere l'impulso di avventarmi su di lei, come la peggiore delle bestie.

Per fortuna, con l'esperienza avevo sviluppato un certo autocontrollo, soprattutto quando non volevo cedere a una donna che mi tentava o mi seduceva.

Selene, in realtà, non faceva nessuna delle due cose o, se cercava di sedurmi, non era disinibita come quelle a cui ero abituato;

eppure, bastava che si leccasse ingenuamente le labbra per farmi pensare a situazioni libidinose.

Respirai profondamente. Dovevo tornare in me.

Non mi sopportavo neanch'io quando ero così ossessionato dall'idea di farmi una donna. Io non avrei mai potuto avere una relazione, né tantomeno avrei potuto legarmi a una ragazzina come lei, e non perché non lo volessi, ma perché i miei problemi mi avrebbero indotto solo a trascinarla con me in una vita incasinata, e non volevo riservarle un futuro simile.

Non volevo un futuro tra psichiatri, farmaci e disturbi psicologici.

Non volevo che assistesse ai miei incubi, agli scatti d'ira o che fosse vittima della mia incapacità d'amare, perché per me l'amore rappresentava una condanna, un ricordo dannoso, una dipendenza nociva, un male dal quale tentavo di scappare.

Se Selene avesse cercato di legarsi a me, ci avrei pensato io a farle capire che non era affatto la cosa giusta per lei.

«Chi vuole i marshmallow cotti sul fuoco?» Logan mi porse due bastoncini di legno intagliati sulla punta, dando per scontata la mia risposta affermativa. Inarcai un sopracciglio e guardai prima i bastoncini, poi il suo viso.

«Chi ti ha detto che voglio mangiarli anch'io?» brontolai, con i miei soliti modi burberi, ma Logan abbozzò un sorrisetto e insisté.

«Hai saltato anche il pranzo. Non fare il coglione e prendili. Avanti.»

Avrei avuto qualcosa da ridire sull'appellativo che aveva usato, ma non volevo incazzarmi, cosa che sarebbe successa se gli avessi risposto, così mi limitai a fulminarlo con lo sguardo prima di prendere quei dannati bastoncini e passarli direttamente a Selene.

La bimba sussultò, probabilmente agitata a causa della mia vicinanza. Alternò lo sguardo dalla mano tesa verso di lei ai miei occhi e, dopo un momento di esitazione, li afferrò.

«Grazie», disse imbarazzata.

Non le risposi neanche e presi altri due bastoncini, questa volta per me. Li rigirai tra le dita e pensai a quanto mi rendesse nervoso tutta quella situazione.

Non sapevo neanch'io cosa cazzo fare.

Avrei potuto ignorarla, farle capire di starmi lontano e invece poco prima l'avevo sedotta, mentre adesso mi ero seduto accanto a lei e, come se non bastasse, mi stavo perfino comportando in modo gentile.

Io, proprio io, gentile con una donna?

Di solito non lo ero neanche quando mi proponevano un *mènage à trois* o qualsiasi altra cosa che potesse essere all'altezza delle mie fantasie perverse.

«Prendete.» Matt porse il sacchetto pieno di marshmallow a Logan, quest'ultimo ne prese un paio e li infilzò con il suo bastoncino; lo stesso fece anche Chloe, poi mio fratello allungò il sacchetto verso di me. Non andavo matto per i marshmallow, ma non obiettai, e ne afferrai due da infilzare con entrambi i miei bastoncini.

Selene ripeté lo stesso gesto, ma con una delicatezza tutta femminile.

In quel momento le osservai le dita lunghe e le unghie rosa perfettamente curate. Mi piacevano le mani delle donne, soprattutto se erano così aggraziate. Sotto il mio sguardo, allungò i bastoncini verso il fuoco per far arrostire i suoi marshmallow e commise l'errore di avvicinarli troppo alle fiamme, facendone bruciare uno.

«Cavolo», sussurrò a disagio e io sorrisi divertito, perché era davvero una bimba.

Mi faceva tenerezza quando assumeva atteggiamenti impacciati o quando arrossiva per paura che qualcuno la giudicasse. D'istinto le presi il polso, direzionando in modo corretto il bastoncino che reggeva il marshmallow ancora intatto.

Lei sussultò e girò il viso verso di me, mentre i miei occhi rimasero inchiodati sul falò.

«Devi metterlo qui.» Le avvicinai il polso alla fiamma per mostrarle bene come fare. Sentirne la pelle liscia a contatto con le mie dita mi provocò una scossa elettrica lungo tutto il braccio, ma scacciai via quella sensazione destabilizzante e rimasi impassibile. Odiavo mostrarmi vulnerabile con le donne; in realtà, non lo ero mai stato, eccetto che con lei, e questo mi rendeva nervoso. «La zona subito sopra le braci è perfetta per tostare il marshmallow. Non ci sono fiammate improvvise che possono rovinarne la consistenza gommosa», le spiegai e soltanto adesso mi voltai a guardarla.

La sorpresi imbambolata a fissarmi, così tanto che aveva perfino smesso di sbattere le ciglia.

Se ne stava incantata ad alternare il suo sguardo oceano dai miei occhi alle labbra, e cazzo, avrei voluto baciarla soltanto per sostituire l'espressione ebete con quella del piacere che aveva provato sempre e solo con me.

«Il fuoco è da quella parte», sussurrai, riferendomi al falò. Selene si ridestò da chissà quale pensiero e spostò subito lo sguardo sul marshmallow che stava cuocendo per bene sul fondo del bastoncino.

«Ehm... grazie», disse, di nuovo imbarazzata, soggiogata e attratta da me.

Merda.

«Smettila di arrossire come una ragazzina», la rimproverai, forse troppo bruscamente, ma fu necessario.

Non volevo che la storia si ripetesse. Non volevo che si creasse altre illusioni su di me, come era già successo in passato. Vero, avevo sbagliato io ad avvicinarmi troppo a lei, avevo infranto la regola di starle lontano, la stessa che mi ero imposto prima di mettere piede in quella fottuta casa sul mare, ma ero ancora in tempo per farle capire che non ero un principe azzurro, soprattutto non il *suo*.

«Cosa?» chiese, uscendo finalmente dal suo stato di trance.

«Hai sentito bene. Sei ridicola quando arrossisci per ogni cosa che dico. Sono stanco di essere circondato da troiette che sperano di ricevere le mie attenzioni. Levati quell'espressione sognante dal viso», esagerai ancora e la bimba sgranò gli occhi, perché la mia frecciata infuocata l'aveva colpita dritta nel petto, sul cuoricino puro e fragile che avrei distrutto in mille pezzi se avesse anche lontanamente pensato di stare accanto a un bastardo come me.

«Ma che diavolo ti prende?» Tentò di non alzare la voce per evitare che i nostri genitori ci sentissero. La sua espressione mutò da «bimba innocente» a «bimba incazzata» e, per assurdo, io la considerai ancora più eccitante.

«Che mi prende?» ripetei. «Niente. Voglio solo che la smetti. Odio le donne che mi guardano così», risposi con superbia, da vero narcisista inavvicinabile da chiunque. Selene mi fissò perplessa, senza capire il perché del mio atteggiamento scontroso. In realtà, il mio era soltanto un modo contorto e malato di difendermi da lei e da quello che provavo quando mi perdevo nei suoi occhi.

Adesso che aveva finalmente deciso di tornarsene a Detroit, non avrei commesso l'errore di farla, di nuovo, rientrare nel mio mondo o nella mia vita problematica.

«E come ti guardo?» mi rimbeccò pungente, spostandosi più in là, per aumentare la distanza tra noi.

Tipico atteggiamento infantile.

«Come se volessi essere scopata da me», sussurrai, sporgendomi appena verso il suo orecchio. Trilli sgranò gli occhi e mi guardò inorridita, increspando le labbra in una smorfia disgustata.

«Sei proprio un idiota, Neil. Un vero idiota!» Scattò in piedi e attirò l'attenzione di tutti su di sé. Matt e Mia la guardarono confusi, Logan invece stava fulminando me perché aveva già intuito che la colpa dell'atteggiamento di Selene era mia.

«Vado… vado a fare due passi.» La bimba lanciò il suo bastoncino nel fuoco e si allontanò, indignata. Non mi soffermai sulla sua figura, tantomeno sul culo sodo che ancheggiava sgraziato a ogni passo furioso. Presi piuttosto il mio marshmallow, ben cotto, tra le dita e lo lanciai in bocca, masticando con tutta calma.

Dovevo fingere che non c'entrassi nulla e, come sempre, ci riuscii alla perfezione.

«Cosa le è preso?» brontolò Chloe, ma nessuno rispose.

«Sei proprio uno stronzo», mimò, invece, Logan con le labbra e lo ignorai con una scrollata di spalle.

Sapevo di esserlo, ma con Selene *dovevo* esserlo ancora di più, per farle vedere la realtà esattamente per quella che era.

Matt mi lanciò un'occhiata fugace e sostenni il suo sguardo.

Non sapevo perché mi stesse osservando in quel modo, ma ostentai tutta la mia indifferenza pur di risultare apparentemente innocente agli occhi del paparino apprensivo.

Quando finimmo di mangiare gli odiosi marshmallow, mia madre, infreddolita, entrò in casa, seguita da Chloe, mentre Matt si alzò in piedi con Logan e si scrollò la sabbia dai pantaloni concludendo con mio fratello un discorso che non avevo neanche ascoltato. Io, invece, mi alzai per ultimo dal tronco di legno per tirare fuori il pacchetto di Winston dalla tasca dei jeans. Lo aprii e ne sfilai una, poi cercai l'accendino e lo avvicinai all'estremità.

Feci il primo tiro e sbuffai il fumo nell'aria, notando Matt venire verso di me.

«Tu non entri?» mi chiese con un tono indecifrabile.

Per quale motivo mi stava controllando? Temeva che mi sarei infilato tra le gambe di sua figlia?

Era già successo, ma lui neanche lo dubitava.

«Finisco prima questa e poi rientro.» Indicai la sigaretta tra le dita e lui annuì, allontanandosi di nuovo.

Avrei potuto fumare in un altro momento, ma avevo trovato una scusa plausibile da utilizzare per intrattenermi lì fuori.

Rimasto solo, mi guardai attorno alla ricerca della bimba e mi aiutai con la luce delle fiamme deboli del falò per individuarla. La scorsi poco distante, in piedi in riva al mare.

Incastrai la sigaretta tra le labbra e mi incamminai verso di lei, tirando indietro una ciocca di capelli che mi era scivolata sulla fronte. Nell'avvicinarmi a lei, ne approfittai per analizzare la sua sagoma, mentre era di spalle, ma soprattutto distratta. Notai le spalle esili, il punto vita stretto e un culetto tondo e ben fatto.

Andavo matto per il suo corpo.

Ricordavo perfettamente quanto mi piaceva montarla da dietro, tanto quanto adoravo guardarle oscillare i capelli lunghissimi. Adesso le erano cresciuti fino alla base della schiena e non mi fu difficile immaginarli arrotolati perversamente nel mio pugno mentre la rigiravo come volevo.

Una fitta d'eccitazione mi colpì al basso ventre e fui costretto a pensare ad altro per non avere un'erezione ingombrante proprio in quel momento. Sarebbe stato difficile nasconderla.

«Sei venuto qui per umiliarmi ancora e fare lo stronzo?» Selene percepì la mia presenza senza neanche voltarsi, perciò mi fermai proprio dietro di lei.

Perché l'avevo raggiunta?

Il mio scopo doveva essere allontanarla, ma, quando accadeva, sembravo incapace di starle alla larga. Associai quell'atteggiamento a un malsano istinto di protezione suscitato dalla sua ingenuità e…

No. Non era affatto vero.

La verità era che non accettavo il cambiamento in corso dentro di me.

Ero furioso, perché il mio umore dipendeva proprio da lei e questo mi creava una forte confusione.

Feci ancora un passo, poi un altro, e in poco tempo mi ritrovai a sfiorarle la schiena con il torace.

Selene fremette appena, lo notai da un movimento quasi impercettibile delle spalle. Poi annusai la fragranza dolce dei capelli ramati e socchiusi gli occhi. Mancavano poche ore al suo ritorno a Detroit e al mio alla quotidianità. Anche se consideravo giusto che se ne andasse via, volevo catturare quel profumo e portarlo con me.

«Ti va di restare qui con me ancora un po'?» sussurrai, in un modo tutt'altro che da stronzo.

Mi stupii di me stesso: quella ragazzina era capace di farmi fare cazzate assurde, come questa. Selene si voltò a guardarmi e il suo viso, anche nella penombra della notte, risultò perfetto.

I raggi lunari, che si irradiavano su un mare piatto e calmo, e le stelle, sparpagliate nel cielo, erano oscurate dalla sua bellezza.

«Non mi lascio prendere in giro da te.» Scosse la testa e tentò di superarmi, ma l'afferrai per un braccio per trattenerla lì, con me. Con l'altra mano strinsi la sigaretta tra le dita e feci un tiro, espirandole il fumo sul bel faccino. La bimba tossì e mi guardò infastidita; era chiaro che la stavo proprio irritando, ma io la trovavo semplicemente adorabile.

«Non ti sto prendendo in giro. Sto solo facendo il possibile per farti capire che non può funzionare...» mormorai, con quel timbro di voce che aveva un effetto ipnotico su qualsiasi donna. Pensavo davvero ciò che le avevo detto, anche se il mio comportamento di poco prima suggeriva il contrario.

Mi rendevo conto che ero contraddittorio e i miei atteggiamenti troppo confusionari; eppure, non sapevo se attribuirne la colpa al mio stato psicologico insano, al momento che stavo vivendo io o al periodo che stava vivendo lei, che in qualche modo stava condizionando anche me.

In sintesi, non ci stavo capendo un cazzo.

«Perché non ammetti semplicemente che mi vuoi?» disse troppo in fretta, poi se ne pentì, perché si morse il labbro e abbassò lo sguardo. Io, invece, corrugai la fronte per due motivi. Il primo era che non capivo da dove stesse tirando fuori tutta quella sicurezza, il secondo motivo era…

Cosa aveva detto? Io volevo lei*?*

La volevo, vero, ma non nel modo in cui pensava.

Selene credeva che fossi come Jared, ma si sbagliava.

Non avremmo passeggiato insieme in un parco mano nella mano, non avremmo mangiato un bel gelato come una coppietta felice, non avremmo conversato ampiamente di libri, serie tv e cazzate assurde davanti a un cartone di pizza.

«Perché non posso avere una relazione. La donna per me non rappresenta una compagna di vita.» Ma inconsciamente la mia mano le rimase ancora ben salda al braccio, incapace di lasciarla andare.

Aspirai dal filtro un altro po' di nicotina e guardai Selene.

La guardai per minuti infiniti.

«Ah, no? E allora cosa rappresenta per te una donna?» mi chiese, con un tono basso e provocatorio. Si era accorta anche lei che la stavo trattenendo lì con la forza, ma non si stava opponendo, forse perché era proprio ciò che voleva.

Voleva stare… *con me*.

«Vendetta», sussurrai. Le donne per me rappresentavano un mezzo attraverso cui vendicarmi di ciò che mi era stato fatto, attraverso cui vendicarmi dell'umanità e della sua malvagità.

«Vendetta per cosa?» seguitò sempre più incuriosita all'idea di strapparmi di bocca delle risposte, mentre io avrei voluto strapparle di dosso i vestiti e porre fine a tutte quelle stronzate.

Dopo un'ultima boccata, gettai via il mozzicone della sigaretta e mi concentrai esclusivamente su di lei.

«Ti piacerebbe se usassi te per vendicarmi?» risposi malizioso, abbassando il tono in modo seducente.

Sapevo quale potere aveva la mia voce su di lei.

Ero certo che le mie note oscure e profonde la stessero accarezzando tra le cosce, per infilarsi nei pensieri, accendere i desideri e percorrerla tutta, fino ad arrivare al cervello e provocare un potente blackout.

A conferma della mia teoria, il suo braccio tremò sotto i miei polpastrelli e lei deglutì a vuoto, ostentando una sicurezza finta.

Probabilmente aveva capito cosa intendessi e l'idea mi eccitò.

«No, non credo», ribatté, dopo averci riflettuto qualche istante.

«Però l'ho fatto e sei stata tu a permettermelo...» Mi avvicinai al suo piccolo corpo, sfiorandole i seni con il torace. Era minuta ma aveva le curve al punto giusto. Le ricordavo tutte, ricordavo anche il modo in cui le mie mani le avevano analizzate per capire dove amava essere toccata, *cosa* le piaceva e *come*.

«Ti è piaciuto essere usata da me...» le sussurrai all'orecchio, poi le succhiai il lobo morbido, facendola sussultare. Profumava tantissimo e questo mi fece fremere all'idea di assaggiarla, assaggiarla tutta quanta, lì, senza perdere altro tempo.

«Perché mi parli così?» chiese, ma la voce le tremò e il respiro le divenne affannoso.

Il modo in cui mi esprimevo le aveva procurato molti orgasmi ed ero sicuro che avrei nuovamente sortito lo stesso effetto, se si fosse inginocchiata alle mie voglie.

«Pensi che gli altri uomini non parlino in questo modo?» la incalzai. «Pensi che non usino le donne per il proprio appagamento fisico? Il sesso è una pulsione naturale, bimba», le spiegai, come un professore spiegava la galassia a una studentessa che di astronomia non ci capiva un cazzo.

«Ci sono anche uomini che amano la propria donna», replicò la mia dolce sognatrice.

«Quello accade nei romanzi d'amore che ami tanto leggere», le sussurrai a poca distanza dalle labbra, dandole una prova del fatto che la conoscessi bene.

Ero stato attento ai dettagli.

Sapevo che amava leggere e sapevo che spesso si dedicava proprio a storielle romantiche che illudevano le giovani donne della sua età con amori fiabeschi e stereotipati.

«Gli uomini hanno bisogno di scopare, fa parte della loro essenza. Per l'uomo l'amore è soltanto una conseguenza possibile. Per la donna è l'inverso. Ha bisogno di amare per scopare. Siete fatte così.» Conoscevo perfettamente la mente femminile e non solo perché ne avevo portate a letto tante, ma perché avevo «analizzato» la loro psiche, il loro modo di ragionare e di approcciarsi al sesso.

Scarlett era come Selene.

Sognava la favola e viveva in una condizione d'amore surreale, fatta di pura immaginazione, nella quale proiettava su di me le sue fantasie romantiche, ignorando quella che era la nostra realtà, una realtà nella quale l'amore non c'entrava proprio un cazzo.

Il problema era sempre che le donne avevano bisogno dell'amore per aprirsi al sesso; non tutte, ma per la maggior parte era così.

Molte limitavano il desiderio perché lo consideravano immorale rispetto ai propri principi. Preferivano essere corteggiate, attaccare l'uomo a un guinzaglio e solo in quel momento, quando erano assolutamente certe di averlo reso un cagnolino ben addestrato, si abbandonavano al piacere carnale.

Detestavo quel tipo di donna, perché era ampiamente distante dal mio ideale.

Io utilizzavo il sesso per non pensare, per alleviare le tensioni e attenuare i problemi e non avevo bisogno di una compagna che cercasse uno scambio affettivo ed emotivo. Ero contrario al fare e ricevere «coccole» o al «parlare», perché, così, i miei problemi sarebbero diventati fatalmente più pesanti.

Ero fermamente convinto che l'uomo e la donna fossero differenti, e comprendersi o accettarsi non sarebbe mai stato semplice.

«Parli così perché credi di poter donare solo il tuo corpo», controbatté la bimba e io sorrisi.

Cosa ne poteva sapere lei della vita?

Aveva solo ventun anni, e ne aveva vissuti forse la metà.

D'un tratto, le lasciai andare il braccio e mi sedetti sulla sabbia. Affondai le mani dietro di me e mi misi comodo.

Selene mi guardò perplessa e incrociò le braccia al petto, indecisa sul da farsi.

«Cosa stai facendo?» brontolò, imbronciata.

«Mi sono seduto, non lo vedi?» la provocai divertito e lei si scostò una ciocca di capelli dietro una spalla, in modo superbo, ma involontariamente sensuale. Quella bimba riusciva a essere seducente anche senza volerlo. «Sto aspettando che tu mi dia le tue grandi lezioni di vita. Quanti ragazzi hai avuto?» la sbeffeggiai e finalmente Selene intuì che avevo ripreso a comportarmi nel modo che lei odiava di più: *da stronzo arrogante*.

Inoltre, mi resi conto che non le avevo mai posto quella domanda prima d'ora, perché mi ero sempre rifiutato di parlare con lei. Il mio modo di comunicare con Selene aveva sempre previsto un letto sfatto e i nostri corpi nudi, pertanto la curiosità di instaurare un dialogo con lei era nuova anche a me.

Adesso, sembrava che non volessi fare nient'altro che sentire la sua voce delicata ronzarmi attorno.

Mi preparai a non scoppiare a ridere, appena avesse risposto che l'unico uomo, o meglio, ragazzino con il quale fosse stata era Jared, ma…

«Tre», rispose, e la mia espressione da spavaldo del cazzo volò via, per lasciare il posto alla sorpresa che lampeggiò nei miei occhi.

Che aveva detto?

«Tre?» ripetei scettico.

Da dove saltava fuori quel numero?

Forse era stata con qualcuno durante la nostra lontananza, e forse non si trattava neanche di Jared.

Non gliel'avrei mai chiesto, ma avrei utilizzato i miei modi per indagare.

«Esatto.» Decise di sedersi accanto a me, ma non troppo vicina. Raccolse le ginocchia al petto e ci posò sopra i gomiti, incurvando la schiena.

«E quando avresti conosciuto questi tre uomini? Sentiamo.» Avevo la strana sensazione che mi stesse mentendo o che, cosa più probabile, avesse interpretato in modo diverso la mia domanda.

Lei si prese del tempo prima di rispondere, poi sospirò e assunse un'espressione seria.

«Il mio primo fidanzato si chiamava Alain. Mi ha dato un bacio casto dietro il muretto della scuola, avevo circa quattordici anni.» Iniziò il suo racconto e ascoltai, restando sdraiato sui gomiti. Per la prima volta non mi importò di sporcarmi le mani o gli indumenti, tanto mi sarei lavato di nuovo, più tardi. «Il secondo si chiamava Marlon. A lui ho dato il mio primo bacio con…» Si fermò e si schiarì la voce a disagio.

Si imbarazzava a parlarmi di un semplice bacetto con la lingua?

Io con la lingua le avevo fatto di tutto, e Selene si imbarazzava a raccontarmi quelle sciocchezze adolescenziali?

Era unica.

Rimasi in silenzio per non aumentare il suo disagio e attesi un lunghissimo minuto prima che riprendesse il suo discorso.

«Con la lingua», mormorò a bassissima voce e trattenni a stento una risata.

«Scusa, non ho sentito bene. Cosa?» Finsi di non aver capito nulla e lei mi guardò come se le avessi chiesto di succhiarmelo.

Era adorabile.

«Con la lingua», ripeté, incerta.

«Che?» Mi accigliai per rendere più veritiera la mia reazione.

«Con la lingua! Neil! Santo cielo!» quasi urlò e io scoppiai a ridere come non avevo mai fatto.

Cercai di non cadere sulla sabbia e posai una mano sull'addome, lì dove scivolarono proprio i suoi occhi, dopo avermi osservato il torace.

«Oh, interessante. È la cosa più erotica che abbia mai sentito in tutta la mia vita. Giuro.» Mi morsi il labbro inferiore e le guardai la bocca carnosa. Tornai serio perché avrei voluto ricordarle come fosse un vero bacio, avrei voluto farle vedere come baciava un uomo, ma lei voltò la testa verso il mare, così mi soffermai sul profilo perfetto e sul naso all'insù che le avrei morso volentieri.

Mi resi conto in quel momento che non volevo metterla a disagio e, stranamente, non volevo neanche che smettesse di «parlare».

Avevamo conversato solo una volta, sdraiati su un lettino soffice a bordo piscina, al terzo piano della mia villa, dopo che avevo fatto l'enorme stronzata di concludere in modo troppo intimo il nostro amplesso.

E quello ero stato uno dei momenti più belli che ricordavo, non solo per il sesso intenso che avevamo condiviso, ma soprattutto per la voglia che avevo avvertito di ascoltare la sua storia.

In quell'occasione, Selene mi aveva parlato di lei, della vita a Detroit, di sua madre e per tutto il tempo avevo percepito il suo entusiasmo perché io le avevo concesso di dialogare con me.

Il mio era stato un gesto piccolo, banale, insignificante, che per lei aveva avuto un valore grandissimo.

Prima di conoscerla, in fin dei conti, ero sempre stato ostile al dialogo, riservato e restio ad aprirmi alle persone; con lei stavo scoprendo un nuovo modo di comunicare e iniziavo a pensare che fosse normale prenderla in giro e ridere insieme. Restavo, però, un incasinato e speravo che lei lo capisse senza troppi preamboli o troppe giustificazioni, anche se le avevo concesso parti di me che non avevo concesso a nessun'altra prima e che, forse, non avrei concesso a nessun'altra dopo. Di colpo, sollevai il busto e tirai fuori il mio pacchetto di sigarette. Ne accesi una, come se non fumassi da giorni e, dopo un tiro profondo, espirai dal naso.

Fumavo troppo in quel periodo, spesso la gola si irritava e tossivo, ma almeno la nicotina aveva il potere di acquietarmi.

All'improvviso mi mostrai cupo e riflessivo, in preda a uno sbalzo d'umore che non seppi controllare.

«Va...va tutto bene?» balbettò Selene accanto a me, accigliata.

A me piaceva Trilli, la *mia* Trilli, quella che aveva fatto di tutto per tentare di conoscermi e di capirmi, ma io non potevo cedere a quel corpo e agli occhi color oceano che mi guardavano intimiditi ma anche estasiati.

Non dovevo rifare gli stessi errori.

Su quel letto di ospedale, mentre era in coma, le avevo promesso che le sarei stato accanto, ma non come lei avrebbe voluto.

L'avrei protetta come una conchiglia avrebbe fatto con la sua perla.

Anche a costo della mia stessa vita.

«Non va bene un cazzo.» Non alzai la voce, ma il modo in cui parlai fu sufficiente a farle capire che ero nervoso. Selene aveva sempre la capacità di comprendermi; anche se mi guardava come mi guardavano tutte, ed era attratta dal mio aspetto, dalla mia presenza, dal mio viso, perfino dalla mia voce, apprezzava anche la mia essenza, i miei pregi e i miei difetti, il mio carattere contorto e la mia mente deviata.

Voleva me, non il sesso con me.

Voleva usarmi per arrivare alla mia anima; non usarmi per arrivare al mio corpo.

E questo... questo mi spaventava.

Non ero abituato a quel tipo di interesse.

Avvicinai la sigaretta alle labbra e feci un lungo tiro, prima di liberare il fumo nell'aria frizzante e salmastra, poi la gettai, ancora intera.

«Neil…» mormorò preoccupata.

Sfregai le mani fra loro per togliere alcuni granelli di sabbia, poi mi voltai verso Selene e inchiodai i miei occhi nei suoi con lascivia. Lei schiuse le labbra e respirò agitata, intuendo le mie intenzioni. Mi avvicinai subito, senza darle il tempo di fermarmi, e le infilai una mano tra i capelli setosi, con una dominanza disarmante.

«Ti faresti scopare adesso? Qui? Perché è solo questo ciò che voglio da te», mentii.

In realtà, volevo conoscere anche i suoi sogni, volevo sapere qual era la sua musica preferita, il gelato che amava mangiare e il colore che le piaceva di più. Volevo vedere i suoi occhi appena sveglia. Anche all'alba sarebbero stati sempre brillanti come l'oceano? Poi volevo sapere se indossava altri pigiami orribili oltre quello con la stampa delle tigri. E la posizione che assumeva quando dormiva? Qual era?

«Sì», disse e tornai con la mente alla realtà.

Avrei tanto voluto sentire la pace, la stessa pace impagabile che avvertivo quando di una donna non me ne importava nulla. Invece, ero lì, con la mente piena di pensieri alla ricerca di una soluzione da escogitare per allontanarmi da lei.

Un momento… avevo sentito bene?

Aveva detto sì. Era davvero matta.

Perché non mi odiava dopo tutte le mie azioni da depravato?

Anzi, mi stava guardando come se fossi un Dio, l'uomo più bello che avesse mai visto, degno di essere venerato e forse… amato.

No, mi rifiutavo di pensarlo.

Anche se volevo baciarla e con la mia esperienza sarei stato capace di farla cedere alle mie voglie, decisi di controllarmi.

Le sfilai la mano dalla nuca e mi alzai in piedi, percependo tutto il suo dolore per il rifiuto inaspettato.

In passato, non era mai successo che riuscissi a resisterle in quel modo, ma d'ora in avanti sarei stato più forte io della tentazione.

Selene mi guardò disorientata, poi si alzò, allarmata.

In quel momento pensai soltanto a una cosa: fuggire, subito.

Non sarei rimasto fermo lì a permetterle di destabilizzarmi.

La superai e mi incamminai verso il portico, dal quale una piccola lampada accesa illuminava il sentiero.

Fanculo lei e fanculo quello che avvertivo nel petto.

Avevo voglia di divorarle le labbra. Mi piaceva il modo in cui tentava di starmi dietro a fatica, ma continuavo a ripetermi che era tutto sbagliato, che non potevo confondere una mera attrazione fisica per un reale interesse. Ogni volta, quando le ero accanto, mi sentivo fuori da tutto.

Anche adesso.

Con lei ero sempre fuori da me stesso.

«Neil, aspetta…» urlò Selene alle mie spalle, ma non lo feci.

Continuai a camminare spedito nella mia direzione, fino a quando non sentii il suo respiro affannato dietro di me. Stava correndo per raggiungermi, altrimenti le sarebbe stato impossibile stare al mio passo.

Non rallentai ma accelerai ancora, di proposito.

«Aspetta!» Si aggrappò al mio braccio e mi voltai di scatto. Ero enorme e lei era così minuta da farmi tenerezza. Si spaventò, ma non mi lasciò andare.

La tenacia e la determinazione erano le sue qualità migliori.

«Che cazzo vuoi?» Ormai avevo perso la pazienza e ragionare, quando ero in quello stato, era impossibile.

«Voglio capire cosa ti prende», replicò angosciata.

Me la scrollai di dosso bruscamente, facendola barcollare e la inchiodai con il mio sguardo furioso. Non doveva avvicinarsi e non doveva provare neanche a toccarmi, perché non ero capace di gestire la rabbia.

Sentivo la palpitazione, la pressione sanguigna, la sudorazione, il tremore delle mani, il respiro accelerato e tanto tanto odio che continuavo a reprimere, un odio che non provavo verso Selene, ma verso me stesso, verso quello che ero.

«Capire cosa mi prende?» ripetei. «Sul serio?» Feci un passo in avanti e lei indietreggiò. «Io… io… non sono in me. Non sono più io, quando tu mi sei vicina. Perché sconfini. Sei il mio oltre, Selene.» Trascinai le parole perché il respiro irregolare mi impediva di parlarle come avrei voluto.

Non ero bravo a esprimermi su determinate cose e forse Selene non aveva capito ciò che intendevo davvero: *lei non era solo il mio limite. Era di più.*

Era il mio oltre.

La guardai intensamente e mi accorsi che stava per piangere; lo notai dal modo in cui gli occhi le divennero lucidi e da come le tremava il mento.

«Io ti ho concesso parti di me che non ho concesso ad altre. Ci ho provato più volte a rispettare anche con te ogni mia regola, ma non ci sono riuscito.» Ansimai e sentii la pelle ardere sotto tutti i fastidiosi strati di vestiti che indossavo. Selene si trattenne ancora per poco, ma dopo qualche secondo scoppiò a piangere.

Liberò tutte le emozioni che aveva dentro, e forse, se fossi stato un uomo sensibile, l'avrei abbracciata e consolata, ma io non sapevo neanche cosa volesse dire trasmettere affetto a qualcuno, perché quando piangevo da piccolo, in un angolo della mia stanza, dopo gli abusi di Kimberly, nessuno abbracciava me.

Quando tentavo di sfuggirle e la pregavo di non farmi del male, lei non mi dava ascolto, mi ignorava e continuava a soddisfare le sue voglie.

E allora perché io avrei dovuto essere umano, verso un mondo che con me era stato disumano?

«Proviamo le stesse cose. Non devi avere paura. Non è colpa di nessuno. Certe emozioni sfuggono al nostro controllo.» Selene si asciugò le lacrime con il dorso di una mano, anche se continuavano a scivolarle copiosamente sugli zigomi.

Il problema era questo: io ero un maniaco del controllo, lo ero sempre stato, soprattutto con le donne.

Nella mia mente esisteva uno schema ben preciso, che seguivo con ognuna delle mie amanti.

Avevo trovato un equilibrio in tutto il mio caos e adesso una ragazzina qualunque voleva entrare nella mia vita, nella mia testa per mandare tutto a puttane.

Cercai di darmi una calmata e mi passai la mano sul viso.

Aveva ragione.

Non era colpa sua, ma mia.

Della mia incapacità di starle lontano come mi ero più volte ripromesso.

A dire il vero, non sapevo neanch'io che cosa volessi da lei.

Cosa pensavo?

Che le cose sarebbero tornate com'erano prima dell'incidente?

Ma com'erano prima esattamente?

«Credo che la situazione sia chiara a entrambi», le dissi e mi costrinsi ad accettare la realtà.

Fece male pensarlo, ma non c'era nessun'altra alternativa.

Il tempo era scaduto.

Lei tra poche ore avrebbe preso il suo aereo, io sarei tornato a New York. Dovevo impedire che lei venisse di nuovo da me a vivere nella villa di Matt, solo perché pensava che ci fosse la remota possibilità di far proseguire quello che avevamo iniziato, un tempo.

Non c'era nient'altro che potessi fare, se non lasciarla andare, perché io non ero l'uomo giusto per lei.

«Cosa vuoi dire?» farfugliò, stropicciandosi gli occhi e macchiandosi di mascara le guance.

Da quando si truccava? E soprattutto, perché si era truccata?

Lei non ne aveva bisogno, non ne avrebbe avuto bisogno neanche con il passare degli anni.

«Non possiamo. Guardaci...» Indicai me e poi lei. «Tu sei una giovane donna con una vita piena di sogni e progetti. Io sono un totale disastro, sono più problematico di quanto tu possa lontanamente immaginare», confessai, abbassando il braccio sul fianco, arreso, schiacciato ancora una volta dagli ostacoli che un fato bastardo mi metteva davanti. «Non ho la forza di combattere guerre impossibili, Selene. Se avessi vissuto un'altra vita, se fossi stato un uomo diverso, avrei lottato per una come te», ammisi, perché non ero stupido.

Sapevo quanto fosse raro incontrare una come Selene, sapevo che valori avesse, quanto fosse buono il suo cuore, pura la sua anima, ma avevo troppi mostri aggrappati addosso.

Lei non li vedeva, nessuno li vedeva, ma io li sentivo.

Mi parlavano spesso, soprattutto il bambino.

Mi ripeteva che, se avessi scelto una donna e posto fine alle mie abitudini, lo avrei abbandonato e lui sarebbe morto.

«Aspetta...» mormorò singhiozzante, ma non aspettai proprio nulla.

Non aspettai lei, né un destino che probabilmente non sarebbe mai stato dalla nostra parte.

Andai a rinchiudermi in camera mia e trascorsi la notte insonne tentando di far ordine nella testa.

Il mattino seguente tornai a casa.

Avevo deciso di esserci per il compleanno di Matt, dopo aver lottato contro i miei stessi tormenti, solo per guardarla, solo per trascorrere un po' di tempo con lei. Con la bimba.

Non mi aspettavo né che avremmo scopato né che avremmo risolto tutto in soli due giorni.

Un tempo mi bastava sedurla, toccarla e il gioco era fatto: Selene mi cedeva e io attenuavo i miei problemi con una semplice scopata.

Adesso, invece, sentivo il bisogno avvicinarmi a lei in altri modi, modi che non ero abituato a usare. Durante la giornata insieme, infatti, avevamo solo discusso e i suoi diamanti azzurri, ricolmi di lacrime, che quasi mi pregavano di rimanere lì ad ascoltarla erano l'unico ricordo disastroso che avevo pesantemente trascinato con me da Coney Island.

E ancora una volta mi incazzai con me stesso e ricaddi nel vortice della rabbia, una falsa amica, una compagna di sventure, una puttana che mi fotteva il cervello continuamente e che non riuscivo a gestire.

«Non ho fatto altro che aspettare che tu tornassi», mi sussurrò Jennifer all'orecchio, lasciando scorrere la mano dal mio petto fino al basso ventre. In quel momento eravamo seduti su una panchina, in una delle tante aree verdi dell'università a perdere tempo tra un corso e l'altro. Il suo tocco, però, mi stava infastidendo, ma ero così assorto nei miei pensieri da non avere voglia di metterla al suo posto.

«Quindi mi stai dicendo che tuo padre ha trovato una bustina di droga in casa?» Xavier stava prendendo in giro Luke perché suo padre aveva trovato dell'ecstasy nel cassetto del suo comodino.

«Che cazzo ridi, coglione?» sbottò Luke, gettando il mozzicone della sigaretta per terra. «Ho una sorella di dieci anni e lui ha iniziato a farmi la ramanzina su quanto fossi irresponsabile perché, se l'avesse trovata lei, sarebbe stato un dramma. Sospetta che io sia un drogato, un pessimo esempio e...» Luke proseguì a blaterare e a dare di matto perché il paparino avvocato aveva scoperto i retroscena della vita che conduceva suo figlio.

A volte assumeva quella roba per sballarsi insieme a Xavier e io ero l'unico dei Krew che si dissociava da certe abitudini.

Ero sempre stato una testa di cazzo, ma abbastanza riflessivo in determinate situazioni.

Avevo solo ceduto da ragazzino, spinto dalla curiosità di sapere che sapore avesse uno spinello o quali effetti provocasse la cocaina, ma non avevo mai neanche lontanamente pensato di abusarne.

«E adesso? Cazzo, Luke te la stai facendo sotto.» Xavier scoppiò a ridere prendendolo in giro; Jennifer, invece, continuava ad accarezzarmi il petto, facendo scorrere le dita in modo languido tra i rilievi dei miei muscoli. Era una giornata soleggiata, ma le temperature erano basse, perciò, insieme al giubbino di pelle, avevo indossato un pullover grigio che la bionda, al mio fianco, aveva proprio voglia di strapparmi di dosso.

Mi posò un bacio sulla curva del collo e mi premette il seno contro il braccio, mentre la mia mano se ne stava pigramente appoggiata sulla sua coscia.

Mi infastidiva sentire la sua saliva sulla pelle, ma in compenso i baci sul collo mi piacevano, così pensai di lasciarla fare ancora un po'.

«Vuole che faccia delle analisi e, se risulteranno positive, mi caccerà fuori di casa a calci nel culo. Sai cosa significa?» sbottò Luke, passandosi una mano tra i capelli biondi. Jennifer, nel frattempo, iniziò a mugolare e a strusciarsi su di me, per farmi capire di andarcene in macchina o in qualsiasi altro posto dove trascorrere del tempo da soli. Mi voltai verso di lei e smisi di ascoltare gli altri due.

«Che c'è?» le chiesi annoiato e la bionda sorrise, contenta di aver attirato la mia attenzione.

«Ho voglia di...» si avvicinò al mio orecchio, «...succhiartelo», sussurrò maliarda.

Chiunque la mio posto avrebbe colto l'occasione al volo, io, invece, non potevo.

E non semplicemente perché fossimo in un luogo pubblico,

ma perché non potevo concedermi determinati privilegi, dato che stavo seguendo il consiglio del mio psichiatra.

L'idea di spingerle in bocca la mia erezione, però, mi allettava, e non poco, ma a differenza della maggior parte degli uomini, io conservavo la mia capacità di ragionare anche con donne seducenti come Jennifer.

Decidevo io con chi fottere, quando e dove.

Era sempre stato così, malgrado le proposte e le voglie della ragazza di turno.

Così, non le risposi e mi avvicinai a lei, sfiorandole le labbra.

Dovevo trovare un modo per non destarle sospetti, per non rivelarle che stavo valutando l'idea di riprendere la mia terapia interrotta tre anni prima, per non dirle che mi era stato diagnosticato un vero disturbo sessuale e soprattutto per non dirle che la mia anorgasmia era causata da problemi psicologici, personali.

Le sorrisi sensualmente e la stordii con un bacio.

Il contorno delle mie labbra si confuse con il suo e la sua lingua mi scivolò nella bocca, come se non aspettasse altro. Jennifer era una maestra nel compiacermi, ma neanche la sua bravura poteva essere minimamente paragonabile al modo in cui tutto di me vibrava quando ricevevo i baci impacciati della bimba.

Selene baciava con timidezza – i suoi baci erano delicati come una carezza –, chiudeva gli occhi e sognava un amore inesistente. Jennifer, invece, mi reclamava come la peggiore delle puttane, con una mano mi toccava tra le gambe e con l'altra mi artigliava la nuca, conficcandomi le unghie nella pelle.

La sua eccessiva foga mi eccitava il corpo, ma non la mente.

Tra noi c'era sempre stata solo intesa sessuale e nient'altro.

Un bacio di Jennifer risvegliava la mia libido.

Un bacio di Selene risvegliava la voglia di assaporarle anche l'anima.

Con Jennifer, però, mi sentivo a mio agio, mi sentivo me stesso, perché non avvertivo addosso la pressione di dover soddisfare alcuna aspettativa.

Malgrado fosse gelosa, sapeva cosa doveva e non doveva aspettarsi da me.

Per Selene, invece, era tutto diverso. Un bacio rappresentava un gesto dolce, significativo, carico di valore, l'anteprima di un'ipotetica storia d'amore con me sulla quale non avrebbe mai dovuto fantasticare.

«Oh, grazie, Miller. Vedo che la mia situazione di merda ti sta davvero a cuore», brontolò Luke, interrompendo il mio attimo di piacere. Mi allontanai da Jennifer e mi leccai il labbro inferiore, poi allungai un braccio sullo schienale della panchina e assunsi una posizione comoda. Avevo raggiunto l'obiettivo di distrarre la bionda, che non ricordava neanche quello che mi aveva detto prima del bacio, e adesso stavo fissando con un'espressione glaciale Luke, perché odiavo essere interrotto in determinati momenti. Ero infastidito perché, anche se un banale sfregamento di lingue non era sufficiente a provocarmi un'erezione, comunque era capace di risvegliare il mio appetito sessuale.

«Se vuoi scopartela ora, fallo pure. Nel frattempo vi guarderò e me lo menerò come un matto», intervenne Xavier, simulando il gesto con una mano. Spostai gli occhi sulla sua espressione ilare e lo guardai serio.

Non ci trovavo niente di divertente in ciò che aveva detto, soprattutto in quel periodo di astinenza forzata.

«Comunque, com'è andato il tuo weekend a Coney Island?» Xavier deviò l'attenzione su un altro argomento, consapevole che stavo per incazzarmi come al solito. Aveva scelto però un argomento del quale non volevo parlare, dato che non volevo ripensare a quanto fosse stato tragico l'incontro con Selene, il giorno prima.

«Ci sono stato solo un giorno, per il compleanno di Matt», risposi seccato. Improvvisamente mi diedero fastidio la vicinanza di Jennifer e la sua gamba piegata sulla mia coscia, così me la tolsi di dosso. A lei non sfuggì la mia improvvisa tensione. Dopo la reazione esagerata contro Luke in dépendance, avrei dovuto misurare ogni gesto per non insospettire nessuno di loro, ma quando pensavo anche solo lontanamente a Selene la razionalità svaniva nel nulla.

«Oh, c'era anche la bambolina?» chiese ancora lui, riferendosi a lei. Notai Luke mettersi sull'attenti, nell'attesa di saperne di più, e lo fissai con l'intenzione di leggergli nella mente. Sicuramente stava ripensando a quel bacio con Selene e sapevo cosa provava: *insoddisfazione*.

La stessa che avevo provato anch'io quando l'avevo baciata la prima volta in piscina.

Selene era così lontana dal nostro mondo, così diversa dalle donne che eravamo abituati a frequentare, che suscitava curiosità, per questo ero certo che Luke nascondesse un interesse nei suoi confronti.

«Sì, c'era anche la ragazzina», dissi atono, scrollando una spalla con indifferenza. Jennifer si voltò a guardarmi, sondandomi il viso, ma io rimasi impassibile e sollevai una caviglia sul ginocchio opposto.

«Allora? Le hai svuotate?» Xavier si toccò volgarmente la patta dei pantaloni e sorrise. «Ricordo ancora il suo bel culetto, sai?» commentò e feci appello a tutto il mio autocontrollo per non tappargli la bocca con uno dei miei pugni. Mi morsi il labbro inferiore fino a percepire il sapore del sangue sulla lingua e tentai di restare impassibile.

«No, non mi attrae più. Non so che cazzo mi sia preso in quel periodo, ma di qualsiasi cosa si trattasse, mi è passata», risposi, con l'atteggiamento da bastardo che usavo quando parlavo generalmente di tutte le donne. Jennifer continuò a studiare la mia reazione. Fingere mi riusciva piuttosto bene, ma lei era gelosa di Selene.

Sarebbe stato difficile convincerla che la bimba mi fosse indifferente.

«Ehi, di cosa parlate?» Alexia si sistemò il giubbino azzurro, intonato ai suoi capelli, e ci guardò incuriosita attendendo che qualcuno le desse una risposta. Era sbucata dal nulla per intromettersi nel nostro discorso scomodo e, per la prima volta, la sua presenza mi irritò.

«Del viaggio a Coney Island di Neil per il compleanno del dottorino e del fatto che non abbia svuotato le palle con la verginella dal culo d'oro.» Xavier le fece un sunto impeccabile e Alexia sbuffò annoiata.

«Per quale motivo avrebbe il culo d'oro?» Con tutto ciò che il moro le aveva detto, lei si era soffermata soltanto sull'ultima parte della frase, perché era gelosa di lui, nonostante quell'idiota di Xavier non se ne fosse mai accorto, o forse fingesse di non notarlo. Avrei voluto dirle che non doveva preoccuparsi perché non si sarebbe avvicinato a Selene fino a quando io avessi avuto ossigeno in circolo nei polmoni, ma mi costrinsi a tacere.

«Perché mi sembra la tipica principessina con scarsa esperienza in fatto di uomini.» Xavier guardò me in cerca di una conferma, ma non avrei mai detto quello che avevo o non avevo fatto con lei; mi ero già pentito di aver parlato troppo fuori dal *Blanco*, quando il suo ex mi aveva fronteggiato davanti a tutti, e non avrei commesso lo stesso errore.

«E un pompino? Almeno quello te l'ha fatto?» Xavier stava continuando a sbeffeggiarmi e io stavo facendo una fatica enorme per non reagire.

Continuai a guardarlo, serio, e Luke gli tirò una gomitata per fargli capire di smetterla.

«Dacci un taglio», lo redarguì, perché aveva letto qualcosa di torbido nel mio sguardo puntato su Xavier. Inspirai ed espirai dal naso e continuai, imperterrito, a fissarlo.

«Ascolta, dovresti vedere la tua faccia adesso, è da immortalare», sghignazzò Xavier, tirando fuori il cellulare dalla tasca dei jeans. «Fai un sorriso, amico.» Appena me lo puntò contro, i miei ricordi riemersero…

Facevo freddo, tanto freddo, e io tremavo.

La luce abbagliante della telecamera colpì il mio viso, e sollevai un braccio per ripararmi gli occhi, ma era troppo forte.

Intorno a me, invece, c'era il buio totale. Kimberly era seduta su una sedia di legno e mi osservava con il solito sorriso malefico sul viso angelico.

Già, lei aveva l'aspetto di un angelo che celava un diavolo terribile.

«Smettila di coprirti il viso», mi ammonì scocciata, ma la vergogna era così tanta che, anziché obbedirle, con l'altra mano mi coprii anche tra le gambe.

Ero completamente nudo.

«Neil!» mi richiamò irritata, ma evitai di ascoltarla; ero in totale stato di choc.

Sentivo solo il cuore battere forte, vedevo il pallore delle mie mani e il modo in cui mi tremavano le dita.

Non eravamo soli, però. Con noi c'era qualcun altro.

I singhiozzi della bambina, accanto a me, riecheggiarono tra le pareti.

Era nuda anche lei e continuava a coprire, con il suo esile avambraccio, il petto nudo e acerbo, mentre i capelli di un nero intenso le ricadevano in morbide onde oltre le spalle.

Ignorando la nostra sofferenza, Kimberly mi ordinò di darle ascolto, di fare a quella bambina ciò che lei mi aveva insegnato.

La piccola, però, piangeva e tremava a causa della voce austera della nostra aguzzina, che continuava a dare ordini che nessuno dei due eseguiva.

Eravamo storditi, spaventati, vittime di qualcosa di troppo grande. La telecamera, davanti a noi, sarebbe stata la fine per entrambi.

Ci avrebbero guardati altri mostri, la nostra dignità sarebbe stata calpestata e risucchiata da quell'obiettivo.

Qualcosa, però, andò storto.

Qualcuno irruppe nel posto tetro.

Alcuni uomini scaraventarono la porta a terra e si scatenò il caos.

Istintivamente corsi di fretta lontano da quella scena terribile; la bambina mi seguì e insieme ci nascondemmo dietro un vecchio divano malconcio.

Mi accovacciai a terra, con le ginocchia al petto.

Ancora nudo e impaurito, mi tappai le orecchie con le mani e chiusi gli occhi.

Papà diceva che piangere era da femminucce, così strinsi i denti e dondolai, canticchiando una canzone per sovrastare i rumori che sentivo attorno a me.

Cantai proprio la canzone preferita di mia madre: Imagine *di John Lennon.*

Quella canzone, una semplice e banale canzone... riuscì a sovrastare le urla di Kim.

Non mi resi conto di nulla, avvertii soltanto delle scariche potenti lungo le braccia, le mani chiuse in due pugni come se fossero sfere infuocate, il corpo di Xavier sotto il mio, il braccio che si fletteva continuamente per colpirlo sempre nello stesso punto. Sentii delle urla alle mie spalle, i suoi occhi neri rotearono verso l'alto, le labbra spaccate si schiusero, ma non mi fermai, non ci riuscii.

Digrignai i denti e continuai a colpire, ancora e ancora, e a ogni colpo il mio corpo si caricava di altra energia negativa, un'energia che necessitava di essere sprigionata. Mi piaceva la sensazione liberatoria che sentivo dentro.

«Non farlo più, figlio di puttana!» gli urlai a poca distanza dal viso, stringendo il suo giubbino tra le mani ancora formicolanti. «Mi hai sentito? Mai più!» sbottai furioso, lasciandolo scivolare al suolo per poi riprendere a colpirlo. Non ero del tutto soddisfatto, perché ero ancora troppo carico.

Inconsapevolmente Xavier aveva riportato a galla una parte tremenda e occulta del mio passato.

Dietro gli abusi di Kim, infatti, c'era altro.

Non ricercava un semplice piacere carnale, frutto di una mente malata.

Kim faceva molto di più.

Aveva uno scopo.

Un obiettivo.

Un lavoro.

Era parte di un'organizzazione.

Mi stava soltanto preparando e, se non fosse arrivato il giorno del suo arresto, non lo avrei mai capito.

Non avrei mai potuto salvare me stesso e neanche la bambina che c'era con me.

«Neil, fermati!!»

Qualcuno cercò di afferrarmi per le spalle, ma lo allontanai violentemente con una gomitata.

Ormai era successo l'inevitabile: avevo perso il controllo, la ragione, il buon senso, tutto.

Le nocche iniziarono a tingersi di un rosso vivo e lucente, ma non mi fermai, non potevo gestire la rabbia.

Era più forte di me.

Mi sollevai dal corpo di Xavier, che giaceva a terra completamente stordito, e iniziai a colpirlo all'addome con potenti calci.

La fronte era madida di sudore, la mascella così tesa da farmi male, il corpo bollente, il pullover sgualcito, ma non mi importava di niente.

In quel momento sentivo solo la follia esplodere come un vulcano, stavo cadendo in una spirale di distruzione, avvertivo le tenebre fuoriuscire e riversarsi contro chiunque, avvolgendo tutto di nero, in un buio nel quale non c'era nessun fiore, nessun colore, nessuna serenità.

Percepivo un'energia calda che non potevo controllare e che mi faceva godere, era più forte di un orgasmo, più esaltante di una scopata.

Avvertivo una sensazione appagante e non mi importava delle conseguenze, non mi importava di nulla, se non di liberare la bestia indomabile, la pazzia momentanea.

Godevo come un bastardo alla vista del viola che dipingeva il viso tumefatto di Xavier.

E ricordavo: la violenza di un padre su un bambino, l'abuso di una donna su un bambino.

Questo aveva segnato la discesa di Satana nella mia anima.

«Adesso non ridi più, eh?» Ero stremato, senza forze, e Xavier approfittò del momento di tregua per reagire. Disteso a terra, allungò un braccio e mi afferrò per una caviglia, facendomi rovinare al suolo; si posizionò agilmente su di me, per bloccarmi con il peso del suo corpo, e mi sferrò un pugno in pieno viso, poi un altro, prima sulla mascella e dopo sul sopracciglio.

Riuscii a difendermi, colpendolo a mia volta, e lo spintonai per rimettermi in piedi.

Persi il conto di quanti pugni gli avevo dato e di quanti ne avevo ricevuti a mia volta; sembrava che lo stronzo si fosse risvegliato dallo stato di confusione iniziale.

A ogni modo, durante quella rissa violenta e interminabile, riuscii ad afferrare il suo telefono e a scaraventarlo lontano, per distruggerlo in mille pezzi.

Essere fotografato o ripreso scatenava la mia furia.

Xavier barcollò e tossì, poi cercò di parlare nonostante l'affanno.

«Ma che cazzo ti prende, eh? Sembri un fottuto psicopatico!» Sputò del sangue accanto alle mie scarpe e tentai ancora di avventarmi su di lui, ma Luke mi afferrò per le braccia e mi fermò.

«Non fare più il coglione con me, Xavier, o giuro che ti ammazzo!» sbraitai fuori di me, posandomi una mano sull'addome. Probabilmente mi aveva colpito anche lì e adesso stavo iniziando a percepire il dolore.

«Non ho paura di te!» ribatté con un sorriso malefico, raccogliendo con il dorso della mano il sangue che gli colava dalle labbra.

Lo avevo ridotto male, ma io non ero messo meglio di lui.

Era riuscito a colpirmi. All'improvviso, tutto attorno a me iniziò a ruotare e delle fitte di dolore si diffusero dal costato fino alla testa, però ero ancora carico, ancora furioso.

«Che cazzo hai detto?» urlai, sentendomi graffiare la gola. «E lasciami!» Mi dimenai come un dannato mentre Luke tentava ancora di allontanarmi da Xavier. Alla fine, mi spinse via e incespicai sui miei stessi passi.

«Ma dannazione, sei impazzito?» Logan corse verso di noi, lanciando sul prato la sua tracolla, e mi afferrò per un braccio, strappandomi via dalla presa di Luke.

Avevo il respiro affannato e gli occhi spiritati di rabbia.

«Tu che vuoi? Sparisci!» inveii anche contro mio fratello, perché ormai ero fuori di me, fuori dal mio controllo, fuori dai miei limiti.

Ero completamente fuori.

«Levati!» Avanzai ancora verso Xavier, ma Logan mi intralciò, spingendomi indietro, di nuovo. Era alto e forte, ma non quanto me. L'avrei tolto di mezzo con una sola mano se solo avessi voluto, tuttavia era mio fratello e non l'avrei mai toccato.

Lui lo sapeva.

«Tu non vai da nessuna parte. Calmati!» mi gridò, spaventato e preoccupato. Potei leggerlo nei suoi occhi sgranati e nell'espressione allarmata. In quell'istante, Xavier brontolò qualcosa, ma Luke lo redarguì, dicendogli di lasciar perdere.

«Che cosa è successo?» sbottò Logan e mi guardai attorno notando i numerosi studenti che erano accorsi ad assistere alla rissa, solo per curiosità e divertimento, non di certo per aiutarci in qualche modo. «Allora?» insisté spazientito.

Le mani stavano tremando, tutto il mio corpo stava tremando; la testa girava, le tempie pulsavano e le vene del collo erano così gonfie che temevo potessero esplodere da un momento all'altro.

Mi sentii improvvisamente privo di forze e caddi in ginocchio, sfinito.

In quel momento mi accorsi che gli squarci sulle nocche stavano sanguinando e che non riuscivo neanche a muovere le dita. Altro sangue colò invece dal mio sopracciglio e dal labbro inferiore, sul quale passai la lingua per sentirne il sapore metallico sul palato. Logan si precipitò da me e mi posò la mano su una spalla, ma non volevo che mi toccasse, così sussultai e mi scostai.

«Non toccarmi», mormorai, fissandomi ancora le mani.

Ancora una volta, la rabbia mi faceva compiere gesti malsani, mi disconnetteva dalla realtà, rendendomi instabile e violento, anche se io non volevo perdere il controllo.

«È tutto okay, Neil, calmati. Sono qui.» Logan tentò ancora di sfiorarmi e, questa volta, non mi opposi al suo tocco fraterno. Sbattei le palpebre e mi sedetti sul prato. Non ebbi il coraggio di guardare come avevo ridotto Xavier, né di soffermarmi sui volti inorriditi di chi aveva assistito a quella scena pietosa.

Come al solito, mi vergognavo di me stesso quando perdevo la ragione, ma mi vergognavo ancora di più per essere stato succube di Kimberly ogni volta che mi desiderava.

Per estraniarmi da tutto, canticchiai *Imagine*, a bassa voce, come se fossi sotto ipnosi, e Logan rimase in silenzio ad ascoltarmi.

«Io… l'ho vista…» sussurrai, spostando lentamente gli occhi su di lui.

Mio fratello capì al volo. Lui sapeva tutto, e sentendo le note di quella melodia intuì cos'era successo e dove fosse adesso la mia testa.

Altrove.

«Lo sai, vero? Lo sai che dovrai andare dal dottor Lively?» Mi accarezzò la fronte con una mano e mi scostò una ciocca di capelli, puntando su di me i suoi occhi spaventati, preoccupati, tristi; si era reso conto che, ancora una volta, ero succube di me stesso e della parte di me che non smetteva di torturarmi.

Io annuii soltanto.

Sapevo che non c'era altra soluzione.

Chiusi gli occhi, poi li riaprii e fissai il cielo azzurro in totale stato di trance.

Avrei voluto tanto perdermi in quella serenità, conoscere la luce, scacciare via i miei diavoli per cedere il posto a qualcosa di meraviglioso; avrei voluto vivere con più leggerezza, sorridere più spesso, dimenticare tutto ciò che mi era successo. Avrei voluto essere come una di quelle nuvole che stavo fissando, imperfetto e fluttuante nell'aria, avrei voluto essere libero. Ma non lo ero e forse non lo sarei mai stato.

«L'ho vista, Logan...» farfugliai ancora, tornando a fissare lui adesso. «Lei era seduta sulla sedia e la luce mi abbagliava... e...» Parlavo in maniera confusionaria, mi leccai le labbra che avvertii secche e non riuscii a continuare.

«Lo so. Non ci pensare, è tutto finito...» Mi accarezzò la guancia e si inginocchiò di fronte a me.

Lui che non era solo mio fratello minore, era molto di più: era l'unica spalla sulla quale poter appoggiare il peso dei miei problemi.

«Non volevo fare del male a Xavier, ma non riesco a controllarmi. Non riesco più a controllarmi...» sussurrai pentito, intrappolato in una gabbia infrangibile. Volevo migliorare, volevo distruggere la parte nociva di me, ma non era facile, non sarebbe stato facile fino a quando Kim avesse vissuto nella mia mente.

D'un tratto, sentii la voce del dottor Lively martellare nella testa, che avvertivo pulsare e girare come un turbine di informazioni offuscate.

«Il tuo è un disturbo caratterizzato da manifestazioni estreme di rabbia, spesso incontrollabili o sproporzionate alla situazione. Questa è un'altra conseguenza degli abusi fisici che hai subito e dell'età nella quale sono cominciati. Gli eventi traumatici hanno innescato in te questo tipo di disturbo. Hai ricevuto violenza e riversi la tua rabbia sugli altri attraverso la violenza. È un circolo vizioso.»

Mentre sentivo il torace comprimersi e l'aria mancare, fissai gli occhi di Logan e poi, di nuovo, le mie nocche squarciate.

Ero confuso, non riuscivo a capire un cazzo, ma sapevo cosa avrei dovuto fare.

Sapevo qual era la cosa giusta da fare.

* * *

Quel giorno non rientrai a casa, ma rimasi nella dépendance con Logan soltanto per assecondare la sua idea di farmi almeno medicare il taglio sul sopracciglio e sul labbro. Mi ero già fatto una doccia e avevo indossato un semplice pantalone sportivo nero, restando seminudo. Mio fratello era rimasto con me per tutto il tempo, a farmi da balia come se fossi un fottuto bambino.

«Sta' fermo», mi redarguì tamponando un batuffolo di ovatta sulle ferite.

«Guarda che brucia», mi lamentai stringendo i denti. Mio fratello mi aveva addirittura proposto di andare al pronto soccorso, a causa dei dolori che avvertivo alle costole, ma avevo rifiutato categoricamente il suo consiglio.

Praticavo boxe e non era la prima volta che facevo a pugni con qualcuno, quindi sapevo che i lividi sarebbero andati via in un paio di giorni e lo stesso sarebbe accaduto con i dolori.

Per fortuna non mi ero rotto la mano, ma ne ero uscito solo con delle escoriazioni visibili. In fin dei conti, sapevo come colpire un avversario, soprattutto durante una rissa di strada come quella di poche ore prima. A volte, un mio pugno era così potente da mettere fuori combattimento l'avversario, ma Xavier era forte e aveva saputo incassare, oltre che reagire.

«Ho quasi finito», disse Logan, mentre me ne stavo seduto sul divano angolare della dépendance con un sacchetto di ghiaccio sulla mano destra, che si era terribilmente gonfiata; sull'addome, invece, avevo un livido spaventoso che mi impediva di piegarmi o girare il torace.

«Bene, ti metto un cerotto sul sopracciglio. Abbi pazienza.» Mio fratello continuò a medicarmi con delicatezza, poi, una volta finito, si alzò dal tavolino basso per riporre in bagno il kit di pronto soccorso. Nel frattempo decisi di distendermi, a causa del forte mal di testa, e quando Logan tornò da me mi lanciò un'occhiataccia.

«Che c'è?» gli chiesi seccato, ma lui mi ignorò e iniziò a camminare nervosamente per tutto il salotto, passandosi le dita tra i capelli folti.

«Siediti. Guardarti aumenta il mio mal di testa», brontolai ancora, cercando di restare fermo per sentire meno dolore. Ogni volta che avevo tentato di alzarmi, anche solo per pisciare, un capogiro mi aveva costretto a restarmene seduto, così avevo deciso di evitare per il momento movimenti bruschi.

Ero certo, però, che Xavier non fosse messo tanto meglio, forse era finito in ospedale o forse gli avevo rotto qualcosa. L'idea di averlo picchiato non mi entusiasmava, anzi mi preoccupava, perché quando perdevo il controllo non riuscivo a dosare la forza, né la potenza dei pugni. Ero perfino abituato a tirarli a mano nuda, con la differenza, però, che adesso mi ero imbattuto in un avversario forte, uno dei Krew; sia Luke che Xavier non erano ragazzini d'appartamento, incapaci di difendersi, come non lo ero neanch'io, ecco perché una nostra scazzottata finiva sempre male sia per me che per loro.

«Come ti senti?» chiese Logan, preoccupato, fermandosi a poca distanza da me.

«Sto bene, non è la prima volta che accade», risposi irritato.

Quante volte avevo partecipato a risse di strada?

«Ti gira ancora la testa?» insisté lui e alzai gli occhi al cielo.

«Passami una sigaretta e sta' zitto.» Avevo bisogno di fumare e di smetterla di ascoltare mio fratello.

Logan, per fortuna, si limitò a lanciarmi un'occhiataccia, ma non protestò. Anzi, raccolse il pacchetto di Winston dalla penisola dell'angolo cucina e me lo porse.

Sfilai una sigaretta e la posizionai tra le labbra, permettendogli di accendermela.

«Ecco, almeno ti rendi seriamente utile», lo sbeffeggiai facendo il primo tiro.

Non volevo che si preoccupasse per me, stavo bene, l'unico reale problema sarebbe stato affrontare mia madre con le sue fastidiose domande. Preferivo che non mi vedesse così.

«Cerca di distrarre nostra madre, io dormirò qui. Non voglio rotture di coglioni», lo avvertii, sperando che fosse dalla mia parte.

Logan corrugò la fronte e sospirò.

«E cosa dovrei dirle se mi chiedesse dove sei finito?»

«Dille che sono qui con Jennifer o con qualcun'altra. Falle capire che sono impegnato e che non deve disturbarmi.» Quella era l'unica scusa convincente che avrei potuto utilizzare per evitarla. Mia madre conosceva bene le mie abitudini e sapeva che un tempo le soddisfacevo in camera mia, mentre adesso accadeva nella dépendance. Non era mai successo che mi facesse domande dirette sulla mia vita sessuale, si imbarazzava a parlarmene, quindi la consapevolezza che non fossi solo l'avrebbe indotta a non venirmi a cercare.

«Okay, puoi evitare di darle spiegazioni stasera, ma domattina come farai? Prima o poi ti vedrà, e vedrà anche come sei ridotto.» Mio fratello, ovviamente, doveva pormi altri problemi, mentre io cercavo di risolvere quelli imminenti. Sbuffai e continuai a fumare, ringraziando la sacrosanta sigaretta che su di me sortiva l'effetto di un calmante.

«Logan», sbottai. «Domani è un altro giorno e ci penserò in un secondo momento.» Sbuffai.

Cristo, eravamo proprio diversi, io e lui.

Io ero impulsivo, spericolato, sregolato, sfrontato e meno ansioso.

Logan, invece, era Logan: pianificava, rifletteva, analizzava e rompeva le palle su tutto.

«Sì, okay, sta' calmo», si difese infastidito.

«Potresti andartene e lasciarmi da solo?» dissi annoiato. Volevo starmene in silenzio, rilassato a fumare e a sopportare i dolori intercostali in santa pace. Dopo un'altra occhiata truce, perché ovviamente avrebbe voluto starmi ancora addosso, mio fratello per fortuna si allontanò.

«Tornerò fra poco, vado solo a fare una chiamata ad Alyssa. Doveva essere qui un'ora fa, ma non è ancora arrivata. Tu non muoverti», mi avvertì, facendomi capire che non mi sarei liberato di lui tanto facilmente. Lo cacciai via con una mano e lui uscì, sbattendo la porta dietro di sé.

Bene, adesso ero rimasto finalmente da solo. Sistemai la testa sul bracciolo del divano e fissai il soffitto, riflettendo su quello che era successo.

Tutto ciò che stavo vivendo in quel periodo era il chiaro segnale che avevo bisogno di aiuto, un aiuto che avrei dovuto chiedere, a differenza di come era andata negli ultimi tre anni, altrimenti sarei crollato e avrei distrutto il briciolo di lucidità che ancora possedevo.

La reazione che avevo avuto contro Xavier era stata anormale, tanto quanto era anormale l'impossibilità di provare l'orgasmo a letto o di vivere relazioni umane stabili. Piano piano, i ricordi mi stavano consumando, il passato stava incedendo nel mio presente con l'intenzione di condizionare il futuro, e io avrei dovuto reagire, avrei dovuto fermarlo, altrimenti lui avrebbe vinto e io avrei perso.

La verità era una sola: niente e nessuno, però, avrebbe potuto salvarmi.

Io, e soltanto io, potevo salvare me stesso.

Due colpi alla porta mi ridestarono dalle mie riflessioni. Sospirai e puntai lo sguardo oltre il vetro della portafinestra, nella speranza di capire cosa cazzo volesse adesso Logan.

«Hai già finito di parlare al telefono?» Alzai la voce e sbuffai, ma non ricevetti alcuna risposta, né alcun segnale.

Riprovai: «Logan, usa le chiavi ed entra. Non mi alzerò per aprirti». E una stilettata di dolore mi attraversò le tempie a causa del timbro troppo alto.

Mi infastidiva perfino la mia voce.

Ancora nessuna risposta, se non due colpi di nocche.

Faceva sul serio? Gli avevo chiesto di lasciarmi da solo, nel mio silenzio meditativo, e lui si stava impegnando a farmi incazzare di nuovo.

«'fanculo», sussurrai, alzando il busto lentamente. Strinsi i denti a causa delle fitte che avvertivo alle costole e mi misi seduto, respirando a fatica. Lanciai il sacchetto di ghiaccio sul tavolino basso, poi lasciai la sigaretta ancora fumante sul bordo del posacenere e mi alzai, premendo la mano sotto il pettorale destro. Per quale diavolo di motivo mio fratello si stava comportando in quel modo?

Aveva le mie chiavi, poteva tranquillamente entrare senza sottopormi alla tortura di alzarmi.

Arrancai fino alla porta e la spalancai, pronto ad aggredirlo.

«Ma che cazzo...» Mi fermai quando incontrai due occhi verdi e una chioma nera cascante in ciocche selvagge. Un corpo femminile e due gambe sinuose mi sorpresero sulla soglia. Il respiro venne meno e una fastidiosa sensazione di angoscia mi premette sul petto quando intuii che non stavo avendo un'allucinazione, ma che Megan Wayne era lì, di fronte a me.

Cosa ci faceva lì? Chi l'aveva fatta entrare nella nostra villa?

«Ciao, Miller.» Mi squadrò e fece una smorfia di disappunto quando notò il mio aspetto. «Se ti stai chiedendo come mai sono qui, ti rispondo subito: ho accompagnato Giulietta dal suo Romeo, perché le serviva un passaggio, così ne ho approfittato per farti una visita e vedere in che stato eri. Le voci corrono in fretta e all'università sono già partite le prime scommesse su chi di voi due sia ridotto peggio. Io avevo scommesso su Xavier, ma adesso, guardandoti...» Inarcò un sopracciglio e si soffermò sugli addominali, mentre io stavo proprio per chiederle di smetterla di osservarmi così. Noi due non dovevamo neanche stare soli in una stanza, non dovevamo avvicinarci né scambiarci una parola, soprattutto per il passato che condividevamo.

«Grazie per avermi informato, ma puoi andartene a 'fanculo. La strada è la stessa che hai percorso per arrivare fin qui.» Le indicai il cancello con il mento. Non stavo per niente scherzando, tanto che cercai di chiuderle la porta in faccia, ma lei intralciò il mio tentativo, bloccandola con entrambe le mani.

«Sii gentile per una volta, Miller, non sei nelle condizioni per atteggiarti da gangster.» Sorrise ed entrò con prepotenza nella mia dépendance; o meglio, avrei dovuto dire nel mio spazio personale, varcando il limite che con lei mi ero sempre imposto di non superare. Rimasi fermo sulla soglia e la guardai infastidito: non la volevo attorno, né tra i piedi, né ovunque ci fossi anch'io.

«Megan, non farmelo ripetere. Vattene», dissi con un tono misurato ma deciso.

Lei osservò il salotto, come se non le avessi appena intimato di andar via, poi si piegò in avanti per afferrare la mia sigaretta fumante dal posacenere e portarsela alle labbra, voltandosi verso di me.

«Qualcuno vi ha ripresi. Gli studenti oggi non hanno fatto altro che guardare il video e commentare quanto foste forti, esaltati e via dicendo...» disse in modo sbrigativo, sventolando una mano nell'aria. «Ma tu...» Fece un altro tiro dalla mia sigaretta, poi schiacciò il mozzicone nel posacenere, degnandomi della sua completa attenzione. «Ma tu non eri semplicemente furioso. C'era qualcos'altro nei tuoi occhi. Qualcosa che proveniva da qui dentro.» Si toccò con una mano il centro del petto e io richiusi la porta, arrendendomi all'idea che non se ne sarebbe andata. Avrei potuto afferrarla per un gomito e sbatterla fuori, ma in quel momento non ero né dell'umore adatto, né nelle condizioni fisiche per farlo.

«Cosa vuoi da me?» chiesi esasperato. Mantenni una certa distanza tra noi e mi avvicinai alla penisola, posandoci una mano. Avevo bisogno di stendermi, ma non volevo mostrarle alcuna debolezza.

Il giorno dopo sarei stato meglio, ma adesso sentivo la necessità di riposare, di spegnere il corpo e la mente.

Era sempre così dopo uno dei miei scatti d'ira.

Erano talmente intensi da sfinirmi, da rendermi debole e privo di forze.

In quell'istante, Megan analizzò il mio aspetto e questa volta non per osservare i lividi, ma per ammirare ogni angolo, ogni muscolo evidente, ogni rilievo naturale e linea definita.

Lo notai dal modo in cui le si accesero le iridi e dal modo in cui deglutì.

Forse lei ostentava una certa sicurezza, io, invece, la possedevo.

Lei si atteggiava da donna, io, invece, ero un uomo, e non solo a letto.

Non bastava che qualcuna fosse attraente per fottermi. Io ero calcolatore, ero scaltro, maligno e avrei fatto di tutto per capire il fine dei suoi atteggiamenti.

Per questo sospettavo che ci fosse qualcosa di strano dietro la sua inconsueta visita.

Ci eravamo sempre ignorati, mentre adesso sembrava che la mia salute mentale fosse diventata una priorità per lei.

«Allora?» la incalzai quando notai i suoi occhi puntati sulla mia zona pelvica, coperta dall'elastico della tuta nera. Non sapevo cosa stesse osservando: se il rigonfiamento tra le mie gambe, o il *Pikorua* sul fianco sinistro.

Forse si stava chiedendo dove finiva la punta del mio tatuaggio?

«Nel caso te lo stessi chiedendo, finisce sulla base del cazzo», la provocai e lei sussultò, poi portò subito gli occhi sul mio viso. «Ma mi dispiace per te. Non lo vedrai mai.» Con la mano sinistra abbassai appena l'elastico dei pantaloni, facendole sbirciare sotto, poi lo rialzai sul fianco e le sorrisi provocatorio.

Decisi dimetterla a disagio; sarebbe stato il pegno da pagare per aver invaso la mia privacy.

«Che tu abbia un bel corpo, lo sapevo già», ribatté, per niente imbarazzata. «Che il tuo tatuaggio finisse proprio lì, l'avevo intuito, ma preferisco il *Toki*.» Scrollò una spalla e spostò gli occhi sul maori del bicipite destro. Era la prima volta che mi vedeva seminudo, per questo stava cogliendo l'occasione per analizzarmi per bene.

I tatuaggi erano soltanto un diversivo per confondermi.

Io, però, ero troppo furbo, e neanche una sveglia come lei avrebbe potuto prendersi gioco di me.

Mi passai una mano tra i capelli, scompigliandomi nervosamente il ciuffo, poi tornai a concentrarmi su di lei e cercai di non perdere il controllo.

«Quindi, cosa vuoi?» Mi diressi verso il divano e lei indietreggiò.

Megan temeva la mia eccessiva vicinanza?

Quando le passai accanto mi accorsi che la mia stazza robusta la fece irrigidire e mi ricordai di quando un tempo, piuttosto che temermi, mi considerava un amico con il quale giocare in giardino, ignara quanto me di quello che poi sarebbe successo.

Mi sedetti, premendomi la mano sulle costole, e appoggiai la schiena sul tessuto soffice del divano, respirando profondamente.

Ormai stava diventando faticoso compiere qualsiasi insulso movimento.

«Non posso fare una visita di cortesia a un amico?» Rimase in piedi, di fronte a me, e la scrutai attentamente, osservando soltanto adesso il suo look. Indossava dei pantaloni neri a vita alta e una maglia corta, coperta da un cappotto lungo. Il seno alto e prosperoso era ben visibile, nonostante il suo tentativo di celarlo sotto quell'orribile cappotto, e le curve dei fianchi formavano una clessidra perfetta. Una sciarpa di lana le avvolgeva il collo e degli stivaletti alti, di pelle, slanciavano la sua figura. Era la seconda volta che mi ritrovavo a osservarla in modo così sfacciato, ma non provai alcun richiamo sessuale nei suoi confronti e ne fui felice. Nessuna parte del mio corpo esigeva le sue attenzioni, e questo denotava quanto fossi più forte io delle sue continue provocazioni.

«Io e te non siamo amici», misi in chiaro, tornando a guardarla negli occhi, e la sorpresi a fissarmi. Ero seduto sul divano, marchiato da tagli e lividi, eppure, lei mi stava guardando come se non avesse mai visto un uomo in tuta, a torso nudo.

«Potremmo sempre diventarlo.» Incrociò le braccia al petto e fece scoppiare una bolla con la gomma che non mi ero nemmeno accorto stesse masticando.

Il suo atteggiamento sfrontato era insopportabile.

«Mai. Non me ne frega un cazzo della tua amicizia.» Alzai la voce e, di nuovo, un'altra fitta di dolore mi fece reclinare la testa sul divano e inspirare a fondo. Guardai il soffitto e tentai di gestirmi.

Calmo, dovevo rimanere calmo.

«Oggi sei più irritabile del solito.» Si guardò attorno con fare annoiato e mi parlò con quella sicurezza che tentava di non perdere, solo per dimostrarmi di essere all'altezza di fronteggiare uno come me.

Iniziai a pensare a un modo per farla scappare via da me e dalla dépendance, e non mi fu difficile escogitare qualcosa di diabolico per ferirla.

«Ma ti senti? Mi parli come se davvero mi conoscessi», la derisi, tentando di non far caso al dolore che urlava il mio corpo. Megan smise di guardarsi attorno e puntò i suoi occhi verdi sull'espressione strafottente che avevo in viso.

«Sai cosa vedo quando ti guardo?» disse dal nulla, fissandomi dall'alto, come una strega pronta a lanciarmi addosso qualche malefico incantesimo. «Vedo un uomo che non riesce a combattere contro il suo passato, un uomo che ha annullato se stesso lasciandosi sopraffare dai ricordi, gli stessi che rivive andando a letto con donne diverse, nella convinzione che sia la soluzione a tutti i suoi mali. Vedo un uomo incapace di ammettere a se stesso che sta cercando di autodistruggersi, che usa il suo corpo come mezzo di comunicazione, soltanto per il timore che i sentimenti possano ferirlo. Vedo un uomo buono e intelligente, con indosso un'armatura che utilizza solo per celare le debolezze, perché in realtà è incapace di curarsi e soprattutto di amarsi.» Sollevò un angolo delle labbra con sfida e rimasi immobile a fissarla. Anche se tentavo di fingere il contrario, avevo afferrato al volo ogni parola del suo discorso e, odiavo ammetterlo, ma mi aveva colpito proprio nell'orgoglio maschile.

Un orgoglio che non permettevo a nessuno di calpestare.

Non pretendevo di essere compreso, ma odiavo essere giudicato.

Con una forza che inaspettatamente scorse dalle mie gambe fino al cervello, mi alzai in piedi, con la mano ferma sull'addome, e mi avvicinai a lei, torreggiando sul suo corpo.

Avevo capito le sue intenzioni: mi provocava per ottenere delle reazioni, e adesso avrei ricambiato nello stesso modo.

«Sai, invece, cosa vedo io quando guardo te?» mormorai con un timbro diabolico. Megan deglutì e finalmente potei notare tutte le sue finte sicurezze vacillare. Non mi accontentai: a breve le avrei completamente fatte crollare. Avanzai ancora di un passo fino ad allinearle il viso al mio petto e mi piegai appena per guardarla negli occhi; era lì che avrei colto ogni sua paura per colpirla e farle seriamente del male. «Vedo una donna che pensa di aver dimenticato il passato, ma che invece continua a portarne i segni addosso. Vedo una donna che non fa altro che vestirsi di nero, che coprire il suo corpo. Una donna che non ha relazioni con uomini da chissà quanto tempo perché è incapace di farsi toccare. Pensi che non ti abbia osservata in questi anni? Pensi che non abbia notato il tuo atteggiamento schivo e diffidente?» le sussurrai, senza distogliere lo sguardo dai suoi occhi che adesso erano torbidi e carichi di una rabbia fosca che stava cercando di controllare. «Da quanto non vai a letto con un uomo? Da quanto non hai una relazione normale? Quante notti hai trascorso sognando Ryan? Quante ancora ne trascorri immaginando le sue mani su di te?» le chiesi con finta curiosità e lei abbassò lo sguardo sul mio petto, fissandomi lì, piuttosto che in viso. «Puoi ingannare il tuo psichiatra e anche il mio, ma non me», conclusi. Un piccolo fremito delle sue spalle mi fece capire quanto erano state potenti le mie parole. Le avevo sbattuto in faccia la verità, una verità che nessun altro poteva capire meglio di me. Le sue paure emersero, ma soltanto per un breve istante; Megan le scacciò via subito, abbozzando un sorriso falso per nasconderle.

«Ti eccita colpire le persone nei loro punti deboli, vero?» Riacquistò subito la sicurezza e alzò il mento in segno di sfida, per farmi intuire che forse mi avrebbe concesso di vincere la battaglia, ma non la guerra.

«Tanto quanto a te eccita colpire me nei miei punti deboli», risposi a tono, facendo un passo indietro da lei, dal suo corpo e dal suo profumo.

Megan sorrise e mi guardò tutto dall'alto verso il basso, mantenendo in faccia un'espressione sicura che avrei voluto cancellarle a suon di schiaffi, se solo avessi potuto; poi avanzò verso di me e si alzò appena sulle punte per raggiungermi l'orecchio. In quell'attimo, il seno premette contro il mio torace e i fianchi combaciarono con i miei. Mi ritrovai così nello spazio tra le sue cosce che custodiva il sesso, ed ero certo che lei mi stesse sentendo allo stesso modo.

«Ti svelo un segreto», sussurrò sensualmente. «Sei indubbiamente un uomo difficile da gestire, Miller, ma io ho già vissuto l'inferno. Non ho paura di nessun diavolo, tantomeno di te.» Il calore del suo respiro mi accarezzò la spalla, poi lei si scostò dal mio orecchio e mi sorrise. Le guardai d'istinto le labbra piene e mi soffermai sul piccolo neo che, come un chicco di caffè, le punteggiava l'arco di Cupido superiore, rimarcando le sue origini spagnole. Dopo un istante, mi riscossi e feci un altro passo indietro, stabilendo la dovuta distanza tra noi.

«Non giocare con me, Megan, perché se iniziassi a giocare io, ti faresti molto male», l'avvertii deciso.

Era intelligente e avrebbe capito cosa intendevo.

Un sorrisetto derisorio incurvò le sue labbra, poi, senza aggiungere altro, lei si voltò, si incamminò risoluta verso la porta e andò via, lasciandomi lì, in piedi, a riflettere su quello che era appena successo.

8
Selene

L'amore non nasce come una malattia,
ma diviene malattia quando, non essendo
soddisfatto, diventa un pensiero ossessivo.
AVICENNA

NON facevo altro che pensare a Neil.

Da quando ero tornata da Coney Island, rivivevo dentro di me il momento in cui mi aveva sfiorata sulla porta, la lussuria che aveva risvegliato in me con il suo sguardo bruciante, il respiro caldo che si era intrufolato tra le mie labbra, portandomi a desiderare follemente le sue.

Se mi avesse baciata, io avrei ceduto, perché lo desideravo.

Era una sensazione nuova per me, non avevo mai provato una tale attrazione per nessuno.

Quando Bailey o Janel mi avevano parlato dell'esistenza dell'«attrazione fisica», avevo sempre pensato che non fosse reale, ma soltanto perché non l'avevo mai vissuta sulla mia pelle.

Adesso, invece, sapevo perfettamente di cosa stessero parlando.

Il tocco delle sue dita provocava sempre brividi incontrollabili sul mio corpo.

Attribuivo la colpa ai suoi occhi brillanti come l'oro ossidato e alla voce intensa e da uomo maturo, soltanto per scacciare dalla mente l'idea che Neil stesse diventando una vera dipendenza.

Dopo la confessione di Logan su Kimberly, qualcosa dentro di me era cambiato. Non riuscivo più a giudicare Neil o i suoi comportamenti, spesso inaccettabili, ma volevo essere solidale con lui, volevo stargli accanto, fargli capire che l'amore era totale accettazione dell'altro.

Avevo parlato di amore?

Sì, l'avevo fatto.

Benché non avessi la minima idea di cosa fosse l'amore, era l'unico sentimento che riuscivo ad associare al mio incasinato. Tuttavia, ero certa che anche in lui fosse cambiato qualcosa nei miei confronti. Non l'avevo mai visto così confuso. Di solito, Neil manifestava sempre una sicurezza, una dominanza, che avrebbe fatto impallidire qualsiasi altro uomo, ma non quella notte in spiaggia.

Quella notte mi era apparso spaesato, instabile, in lotta contro emozioni contrastanti che cercavano di uscir fuori. Lo avevo capito dai suoi occhi. Un po' avevo imparato a conoscerlo, a leggergli dentro, e anche quando si rifiutava di parlarmi, i suoi gesti, le espressioni, le varie intonazioni della voce mi comunicavano quello che provava.

«Tu sei il mio oltre».

Non sapevo esattamente come interpretare una confessione simile. Aveva pronunciato quelle parole in modo rabbioso, ma dentro di me le avevo percepite in maniera diversa.

Avevo avuto l'impressione che, a modo suo, mi avesse detto qualcosa di importante.

Ma cosa lo induceva a sfuggirmi continuamente? Perché era così terrorizzato da me?

Certo, Neil non era innamorato di me, neanche ci credeva all'amore, ma un sottile legame tra noi c'era.

E questo era innegabile.

Lui, però, era bravo a chiudersi in se stesso, a tenere per sé tutte le sue paure, perché non amava condividerle. In genere, nessuna donna riusciva a notarle, io invece sì, dato che era stato lui stesso a permettermi di sbirciare dentro la sua anima. E da allora, non facevo che chiedermi chissà cosa aveva vissuto con Kimberly, quante umiliazioni gli aveva inflitto, quanti colori aveva spento nella vita di un bambino al quale era stata negata l'infanzia.

Il mio cuore piangeva ogni volta che ci pensavo.

Tuttavia, oltre a tutto questo, c'era un altro problema: Mr. Incasinato era il figlio della compagna di mio padre.

Cosa sarebbe successo se Matt e Mia avessero scoperto di noi?

«Ehi, pianeta Terra chiama Selene.» Janel mi sventolò una mano davanti agli occhi assorti in pensieri cupi. Non avevo spiccicato una parola da quando eravamo entrate nel bar che frequentavo sempre con le mie amiche.

«Da quando sei tornata da Brooklyn, non fai altro che distrarti», mi redarguì Bailey, seduta proprio accanto a me. Non avevo raccontato nulla di ciò che era successo. Per qualche inspiegabile motivo, sentivo dentro di me la necessità di proteggere Neil, di custodire i momenti che avevamo condiviso in quella stanza e in spiaggia, e di preservare le confessioni di Logan.

Con Neil mi sentivo una farfalla.

Una piccola farfalla che, malgrado avesse un intero cielo nel quale librarsi in volo, sceglieva sempre di posarsi sul suo cuore, un fiore ormai danneggiato.

«È vero, sei diversa. Sembri...» Janel fece una pausa, bevendo il succo d'arancia dalla cannuccia, «...pensierosa», concluse.

Ruotai lentamente il cucchiaino nella tazza di caffè e fissai il liquido scuro all'interno, riflettendo.

«Che cos'è l'amore secondo voi?» chiesi d'un tratto e guardai entrambe le mie amiche, di cui notai l'espressione turbata.

Probabilmente non si aspettavano una domanda simile da parte mia. Io, del resto, avevo sempre evitato di affrontare discorsi di quel tipo.

«Ci sono tante definizioni dell'amore, ma l'unica certezza che abbiamo è che nessuno saprà mai cos'è davvero», rispose Janel per prima.

«È come un fulmine. Non sai quando ti colpisce fino a quando non lo senti qui.» Bailey si toccò il petto e le sorrisi, tornando a fissare la mia tazza. Con l'indice ne accarezzai il bordo mentre ragionavo sulle loro risposte.

«E secondo te cos'è invece?» mi chiese Janel e sollevai di scatto gli occhi su di lei. Aveva la fronte corrucciata e un palmo della mano sotto il mento. Non l'avevo mai vista così concentrata neanche all'università.

«Per me l'amore è...» mormorai un po' impacciata. Provavo sempre imbarazzo a esporre i miei punti di vista su tematiche così personali, ma ero stata io stessa a dare inizio a quella conversazione e confrontarmi con le mie amiche mi avrebbe solo aiutata.

«L'amore è quando vedi chi ami e ti sudano le mani, le gambe diventano improvvisamente molli e il cuore batte nello stomaco. Ti piace tutto di lui, anche il minimo dettaglio; persino l'imperfezione più impercettibile risulta la perfezione assoluta. L'amore è quando vedi nelle sue iridi l'universo intero e il mondo perde il suo senso. L'amore è quando senti il suo profumo anche mentre sei seduta su una panchina, in un parco, e sollevi lo sguardo dalle pagine del tuo romanzo, perché ti sembra che lui sia lì, attorno a te. L'amore è l'invasione del suo viso nei pensieri. Quando lui ti entra con prepotenza nella mente senza avere la minima intenzione di abbandonarla e, in quel microscopico frangente di tempo, tu sei altrove. L'amore è quando le giornate trascorrono lente se lui non c'è. Cerchi i suoi occhi in quelli degli altri, ma il colore dei suoi è troppo particolare, troppo raro, tanto da non poter appartenere a nessun altro. L'amore è mancanza di rancore e odio, nel bene e nel male. Trascini con il tuo amato la valigia del suo passato, per trasportarla insieme verso un futuro migliore. L'amore è quando accetti incondizionatamente l'altro, perché semplicemente... lo ami.»

Diedi voce a tutto quello che stavo provando in quel momento. Si trattava di emozioni così forti, così intense da essere incontenibili per me. Parlarne avrebbe dovuto alleggerirmi l'anima e, invece, non fece altro che confermare a me stessa quello che già sospettavo da tempo: io non ero solo attratta da lui, ma provavo sentimenti forti e incontrastabili.

Guardai Janel e Bailey ed entrambe mi stavano fissando completamente rapite dalle mie parole. Janel sorrise e sospirò sognante, posando il mento su entrambi i palmi.

«Wow», sussurrò come se avesse appena assistito a uno spettacolo incredibile.

«Se questo è l'effetto che provoca Neil Miller, vorrei conoscerlo anch'io», commentò invece Bailey. Nessuna delle due però sapeva che gli effetti che sortiva Neil erano tanti e non sempre positivi.

Come al falò, per esempio, dove mi aveva trattata con sufficienza riservandomi battutine pungenti che avrebbero fatto perdere la pazienza a chiunque.

Avevamo discusso con toni accesi e io avevo pianto davanti a lui, ma perché mi ero resa conto che Neil stava lottando.

Stava lottando contro se stesso.

Ci avevo impiegato troppo tempo per capirlo, però adesso non riuscivo a essere arrabbiata con lui, anche se agli occhi degli altri potevo risultare una ragazzina priva di orgoglio e dignità. Finalmente mi ero resa conto che per abbattere le tenebre che circondavano Neil le armi vincenti non sarebbero mai state né l'odio, né la lontananza da lui.

Avremmo dovuto volare insieme contro le avversità, proprio come facevano Peter e Trilli.

Tirai fuori in fretta il mio cellulare e, senza pensarci troppo, gli scrissi un messaggio.

Le dita tremarono sul display e dovetti rileggere per accertarmi che non ci fossero errori.

Ho capito qual è la risposta giusta.

Neil mi aveva chiesto qual era il posto in cui avrei voluto essere, proprio mentre stavamo in camera nella casa sul mare, e, anche se tardi, avevo intuito cosa intendesse.

Del resto, Neil non era solo complesso, era anche particolarmente profondo. Dietro ogni sua affermazione, infatti, celava sempre una parte di sé: per questo non sprecava mai le parole. Pertanto, spesso mi sentivo inadatta, non riuscivo a stargli dietro o a comprendere subito i suoi ragionamenti.

Guardai il display spento del cellulare, incerta. Forse Neil non avrebbe neanche risposto al messaggio; d'altronde sulla spiaggia mi aveva salutata declinando qualsiasi possibilità di un legame tra noi, ma ero certa di non essere l'unica a provare determinate emozioni quando eravamo così vicini, quando i nostri occhi comunicavano in modo silente, incomprensibile a molti.

In quel momento, Janel e Bailey ripresero a parlare tra loro. Percepii il nome di Tyler, sul quale la mia amica sembrava essere proprio fissata. Io, invece, non facevo altro che controllare il mio cellulare e pensare che Neil mi avrebbe considerato una pazza o, peggio, una ragazzina cotta di lui.

Quando il cellulare vibrò sulle mie cosce, sussultai.

Sbloccai lo schermo e lessi il suo messaggio.

Qual è, bimba? Rispose con quel nomignolo che adoravo.

Di solito lo diceva quando era di buon umore o quando tentava di sedurmi. Quindi non era arrabbiato con me? La sfuriata in spiaggia era stata dettata solo da un momento di... debolezza? Confusione?

Era contraddittorio quell'incasinato, e io stavo diventando come lui.

Un piccolo languore mi fece serrare le gambe al ricordo di tutte le volte in cui avevo ceduto alla lussuria, ma i sensi di colpa erano svaniti. Completamente spariti.

L'Isola che non c'è. Vorrei essere lì con te e so che lo vorresti anche tu. Sorrisi appena perché adoravo provocarlo.

Non sei arrabbiata per le cose che ti ho detto?

Eccolo, il Neil bambino che tentava di sfuggirmi in tutti i modi, ma io ormai avevo capito il suo gioco. In passato, non mi era mai capitato di incontrare un uomo come lui, per questo all'inizio era stato piuttosto facile per lui manovrarmi.

Avevo riflettuto a lungo sulle sue parole.

Se avesse vissuto un'altra vita, avrebbe lottato per una come me.

In realtà, non aveva le forze per combattere guerre impossibili, perché lui pensava che io lo avrei giudicato, pensava che tutte le donne fossero come Kimberly, pensava che ogni donna lo avrebbe usato solo come un oggetto. Viveva chiuso nelle sue convinzioni e privava se stesso dei lati belli della vita. E quelli esistevano, anche se ben nascosti. Del resto, la felicità esisteva per tutti, bisognava solo cercarla.

Lo sono ancora, ma ti ho perdonato, scrissi.

Non ti chiederò scusa. Rispose subito come se stesse aspettando il mio messaggio. Forse aveva il cellulare sotto gli occhi, esattamente come me. Forse anche a lui stava battendo il cuore, forse anche a lui mancavo, ma non me l'avrebbe mai detto.

Non pretendo che tu lo faccia. Digitai di fretta.

Non volevo le sue scuse, chiaro segno che stavo imparando a comprenderlo. I suoi atteggiamenti erano solo un modo per depistarmi, per farmi desistere dall'idea di conoscerlo meglio, di scoprire più cose di lui. Neil aveva capito che intendevo leggergli nel profondo e stava cercando di difendersi da me.

Penso ancora quello che ti ho detto. Non può funzionare tra noi. Mise in chiaro con la sua solita schiettezza.

Mi accigliai nel leggere quelle poche righe. Si stava riferendo all'impossibilità che le cose ritornassero come prima, anche se nessuno dei due sapeva con esattezza decifrare il rapporto che avevamo condiviso a New York.

Tuttavia, anche se eravamo distanti e conducevamo due vite opposte, non eravamo riusciti a dimenticare nulla.

Soprattutto, non eravamo riusciti a dimenticarci.

Poco dopo mi alzai dal tavolo, stringendo in mano il cellulare, pagai, poi seguii le mie amiche fuori dal bar, ma la mente rimase ancorata alla chat con Neil. Facevo tutto in maniera meccanica. Annuivo a Janel, rispondevo distrattamente a Bailey, ma in realtà speravo soltanto di rimanere sola per poter tornare a parlare con lui.

Era anche questo uno degli effetti collaterali dell'amore?

Ciò che pensi, però, non è ciò che vuoi davvero, ribattei ancora.

Forse stavo esagerando, ma Neil aveva la capacità di essere terribilmente presuntuoso e arrogante. Era convinto di sapere tutto, che vietarsi di instaurare rapporti umani con le persone fosse la soluzione ai suoi problemi e, soprattutto, di non essere meritevole di ricevere sentimenti veri e puri.

Era convinto di essere sbagliato, di essere lui il mostro.

Perché ci ero arrivata così tardi?

Perché nessuno, tantomeno lui, mi aveva mai raccontato qualcosa del suo passato.

Non sempre ciò che si vuole corrisponde alla cosa giusta. Altra risposta negativa.

Salutai le mie amiche e imboccai la strada per tornare a casa. Camminavo e alternavo lo sguardo dal cellulare al marciapiede. Ogni tanto incespicavo sui miei stessi passi, perché distratta dalla nostra conversazione. Non capitava sempre di poter parlare con Neil, anche se in quel momento era presente solo virtualmente, così colsi l'occasione per godere appieno della sua momentanea loquacità.

Non sempre la cosa giusta corrisponde a ciò che è meglio per noi stessi. Digitai con entrambi i pollici, determinata più che mai a vincere quella guerra intellettuale. Non era scontato, però, che ci riuscissi: Neil era tanto intelligente quanto testardo; non era facile piegarlo alla volontà altrui, neanche per motivi plausibili.

E cosa pensi che sia meglio per te? Domandò e mi fermai in un punto imprecisato del marciapiede. Con una mano sistemai la sciarpa attorno al collo, perché faceva particolarmente freddo e l'aria densa pungeva sul viso, come una lama tagliente. Una donna che teneva per mano una bambina mi passò accanto con il volto intirizzito e mi resi conto che anche le dita che stringevano il cellulare erano congelate, ma pur di portare avanti quel dialogo con lui, non avrei indossato i guanti.

Stare con te. Confessai e inviai senza riflettere.

Non sapevo se la mia potesse considerarsi una vera e propria dichiarazione d'amore, a ogni modo, mi pentii subito di averla scritta. D'improvviso, il freddo circostante fu sostituito dal calore che emanavano le mie guance. Ripresi a camminare e mi morsi il labbro inferiore, stringendomi nel cappotto lungo. Scossi la testa per l'assurdità appena commessa. Neil non mi avrebbe più risposto. Quante donne, più attraenti, più esperte e capaci, aveva attorno? Tante.

Non avrebbe mai scelto me, non avrebbe mai perso tempo con una ragazzina.

Neil credeva che non fossi capace di gestirlo e a volte lo pensavo anch'io, ma qualcosa dentro di me scacciava via quei dubbi, perché io lo avrei accettato per quello che era.

Il cellulare vibrò e lessi subito. Non mi aspettavo una risposta e invece…

Ti ho già concesso di stare con me.

Ringhiai per la rabbia. Ecco Neil cosa intendeva per stare insieme: condividere il letto.

La sua mente era proiettata soltanto su una relazione sessuale, niente di più.

Nella sua testa io e lui eravamo stati insieme. Il suo corpo era stato solo una giostra sulla quale mi aveva concesso più di un giro, mi aveva fatto giocare e adesso sarebbe stato il turno della prossima.

Neil era incredibile da ogni punto di vista e possedeva un'anima profonda e una mente brillante.

Comunicava solo attraverso il sesso, si esprimeva tanto con la fisicità e le donne, ammaliate dalla sua potenza e dalla sua prestanza, non comprendevano quello che, in realtà, nascondeva dietro lo sguardo enigmatico e il sorriso seduttore.

Avevo commesso anch'io lo stesso errore, ma ora sapevo che era stato trattato come un oggetto da bambino e che anche adesso, considerava se stesso un oggetto, perché era convinto di non poter donare nient'altro.

Non mi riferivo al sesso. Digitai, con le dita quasi prive di sensibilità a causa del freddo.

Come avrei potuto farglielo capire?

Non era semplice cambiare il suo modo di pensare. Neil ci era cresciuto per una vita intera.

Un quarto d'ora dopo arrivai a casa, ancora in balia dei miei pensieri.

In tutto quel tempo, lui non aveva più risposto, e me lo aspettavo.

Attraversai il vialetto principale e sollevai una mano per salutare la signora Kamper, la mia vicina, mentre si dirigeva verso la sua auto. Le sorrisi, ma un improvviso capogiro mi indusse ad afferrarmi subito alla balaustra del portico. I battiti cardiaci aumentarono e delle forti scosse di dolore alla testa mi fecero serrare gli occhi e inspirare profondamente. Ormai mi capitava sempre più spesso di soffrire di vertigini o emicranie.

Avevo già informato la dottoressa Rowland e lei mi aveva garantito che non era preoccupante, ma si trattava solo dei sintomi post-traumatici del mio incidente.

Infilai il cellulare nella tasca del cappotto e mi presi qualche minuto prima di fare gli ultimi passi che mi avrebbero condotta alla porta d'ingresso.

Il senso di angoscia tornò a premermi sul petto, perché il mio corpo spesso era debole, la notte dormivo poco e i mal di testa erano frequenti. In realtà non sapevo con chi parlarne, a parte la dottoressa, né come affrontare la situazione. Cercavo di nascondere la sofferenza per non allarmare mia madre, così tentavo di superare da sola i momenti peggiori, che spesso si manifestavano senza alcun preavviso durante le giornate.

Una volta che mi fui calmata, entrai in casa e mi stampai un sorriso di circostanza sul viso.

«Mamma, sono tornata.» Posai la borsa accanto al mobiletto d'ingresso e sfilai il cappotto per posizionarlo ordinatamente sull'attaccapanni. Quando mi voltai verso il salotto, mi accorsi, però, della presenza di uno sconosciuto, e la mia finta espressione gioiosa cedette il posto alla totale confusione.

«Oh, ciao, tesoro.» Mia madre era in piedi, bella come sempre, a intrattenere in modo gentile quello che supposi fosse un ospite. Avanzai verso di lui e alternai lo sguardo dall'uno all'altra. Mi soffermai proprio sul viso dell'uomo che non dimostrava più di quarant'anni. Aveva due occhi grigi particolarmente intensi e una chioma nera, sistemata in modo ordinato. La mascella era regolare e coperta da uno strato di barbetta scura, il naso dritto e le labbra sottili ma sensuali. Il completo elegante antracite richiamava il colore delle sue iridi, e il corpo era slanciato ma magro. Aveva un fascino tutto suo, ed era il tipo di uomo al passaggio del quale qualsiasi donna si sarebbe voltata, perciò sospettai subito che a mia madre potesse piacere.

«Lei è tua figlia?» La voce, bassa e graffiante, mi fece bloccare a poca distanza da lui. Qualcosa mi indusse a studiarlo, guardinga.

«Sì, Anton. Ti presento Selene.» Mia madre mi sorrise e tentai di ricambiare, celando il mio evidente stupore.

«Piacere di conoscerti, Selene. Sono Anton Coleman.» L'uomo mi porse la mano e, dopo aver indugiato qualche istante, gliela strinsi.

«Bene, Judith, come sempre il tempo con te scorre troppo velocemente, ma ho degli impegni inderogabili a cui dedicarmi.» Dopo un breve cenno nella mia direzione, Anton si avviò verso la porta, accompagnato da mia madre, mentre io continuavo a osservarlo. I due si salutarono e, quando lei chiuse la porta e mi guardò, sfilai la sciarpa e la lanciai sul divano.

Poi le chiesi senza alcun indugio: «Devi dirmi qualcosa?» Mia madre sapeva che avrei accettato un altro uomo nella sua vita – mio padre aveva voltato pagina ed era giusto che lo facesse anche lei –, ma probabilmente temeva ugualmente la mia reazione. Dal canto mio, ero molto protettiva e gelosa nei suoi confronti, anche se non avevo mai condizionato la sua vita o le sue scelte. Dovevo ammettere, però, che quello era un bel cambiamento anche per lei. Dopo il divorzio, infatti, non aveva avuto più alcuna relazione. Sosteneva che gli uomini fossero tutti uguali e inclini a far soffrire le donne, pertanto mi chiedevo cosa l'avesse indotta a cambiare idea.

«È solo un collega», si giustificò subito, dirigendosi in cucina, con l'intenzione di sfuggire alle mie domande.

«Ha dei bellissimi occhi, il nostro Anton», la presi in giro, seguendola fino alla penisola. Mia madre si voltò di spalle e iniziò a spostare cose a caso sul bancone, fingendo di riordinarle.

«Mamma», la richiamai, sedendomi su uno sgabello. «Mamma», ripetei e lei si voltò, posando le mani sui fianchi. Aveva le guance arrossate per via dell'imbarazzo e gli occhi carichi di una luce nuova.

«Selene, te l'ho detto, è un mio collega. E poi è troppo giovane», farfugliò, agitando una mano.

«Quanti anni ha?» chiesi incuriosita, trattenendo una risata.

«Quaranta», ribatté; aveva solo quattro anni meno di lei.

«Cosa ci faceva qui?» Tentai di metterla a suo agio, mostrandole un sorriso. Non volevo che pensasse di non poterne parlare con me. Ero sua figlia e la complicità era sempre stata una caratteristica del nostro rapporto.

«Avevo dimenticato la mia agenda in aula ed è stato così gentile da riportarmela», rispose, ma qualcosa non quadrava. Innanzitutto, era degno di nota il fatto che Anton sapesse dove abitavamo e, in secondo luogo, mia madre era arrossita, di nuovo.

«Mmh, capisco», dissi. «Quindi è un professore anche lui?» Lei annuì. «Vi sentite? Uscite insieme? Raccontami tutto», insistei, e in quell'istante intuii che i messaggi che mia madre leggeva spesso, con un'espressione sognante, erano proprio di quell'uomo. Quindi, il mio iniziale sospetto che tra loro ci fosse qualcosa fu confermato.

«Siamo usciti insieme una sola volta, nel periodo che tu hai trascorso a New York», iniziò. «Non c'è stato nulla tra noi», mise subito in chiaro per scacciare via qualsiasi mio dubbio. «Sono stata solo con tuo padre, insomma lui è stato il mio primo amore, e non è facile legarsi a qualcun altro. Per giunta, alla mia età...» disse con un pessimismo che non apprezzai per niente. Mia madre era una donna colta, intelligente e affascinante. Nonostante il passar del tempo, la sua bellezza non era affatto sfiorita; inoltre, possedeva valori unici e qualità che avrebbero sicuramente colpito qualsiasi uomo.

«Be', conoscilo, vedi come va. Mi fido di te mamma e delle

tue scelte. So che farai la cosa giusta.» Le diedi chiaramente la mia benedizione, e fui contenta di leggere nei suoi occhi una speranza tacita.

Dopodiché, parlammo per un'ora intera di Anton Coleman.

Mia madre mi raccontò ogni dettaglio del loro primo incontro, e di tutti i pregi che l'avevano ammaliata sin dal primo istante. Mi disse anche che sarebbe stata molto razionale e che avrebbe riflettuto a lungo sull'idea di iniziare o meno una vera relazione; a ogni modo, per il momento si sarebbe presa del tempo per approfondire quella piacevole conoscenza.

Continuai a farle domande e ad ascoltarla, fino a quando mia madre non deviò l'attenzione su un altro argomento, decisamente meno entusiasmante: Matt Anderson.

«Chiamalo. Ti ha cercata al cellulare e ha detto che non gli hai risposto. Vuole parlarti.» Mia madre mi porse il suo cellulare e mi incitò a richiamare Matt. Okay, avevamo trascorso una giornata intera insieme, gli avevo fatto anche un regalo creato con le mie mani, ma per me rimaneva ancora *Matt Anderson padre stronzo*, anche se l'astio nei suoi confronti era leggermente diminuito.

«Forza.» Mi sorrise e alzai gli occhi al cielo, afferrando controvoglia il telefono.

Mi alzai dallo sgabello e camminai verso la finestra del salotto, poi avviai la chiamata, mentre mia madre iniziava a preparare la cena.

«Selene», rispose al secondo squillo, come se stesse proprio aspettando di sentirmi. Sospirai e osservai il giardino curato di casa nostra, riflettendo su cosa dirgli per non risultare scontrosa.

«Ciao, Matt. Mi cercavi?» Non fui gentile, ma neanche eccessivamente brusca.

«Sì, volevo proporti di venire qui da me, questo sabato», disse di getto, senza alcuna esitazione. Corrugai la fronte, perché non mi aspettavo affatto una cosa del genere. Voleva che andassi da lui per trascorrere altro tempo insieme? Lì, nella villa dalla quale ero scappata l'ultima volta?

Il tepore dei ricordi che associavo a quella casa mi scaldò le guance e non solo.

Dio, dovevo ragionare lucidamente.

«Ne ho già parlato con tua madre. Pagherò io il tuo biglietto aereo e chiaramente verrò a prenderti all'aeroporto. Cosa ne pensi?» aggiunse con entusiasmo e mi soffermai a pensarci.

Neil non aveva più risposto al mio messaggio e aveva troncato la nostra conversazione come era nel suo stile.

Come sempre, decideva tutto lui. Il suo lato da dominatore a volte lo apprezzavo, altre volte lo detestavo.

Nonostante questo avrei potuto accettare di tornare a New York, non solo per Matt, ma anche per rivedere Neil.

Arrossii.

Il vero problema era: *lui avrebbe voluto rivedere me?*

Avremmo di nuovo condiviso la casa e la famiglia. Tuttavia, il nostro rapporto aveva preso una piega decisamente negativa dopo il mio incidente, quindi, tornare forse non era la decisione migliore.

Non volevo stargli addosso, non volevo opprimerlo o soffocarlo.

Avevo capito il suo carattere, Neil era uno spirito libero, fortemente indipendente e ribelle.

Sarebbe scappato ancora e il mio intento non era quello, ma…

«Selene? Ci sei?» Matt mi riscosse e mi schiarii la voce.

«Sì», dissi, incerta.

Non volevo tornare a New York né rimettere piede in quella villa, eppure l'idea che avrei anche rivisto gli occhi dorati di Neil, sentito il suo profumo, percepito la sua presenza nella stanza accanto mi provocò una scossa potente al petto che mi fece vacillare in cerca d'aria.

Dovetti afferrarmi a qualcosa per non cedere alla fulminea spossatezza che aveva infiacchito il mio corpo al solo ricordo delle sue mani su di me, della bocca impudica, della passione ardente, della dominanza a letto e…

«Quindi verrai?» insisté mio padre, allarmato dal mio silenzio, mentre io tentavo di riconnettermi alla realtà.

Avrei rifiutato, il mio sarebbe stato un «No» deciso. Non sarei riuscita a vivere con Neil, non ora che avevo scoperto di provare per lui dei reali sentimenti. Se avesse portato nella sua stanza Jennifer o una delle tante bionde, io avrei dovuto sentire o vedere quello che combinava, avrei sofferto e pianto di nuovo.

No.

Scossi la testa velocemente.
Non potevo tornare lì.
Un momento, non avevo detto di poter gestire uno come lui?
Sì, l'avevo detto, ma la paura tornava spesso a tormentarmi.
Avevo paura di ciò che sentivo quando mi guardava o quando mi sfiorava in quel modo esperto e sicuro di sé. Avevo paura delle emozioni che suscitava dentro di me anche solo il timbro della sua voce.
Iniziò quindi una lotta interiore tra la ragione e il sentimento. A un no seguiva un sì, e viceversa.
Ci pensai ancora qualche istante e, quando mio padre mi richiamò ancora, questa volta spazientito, l'istinto prevalse.
«O-okay», accettai.

Ero agitata, terribilmente agitata al pensiero di rivedere Neil.
Da quando avevo accettato la proposta di Matt, non avevo fatto altro che pensare continuamente a lui.
Lo vedevo nella mia testa, come se fosse reale, come se ce l'avessi davanti.
Non avrei mai potuto dimenticare quegli occhi enigmatici, soprattutto non dopo il nostro incontro in spiaggia.
Mi sentivo spogliata di ogni sicurezza, vulnerabile e debole.
Debole accanto a lui.
Neil era proprio un chiodo fisso, il suo viso era una meravigliosa immagine che come le onde del mare si allungava e si ritraeva. Il suo ricordo era un lento e continuo tormento, una nostalgia triste ma anche ardente, che velava, opacizzava gli altri pensieri, lasciando ben pochi spazi liberi a qualcosa che non fosse lui.
A tutto ciò si aggiungeva il senso di colpa nei confronti della nostra famiglia; quando, infatti, rammentavo che Neil era il figlio maggiore della compagna di mio padre, quando realizzavo davvero quanto fosse sbagliato desiderare di baciarlo, quell'immagine diventava come un vento fragoroso che invadeva le mie giornate col suo frastuono e sminuiva qualunque altra preoccupazione, perché il suo unico pensiero diventava un rimbombo del quale volevo liberarmi.

Trascorsi i cinque giorni prima della partenza in balia di queste sensazioni.

Cinque dannati giorni a riflettere sulla possibilità di inventare una scusa qualunque per non andare da Matt. Salvo poi cambiare idea di nuovo.

«Come sei pensierosa.» Mia madre entrò in camera mia mentre ero seduta di fronte allo specchio della toeletta a pettinare i capelli. Avevo coperto ancora una volta la cicatrice con la frangia lunga, e adesso stavo cercando di districare i fastidiosi nodi sulle punte. «Vieni qui», disse con dolcezza. Si sedette sul mio letto e picchiettò una mano accanto a lei. La raggiunsi reggendo la spazzola e gliela porsi; già sapevo che avrebbe voluto occuparsi lei della mia chioma lunga e indomabile. Così, mi sedetti e sospirai.

«Ricordo ancora quando ti pettinavo i capelli da bambina.» La voce di mia madre sopraggiunse, come una dolce melodia, alle mie spalle sul letto a baldacchino, i cui tendaggi color avorio contornavano le nostre figure.

Il mio sguardo era rivolto verso la finestra ad arco dinanzi a me, mentre la luce calda e soffusa della lampada posata sul comodino illuminava lievemente le pareti chiare della mia stanza, nella quale due piccoli pouf delimitavano gli angoli dell'enorme armadio in rovere fresato.

«Lo so… mi facevi andare a scuola con quelle treccine perfette ma imbarazzanti», brontolai, poi abbassai lo sguardo sulle gambe penzolanti oltre il bordo del letto, coperte da un semplice pigiama.

«Ehi, non offendere il talento di tua madre. Ti stavano benissimo», mi ammonì sarcastica spazzolandomi i capelli. Mi rilassai sotto il suo tocco delicato e amorevole. «Devi ancora raccontarmi di Coney Island, hai sempre deviato il discorso. Sono certa che tu abbia molto da dirmi», affermò incuriosita.

Mi aveva chiesto più volte come avessi trascorso quei due giorni con Matt e la sua famiglia, ma avevo sempre evitato di parlarne. Mia madre mi conosceva benissimo e temevo che, in qualche modo, potesse capire quello che le nascondevo su Neil.

Un segreto del quale né lei né mio padre erano a conoscenza. E che non avrebbero dovuto sapere mai.

«Non c'è molto da dire. Matt non è bravo in cucina, sai? Ha

carbonizzato le uova e abbiamo preferito mangiare un hot dog al *Nathan's*.» Sorrisi e voltai appena la testa per guardarla, ma lei mi fece girare e tornai nella posizione iniziale, mentre la sua mano continuava a dedicarsi ai capelli con delicatezza. «Selene, una madre sa tutto prima ancora che sua figlia ne parli...» commentò, facendomi corrugare la fronte. Questa volta non mi girai nella sua direzione, rimasi, invece, ferma e rigida ad ascoltarla. «Posso raccontarti una storia?» chiese, con un tono amorevole.

«Non credi che io sia troppo grande per le favole che mi raccontavi da piccola?» tentai di sdrammatizzare, celando quanto mi sentissi inspiegabilmente nervosa.

«Infatti.» Continuò a spazzolare. «Ho detto che ti racconterò una storia, non una favola», specificò.

La confusione mi aleggiò nella testa, così le scoccai una rapida occhiata e lei accennò un sorriso dolce. «C'era una volta...» iniziò, ma la interruppi subito.

«Ecco, con 'C'era una volta' cominciano le favole.» Alzai gli occhi al cielo e lei sospirò.

«Allora diciamo che questa è una favola un po' diversa dalle altre.» Si schiarì la voce e riprese da dove l'avevo interrotta «C'era una volta una principessa, distesa su un letto spoglio, dopo essere caduta in un sonno profondo. La sua pelle chiara ricordava il candore della neve bianca e le labbra carnose il rosso porpora di una ciliegia.» Afferrò la mia mano e ne accarezzò il dorso con il pollice; mi voltai verso di lei e fu allora che gli azzurri dei nostri occhi si rimestarono fra loro. «Ma la principessa non era da sola. Un cavaliere dall'aspetto misterioso e affascinante trascorreva con lei tutto il tempo e ne scaldava il corpo freddo come il sole venuto a splendere sulla neve per scioglierla lentamente. Il cuore di quel giovane, però, era uno scrigno segreto, del quale nessuna fanciulla possedeva la chiave. Molti avevano paura di lui perché non aveva di certo l'aspetto di un brav'uomo...» Scosse la testa e mi sorrise, cullandomi con la sua voce. «Non era gentile o cortese, anzi, era burbero e spesso arrogante, tanto che nessuno sapeva cosa celava nei meandri dell'anima. I suoi occhi erano i figli del buio e il suo spirito era prigioniero delle tenebre», continuò, fissando le nostre mani congiunte, poi sollevò appena un angolo delle labbra come se stesse ricordando qualcosa di bello.

«Mamma, non capisco. Cosa stai cercando di dirmi?» mormorai pensierosa, inclinando appena la testa di lato.

«Un giorno, però, nella stanza spoglia...» continuò, ignorando la mia domanda. «Guardò la principessa come se fosse la creatura più bella che avesse mai visto. Poi si accovacciò accanto a lei e le prese la mano, fissandole rattristato il viso e le palpebre spente», sussurrò, inumidendosi il labbro carnoso e roseo. «Posò la mano sul suo petto e, approfittando del sonno della fanciulla, le disse ciò che provava, ma che la sua mente temeva di confessare. Aprì infatti per lei lo scrigno segreto che era il suo cuore, rivelandole che cosa ci fosse dentro.» Sollevò gli occhi e li inchiodò nei miei, e tutta la mia attenzione fu catturata dalla sua storia.

«E cosa c'era dentro?» chiesi curiosa, aggrottando la fronte.

«I mostri contro i quali stava lottando. I mostri dai quali voleva proteggere la principessa, anche a costo della sua stessa vita, i mostri da distruggere per poter vivere i suoi sogni, magari con lei», rispose e mi scostò una ciocca di capelli dietro l'orecchio. Deglutii e mi smarrii nelle sue parole, parole che, per di più, avevo già sentito.

Da qualcuno, da qualche parte, ma non ricordavo quando.

«Il cavaliere apparentemente brusco e irascibile, aveva infatti un cuore immenso, una forza insormontabile, un animo nobile, ma nessuno cercava di guardare oltre l'oscurità che aveva negli occhi. Custodiva dentro di sé il vero amore, pur non conoscendone il significato. Era necessario, però, che, una volta sveglia, la principessa fosse abbastanza forte da aiutare il suo cavaliere a vincere la battaglia, che entrambi si unissero contro le tenebre per poterle distruggere una volta per sempre, solo così sarebbero arrivati insieme al vero amore, che spesso si nasconde nel buio, dietro un mantello nero e dietro due occhi misteriosi che sembrano non avere nulla da donare. Tieni bene a mente questo, Selene; i veri sentimenti sono impercettibili e silenti, nascosti dietro un gesto, una parola, una carezza.» Mi sorrise e mi accarezzò una guancia; io, invece, rimasi attonita, a riflettere sulle sue parole.

«Perché mi hai raccontato questa storia?» le chiesi, visibilmente provata dal turbinio di emozioni che avevo dentro.

«Perché non bisogna scappare da ciò che ci fa paura, o da chi ci fa paura.» Si alzò dal mio letto e la guardai, ancora.

«Ricorda, Selene, una madre sa tutto prima ancora che sua figlia ne parli», aggiunse, poi mi tirò un buffetto sul naso e uscì dalla stanza. Una volta sola, le guance mi presero fuoco quando capii che forse mia madre aveva intuito qualcosa.

Si stava riferendo a... Neil?

No, mi riscossi.

Come poteva saperlo?

Riflettei sul suo racconto. Io avevo paura di lui? Sì, benché lo desiderassi con tutta me stessa, temevo l'effetto destabilizzante che sortiva su di me.

Quel ragazzo aveva un potere tanto magnifico quanto spaventoso sulla mia razionalità, mi faceva perdere il controllo di me stessa e mi trascinava in un vortice di emozioni.

Forse mia madre l'aveva capito, ma come?

Tentai di dormirci su, ma un forte mal di testa, insieme allo stato di ansia, mi impedirono di chiudere occhio.

Il mattino seguente sarei partita e avrei rivisto il mio incasinato.

Al solo pensiero le gambe tremavano e il cuore...

Il cuore urlava il suo nome.

9
Selene

La passione è l'ossigeno dell'anima.
Bill Butler

Il mattino dopo arrivò troppo in fretta.

E Matt fu di parola: venne a prendermi dall'aeroporto e insieme raggiungemmo la sua villa.

Tornare lì provocava sempre le stesse sensazioni: ansia, stupore e curiosità.

Sì, curiosità, perché quella casa a tre piani, elegante e curata nei minimi dettagli architettonici, sembrava all'apparenza un castello incantato, che di incantevole, però, non aveva proprio nulla.

All'interno delle sontuose mura imperavano solo il mistero e i segreti.

Quando vi entrai, trascinando con me un trolley, inspirai il profumo di vaniglia che indicava l'estrema cura dell'abitazione.

I lampadari di cristallo brillavano, contrastando con il marmo argenteo virante all'oro che adornava pavimenti e pareti.

«Signorina Selene, che piacere rivederla. Come sta? Ho saputo del suo incidente.» La governante Anna mi abbracciò e subito prese il mio trolley per portarlo di sopra.

«Bene, signora Anna, grazie.» Le sorrisi e lei mi stampò un tenero bacio sulla guancia. Il suo sguardo indugiò sulla mia fronte. Malgrado avessi optato per la frangia come rimedio per coprirla, la cicatrice era lì, a ricordarmi cos'era successo. La signora Anna, però, era discreta, perciò non mi fece domande a riguardo.

«Anna, accompagni Selene in camera e avvisi i ragazzi del

suo arrivo.» Mio padre mi posò una mano sulla spalla e mi incitò a seguire la donna di sopra.

Percorsi l'enorme scalinata di marmo con il fiato sospeso; ero tremendamente agitata, anche se cercavo di nasconderlo. Non avevo più sentito Neil dopo il nostro fugace scambio di messaggi, così la mia opportunità di convincerlo a valutare le cose in maniera diversa era sfumata nel nulla. Ancora una volta, mi trovai a pensare che quell'uomo era terribilmente testardo ed esasperante, quindi non sarebbe stato facile fargli capire che io non volevo soltanto il suo corpo. Per giunta, avrei dovuto stare attenta a non fargli intuire che sapevo di Kimberly. Altrimenti, non solo avrei perso la fiducia che Logan aveva riposto in me, ma avrei anche rischiato di allontanare Neil completamente.

Dovevo attendere che fosse pronto a parlarmi lui del suo passato; forse non l'avrebbe mai fatto, ma una parte di me sperava ancora che lui decidesse di confidarsi e di aprirsi senza alcuna reticenza.

Per lui sarebbe stata una grande svolta e io avrei avuto modo di scalfirgli l'anima gelida per trasmettergli un calore umano.

Quel tipo di calore che c'entrava poco con il sesso e che forse nessuna gli aveva mai concesso o che, forse, Neil si era sempre negato di ricevere, per punirsi.

Punirsi per ciò che aveva subìto, perché si considerava colpevole.

«Grazie, signora Anna.» Le sorrisi quando mi lasciò sola di fronte alla porta della mia stanza, per permettermi di fare un bagno e di cambiarmi dopo il viaggio. La osservai andar via e i miei occhi si spostarono istintivamente sulla stanza accanto, quella di Neil. La porta era aperta. In pochi passi mi accostai allo stipite, sul quale posai una mano tremante. Il letto era intatto.

Le lenzuola erano pulite e profumate, tanto che ne sentii l'odore anche a distanza. Tutto era in ordine, impersonale, freddo, come se la stanza fosse ormai inutilizzata. Aggrottai la fronte.

Aveva trascorso la notte fuori?

Non c'era da stupirsi, d'altronde ero certa che Neil non avesse per niente cambiato le sue abitudini, anche se…

Ricordavo che solitamente preferiva portare a casa le sue amanti e non trascorrere mai la notte da loro. In realtà, nell'ultimo periodo aveva anche smesso di condurle nella sua stanza. Ero abbastanza sicura di questo, dato che l'avevo osservato parecchio nel nostro periodo di convivenza ed ero convinta che fosse proprio così. Prima della mia partenza per Detroit, non era più accaduto di sentire i familiari gemiti femminili o rumori sospetti dalla sua camera, come, invece, era successo le prime settimane di permanenza lì.

«Eccola, è arrivata!» urlò qualcuno, interrompendo il corso dei miei pensieri.

Non ebbi neanche il tempo di voltarmi che mi ritrovai davanti Alyssa, super eccitata; mi si tuffò addosso facendomi barcollare sulle gambe.

«Non ha fatto altro che chiedermi quando saresti arrivata. Potrei davvero diventare geloso di te.» Logan sopraggiunse dietro la sua fidanzata e si scompigliò il ciuffo folto con un sorriso ironico.

Alyssa, nel frattempo, se ne stava avvinghiata a me tanto che riuscivo a malapena a respirare.

«Dio! Ti trovo benissimo!» Mi scosse dalle spalle e mi guardò tutta. «Cos'hai fatto ai capelli? E che fisico! Sembri diversa, ma sei uno schianto. Wow!» Mi abbracciò ancora e io sorrisi a Logan che intanto aveva sollevato gli occhi al cielo.

«Alyssa, dacci un taglio», brontolò, poi l'afferrò per un braccio e si avvicinò a me, scrutandomi attentamente. «Sul fatto che tu sia uno schianto, concordo pienamente con la mia ragazza.» Mi diede un bacio sulla guancia e mi abbracciò con affetto. Logan era sempre stato molto fraterno con me. Non avevo mai provato disagio o imbarazzo con lui. Dopo la chiacchierata a Coney Island, sentivo che la nostra complicità era persino aumentata. Si era fidato di me e di questo ero onorata.

Non l'avrei mai deluso.

Dopo i saluti, scendemmo per il pranzo e, come d'abitudine quando vivevo lì, ci accomodammo ognuno al proprio posto. Mi sedetti accanto a Chloe e mi stupii io stessa della naturalezza con cui lo feci. Avevo l'impressione di non essere mai andata via. Mi sembrava che anche lì, a New York, nella nuova famiglia di Matt, avessi trovato un posticino per me.

«Quindi le emicranie sono ancora molto frequenti?» Mia mi guardò preoccupata mentre sorseggiava del vino. Nel frattempo

Anna si apprestava a girare per il tavolo, accertandosi che le pietanze fossero tutte di nostro gradimento; Logan e Alyssa, invece, stavano battibeccando su qualcosa che non riuscii a comprendere.

«Sì. La mia dottoressa sostiene che ci voglia del tempo per superare appieno il trauma.» Abbozzai un sorriso rassicurante e mi guardai attorno nell'attesa di veder sbucare Neil.

Dove diavolo era?

Da un lato speravo che il nostro incontro avvenisse il più tardi possibile, dall'altro avevo un'enorme voglia di rivederlo.

Per un istante, un attimo fugace, il mio cervello si divertì a farmi percepire nell'aria il suo profumo di muschio, ma sapevo che si trattava soltanto di una percezione surreale, frutto della mia immaginazione.

«Ti ha prescritto dei farmaci?» chiese Chloe, incuriosita; mi ridestai dai miei pensieri e mi voltai verso di lei. I suoi occhi grigi mi sondarono in attesa di una risposta e io scossi la testa.

«Solo nel caso in cui sia necessario.» Prendevo più che altro vitamine e analgesici solo quando i dolori alla testa erano particolarmente intensi.

«Be', il fatto che l'edema si sia del tutto riassorbito è stata una grande fortuna. Il cranio è una delle parti più delicate del corpo umano e...» Matt si fermò appena percepì la porta d'ingresso sbattere violentemente. Sobbalzammo tutti.

Dei passi decisi mi fecero subito intuire chi fosse arrivato.

Neil irruppe nella sala da pranzo e, quando lo vidi, smisi di respirare.

Sembrava furioso.

Il maglione nero evidenziava il modo in cui il petto si sollevava a ritmo con il suo respiro affannato. I jeans chiari, invece, avvolgevano le gambe sode e rigide. Neil riusciva a trasmettere tanto con il corpo e, in quel momento, incombeva nella sala con tutto il suo metro e novanta di rabbia, senza che avesse ancora pronunciato una sola parola. Ognuno di noi smise di fare qualsiasi cosa. Tutti i nostri occhi furono calamitati su di lui e solo in quel momento mi accorsi di un livido violaceo che gli punteggiava l'angolo del labbro inferiore e parte del sopracciglio.

Sembravano i segni di una rissa pregressa.

Cosa gli era successo?

Nonostante il suo aspetto malandato, sentii dentro di me un languore indomabile e un fuoco che ardeva sulla pelle. Mi bastava guardare i suoi occhi tanto spettacolari per cadere vittima dei desideri più dissoluti.

Era bellissimo anche così: arrabbiato, sfatto e tutto in disordine.

Soprattutto nella sua mente.

Il disordine c'era soprattutto nella sua mente.

Avanzò verso di noi, in poche falcate, e mi venne voglia di scappare via come una vigliacca, perché sapevo che di lì a poco sarebbe successo qualcosa di negativo.

Neil si fermò e rimase immobile a osservarci, poi sollevò una mano nella quale reggeva il suo bloc-notes.

«Chi cazzo ha strappato i miei disegni?» Il timbro forte e furente ci fece sussultare.

Con un verso rabbioso, si passò una mano sul viso e tra i capelli castani.

Sembrava confuso, sofferente e instabile.

Molto instabile.

«Neil, di cosa stai parlando?» Fu Mia la prima ad avere il coraggio di controbattere. Nessun altro riuscì a farlo, perché Neil, in quel momento, sembrava capace di fare qualsiasi cosa.

«Chi cazzo ha strappato i miei dannati disegni?» ripeté la domanda con una rabbia spaventosa, tanto da gelarmi il sangue. Percepivo la tensione del suo corpo, come tutti del resto, e probabilmente nessuno sapeva come gestirlo. Lui, dal canto suo, guardò ognuno di noi, poi il tavolo, senza soffermarsi su niente in particolare.

Il suo cervello sembrava incapace di catturare realmente gli oggetti sui quali i suoi occhi si stavano posando.

Io, invece, rimasi ferma, decisa a non muovere neanche un muscolo.

Ero spaventata.

«Chloe», disse lui. «Sei stata tu?» La collera aveva contratto i lineamenti del viso, rendendolo tenebroso e intimidatorio. Soltanto un pazzo non avrebbe avuto paura di lui, in quel momento. Sua sorella mi strinse la mano sotto il tavolo e io la guardai. Stava tremando. Aveva gli occhi sgranati e il respiro ansante. Scosse piano la testa e Neil spostò lo sguardo su Logan. Accanto a lui, Alyssa era pallida mentre il suo fidanzato le teneva un braccio sulle spalle, per tranquillizzarla.

«Neil, perché dovremmo strappare i tuoi disegni?» Logan si alzò in piedi lentamente, misurando ogni suo gesto, anche il più impercettibile, e Neil gli fissò le mani guardingo.

Sembrava un animale selvaggio sulla difensiva, pronto a sbranare chiunque avesse fatto un passo falso verso di lui.

Logan alzò le mani in segno di resa, un gesto che aveva fatto anche in passato, fuori dal *Blanco*, per indurlo a gettare via una scheggia con la quale si stava lacerando il palmo della mano.

«Non dovete toccare le mie cose», sibilò Neil, abbassando il braccio con il quale reggeva il bloc-notes. Logan annuì e si allontanò dal suo posto per avvicinarsi a lui.

«Neil, solo tu hai accesso alla dépendance. Disegni lì, ultimamente. E poi, nessuno di noi farebbe una cosa simile.» Logan avanzò ancora, a passo lento. Mia tentò di non piangere, ma le sfuggì un singhiozzo che attirò l'attenzione di Neil. Mentre la guardava, un'espressione crudele gli si impresse sul viso e lei abbassò gli occhi, incapace di sostenere la serietà agghiacciante di suo figlio.

«Neil, cerca di tornare in te, per favore.» Logan gli parlò con la solita calma e indulgenza. Pochi passi ancora e lo avrebbe raggiunto, ma si fermò a breve distanza da lui, forse per chiedergli il permesso di proseguire. Neil lo guardò diffidente e indietreggiò; non voleva che suo fratello gli si avvicinasse, era chiaro.

«Okay, mi fermo qui», ribatté Logan, decifrando il suo sguardo schivo. «Posso… posso vedere cos'è successo?» Allungò un braccio nella sua direzione con il palmo della mano aperto, rivolto verso l'alto. Gli occhi dorati di Neil scesero a fissarlo, ma ancora una volta non sembrò propenso a una forma di comunicazione normale. Sembrava un bambino impaurito, ma anche un uomo pericoloso. La sua stazza imponente sovrastava quella di Logan e le spalle larghe manifestavano una forza incontrastabile.

La sua fisicità era tutta un fascio di muscoli e nervi scattanti, le vene sui dorsi delle mani evidenziavano la rabbia in espansione che stava tentando di reprimere, in qualche modo.

Scosse la testa e, di nuovo, si toccò i capelli nervosamente.

Un gesto che faceva sempre quando era agitato.

«Me ne vado… io… io… me ne vado», farfugliò confuso. Fece un passo indietro e inspirò a fondo.

«Neil…» Logan lo richiamò, ma suo fratello fuggì via in tutta fretta, uscendo dal salotto.

Neil aveva un carattere estremamente insondabile e troppo spesso imprevedibile.

Non era facile capirlo, né gestirlo.

L'unico che riusciva a leggergli dentro era Logan, ma in quell'istante neanche lui sembrava capace di calmarlo.

Quando Neil se ne andò, nessuno di noi commentò quello che era successo.

Eravamo tutti troppo scossi e senza parole.

Alla fine del pranzo, mi rifugiai in camera e iniziai a parlare con Alyssa. Scoprii, allora, che lei non sopportava Neil, ma di questo Logan non ne era al corrente, perché Alyssa temeva di perdere il suo ragazzo se lui avesse scoperto della sua antipatia verso il fratello maggiore.

«Secondo me è completamente fuori di testa.» Fece roteare un indice all'altezza della tempia e io le scoccai un'occhiata dallo specchio. Mi stavo pettinando i capelli, e Alyssa stava parlando di Neil.

«Non sappiamo che cosa lo abbia indotto a essere così», risposi seccata. Mi infastidiva il modo leggero che stava usando per esprimersi su Neil. Primo, lo conosceva a malapena; secondo, un istinto primordiale mi induceva a difenderlo a spada tratta, soprattutto ora che sapevo una parte della verità.

Io stessa avevo sbagliato a definirlo «malato» e non facevo altro che pentirmene tutti i giorni.

«Capisco perché le ragazze dell'università si accontentino di essere soltanto scopate da lui. Insomma… da uno come Neil ci si può aspettare solo quello. Dicono che a letto sia una bomba», commentò disinibita, poi si guardò le unghie laccate di rosso, mentre se ne stava semisdraiata sul mio letto. Anche se avevo raccontato ad Alyssa molto di me e Neil, non avevo mai parlato delle sue qualità amatorie. In passato aveva tentato di farmi vuotare il sacco, ma ero stata molto vaga. Sapevo, quindi, che il suo era solo un modo per spingermi a rivelarle altri dettagli.

Inoltre anche Alyssa, come tutte, stava commettendo l'errore di valutarlo solo per il suo aspetto fisico. Neil, però, non era solo quello che mostrava.

Non era solo un bel corpo, un viso mascolino e una personalità complessa.

Era molto di più.

«Non è un oggetto.» Smisi di pettinarmi i capelli e passai al make-up. Non capivo perché, ogni volta che c'era lui nei paraggi, mi veniva la strana voglia di truccarmi. Dato che i foruncoli dell'adolescenza erano ormai spariti e la mia pelle era liscia e luminosa, di solito non necessitavo di nulla, se non della mia crema al cocco che applicavo ogni giorno.

«A tal proposito, come procede tra voi?» Alyssa mi guardò incuriosita, mentre tentavo di infoltire le ciglia lunghe con un po' di mascara.

«Non procede.» Sospirai, ma evitai di dirle quello che era accaduto a Coney Island.

Se le avessi confessato che Mr. Incasinato mi aveva trattata male e respinta, mi avrebbe considerata una stupida che ancora gli correva dietro. A volte lo pensavo anch'io, poi però riflettevo su quello che Neil aveva vissuto durante la sua infanzia e la rabbia cedeva il posto alla comprensione.

«Immaginavo», mormorò Alyssa. «L'ho visto spesso con Jennifer durante la tua assenza», aggiunse. Io mi fermai e rimasi immobile con il mascara sospeso a mezz'aria, lo sguardo puntato su di lei dal riflesso dello specchio. L'avevo sempre sospettato che Jennifer fosse tornata in auge, ma averne l'assoluta certezza fece male. Mi voltai verso Alyssa e tentai di respirare. La gelosia mi serrò i polmoni. Lo stomaco, invece, mi provocò una nausea terribile.

«Dove?» chiesi con un filo di voce. Volevo proprio farmi del male, non c'era altra spiegazione. Alyssa si morse l'interno della guancia e mi osservò mortificata. Si stava pentendo di avermelo detto.

«Basta parlare di lui. Forza!» Si alzò di scatto dal mio letto e si incamminò verso di me, bella come sempre. A volte ammiravo il suo essere così affascinante e sicura di sé. «Perché stasera non esci un po' con noi?» Mi afferrò per le spalle e mi scosse animatamente come faceva sempre quando voleva convincermi ad accettare le sue proposte.

«Per fare da terzo incomodo mentre tu e Logan vi scambiate coccole e bacetti? No, grazie», la presi in giro e lei inarcò un sopracciglio con disappunto.

«Oh, andiamo. Non ti abbiamo mai fatta sentire di troppo», brontolò ed era vero, ma non volevo rovinare la sua serata con Logan. Erano una coppia e, se avessero voluto cambiare i loro programmi per trascorrere qualche ora in totale intimità, io sarei stata d'intralcio, perciò non volevo risultare invadente.

All'improvviso, qualcuno bussò alla mia porta ed entrambe voltammo il viso verso Logan che, senza neanche attendere un nostro invito, aveva fatto capolino dalla soglia e stava sbirciando dentro.

«Eccoti qua. Ci avrei scommesso che ti avrei trovata in questa stanza.» Sorrise ed entrò.

«Stavo cercando di convincere Selene a uscire con noi, stasera.» Alyssa posò le mani sui fianchi e tentò di includere anche il suo ragazzo nell'ardua impresa di farmi cambiare idea.

«Sono perfettamente d'accordo con te. Selene, pronta alle nove e non trovare scuse», mi ordinò Logan, facendomi alzare gli occhi al cielo, poi si avvicinò ad Alyssa e le avvolse i fianchi con un braccio. Si lasciò andare a qualche effusione e le sussurrò qualcosa all'orecchio; la sua ragazza ridacchiò con malizia e ammiccò. «Ecco, intendevo proprio questo quando ho detto che non volevo fare da "terzo incomodo".» Arrossii e sgattaiolai fuori dalla mia stanza prima di assistere a qualcosa di molto più imbarazzante. Sbuffai e mi diressi in cucina con il pensiero di Neil che ancora mi vorticava nella testa. Dopo la sua sfuriata era sparito, forse era uscito o forse si era rifugiato in dépendance.

Chi lo sapeva?

Forse la governante avrebbe potuto essermi d'aiuto a riguardo.

Dopo aver preso dalla dispensa un pacco di pistacchi sgusciati, che sapevo piacergli molto, uscii dalla cucina e individuai la signora Anna, in salotto, concentrata a lucidare l'argenteria. La raggiunsi.

«Signora Anna, sa dov'è Neil?» le chiesi senza tanti giri di parole, facendola voltare verso di me. Mi guardò con un'espressione benevola e mi sorrise quando notò cosa stringevo in mano, poi indicò con il mento il giardino.

La ringraziai e uscii.

Sfregai le mani sulle braccia coperte da un semplice maglioncino bianco. L'aria era fredda e avevo dimenticato di indossare un cappotto. Il sole era già calato e mancava solo un'ora alle nove; in teoria, avrei dovuto prepararmi per uscire con Logan e Alyssa, ma decisi in quel momento che avrei inventato una scusa qualsiasi per declinare l'invito.

Non ero in vena di feste o locali.

Presa la mia decisione, mi guardai attorno in cerca del mio incasinato, ma di lui non c'era neanche l'ombra. Le chaise longue a bordo piscina, dove spesso fumava, erano tutte vuote.

Mi accigliai, ferma in un punto casuale del patio esterno, e spostai lo sguardo sulla dépendance. La luce era accesa, questo significava che…

Lui era lì.

Un'improvvisa agitazione mi fece tremare le gambe. Non conservavo ricordi positivi di quel posto, soprattutto perché Neil era solito recarsi lì per trascorrere del tempo con le sue amanti.

Ricordavo bene i due episodi ai quali avevo assistito e non avrei di certo voluto ripetere la stessa esperienza.

Sospirai, indecisa sul da farsi. Dopotutto, sapevo che era furibondo e volevo soltanto metterlo di buon umore. Ma un momento.

Chi mai della famiglia avrebbe potuto strappare i suoi disegni?

Era impensabile una cosa del genere, eppure qualcuno lo aveva fatto, scatenando la sua furia.

Senza quasi accorgermene, arrivai preoccupata davanti alla porta della dépendance; alzai una mano chiusa a pugno pronta per bussare e avvertirlo della mia presenza, ma tentennai.

E se mi avesse aperto una Jennifer in lingerie sexy o, ancor peggio, nuda?

Abbassai lentamente la mano, facendo un passo indietro, perché sapevo che non ce l'avrei fatta a tollerare una visione simile.

Tra l'altro, la mia delusione sarebbe stata evidente, forse avrei anche pianto e la stronza avrebbe riso di me.

No, era stata decisamente un'idea stupida cercarlo.

Dovevo andarmene.

Fissai la bustina di pistacchi che reggevo in mano, per lui, e mi sentii davvero piccola.

Una bambina che tentava di fare la donna con un uomo che portava dentro di sé l'inferno. Mi ritrovai in preda a uno di quei momenti in cui alternavo l'assoluto coraggio alla totale insicurezza.

Inspirai a fondo, cercando di riappropriarmi di tutte le convinzioni che mi avevano spinta a tornare a New York, seppure per un solo weekend. Ci riuscii e bussai.

Furono tre colpi deboli e rapidi, e dentro di me sperai che lì dentro non ci fosse nessuna donna. Mi sentii patetica e l'attesa che ne conseguì fu più terribile che mai.

Quanto tempo era passato? Due, tre, quattro secondi? Eppure sembrava un'eternità.

Chinai le spalle e stavo per andare via quando…

La porta si aprì e Neil, in boxer neri, mi si parò davanti.

Sprigionava una bellezza rara e un erotismo così intenso da annullare la mia capacità di parlare.

Schiusi le labbra nell'intenzione di dire qualcosa, qualsiasi cosa, ma quel corpo seminudo fu una distrazione troppo forte. Non riuscii a spiccicare una parola, ma in compenso gli occhi mi si posarono su ogni parte di lui, finendo sull'unico indumento che indossava.

Mi costrinsi a sollevare lo sguardo sul suo viso e lo sorpresi a fissarmi.

La mia anima fu risucchiata dalle iridi dorate e mi sentii inesorabilmente debole.

Deglutii, ma la lingua impastata e la gola secca mi impedirono ancora di pronunciare tutto il discorso che avevo preparato.

Un guizzo della sua mascella e la tensione dei muscoli mi fecero capire quanto fosse ancora arrabbiato. Avevo sbagliato a raggiungerlo, me ne resi conto troppo tardi.

Voleva starsene da solo, o forse avevo interrotto qualcosa con una delle sue bionde e lo avevo infastidito.

«Ehm…»

Dai Selene, puoi fare di meglio, pensai.

Abbassai il mento sulla bustina di pistacchi che stringevo fra le dita, poi tornai a guardarlo.

«Posso entrare?» aggiunsi incerta. Non era esattamente questo che avevo in mente di dirgli, ma almeno ero riuscita a parlargli. In quell'istante, mi resi conto di un dettaglio importante: Neil era stato l'unico a ignorarmi e a non darmi il benvenuto che tutta la sua famiglia mi aveva calorosamente concesso. A pranzo non mi aveva neanche guardata.

Sapeva del mio ritorno?

Sapeva che avrei trascorso due giorni lì?

Supponevo di sì, perché Matt era solito avvisare sempre del mio arrivo, dato che non riusciva mai a contenere l'entusiasmo.

Eppure Mr. Incasinato non aveva considerato la mia presenza.

Cercai di tenere a bada la preoccupazione e mi concentrai su Neil, che mi osservò tutta, dall'alto verso il basso. Non riuscivo mai a capire se mi apprezzava o meno, era bravo a nascondere qualsiasi cosa stesse pensando. Dopo un attimo eterno, si accostò di lato e mi fece capire la sua risposta tacita: «Sì, puoi entrare».

Lo feci. Lo feci senza rimuginarci troppo. Tuttavia, mi fermai dopo pochi passi e sentii la porta sbattere dietro di me. Sussultai e deglutii a vuoto.

Nella dépendance non c'era nessuno.

Tutto era perfettamente al suo posto.

Il silenzio avvolgeva entrambi.

Annusai l'aria e...

Niente odore fruttato di Jennifer. Niente odore di sesso.

Neil era solo e una parte di me esultò, oltre a sentirsi sollevata.

A quel punto, quando lo avvertii incombere dietro di me, mi voltai verso di lui. Gli guardai le linee delle spalle larghe, le braccia allenate che sprigionavano una virilità incredibile, poi i pettorali definiti. Il suo corpo era cambiato: sembrava persino più possente, più vigoroso.

Aveva aumentato per caso gli allenamenti?

Lo ammirai ancora, come se non potessi proprio farne a meno, e mi accigliai quando notai un livido violaceo all'altezza delle costole.

Era un vero ematoma che si espandeva in una macchia evidente e scura.

Chi glielo aveva fatto? Cos'era successo?

Mi avvicinai di qualche passo e allungai una mano verso di lui. Neil non si negò al mio tocco, tutt'altro. Così, con le dita gli sfiorai delicatamente il punto ferito e il suo addome ebbe un sussulto di dolore.

Una volta che la fitta fu scomparsa, accarezzai la pelle liscia e calda. Mi soffermai sulla differenza di colore tra noi. La mia mano era pallida, bianchissima se paragonata al suo torace ambrato, dalla carnagione abbronzata e luminosa.

Tutto il suo corpo era una corazza perfetta che Neil usava come arma di seduzione.

«Ti sei medicato? È un brutto livido.» Continuai a sfiorarlo e lui respirò piano dal naso. Dovetti sollevare il viso per guardarlo negli occhi. Mi stava fissando e ancora non mi aveva detto nulla, forse perché non aveva voglia di parlarmi. Mi morsi il labbro inferiore, imbarazzata più che mai, e gli porsi timidamente la bustina di pistacchi. «Ti ho portato questi. Ho notato che ti piacciono, sai?» sussurrai, fissandolo di nuovo in quelle iridi luminose. Neil osservò la mia mano e, per un attimo, pensai che avrebbe fatto una sfuriata. Forse ero stata troppo invadente, con lui non ero mai certa di nulla.

Inaspettatamente, però, afferrò la bustina. La guardò qualche istante accigliato, senza farmi capire se fosse contento, sorpreso o irritato, poi la lanciò sul divano lasciandomi sconcertata.

Il mio gesto non gli era piaciuto.

Era stata una pessima idea andare lì da lui; addirittura si stava rifiutando perfino di parlarmi.

Scossi la testa e cercai di superarlo, ma non ebbi il tempo di farlo perché Neil, con la sua solita dominanza, mi prese il viso con entrambe le mani e mi fermò.

Puntò i suoi occhi nei miei, e capii all'istante cosa avrebbe fatto di lì a poco. Nonostante la sfuriata di prima, con lui mi sentivo sempre protetta. Percepivo il suo calore, il suo desiderio e tanto bastava per farmi sciogliere nelle sue mani.

Si leccò il labbro inferiore e inspirò a fondo, poi chiuse e riaprì le palpebre. Sembrava che stesse riflettendo e lottando contro qualcosa di incontrastabile. C'erano così tante cose nei suoi occhi, cose che Neil non mi avrebbe mai detto, ma che avrei ugualmente tentato di cogliere.

Il mio cuore iniziò a battere lì, nello stomaco; mi sentii in balia di lui, non solo fisicamente, ma anche mentalmente. Mi era entrato nell'anima, ormai gli appartenevo.

Era sempre la fine, per me, quando mi guardava in quel modo.

Lussurioso, arrabbiato, fragile e confuso.

Neil riusciva a essere tutto e l'opposto di tutto nello stesso momento.

Con un gemito esasperato si arrese ai suoi desideri. Si piegò per raggiungermi le labbra e mi baciò con urgenza.

Premette con forza la bocca sulla mia e la percepii calda e carnosa, decisa ma sofferente.

Chiuse gli occhi e lo stesso feci anch'io.

Avevo fame di lui.

Avevamo entrambi fame, fame di baci, di morsi, di lingue, di carezze, di abbracci.

Fame di sesso, di amore, di sogni, di emozioni, di parole non dette. Ma Neil interruppe subito il contatto tra noi, restando tuttavia ancora troppo vicino a me. Lo guardai confusa e gli infilai una mano dietro la nuca per accarezzarlo. Non si era preso tutto quello che voleva, ma nei suoi occhi luccicanti vidi ciò che stava provando.

Lo stavo provando anch'io.

Quelle stesse emozioni che provavamo a volte ci allontanavano, altre volte ci calamitavano l'uno verso l'altra come se non potessimo farne a meno.

Con una mano, Neil mi sfiorò la coscia e sussultai, poi sorrise compiaciuto, e proseguì deciso.

Non si sarebbe fermato.

Risalì sul fianco, poi dietro il sedere.

I polpastrelli seguirono delicatamente la linea della schiena facendomi inarcare ed espirare l'aria. Si fermò sulla curva del collo e il suo palmo mi circondò interamente la nuca. Il pollice corse ad accarezzarmi le labbra e i suoi occhi indugiarono lì. Mi stava fissando la bocca come se fosse qualcosa di nuovo per lui.

Ne tracciò i contorni e io gli baciai il polpastrello, senza mai abbassare lo sguardo.

Avrei voluto dirgli tante cose, ma non serviva parlare in quel momento.

Forse per la prima volta eravamo strettamente connessi tra noi, e le parole erano superflue.

Si avvicinò ancora, il suo respiro mi sfiorò il viso e le labbra toccarono le mie un'altra volta.

Fu un contatto leggero, accennato, come un battito d'ali. Ma risvegliò in me la voglia di ricevere di più.

Di sentirlo dentro di me, nell'anima.

Mugolai infastidita, quando si allontanò e sorrise superbo. Neil si stava proprio divertendo a sedurmi, ecco cosa stava facendo. Mi faceva credere che mi avrebbe baciata sul serio, in modo rude e carnale, e invece desisteva per farmi impazzire.

«Smettila», mormorai a bassissima voce. Lui si avvicinò ancora e mi leccò le labbra con la punta della lingua. Le gambe divennero deboli e dovetti afferrarmi ai suoi fianchi per non rovinare al suolo. Le scariche d'eccitazione mi inturgidirono i capezzoli, i brividi mi percorsero le braccia e la testa girò.

Il suo sapore era afrodisiaco, maschile e intenso.

Mi umettai le labbra per assorbirlo tutto, e chiusi perfino gli occhi per gustarlo lentamente.

«Impaziente?» La voce baritonale, e leggermente rauca, mi indusse a guardarlo in viso.

Quanto era meraviglioso con quell'espressione da bastardo pronto a farmi perdere la testa?

Sì, ero impaziente di averlo. Anzi, di avere tutto di lui: non mi sarei accontentata solo del suo corpo.

Mi misi in punta di piedi per raggiungere la sua bocca e Neil non si tirò indietro.

Infilò una mano tra i miei capelli e li strinse in un pugno, tirandoli appena. Provai un leggero dolore e serrai i denti, ma amavo il modo violento e dominante con cui mi toccava.

«Direi parecchio impaziente. Bentornata, Trilli», sussurrò con un sorriso sensuale, poi si avventò su di me come un animale e mi baciò. E questa volta lo fece con tutto il fuoco che gli bruciava dentro.

Liberò la sua vera essenza, quella avida e possessiva, impudica e libidinosa.

Con un movimento morbido e rapido, la sua lingua mi invase e mi incitò a reagire quando incontrò la mia.

Finalmente riconobbi il vecchio Neil e soprattutto la vecchia me.

Quella che faticava a tenere il passo con il suo modo di baciare troppo vorace ed esperto.

Come un tempo, mentre lui mi stringeva i capelli e continuava ad assaporarmi con forza e passione, io non riuscivo a respirare.

Era sempre stato così.

Lui si imponeva su di me e mi stordiva.

Nel frattempo, con l'altra mano mi palpò il sedere e mi spinse verso di sé. Percepii l'erezione contro l'addome e strinsi le cosce per contrastare il languore che sentivo nel mezzo.

Intanto, la sua lingua inviava scosse elettriche ovunque e mi mandava in cortocircuito il cervello.

Ne volevo sempre di più.

Sentivo tutta la sua potenza maschile, la sentivo sulle labbra, sulle mani che mi accarezzavano, nella tensione dei suoi muscoli.

Senza smettere di baciarci, cominciammo a indietreggiare, la sua prestanza era inesorabile e le ondate di desiderio mi indussero a gemere.

Dio, quanto lo volevo.

Lo stomaco si contorse, il petto si strinse e la bramosia crescente divenne insostenibile.

Neil, però, sembrava ancora lucido, per niente affannato. Anzi, aveva pieno controllo di sé, anche se mi era chiaro che bramasse spogliarmi e prendersi tutto ciò che ero pronta a cedergli.

Mi aggrappai ai suoi fianchi e lui mugolò quando le mie unghie gli si conficcarono nella pelle.

Era colpa sua, solo sua, dei suoi baci, del suo profumo, del suo essere così desiderabile, così magnifico. Era colpa sua se mi ipnotizzava e se risvegliava una parte di me che stentavo a riconoscere.

Era colpa sua se io me ne ero… *innamorata.*

Neil ricadde all'indietro sul divano e mi portò con sé. Mi ritrovai a cavalcioni sul suo bacino, l'erezione turgida tra le cosce, una sua mano sul sedere, l'altra che stringeva in un pugno stretto i miei capelli. Lo toccai a mia volta, lo venerai tutto. Gli accarezzai i bicipiti sodi, le spalle virili, poi scesi sui pettorali e, quando erroneamente gli toccai le costole, Neil strinse gli occhi e smise di baciarmi.

Emise un gemito di dolore e inclinò la testa all'indietro, cercando di respirare.

«Oh, cielo, scusa», sussurrai mortificata, con le labbra gonfie e doloranti. Stavo sudando e avevo il cuore che pulsava nelle tempie. Riportai le mani sul suo viso e gli sfiorai la mascella punteggiata dalla barba corta che gli donava tantissimo.

Le sue dita scivolarono sui miei fianchi e gli occhi dorati si aprirono lentamente per tornare da me.

Neil non stava bene e l'espressione sofferente era un chiaro segnale del suo malessere fisico.

«Cos'è successo?» chiesi, infilandogli le dita nel ciuffo, per sistemarlo come piaceva a lui. Una ciocca gli era caduta sul sopracciglio ferito, fino alla palpebra, celando una parte dell'occhio, così la scostai con l'indice. Stranamente, lui non mi fermò. Mi permise di toccarlo, senza obiezioni. Gli accarezzai i capelli più corti sulle orecchie, mentre Neil mi osservava serio, accettando quelle carezze.

«Per quanto tempo resterai?» domandò, leccandosi il labbro inferiore. Osservai il movimento della sua lingua e lo considerai seducente da morire. Poi sbattei le palpebre inebetita. Dovevo darmi un contegno.

Perché mi faceva un effetto simile?

«Due giorni», risposi e d'istinto gli accarezzai il sopracciglio livido, poi guardai ogni linea del suo viso: il naso dritto e simmetrico, le labbra carnose e sensuali, gli occhi allungati e grandi, che, malgrado potessero sembrare freddi, per me erano i più espressivi che avessi mai visto.

Sembrava surreale che soltanto qualche ora prima Neil vivesse nella mia immaginazione e che adesso, invece, fosse lì, con me.

Era tutto reale e non un sogno.

In quell'istante, avevo rimosso le sue parole taglienti, i gesti irrispettosi e le mancanze di rispetto, perché in fondo sapevo che potevo essere l'unica capace di accettarlo per quello che era davvero, se solo me ne avesse dato modo.

Mi toccò i capelli e lasciò scorrere le dita fino alle punte.

«Sono diventati lunghissimi», disse pensieroso, guardando la sua mano, anziché me. Poi lasciò cadere i fili castani oltre il seno e giocò con una ciocca, rigirandola tra l'indice e il medio.

«Sì.» Sorrisi. I suoi occhi puntarono le mie labbra e di nuovo indugiarono lì, più del solito.

«Non tagliarli», ordinò e il cuore mi scoppiò nel petto. Gli piacevano i miei capelli. Non era un vero complimento – non me ne avrebbe mai fatto uno in maniera esplicita –, ma avevo capito il suo modo di esprimersi e di dire le cose. Dovevo cogliere i segnali muti che amava lanciarmi. Stavo per provare a chiedergli il perché di quella richiesta, ma Neil mi afferrò per la nuca e si avvicinò. Il suo respiro caldo mi colpì le labbra e deglutii agitata, tremando a causa del desiderio che scorreva irrefrenabile nelle mie vene.

«Mi piacerebbe mostrarti perché mi piacciono così lunghi, ma al momento non posso.» Lo disse in tono rabbioso ma seducente, poi attenuò la presa su di me e sospirò stanco.

Aveva detto «non posso», non «non voglio».

Avrei voluto tanto chiedergli il motivo delle sue parole, poi intuii il perché a un uomo potessero piacere così lunghi e inevitabilmente arrossii.

«No, non arrossire, cazzo», disse severo, posando una mano tra i nostri corpi, precisamente sui boxer. Guardai dapprima il tatuaggio sul fianco sinistro, poi aggrottai la fronte quando notai la sua erezione, scura e gonfia, sbucare oltre l'elastico stretto. Neil si mosse sul divano e tentò di sistemarsi. Così pensai che non doveva essere semplice per lui sopportare un rigonfiamento così possente e ostinato. Poi, come sempre, mi imbarazzai al pensiero che fossi stata proprio io a provocargli una reazione simile.

Per la prima volta provai il desiderio irrefrenabile di assaggiare il suo sapore, come non era mai successo.

Arrossii ancora più violentemente; del resto, non mi era mai venuta l'idea di fare una cosa del genere con un uomo, e sapevo anche che non avrei mai avuto il coraggio di proporgliela.

«Perché sei imbarazzata? A che pensi?» Neil mi scostò una ciocca di capelli dietro l'orecchio e sollevai lo sguardo su di lui.

Come faceva ad avere quell'assurda capacità di leggermi dentro?

Mi schiarii la gola e mi spostai sulle sue gambe, indietreggiando un po'. Avevo bisogno di incamerare aria e di tornare a ragionare lucidamente.

«Perché non hai più risposto al mio ultimo messaggio?» gli domandai. Deviare il discorso su altro mi avrebbe permesso di riprendere in mano il mio pudore. Neil mi faceva pensare e desiderare cose assurde, tanto che mi sentivo diversa da quella che ero di solito.

I suoi occhi mi scrutarono attentamente, poi si guardò attorno sul divano e allungò un braccio per raccogliere la bustina di pistacchi che aveva lanciato prima. La guardò come un bambino guardava il suo gelato preferito e la aprì, afferrandone una manciata.

Per quanto fosse bellissimo anche quando mangiava dei banali pistacchi, non mi sarei lasciata distrarre e avrei continuato a cercare di estrapolargli qualche parola.

«Perché stavi dicendo un mucchio di stronzate, bimba.» Masticò lentamente e posò la bustina sullo stomaco, infilandoci di tanto in tanto la mano per continuare a mangiarli. Ero felice che stesse apprezzando il mio regalo, nonostante fossi consapevole che non avrei ricevuto nessun grazie.

Perché Neil era semplicemente così.

«Stronzate?» ripetei indignata. «Mi stai dicendo che mi sbaglio? Che non mi vuoi e che non sarebbe la cosa giusta fare quello che entrambi desideriamo?» Incrociai le braccia al petto e attesi una sua risposta. Ma Neil mangiucchiava i suoi pistacchi, incurante della mia voglia di dialogare. Lo guardai tutto, non sapevo neanch'io come stessi facendo a resistere a un adone simile. Era sotto di me, seminudo, con un'erezione enorme costretta nei boxer, e io non gli avevo chiesto di fare l'amore con me.

Mi osservò, selvaggio e irriverente, come un ragazzino bloccato nel corpo di un uomo adulto, e scosse la testa, facendomi corrugare la fronte.

«Ti voglio ma non nel modo in cui credi tu, Selene. Ciò che

desidero fare è solo scoparti senza alcun impegno.» Smise di dedicarsi ai pistacchi e sollevò di poco il busto, per allacciare i nostri sguardi. Da vicino, in modo guardingo e inquisitorio. Stava cercando di innescare una mia reazione. «È questo ciò che vuoi?» sussurrò provocatorio. «Fottermi ed essere fottuta da me? Ci siamo usati abbastanza, non credi?» Strinse le mie cosce per farmi capire di scendere dal suo corpo, ma non mi mossi di un solo centimetro.

Ancora con quella storia dell'usarsi a vicenda?

«Con me non hai mai usato il preservativo. Ti sei lasciato andare, mi hai concesso anche tu una tua prima volta. Per caso l'ho sognato o è successo davve...» tentai di dire, ma Neil mi afferrò per i fianchi e mi sollevò con un'agilità incredibile, alzandosi dal divano. Scivolai nell'esatto punto in cui era seduto lui poco prima. Sentii il suo calore sul tessuto soffice e ci posai una mano, poi alzai lo sguardo su di lui.

Stava scappando da me, ancora.

Perché non voleva ammettere a se stesso che con me era diverso?

«Sono il tuo oltre. L'hai detto tu. Cosa vuol dire?» seguitai, determinata a farlo cedere. Neil si passò una mano sul viso e camminò agitato di fronte a me. Le spalle contratte e l'addome teso indicavano quanto fosse nervoso. Stava respirando affannosamente e il suo corpo evidenziava l'eccitazione che aveva condiviso con me, ma anche la sua rabbia.

Sembrava una bestia che non riusciva a liberarsi da un malefico sortilegio.

Si voltò a guardarmi e sussultai.

Adesso era tenebroso, tetro e oscuro.

«Significa che vai oltre quello che è il mio limite, e io non posso seguirti, Selene.» Il modo in cui pronunciò quelle parole fu severo. Era irremovibile. Un uomo ostinato a non cambiare idea e lo odiavo quando si comportava così.

«Spiegati meglio.» Mi alzai dal divano e lo guardai dal basso, decisa a non mollare.

«Viviamo le cose in maniera diversa.» Sospirò infastidito. «Per te il sesso è unione, complicità, relazione, fedeltà e chissà cos'altro. Per me è...» Si fermò, toccandosi la fronte. «Per me è solo sesso. Farlo con te o con un'altra non fa alcuna differenza. Sei semplicemente un corpo che uso per il mio piacere. Volevi sentirti dire questo? Bene, eccoti accontentata», sbottò, irritato. Feci un passo indietro e posai una mano sul cuore. Non ero preparata alle spine che mi punsero come tanti aghi dritti nel petto. No. Non lo ero.

«Okay», sussurrai, cercando di non piangere. Non gli avrei dato questa soddisfazione. Dov'era finita la donna combattiva che avrebbe fatto di tutto per conquistarlo? Era ancora dentro di me, da qualche parte, ma in quel momento la bambina profondamente ferita dalle sue offese ebbe il sopravvento. «Sai cosa dovrei fare?» dissi, con voce tremante.

«Dovrei smetterla di starti dietro. Sono certa che capirai di aver sbagliato tutto solo quando mi avrai persa, quando mi vedrai felice con un altro e quando sarà un altro a toccarmi. Solo quando tu non conterai più niente per me!» Alzai la voce sull'ultima frase e Neil mi guardò intensamente. Non riuscii a capire cosa gli stesse passando per la testa, ma era pensieroso. Serio, nervoso e dannatamente riflessivo. Se ne stava in piedi, con le braccia rilassate lungo i fianchi, la postura fiera e lo sguardo austero.

Perché non reagiva?

«Rispondi! Vuoi che accada questo?» Mi avvicinai e continuai a sfidarlo. Mi aveva baciata e il modo in cui l'aveva fatto contrastava con le sue parole di poco prima. Non mi ero sognata il modo in cui mi aveva toccata e reclamata con desiderio, con la voglia di prendersi di più, ma per qualche ragione a me sconosciuta si era fermato, comportandosi come un uomo indifferente, ma anche problematico e profondamente conflittuale.

«Sarebbe la cosa giusta per te.» Si leccò il labbro e fece un passo indietro, dirigendosi verso la stanza da letto. Mi stava mostrando il suo disinteresse o, perlomeno, era quello che voleva farmi credere. «Devo andare a fare una doccia, adesso.» Si scompigliò il ciuffo e si allontanò ancora. Tutto ciò che feci fu restare in silenzio a osservare la linea marcata della sua schiena e il sedere sodo che si contraeva a ogni passo.

Mi resi conto che Neil aveva finito di concedermi le sue attenzioni; per lui ero come una sigaretta che accendeva e spegneva quando voleva. Mi aspirava fin dentro i polmoni e poi mi rigettava fuori, perché la mia presenza era ingombrante e le sensazioni che avvertivamo insieme erano pericolose.

«Ti odio. Giuro che ti odio. Non ti sopporto! Sei proprio un imbecille!» sbottai esasperata, ma niente.

Neil si rifugiò nella stanza da letto, che usava con le sue bionde, e mi sbatté la porta in faccia con irruenza.

Si divertiva a innescare e disinnescare il mio desiderio, poi spariva.

A volte mi guardava con una profonda passione, altre come se fosse distaccato ed estraneo.

Era un edonista.

Tutto ruotava attorno alla sua filosofia del piacere, non avrebbe mai ammesso l'esistenza di nient'altro.

Ma io ero... pazza di lui.

10
Selene

La Bellezza non può essere interrogata: regna per diritto divino.
OSCAR WILDE

«ALLORA? Verrai?» ripeté Alyssa per l'ennesima volta.

Da circa dieci minuti ero rientrata in casa furibonda dopo la lite con Neil, e mi ero seduta sul divano del salotto, tentando invano di vedere qualcosa in tv.

«Perché sei arrabbiata?» chiese Logan, dondolando una gamba sul bracciolo della poltrona sulla quale se ne stava stravaccato. Guardai prima lui, poi la sua ragazza, e sbuffai. Non volevo confessare che il motivo del mio pessimo umore si trovava a pochi metri da noi, precisamente nella dépendance, a fare una delle sue tante docce.

Neil voleva che lo usassi? Bene, avevo proprio voglia di irrompere nel box doccia, spingerlo contro le mattonelle fredde, e baciarlo. Volevo toccarlo ovunque, passare la lingua in ogni rilievo naturale e fargli capire che anch'io avrei potuto comportarmi come Jennifer. Anch'io avrei potuto godere di lui e del suo corpo senza curarmi delle emozioni.

Avrei potuto, certo, ma non l'avrei mai fatto.

«Tuo fratello!» sbottai verso Logan e fu sufficiente questo per vederlo sghignazzare.

«Oggi non è giornata per lui. Qualsiasi cosa ti abbia fatto o detto, cerca di capirlo», rispose, tornando improvvisamente serio.

«Ma cosa dici? Neil è sempre fuori di testa e la tratta da stronzo. Non difenderlo e cerca di essere imparziale per una volta», si intromise Alyssa, rimproverandolo. Logan spostò lo sguardo su di lei e la fissò severo. Aveva superato il limite. Del resto, tutti sapevano che nessuno doveva permettersi di parlare di Neil in un modo che lui non approvava.

Alyssa lo intuì e strinse le ginocchia al petto. Si rannicchiò sul divano, proprio accanto a me, e si mostrò timorosa della reazione del suo fidanzato.

«Scusa, amore, non volevo essere indelicata», mormorò subito, cercando di scacciare via la tensione che era calata tra di loro. Alternai lo sguardo dall'uno all'altra e decisi di intervenire. Non avrei mai accettato un loro litigio a causa mia. In fondo ero stata io a nominare Neil.

«Non dovevate uscire?» Mi schiarii la voce e spensi la tv. Non c'era nulla di interessante da vedere.

«Tu verrai con noi?» domandò Logan in tono pacato e spostò i suoi occhi a mandorla su di me; per fortuna si era calmato.

«Non lo so.» All'improvviso, ero di nuovo indecisa sul da farsi. Soltanto dieci minuti prima mi ero convinta di rifiutare il loro invito, ma adesso volevo uscire, distrarmi e soprattutto allontanarmi da Neil. Restare in casa, con lui attorno, non sarebbe stato opportuno. Mi sentivo vulnerabile e di umore troppo altalenante quando lui mi dedicava la sua attenzione, per parlarmi o per irritarmi, non aveva importanza.

«Oh, andiamo. Vieni con noi. Ti prego.» Alyssa sbatté le ciglia in modo dolce e io le sorrisi. In quello stesso istante, sentii il rumore di una chiave nella serratura. La porta d'ingresso si aprì e i passi di Neil – ormai inconfondibili per me – risuonarono nello spazio circostante. La mia amica smise di parlare e io spostai lo sguardo su di lui, mentre richiudeva la porta con un tonfo.

Il suo profumo arrivò subito forte alle mie narici.

Quanto bagnoschiuma aveva usato?

Profumava tantissimo.

Inoltre, aveva i capelli stranamente in ordine, con il ciuffo lungo ben sistemato dietro la fronte, ma sempre abbastanza sbarazzino da conferirgli un aspetto aggressivo.

Era bellissimo, come sempre.

Era vestito completamente di nero, a partire dai jeans stretti fino alla felpa con il cappuccio, mentre il giubbino di pelle, di chissà quale costosa marca, aveva delle finiture rosso fuoco su maniche e cerniere. Quello era un altro dettaglio di Neil. Era sempre casual e abbastanza semplice, perché non aveva bisogno di ostentare molto per attirare gli sguardi femminili su di sé.

L'impatto del suo corpo su una donna era carnale.

Possedeva una sensualità accentuata, un carisma palpabile. Bastava guardarlo per sentirsi annientate dalla sua dirompenza tutta maschile.

«Finalmente sei uscito dal letargo», lo prese in giro Logan e gli fece un fischio; Neil si fermò un attimo per guardarlo. Prima di quel momento, non aveva degnato nessuno della sua attenzione. Dopodiché, spostò gli occhi sul resto del salotto e lanciò un'occhiata disinteressata ad Alyssa, ignorando me.

Stronzo.

Sapevo che mi aveva vista. Insomma ero lì, solo un cieco non si sarebbe accorto di me.

A ogni modo, Mr. Incasinato non rispose a suo fratello e si diresse verso la penisola della cucina. L'aggirò con disinvoltura e aprì il frigo per tirare fuori un succo d'ananas. Se lo portò alle labbra e, solo in quell'istante, lo sorpresi a guardarmi, ma ero decisa a ricambiare la sua stessa indifferenza, così mi voltai verso Alyssa, piccata, e ripresi a parlarle.

«Dicevamo?» chiesi, fingendomi interessata ai suoi discorsi. «Oh, sì. La festa. Credo che verrò. Ho proprio bisogno di uscire un po'.» Guardai lei e poi il suo fidanzato, che intanto aveva aggrottato la fronte, cercando di capire cosa mi avesse fatto cambiare idea improvvisamente. Gli sorrisi tronfia e continuai: «C'è qualche bel ragazzo almeno? Avrei voglia di...» Picchiettai l'indice sul mento e finsi di pensarci. «Divertirmi», conclusi con enfasi, tentando di risultare convincente. Sapevo che Neil stava ascoltando la nostra conversazione e decisi di togliermi qualche sassolino dalla scarpa; ne avevo accumulati troppi.

«Wow.» Alyssa mi tirò una gomitata e mi sorrise. «Che intenzioni hai?» domandò ammiccante e io sperai di non arrossire.

«Che cosa si fa di solito a queste feste con i bei ragazzi? D'altronde sono single, quindi...» Scrollai una spalla con un atteggiamento malizioso e mi mostrai sicura di me; in realtà, iniziai a tremare, conscia di stare provocando la persona sbagliata.

Infatti, non avevo neanche il coraggio di girarmi a guardare Neil per captare una reazione o un segnale qualsiasi che mi facesse capire di aver raggiunto il mio obiettivo di irritarlo.

«Quindi vorresti scopare?» Logan inarcò un sopracciglio, sorpreso.

«Certo, cos'altro altrimenti?» proruppe Alyssa, con un'espressione divertita sul viso. Stavo per replicare che non era così; del resto, non volevo sembrare quel tipo di donna ai loro occhi. Conservavo ancora i miei valori, ero ancora la ragazzina pudica e incapace di compiacere appieno un uomo. Ero ancora la ragazzina che aveva perso la verginità da troppo poco tempo per conoscere a fondo tutto ciò che riguardava la sessualità. Ero ancora io, colei che al sesso associava un sentimento e che non sarebbe mai riuscita a farsi toccare da qualcuno che non fosse…

Il rumore del frigo che sbatté in modo brusco mi fece sobbalzare.

Smisi di pensare e anche di «giocare» quando mi voltai nella direzione dalla quale proveniva il rumore.

Era stato Neil.

Il dorato dei suoi occhi era sparito e mi stava fissando, con una serietà così cupa da congelarmi.

Sentii il vuoto sotto di me, una voragine pronta a risucchiarmi.

Inspirò profondamente, poi espirò dal naso, aggirando la cucina con la postura fiera, il passo sicuro, la schiena dritta e uno sguardo di puro odio rivolto a me.

Solo a me.

«Neil, tutto okay?» Logan lo stava osservando attentamente. Di scatto posò i piedi sul pavimento, ma rimase seduto ad analizzare la situazione. Neil, nel frattempo, si appoggiò sulla penisola e incrociò le braccia al petto, facendo guizzare i muscoli dei bicipiti.

«A quale festa vorreste portare la bimba?» Usò un tono cantilenante e derisorio, soprattutto sull'ultima parola. Guardò Logan in attesa di una risposta e si mordicchiò il labbro inferiore, con una strana espressione crudele sul viso.

«Perché? Che problema c'è?» intervenne Alyssa, incuriosita.

«Sto parlando con te per caso?» sbottò Neil, irritato. La fulminò con un'occhiata truce, per farle capire di non controbattere, e Alyssa deglutì, rimettendosi al suo posto. «Allora?» Si rivolse di nuovo a suo fratello e tamburellò le dita di una mano sull'avambraccio opposto, con impazienza.

«Vuoi venire con noi?» propose Logan. «In effetti le faresti compagnia, altrimenti potrebbe annoiarsi con noi due», ironizzò, e io corrugai la fronte per quell'assurda richiesta.

Che diavolo stava dicendo? O meglio, cosa diavolo stava cercando di fare?

Avvampai di rabbia, ma mi imposi di non rispondere, altrimenti avrei peggiorato la situazione.

In fondo al cuore volevo che Neil accettasse, anche se il mio orgoglio non voleva condividere niente con lui.

Non quella sera.

«Io non esco con le puttanelle», disse Neil, schietto, e un sorriso sfrontato gli incurvò le labbra. Per un attimo pensai di aver immaginato quelle parole, forse avevo sentito male, e invece...

«Neil!» lo redarguì Logan, scattando in piedi. «Ma che cazzo dici?» Era sconvolto.

«Puttanella? A me?» Mi alzai dal divano e strinsi i pugni lungo i fianchi. Stentavo a credere che l'avesse detto davvero.

«Ehi, Tigre, metti via gli artigli, non ho mica fatto il tuo nome», ribatté ironico e mi fece anche l'occhiolino. Si stava prendendo spudoratamente gioco di me, era chiaro. Voleva irritarmi, farmi perdere la pazienza e portarmi al limite dell'esasperazione.

«È ovvio che tu stia parlando di me, invece!» Alzai la voce, determinata a difendermi. Oh, questa volta gli avrei tirato uno schiaffo doloroso o un calcio nelle parti basse che avrebbe ricordato per tutta la vita. Neil ridacchiò.

Come si permetteva! Santo cielo!

Sembrava compiaciuto per la situazione che si era creata.

«Per me, una ragazzina che esce con l'intenzione di cercarsi una scopata, è una puttanella.» La sicurezza con la quale mi parlò fu irritante tanto quanto la sua arroganza esagerata. Mi avvicinai a lui, senza alcun timore, e lo fronteggiai dal basso.

«Tu non fai altro con le tue bionde e ora sei qui a farmi la predica?» Scossi la testa con un sorriso sarcastico. Eravamo al limite dell'assurdo. Proprio lui osava giudicarmi. Non mi piaceva essere così aggressiva, ma quando Neil mi faceva irritare, perdevo ogni inibizione.

«Io non ci esco con loro. Mai», rispose calmo, con un sorrisetto impudente. Si stava controllando, ma ogni sua parola era più tagliente di un coltello. Lo guardai, ostinata a non farmi sottomettere. Anche se, in realtà, non volevo provocarlo ancora, non volevo nessuna guerra tra noi. Volevo solo... volevo baciarlo e toccarlo. Scombinargli i capelli e toglierli quei vestiti di dosso, perché nudo era mozzafiato.

Volevo che mi raccontasse qualcosa di lui, volevo che si aprisse e si fidasse di me.

Volevo tutto di Neil Miller.

Interruppi il corso dei miei pensieri e gli chiesi, sfacciata e senza riflettere: «Sei geloso per caso?»

Lui sussultò perché ovviamente non si aspettava una domanda del genere. Logan schiuse le labbra e Alyssa lo affiancò, ma nessuno dei due si intromise in quel duello senza esclusione di colpi.

Neil emise un suono gutturale, estremamente seducente, simile a una risata. Gli vibrò il petto e io vibrai sulle note oscure del suo timbro baritonale. Sciolse le braccia lungo i fianchi e si avvicinò a me, fino ad annullare qualsiasi distanza. Il suo profumo di muschio mi entrò sottopelle e fui certa che sarebbe rimasto lì per ore intere, confondendosi con il mio. Mi sistemò una ciocca di capelli dietro l'orecchio e tremai.

Fu un gesto che all'apparenza poteva sembrare dolce, invece era tutt'altro.

«Preparati, bimba. Indossa il tuo miglior vestito e il tuo intimo più audace. Usciremo insieme e sarò io stesso a trovarti la scopata della serata», sussurrò divertito, facendomi capire che contavo davvero poco per lui. Mi irrigidii e gli fissai il torace ampio, anziché gli occhi diabolici. «Ci stai? O ti metterai a frignare come una bambina quando dovrai soddisfare le richieste sessuali del fortunato?» aggiunse beffardo.

«Neil! Ma che...» Logan tentò di intervenire, forse per indurre suo fratello a ragionare.

Mi stava davvero proponendo di andare a letto con un altro?

Ero scioccata.

«Sta' zitto, Logan», lo redarguì severo, poi tornò a guardare me e lanciò una rapida occhiata al mio corpo. Mi stava sbattendo in faccia quanto avessi sbagliato a provocarlo.

Mi sentii di nuovo impacciata e inopportuna.

Lui se ne accorse e fece un passo indietro, ma non ritrattò e mostrò la sua solita inflessibilità.

«Usciremo con la mia macchina. Tra mezz'ora ci rivediamo qui.» Tirò fuori il pacchetto di Winston e si incamminò verso la portafinestra per uscire in giardino.

Ero sconvolta da ciò che era appena successo. Espirai di colpo l'aria che aveva smesso di circolare nei polmoni e fissai l'ampia vetrata oltre la quale la sua figura imponente era sparita.

«Non lo farà», mormorò Logan, rompendo il silenzio.

«Cosa?» Mi voltai a guardarlo e lui si avvicinò a me.

«Non diceva sul serio. L'hai provocato e ha reagito. Non era ciò che volevi?» Mi sorrise e io fuggii dal suo sguardo. Mi morsi il labbro e riflettei. A Neil aveva dato fastidio l'idea che potessi sul serio uscire con l'intento di…

«L'ha insultata.» Alyssa incrociò le braccia al petto e lo guardò infastidita. «Te ne rendi conto? Tuo fratello è uno stronzo. Io stessa l'ho visto uscire continuamente dalla dépendance con Jennifer. Allora perché Selene non è libera di divertirsi come vuole? O con chi vuole?» mi difese.

«Perché…» Logan tentò di darle una spiegazione, poi sospirò spazientito e ci rinunciò. «Ah, non lo so! Neil è contorto, è semplicemente Neil, è fatto così», borbottò, esasperato.

«No, tuo fratello è maschilista. Arrogante. Dispotico. Volgare e…» ribatté Alyssa, definendolo in ogni modo, e anche se una piccola parte di me era d'accordo con lei, l'altra, quella irrazionale, non sopportava che lei lo offendesse.

«Andiamo a prepararci», tagliai corto, incamminandomi verso l'enorme scalinata di marmo senza aggiungere altro. Non riuscivo a capirmi. Avrei dovuto essere arrabbiata con lui, invece ne ero intimorita e al contempo attratta. Anche se cercavo di contrastare con tutta me stessa quelle emozioni malsane, non ci riuscivo.

Quel ragazzo stava diventando una dipendenza, qualcosa che

ormai mi aveva gettato nell'abisso del caos totale. Tanto che ormai il suo sguardo era un'ossessione e percepivo sempre il suo profumo nell'aria che respiravo.

Voleva giocare con me? E allora avrei giocato anch'io.

Qualche istante dopo, io e Alyssa eravamo rifugiate nella mia stanza da letto, intente a renderci presentabili. Erano trascorsi già quaranta minuti e ancora stavo sbuffando e lanciando l'ennesimo vestito in aria.

Con quale entusiasmo sarei uscita? Non lo sapevo proprio; anzi, forse avrei dovuto rinunciare all'invito di Alyssa e Logan. Ma il pensiero che ci sarebbe stato anche Neil mi induceva a non rifiutare. Non lo sopportavo, ma al tempo stesso volevo trascorrere del tempo con lui.

Questa era la verità. Una verità, per giunta, irragionevole.

Tornai a fissare i vestiti sparsi sul mio letto e sospirai.

Non avevo portato con me molta roba da Detroit e non avevo proprio idea di cosa indossare.

«Prova questo.» Alyssa mi mostrò un altro vestito.

Lei, a differenza mia, si era organizzata con Logan sin dal giorno prima per quella festa e aveva portato con sé un cambio, perciò aveva già scelto l'abito perfetto: il suo tubino di pizzo blu le stava divinamente; le evidenziava le forme sinuose e non era eccessivamente corto. In compenso, però, aveva un'ampia scollatura sul retro, fino alla base della schiena, che la rendeva seducente e irresistibile.

«Rosa?» Storsi le labbra in una smorfia dubbiosa. Il rosa mi donava, ma mi faceva apparire anche troppo angelica. Bocciai la sua proposta e mi sedetti sul letto, arresa all'idea che non avevo niente di adeguato da mettere. Alla fine avrei optato per un maglioncino e un paio di jeans.

Le feste le detestavo proprio per questo. Bisognava sempre apparire, ostentare, esagerare e…

«Mmh…» Alyssa si incamminò sul suo tacco tredici verso la cabina armadio che Matt aveva allestito per me. Non avevo mai usato tutti gli abiti che conteneva; a dire il vero, non avevo mai neanche pensato che mi sarebbero serviti.

«Che ne dici di questo?» Tornò da me reggendo un abitino nero su una gruccia.

Era a dir poco… stupendo.

Mi alzai dal letto e lo accarezzai con le dita, ammirandone il tessuto morbido. Era composto da un bustino con la scollatura ampia a cuore, due spalline sottili e una fascia ricamata con delle piccole pietre luminose proprio sotto il seno. La gonna scendeva morbida all'altezza dei fianchi e dietro c'era un piccolo fiocco, in fondo alla schiena.

«Mi piace», commentai, senza smettere di guardarlo.

«Provalo», mi esortò, poi si mise a cercare le scarpe da abbinare.

Mi cambiai velocemente e infilai il vestito. Non sapevo di che marca fosse, ma ero certa di non aver mai indossato niente di così costoso e appariscente in tutta la mia vita, tanto che, se l'avessi rovinato, non sarei mai riuscita a ripagarlo a Matt. Poco dopo mi guardai riflessa nello specchio e inclinai la testa di lato. La gonna era troppo corta e la scollatura profonda, fino alla base dello sterno. Il solco dei miei seni sodi era ben visibile e il reggiseno push-up non faceva altro che renderli ancora più vistosi.

«Oddio! No, Alyssa. Ci vuole qualcosa di meno…» non terminai neanche perché la mia amica ancheggiò verso di me con un paio di scarpe con i tacchi altissimi in una mano, e sorrise furba. Mi sentivo nuda, a disagio e…

«Prova queste.» Le posò accanto ai miei piedi scalzi e scossi la testa.

No, non sarei mai uscita vestita così.

«Muoviti, Selene.» Sbuffò, incrociando le braccia al petto, poi attese che io facessi esattamente quello che aveva ordinato; così, con delicatezza salii su quei trampoli cercando di non perdere l'equilibrio.

«Santo cielo! Sei una bomba!» Alyssa si posizionò alle mie spalle e mi guardò tutta. Adesso la superavo di qualche centimetro. I capelli lunghissimi cadevano oltre le spalle in onde morbide, la frangia ribelle mi copriva la cicatrice e il trucco era luminoso, ma non troppo forte. Sulle labbra avevo applicato un semplice rossetto rosa. Il mascara, invece, metteva in risalto le ciglia folte rendendo il mio sguardo più azzurro e accattivante.

«Sei sexy ed elegante, ma non volgare», mi rassicurò Alyssa, notando il mio evidente disagio. Non ero abituata a vestirmi o truccarmi in quel modo. Tuttavia, anche se avevo scoperto un lato di me nuovo, femminile e seducente, preferivo i jeans e le t-shirt.

«Forse dovrei...» Volevo togliermi tutto e mettermi a letto. Avevo di nuovo cambiato idea. Non mi andava di attirare occhi indiscreti o di suscitare battutine maliziose da parte di qualche idiota di passaggio. Sapevo che alle feste gli uomini andavano a «caccia», e vestita così sarei stata una preda facile.

«Selene, ci siamo noi con te. Non sei sola. E poi, ammettilo, quello stronzo merita di sbavare sulle tue gambe da sogno. Quindi muovi quel culetto tondo e andiamo!» Mi diede una leggera spintarella di incoraggiamento e le mostrai un sorriso tremulo.

Afferrai la pochette e seguii Alyssa fuori dalla camera. Avrei dovuto indossare il mio cappotto nero, ma l'avevo lasciato in salotto sull'attaccapanni, quindi mi sarebbe toccato scendere le scale sotto gli occhi di Logan e Neil, e non avrei potuto fare nulla per nascondermi.

Sospirai e mi aggrappai al corrimano alla mia destra, stringendolo tra le dita con forza. Alyssa camminava con audacia e sicurezza davanti a me. Si reggeva benissimo sui tacchi alti, a differenza mia, che invece ero più goffa e sgraziata.

Mentre la guardavo ancheggiare, pensai che non capivo proprio come facessero le donne ad amarli; erano insopportabili e sentivo già l'alluce pulsare dal dolore.

«Finalmente!» brontolò Logan volgendo il capo in alto, in direzione della sua ragazza. La guardò con profonda ammirazione e, quando Alyssa lo raggiunse, la baciò, complimentandosi per la sua bellezza.

«Spero di non discutere con nessuna testa di cazzo.» Si accigliò nel fissare l'abito aderente, poi le diede un altro bacio sulla tempia, le passò il cappotto e spostò lo sguardo su di me.

«Allora, Selene, sei pron...» Si fermò.

Non seppi dire a cosa stesse pensando, ma Logan mi parve, per un attimo, meravigliato. I suoi occhi scesero sul mio corpo e io capii che stava approvando l'abbigliamento esplosivo consigliato dalla sua fidanzata.

«Sei... cioè... stai benissimo.» Si grattò la nuca, forse imbarazzato, forse confuso, poi sospirò e mi porse gentilmente il mio cappotto, esattamente come aveva fatto poco prima con Alyssa.

«Ho fatto un ottimo lavoro? Cosa ne pensi? Selene non si rende conto del potenziale che ha. Potrebbe far cadere ai suoi piedi tutti gli uomini che desidera con uno schiocco di dita.» Simulò il gesto e si avviò verso la porta con un braccio di Logan posato sulle spalle.

«Concordo con lei», ribatté lui, poi mi sorrise e insieme uscimmo sul portico, rabbrividendo a causa dell'aria fredda. Il cappotto mi scaldava, ma le gambe congelarono perché avevo indossato solo delle autoreggenti velate, che di certo non mi riparavano dalle temperature basse.

Una volta fuori, Alyssa e Logan camminarono dinanzi a me per dirigersi verso la Maserati di Neil. Il pensiero che mi avrebbe osservata con sdegno e che probabilmente mi avrebbe riservato qualche offesa o battuta pungente, mi fece tremare le ginocchia.

Nonostante ciò, seguii la coppietta di innamorati in silenzio, ma dentro di me ero di pessimo umore. Avrei voluto urlare e sfogare tutta la frustrazione accumulata in poche ore.

«Non fare lo stronzo. Le ragazze hanno tardato perché sono donne e le donne hanno bisogno di tempo per prepararsi», disse Logan, anticipando i commenti del fratello e fermandosi di colpo.

Neil se ne stava appoggiato sulla portiera della sua auto, con aria annoiata. Aveva una sigaretta fumante incastrata tra le labbra e lo sguardo seccato.

Ci aveva atteso per troppo tempo e lui non era abituato.

Neil non amava aspettare, pretendeva sempre tutto e subito.

«Possiamo andare?» gli chiese Alyssa e lui la guardò serio. Analizzò il suo abbigliamento e inarcò un sopracciglio senza commentare. Ancora una volta non capii cosa diavolo stesse pensando. Per fortuna non riusciva a vedermi, dato che me ne stavo nascosta dietro le spalle di Logan, dove sarei rimasta ancora a lungo. Neil, però, si sporse di lato per cercarmi, e quando Logan capì che suo fratello voleva vedere proprio me, si spostò, mostrandomi al diavolo sfacciato in persona.

Strinsi la pochette quando i suoi occhi chiari scesero pianissimo dalla scollatura accentuata alla gonna troppo corta. I tacchi alti, poi, slanciavano la mia figura più del dovuto.

Sentii le guance scaldarsi e il mio respiro accelerare.

Emozioni traditrici.

Guardai altrove, precisamente un piccolo cespuglio poco distante, pur di non guardare lui. Ma sentivo il suo sguardo bruciarmi la pelle, bruciare ogni lembo sul quale si stesse posando.

Mi stava marchiando a fuoco, piano piano, e io lo percepivo a tutta forza.

«Bellissima, vero?» commentò Alyssa, ma avrei preferito che tacesse, perché i complimenti mi rendevano timida, e in quel momento volevo essere forte, non debole.

Neil fece un passo verso di me, poi un altro. Sentii l'odore del fumo sempre più vicino, misto al suo buon profumo. Quando il mio naso entrò quasi a contatto con il suo petto, dovetti sollevare il mento per guardarlo.

Nei suoi occhi c'era di tutto.

Vidi la sua audacia. La forza.

Vidi la sua potenza. La furia.

Vidi anche la lussuria. La voglia di mordermi la carne, la disperazione di farmi sua, subito. Vidi il desiderio, lo scontro tra l'orgoglio di resistermi e il fuoco che lo stava incendiando, sottoponendolo a una tortura estenuante.

Vidi l'impeto con il quale avrebbe voluto muoversi dentro di me e vidi il bisogno che, furiosamente, necessitava di essere soddisfatto.

Stavamo impazzendo solo a guardarci.

«Quindi fai sul serio?» sussurrò con la voce rauca. Riconobbi quel tono, era lo stesso che adottava quando mi diceva oscenità all'orecchio mentre eravamo a letto insieme.

Di cosa stava parlando? Ancora della mia finta intenzione di farmi toccare da uno sconosciuto?

«Direi di sì», lo provocai. Volevo superarlo ed entrare in macchina, comportarmi da donna, mostrarmi sicura, e invece me ne stavo lì. Ferma, impotente e intimidita. Se avesse provato a baciarmi, le mie gambe non avrebbero retto l'intensità del momento.

Ecco l'effetto di Neil Miller su di me.

«Andiamo.» Per fortuna si allontanò, passandosi una mano sul viso, e tornai a respirare.

Mi stupii della sua arrendevolezza improvvisa, e fui certa che qualcosa di anomalo lo aveva indotto a non controbattere.

Tuttavia, non commentai e salii in auto con gli altri.

I due uomini posizionati sui sedili anteriori, noi donne su quelli posteriori. Ero visibilmente agitata, non avevo pronunciato neanche una parola, mentre Alyssa non faceva altro che parlare con Logan. In effetti, invidiavo la loro sintonia. Logan era attento e gentile, Neil, invece…

Lo guardai. Stava guidando in silenzio.

Il solito cipiglio pensieroso sul viso, la sicurezza che traspariva perfino nel modo in cui, con una mano, stringeva il volante. Non aveva detto nient'altro, perché, come al solito, Neil era poco loquace. A volte mostrava una certa propensione al dialogo, altre volte, come adesso, si chiudeva in se stesso, bisognoso di starsene solo, a passeggiare nel suo mondo incasinato.

Dopo qualche minuto in auto, mi resi conto che non sapevo neanche dove stessimo andando. Logan e Alyssa mi avevano solo detto che eravamo diretti a una festa organizzata in un locale privato da un certo Bryder Janson, ma non avevo neanche idea di chi fosse.

Arrivammo a destinazione dopo circa dieci minuti.

Vedere ragazzi e ragazze avviarsi verso l'ingresso dell'enorme locale mi portò indietro nel tempo, alla notte di Halloween, una serata simile a questa che si era conclusa in un modo disastroso. A ogni modo, io, Logan e Alyssa scendemmo dall'auto e aspettammo che Neil parcheggiasse.

Un moto di angoscia mi indusse a fermarmi e a guardare quel posto come se avessi il vuoto dinanzi a me.

«Selene…» Alyssa richiamò la mia attenzione.

«Stai bene?» chiese Logan fissandomi il viso. Dovevo essere pallida; per giunta, quando mi toccai la guancia con una mano, la sentii gelida.

«Sì, certo.» Sorrisi.

«Possiamo andare.» Neil sopraggiunse alle mie spalle e mi irrigidii. Dovevo smetterla di essere così tesa.

Logan intrecciò la mano a quella di Alyssa e insieme si incamminarono verso l'ingresso. Neil, invece, si accese un'altra sigaretta e non mi degnò di nessuna considerazione. Sembrava infastidito e annoiato.

Senza toccarci né parlarci, seguimmo suo fratello e la sua ragazza fino a un'insegna a led bianca con scritto *New Lion*, il nome del locale. Non ne avevo mai sentito parlare, ma Alyssa mi spiegò che al suo interno si rifugiavano i ricchi di New York, che ci organizzavano festini di ogni genere.

Il posto era così esclusivo che la porta rosso fiammante si apriva solo se l'uomo della sicurezza approvava l'ingresso ai clienti. La selezione era tanto rigida che alcuni ragazzi venivano respinti e andavano via borbottando chissà cosa.

Sperai in cuor mio che fosse un posto carino, ma soprattutto tranquillo.

«Dicono che dopo l'area cocktail ci siano anche una specie di sala giochi e delle suite nelle quali poter trascorrere la notte», commentò un ragazzo, in fila davanti a noi con il suo gruppo di amici, mentre attendevamo il nostro turno alla porta.

«Sì, ci saranno anche delle cubiste dopo la mezzanotte», disse un altro.

Bene, ci mancavano i balletti *hot* di donne dal fisico perfetto che sculettavano sotto il naso degli uomini.

Ma che razza di posto aveva scelto Logan?

Sbuffai e dondolai sui tacchi, sentendo un leggero fastidio alla schiena e ai polpacci. Avrei voluto togliere le scarpe e camminare scalza. Sospirai, poi mi voltai a cercare Neil.

Era dietro di me, con il cellulare in una mano e gli occhi puntati sul display. Stava chattando con qualcuno, lo capii dal modo rapido in cui muoveva il pollice. Mi chiesi chi potesse essere, forse Jennifer o forse qualcun'altra. Non avevo mai sbirciato sul suo telefono, ma chissà che robaccia avrei trovato lì dentro: probabilmente foto indecenti, messaggi erotici, proposte e richieste sessuali. Ne ero certa.

«Perché mi stai fissando?» brontolò Neil, che in qualche modo si era accorto del mio sguardo, senza neanche aver sollevato il suo da quel dannato schermo. Era incredibilmente astuto.

«Non ti sto fissando, sto solo lottando contro il dolore lancinante ai piedi», ribattei con una smorfia sofferente sul viso.

Mai più.

Mai più avrei indossato tacchi così alti, cavolo.

«Dobbiamo trovare il fortunato che ti scoperà, non lamentarti», ribatté, lanciando un'occhiata annoiata alla fila per poi riabbassare lo sguardo sul cellulare. Nonostante le mie décolleté, non riuscivo a raggiungere il suo metro e novanta. Neil era comunque più alto di me e mi ignorava, come e quando voleva.

«Ho indossato il mio tanga preferito proprio per questo. Non vedo l'ora», replicai sprezzante, con un sorrisetto finto. A dire il vero, avevo indossato i soliti slip di cotone. Ma mi piaceva provocarlo e rispondere alle sue battutine insolenti. I suoi occhi luminosi saettarono subito dal display al mio viso. Mi fissò serio e, di nuovo, si nascose dietro la sua corazza per non mostrarsi vulnerabile, per non farmi capire cosa stesse pensando.

«Ma perché devono rompere le palle con questi controlli?» Una voce familiare attirò i miei occhi oltre le spalle di Neil, su una ragazza con una coda alta e azzurra. Era di schiena e ci concedeva la visuale soltanto della gonna di pelle nera abbinata al giubbino del medesimo colore che avvolgeva le spalle strette.

Neil non perse tempo: allungò un braccio e, in totale confidenza, le tirò una pacca sulla natica. Lei sobbalzò e si voltò di colpo, pronta a reagire contro chiunque avesse fatto un gesto simile. Quando però incontrò lo sguardo di Neil, la sua espressione si addolcì e mostrò un luminoso sorriso.

«Il solito stronzo. Lo sai che i tuoi schiaffi bruciano da morire?» si lamentò Alexia, massaggiandosi il punto colpito. Inspirai a fondo per celare quanto in realtà mi desse fastidio il comportamento di Neil, soprattutto con le donne dei Krew.

«Lo sa benissimo», intervenne il ragazzo accanto a lei del quale neanche mi ero accorta. Si trattava di Luke. Gli occhi azzurri spiccavano nell'oscurità di quella notte fredda e i capelli biondi incorniciavano un viso dai lineamenti ben disegnati.

«Sta' zitto, Parker. Dov'è l'altro?» Neil gli porse la mano e si salutarono con una stretta ferrea.

«Se ti riferisci a me, brutto stronzo, sono qui.» Xavier sbucò da dietro le spalle di Luke con una sigaretta tra le labbra e gli lanciò un'occhiataccia. Sgranai gli occhi quando notai il naso leggermente gonfio e un occhio nero. Guardai i lividi, decisamente più evidenti di quelli di Neil, e supposi che, probabilmente, la rissa era avvenuta tra loro due.

«Per fortuna sei vivo», ironizzò Neil, osservando il suo aspetto, come se non fosse successo nulla. Mi accigliai e continuai a osservarli; quei due avevano un rapporto davvero incomprensibile.

«Anche tu a quanto pare», replicò Xavier, fissando le macchie violacee che punteggiavano il sopracciglio e l'angolo delle labbra dell'amico. La differenza sostanziale tra loro era che Neil aveva la pelle ambrata, e questo riusciva a rendere meno evidenti gli ematomi. Xavier, invece, era molto pallido e la chiazza grigiastra attorno all'occhio destro era più visibile. Pensai, allora, che il mio iniziale sospetto fosse giusto.

«Okay, non ricominciate», intervenne Luke, puntando soltanto adesso gli occhi su di me. Corrugò la fronte, come se non fosse sicuro di riconoscermi, poi mi guardò dall'alto verso il basso, soffermandosi sul mio viso.

«Selene?» chiese incerto. Non sapevo come reagire o come salutarlo. Insomma, io e Luke avevamo condiviso un bacio passionale e una chiacchierata su una panchina, nella tristissima notte di Halloween, quindi...

«Oh, ma guarda chi si rivede. La bambolina dal culo d'oro. Bentornata, gattina.» Xavier, con il suo solito atteggiamento perverso, mi squadrò tutta. Alexia al suo fianco, invece, mi fissò come se fossi una reietta da allontanare.

«Non iniziare a fare l'arrapato, razza di idiota!» Lei gli tirò una gomitata per ridestarlo dal modo insistente con il quale stava fissando imbambolato il mio seno, e Xavier sbuffò.

«Se la ragazzina è figa, la guardo. Io le fighe le guardo sempre. Che ti piaccia o no. Non sei la mia donna, non puoi controllarmi», replicò infastidito, facendole capire di non ostacolarlo. Alexia sospirò e il velo di tristezza che le calò sul viso le fece abbassare lo sguardo. Possibile che tutti, perfino io, ci fossimo accorti che quella ragazza provava qualcosa per Xavier, ma che lui fosse ignaro della cosa?

Tuttavia, non erano affari miei, pertanto smisi di guardarli per non essere coinvolta in questioni scomode.

Con i Krew i guai erano sempre dietro l'angolo.

«È già fatto?» Neil si rivolse a Luke, indicando con il mento Xavier che adesso aveva adocchiato una mora poco distante da lui, tutta curve e piercing. Vedendolo, scossi la testa inorridita; quel ragazzo aveva una vera ossessione per qualsiasi essere vivente di sesso femminile.

«Ancora no», replicò Luke con un sospiro, ma probabilmente presto lo sarebbe stato. Era questo che comunicava la sua espressione. Il biondo tornò a guardare me e mi sorprese a fissarlo. In realtà, non lo stavo davvero fissando, ma stavo ascoltando i discorsi dei Krew e distrattamente mi ero soffermata sulla fossetta che aveva sul mento, un dettaglio che non avevo mai notato prima.

In effetti, Luke aveva il suo fascino, non potevo negarlo.

«Allora, tu che ci fai da Detroit al *New Lion*?» Mi sorrise e ricambiai; non avevo mai avuto timore di lui. Certo, faceva parte dei Krew e sicuramente non era così angelico come sembrava, ma avevo sempre pensato che fosse diverso da Xavier.

«Sarò qui solo due giorni e...» Non ebbi il tempo di aggiungere altro perché Neil mi posò una mano sulla schiena e mi spinse in avanti per incitarmi a camminare.

«Ma che fai?» proruppi contrariata. Sentii la sua presenza dietro di me, un concentrato di testosterone che in quel momento si era interposto tra me e Luke. Non potei fare nulla per sottrarmi alla sua volontà, così voltai appena il viso e lo guardai. Era bellissimo e la mia rabbia sfumò via per cedere il posto al solito languore tra le cosce.

L'istinto traditore mi suggerì di abbandonarmi sul suo torace marmoreo e di godere appieno della sua protezione, ma non lo ascoltai. Mi irrigidii e sussultai quando percepii il suo bacino contro il mio sedere.

Indossavo il cappotto lungo, ma fui proprio certa che il rigonfiamento possente nei suoi pantaloni mi stesse pungolando la base della schiena. Improvvisamente la gola divenne secca e dovetti umettarmi le labbra, per gestire quelle sensazioni incontenibili.

«Cammina», ordinò, spingendomi ancora in avanti. Dopo il

gruppetto di ragazzi sarebbe stato il nostro turno, ma non era necessario che mi spingesse o si comportasse come un vichingo burbero. Lanciai quindi un'occhiata in cerca d'aiuto a Logan, che intanto stava chiacchierando con Alyssa senza accorgersi di nulla.

Reputavo assurdi i comportamenti di Neil, era prepotente e voleva controllarmi e dominarmi come se fossi una bambina.

«Ma che ti prende? Smettila di spingere», brontolai infastidita. Mi voltai verso di lui e lo guardai. Stavo per dire qualcos'altro, ma Neil si piegò accanto al mio orecchio e mi precedette.

«Se iniziassi davvero a spingere, Trilli, mi chiederesti di smetterla... urlando», sussurrò provocante, facendomi rabbrividire. Era da tanto che non sentivo quel nome scivolargli dalle labbra. Lo fissai, smarrendomi nella bellezza del suo sguardo caldo, poi gli fissai la bocca e i miei pensieri corsero a ricordi lontani: precisamente a quando quelle labbra carnose avevano tracciato le mie curve, per lasciare un segno su ogni parte di me.

Deglutii e tentai di non crollare, di non mostrargli quello che facilmente avrebbe potuto leggere nei miei occhi troppo trasparenti, troppo sinceri con lui.

Ebbi la forza di voltarmi e incamerai aria, seguendo poi Logan e Alyssa verso l'ingresso del locale dopo che l'addetto alla sicurezza ci aveva concesso di passare.

Percorremmo il lungo corridoio circondati dalle pareti nere lievemente illuminate da una luce soffusa rossa.

Neil rimase dietro di me per tutto il tempo e mi posò entrambe le mani sui fianchi quando ci addentrammo nella folla. Quel gesto mi stupì e avrei voluto che rimanesse vicino a me per sempre. Sentivo infatti l'effervescente contatto delle nostre anime, la collisione dei nostri desideri. D'un tratto, gli scoccai un'occhiata fugace, sollevando appena il mento, e lui mi strinse a sé con un possesso che non avevo mai percepito prima di allora.

Il cuore stava per esplodermi dentro.

«Incomincia a guardarti attorno. Dobbiamo trovare *il fortunato*», mi sussurrò all'orecchio, e la rabbia divampò. Avrei voluto tirargli una gomitata, ma ricordai a me stessa l'ematoma che aveva sull'addome, così mi costrinsi a stare ferma. Tuttavia ripresi a odiarlo, perché sapevo che non avrebbe messo fine all'assurda guerra in corso tra noi tanto in fretta. Le sue parole aspre, però, contrastavano con i suoi gesti protettivi.

«È una bomba questo locale», disse Logan in quel momento; si voltò verso di noi e sorrise, poi tornò a camminare stringendo a sé Alyssa.

Incuriosita, mi guardai davvero attorno, anche se non per i motivi che pensava Neil.

In effetti, quel posto era davvero particolare: sembrava che avessimo appena varcato il confine del mondo della perdizione, della lussuria e del proibito. Le pareti erano rosso sangue e contrastavano con i divanetti neri in pelle. I tavolini rotondi e neri con una sola gamba centrale, in acciaio specchiato, erano disposti attorno agli enormi cubi da ballo, la cui superficie era rivestita dal vetro satinato luminoso, al centro del quale si ergevano i pali in ferro cromato per la lap dance. Le spogliarelliste si sarebbero dilettate tra poche ore ad appiccare il fuoco nei pantaloni di coloro che non attendevano altro se non il loro spettacolo.

Con lo sguardo circospetto ed esterrefatto, seguii Logan e tutti insieme ci dirigemmo verso il bancone del bar, illuminato da luci che si alternavano in un gioco scenografico di colori, e mi soffermai a guardare la barista.

Neil mi superò e appoggiò un gomito sulla superficie, lanciando un'occhiata ai piani luminosi sui quali erano posate numerose bottiglie di alcol.

Poi accadde l'inevitabile.

Concesse i suoi occhi dorati alla barista bionda, la quale ricambiò con una malizia che mi infastidì subito.

Non ero la sua ragazza, non stavamo insieme, ma non riuscivo proprio a contenere la gelosia che quell'uomo suscitava in me.

Non mi era mai successo niente del genere con Jared, ma Neil era sfuggente, non mi apparteneva, e forse per questo temevo di perderlo in ogni istante.

Notai, allora, che la sua ossessione per le bionde non era di certo svanita.

«Cosa vi porto, ragazzi?» La barista posò i palmi sul bancone e scostò oltre una spalla i capelli lunghi. Aveva un *septum* gioiello al naso ed era particolarmente bella. Anche se aveva rivolto la domanda a Logan, subito spostò gli occhi di un banale marrone su Neil. Lui rimase serio, ma non mi sfuggì l'occhiata che lanciò al seno prosperoso della ragazza. Riflettei su un altro dettaglio. Neil amava le donne con le curve pronunciate, soprattutto con un bel seno grande, e non di certo le ragazzine magre con una terza scarsa. Sospirai.

Non avevo chance contro le ragazze con cui andava a letto. Non mi aveva fatto neanche un complimento per il mio abito. Era impossibile tirargli fuori qualche parola positiva o forse non era più così attratto da me come un tempo.

A volte pensavo che ci fosse un legame tra noi, altre volte le insicurezze emergevano confondendo tutte le mie convinzioni.

«Allora, Selene, cosa prendi?» Logan mi ridestò dai miei pensieri. Non avevo seguito il discorso, ma dedussi che avevano ordinato i loro cocktail.

«Io non...» feci per dire che non bevevo, ma mi fermai.

«Ti va se ordiniamo un cocktail e lo dividiamo? Neanch'io bevo», mi chiese Neil. Proprio a me, non a qualcun'altra. Lo guardai e cercai di scacciare via l'espressione ebete che spuntava magicamente ogni volta che mi smarrivo nella sua perfezione. Annuii e lui sorrise. «Scelgo io. Non ti chiedo quale drink preferiresti, tanto non li conosci», mi prese in giro e la barista sghignazzò. Chiaramente arrossii perché Neil era riuscito a mettermi in imbarazzo, ma quello che fece dopo mi stupì. Guardò la donna con una severità immane per aver osato ridicolizzarmi. La squadrò arcigno e lei provò quello che provavano tutte quando Neil decideva di mostrarsi serio: soggezione. La barista appuntò in fretta le nostre ordinazioni e si congedò a disagio.

Troppo spesso mi sfuggiva il perché dei suoi comportamenti, non erano sempre comprensibili per me.

Aveva per caso tentato, a modo suo, di difendermi?

«Da quando non bevi?» mi permisi di chiedergli e Neil si voltò a guardarmi. Se ne stava seduto su uno sgabello, il gomito puntato sul bancone, un ginocchio piegato e l'altra gamba tesa a reggere il suo peso.

Era di una bellezza rara, il ragazzo più attraente che avessi mai visto.

«Non bevo quasi mai», ribatté e mi osservò lentamente dall'alto verso il basso. Avevamo lasciato i cappotti all'ingresso e il mio corpo era completamente esposto ai suoi occhi scaltri. Li lasciò scivolare dal mio seno alle gambe, senza alcuna reticenza, poi tornò a guardarmi il viso, precisamente le labbra lievemente dipinte da uno strato di rossetto.

«Ecco a voi.» La barista ci porse le nostre ordinazioni e mi resi conto che neanche sapevo cosa Neil avesse ordinato per noi. Mi avvicinai per osservare il nostro cocktail e Mr. Incasinato mi afferrò per un fianco. Dapprima non capii che cosa avesse in mente, poi, quando si girò appena sporgendo il ginocchio verso di me, lo intuii.

Voleva che mi sedessi su di lui?

Sembrava proprio di sì.

Neil era grande e forte, riusciva a manovrarmi come voleva, quindi non mi chiese neanche il permesso e mi spinse su di sé. Mi sedetti e, quando il mio sedere sfiorò la durezza della sua muscolatura, qualcosa dentro di me si accese. Era impossibile che provassi una forte eccitazione ogni volta che mi toccava. Il mio corpo non poteva incendiarsi ogni volta che le sue mani mi accarezzavano.

Guardai imbarazzata Logan e Alyssa – lui era in piedi accanto a lei, seduta sullo sgabello – e li colsi a scambiarsi un'occhiatina complice.

«Hai già bevuto un Margarita, vero?» Neil strinse il bicchiere sul cui bordo c'era una fetta di limone, e lo avvicinò alle labbra, poi lo sorseggiò in attesa di una mia risposta.

Scossi la testa, pronta a una delle sue offese o battutine fastidiose, ma lui si limitò a stringermi la mano sul fianco e ad avvicinarmi a sé, lasciandomi senza fiato.

«Assaggia.» Un lieve sorriso gli incurvò le labbra peccaminose e il suo sguardo divenne avvolgente. Senza smettere di fissarmi, mi avvicinò il bicchiere alla bocca, e assecondai la sua richiesta. Posai le labbra nell'esatto punto in cui l'aveva fatto anche lui poco prima e sorseggiai. Al primo impatto, il cocktail era squisito. Poi, però, sentii il retrogusto della tequila sulla lingua e un bruciore intenso lungo l'esofago.

«Com'è?» mi chiese, poi bevve dopo di me e mi soffermai sul

pomo d'Adamo che oscillava su e giù. Avrei voluto baciarlo e mi sentivo già ubriaca. Di lui. Del suo profumo.

Nessun cocktail avrebbe avuto lo stesso effetto su di me.

Inebriata, agii d'impulso e feci qualcosa di davvero stupido.

«Preferisco il tuo sapore», gli sussurrai all'orecchio e lui rimase con il bicchiere a mezz'aria a fissarmi, accigliato.

Avevo spiazzato Neil Miller? Ne dubitavo, eppure sembrava proprio così.

Aggrottò la fronte e posò il cocktail sul bancone, dedicandomi un sorriso beffardo.

«Bimba, non sai neanche com'è...» si avvicinò alle mie labbra, «...il mio sapore», mormorò seducente e io lo guardai confusa. Stavo parlando dei suoi baci, ma forse lui intendeva...

Sgranai gli occhi e mi mossi nervosamente sul suo ginocchio, quando intuii la direzione che aveva preso il discorso. Neil mi tenne stretta a sé, rafforzando la presa sul mio fianco. Ero proprio un'ingenua e stavo giocando con il fuoco.

Che stupida.

«Ragazzi, noi andiamo a ballare. Venite?» Logan prese per mano la sua ragazza e indicò il centro della pista, tra i cubi ancora vuoti; mi ero perfino dimenticata della presenza di quei due.

Succedeva sempre così.

Quando Neil mi permetteva di entrare nel suo mondo, io mi dimenticavo del mio.

Eravamo del tutto imperfetti insieme, eppure, in qualche modo, in certi momenti riuscivamo a capirci. Percepivo la nostra energia, il fuoco incandescente che ci univa. Percepivo i pensieri connessi dallo stesso filo, una sottile complicità che stava lentamente scalfendo la sua corazza.

«No», rispose Neil e fui d'accordo con lui. Logan ci lanciò un'occhiata maliziosa, poi si allontanò con Alyssa come se sapesse, sin dal principio, che sarebbe andata a finire così. Un attimo dopo mi voltai verso Neil e lo sorpresi a osservare il mio abito, e precisamente la scollatura profonda. Mi morsi il labbro e decisi di porgli la domanda che avevo sulla punta della lingua da ore.

«Ti piace?» chiesi di getto. Non sapevo neanch'io da dove avessi tirato fuori il coraggio di domandarlo. Neil sorseggiò di nuovo il Margarita e si leccò le labbra, pensieroso. Nessuna emozione, nessuna scintilla di debolezza o vulnerabilità gli attraversò il viso.

«Sì, sei passabile», commentò, guardandosi attorno annoiato.

Cosa diavolo intendeva dire?

L'istinto di alzarmi e allontanarmi da lui fu forte, ma decisi di trattenerlo, perché non volevo arrabbiarmi ancora una volta con lui, nonostante, in meno di un minuto, avesse decisamente guastato il mio umore.

«Passabile?» ripetei indignata.

«Esatto. Insomma, carina e...» Rifletté qualche istante poi aggiunse: «Scopabile». Mi porse il Margarita e scossi la testa. Le sue parole mi facevano male e neanche se ne rendeva conto.

Lui bevve l'ultimo sorso e abbandonò il bicchiere sul bancone, sospirando.

«Scopabile è offensivo, sai?» replicai; lo era soprattutto se detto nel modo in cui l'aveva detto lui, come se fossi una poco di buono.

«Non sei qui per questo? Per risultare scopabile agli occhi degli uomini?» mi provocò di nuovo. «L'hai già scelto? Ah no, in verità dovrei farlo io per te. Dimmi come lo preferisci.» Si guardò attorno, facendo tamburellare le dita sul bancone. Gli guardai la mano e notai l'anello d'acciaio sul medio. D'istinto glielo sfiorai e lui si irrigidì.

Non era abituato a quei gesti piccoli e spesso spontanei.

«Castano», risposi, posando entrambe le mani sulle mie cosce. In quel momento non voleva essere toccato, quindi mi costrinsi a non farlo.

«Ce ne sono molti castani», disse, guardando alcuni ragazzi. Era impazzito?

Neil stava sul serio cercando il fortunato della serata. Stetti al gioco, ma più proseguivamo con quella farsa e più mi sentivo offesa dal fatto che credesse che sarei andata fino in fondo.

Non aveva capito un bel niente di me.

«Alto. Molto alto e possente. Con un naso perfetto, due labbra carnose e gli occhi di un colore particolare», seguitai, descrivendo proprio lui nei dettagli.

Neil smise di ispezionare l'ambiente circostante e finalmente guardò me, con quel cipiglio orgoglioso che lo rendeva irresistibile.

«Oh, e anche con la pelle ambrata e luminosa», aggiunsi sollevando un dito e lui mi osservò ancora in modo devastante. Era serio, riflessivo e riusciva a farmi liquefare senza neanche pronunciare una sillaba.

Aveva capito che stavo parlando di lui? Probabile.

Sapevo quanto fosse intelligente e furbo.

«Pretendi un po' troppo.» Sorrise, sfregandosi le labbra con l'indice. Era comodamente appoggiato su un gomito e aveva assunto una posizione così sexy da indurmi a non distogliere lo sguardo da lui. Ero incantata.

Non mi importava degli uomini che c'erano in quel locale. Potevano essercene cento, mille, un milione.

Io volevo lui.

«Sono esigente. Non provo interesse per chiunque», aggiunsi. Non ero attratta dagli uomini vuoti, superbi e narcisisti. Avevo sempre ricercato la sostanza oltre alla forma. Apprezzavo la bellezza esteriore, certo, ma impazzivo per quella interiore. Neil era un concentrato di tutto, per questo ne ero così affascinata.

Si morse appena il labbro inferiore e, di nuovo, guardò le mie labbra.

Perché non mi baciava se ne aveva voglia?

Sembrava che dovesse necessariamente controllarsi, proprio come aveva fatto nella dépendance.

Ridacchiò, senza un motivo ben preciso, e puntò gli occhi oltre le mie spalle. D'improvviso notai la sua espressione cambiare. La leggerezza del momento fu spazzata via. Dei pensieri insidiosi affollarono la sua mente, cosa che intuii dallo sguardo torbido e svuotato di qualsiasi emozione umana. Seguii la direzione del suo sguardo, per capire che cosa lo avesse indotto a quel cambiamento fulmineo, e notai una donna, mora e bellissima, varcare l'ingresso del locale.

Malgrado il posto fosse pieno di gente, lei attirò su di sé gran parte delle attenzioni maschili. Indossava dei semplici pantaloni di pelle e una camicetta nera, scollata, i cui lembi erano annodati sulla pancia, lasciandole scoperto parte dell'addome. Notai gli addominali scolpiti e il fisico decisamente atletico e provocante. Perfino io, che ero una donna, rimasi imbambolata a fissarla. Era con una bionda e le teneva un braccio sulle spalle. La mora sorrise a qualcuno e lasciò fluttuare nell'aria i capelli neri e ondulati. Aveva un paio di occhi verdi luminosi e delle labbra che avrebbero suscitato voglie libidinose anche nella mente dell'uomo più fedele del mondo. Tornai a guardare Neil e mi accorsi del suo sguardo inchiodato ancora su di lei.

In quel momento trovai poco opportuno rimanergli seduta sulle gambe, così mi spostai sullo sgabello accanto, quello occupato poco prima da Alyssa. Neil sembrò d'accordo con la mia iniziativa perché non fece nulla per trattenermi. Di solito si imponeva e, se voleva qualcosa, la otteneva.

Era prepotente e spesso dominante, ma in quell'istante non fece nulla, assolutamente nulla per indurmi a rimanergli vicino.

«Provaci, sono certa che non ti respingerà», dissi infastidita. Eccola lì, la gelosia che premeva nel petto come un macigno. Neil dirottò lo sguardo su di me e corrugò la fronte.

Stava fingendo di non capire?

«Cosa?» mormorò, assente.

«La ragazza mora che stai guardando. Se ci provassi con lei, non ti respingerebbe», ripetei più chiara; la mia era una constatazione abbastanza ovvia.

Chi l'avrebbe mai rifiutato?

Ero certa che Neil non fosse mai stato respinto da una donna in tutta la sua vita.

«Dici?» mi prese in giro, anche se non sembrava intenzionato ad andare da lei e sedurla. Avrebbe potuto farlo, ma era ancora lì davanti a me, come un Dio, bello e irraggiungibile.

«Non stai facendo altro che fissarla. Non voglio trattenerti. Hai trovato la tua donna fortunata. Fai quello che devi.» Gli sorrisi, ma fu un sorriso tirato e finto.

«Quello che devo?» ripeté divertito.

«Esatto. Ha anche un bel seno. Grande come piace a te», borbottai. Stavo esagerando, ma ero terribilmente nervosa. Iniziai persino ad agitare una gamba. Neil si trattenne dal ridermi in faccia e si sporse sul bancone, per avvicinarsi a me.

Eccolo lì, invece, il Neil seduttore, il lato di lui che più temevo.

Bello, sfacciato e sensuale.

«Le tue tette non sono poi così male», sussurrò, lanciando un'occhiata d'approvazione proprio al mio petto. «Ti ricordo che le ho toccate, leccate, succhiate. Io di solito non concedo queste attenzioni alle donne che non mi piacciono», affermò con tutta la sua prepotenza maschile. Il timbro deciso e virile non lasciava spazio a equivoci: gli era piaciuto fare sesso con me.

Ma questo non era abbastanza. Mi sentivo mediocre, appena sufficiente nella sua scala di apprezzamento. Non mi sentivo unica.

Mentre io volevo l'esclusiva.

«Non potresti essere meno... esplicito?» Arrossii e mi guardai attorno solo per nascondergli il rossore delle mie guance. Elencare in quel modo, con quella voce, gli attimi di lussuria che mi aveva concesso ebbe un effetto suadente su di me. Sentii caldo e i miei slip confermarono la debolezza del mio corpo: mi ero eccitata.

«Di solito lo sono anche più di così, Trilli.» Sorrise per la mia reazione e, ancora, evitai il suo sguardo. Era troppo vicino, ne percepivo perfino il respiro sulla pelle. Così, gli lanciai un'occhiata sbieca e notai che mi stava osservando con insistenza, ma io non ebbi il coraggio di voltarmi verso di lui.

«Perché mi stai fissando?» sbuffai. Neil stava proprio guardando me e non più la bellissima mora.

«Perché mi piace *la mora*, giusto?» ribatté accattivante.

D'istinto osservai di nuovo la bella sconosciuta dagli occhi verdi, poi tornai a guardare lui, concentrato ancora su di me.

«Però stai fissando me», risposi riflessiva. Neil accennò un sorriso enigmatico e...

Dannazione, doveva smetterla di sorridere in quel modo.

«E quindi?» sussurrò, con l'intenzione di farmi intuire qualcosa. Riflettei qualche istante, ma reputai impossibile che io potessi piacergli più di quella donna. No, era assolutamente improbabile.

«Non puoi preferirmi a lei.» Scossi la testa. Non potevo piacergli io. Qualsiasi cosa ci fosse stata tra noi, Neil avrebbe sempre provato attrazione anche per altre donne, donne come la bomba sexy appena arrivata. Non ero un'illusa, sapevo che non provava per me lo stesso sentimento che io provavo per lui.

«Lo sai che agli uomini non piacciono le donne troppo insicure?» Mi sorrise e mi parve proprio che Neil Miller stesse flirtando con me. Era bravo anche in quello; io, invece, non facevo altro che mostrargli tutto il mio impaccio.

«Be' non mi importa. Io non voglio piacerti.» Sperai di risultare convincente. Il suo sguardo scivolò sulle mie mani che non smettevano di tremare e in quell'istante ebbe la conferma del contrario.

«Che bugiarda», sussurrò divertito.

Mi resi conto che un'altra sua qualità era quella di ridurre una donna a vittima e strumento del suo piacere. Aveva la capacità di dirottare i pensieri della mia mente sugli istinti carnali, perché sapeva concentrare il desiderio in ogni cosa che faceva o diceva. Tanto che mi mossi nervosamente sullo sgabello, perché all'improvviso il mio corpo sembrò rispondere al richiamo peccaminoso del suo sguardo.

Mi avrebbe spogliata lì, se solo gli avessi dato il mio consenso.

«Ma guarda chi c'è. Ciao, Miller.» Una voce femminile ruppe l'atmosfera. D'istinto mi voltai e la mora bellissima, che avevo notato poco prima, sorrise a Neil con disinvoltura.

Non mi aspettavo affatto che quei due si conoscessero già e il mio stupore fu evidente.

Guardarla da vicino fu ancora più avvilente: quella ragazza non aveva alcun difetto estetico, sembrava un'attrice uscita da qualche film hollywoodiano. Toccò il fianco di Neil e lui non fece assolutamente nulla per togliersi la sua mano di dosso.

«Anche qui, Megan?» Sospirò infastidito e finalmente reagì, scostandosi da lei. Megan lo squadrò come aveva fatto ogni donna in quel locale, ma Neil rimase freddo e apatico.

«Ti ricordi di Britney?» La bellezza indicò la biondina al suo fianco e, quando osservai i suoi occhi grandi, le labbra provocanti e i lunghi capelli chiari, ricordai perfettamente dove l'avevo già vista: *nella dépendance*.

Era lei. Era proprio la ragazza che gli aveva concesso un preliminare in mia presenza.

Una tempesta di emozioni mi fece vacillare sullo sgabello. Cercai di mostrarmi indifferente, ma la mora si accorse del mio turbamento. Il suo sguardo si spostò su di me e scivolò in fretta sulle mie gambe. Mi stava davvero guardando le gambe? Mi sentii in imbarazzo, come se avessi avuto davanti un uomo voglioso di toccarmi.

«Ti avevo lasciato il mio numero. Pensavo mi richiamassi.» Britney si rivolse direttamente a Neil, delusa dal suo comportamento. Lui, invece, mantenne lo sguardo cupo e l'atteggiamento sfrontato.

Si era ricordato di lei, ma non le avrebbe dato alcuna considerazione.

L'aveva già usata, gli bastava.

«Sarà finito da qualche parte», rispose vago. «Forse nel cesso. Chissà...» La stava proprio sbeffeggiando. Provai compassione per lei e sollievo per me stessa. Neil non l'aveva rivista, quindi non erano più andati a letto insieme.

Era irragionevole da parte mia, ma fui contenta di quella scoperta. Per fortuna non potei rammentare nessuna particolare *dote* della ragazza in questione, perché, nella dépendance, mi ero costretta a non guardare, proprio per non ricordarne le immagini oscene. Tuttavia, il bruciore che avvertivo allo stomaco era connesso all'idea che quella ragazza avesse toccato Neil.

Lei conosceva anche il *sapore* di cui avevamo parlato prima, mentre io non avevo ancora raggiunto quell'intimità con lui; il solo pensiero mi fece fremere di gelosia.

«Vedi, Britney? Mai affidarsi agli stronzi, perché poi capita questo», intervenne Megan scuotendo la testa.

Neil si alzò dallo sgabello e riuscì, con la sola imponenza, a far indietreggiare entrambe. Le due donne lo temevano e lo desideravano al contempo, ed era esasperante assistere al modo in cui subivano il fascino della sua presenza.

«Non sopporto te e non sopporto questi stupidi teatrini», sbottò contro Megan: sembrava proprio che non riuscisse a tollerarla. «Vado in bagno, torno subito», mi disse poi, addolcendo il tono di voce. Le due aggrottarono la fronte, forse per capire come mai Neil Miller mi stesse avvisando di quello che avrebbe fatto. Dal canto mio, annuii soltanto e lo vidi allontanarsi tra la folla. Era un gigante e potei osservare le sue spalle sovrastare le teste di molti ragazzi.

«Sei la sua ragazza?» mi chiese Britney.

Mi voltai verso di lei e la sorpresi a fissarmi con superbia. Forse stava pensando che non ero abbastanza per lui. Non ero bionda e non avevo un seno prosperoso. Ero più giovane, meno audace e seducente. Ma non mi interessava competere con le sue amanti.

«Tu devi essere Selene. Mia sorella mi ha parlato tanto di te.» Megan, a differenza della sua amica, mi porse la mano e la guardai perplessa.

«Sì, sono io. Ci conosciamo?» Ricambiai la sua stretta e lei mi sorrise.

«No. Sono la sorella di Alyssa», mi spiegò. Oh, era la famosa Megan di cui Alyssa mi aveva parlato spesso, in passato. Mi sentii subito in dovere di cambiare atteggiamento con lei e di essere più cordiale. Insomma, era la sorella della mia migliore amica. L'unica con la quale avessi davvero instaurato un rapporto stretto lì a New York.

«Oh, sì. Siamo molto amiche.»

«Me l'ha detto.» Si avvicinò al bancone e fece segno alla barista di portarle due birre.

«Tu vuoi qualcosa?» aggiunse con gentilezza.

Scossi la testa e lei confermò alla barista le due ordinazioni.

Emanava un buon profumo e aveva due occhi verdi molto accattivanti. Il neo sull'arco di Cupido attirò la mia attenzione. La sua pelle era lucente e olivastra, le labbra scure e carnose. Sembrava che fosse straniera…

«Sono spagnola.» Mi lesse nella mente, probabilmente accorgendosi del mio sguardo fisso su di lei.

«Volevo domandartelo, infatti», ammisi imbarazzata.

«L'avevo intuito.» Ridacchiò e afferrò le due birre quando la barista gliele porse. Stavo per chiederle qualcos'altro, solo per conversare e trascorrere il tempo in attesa che Neil tornasse, quando una Jennifer furiosa marciò verso di me con le sue odiose *boxer braids*. I jeans attillati erano strappati sulle ginocchia e il top bianco eccessivamente scollato. Era tanto bella quanto pericolosa.

Si fermò di fronte a me e mi guardò inviperita.

Non la vedevo dalla notte di Halloween e avrei voluto non vederla ancora per molto tempo.

Come aveva fatto a individuarmi? Cosa ci faceva lì?

«Lui dov'è?» sbottò senza neanche preoccuparsi di aver interrotto una conversazione. Si atteggiava da regina, come se tutto le fosse dovuto. Sospirai e cercai al contempo di non permetterle di predominare su di me.

«Di chi stai parlando?» finsi di non aver capito. Non le avrei mai detto dov'era Neil. Probabilmente quella stronza lo avrebbe perfino raggiunto in bagno, pur di sedurlo, e gli avrebbe concesso uno dei suoi servizietti.

«Non prendermi per il culo, mocciosa», mi offese e sgranai gli occhi. Non le avrei permesso ancora una volta di spaventarmi com'era successo nella mensa universitaria tempo prima, non sarei stata remissiva se avesse tentato di mettermi le mani addosso.

Era qualche anno più grande di me, non avevo paura di lei.

«Dove cazzo è finito Neil? L'ho chiamato per ore e non mi ha mai risposto. Ha trascorso l'intera serata con te, vero?» aggiunse, rabbiosa. Sembrava una iena pronta a difendere il suo territorio. Forse a Jennifer ancora non era chiaro che Neil non stesse con lei, né con nessun'altra.

«Hai qualche problema di apprendimento, mia cara. Neil può trascorrere la serata con chi gli pare. Non state insieme», la rimbeccai. Nel frattempo, Megan era vicino a me e sorseggiava la sua birra, ma fissava Jennifer con lo stesso astio che la bionda manifestava nei miei confronti.

Jennifer scosse la testa e si leccò il labbro, pronta a controbattere.

«Mentre tu eri a Detroit, lui era con me. Sai cosa facevamo? Vuoi che te lo racconti nel dettaglio?» Rise di gusto e avrei tanto voluto prenderla a schiaffi. Che tra loro due ci fossero stati altri incontri sessuali ne ero quasi certa. Me l'aveva confermato anche Alyssa, ma sentirmelo dire dalla regina delle stronze ebbe un effetto disastroso sul mio umore. Tutta la mia sicurezza vacillò e mi trattenni a stento dal piangere.

Le lacrime erano il modo attraverso cui sfogavo tutto – amore, delusione e rabbia –, ma in quel momento dovevo controllarmi.

«Ti cerca solo per scopare, non credo tu debba fartene un vanto, sai?» intervenne Megan in mia difesa. Avvicinò la birra alle labbra e squadrò l'altra con un sorrisetto strafottente sul viso. Jennifer si accorse solo in quel momento della sua presenza.

«E tu da dove salti fuori, Xena?» la derise, forse per il suo atteggiamento mascolino. Megan posò la birra sul bancone e si avvicinò a lei, inclinando di poco il viso per studiarla attentamente.

«Stai buona, stronzetta. Altrimenti rischi di tornare a casa con le tue belle treccine attaccate al culo», sussurrò minacciosa, afferrandola per una delle lunghe trecce. Per la prima volta vidi Jennifer spaventata; Megan primeggiò su di lei. «Non me ne fotte niente che appartieni ai Krew, che vai a letto con Miller o che ti atteggi da prima donna del cazzo. Non temo né te né la tua banda di esaltati. Quindi sparisci!» sbottò, lasciandola andare bruscamente. Jennifer fece un passo indietro e Megan mi fece da scudo con il suo corpo, continuando a fissarla senza alcun timore.

Le stava proprio facendo capire di andarsene, altrimenti avrebbe subito le conseguenze del suo atteggiamento. La bionda raddrizzò la schiena e fulminò entrambe.

«Me la pagherete. Tutte e due!» Ci indicò minacciosa, poi se ne andò, raggiungendo probabilmente i suoi amici.

Tornai finalmente a respirare e mi alzai dallo sgabello. Volevo tornarmene a casa. Jennifer non avrebbe mollato tanto facilmente, e la sua presenza nel locale mi rendeva inquieta.

«Grazie», mormorai, quando Megan si voltò a guardarmi; lei mi sorrise, poi prese la birra, portandola alle labbra.

«E di che? Tu sei diversa da lei, per questo è gelosa», spiegò, sedendosi al mio posto. Adesso aveva il mio seno all'altezza del viso e i suoi occhi verdi erano puntati sulla mia scollatura. Di nuovo, pensai che mi stesse guardando come avrebbe fatto un uomo.

Scossi la testa, forse ero soltanto stordita da tutto quello che era successo. «E poi sei bella. Le belle piacciono a quello stronzo di Miller e Jennifer è ossessionata da lui», aggiunse, sollevando lo sguardo sul mio viso.

«Non stiamo insieme», misi subito in chiaro. D'altronde Neil non aveva rinunciato a lei, come non aveva scelto me. La gelosia di Jennifer, quindi, era immotivata.

Megan stava per controbattere, ma qualcuno la precedette: «Selene!» urlò una voce maschile.

Mi voltai di scatto e vidi Luke correre verso di me, preoccupato. «Stai bene?» Mi si fermò davanti con il fiatone. Dovette perfino appoggiarsi al bancone del bar per incamerare aria.

«Sta bene, Parker, ma cercate di tenere il vostro barboncino al guinzaglio. È alquanto fastidioso», ribatté Megan per me, strappandomi un sorriso.

«Cazzo, io le avevo detto di lasciar perdere, ma Jennifer...» Luke sospirò e si passò una mano sul viso. «Va fuori di testa quando si tratta di Neil», spiegò.

Era ovvio. Neil piaceva a tutte; tutte lo volevano e non accettavano la sua indifferenza. Non era una novità.

Il carisma esagerato, la dominanza a letto, lo sguardo magnetico, la bellezza... tutto in lui era anormale. Così anormale da attirare la curiosità delle donne, e io non facevo eccezione.

Lo schema era semplice: Neil usava le ragazze, loro se ne innamoravano e poi pagavano le conseguenze di un sentimento non corrisposto.

E io? Le avrei pagate anch'io?

«Oh, eccoti qua.» Megan puntò i suoi occhi verdi oltre le mie spalle. D'istinto mi voltai e mi ritrovai il torace marmoreo di Neil a livello del naso. Quanto profumava la sua felpa? Quanto profumava lui?

Sollevai il mento e incontrai il suo sguardo puntato su di me. Mi stava osservando in quel modo indecifrabile che confondeva i miei pensieri.

«Tutto okay?» La sua voce... la sua bellissima voce mi accarezzò i sensi. Ogni timore e paura svanì grazie all'ardore che provavo dentro.

«Tieni a bada la tua pseudo fidanzata bisbetica. Chissà cosa le avrebbe fatto se non ci fossi stata io», brontolò Megan riferendosi a Jennifer. Neil respirò pesantemente, poi fece un gesto inconsueto. Mi circondò un fianco con il braccio e mi posò il palmo sul sedere. In un attimo mi ritrovai contro il suo corpo. Rimasi immobile e imbarazzata per quel contatto protettivo.

«Di' a Jennifer di darci un taglio oppure mi incazzerò seriamente», ribatté Neil rivolto a Luke. Sobbalzai per il tono scontroso che aveva usato e mi accorsi che il biondo era piuttosto distratto perché stava osservando la mano di Neil sulla mia natica, così corrugai la fronte, confusa.

«Tu smettila di scoparla e lei capirà», ribatté l'altro improvvisamente irritato. Neil sorrise e mi avvicinò a sé ancora di più, spostando la mano sulla coscia. L'abito corto gli permetteva di sfiorare le autoreggenti e io...

Stavo per morire o svenire, non lo sapevo.

Il mio respiro si fece ansante e tra le gambe sentii un calore familiare, quello che riusciva a suscitare solo il mio incasinato.

«Mi sembri nervoso, Luke», replicò Neil, posizionandosi dietro di me, adesso. Il suo mento mi sfiorava la testa e il bacino mi premeva proprio contro il sedere. Iniziai a sudare. Neil sapeva cosa stava accadendo dentro di me. Stava fondendo i nostri desideri, voleva che sentissi la sua erezione potente nel punto in cui più la desideravo. Era proprio un bastardo.

«E tu mi sembri...» Luke guardò il mio viso, poi il suo amico. «Rigido...» concluse, sconcertato.

Avevo le guance bollenti e tenevo il labbro inferiore tra i denti. Avrei voluto muovermi contro Neil, ma non eravamo soli. Mi sarei vergognata di me stessa se avessi ceduto.

Neil si piegò sul mio collo e mi scostò i capelli dietro una spalla, delicatamente. Non capivo il perché del suo comportamento così sfacciato.

Cosa stava facendo?

«A te sembro rigido, Trilli? Rispondi a Luke, è curioso di saperlo», mi sussurrò all'orecchio, divertito, e deglutii a vuoto. Lo sapeva cosa sentivo. Sapeva che stavo sentendo tutto. Se non fossi stata tanto pudica, avrei risposto di sì alla sua domanda, senza alcun dubbio. Era rigido e duro. Maschio e pronto a dominarmi. Era un uomo magnificamente eccitato. Ricordai chiaramente cosa nascondeva sotto i boxer, qualcosa che avrebbe fatto scappare per l'imbarazzo qualsiasi uomo convinto di essere l'emblema della virilità.

«Vi va di fare una partita a biliardo?» Megan finì di bere la birra e si alzò in piedi, interrompendo il mio momento di estremo disagio. Aveva percepito la tensione tra i due ragazzi, la stessa che avevo notato anch'io. Luke corrugò la fronte, la biondina Britney si allontanò con delle ragazze promettendo a Megan che si sarebbero riviste dopo, e infine Neil... non smetteva di fissare il suo amico. Non capivo che cosa gli stesse frullando per la testa.

«Forza, Miller. Facciamo una bella partita. Io e te contro Luke e Selene», propose Megan, ancheggiando verso una direzione a me ignota. Neil indietreggiò con uno sbuffo annoiato e io mi toccai la fronte.

Stavo davvero sudando.

Luke seguì Megan, superando me e Neil, senza guardarci. Non avevo compreso il motivo del loro atteggiamento – stavano parlando di Jennifer e poi la situazione aveva preso una piega diversa –, ma avevo bisogno di aria. Provai a inspirare a fondo, ma il profumo di muschio di Neil che dominava lo spazio circostante mi indicò la sua presenza ancora troppo vicina. Mi voltai a guardarlo e lo vidi, bello e impertinente, con il sorrisetto tentatore. I miei occhi scivolarono sulla patta dei suoi jeans e ne notai la protuberanza marcata. Era enorme. Immaginai le donne che l'avrebbero vista e non riuscii a trattenere il fastidio. Neil dovette intuire i miei pensieri perché con una mano abbassò il bordo della felpa e tentò di sistemarsi.

«È educato. Si alza per te», disse sarcastico, riferendosi ai piani bassi, poi mi superò con una scrollata di spalle e io rimasi ferma a fissarlo.

Neil aveva appena fatto una battuta?

Scossi la testa e lo seguii velocemente.

«Coprilo subito!» replicai senza pensarci. Neil si voltò a guardarmi con una strana espressione e io arrossii.

Mi resi conto che l'aveva capito.

Aveva capito che ero gelosa e la preoccupazione che vidi aleggiare nei suoi occhi non mi piacque per niente. Imbarazzata mi schiarii la voce e ripresi a camminare, Neil per fortuna non disse nulla e si limitò a starmi dietro.

«Non mi starai guardando il sedere, vero?» gli chiesi all'improvviso quando percorremmo un breve corridoio che divideva il locale da una sala più tranquilla. La musica giungeva ovattata, così come il vociare dei clienti.

«Certo, esattamente come tu mi guardi il ca...» tentò di dire, ma mi voltai subito fulminandolo con lo sguardo.

«Smettila. Mi hai già messa in ridicolo poco fa davanti al tuo amico.» Gli puntai un dito contro e lui sorrise, per niente pentito o preoccupato.

«Ti imbarazza la presenza di Luke?» Inarcò un sopracciglio e cercò di sondare la mia reazione.

Che diavolo di domanda era quella?

«Certo che no. Mi imbarazza però che tu faccia allusioni per chissà quale assurdo motivo e…» Anziché replicare, questa volta Neil sbuffò e mi superò senza più ascoltarmi. Si era già stancato di parlarmi e lo odiavo quando si comportava così.

Sospirai pesantemente e lo seguii, superando poi una tenda nera che dava accesso alla sala giochi. Sembrava una vera Game City, decisamente meno affollata del locale. C'era di tutto lì dentro: macchinette funzionanti con i gettoni, videogiochi, flipper e vari tavoli da biliardo. Adocchiai Megan proprio a uno di essi e la raggiunsi, stampandomi un largo sorriso in viso.

«Era ora, Selene. Miller ti ha fatta arrabbiare?» Ridacchiò e prese una stecca, passandoci un gessetto sulla punta. Ci aveva forse sentiti in quel corridoio? O l'aveva soltanto presunto?

«Certe volte non lo sopporto», mormorai a bassa voce, perché Neil era vicino a noi, concentrato a scegliere la sua stecca.

«Nessuna lo sopporta, a meno che non sia nudo su un letto.» Mi fece l'occhiolino in modo malizioso e insieme ridacchiammo. A quel punto Neil si voltò a guardarci e aggrottò la fronte, così tornammo immediatamente serie.

«Bene, bene, bene. Vediamo se voi maschietti sapete mettere una palla in buca», disse Megan divertita, attirando l'attenzione dei due ragazzi.

«Io non so giocare», mi lagnai mentre guardavo Luke scegliere la stecca. Neil aveva già afferrato la sua e adesso se ne stava annoiato ad aspettare che anche noi fossimo pronti.

«Ecco, prendi questa.» Luke mi si affiancò e mi porse una stecca di una dimensione diversa dalla sua, così aggrottai la fronte.

Perché non erano uguali?

«Ogni giocatore deve maneggiare una stecca adatta alla propria statura», spiegò e scrollò le spalle. In quel momento, gli guardai il giubbino di pelle: era nero con un teschio contornato da fiamme rosse sul retro. Luke aveva uno stile aggressivo che contrastava decisamente con i suoi modi.

Ancora una volta, mi trovai a fare un paragone tra i due amici: Luke era gentile e divertente, Neil era sempre burbero e arrogante. Ma in compenso godeva di un fascino tutto suo, carnale, ribelle e conturbante, mentre Luke era meno appariscente, ma ugualmente capace di attirare le attenzioni femminili.

«Mi stai dicendo che sono bassa? Grazie», ironizzai e qualcuno si schiarì la voce. Mi voltai nella direzione di Neil e sorpresi i suoi occhi dorati a fissarci. Aveva il gomito appoggiato sulla stecca e ci stava guardando infastidito.

«Volete darvi una mossa?» ci redarguì severo.

«Non iniziare a fare lo stronzo», borbottò Luke sbuffando.

«Preparati a perdere, Parker», lo rimbeccò Neil, con uno sguardo talmente sicuro da abbattere le mie speranze di vittoria.

Già scarse, dato che non avevo mai giocato a biliardo, ma solo visto giocare alcuni amici. Un po' preoccupata di fare danni, osservai la mia stecca e cercai di capire come posizionarla.

«Aspetta, ti faccio vedere.» Luke intuì il mio impaccio e si avvicinò a me. Ancora una volta, mi chiesi come facesse un ragazzo così carino a uscire con i Krew. Era indubbio che facesse parte del gruppo, ma nessuno dei suoi atteggiamenti era lontanamente paragonabile a quello di Xavier e delle altre due ragazze.

In quell'istante mi posò una mano sulla base della schiena e mi irrigidii. «Devi piegarti leggermente in avanti», mi esortò a seguire il suo suggerimento e lo feci meccanicamente, anche se indossavo un vestito e temevo che si potesse sollevare troppo, per non parlare dei tacchi che erano decisamente scomodi. «Tieni la base della stecca con la mano destra e poggia la parte finale più stretta sulla sinistra», proseguì paziente. Il suo respiro mi sfiorò una guancia e il petto si appiccicò alla mia schiena. Mi accorsi che non sopportavo il contatto fisico con un uomo che non fosse Neil.

Non riuscivo neanche a concentrarmi, perché il mio corpo si rifiutava di accettarne l'eccessiva vicinanza.

«Luke, penso che sappia come si tenga una cazzo di stecca», intervenne Neil, irritato. A quel punto sollevai lo sguardo su di lui e gli notai la mascella contratta. Si tolse in fretta il giubbino di pelle e lo lanciò su uno sgabello poco distante, poi si arrotolò le maniche della felpa sui gomiti. Le vene sporgenti, che si diramavano fino al dorso delle mani, furono tutto ciò che vidi. Allentai la presa sulla stecca e mi dimenticai delle regole del gioco, appena spiegate da Luke, perché la virilità di quel corpo da adone era esagerata.

«Le sto solo dando una mano», rispose il biondo, con un sorriso sfacciato.

Neil, però, si leccò il labbro inferiore e propose a Megan di cominciare, senza neanche consentirmi dei tiri di prova.

La partita iniziò.

Il primo turno fu di Neil e io me ne rimasi ferma ad ammirarlo. Era a dir poco stupendo, piegato in avanti e concentrato, con un cipiglio severo in viso e una ciocca castana scivolata dal ciuffo lungo. Si passò la mano tra i capelli per sistemarli dietro la fronte, poi tornò a fissare la sfera colorata che aveva deciso di colpire.

Pochi secondi e, con la forza di un cannone, colpì la palla.

Preciso, veloce, impeccabile. Fece il primo punto.

«Wow.» Megan gli sfiorò una spalla per lusingarlo, ma lui si limitò a fissare il tavolo da biliardo, raddrizzando la schiena come un felino. Guardò Luke e sfoggiò un sorriso di sfida. Piuttosto che un gioco, sembrava una vera competizione a chi sapesse giocare meglio tra i due.

Osservai Megan alla ricerca di un supporto femminile e lei scrollò le spalle.

«Sono uomini», commentò ilare, poi alzò gli occhi al cielo.

Mezz'ora dopo, la coppia avversaria era in netto vantaggio.

«Allora, Luke? Che succede? Non dirmi che non riesci a metterla in buca.» Neil sbeffeggiò il suo amico, dopo che il mio compagno di squadra aveva sbagliato vari tiri.

«Forse perché sono distratto», rispose Luke, e ci fu qualcosa di malizioso nel tono che utilizzò. Lo guardai e lo sorpresi a fissarmi il sedere mentre mi ruotava attorno come un predatore. Per la prima volta notai in lui un lato diverso, perverso e pericoloso, che sicuramente era il motivo per cui faceva parte dei Krew. D'altronde, se ci usciva, non poteva essere così diverso da Xavier, come invece, scioccamente, pensavo. Luke lanciò un'occhiata a

Neil con un sorrisetto provocatorio, mentre il mio incasinato lo fissava immobile, per niente intimorito.

Sembrava, piuttosto, nervoso.

D'un tratto, il biondo si posizionò alla mia sinistra e smise di squadrarmi come se volesse spogliarmi.

«Tocca a te.» Mi sorrise e mi piegai in avanti, interrompendo subito il nostro contatto visivo.

Posizionai la stecca come mi aveva consigliato, ma non mi sentii per niente sicura. I nostri avversari avevano indubbiamente una familiarità maggiore con il tavolo verde. Impugnavano a dovere la stecca, conoscevano il gergo del gioco, le regole del biliardo, mentre io a malapena riuscivo a colpire qualcosa. Tentai di non stringere la stecca con eccessiva forza, ma solo quel tanto che serviva per trattenerla durante il tiro, e mantenni il polso morbido, proprio come mi aveva spiegato Luke, poi mi concentrai.

«Dai, Selene, ce la fai», mormorò lui, ma il mio sguardo cercò subito Neil, sorprendendolo a osservarmi. I suoi occhi scivolarono caldi su di me e fu faticoso mantenere la dovuta concentrazione.

Tirai, ma in modo debole e impreciso.

La palla non entrò in buca, anzi neanche ci arrivò.

Stavamo davvero perdendo miseramente.

«Scusa», sussurrai a Luke che mi sorrise, per niente preoccupato. Non sapevo giocare e mi sentivo una sciocca ad aver accettato. Soprattutto perché Megan era perfetta anche nel gioco. Per giunta, ogni volta che si piegava in avanti, reggendo con maestria la sua stecca, Neil le guardava il sedere. Lo faceva con discrezione, ma era innegabile che il suo sguardo puntasse proprio le belle forme della mora. Avevo notato subito che Mr. Incasinato non era indifferente al fascino selvaggio di Megan. Del resto, chiunque sarebbe stato ammaliato da una come lei. Una donna forte, sicura di sé ed estremamente attraente.

«Facciamo un cambio. Vi stiamo stracciando», propose Neil e mi ridestai d'un tratto dai miei pensieri. Non capii il perché di quella richiesta improvvisa, ma Luke non si oppose e affiancò Megan; io, invece, rimasi dov'ero finché sentii il profumo di muschio nell'aria e mi accorsi che Neil era dietro di me.

«Adesso ti mostro io come fare un buon tiro, bimba», mi

sussurrò all'orecchio. Il torace possente mi sfiorò la schiena e le braccia lunghe mi avvolsero tutta, completamente. Poi, Neil mi fece piegare e si spalmò dietro di me, incurante degli sguardi che avevamo addosso. Sentii il suo bacino premermi contro il sedere in modo sfrontato e disinibito. Le mani, invece, corsero sulle mie, per farmi assumere una posizione più corretta. «Ci vuole pazienza, caparbietà e precisione. Sei in gamba, sono certo che questa volta ce la farai», aggiunse, respirando sul mio collo. Se avesse continuato a parlarmi con quella voce eccitante e il timbro basso, avrei perso la lucidità. Neil faceva dell'eros, della seduzione, della fisicità la sua arma fatale e io ne ero vittima. Giocava e prosperava sulle debolezze di una donna e io godevo dell'incanto di averlo addosso a me. Avvertivo tutta l'essenza del suo essere uomo, un uomo capace di provocare turbamento e di far vacillare il mio equilibrio.

In quel momento stava attuando qualche strana strategia erotica per farmi cedere inesorabilmente. Deglutii la saliva che avvertii bollente lungo la gola e fissai la punta della stecca. Le dita di Neil sulle mie erano lunghe e decise. Le guardai e mi leccai le labbra, reprimendo il desiderio di sentirle sul corpo.

«Forza», mormorò. Mi concentrai per non deluderlo, per colpire la palla colorata e farlo nel miglior modo possibile. Spinsi la stecca in avanti con decisione e con la giusta forza.

Vidi la palla rotolare e poi... entrò in buca.

Rimasi qualche istante immobile a realizzare se davvero ce l'avevo fatta, poi le labbra mi si incurvarono verso l'alto e d'istinto saltellai come una bambina.

«Sì!» emisi un urletto gioioso e mi voltai verso Neil che mi regalò il più bel sorriso che avessi mai visto.

Fu quella la mia vera vittoria: vederlo sorridere.

Continuammo a giocare e vincemmo contro Megan e Luke.

Uniti, complici, forti. Insieme.

Sapevo che Neil aveva dei mostri dentro di sé, ma quegli stessi mostri riuscivano, in qualche modo, a comunicare con me.

Non avevo paura di lui.

Mi sentivo protetta.

In più, scoprivo ogni giorno una nuova parte della sua personalità senza che ci fossero le parole a mediare, perché stavo imparando a cogliere tutti i segnali muti.

Percepivo la purezza del mio sentimento e la forza di qualcosa che, invece, stava nascendo in lui.

Forse quello che ci univa non sarebbe mai sbocciato, non avremmo mai condiviso nessuna vera storia d'amore, non saremmo mai stati una coppia, ma avremmo continuato a sfiorarci per sempre.

Avremmo continuato a cercarci per evitare di perderci.

Perché eravamo troppo vicini, per essere lontani.

11
Neil

Eppure le donne, le donne che valevano qualcosa, mi spaventavano perché finivano col volere la mia anima, e io volevo tenere per me quello che ne restava.
CHARLES BUKOWSKI

CHE cazzo stava succedendo?

Non lo sapevo neanch'io.

Io e Selene eravamo appena rientrati dalla festa e l'avevo portata con me nella dépendance senza alcun motivo.

Lì portavo tutte quelle con cui scopavo, quando ne avevo voglia.

Ed erano sempre bionde.

Selene, quindi, era l'eccezione alla regola.

«Non sapevo che sapessi giocare così bene a biliardo», commentò lei dietro di me, sferzando le pareti dell'alloggio con la sua voce. Ancora non riuscivo a credere che fosse lì con me.

La bimba era arrivata da Detroit quella mattina – Matt ne aveva parlato per giorni interi fino alla nausea –, ma io l'avevo accolta in un modo diverso rispetto ai miei famigliari perché qualcuno aveva strappato i miei disegni e avevo perso la ragione, come sempre.

Odiavo chi toccava le mie cose o metteva disordine nella mia vita, perciò, come una furia, avevo fatto irruzione nella sala da pranzo incurante di seminare il solito terrore che ero abituato a leggere negli occhi di tutti quelli che mi circondavano.

Selene, però, era stata dolce da far schifo. Mi aveva portato un pacchetto di pistacchi sgusciati e io le avevo concesso di entrare nella dépendance con i suoi occhi oceano, il profumo di cocco e il sorriso timido. L'avevo baciata una sola volta e per fortuna ero riuscito a controllarmi. Ci voleva ben altro per far perdere la testa a uno come me. Quando, però, aveva indossato quel vestitino indecente, non avevo fatto altro che guardarlo, come se mi dicesse «*Vieni qui e strappami*» oppure «*Saltami addosso e scopami*», rimettendo in discussione ogni mia sicurezza.

Credevo di essere immune al suo fascino e puntualmente mi ero ritrovato a pendere dalle sue labbra.

Merda.

Mi passai una mano sul viso. Ero teso. Teso da ore, perché volevo sfogarmi. Perché avevo bisogno di sfogarmi, ma non potevo. Stavo seguendo il consiglio del dottor Lively di reprimere i miei impulsi sessuali a causa di tutti i problemi che mi portavo dietro, quindi dovevo cercare di tenermi a bada in qualche modo.

Che cosa sarebbe successo se avessi ceduto a Selene e non fossi stato in grado di raggiungere l'orgasmo?

Avrei fatto sentire una nullità anche lei, come le altre, e in più avrebbe ricominciato con quella storia del «parlare», incitandomi a spiegarle il perché della strana reazione del mio corpo.

Alla bimba, infatti, non bastava solo usarmi, lei voleva di più e questo mi spaventava.

Mi rendeva inquieto e confuso, dato che non sapevo come gestirla.

«Perché hai accettato di venire qui?» Mi sedetti sul divano angolare e mi scombinai il ciuffo. Avrei fatto una doccia e poi l'avrei cacciata. O forse l'avrei prima cacciata e poi sarei andato a farmi una doccia, non sapevo quale ordine avrei seguito, ma in ogni caso lei sarebbe andata via.

«Cosa?» Se ne stava in piedi con il cappotto sulle spalle, le cosce in vista, la scollatura seducente e io non avevo fatto ancora nulla per godere di tutte quelle curve: delicate, acerbe ma attraenti da morire.

«Perché sei qui?» ripetei. «Di solito qui ci entra chi accetta di compiacermi. Vuoi scopare?» La guardai, puntandole addosso il mio sguardo gelido; dentro però avevo un fuoco incandescente che faticavo a controllare.

Selene corrugò la fronte e si strinse nelle spalle. Di nuovo avevo cambiato umore e lei mi stava fissando come se fossi un pazzo. Era comprensibile, in effetti: la serata era andata piuttosto bene. Ero stato gentile e stranamente protettivo, soprattutto quando Luke l'aveva guardata più del dovuto. Anzi, ero stato proprio io a farle credere che potesse esserci qualcosa in più tra di noi e lei si era avvicinata a me, come avrebbe fatto qualunque donna al suo posto.

In quei momenti avevo avvertito un'inspiegabile complicità con lei, una sintonia mai provata con le altre, ma soprattutto una sensazione assurda all'altezza del petto quando un uomo nel locale la guardava. Mi infastidiva che qualcuno la fissasse, cosa assolutamente fuori dalla norma per me. Non mi era mai importato nulla di nessuna e condividevo le donne perfino con Xavier e con Luke, che tra l'altro ultimamente si atteggiava con Selene da finto santarellino della situazione, quando sapevamo bene entrambi che avrebbe voluto infilarsi lì dove mi ero infilato solo io.

Quel posto che apparteneva a me: *L'isola che non c'è.*

«Perché adesso mi stai parlando così?» mi chiese mentre le osservavo prima i capelli lunghissimi disposti tutti su una spalla, poi le tette sode.

Davvero pensava che mi piacessero enormi?

Ero un uomo.

Non contava se fossero piccole o grandi, tonde o a goccia, ciò che mi importava era poterne fare quello che volevo.

E io le preferivo piccole.

Anzi, no.

Preferivo le sue.

La bimba, però, era troppo ingenua per capire come ragionava la mente maschile, per giunta non si rendeva neanche conto della propria bellezza, altrimenti le sarebbe apparso tutto più semplice.

«Perché sei nella mia dépendance, seminuda, senza aver trovato il fortunato della serata. Vuoi per caso sostituirlo con me?» La stavo prendendo in giro. Quella storia della scopata era stata soltanto un gioco che mi ero divertito a inscenare con lei. La conoscevo abbastanza bene da sapere che non sarebbe mai andata a letto con uno qualunque, perché Selene dava un valore a se stessa. Dava un valore ai suoi baci e ai suoi abbracci. Si sarebbe concessa ad altri uomini solo dopo averli conosciuti o dopo esserci uscita un paio di volte, ma mai la prima sera.

Selene era impegnativa, per questo non era così semplice per me starle accanto.

«Pensi che uno valga l'altro?» Si infastidì mentre io le guardavo le cosce come un disperato, tentando di non distrarmi dal nostro discorso.

Sì, pensai, uno valeva l'altro, per tutte, ma non per lei. Lei voleva me, aveva voluto me per tutta la sera.

E questo era un fottuto problema.

«Tu vuoi solo me, Trilli, e non va bene. Perché non ti cerchi un uomo che possa renderti felice?» Appoggiai la schiena sul divano e allargai le gambe, assumendo una posizione comoda. Se l'avesse trovato davvero, lo avrei accettato.

O forse avrei ammazzato l'uomo in questione, ma...

Ehi, l'avrei accettato.

Selene scosse la testa e abbozzò un sorrisetto impudente. Le spuntava sempre una piccolissima fossetta all'angolo destro delle labbra quando sorrideva. Era proprio piccolissima, ma io l'avevo notata. Come avevo notato altri due nei, oltre a quello accanto al capezzolo destro. Ne aveva uno a forma di cuore capovolto sul ginocchio e un altro identico sulla base della schiena.

Mi resi conto che avrei voluto guardarli ancora per appurare che non mi stessi sbagliando. Ormai il ricordo del suo corpo viveva solo nella mia testa, dato che non la toccavo da troppo tempo. E ne avevo maledettamente voglia.

Sospirai e con una mano mi sbottonai i jeans. Non riuscivo più a sopportare l'erezione. Era da ore che la tenevo lì, compressa nei boxer. A volte mi mancava perfino il respiro a causa delle stilettate di piacere, tanto che non riuscivo neanche a stare seduto correttamente.

Selene seguì il mio gesto e deglutì imbarazzata. Mi accorsi allora che l'avevo messa a disagio, ma io ero abituato a essere sfacciato, soprattutto con le donne.

Facevo quello che volevo, dicevo quello che pensavo e non conoscevo alcun pudore.

«Mi dici cos'è successo con Jennifer?» le chiesi. Non mi importava, ma avevo bisogno di distrarmi, altrimenti mi sarei comportato come una bestia. L'avrei scopata sulla penisola dietro di lei e poi non sarei venuto, facendola sentire un'incapace. Selene nel sesso era ancora troppo inesperta e soprattutto insicura, quindi vivere un rapporto con me, nelle condizioni in cui mi trovavo da settimane, avrebbe solo aumentato le sue paranoie. Si sarebbe sentita usata, sporca e io non volevo. Volevo che godesse, non che provasse autocommiserazione per quello che facevamo.

«Stai pensando a lei persino adesso», rispose infastidita.

Come al solito Trilli lasciava emergere le sue insicurezze, perché non capiva che per me pensare a un'altra aveva un significato diverso da ciò che credeva lei.

«Voglio sapere cos'ha fatto», ammisi, sistemandomi l'erezione sotto i boxer; avrei voluto spogliarmi e rimanere comodamente nudo.

Avrei potuto farlo? O mi avrebbe considerato un depravato anche senza che la toccassi?

«Mi ha fatto una scenata perché hai ignorato le sue chiamate. Pensa che io ti distragga in qualche modo», spiegò, scostandosi una ciocca di capelli dietro l'orecchio. La guardai tutta, di nuovo, e mi soffermai sulle gambe.

Quanto erano alti quei tacchi?

Le stavano divinamente. Se avessi potuto, l'avrei scopata così, nuda, lasciandole addosso solo quelle décolleté eleganti.

«Dovrò farle un discorso», constatai. L'ennesimo. Soltanto perché andavamo a letto insieme da quattro anni, non significava che io la volessi sul serio o che volessi iniziare una relazione con lei. Pensavo che avesse capito l'antifona quando non avevo risposto alle sue trentacinque chiamate. Invece no. Come al solito, anche se le avevo detto più volte che non ero il suo uomo, che non c'era niente tra noi, Jennifer accettava solo ciò che rientrava nelle sue convinzioni.

Forse, se solo avessi avuto il coraggio di parlare del mio passato, tutte avrebbero capito com'ero davvero.

«Dovrai dirle che piace solo al tuo ca...» Selene si fermò posando una mano sulle labbra. Stava dicendo proprio quello che pensavo? Sorrisi e la fissai intensamente, con l'intenzione di farla arrossire.

«Ti sto influenzando negativamente, bimba», dissi e non era affatto un bene. Selene si voltò e si sfilò il cappotto per posarlo su uno sgabello dell'angolo cucina. Così potei finalmente notare le curve dei fianchi e il culo alto sotto il vestitino svolazzante.

Come sarebbe stata senza? Che biancheria indossava?

Aveva detto che indossava un tanga, ma probabilmente mi aveva mentito. Pertanto, non mi sarei stupito nel vedere che nascondesse uno di quegli orribili slip in cotone. Orribili quanto il suo pigiama.

«Mi hai già influenzata più di un mese fa», commentò, restando in piedi e distante da me. «E adesso finalmente mi parli», aggiunse, contenta. Questo era un altro problema. Con lei stavo seriamente iniziando a parlare troppo. Non le avrei mai raccontato del mio passato, ma riuscivo a essere più loquace. A volte solo per sedurla o per prenderla in giro, altre volte per spiegarle le cose che con il semplice intuito non riusciva a capire.

«Tra noi non può funzionare», dissi di getto, per cercare di chiarirle ancora una delle cose che proprio si rifiutava di accettare. Non mi piacque, però, la malinconia che vidi nei suoi occhi azzurri. Volevo solo proteggerla da me e farle entrare in testa che non poteva esserci nessuna relazione, che non potevo darle quello che voleva.

Non volevo condurla con me nel baratro.

Desideravo il meglio per lei e il meglio non ero io.

Lo sapevamo entrambi.

«Perché?» insisté e iniziai ad alterarmi. Sentivo i nervi tendersi e la pazienza svanire.

«Perché, perché, perché... è tutto un fottuto perché con te, Selene!» sbottai e mi alzai perfino in piedi per rimarcare il concetto. «Perché non ti limiti a spogliarti? Perché non ti limiti a toccarmi e usarmi? Perché?» Alzai la voce e le andai incontro. «Perché non mi spingi su quel divano e mi scopi, come fanno tutte? Come hanno sempre fatto tutte. Perché? Sarebbe più facile, sai? Potrei accettare di averti accanto, ma solo a modo mio, mai come vorresti.» Mi ero avvicinato troppo e nell'indietreggiare lei aveva raggiunto la parete. Quando la vidi tremare, maledissi me stesso per la mia incapacità di ragionare come un uomo normale e feci un passo indietro. Chissà a che velocità le stava battendo il cuore e cosa stava pensando di me. Mi passai una mano sul viso, perché non ero mai stato così in difficoltà prima di allora.

Le donne non erano mai state un problema per me. Da loro mi prendevo ciò che volevo, uno sballo momentaneo, e poi passavo oltre, quasi indifferente persino al più osceno degli atti.

Eppure, nemmeno quando avevo goduto di più corpi insieme avevo provato ciò che sentivo con quella ragazzina. A essere sincero, il sesso che avevamo condiviso non era stato neanche un granché, ma a me era piaciuto perché era stato semplice, spontaneo, naturale e soprattutto vero.

Maledettamente vero.

«Perché per me non sei un oggetto», sussurrò con un filo di voce.

Mi voltai di scatto per analizzarla. Per quale motivo aveva detto una cosa simile?

Di riflesso, cercai sul suo viso i sentimenti che odiavo, come la pietà o la compassione. L'avrei cacciata a calci nel culo se ci fossero stati, ma non li trovai.

Poi sorrisi maliardo.

Pensava che mi facessi usare come un oggetto dalle donne? Mi considerava una vittima?

Si sbagliava di grosso.

Accadeva esattamente il contrario: ero io a usare le donne come oggetti. Ero io a immaginare Kimberly in ognuna di loro e a vendicarmi per quello che mi aveva fatto.

Ero io a farle impazzire con il mio atteggiamento dominante, a farle godere e poi gettarle via, come Kim aveva fatto con me.

Ero io dall'altra parte adesso.

«Sei proprio un'ingenua, Selene. Davvero un'ingenua.» Feci un altro passo indietro e mi allontanai da lei e dal suo profumo, che mi confondeva.

«Ne sei sicuro? Tu usi loro e loro usano te. Non ti accorgi che è tutto consequenziale.» Si staccò dalla parete e si avvicinò a me. Camminava piano su quei tacchi e un po' goffamente, senza ostentare una sicurezza che nelle altre, solitamente, mi irritava.

Con le sue forme perfette e ben proporzionate, sembrava una fata innocente, ma anche una sirena ammaliante. In quel locale non c'era stato un uomo a ignorarla.

Tutti, proprio tutti, l'avevano guardata in modo lussurioso.

E a Detroit? Quanti la guardavano mentre io non c'ero?

«N-Neil», balbettò la bimba. «Mi stai ascoltando?» seguitò intimidita.

No, non la stavo più ascoltando.

E lei si era accorta che ero assente, perso nelle mie riflessioni.

L'afferrai d'istinto per la nuca e l'avvicinai a me. Non ero mai stato un tipo delicato e non lo fui neanche in quel momento. Le strinsi i capelli in un pugno e portai le mie labbra a un soffio dalle sue.

«Tra cinque minuti devi sparire. Te ne devi proprio andare», sussurrai rabbioso. Le sue mani piccole e sottili mi si posarono sul torace e io respirai a malapena.

«Okay», biascicò intimidita. Aveva paura di me? Le sfiorai la punta del naso con il mio e posai un lieve bacio sul suo piccolo naso all'insù.

Era perfetto.

«Facciamo dieci. Dieci minuti», ritrattai, scendendo sulle labbra. Dieci minuti sarebbero stati sufficienti per appagare la voglia malsana di assaggiarla ovunque.

«Sono d'accordo», rispose.

Bene. Mi piaceva quando era così accomodante.

Mentre la tenevo ancora stretta per i capelli, sperando di non farle male, le avvolsi l'altro braccio attorno al punto vita e le palpai il culo con forza. Selene emise un piccolo sibilo, ma non mi importò.

Doveva abituarsi a me e non per la vita intera. Soltanto per i prossimi dieci minuti.

Dopo un attimo, lei si morse il labbro inferiore e chiuse gli occhi, pronta ad abbandonarsi a me, al diavolo in persona. E allora la baciai.

Infilai la lingua con impazienza in quel paradiso che era la sua bocca, e incontrai subito la sua pronta per me.

Timida e incerta.

Sì, era quello il tipo di bacio che mi piaceva ricevere.

In quel momento, Selene infilò una mano tra i miei capelli e mi attirò a sé, così iniziai a baciarla a modo mio. In quel modo che a lei faceva male.

Che a me faceva male.

Selene era l'unica in grado non solo di eccitarmi, ma anche di farmi perdere il controllo. Non sapeva compiacermi, eppure a me piaceva tutto di lei, perfino la sua timidezza. Ero dominante e non solo a letto, e lei sembrava apprezzare questo mio lato, anche se non lo avrebbe mai ammesso.

«Facciamo quindici. Quindici minuti e poi ti caccio via. Ti caccio via a calci, sappilo. Avrai il culo rosso domani», sussurrai infastidito e terribilmente confuso, ma lei annuì soltanto.

Ripresi a baciarla. I miei pensieri erano invadenti, affollati, caotici.

Troppo caotici.

Più baciavo la bimba e più cercavo, nei meandri della mia testa, una via di fuga, che non c'era.

La mia pressione sanguigna si concentrò solo nel cazzo e ragionare fu difficile, davvero difficile. Un suo gemito acuto mi infiammò e mi indusse a reclamarla con più forza.

D'un tratto, le sue mani mi si posarono sulle spalle per fermarmi, perché non riusciva a respirare.

Non riusciva mai a baciarmi bene la mia bimba, era troppo impacciata.

Le guardai gli occhi e mi fermai per consentirle di incamerare ossigeno. Selene appoggiò la fronte sul mio petto e respirò.

Mi respirò.

«Ancora non sai baciare», la derisi e lei rimase ferma a inspirare a fondo.

«Tu… tu…» balbettò senza concludere.

«Io… io?» la sbeffeggiai, accarezzandole la nuca con una mano per tranquillizzarla. Sollevò lentamente il viso e mi guardò. Nei suoi occhi vidi il mare di piacere e l'oceano dell'eccitazione.

Sentivo il suo fiato caldo rotolarmi sulla pelle, sulla carne, tra i muscoli.

«Devi andartene.» Mi sentivo prigioniero dei miei sensi, in delirio. Ero davvero delirante.

«Non vuoi che me ne vada», rispose sicura di sé.

Il sangue prese a scorrermi rapido nelle vene e nell'aria aleggiò il nostro profumo.

Godevo della situazione.

Godevo dell'essere suo, in quell'attimo, in quei soli quindici minuti, ma dovevo farle capire che ciò che c'era tra noi era solo un'illusione irrealizzabile.

«Ti scoperò», dissi allora, forse così avrebbe capito in che guaio si stava cacciando. Le sue mani mi avvolsero i fianchi e mi incatenarono.

«Okay. Fallo», mi provocò.

Era sicuramente impazzita. Ci trovavamo in un vortice di desiderio distruttivo e nessuno dei due stava ragionando lucidamente.

«Lo farò come faccio con tutte. Senza impegno», insistei, nella convinzione che questo l'avrebbe fatta desistere.

Ricordai le parole del dottor Lively. Dovevo astenermi dai rapporti sessuali, smetterla di violentare il mio corpo, altrimenti…

«Dovrai *impegnarti* parecchio per farlo *senza* impegno.» Sorrise per il suo gioco di parole e la guardai perplesso. Cos'era quel luccichio argenteo negli occhi? Mi stava guardando con adorazione? Mi leccai il labbro e raccolsi il suo sapore. Quel sapore irresistibile, dolce, di donna, poi le sfiorai la pelle morbida della guancia e lei mi baciò le dita della mano.

Ogni suo respiro trasmetteva brividi.

A me. A lei. A entrambi.

«Sul divano», le ordinai all'improvviso, allontanandomi. Stavo sbagliando, di nuovo, come sempre, ma la volevo. Volevo almeno un piccolo assaggio.

Selene mi guardò titubante per qualche istante, poi mi obbedì; in quel momento, osservai accigliato il suo corpo: era troppo vestita.

«Spogliati. Lentamente», ordinai, poi mi sedetti su uno sgabello per godermi lo spettacolo. Avevo bisogno di starle lontano o non avrei risposto di me. Mi passai una mano tra i capelli, poi mi tirai appena la felpa. Volevo togliermi tutto di dosso.

Selene si voltò nella mia direzione e deglutì, poi si guardò attorno pensierosa e sospirò per raccogliere il coraggio che l'avrebbe resa abbastanza audace. Con una mano tremante fece scivolare giù la prima spallina del vestito; le fissai la clavicola, poi la curva perfetta del collo. Ripeté lo stesso gesto sull'altra spalla e lasciò cadere lentamente l'abito sul pavimento.

Con un'eleganza distinta sollevò una gamba, poi l'altra, e rimase lì in piedi, in bilico sui tacchi alti, fiera di mostrarsi a me con indosso solo un semplice completo intimo di cotone bianco, candido e angelico, e un paio di autoreggenti velate.

La guardai tutta. La divorai da capo a piedi. La pelle chiara come il latte era luminosa e priva di imperfezioni. I seni piccoli erano alti e sodi, l'addome piatto, le gambe definite e slanciate. Le mani intrecciate tra loro e lo sguardo intimidito.

Posai il mento su un palmo e continuai a fissarla, notando il rossore delle sue guance.

«Ti imbarazza che io ti guardi?» chiesi, costringendomi a rimanere seduto, perché se mi fossi avvicinato l'avrei mangiata. Lei scosse la testa, ma stava mentendo. Non riusciva neanche a sostenere il mio sguardo per più di due secondi, così alla fine cambiai idea e decisi di alzarmi dal mio posto e di avvicinarmi lentamente, per aumentare il suo desiderio.

Sentivo la sua voglia di me.

Ed era tanta.

Continuai a fissarla e mi resi conto che avrei voluto scattarle una foto, infilarla in tasca e portare con me quell'immagine per sempre. Selene si morse il labbro e sollevò piano lo sguardo, con un battito di ciglia lento e sensuale. A quel punto, mi fermai davanti a lei, le accarezzai il mento e con il pollice le tracciai i contorni delle labbra. Erano tonde e carnose, leggermente screpolate al centro.

«Distenditi», sussurrai, posandole un bacio sotto l'orecchio. La bimba rabbrividì e io le sorrisi. Poco dopo si sedette sul divano, ma tentennò qualche istante prima di sdraiarsi. Quando finalmente lo fece, i capelli ramati si sparpagliarono come un ventaglio, ma tenne le gambe chiuse e le mani in grembo; lo sguardo, invece, era intimorito.

Mi avvicinai e piegai un ginocchio. Volevo stare su di lei, accanto a lei, ma soprattutto dentro di lei.

«Rilassati.» Le accarezzai una caviglia e l'afferrai delicatamente per sfilarle la scarpa. La lasciai cadere sul pavimento e strinsi tra le mani il suo piede. Con i pollici lo massaggiai e lei mugolò in segno di approvazione.

Procedetti anche con l'altro allo stesso modo, fino a quando non sentii i suoi muscoli rilassarsi. La guardai negli occhi per farle capire cosa avevo in mente e le accarezzai le ginocchia.

Selene sussultò appena, ma non mi fermai. Niente avrebbe potuto fermarmi.

Volevo solo un contatto più intimo con lei.

Mi inginocchiai e le schiusi le cosce, con delicatezza. Mi costrinsi a non essere brusco soltanto perché stava tremando.

«Mi dirai qualcosa in più di te?» chiese. Inclinai la testa di lato e riflettei qualche istante sulla sua domanda.

«No», risposi con decisione. Non avrei parlato di me neanche questa volta. I miei occhi erano concentrati sui suoi slip bianchi e notai il tessuto assumere un colore più scuro lì dove era bagnata.

La mia bimba mi desiderava.

Con le mani le accarezzai le cosce; avevo solo voglia di tuffare la mia lingua nel suo centro e fare quello che non facevo a nessuna, ma Selene inaspettatamente mi respinse.

«Allora fermati. Non voglio.» Serrò le gambe e piegò le ginocchia di lato per proteggersi da me. Stentavo a crederci: nessuna mi aveva mai rifiutato. Le donne si gettavano ai miei piedi, mi desideravano follemente e non ero per niente abituato a un «No» così categorico.

«Sei proprio una stupida», sbottai, ferito dal suo rifiuto. Ero troppo orgoglioso per accettarlo. «Pensi che sia facile parlarti di me? Fai meno la bambina per una volta!» Mi alzai dal divano e la lasciai lì, seminuda e umiliata. Mi guardai attorno alla ricerca delle sigarette e mi ricordai che erano in una delle tasche del giubbino, che avevo appoggiato poco distante.

«E tu pensi che una donna debba assecondarti ogni volta che vuoi?» La sua voce arrivò pungente alle mie spalle. Non la guardai neanche e recuperai il pacchetto di Winston, poi tirai fuori con i denti una sigaretta e l'accesi subito. Il mio era solo un tentativo disperato di calmarmi e la nicotina mi era d'aiuto.

«No, ma una donna deve capire quando un uomo ha voglia di scopare e quando ha voglia di parlare. Tu invece hai un tempismo sbagliato.» Feci il primo tiro e rigettai il fumo nell'aria. Selene, nel frattempo, si era seduta e aveva incrociato le gambe sotto di sé come una ragazzina.

«Sei tu sbagliato», ribatté, fissandomi mentre fumavo e mi

aggiravo come un animale in gabbia nel salotto, con un'erezione enorme sotto i jeans e costretto ad ascoltarla senza toccarla.

Ma che cazzo stava succedendo?

«E allora che ci fai qui? Se sono sbagliato, vai da quello giusto. Vai da Luke», dissi sventolando una mano. D'altronde si erano già baciati e lui la guardava come un animale che non mangiava carne da mesi, quindi…

«Potrei pensarci, sai? Almeno è meno stronzo di te!» mi rimbeccò indispettita; continuai a fumare per evitare di sbraitarle contro e farla scoppiare a piangere, perché sapevo quanto fosse fragile.

«Vaffanculo», sibilai.

Selene aveva la capacità di farmi perdere la pazienza più di tutti; non che fosse difficile, ma lei era proprio un'esperta in merito.

Accaldato e nervoso, mi sfilai la felpa, pronto a farmi una doccia – avevo perso il conto di quante ne avessi fatte nell'arco della giornata, ma nella mia testa era trascorso troppo tempo dall'ultima volta –, e la lanciai sulla penisola della cucina, poi mi aggirai per il salotto a petto nudo, con solo i jeans scuri addosso. Con la sigaretta tra le labbra, scoccai un'occhiata a Selene, cogliendola a fissarmi il torace. I suoi occhioni azzurri scesero dai pettorali agli addominali. Era letteralmente rapita e io sospirai. Sapevo di piacere, e non potevo farci nulla se non accettarlo, ma non mi rendeva felice l'idea di avere un aspetto avvenente.

Consideravo il mio corpo una punizione: a volte lo usavo come un'arma di seduzione, altre volte semplicemente come una corazza per difendermi dal mondo.

Dopotutto, in quell'involucro perfetto vivevamo in due.

Io e il bambino, ed entrambi avevamo paura.

«Vieni qui e smettila di trattarmi come se fossi una tua nemica. Non ti farei mai del male.» La guardai seduta sul divano come se fosse un pericolo per me. Selene non capiva cosa avevo nella testa, quanto fossi terrorizzato dall'idea di fidarmi delle donne, dopo che Kim mi aveva pugnalato alle spalle.

Schiacciai il mozzicone nel posacenere e rigettai l'ultima ondata di fumo nell'aria, restando tuttavia in disparte. La bimba non smetteva di guardarmi come se non comprendesse i miei comportamenti. Forse si stava chiedendo il perché del mio autocontrollo dopo il suo rifiuto, il perché non le fossi saltato addosso per impormi come facevo sempre, il perché non la stessi persuadendo a cedermi.

La risposta era semplice: non potevo.

Mi passai una mano sul viso, lottando contro l'impulso del mio corpo di fare tutt'altro rispetto a quello che il cervello tentava di ordinargli da ore. L'erezione c'era e Selene l'aveva notata, non era poi tanto difficile scorgerla. Aveva capito, quindi, che anch'io la desideravo tanto quanto lei desiderava me.

Tuttavia, non potevo parlarle del mio problema.

«Devi andartene. Davvero, è meglio che tu mi dia ascolto», ripetei con più calma, ma severo.

Se non l'avesse fatto, sarei andato lì, l'avrei presa con la forza e l'avrei sbattuta fuori.

Una mano scivolò sui jeans sbottonati e, di nuovo, mi sistemai. Il glande ormai sporgeva oltre l'elastico dei boxer, ma non mi importava. Lo lasciai così. Selene abbassò di nuovo lo sguardo proprio su quel punto preciso e stavolta deglutì imbarazzata.

Basta.

La verità era che non riuscivo a resisterle, ma non volevo neanche aprirmi con lei. Selene pretendeva un contatto emotivo tra noi, io invece un contatto meramente fisico.

All'improvviso mi infuriai con me stesso per il cambiamento in atto dentro di me che non riuscivo a gestire, per il controllo che stavo per perdere e per l'effetto che la bimba aveva su di me.

Un attimo dopo avanzai verso di lei, incollerito più che mai.

«Non vuoi andartene?» Diedi di matto ancora una volta. «Bene. Allora, stenditi. Adesso ti mostro perché avresti dovuto farlo!» sbottai, incazzato.

Selene indietreggiò sul divano, ma non poteva scappare, soprattutto non da me.

Ormai avevo deciso di mostrarle il modo malsano in cui la volevo, così mi avrebbe di nuovo visto per il depravato che ero e avrebbe dimenticato ogni possibilità di stare con uno come me.

Una volta da lei, l'afferrai con forza per i polsi e la costrinsi a distendersi. Selene non si oppose, ma i suoi occhi sgranati erano pieni di emozioni inespresse: delusione, speranza, desiderio e paura.

Mi posizionai a cavalcioni su di lei e mi piegai. Le baciai subito il collo in quel modo carnale e avido, dominante e passionale, a cui lei non riusciva mai a opporsi, e la bimba inarcò la schiena, spingendo i seni, ancora coperti dal reggiseno, contro il mio torace.

Cazzo, era una sensazione fantastica sentirla sotto di me.

I nostri corpi iniziarono a scambiarsi calore, voglie, desideri, tutto.

Strofinai le labbra sul suo collo vellutato e notai i brividi travolgerle la pelle; quando lei tentò di muovere i polsi, non mollai la presa.

«Che intenzioni hai?» mi chiese spaventata ma anche eccitata.

«Le peggiori», le risposi, senza alcun pudore.

Dopotutto, la perversione era l'aspetto più importante di ciò che io intendevo per vero romanticismo.

Niente ipocrisia.

Niente perbenismo.

Niente cazzate da finto principe azzurro.

Io ero quello.

Una mente profonda, ma anche sporca.

Un uomo convinto che non esisteva volgarità se non negli occhi di chi vedeva, o nelle orecchie di chi sentiva.

Io ero romantico. Ma a modo mio.

Uno di quelli che dicevano parolacce, uno di quelli indecenti. Discutibili.

Uno di quelli scontrosi, che non si nascondevano dietro una maschera celestiale.

Uno di quelli che non temevano di mostrare le proprie imperfezioni.

Uno di quelli che spogliavano le donne dell'abito del pudore e tiravano fuori la puttana che c'era in loro.

Ero un vero romantico, insomma.

Vero… come pochi.

«Ho voglia di te», le sussurrai, con il respiro controllato, ma l'eccitazione a mille. Avrei dovuto trattenermi, ma avevo troppa fame. Come la peggiore delle bestie.

Avevo fame di lei, della sua bocca, dei suoi occhi e vagavo da solo nel mio malato squilibrio.

Ero affamato del suo corpo, del suo naso piccolo e delle sue smorfie buffe.

Ero affamato delle sue curve delicate e delle sue gambe di velluto.

Volevo mangiare il suo cuore caldo.

Volevo entrarle dentro e confondere le mie tenebre con la sua luce, così le sue urla sarebbero state il suono che avrebbe appagato i miei desideri dannati.

«Anch'io», ammise annaspando. Il collo le si tese, così come tutto il corpo longilineo. Le liberai i polsi e le sue mani corsero sui miei fianchi. Si aggrappò a me e allargò le gambe per permettermi di strusciarmi sulla sommità delle sue cosce. Selene tremava da capo a piedi, le mani le sudavano e le palpebre sbattevano a tempo con le onde del piacere che stavo smuovendo nel suo animo.

«Non ti scoperò», l'avvertii, anche se la mia voce rauca presagiva altro.

Selene emise un piccolo gemito. La eccitava quando le parlavo sottovoce, usando il mio timbro da bastardo, ma provava anche imbarazzo.

Lei era così.

Chiusa nel suo mondo pudico nonostante tutto quello che avevamo già condiviso.

Avrebbe potuto usare qualsiasi arma per farmi inginocchiare al suo volere, ma non l'aveva mai fatto.

Non era come Jennifer.

Mi seduceva lentamente con la forza della sua mente, per arrivare chissà dove, e io avevo capito da tempo cosa voleva da me, ma tentavo in tutti i modi di impedirle di raggiungere il suo obiettivo.

Era qualcosa di puro, di bello, che mi faceva sentire vivo.

Era donna e bambina al tempo stesso.

«Neil...» Il mio nome uscì come un lamento dalle sue labbra carnose mentre le sganciavo il reggiseno per far sgusciare fuori le sue tette piccole. Poi la mia mano le si chiuse a coppa sul seno sodo, permettendomi anche di avvertire il suo respiro accelerato.

«Liberati di questo reggiseno.» I miei movimenti divennero impazienti e glielo sfilai in fretta, perché vederlo penzolare dalle sue braccia non mi permetteva di ammirarla libera da costrizioni.

«Non ho fatto altro che desiderare di succhiartele», confessai, dandole un morso sul collo. Selene sollevò il bacino contro di me e si fece più ardita. Si mosse piano, pronta e calda. La mia erezione ebbe un sussulto e sentii il glande, scoperto e sovreccitato, sbattere contro il tessuto delle mutande. I boxer erano diventati improvvisamente inadatti a contenere il mio rigonfiamento.

«Fallo», sussurrò. Sembrava che il suo cervello l'avesse abbandonata. Lo intuivo dall'intonazione della voce, dalle movenze, dalle mani che adesso mi stavano toccando il culo.

Le sue curve si adattavano alla perfezione agli angoli più spigolosi del mio corpo come se fossimo una cosa sola. Le sorrisi sensualmente e mi misi sulle ginocchia, che poi posizionai ai lati del suo busto, imprigionandola.

«Sto per mostrarti cosa ho pensato di farti per tutta la sera», sussurrai provocante.

Ero impaziente.

Forse perché non avevamo abbastanza tempo, non l'avremmo mai avuto.

In quel momento lei era lì con me, ma un giorno sarebbe andata via.

Chissà dove.

Selene sbatté le lunghe ciglia e mi incatenò con quegli occhi cristallini.

Smanioso, mi piegai sulle sue labbra e la trascinai in un bacio urgente. Carnale.

Quello non era amore. Non era sesso.

Era estasi.

Bisogno.

Era una cazzo di guerra.

La mia lingua spinse contro la sua e ruotò nel suo palato. Stavo lottando contro il mio stesso desiderio nocivo e sembravo una belva feroce incapace di controllarsi.

Con una mano le strinsi i capelli e le sollevai leggermente la testa, per approfondire il nostro bacio. Selene, come al solito, respirava affannata. Le sue mani si posarono sulle mie costole per cercare di fermarmi, ma non rallentai. Continuai per mostrarle la passione che riuscivo a esercitare sulla sua anima.

Il potere, il dominio, il controllo che avevo su di lei.

Il mio impeto animalesco contrastava ancora una volta con il suo modo delicato di ricambiare il mio bacio. Selene tentava di starmi dietro a fatica e provavo un'enorme tenerezza per lei.

All'improvviso, un rantolo morbido, dannatamente femminile e flebile, rese la mia erezione ancora più impellente.

Avrei dovuto fermarmi e invece... non potevo.

Non potevo più.

Ormai la voglia di scoparla mi stava percuotendo, mi stava squassando lo stomaco e fottendo tutto il resto. Allontanai le nostre bocche affamate e notai la sua espressione confusa.

A breve avrebbe capito tutto.

Mi posizionai meglio sulle ginocchia ai lati del suo busto, le leccai le labbra per assaporarla e la fissai dall'alto.

Selene se ne stava distesa sotto di me, con gli zigomi arrossati, il fiato corto e le braccia adagiate accanto alla testa.

Con una mano abbassai i boxer e i jeans sotto le natiche muscolose e liberai subito l'erezione che pulsava, mi supplicava, esigeva la mia attenzione.

«Neil, che stai facen...» Non terminò neanche quando lo sguardo le scivolò sul mio membro.

Era duro ed eretto verso l'alto. Puntava proprio lei.

Sorrisi e lo impugnai con una mano.

«Guarda e basta, Selene.» Iniziai a toccarmi senza smettere di osservarla negli occhi che apparivano confusi, stupiti, eccitati mentre si alternavano dal mio viso alla mia mano. La bimba sembrava curiosa ma anche spaventata. Tirai in basso il prepuzio, scoprendo completamente il glande gonfio e scuro, e sospirai sollevato all'idea di poter attenuare la tensione del mio corpo. Continuai a toccarmi, mentre Selene mi fissava estasiata e faceva aumentare i miei pensieri indecenti. Mossi a ripetizione la mano per tutta la mia lunghezza e Selene ammirò le vene che sporgevano sotto lo strato sottile di pelle.

Era rossa in viso, imbarazzata, ma anche ammaliata ed eccitata.

Ma non distolse mai lo sguardo da me.

D'un tratto, si leccò il labbro inferiore e io le fissai il seno, poi un'idea davvero *romantica* mi balenò nella testa.

Smisi di toccarmi e mi piegai sul suo petto. Afferrai tra le labbra un capezzolo sensibile e ci feci ruotare la lingua attorno. Selene inarcò la schiena e infilò una mano tra i miei capelli, vibrando sotto di me.

Sapevo come compiacere una donna, sapevo dove toccarla e come toccarla. Perciò presto la bimba sarebbe impazzita, avrebbe perso il senso di sé, per farsi assorbire da me e dalla mia perversione.

La risucchiai nel mio mondo oscuro e lei mi trasportò nel suo.

Mi fece schiudere le ali, mi innalzò al di sopra di ogni cosa terrena.

E quasi dimenticai il dolore con il quale convivevo da anni.

Esistevano solo il suo corpo.

Il suo profumo di cocco.

La sua voce eterea.

Sembrava che non ci fossero più ostacoli.

Il mio spirito era sereno.

Mi sentivo libero.

Kim adesso non c'era.

Il bambino non c'era.

C'eravamo io, la mia Isola che non c'è e la mia Trilli.

«Quanto ti è mancato sentire la mia bocca sul tuo corpo?» Sollevai gli occhi per guardare Selene e con la lingua colpii il capezzolo che continuava a inturgidirsi a ogni mia carezza.

«Tanto...» si lasciò sfuggire lei, in un gemito eccitante. Poi chiuse gli occhi e lottò contro la libido che iniettavo nelle sue vene solo toccandola.

«E ti piace sentirla qui?» continuai malizioso. Abbandonai il capezzolo e passai la punta della lingua umida nel solco centrale del seno, mentre entrambe le mie mani la toccavano con ardore.

«Sì, mi... piace», balbettò la mia Trilli alle prese con delle sensazioni sempre nuove per lei. Mi guardò da sotto le ciglia e si fissò il punto del petto che stavo lambendo.

«Non avevo dubbi...» Le salii meglio sopra con un sorriso sornione e strisciai di poco le ginocchia sul divano per posizionarle ai lati delle costole nude. Sentivo il tessuto dei jeans tirare sui muscoli delle cosce, ma non mi importava.

Me lo impugnai di nuovo, notando i suoi occhi sgranarsi e il suo respiro aumentare; la bimba sembrava divorata dall'ansia, dal timore, dall'eccitazione, dalla curiosità. Tutte onde che agitavano il suo oceano.

«Solleva il mento», le ordinai sfacciato, osservando la sua espressione sbigottita, e lasciai scivolare il mio membro lì, sullo sterno, nella congiunzione fatale delle sue tette, appoggiandole i testicoli sullo stomaco.

«Sì, così, ferma. Segui me», sussurrai con un timbro basso e seducente che le fece dilatare le pupille. Iniziai lentamente a muovere il bacino avanti e indietro su di lei, tra i suoi seni.

E scoprii cosa fosse per me il paradiso.

«Stringi le tette, Selene, e guardami», ordinai e insieme osservammo ciò che stavo facendo. Forse la mia era una follia, un capriccio, una perversione o una voglia malsana, ma di qualsiasi cosa si trattasse, era meravigliosa.

Sentii delle scosse di piacere attraversarmi la schiena, i muscoli erano tesi e rigidi, gli addominali si contraevano a ogni lenta oscillazione dei miei fianchi. Nel frattempo, i suoi seni erano stretti tra le nostre mani e creavano la frizione giusta per farmi godere. Mai, mai avevo osservato le curve di una donna come stavo facendo con lei in quel momento.

«Brava, bimba.» Sotto di me, in mio potere e in mio possesso, lei non proferì parola, alternò soltanto il suo splendido sguardo dal mio viso al mio membro, soffermandosi spesso su quest'ultimo. I suoi occhi erano luminosi, estasiati e incantati a osservarmi.

D'un tratto, il mio respiro divenne affannoso, ogni muscolo si gonfiò d'eccitazione, i nervi guizzarono a ogni spinta, ma purtroppo ero ancora bloccato nel mio fottuto autocontrollo.

«Avrai un'altra esperienza sessuale da raccontare alle tue amichette, Trilli», le dissi sfrontato, soltanto per prenderla in giro. In quell'istante, avvertii la mia schiena andare a fuoco, così come i glutei, le gambe, tutto, e l'esigenza di accelerare il ritmo aumentò.

Notai la punta inumidirsi, delle gocce perlacee e trasparenti si accumularono sulla fessura longitudinale. Con il pollice le raccolsi, sentendone sotto il polpastrello il liquido trasparente e viscoso, e continuai a muovermi, anche se sapevo che non ci sarebbe stata nessun'altra reazione fisica.

Socchiusi gli occhi e mi parve di sentire le pulsazioni del cuore di Selene, mentre le sue mani sotto le mie stringevano i seni sodi e i capezzoli arrossati. Un brivido mi percorse la schiena, poi un altro e un altro ancora, facendomi sussultare. I testicoli formicolarono. Aumentò la pressione. Aumentò il battito del cuore che quasi mi salì in gola. Il respiro si fermò. Mi irrigidii e le vene furono sul punto di esplodere. Avvertii il mio corpo bollente, fremente, vibrante, ma quando fui sul punto di lasciarmi andare, di liberarmi della mia frustrazione, del dolore, dei ricordi, quando fui davvero vicino, vicinissimo all'orgasmo, rimasi sospeso su un dirupo senza avere la capacità di lanciarmi nel vuoto.

Mi inumidii le labbra e mi soffermai sugli occhi oceano della bimba, che seguivano famelici il mio movimento; poi, con un ringhio rabbioso mi fermai.

Ci rinunciai. Non ci riuscivo neanche con lei.

Ero sudato, teso e profondamente insoddisfatto.

Selene si accigliò e mi guardò con la sua bellezza disarmante, un misto di innocenza e sensualità.

«Cazzo», sbottai, allontanandomi da lei. «Maledizione!» Altra imprecazione furibonda. Mi rimisi in piedi e sistemai infastidito l'erezione sotto i boxer, tirando su anche i jeans. Stavo per dare di matto a causa dell'eccitazione ancora in corso e dell'odore diverso che avevo addosso. Era il mio fuso con quello di Selene, ma sentii comunque l'esigenza di lavarmi. Mi passai le mani tra i capelli, poi sul viso, precipitando nella mia solita realtà ombrosa, nella mia solita vita confusa e disastrosa.

«Neil.» La sua voce delicata giunse melodiosa alle mie orecchie, ma rimasi di spalle a ignorarla. «Tutto bene?» aggiunse, con voce tremante.

No, non andava bene niente. Non stavo per niente bene.

«La mia è pura follia. Niente favola, principessa. Sparisci.» Questo avrei voluto dirle, ma rimasi in silenzio. Mi nascosi di nuovo dietro il muro psicologico che mi impediva di spiegare agli altri cosa accadeva nella mia testa.

A ciò si aggiunse una grande delusione. Una parte di me sperava di provare un orgasmo indomabile e potente almeno con lei, come era già successo, ma il mio corpo si rifiutava di assecondarmi.

Cosa pensavo? Che Selene avesse la bacchetta magica per sistemare il mio problema?

Ma soprattutto: perché avevo questo problema?

Risi di me stesso e delle mie speranze vanificate nel nulla.

Mi voltai a guardarla. La bimba mi osservava seduta sul divano con solo gli slip addosso. I capelli lucenti come il bronzo, la pelle candida, il seno lucido della mia saliva, le guance arrossate, delle chiazze rosse sul petto a causa del tocco indelicato delle mie mani. Le avevo fatto male? Speravo di no.

A ogni modo, mi accorsi che anche tutta scombinata era più bella che mai.

Rimasi lì imbambolato a fissarla, con la gola secca, il corpo bollente e i pensieri intrecciati fra loro in un nodo difficile da sbrogliare.

«Rischia, Neil. Per una volta, rischia», mormorò così, dal nulla, facendomi sussultare. «Non avere paura. Smettila di controllarti. Fai quello che ti rende felice, senza reticenze, senza rimpianti. Vuoi me? Allora prendimi. Sii egoista. Fai quello che senti. Non importa a nessuno quale sia la cosa giusta o sbagliata, la vita è una, quindi vivila come vuoi.» Selene deglutì e abbassò il mento sulle sue mani, che stava strofinando nervosamente sulle cosce nude. Mi venne voglia di andare da lei e consolarla.

Abbracciarla e poi scoparla.

Con tutto me stesso, con tutto quello che avevo dentro.

«Smettila», dissi invece, testardo come sempre. «Tu non mi conosci, non sai tante cose di me!»

Sobbalzò per la forza delle mie parole, che sapevo essere estremamente vere. Dopotutto, ero stato io a non farmi conoscere abbastanza, a non volerle mostrare tutto, ma soltanto i miei lati peggiori, quelli disumanizzati, perché avevo un cuore troppo gelido, troppo pieno di dolore.

«Ti sbagli, invece.» Mi sorrise e si mise in piedi. Nuda, sicura di sé e bella da togliere il fiato. Inspirai a fondo per non cedere all'errore di toccarla. Ricordai a me stesso che a me piaceva ottenere da lei soltanto l'appagamento fisico, al quale conseguiva il nulla. Ognuno poi tornava alla propria vita, perché il piacere era il mio unico scopo. Breve, intenso e sempre diverso, per questo non c'era spazio per l'amore.

Selene mi si avvicinò, scalza, a passo lento, con l'intenzione di annientarmi. D'un tratto, con un braccio si coprì il seno nudo. Era sempre lì, il suo pudore: negli occhi timidi e nei piccoli gesti.

«Ti tocchi sempre i capelli quando sei nervoso…» iniziò, inducendomi a piegare il collo verso il basso per guardarla. «Ti mordi l'interno guancia quando sei a disagio, abbassi lo sguardo quando ti senti in colpa o sei seriamente dispiaciuto per qualcosa. Hai una luce diversa negli occhi quando parli di Logan o Chloe. Nascondi il tuo vero io dietro l'atteggiamento cinico e strafottente, nascondi la tua estrema intelligenza dietro i comportamenti spesso perversi o incomprensibili. Odi le persone invadenti. Sei riservato e non ti piace esternare troppo i tuoi pensieri, per questo resti spesso in silenzio e lasci parlare i tuoi sguardi. Hai un lato buono che non concedi a nessuno, e un lato oscuro che concedi a tutti. Ti piacciono i pistacchi, l'ho scoperto da poco e… infine, fumi troppo, dovresti smettere», disse tutto d'un fiato senza fermarsi. Probabilmente aveva raccolto il coraggio necessario a parlare prima che sfumasse via; quando la guardai con insistenza, senza risponderle, si morse il labbro inferiore e non fiatò. Come sempre, riuscivo a mettere in soggezione tutti con il mio silenzio; Selene, infatti, sbatté le palpebre agitata e fece qualche passo indietro, intimorita.

Temeva che reagissi male? Che mi arrabbiassi? Probabilmente sì.

D'altronde i miei sbalzi d'umore erano sempre più frequenti e inspiegabili.

Mi allontanai da lei e dal suo piccolo corpo. In quel momento, Selene mi apparve un gigante pronto a incedere nella mia anima. Mi sentivo nudo, privo di uno scudo abbastanza resistente per difendermi da lei. Le mie barriere stavano vacillando, ma tentai lo stesso di tenere tutto insieme, ogni pezzo di me, per non lasciarmi sopraffare.

«Vattene.» Ebbi la forza di raggiungere la penisola e di posarci le mani, per reggere il peso che sentivo addosso. Avevo il sapore di Selene sulla lingua, il suo odore sulla pelle. Ero sempre più suo e meno del bambino.

Mi sentivo conteso tra lei e lui.

«Domani tornerò a Detroit e...» tentò di parlare ma la mia risata sardonica fermò il flusso delle sue parole.

Quanto era ingenua?

Sentii il suo profumo di cocco nell'aria.

Era dietro di me, troppo vicina a me. Perché non mi stava lontano?

«Cazzo, Selene.» Mi voltai furioso e lei sobbalzò. «Intendo dire adesso. Ora. Vattene via!» Le indicai la porta della dépendance. Lei era nuda, tremante, in imbarazzo perché io la stavo trattando come una poco di buono. Mi ero preso quello che volevo, avevo soddisfatto una delle mie fantasie maschili e adesso la volevo fuori di lì, come il bastardo che ero.

«Come vuoi», si arrese, anche se non mi aspettavo che l'avrebbe fatto così presto. Si incamminò verso il reggiseno abbandonato sul pavimento, si piegò per indossarlo e le guardai la curva della schiena che sfociava in quel culetto sodo e proporzionato. Inspiegabilmente, mi infastidii per la sua improvvisa arrendevolezza. Odiavo quando mi correva dietro, ma odiavo ancor di più quando scappava via. Eppure, ero stato io a cacciarla e lei mi aveva solo dato ascolto...

Sospirai. Ero instabile, non riuscivo proprio a comportarmi come un uomo normale.

Con le altre ero sempre stato il me stesso folle, il me stesso ostinato a dominare e a non perdere mai il controllo. Con lei, invece...

Mi incamminai furioso per raggiungerla. L'afferrai, incollerito, per un polso e la voltai verso di me mentre stava per indossare anche il vestito. Mi stavo proprio comportando come un malato di mente, ma lei si sarebbe abituata anche a questo mio aspetto.

«'Come vuoi.'» Ripetei le sue parole, sbeffeggiandola. «Che cazzo di risposta è?» Mi stavo arrabbiando con lei, per non ammettere a me stesso che stavo sbagliando io. Selene schiuse le labbra, rosse e carnose, e mi venne voglia di leccargliele. Volevo leccarla tutta, assaggiarla di nuovo, fino a farmi venire i conati che sentivo con le altre quando mi chiedevano determinati servigi, ma che con lei non erano mai emersi.

«Tu sei davvero pazzo», replicò, cercando di divincolarsi dalla mia presa. Voleva andarsene, glielo leggevo negli occhi. Selene era un libro aperto per me, capivo le sue emozioni, ne intuivo i desideri e i pensieri. Tutto.

Questa bimba era nata per tormentarmi.

«Sì, sono pazzo. Problematico. Incasinato. Dovresti trovarti uno simile a te. Uno che ti voglia nel modo giusto e ti dia il lieto fine che meriti.» *Perché nella mia testa esistono solo Kimberly e il tipo di amore che ci legava. E questo mi impedisce di vivere.*

Selene mi guardò sconvolta, il polso stretto nella mia presa furente. Aveva la frangia lunga e disordinata, così come il resto della chioma indomabile che finiva alla base della schiena.

Sembrava irriverente e selvaggia in quel momento. Le fissai la cicatrice dell'incidente, meno visibile dall'ultima volta, e smisi di stringerla così forte.

Aveva già sofferto troppo ultimamente e io, da gran bastardo, non le avevo chiesto neanche come stava. Anche se avevo pensato a lei tutti i giorni, non le avevo voluto concedere le attenzioni che meritava.

«Me ne vado, okay? Me ne vado. Sono io adesso a metterci un punto, Neil!» Alzò la voce, fuori di sé. «E lasciami che devo vestirmi.» Stava seriamente pensando di indossare il suo abitino indecente e di uscire dalla mia dépendance? Sì, era quello che voleva fare e quello che io volevo facesse, ma...

«Sta' zitta, bambina del cazzo. Sta' zitta.» L'afferrai e l'attirai a me. Con un braccio le circondai i fianchi, l'altro corse dietro la sua nuca; il viso le sbatté contro il mio petto nudo. Stava gelando e avrei tentato di scaldarla, ma Selene si irrigidì e non ricambiò il mio gesto. Rimase immobile a realizzare che la stavo... *abbracciando.*

In realtà, ero incredulo anch'io.

La stavo abbracciando davvero?

Non era nel mio stile, non ricordavo neanche quando fosse stata l'ultima volta che avevo concesso un abbraccio.

Passò un istante eterno, in cui entrambi ci rendemmo conto della situazione, poi Selene tremò e lentamente mi posò le mani sui fianchi e la guancia sul petto. La sentii singhiozzare e le lacrime bagnarono sia lei che me. Erano lacrime dolci e appiccicose come zucchero filato. Questa era la cosa che più odiavo: far piangere qualcuno, soprattutto una ragazza indifesa come lei. Selene si abbandonò contro di me e si lasciò abbracciare. O forse ero io che le stavo permettendo di abbracciarmi, ormai non ci capivo più un cazzo.

«Non ti chiederò scusa», misi in chiaro.

Non l'avrei fatto perché volevo salvarla da me, allontanarla e permetterle di scegliere di meglio. Il mio desiderio per lei esplodeva sempre più spesso, mi provocava pulsioni folli, ma ciò non faceva di me il suo uomo, non faceva di lei la mia donna. Non faceva di noi una coppia.

Le massaggiai la nuca con una mano, insinuando le dita tra i suoi capelli, mentre l'altra le rimase ferma sulla pelle morbida della schiena. La bimba aveva un odore buonissimo, irresistibile e intenso.

«Shh, basta.» Volevo che smettesse di frignare, ma non sapevo neanche se quello fosse il modo giusto di consolarla. Non ero bravo in queste cose. Selene emise un respiro leggero e piano piano si calmò, restando aggrappata a me. Sollevò il mento e successe l'inevitabile: una lunga e letale profusione di sguardi.

Mi chiedevo cosa voleva fare.

Voleva dormire sui miei dolori?

Voleva bruciare con me?

Cosa voleva, Trilli?

Voleva aggrapparsi a me per volare altrove?

Le mie ali erano strappate. Dove pretendeva che la portassi?

Cosa voleva davvero? Voleva baciarmi, mordermi, incendiarmi?

O voleva amarmi come aveva fatto Kim?

Nessuno dei due parlò, non era necessario farlo. Le guardai la punta del naso rossa, le labbra gonfie e gli occhi lucidi. D'istinto le posai un bacio proprio lì, sul naso all'insù, poi scesi sulla bocca e anche lì scoccai un altro bacio fugace e casto. Le labbra erano calde, vellutate e umide delle sue lacrime. Con vivida dolcezza le stavo facendo capire che avevo voglia di lei, mentre Selene pensava che stessi soddisfacendo i suoi sogni fantasiosi. Qualcosa di inspiegabile, però, mi spinse a tenere a bada la bestia che c'era in me e a imprigionarla da qualche parte, pur di non cedere alla tentazione.

«Ti va di restare questa notte?» Volevo che rimanesse con me, per condividere altro tempo con lei. Selene si asciugò le lacrime con il dorso delle mani e io le presi il viso con le mie, poi la fissai negli occhi.

«Qui?» Sembrava sorpresa. Lo ero anch'io quanto lei, ma ormai avevo capito di non avere più il controllo dei miei pensieri.

Selene mi creava troppo rumore nella testa.

«Non vuoi andartene. Quindi...» Non terminai. Le stavo proprio proponendo di rimanere a dormire con me, non era necessario spiegarlo. Mi stupii di me stesso. Non dormivo mai con le donne eccetto quando ero sbronzo, e, se tentavano di restare con me per l'intera notte, le mandavo via. Dormire con una donna era un atto di fiducia, estremamente personale e intimo. Per me significava rimanere incosciente in balia di una donna che avrebbe potuto toccarmi contro la mia volontà e farmi del male.

Selene si guardò attorno, poi lanciò un'occhiata al divano angolare, riflettendo su qualcosa.

«Okay, io dormirò qui. Tu va' pure nella tua camera da letto», rispose aspra. Non voleva dormire nel posto in cui avevo scopato con altre.

Guardai Selene tentennare. Ogni perplessità sul mio conto emerse, facendomi sentire sulla pelle le sensazioni negative che avvertivo anche da bambino, poi all'improvviso la bimba si allontanò da me e si sedette sul divano, stanca e infreddolita. Una volta seduta, fissò prima il vestito abbandonato sul pavimento, poi me, ma non riuscii a capire subito di cosa avesse bisogno.

Anche se di solito il suo viso per me non aveva segreti, non ero abituato a quel tipo di situazioni, quindi ero seriamente in difficoltà.

«Hai... hai qualcosa da prestarmi?» Si morse il labbro inferiore e la guardai serio. La fissai proprio come se nella mia dépendance ci fosse un mostro di dimensioni gigantesche, ma che in realtà aveva l'aspetto di una fata.

«Le donne non indossano mai niente di mio», risposi di getto. Se pensava che avrei trasgredito a una delle mie regole categoriche si sbagliava di grosso. Così mi limitai a recuperare una coperta di lana e lanciargliela.

Selene l'afferrò al volo e se la posò sulle cosce, poi si soffermò ancora a pensare: qualcos'altro le stava frullando per la testa.

«Non sono abituata a dormire nuda», brontolò, sistemandosi i lunghi capelli dietro le spalle.

E a me che cazzo fregava?

Alle volte avevo voglia di prenderla a schiaffi, oltre che di baciarla fino a consumarle le labbra.

«Be', stanotte con me accadrà.» Per lei avrei infranto la regola del non dormire con una donna, come avevo infranto tutte le altre. La bimba corrugò la fronte e le strappai di mano la coperta, sbuffando.

«Distenditi, forza.» Le feci segno di farlo e lei continuò a guardarmi, indispettita.

«Non darmi ordini», si intestardì.

«Fallo e basta», insistei, sedendomi accanto a lei. Selene fu costretta a obbedirmi e a sdraiarsi nuda e, per giunta, vicino a me.

Sistemai la coperta sui nostri corpi e, quando mi posizionai al suo fianco, sentii il suo calore invadermi.

I capezzoli pungenti mi premettero contro il costato e il mio avambraccio le corse dietro la nuca, per offrirle una posizione più comoda. A quel punto, i capelli setosi mi solleticarono la pelle e la sua mano mi si posò sul petto.

La guardai per comunicarle di non osare troppo, ma lei sorrise e intrecciò una caviglia alla mia. Non mi era mai successo di condividere una tale intimità con qualcuno e mi sentivo scombussolato.

«Mi hai costretta a rimanere nuda, quindi avrò bisogno del tuo corpo per scaldarmi», disse Selene, che poi sbadigliò e si stropicciò un occhio, proprio come avrebbe fatto una bambina. Tentai di nascondere un sorriso e inspirai il suo buon odore. Mi sentivo ebbro di quella maledetta fragranza di cocco. D'un tratto, la sua mano scese lenta fino allo stomaco, e risalì, piano piano, sul mio petto. Non sapevo cosa stesse facendo, ma di qualsiasi cosa si trattasse mi piaceva, perciò le permisi di ripetere lo stesso movimento più volte. Il suo tocco fu delicato, leggero e rilassante, tanto che ben presto dovetti lottare contro il sonno per evitare di addormentarmi prima di lei. Dopo un po', le si chiusero gli occhi.

Non seppi dire per quanti minuti rimasi a fissarla, ma in quel frangente di tempo scoprii la posizione in cui dormiva: su un fianco, con un ginocchio incastrato tra le mie gambe e una mano chiusa a pugno accanto alle labbra. Le accarezzai i capelli, lasciando che le mie dita scivolassero nella massa morbida, e lei sospirò.

Le piaceva essere accarezzata da me.

Stavo imparando a soffermarmi su dettagli di cui non mi era mai importato prima.

Mi scoprii curioso di capirla e di conoscerla fino in fondo, non solo sessualmente.

Mi irrigidii quando si mosse, posizionando la testa sul mio petto. Il suo nasino se ne stava proprio appoggiato tra i miei pettorali e a me venne da ridere. Era buffa anche quando dormiva.

Buffa e bellissima.

Mi sistemai meglio per stringerla a me e l'erezione le premette sul fianco. Con un sospiro, mi ritrovai a pensare che il desiderio fisico per lei non sarebbe mai calato, soprattutto in momenti intimi come quello. Avrei voluto togliere i jeans e restare in boxer, come sempre, ma non volevo svegliarla, così tentai di non pensarci e chiusi gli occhi.

Decisi di mettere via la corazza e di godermi l'attimo, perché...

Lei era come una bambina.

Non aveva l'esperienza di una donna. Eppure, stava provocando un naufragio dentro di me e neanche lo sapeva. Mi stava facendo annegare nel suo oceano, perciò avevo sempre paura di guardare i suoi occhi striati di metallo e argento, avevo paura di lei e del modo in cui le sue piccole dita indugiavano sulla mia anima. Il cuore, però, non voleva saperne di ripartire, non voleva saperne di donarsi a qualcuno, non voleva saperne di donarsi a lei e per questo...

Per questo avrei dovuto chiederle scusa e, forse, non l'avrei mai fatto.

Mi svegliai all'alba e mugolai infastidito.

Una chioma profumata mi solleticava il naso, così aprii gli occhi lentamente, lasciandoli abituare alla luce del sole che filtrava dalla porta vetrata; poi cercai di muovermi, ma senza alcun risultato. Selene era ancora appoggiata sul mio petto, le labbra rosee leggermente schiuse, il naso all'insù che si intonava perfettamente ai suoi lineamenti delicati e una piccola ruga al centro della fronte che le conferiva un'espressione corrucciata anche mentre dormiva.

Era adorabile.

Sbadigliai e stiracchiai un braccio che sentivo intorpidito a causa della lunga posizione inerte. Guardai ancora Selene dormire e mi passai una mano sul viso; all'istante riemersero tutte le mie paranoie, che mi assalirono ancora prima che potessi vedere i colori dell'alba. Ebbi timore che la stronzata di restare con lei, su quel misero divano, potesse avere dei risvolti negativi. Selene avrebbe potuto associare il dormire insieme a un desiderio che oltrepassava la mera attrazione fisica, magari si sarebbe convinta di un sentimento che non provavo, avrebbe pensato che fossi innamorato di lei e che potesse nascere una relazione tra noi.

«Cazzo», brontolai, con la mente affollata di preoccupazioni. Mi ero più volte ripromesso di non commettere errori dopo averla scopata a bordo piscina dandole una parte di me, e invece adesso avevo sbagliato di nuovo. Tentai di scrollarmi di dosso la sua gamba, l'erezione mattutina premeva contro di lei e avevo bisogno di allontanarmi. Subito.

«Mmh...» Selene mugolò e si mosse, facendo scivolare la coperta sullo stomaco e mostrandomi il seno sodo. Mi ero dimenticato che lei fosse nuda, accanto a me. Deglutii in difficoltà, perché...

Il perché era soltanto uno: ero un uomo.

Come un predatore affamato la osservai attentamente. Le spalle erano strette ma definite, il seno tondo, i capezzoli piccoli e perfettamente cilindrici, contornati dall'areola circolare di un rosa così chiaro da confondersi con il colore della sua pelle. Sollevai il busto e spostai leggermente il suo braccio dal mio bacino; al che, lei farfugliò qualcosa di incomprensibile e io sorrisi.

Era proprio una bimba.

Mi posizionai su di lei, reggendomi sui gomiti, e mi piegai per baciarle il collo lentamente. Non volevo farlo, ma il mio istinto riuscì a prevalere sulla ragione. L'idea iniziale era di svegliarla e mandarla via a calci nel culo, ma quando Selene girò la testa dall'altra parte, esponendo maggiormente il punto che mi interessava, continuai a baciarla.

Profumava di sonno, di eccitazione, di cocco e di tutto quello che avevamo condiviso.

Scesi fino al seno e lo sfiorai con la punta del naso.

Selene stava ancora dormendo mentre io mi stavo comportando

come un pervertito che non riusciva a gestire le proprie pulsioni carnali.

Con la lingua leccai il capezzolo, chiudendolo tra le labbra. Era turgido e piccolo, oltre che semplicemente magnifico. D'un tratto sollevai lo sguardo sul suo viso rilassato e notai che involontariamente aveva corrugato la fronte.

Doveva svegliarsi e sparire.

In disaccordo con i miei pensieri, scesi ancora lungo il suo ventre, avvertendo la strana sensazione del mio odore sulla pelle, e arrivai al centro delle sue cosce, da diavolo qual ero.

Lei distese le braccia sopra di sé e stiracchiò i muscoli. Stava per svegliarsi e io ero pronto a godere della sua espressione sconvolta nel trovarmi immerso tra le sue gambe.

Le scostai le mutandine di lato e baciai la sommità perfettamente liscia del pube, per poi scendere sull'interruttore magico.

Stuzzicai delicatamente il clitoride nascosto tra le pieghe delle piccole labbra e osservai ancora le sue palpebre chiuse, e la bocca leggermente semiaperta dalla quale emetteva sbuffi leggeri.

Sembrava una dea.

In quel momento, pensai che le cose più belle non fossero necessariamente perfette ma speciali.

Lei era speciale.

Tracciai il contorno delle grandi labbra, morbide e già gonfie. Le leccai tutte delicatamente, e soffiai nel punto in cui sapevo avrebbe voluto sentire la mia presenza, provocandole un sospiro di piacere.

Istintivamente la sua schiena si inarcò e il bacino si sollevò contro la mia bocca mentre l'idea di soddisfare la mia voglia selvaggia di divorarla del tutto mi assillava la testa.

Sapevo che se l'avessi fatto non sarei stato più in grado di fermarmi, perché il suo sapore non attenuava la mia voglia, l'aumentava.

Il mio corpo reagiva al suo in modi imprevedibili e quindi faticavo a controllarlo.

La fissai tra le gambe, fissai quella coppa di cristallo, adesso lucida dei miei baci e pronta ad accogliermi.

Stavo bruciando dentro, il fiato era sospeso, un leggero filo sottile collegava ancora i miei pensieri alla razionalità. Ero in bilico.

Avrei voluto scoparla con irruenza, perdermi in ogni sua curva e tentare di nuovo se fossi stato in grado di abbandonarmi a un orgasmo che non provavo da troppo tempo.

Stavo delirando, ma riuscivo ancora a resistere.

Avevo sempre avuto il pieno controllo di me stesso, e non avrei permesso a quella ragazzina di distruggermi.

«Neil...» La sua voce giunse flautata alle mie orecchie, così sollevai gli occhi sul suo viso e la sorpresi a fissarmi perplessa, proprio come avevo immaginato.

Aveva le guance rosse e il respiro accelerato. Era eccitata, lo sentivo.

Le sorrisi e mi sollevai su di lei, reggendomi sugli avambracci. Le premetti volutamente i fianchi contro e le feci percepire quanto era grande il desiderio di possederla. Lei sussultò e potei vedere i brividi d'attesa scorrerle sul collo. Sospirava e tremava.

Pensava che l'avremmo fatto?

Avrei tanto voluto, ma non avevo intenzione di cedere alla tentazione.

«Devi andartene», sussurrai quindi, con un tono pacato come se quello fosse il più bel buongiorno che potessi regalarle. Lei guardò in basso, precisamente i suoi slip scostati di lato, e si morse il labbro imbarazzata.

«Che... che... stavi facendo?» Era confusa e frastornata, ma non le risposi. La fissai invece negli occhi e mi accorsi che c'era il cielo lì dentro o forse un campo pieno di fiori.

«Sono azzurro fiordaliso, appena sveglia», commentai. La bimba non capì e sbatté le palpebre più volte, inclinando appena il capo. «I tuoi occhi...» aggiunsi.

Mi ero sempre chiesto di che colore fossero stati con la luce dell'alba, e adesso lo sapevo.

«E... ti piacciono?» chiese impacciata.

Sì, mi piacevano, come mi piaceva ogni cosa di lei. Quello era il reale problema.

Scossi la testa, cercando di tornare in me, e mi sollevai dal suo corpo. Dovevo fare una delle mie solite docce e cambiarmi. Mi passai una mano tra i capelli e mi voltai verso Selene, ancora stesa e assonnata sul divano. La colsi a fissarmi il fondoschiena e, quando si rese conto del mio sguardo puntato su di lei, arrossì subito. Ancora una volta, stava guardando con adorazione il mio corpo che imperava nel salotto e, nonostante mi avesse visto seminudo più volte, sembrava meravigliata dal mio aspetto esattamente come il primo giorno.

«Cosa mangi di solito a colazione?» le chiesi, poi mi incamminai verso l'angolo cucina, diretto alla macchinetta; avrei fatto la doccia più tardi, perché adesso avevo bisogno del mio caffè amaro. I suoi occhi non smisero di seguire ogni mio movimento. Se pensava che avessi intenzione di prepararle la colazione o portargliela lì, come un gentiluomo, si sbagliava di grosso.

«Di solito bevo un succo all'arancia, poi mangio il pane tostato con la marmellata alla ciliegia. È la mia preferita», rispose sorridente, poi si sedette sul divano e si guardò attorno spaesata. Individuò a poca distanza il reggiseno e si alzò per raggiungerlo. Aveva i capelli selvaggi, le forme perfette e il culo alto sul quale indugiò il mio sguardo da peccatore. Lo fissai, sorseggiando con calma il mio caffè, e con un mugolio maschile approvai quelle natiche da sogno. Avrei voluto vederle ogni mattina e il pensiero mi spaventò.

«Non ti preparerò la colazione. Se vuoi lì ci sono delle arance per farti una spremuta. Il pane tostato credo che manchi, così come la marmellata», dissi burbero, terminando il mio caffè.

L'addetta alla colazione perfetta era la signora Anna, non di certo io.

A me bastava poco per iniziare la giornata.

Selene, però, non mi stava neanche ascoltando, stava indossando il suo vestito ed era pensierosa.

Poi avanzò verso di me scalza e guardò la mia tazza vuota.

«Non berrai solo quello, vero?» Si sedette su uno sgabello e si passò una mano tra i capelli. Erano indomabili, ma anche così, sfatta e assonnata, era stupenda. L'avrei piegata su quella penisola se avessi dato ascolto al mio istinto.

Merda.

«Abbiamo dormito insieme.» Evitai la sua domanda, avevo cose ben più importanti da dirle. «Ma non significa niente. Non farti strane idee.» Posai le mani sulla penisola e la fissai serio, per farle capire quanto fossero reali le mie parole. Lei annuì, poi sorrise per niente offesa o turbata.

«Hai questo vizio fastidioso di cambiare discorso», brontolò tranquilla e il suo comportamento mi confuse. «Comunque... non c'è bisogno che tu stia a specificarlo. Lo so bene, come so che non hai mai dormito con nessuna e che io sono stata la prima anche in questo.» Scrollò una spalla e mi misi sull'attenti.

Cosa ne sapeva lei?

Riflettei. Era successo di aver dormito con qualcuna, ma mai volontariamente come con Trilli.

Selene era ingenua, a volte infantile, ma non stupida. Forse aveva davvero capito che molte cose le stavo condividendo con lei per la prima volta, o forse stava semplicemente cercando in qualche modo di indurmi a parlare.

Voleva sentirselo dire, voleva che confessassi l'effetto che aveva su di me.

«Cosa ne sai, tu?» La sbeffeggiai, assumendo il mio solito atteggiamento arrogante. La bimba sorrise ancora e si sistemò la scollatura del vestito sul quale mi scivolò lo sguardo. La mia colazione era lì. Sotto quel sottile strato di stoffa. L'avevo avuta accanto per tutta la notte eppure mi ero limitato a degli inutili sfregamenti adolescenziali che mi avrebbero lasciato dentro la voglia insoddisfatta di lei ancora per molto tempo.

«Ho capito come sei fatto, ormai.» Mi strizzò un occhio e indietreggiai. Non sapeva un bel niente di me, a meno che non fosse a conoscenza di quello che avevo vissuto durante l'infanzia, cosa altamente improbabile. Pensava di conoscermi, ma non era affatto così.

«Devo fare una doccia. Quando uscirò dal bagno, tu dovrai essere già fuori di qui», ordinai severo, ignorandola ancora. Ero proprio uno stronzo. Prima la baciavo, la toccavo, volevo scoparla e superavo limiti che non dovevo assolutamente superare con nessuna, poi la cacciavo via perché ero incapace di gestire me stesso, a causa sua.

Non riuscivo più a capirmi.

«Stasera tornerò a Detroit.» Selene si alzò dallo sgabello e mi superò senza guardarmi, diretta alle sue scarpe. Si piegò e le raccolse, stringendole tra le dita. «E chissà quando ci rivedremo.» Si scostò la frangia di lato, scoprendo parte della cicatrice e, di nuovo, mi sentii insensibile e profondamente sbagliato. Tuttavia, non feci nulla per trattenerla lì con me. La vidi avanzare verso la porta, la vidi aprirla, la vidi varcare la soglia, ma rimasi immobile a fissarla mentre andava via.

«'fanculo», sussurrai. «Che testa di cazzo», brontolai contro me stesso.

Ero perfettamente consapevole dei miei errori. Selene non meritava un trattamento simile, ma non riuscivo a essere diverso da quello che ero. Se le avessi permesso di entrare nella mia anima, ne sarei uscito distrutto. Le cose belle avevano sempre una fine e lei poteva essere qualcosa di bellissimo che però avrebbe decretato per sempre la mia fine.

Mi diressi nella stanza da letto, sentendo nell'aria il suo profumo di cocco. Forse ce l'avevo addosso e per questo lo sentivo ovunque. Mi spogliai e mi fiondai sotto la doccia. L'acqua fredda mi avrebbe riordinato i pensieri. La solitudine mi avrebbe permesso di riappropriarmi di me stesso. Rimasi sotto il getto per circa un'ora, eppure la voglia di lei non svanì, né il pensiero di rincorrerla e godermi con lei gli ultimi istanti prima che partisse per Detroit.

«Lei mi piace, ma non può stare con te. Se sceglierai lei, abbandonerai me», mormorò una voce sottile e infantile e mi voltai di scatto verso il vetro del box, mentre le gocce d'acqua scivolavano sul mio corpo, raggruppandosi in un cumulo di schiuma sul piatto sottostante. Riavviai sulla nuca i capelli bagnati e tentai di mettere a fuoco la figura indefinita che riuscivo a intravedere oltre il vetro opaco. Con un gesto rapido chiusi il getto d'acqua e afferrai un asciugamano da avvolgere attorno ai fianchi, poi uscii dalla doccia e lo vidi.

Vidi il bambino sulla soglia della porta che conduceva alla camera da letto. Se ne stava con la palla da basket sotto l'avambraccio, la maglietta dell'Oklahoma City gli avvolgeva il busto magro e gli shorts blu arrivavano fino alle ginocchia sbucciate. Era sporco di terriccio, i capelli erano una chioma castana e ribelle, aveva lo sguardo triste e spento. Non mi stupii di vederlo. Quasi sempre appariva per parlarmi.

«Non potrò ospitarti per sempre.» L'avevo detto. Avevo appena ammesso che non potevano coesistere due anime nello stesso corpo. Prima o poi una delle due avrebbe ceduto il posto all'altra. Sapevo che l'interazione con lui stava diventando un vero problema. Il mio comportamento non era assolutamente normale.

«Sei cattivo», rispose imbronciato, scappando nella stanza da letto.

«Sono solo sincero!» replicai spazientito.

Lo seguii, gocciolando ovunque, anche se non mi importava; mi fermai di colpo quando lo trovai seduto sul mio letto, la palla stretta al petto e lo sguardo inchiodato sul pavimento. Stava fissando qualcosa. Abbassai il viso e vidi dei fogli strappati in mille pezzi. Sentii il cuore battere in gola, le mani tremare. Mi girò la testa e serrai le labbra, guardando furioso il bambino.

Ero a dir poco furibondo.

«Che cosa hai fatto?» sussurrai minaccioso. Lui scattò in piedi e fece un passo indietro, senza mai distogliere gli occhi dai miei. Erano i miei disegni. Lui li aveva strappati e nascosti vicino al letto della camera.

«Che cosa hai fatto tu!» mi accusò, e un capogiro improvviso mi indusse a toccarmi la fronte. Mi mancò l'aria e iniziai a respirare a fatica.

I nervi si tesero, la rabbia divampò nel corpo, accendendomi come una fiamma rovente.

«Vattene!» gli urlai contro e lui sobbalzò. Ero fuori di me. Mi incamminai in fretta alla ricerca del mio telefono. La situazione mi stava sfuggendo di mano e, prima che mi sfogassi commettendo uno dei miei soliti errori, decisi di parlarne con l'unica persona che avrebbe potuto comprendermi.

Recuperai il cellulare e cercai il contatto del mio psichiatra in rubrica. Le dita faticavano a restare ferme, ogni muscolo era squassato da tremolii inspiegabili.

«Pronto. Neil?» rispose al secondo squillo.

«Dottor Lively.» Mi passai una mano sul viso e lanciai un'occhiata alle mie spalle, per vedere se il bambino fosse dietro di me ad ascoltare.

«Cosa succede?» chiese allarmato. In effetti era raro che ricevesse una mia telefonata, soprattutto di domenica. Il giorno infrasettimanale nel quale solitamente si recava da me era il giovedì, ma ormai da tre anni avevo smesso di seguire la sua terapia e, adesso, ne stavo pagando le conseguenze. Tuttavia, necessitavo dei suoi consigli, perché era l'unico in grado di aiutarmi.

«Qualcuno ha strappato i miei disegni. Li ho ritrovati nella stanza da letto. Non sapevo neanche che fossero lì, è stato lui. È stato il bambino a farlo!» spiegai rapido, mi stava anche tremando la voce. Ci fu un silenzio prolungato da parte del mio interlocutore. Pensai perfino che avesse riagganciato, ma un suo sospiro ne confermò la presenza.

«Hai fatto uso di sostanze stupefacenti?» chiese sospettoso.

Inorridii al solo pensiero di assumere quella merda. Non ero mai stato così idiota. Chiusi gli occhi e li riaprii per tentare di controllare il mio temperamento.

«No, cazzo. Non faccio uso di droghe, dovrebbe conoscermi!» Alzai la voce; ero nervoso e le insinuazioni del mio psichiatra stavano soltanto peggiorando la situazione.

«Neil.» Sospirò. «Il tuo è senso di abbandono unito al bisogno di attenzioni.» Il dottore iniziò a fare il suo lavoro, iniziò ad analizzarmi e a esporre il suo punto di vista. Io lo ascoltavo e nel mentre andai a cercare le Winston in salotto. «Li avvertivi anche da piccolo. Distruggevi le tue cose e dicevi che era stato qualcun altro a farlo», spiegò. Trovai il pacchetto di sigarette e ne accesi una, aspirando a pieni polmoni, nel vano tentativo di calmarmi.

«Di cosa sta parlando?» Mi passai una mano sul viso, stringendo il filtro tra le dita, e iniziai a camminare nervosamente, lasciando l'impronta dei piedi bagnati ovunque.

«Neil, conosciamo entrambi il rapporto conflittuale che hai sempre avuto con tuo padre e tua madre, la necessità che avvertivi di essere amato e la loro incapacità di capirti durante il periodo degli abusi. Compiere gesti autodistruttivi esprime il bisogno di attirare attenzioni su di sé, provocato dalla forte carenza affettiva che ha caratterizzato la tua infanzia. I tuoi genitori lavoravano sempre, trascorrevi tutto il tempo con Kimberly e...» Lui continuò a parlare, ma io smisi di ascoltarlo. Con una mano lasciai scivolare l'asciugamano sul pavimento e rimasi nudo. Nudo fisicamente e psicologicamente, con il cuore distrutto che batteva nel petto, il sangue che scorreva a tutta velocità nelle vene e la testa che respingeva categoricamente quelle informazioni. Tornai in camera da letto mentre la voce del dottor Lively richiamava la mia attenzione, ma ero assente, spento, arreso. Aggirai il letto e mi sedetti in un angolo della stanza. I miei muscoli sussultarono appena per l'impatto del pavimento freddo e fissai il vuoto dinanzi a me.

Avevo il vuoto dentro di me, in realtà.

«Neil, sei ancora lì?» disse lui, ma abbassai lentamente il braccio e riagganciai.

Portai la sigaretta alle labbra e continuai a fumare, distendendo le gambe. Il dottor Lively pensava forse che fossi pazzo? Si sbagliava. Avevo un sacco di problemi, dei disturbi da curare, e la mia mente era diversa da quella degli altri, ma questo non faceva di me uno psicopatico. D'un tratto, sentii dei passi deboli avanzare verso di me, ma non alzai lo sguardo e continuai a stringere il filtro tra le labbra, per poi liberare il fumo nell'aria.

«Lui non ti capisce», affermò il bambino, appena riapparso. In quel momento, mi chiesi ancora in quale modo avrei potuto liberarmi di lui, ma mi resi anche conto che la sua presenza era tutto ciò di cui necessitavo.

Mentre lo fissavo pensieroso, il bambino si avvicinò lentamente, sondando il mio umore, perché mi arrabbiavo sempre con lui, quindi mi temeva e sapeva che non doveva portarmi mai oltre il limite. Continuai a guardarlo fumando con disinvoltura, e lui osservò il mio corpo nudo. Ero seduto sul pavimento, la schiena appoggiata alla parete e i capelli ancora gocciolanti. Non dovevo avere un bell'aspetto in quel momento.

Il bambino decise di sedersi accanto a me e io non mi opposi.

«Ricordi quando...» Si scostò una ciocca di capelli chiari dalla fronte e io gli fissai le ginocchia sporche di terra. Sembrava che fosse caduto, erano sbucciate e arrossate. «Ricordi quando vedevamo il cartone di Peter Pan mentre lei ci...» Si fermò perché era difficile per un bambino ricordare quegli eventi terribili. «Mentre lei ci faceva quelle cose?»

Lo ricordavo...

Era un sabato sera particolarmente noioso.

I miei genitori erano usciti a cena con dei colleghi e Logan era già a letto a dormire.

Kimberly mi chiese di raggiungerla sul divano in salotto. Mi disse che in tv c'era il mio cartone preferito e che l'avremmo visto insieme, così mi sedetti accanto a lei, con addosso il mio pigiama preferito, e fissai lo sguardo sullo schermo del televisore. Lei strinse fra le dita una lattina di birra che aveva appena aperto. Ne buttò giù un sorso e mi guardò. Mi guardava sempre in un modo insistente.

Sorrise, poi si morse il labbro posandomi una mano sul ginocchio. Sapevo cosa avrebbe fatto, così iniziai a tremare. Non potevo respingerla, altrimenti avrebbe fatto del male a mio fratello.

La sua mano raggiunse presto i miei pantaloncini mentre io guardavo Peter Pan che tentava di convincere Wendy a scappare via con lui. Le parlava di un'Isola che non c'è dove si trovavano tutti i bambini sperduti e io mi concentrai su di lui per tentare di ignorare la mano della donna che iniziava ad accarezzarmi.

Chiusi gli occhi quando sentii le sue dita oltrepassare l'elastico dei boxer e pensai ad altro.

Immaginai un'Isola che non c'è.

Immaginai di entrare nel mio cartone preferito, e mi concentrai su Peter Pan in quegli angoscianti minuti di violenza alla quale non potevo sottrarmi.

In quel momento, Peter era insistente e diceva a Wendy che l'avrebbe condotta via con sé, ma la ragazzina non voleva abbandonare i suoi genitori perché diceva che non sapeva volare.

La voce di Peter, tenace, che assicurava a Wendy che le avrebbe insegnato lui a volare, perfino a scavalcare i venti, mi entrò nella testa proprio quando la mano di Kimberly mi entrò nell'anima per frantumarla e ridurla in mille pezzi.

«Apri gli occhi, guarda il tuo cartone preferito», mi sussurrò all'orecchio, e mi soffermai sui suoni, sui rumori, sulle voci, sulle parole di Peter, anche se sentivo Kim.

Lei era dappertutto.

Dentro di me, su di me, fuori di me.

Lei era nel battito accelerato del mio cuore, nelle pulsazioni del corpo, era nel sudore che mi gocciolava sulla fronte, era nel respiro ansante, era nelle palpebre che tenevo serrate per non vedere, era nelle labbra che si schiudevano per emettere sospiri che non riuscivo a controllare, era nei lamenti, nel dolore, nella sottomissione e nella mia costrizione.

Era ovunque, eccetto che sull'Isola che non c'è.

Lì ero da solo.

Lì Kimberly non sarebbe mai stata capace di raggiungermi.

Abbandonai il mio corpo e mi rifugiai in un posto che non esisteva.

Cercai di proteggere la mia anima.

Creai un mondo parallelo, un'illusione che potesse salvarmi.

Come facevo sempre.

Solo quando la tortura finì, tornai alla realtà e riaprii gli occhi.

Puntualmente mi ritrovai nudo e sudato, sul divano, perché ancora una volta mi aveva usato, come faceva sempre.

«Lo ricordo...» Aspirai dalla sigaretta e rigettai il fumo nell'aria, piegando un ginocchio per posarci il gomito. Dopo un sospiro triste, il bambino appoggiò la testa sulla mia spalla.

Il suo fu un tocco gelido, ma delicato.

«Non ti dimenticherai di me, vero?» sussurrò impaurito, scostandosi da me per guardarmi. Feci un ultimo tiro, poi schiacciai il mozzicone sul pavimento. Di solito, ero un maniaco dell'ordine e della pulizia, ma in quel momento non mi importava di nulla.

«Non potrei mai», risposi sconfitto, senza guardarlo.

Avrei voluto dimenticarmi di lui, del periodo degli abusi, dei miei dieci anni, di Kimberly e perfino di Peter Pan, ma non ce l'avrei mai fatta.

Il passato sarebbe rimasto per sempre aggrappato a me, avrebbe ostacolato il mio futuro e reso un inferno il presente.

Quella era la mia realtà, dovevo solo accettarla e imparare a conviverci soprattutto adesso che ero un uomo adulto, e sapevo bene ormai che l'Isola che non c'è non avrebbe più potuto salvarmi.

12
Selene

So che è un segreto, perché lo
sento sussurrare dappertutto.
WILLIAM CONGREVE

CORSI in camera.

Indossavo ancora l'abito della sera precedente e speravo di non incontrare nessuno per non destare sospetti.

Sarebbe stato un casino se Matt avesse scoperto tutto.

A volte pensavo alla sua reazione e tremavo di paura, certa che una verità simile lo avrebbe decisamente sconvolto.

A ogni modo, arrivai a destinazione senza intoppi, mi chiusi in stanza e mi appoggiai di schiena contro la porta.

Avevo ancora le guance in fiamme per tutto quello che era successo.

La notte precedente era stato perverso, semplicemente incredibile vedere i suoi muscoli tendersi, sentire le sue spinte, il mio seno, ammirare l'espressione eccitata del suo viso, percepirne i gemiti gutturali.

Neil era sempre sexy, sfacciato, divino, un vero cultore del sesso.

Sorrisi e mi coprii il viso. Mi imbarazzavo ancora mentre ripensavo a certe cose, nonostante tutto ciò che avevamo già condiviso.

Mi aveva persino chiesto di dormire con lui e al mio risveglio lo avevo trovato a un soffio da me, con la testa tra le mie cosce, pronto a concedermi il piacere che avevo percepito soltanto lievemente durante il sonno.

Ovviamente, Neil era stupendo anche appena sveglio.

Mi ero a lungo soffermata sul suo viso perfetto. Le labbra carnose e incurvate in un sorriso malizioso, le ciglia castane che gli incorniciavano gli occhi dorati, i capelli scombinati nei quali amavo passare le dita e la rughetta che gli si formava al centro della fronte come se fosse perennemente pensieroso.

Era sempre complicato per me capirlo.

Prima mi aveva cacciata via, poi mi aveva chiesto di restare.

Avevo imparato a conoscerlo un po', e mi ero resa conto che per lui la fiducia era un bene prezioso. Mi concedeva parti di sé a piccole dosi, per questo non dovevo mai pretendere troppo, ma accontentarmi di quello che lui decideva di offrirmi.

Mi stava infatti mostrando la sua anima a modo suo, ma era spaventato da quello che ci univa.

Del resto, il legame tra noi era innegabile, e lo sapevamo entrambi.

Pur non sapendo che cosa lui provasse davvero per me, ero certa che si fosse impossessato non solo del mio corpo, ma anche della mia mente. Mi aveva rinchiusa in una prigione di cristallo e aveva gettato via la chiave. Mi sentivo ammaliata dal suo sguardo, drogata del suo corpo, dipendente dal suo umore, soggiogata dal suo animo oscuro e contorto.

Con quella consapevolezza nuova, sorrisi ancora e saltellai per la stanza, felice come mai prima d'ora. Poi decisi di fare una doccia e cambiarmi, così mi diressi in bagno, canticchiando una canzone dei Coldplay. Una volta lì, mi lavai togliendomi di dosso il suo profumo, anche se ormai mi era entrato nella testa e neanche il bagnoschiuma avrebbe avuto il potere di sovrastarlo. Una volta terminato, legai i capelli in una coda alta e indossai una felpa con un paio di jeans.

Mezz'ora dopo ero ancora particolarmente felice e avevo sempre l'impressione che ci fosse stata una svolta nel nostro rapporto.

Neil si stava fidando di me ed era già un enorme passo avanti.

Certo, non avrei dovuto illudermi di nulla. Non ero l'unica per lui e l'affronto di Jennifer della sera precedente mi aveva dato la conferma che loro andavano ancora a letto insieme, il che significava che per Neil non ero così importante da rinunciare alle altre. Ma la fiducia era già qualcosa. Tuttavia, più ci rimuginavo e più la felicità svaniva, cedendo il posto alla consapevolezza che stavo vivendo un sogno, qualcosa che non esisteva, perciò presto avrei dovuto aprire gli occhi e tornare alla mia realtà.

Mi incupii e mi avvicinai al letto per prendere il cellulare dalla borsa. In quel momento, infatti, sentii l'esigenza di chiamare mia madre, l'unica che riusciva a scacciare via l'angoscia che avvertivo dentro.

Sospirai, avviai la chiamata e attesi che rispondesse.

«Pronto, tesoro?» disse al secondo squillo.

«Mamma, tutto bene?» Non avevo nulla di particolarmente importante da dirle, ma volevo solo sentirla.

«Sì, e lì? Hai trascorso un po' di tempo con tuo padre?» chiese lei e io alzai gli occhi al cielo. Sapevo che mi avrebbe fatto questa domanda. Mia madre era ossessionata dall'idea che tra me e Matt le cose si sarebbero sistemate, mentre io ero fermamente convinta che non sarebbe mai accaduto. Per ora vivevamo un periodo di «pace», avevo posato l'ascia di guerra dopo il giorno del suo compleanno, ma questo non voleva dire che fossi pronta a seppellirla del tutto e a trattarlo da padre.

«In realtà no», ammisi, omettendo il dettaglio che in compenso avevo trascorso la notte con il figlio di Mia. Avevo intuito che mia madre sapesse qualcosa di Neil, ma temevo lo stesso la sua reazione; temevo che l'avrei delusa, che mi cacciasse di casa e ignorasse per sempre.

Che cosa avevo combinato?

«Mamma...» aggiunsi subito con la voce tremante. Mi sedetti sul bordo del letto e strofinai una mano sui jeans, nervosamente.

«Dimmi, tesoro. Cosa c'è? Ancora le tue emicranie? Hai avuto di nuovo la nausea? Hai fatto uno dei tuoi incubi ieri notte?» Entrò in panico e mi sentii subito in colpa. Non volevo farla preoccupare, soprattutto perché ero distante e, conoscendola, sapevo che avrebbe preso il primo aereo pur di raggiungermi.

«Smetteresti di volermi bene se scoprissi che ti ho detto una piccola bugia?» sussurrai con le lacrime agli occhi, tentando di controllare la voce, visto che mia madre aveva la grande capacità di percepire qualsiasi mio stato d'animo. A dire il vero, non sapevo perché gliel'avessi posta quella domanda, forse perché per la prima volta stavo davvero pensando alle ripercussioni che ci sarebbero state se i miei genitori avessero scoperto di me e Neil.

«Non smetterei mai di volerti bene, Selene. Cos'è successo?» domandò preoccupata e mi mordicchiai l'unghia del pollice, per sfogare la tensione. Stavo seriamente pensando di dirle tutto, di confessarle la verità e chiederle un parere, perché non avevo nessuno con cui poter parlare, nessuno che potesse darmi dei consigli.

«Ricordi quando mi hai parlato della storia sulla principessa e il cavaliere oscuro?» le chiesi alzandomi in piedi.

«Sì, certo», rispose confusa.

«E se il cavaliere oscuro non si innamorasse della principessa? Se lui alla fine scegliesse addirittura un'altra o decidesse di sparire per sempre?» dissi tutto d'un fiato, agitata e malinconica al contempo. Il solo pensiero che Neil potesse legarsi a un'altra donna o chiedermi di chiudere qualsiasi cosa ci fosse tra noi, mi faceva sentire una stretta al petto.

«Quella che ti ho raccontato non è una favola, ricordi? Potrebbe non esserci nessun lieto fine», affermò lei e io mi fermai di colpo, dopo aver girovagato per l'intera camera in preda all'ansia. «Ma potrebbe comunque contenere un insegnamento importante che la principessa porterebbe con sé nel bagaglio della sua vita», aggiunse con la sua solita saggezza e io scossi la testa.

L'unico insegnamento che avrei portato con me sarebbe stata la sofferenza per essermi innamorata dell'uomo sbagliato, ma questo non potevo dirlo.

«La principessa deve essere forte e pronta a tutto. Il suo cuore è quello di una guerriera», dichiarò e immaginai gli occhi azzurri identici ai miei, il sorriso indulgente e le sue braccia amorevoli che avrei tanto voluto sentire attorno a me.

A differenza di quanto credevo, non ero né una donna, né coraggiosa; anzi, mi sentivo ancora una bambina con un cuore di cristallo che chiunque avrebbe potuto frantumare. Pertanto, il bisogno di percepire l'amore di mia madre era forte tanto quanto la consapevolezza che non avrei mai potuto catturare l'anima di un ragazzo complicato come Neil.

Mr. Incasinato, infatti, mi attirava a sé e mi respingeva costantemente, perciò stargli accanto significava sopportare i suoi sbalzi d'umore e gestirne il carattere decisamente complesso.

Oltre a dover affrontare con lui quello che aveva vissuto da bambino. Certo, non sapevo ancora tutta la verità, ma Logan mi aveva fatto capire che una certa Kimberly Bennett aveva abusato di lui. Non avrei mai giudicato Neil per il suo passato, ma non ero convinta di poter sopportare al suo fianco le conseguenze di un trauma tanto grave. Capivo perché non riusciva a fidarsi di me, capivo anche perché tentava di allontanarmi, ma non ero sicura della possibilità di curare ferite così profonde.

Avrebbero potuto farlo un medico, un centro psichiatrico, dei farmaci, ma non io.

I mostri di Neil erano troppo grandi per essere domati da me.

Di conseguenza, quando stavo con lui, alternavo momenti nei quali pensavo che sarebbe andato tutto bene, che ce l'avremmo fatta a capirci e a unire le nostre vite così diverse, e momenti nei quali la realtà veniva a bussare alla porticina della coscienza per dirmi di smetterla di vivere aggrappata alle illusioni.

Sconfitta, terminai la chiamata con mia madre, dopo averle ricordato che sarei tornata a casa la sera stessa, poi trascorsi del tempo al computer per distrarmi un po' con la musica.

Ascoltare il mio gruppo preferito, per me, era terapeutico; mi aiutava a non pensare troppo e a scacciare via l'ansia che avvertivo spesso in quel periodo.

Così, mi mordicchiai il labbro inferiore e cercai su YouTube la canzone *Fix You* dei Coldplay, ma, prima che potesse partire il video, due colpi di nocche alla porta mi distrassero. Mormorai un «avanti» immediato e poco dopo apparve la signora Anna con la divisa e i capelli chiari raccolti in uno chignon.

«Signorina Selene. Suo padre ha chiesto di vederla», mi informò, tenendo le mani in grembo. Mi sembrò preoccupata, a giudicare dal sorriso rattristato che mi rivolse.

«Non è ancora ora di pranzo», risposi dopo aver lanciato una rapida occhiata all'orologio. Non capivo cosa fosse successo di così importante da spingere Matt a mandare Anna a chiamarmi.

«Temo che lei debba raggiungerlo in salotto adesso. È piuttosto urgente.» Sospirò, poi andò via senza darmi il tempo di controbattere. Sembrava che avesse fatto uno sforzo enorme per dirmi quelle pochissime parole. Mi alzai di fretta dal letto e chiusi lo schermo del laptop.

Uscii dalla mia camera e mi diressi alle scale per scendere in salotto. Temevo che Matt avesse avuto di nuovo la felice idea di propormi un weekend a Coney Island; se così fosse stato avrei sicuramente rifiutato. Non avevo alcuna intenzione di ripetere l'esperienza. A causa di Neil, infatti, non conservavo un bel ricordo del compleanno di mio padre.

Raggiunsi il salotto sbuffando, ma mi fermai di colpo quando notai Matt in piedi a braccia conserte, con indosso un completo elegante blu e una camicia bianca con un panciotto chiuso sull'addome, e Neil appoggiato alla portafinestra con le mani infilate nelle tasche dei jeans. Come al solito, era bellissimo: la felpa bianca contrastava con la pelle bronzea e il ciuffo era scombinato come sempre.

I suoi occhi dorati, però, erano vitrei e glaciali; sembrava teso e nervoso.

«Oh, eccoti qua», disse Matt con un tono beffardo. Mi guardò affilando lo sguardo e mi irrigidii. Corrugai la fronte, ignara del perché del suo comportamento strano, e spostai gli occhi su Neil che non smetteva invece di fissare mio padre, come un leone che avrebbe agguantato la preda al primo passo falso.

«Cosa succede?» ebbi la forza di domandare, anche se la mia voce risultò bassa e incerta. Mio padre si accarezzò il pizzetto con una mano e inarcò un sopracciglio, pensando a chissà cosa.

«Ho fatto una semplice domanda a Neil, ma a quanto pare ha qualche difficoltà a darmi una risposta», ribatté sprezzante, con un tono severo. Guardai Neil nella speranza di capire che cosa stesse succedendo, ma lui rimase immobile, lì, spavaldo e strafottente.

«N-Non capisco...» balbettai. Una strana agitazione iniziò a tormentarmi lo stomaco, il cuore dondolò nel petto come impazzito e il respiro accelerò, creandomi un nodo insopportabile in gola.

«Ho chiesto a Neil di spiegarmi come mai avete trascorso la notte insieme nella dépendance. Non mi sembra una domanda così difficile. Non credi?» Inclinò la testa di lato e mi analizzò come faceva con i suoi pazienti. D'istinto deglutii e mi mancò perfino l'aria. Sperai che si trattasse di un brutto sogno, provai a guardarmi attorno per constatare che fossi davvero lì, nel salotto della villa di Matt Anderson, e purtroppo tutto apparve assolutamente reale.

Mio padre sapeva davvero tutto o aveva solo dei sospetti?

Rabbrividii al pensiero che ci avesse spiati dalla portafinestra.

«Ecco... io...» sussurrai appena. La mia voce cambiò, le mani tremarono, ma cercai comunque di mantenere il controllo. Non ero preparata ad affrontare Matt, ma sapevo che prima o poi sarebbe successo. Istintivamente guardai ancora Neil, forse per ricevere il suo supporto, ma lui se ne stava fermo e in silenzio a fissarmi, incatenato alla mia stessa angoscia.

«Allora?» insisté mio padre alternando lo sguardo dall'uno all'altra. Poi scosse la testa e si toccò il viso. Il suo corpo era teso e gli occhi divennero foschi di una rabbia spaventosa. Indietreggiai perché avevo visto mio padre arrabbiarsi poche volte, ma le ricordavo ancora. «A Coney Island ti avevo detto di stargli alla larga!» urlò improvvisamente e sobbalzai. Indicò Neil con un dito, ma il suo sguardo truce rimase inchiodato su di me. Sembrava una canna da fucile pronta a spararmi «Ti avevo detto di non varcare mai determinati limiti con lui!» aggiunse, sempre più furioso. «E tu? Non mi hai dato ascolto. Hai fatto di testa tua, hai ceduto. Pensi che sia stupido?» Si avvicinò e feci un passo indietro urtando contro qualcuno. Mi voltai terrorizzata e sorpresi la signora Anna dietro di me; Matt la guardò furibondo e capimmo che non voleva spettatori in quel momento. «Anna, vada a occuparsi delle sue faccende. Ora», le ordinò brusco e la governante annuì sgattaiolando via subito.

Deglutii a vuoto, sentendo tanti spilli nella gola, gli stessi che avvertivo nel petto, e tentai di mantenere lo sguardo basso. Per la prima volta ebbi paura di mio padre.

«Dannazione! Che cosa c'è tra voi? Una relazione? State insieme?» chiese affannato, schiarendosi la voce a causa delle urla. Si passò di nuovo la mano sul viso e iniziò a camminare freneticamente davanti a noi. «Ve ne rendete conto almeno? Capite quant'è grave quello che avete fatto?» Scosse la testa e iniziò a farfugliare parole sconnesse sottovoce; sembrava che stesse andando fuori di testa, i muscoli gli si tesero sotto la giacca stretta e delle goccioline di sudore iniziarono a scivolargli sulle tempie.

«Da quanto va avanti questa storia assurda?» chiese voltandosi verso Neil, adesso. «Da quanto?» urlò ancora e sussultai; il cuore precipitò da qualche parte e smise di battere. Neil, invece, rimase immobile a fissare, per niente intimorito, Matt.

«Da circa una settimana dopo il suo arrivo. Sono stato io a provocarla, è colpa mia. Se vuoi incazzarti, fallo con me, non con lei», controbatté lui, aprendo bocca per la prima volta da quando ero entrata lì dentro. Il suo timbro baritonale e deciso non manifestò alcuna insicurezza. Neil sembrava avere il pieno controllo di sé anche in una circostanza così delicata.

Avrei voluto possedere anche soltanto una piccola parte della sua indifferenza per placare l'ansia che rischiava di farmi svenire.

Mio padre spostò tutta l'attenzione su di lui e gli si avvicinò lentamente, stentando a credere a ciò che aveva sentito. «Una settimana dopo il suo arrivo?» ripeté scosso, chiudendo gli occhi e scuotendo la testa visibilmente arrabbiato e deluso. «Mi fidavo di te. Pensavo che almeno con mia figlia tenessi a bada i tuoi maledetti impulsi e invece no. Sei stato il solito egoista. Non hai rispettato né me né tua madre. Per cosa, Neil? Per un capriccio? Un desiderio? Che cosa diavolo ti frullava nella testa mentre tentavi di sedurre mia figlia, eh?» sbraitò a un centimetro dal suo viso. Neil contrasse la mascella, i lineamenti gli si irrigidirono ma non reagì, come invece temevo. Dai suoi occhi non traspariva nessuna emozione.

«Fin dove ti sei spinto?» gli chiese ancora Matt e mi avvicinai a lui per evitare che potesse accadere il peggio. «Fino a che punto sei arrivato con lei? Dimmelo!» D'un tratto, afferrò Neil per la felpa e lo strattonò a sé. Mio padre non era possente quanto lui, non era giovane e atletico, ma era ugualmente capace di fargli del male, soprattutto quando era fuori di sé. Pertanto, non potevo starmene lì, ferma e impaurita senza reagire; così corsi verso di lui e mi aggrappai alla sua giacca.

«No, Matt!» urlai e lo tirai via per allontanarlo da Neil. Stavo tremando come una foglia e avevo le lacrime agli occhi. Sentivo le guance umide, non sapevo neanche da quanto stessi piangendo.

«Dimmelo! Abbi il coraggio di dirmelo, così come hai avuto il coraggio di fare una cosa simile! Sei disgustoso! Tua madre dovrebbe vergognarsi di te!» Matt puntò di nuovo un dito contro Neil e lo guardò indignato. Ogni offesa e ogni parola erano un taglio sulla mia pelle. Sembrava che Matt maneggiasse un coltello con il quale stava incidendo delle ferite sul mio cuore e non solo su quello di Neil.

«Hai ragione», fu tutto ciò che Neil ebbe la forza di rispondere. Fissò Matt negli occhi e dei pensieri foschi offuscarono le sue iridi, tanto che le pupille divennero quasi impercettibili e il dorato fu sostituito da qualcosa di torbido.

«In questi quattro anni non mi sono mai intromesso nel rapporto fra te e tua madre, o nel rapporto fra te e i tuoi fratelli. Non mi sono mai permesso di rimproverarti neanche quando vedevo tutte quelle ragazze uscire di continuo dalla tua camera, malgrado questa sia anche casa mia e, credimi, avrei tutto il diritto di esprimere il mio disappunto in merito», seguitò mio padre, sempre più deluso. «Non mi sono mai permesso di sostituire tuo padre. So che all'inizio per te è stato difficile accettare la relazione fra me e tua madre, per questo mi sono impegnato al massimo per essere un buon compagno per lei e una figura positiva per te e i tuoi fratelli. Ho sempre accettato le tue sfuriate, le mancanze di rispetto e le offese verbali. Ho sempre cercato di comprenderti perché conosco il tuo passato e quello che hai vissuto. Ho sempre cercato di dare dei buoni consigli a tua madre affinché il vostro rapporto potesse migliorare. Ho fatto tutto quello che potevo per mantenere il giusto equilibrio in questa famiglia. Quindi perché mi hai fatto una cosa simile?» gli chiese Matt, sul punto di piangere, reprimendo a stento i singhiozzi. Non avevo mai visto mio padre così distrutto. Era una scena straziante. Mi sentivo incapace di dire qualsiasi cosa, anche perché il suo ragionamento era stato molto profondo e sincero, oltre che carico di tristezza e delusione.

«Non era mia intenzione», replicò Neil, con la voce ferma e l'atteggiamento inflessibile; in quell'attimo, mi chiesi come facesse a essere così apatico in una situazione simile. «È iniziato tutto per gioco...» continuò. Guardandolo negli occhi. «Mi piaceva provocarla. Sono sempre stato attratto da ciò che è vietato, proibito, dai limiti che non posso superare. Lo so che è una giustificazione del cazzo, ma non volevo spingermi così oltre. La situazione mi è sfuggita di mano e…» Non terminò neanche perché Matt sollevò un dito per zittirlo.

«La situazione ti è sfuggita di mano?» ripeté con un sorriso amaro. «Com'è accaduto con Scarlett e con tutte le altre?» lo derise, amareggiato.

Posai le mani sulle labbra per reprimere un singhiozzo che Neil riuscì a sentire, così spostò lo sguardo su di me e mi fissò con quel calore bruciante che percepii persino sulla pelle. Sembrava che io sentissi la sua tristezza, mentre lui avvertiva il mio dolore. Eravamo connessi, senza il bisogno di parlarci. «Mi dispiace, ma è successo l'irreparabile, Matt. Noi…» Lasciò in sospeso la frase, confermando ciò che mio padre sospettava, poi si sistemò la felpa sgualcita e si leccò il labbro inferiore. Tremai, i brividi mi percorsero la pelle e precipitai nelle fiamme alte della paura.

«Non ho parole», sussurrò mio padre, scioccato, poi indietreggiò come se fosse stato colpito con un forte pugno al petto. Si appoggiò al divano come se stesse sul punto di crollare da un momento all'altro e scosse ripetutamente la testa.

«Matt, è stata anche colpa mia.» Decisi di intervenire per la prima volta, attirando il suo sguardo su di me. «Di certo non mi ha costretta», farfugliai fissando i suoi occhi neri come l'oscurità che in quel momento gli stava avvolgendo la mente. «Abbiamo seguito l'istinto, abbiamo sbagliato, ma la colpa è di entrambi.» Inspirai profondamente e cercai di mostrare una sicurezza che non avevo. Tuttavia mio padre spostò la sua attenzione ancora una volta su Neil, tentando di non piangere, di non spezzarsi, di non rompersi davanti a noi.

«Ci tieni almeno? Provi qualcosa per mia figlia? O è solo uno dei tuoi passatempi?» chiese ormai senza forze, affranto. Non sembrava lucido, né capace di affrontare una possibile risposta negativa. Guardai Neil anch'io, in attesa di sentirlo parlare, e fissai le sue iridi nelle quali si mescolarono tante emozioni. Avevo imparato a leggergli dentro e quello che vidi non mi piacque affatto. Vedevo, infatti, un uomo che stava cercando di comunicare con me in modo silenzioso, un uomo che stava cercando di chiedermi scusa per quello che, di lì a poco, avrebbe detto. Scossi la testa e indietreggiai per schermarmi dalle parole taglienti che le sue bellissime labbra avrebbero pronunciato a breve.

«No, Matt. Sono stato attratto da tua figlia sin dal primo momento. Appena l'ho vista mi sono prefissato l'obiettivo di usarla. E l'ho raggiunto. Ho soddisfatto le mie voglie per poi disfarmene, come succede con tutte. In fin dei conti, ho sempre pensato che non fossi io quello giusto per lei e continuo a pensarlo. Non la amo, non l'ho mai amata e non l'amerò mai… semplicemente perché io non credo nell'amore.» La sua voce fu così austera e l'atteggiamento così gelido da farmi piegare in due dal dolore. Matt chiuse gli occhi e nello stesso momento io chiusi il mio cuore e decisi di gettarne via la chiave. Sentii il corpo rompersi in piccoli pezzi, come un vaso di creta andato in frantumi sul pavimento; delle lacrime silenziose scivolarono incontrollate sugli zigomi, la mia anima si consumò per dissolversi nel nulla, mentre Neil se ne stava lì, fermo, ad assistere alla mia distruzione.

Lo guardai per un tempo indefinito nella speranza di sentirgli dire qualcos'altro, ma più fissavo il suo viso, più mi rendevo conto che non sarebbe successo. Ebbi l'impressione di annegare e sentii freddo, tanto freddo. Precipitai in una voragine di dolore dalla quale non sapevo come sarei uscita. Dentro di me si crearono delle crepe profonde, il cuore batté così forte da temere che potesse esplodere. Feci un passo indietro e, come aeroplani di carta, vidi volare via ogni sogno, ogni aspettativa, tutto ciò in cui avevo creduto.

Da illusa qual ero, ripensai a quello che avevamo condiviso.

«*Ti chiamo come voglio, Trilli*», aveva detto la prima volta in cui aveva usato il mio nomignolo buffo. Ero giunta a New York da poche ore soltanto e mi ero persa per raggiungere una banale libreria, poi l'avevo incontrato sul ciglio del marciapiede con la sua banda di amici scapestrati, come se il destino volesse prendersi gioco di me, mettendomi davanti il più bell'angelo che avessi mai visto. Mi ero lasciata ammaliare, ignara del fatto che fosse appena stato cacciato via dal Paradiso, perché destinato a vivere nell'Inferno. «*Il mio letto profumava di cocco questa mattina*», aveva detto dopo che avevamo commesso l'errore fatale che poi avremmo ripetuto all'infinito. «*La verità è nei dettagli, Selene.*»

Credevo che quella verità fosse un sentimento che celava per non mostrarmi il suo lato più umano. Invece, ero stata una stupida a credere a ogni sua parola, a pensare che potesse esserci un futuro tra noi. L'amore spesso rende ciechi e irrazionali, e io lo ero stata. Avrei dovuto concedergli la libertà che tanto ricercava e avrei dovuto lasciarlo andare già da tempo.

Meritava di vivere la sua vita senza di me, se era questo ciò che desiderava, e lo avrei accettato, purché lui fosse stato felice.

«Dovevo aspettarmelo», sussurrò mio padre con sarcasmo. «Mi hai profondamente deluso», aggiunse amareggiato.

D'un tratto, nella stanza si levò un singhiozzo inaspettato. Mi voltai e vidi che Mia ci aveva raggiunti. Non mi ero accorta della sua presenza. Gli occhi azzurri erano affranti e stava guardando suo figlio incredula, con una mano sulle labbra per trattenere il pianto.

«Neil...» mormorò soltanto, perché non c'era nient'altro da aggiungere, nient'altro da dire. Il silenzio incombeva attorno a noi, neanche un rumore sferzava l'aria all'interno del salotto.

«Tu fai male, Neil.» Parlai dopo minuti che mi parvero infiniti, al che mio padre e Mia spostarono l'attenzione su di me; avvertii i loro sguardi addosso, ma, con le ultime forze che avevo dentro, decisi di proseguire. «Fai male quando mi tocchi, quando mi baci, perfino quando mi parli. Provochi emozioni devastanti capaci di distruggere anche la donna più forte del mondo. E sappiamo entrambi che io non lo sono.» Passai il dorso della mano sulla guancia e, dopo aver fatto un profondo respiro, continuai: «Sei problematico e incasinato, non di certo il ragazzo giusto da presentare a un genitore come proprio fidanzato. Ma sei stato l'unico con cui io abbia riso e pianto, l'unico con cui io abbia provato sensazioni indescrivibili, l'unico con cui il mio cuore si sia risvegliato, l'unico con cui io mi sia sentita viva. Sì, viva. Sarai anche imperfetto e a tratti insopportabile...» Sorrisi debolmente, pregando di riuscire a terminare il mio discorso. «Ma ho sentito più di una volta il tuo cuore battere quando ti ero accanto e non per la stupida eccitazione di cui parli spesso. Forse non sarai mai pronto per una relazione, forse avrai sempre bisogno di tempo, forse non sarò io quella giusta, ma so che, dentro di te, c'è una parte buona che necessita solo di essere amata. Conosco a memoria tutto di te, sai? Ogni errore, ogni bisogno, ogni passo falso, ogni difetto e forse anche ogni debolezza. Ma, nonostante le tue parole crudeli, io continuo a pensare che tu sia incredibile così come sei. Ricorderò tutto quello che abbiamo vissuto, porterò tutto dentro di me. Potrò sembrarti una stupida in questo momento, ma... grazie per tutto ciò che mi hai insegnato.» Sospirai e mi leccai le labbra secche prima di andare avanti. «Mi hai insegnato a non credere nelle favole, a ricostruire i sogni quando una tempesta li distrugge. Mi hai insegnato a essere più forte, ad affrontare la vita a testa alta perché è piena di insidie e ostacoli. Mi hai insegnato a essere una donna, anche se in fondo sappiamo entrambi che sono ancora una bambina. Mi hai insegnato a essere paziente, perché le persone speciali richiedono tempo per essere comprese», conclusi con un filo di voce mentre le mie parole si disperdevano nell'aria; non mi importava se fossero arrivate o meno al suo cuore, l'importante era che le avessi pronunciate. Malgrado tutto, infatti, non riuscivo a odiarlo, perché l'odio era il sentimento opposto all'amore e non l'avrei mai associato a Neil.

Ero delusa, affranta, ma finalmente avevo capito.

Avevo capito che ero stata un'illusa, che non contavo niente per lui.

Se fossi stata importante non avrebbe sfiorato nessun'altra oltre me, avrebbe avuto il coraggio di lottare contro mio padre per proteggere quello che c'era tra noi. Io volevo solo lui, ma lui non provava nulla per me.

Chi ama non ferisce, e Neil mi aveva sempre ferita.

Ero stata una stupida a credere che fosse mio, anche soltanto in quei pochi momenti in cui mi concedeva se stesso, ma in realtà non lo era. Non lo era mai stato. Avevo capito di aver sbagliato tutto, perché non avrei mai potuto salvarlo o migliorarlo. L'amore non bastava a redimere i dannati. Ne ero così convinta che avevo perfino smesso di leggere i romanzi rosa, perché mi ingannavano e mi facevano desiderare cose inesistenti. Avrei lottato per Neil, per noi, ma avevo capito che non ci sarebbe stata alcuna speranza se lui non mi avessi teso la sua mano. Avevo fatto di tutto per entrargli nel cuore, ma la verità era che lì dentro, lui, non faceva entrare nessuno, neanche me.

Il mio amore non sarebbe mai stato ricambiato, perché il suo dolore sarebbe stato sempre più forte di tutto.

Neil era come un'aquila nera che volava in alto, volava lontano, ed era impossibile da raggiungere. Non si sarebbe mai fermato, perché cercava l'infinito e non il finito. Per lui l'amore era prigionia e non libertà.

Io avevo sognato noi due insieme, anche durante il mio coma. Ma sapevo che sarebbe rimasto solo un sogno, un bellissimo sogno. Adesso lo avevo capito e speravo che anche Neil ogni tanto mi sognasse, speravo che almeno lì, sulla nostra Isola che non c'è, noi potessimo esistere ed essere felici.

Com'era quella storia?

Peter aveva scelto Wendy?

Be', io speravo che lui scegliesse Trilli... almeno lì, nei sogni.

Quella stessa sera, tornai a casa con una consapevolezza nuova, pronta a riprendere in mano la mia vita. Non avrei mai smesso di pensare a Neil, perché sarebbe rimasto per sempre dentro di me, ma avrei cercato di andare avanti. Al mio rientro, mia madre non mi fece alcuna domanda. Sapevo che era stata messa al corrente di tutto da Matt, dato che avevo origliato la sua chiamata prima di prendere il taxi e andarmene, ma mia madre mi aveva accolta con un abbraccio amorevole e mi aveva baciato la fronte, esattamente nel punto solcato dalla cicatrice. «Ti ho preparato la tua *cherry pie*», aveva detto riferendosi alla crostata della quale avevo già sentito il buon odore nell'aria; poi avevamo trascorso l'intera serata sul divano a guardare una commedia americana e ci eravamo appisolate insieme, in una posizione del tutto buffa.

Da allora era trascorsa più di una settimana. Neil non mi aveva mai cercata, né con un messaggio né con una chiamata, ma ancora non ero riuscita ad abituarmi alla sua assenza. Mi chiedevo tutti i giorni cosa stesse facendo e come stesse. Ero fermamente convinta che non gli mancassi affatto e che non mi avrebbe mai chiesto scusa per quello che aveva detto. Del resto, Neil era stato solo sincero. Aveva confessato a mio padre quello che pensava, quello che più volte aveva cercato di farmi capire. Sapevo sin dal principio che amare qualcuno era un rischio; io avevo rischiato e, adesso, avrei dovuto pagarne le conseguenze. Inoltre, non ero distrutta solo per le parole con le quali Neil si era riferito a me, ma anche per la reazione di Matt, che era stata così devastante da farmi temere che non si sarebbe mai ripreso dallo choc.

«A cosa pensi?» mi chiese Janel, mentre ci trovavamo nella biblioteca della nostra facoltà, alla Wayne State University. Da qualche giorno avevo ripreso a seguire le lezioni, perché secondo la dottoressa Rowland potevo tranquillamente dedicarmi a tutte le mie attività quotidiane.

«In effetti, da quando sei tornata da New York sembri assente», intervenne Bailey attorcigliandosi una ciocca di capelli rossi all'indice.

Come potevo parlare dell'accaduto senza andare in pezzi?

Preferivo tenermi tutto dentro, perché non potevo esprimermi a parole senza mostrarmi distrutta e io non volevo far preoccupare le mie amiche.

«Va tutto bene. Sto studiando molto in questo periodo per recuperare il tempo perso», risposi con un sorriso tirato. Avevo detto la verità. Mi ero catapultata nello studio per mantenere i miei voti alti, ma soprattutto per distrarmi: trascorrere i pomeriggi china sui libri mi serviva a non pensare.

«Ehi, se hai bisogno di qualcosa, noi siamo qui.» Janel allungò un braccio sul tavolo e mi accarezzò il dorso della mano. Ecco, era in quei momenti che sentivo il cuore sussultare e gli occhi pizzicare. Scossi la testa e tentai di rassicurarla con un altro sorriso.

«Immaginavo di trovarti qui. Chi cazzo ti ha dato il permesso di prendere la mia macchina?»

Sobbalzammo tutte e tre quando Ivan, il fratello gemello di Janel, spuntò dal nulla per sbraitare contro sua sorella. La questione era sempre la stessa: non voleva che lei toccasse la sua preziosa auto.

«Ma sei matto? Siamo in biblioteca», ribatté lei infastidita, e io ridacchiai. Certe cose non erano affatto cambiate e il comportamento di Ivan era tra quelle. Lo conoscevo da due anni, esattamente dal giorno in cui avevo fatto amicizia con Janel. Quei due erano troppo simili caratterialmente, perciò non riuscivano ad andare d'accordo. Erano gemelli eterozigoti. Ivan aveva due occhi verdi che Janel gli invidiava costantemente. Inoltre, era dieci minuti più grande di lei e ci teneva particolarmente a specificarlo in ogni loro discussione. Suo fratello, quel giorno, indossava una delle solite tute sportive che gli stavano benissimo. Giocava a basket e per questo era alto e atletico, con una folta chioma nera che gli incorniciava il viso mascolino.

«Comunque avevo perso l'autobus. Che problema c'è?» aggiunse Janel, sbuffando e scrollando una spalla con indifferenza, un atteggiamento che mandava su tutte le furie il fratello.

«Sono venuto in moto perché non ho trovato la mia auto parcheggiata al suo posto. Questo è il problema», la rimbeccò Ivan puntandole un dito contro. Io e Bailey a stento ci trattenemmo dal ridere, dato che le loro litigate erano sempre buffe.

«Oh, andiamo, non fare il bambino. Ho dato anche una pulita ai sedili, chissà quanti fluidi corporei ci saranno lì sopra.» Janel fece una smorfia disgustata, ma aveva ragione: Ivan si dava parecchio da fare con le studentesse del campus e l'auto era il posto nel quale trascorreva più tempo con loro.

A quel punto, scoppiammo proprio a ridere. Bailey tentò di coprirsi il viso per non farsi notare e io le tirai un calcio sotto il tavolo in modo sarcastico. Ivan, allora, inarcò un sopracciglio e ci guardò serio, incrociando le braccia al petto.

«Che diavolo avete voi due da ridere?» Alternò lo sguardo dall'una all'altra.

«Nulla, siamo solidali con Janel. Ci vuole coraggio per entrare nella tua macchina», lo presi in giro e lui allungò un braccio per scompigliarmi la frangia. Lo faceva sempre e non lo sopportavo. «Dai, smettila.» Gli schiaffeggiai la mano e lui sorrise sornione.

«Ecco, adesso sei sicuramente più attraente», mi sbeffeggiò, sfoggiando la fossetta sulla guancia destra, un dettaglio del suo viso che stendeva al suolo molte ragazze. Pensavo seriamente che quella fossetta fosse maledetta: aveva il potere di far innamorare tutte.

«Quanto a te. Ne riparleremo a casa.» Ivan si rivolse a Janel e andò via, non prima di avermi lanciato un'ultima occhiata furtiva, seguita da un occhiolino. Malgrado ostentasse un atteggiamento da sbruffone, sapevo bene che in realtà era un ragazzo sveglio e intelligente. Quando non aveva i suoi allenamenti, infatti, trascorreva il tempo a studiare ed era stato così gentile da passarmi gli appunti per consentirmi di rimettermi in pari con il programma.

Bailey mi guardò con un sorriso malizioso e aggrottai la fronte.

«Che c'è?» domandai incuriosita. La mia amica assunse una posizione sensuale e tamburellò le dita sul tavolo. Lo faceva sempre quando stava per dire una delle sue sciocchezze.

«Ti ci vedrei bene con lui», rispose, e Janel sollevò il viso dal libro per guardarla.

«Con Ivan?» Ridacchiai, scuotendo la testa. Era un bel ragazzo, ma aveva la stessa fama di Neil. Cambiava ragazza con la stessa frequenza con cui si allenava e io avevo deciso di chiudere per sempre con i tipi come lui. Non ci sarei più cascata. Tuttavia, mi incupii quando pensai di nuovo al mio incasinato. Ai suoi occhi dorati, al suo profumo di muschio, alle sue frasi perverse, ai sorrisetti enigmatici.

Neil non era lì, ma nella mia mente c'era sempre.

Era davvero un'ossessione.

«No, assolutamente no!» dissi severa, cercando di porre subito fine a quell'assurdità.

«Sei bellissima e intelligente, penso anch'io che potresti piacergli. Non mi dispiacerebbe averti come cognata», commentò Janel ironica, ma non avrei mai cambiato idea.

«Ivan è un ragazzo simpatico, ma...» Mi fermai. Il mio cuore era altrove. Non ero pronta a uscire con qualcun altro, e forse non lo sarei stata per molto tempo.

«Selene, non puoi precluderti la possibilità di frequentare altri ragazzi, solo perché hai conosciuto un grande stronzo a New York», mi rimproverò Bailey e sussultai.

«Già. Avrai anche perso la verginità con lui, okay, ma considerala solo un'esperienza», minimizzò Janel.

«Non puoi vivere per sempre legata al suo ricordo», aggiunse, preoccupata. Per tutta risposta, fissai il tavolo, riflettendo sulle sue parole, persa nei pensieri.

Come avrei potuto dimenticare Neil?

Quando l'avevo conosciuto credevo che fosse come gli altri.

Bellissimo e insignificante.

Credevo che la sua vita fosse perfetta, che andasse a letto con donne diverse solo per noia.

La prima sera non avevo dormito a causa delle urla di Jennifer e avevo davvero comprato dei tappi, anche se lui non lo sapeva.

E quando sul divano mi aveva rubato la manciata di popcorn? Avevo capito quanto fosse prepotente.

Lo odiavo, non lo sopportavo affatto, soprattutto nei momenti in cui mi trattava come una bambina e cercava di sopraffarmi con la sua esperienza.

Mi sbeffeggiava quando non riuscivo a capire molte cose, quando nel sesso non ero alla sua altezza e arrossivo alle battute maliziose.

Ero fidanzata, poi avevo conosciuto lui e, da allora, non potevo più fare a meno di volerlo.

All'inizio ero stata superficiale e poco attenta, ma avevo sempre pensato che lui fosse diverso.

Ogni giorno era una scoperta.

Era speciale.

Un casino enorme, per questo non gli avrei mai riservato nessun rancore e nessun odio.

Non gli avrei mai fatto del male, neanche dopo essere stata ferita ancora una volta.

Gli avrei soltanto detto... grazie.

13
Neil

Peccato è tutto ciò che oscura l'anima.
André Gide

Ci eravamo persi io e lei.

Sì, proprio smarriti.

Da quattordici giorni.

Erano trascorse due settimane da quando l'avevo lasciata andare, da quando avevo deciso di prendere la decisione più giusta di sempre, da quando l'avevo liberata dalla ragnatela in cui era finita, da quando non sentivo più il suo profumo di cocco e non vedevo più i suoi occhi oceano.

«Neil! Vuoi alzarti? Devi andare all'università», sbraitò Logan, entrando nella mia camera.

No, non mi andava proprio di alzarmi dal letto. Anche se Logan mi rompeva le palle e io gli rifilavo il classico «Ancora cinque minuti», la verità era che non avevo voglia di fare un cazzo.

Non avevo voglia di affrontare le mie giornate, che consideravo monotone e noiose, non mi andava di uscire per i locali o di andare a feste, non mi andava di essere circondato da donne pronte ad aprirmi le gambe per essere sbattute. A dire il vero, neanche potevo scopare a causa della mia anorgasmia. Stavo seguendo il consiglio del dottor Lively di astenermi da qualsiasi rapporto fisico e ci stavo riuscendo.

Ma per di più non volevo avere altri occhi addosso che non fossero due cristalli profondi come l'oceano.

Semplicemente non mi andava di fare niente e non capivo che cosa mi stesse succedendo.

«Logan ancora cinque minuti», borbottai per l'ennesima volta, infilando la testa sotto il cuscino. Speravo seriamente che mio fratello andasse via e mi lasciasse solo, perché mi irritava tutto, perfino la sua voce.

«L'hai detto anche cinque minuti fa, ed è trascorsa mezz'ora da quando sono venuto nella tua stanza a supplicarti di alzare il culo da questo letto!» disse lui, spazientito. Poi sospirò perché con me di pazienza ce ne voleva tanta, forse troppa.

Tuttavia, non mi importava di quante volte Logan mi rimproverasse, volevo starmene da solo a sprofondare nelle mie decisioni giuste ma di merda.

Stavo proprio da schifo.

E non era da me.

Non ero più io.

Dopo la partenza di Selene, Matt aveva smesso di parlarmi, mia madre si mostrava profondamente delusa da me e io cercavo di convivere come potevo con le parole tremende che avevo pronunciato. Così facendo, avevo sbattuto in faccia a Matt Anderson che ero andato a letto con sua figlia; l'avevo informato senza alcun riguardo né rispetto che mi era piaciuto e soprattutto che l'avevo considerata una delle tante. E al contempo avevo ferito Selene. In realtà, avevo mentito e mi ero comportato in quel modo solo per allontanarla da me, ma non l'avrei mai confessato.

«Logan, non farmi incazzare e smettila di rompere i coglioni.» Tirai fuori la testa dal cuscino e gli lanciai un'occhiata che non aveva bisogno di altri avvertimenti; il suo sguardo, però, non era puntato su di me, bensì sul posacenere appoggiato sul comodino accanto al letto, perciò sapevo già che sarebbe partito come un mitra con una delle sue ramanzine.

«Quelle in quanto tempo le hai fumate?» Strinse gli occhi sui venti mozziconi o poco più, fumati durante la notte, e tornò a osservarmi severo.

«Non riuscivo a dormire. Adesso non cominciare.» Rimisi la testa sotto il cuscino e sospirai seccato, sentendo improvvisamente freddo sulla schiena nuda.

«Alzati!» Ovviamente Logan aveva tirato via le coperte, ma non avevo nessuna intenzione di dargli ascolto.

«Sparisci!» sbottai irritato. «Ti concedo tre minuti per uscire di qui.» E non stavo scherzando né giocando.

«Neil, vai avanti così da due settimane. Mangi poco, fumi come un dannato, la tua stanza sembra una fottuta ciminiera, e in più hai praticamente distrutto la parete!» Sospirò preoccupato. Due notti prima avevo avuto una crisi di rabbia che, purtroppo, non ero riuscito a controllare, e avevo svegliato tutti di soprassalto facendo dei buchi nella parete.

«Ho avuto i miei incubi.» Tirai fuori la testa e mi girai sulla schiena, poi mi misi seduto e mi passai una mano sul viso stanco.

«Certo. Agli incubi di Kim ci sei abituato, ma quelli che hai fatto non riguardavano lei, vero?» Mio fratello appoggiò le mani sui fianchi e mi scrutò attentamente. Poco dopo mi alzai, con addosso solo i boxer, e lo superai sbadigliando. «Neil!» mi richiamò; ovviamente non voleva starsene zitto, il che non aiutò la mia testa, che prese a pulsare per l'ennesima nottata insonne. Mi diressi verso il bagno e osservai allo specchio il mio riflesso. I capelli erano scombinati come sempre, le occhiaie tremende indicavano tutto il mio stress e la stanchezza mentale, l'accenno di barba mi rendeva presentabile solo perché avevo deciso di sistemarla il giorno prima, gli occhi erano spenti e il corpo era teso. Ero un fottuto fascio di nervi pronto a esplodere.

«No, Logan. Non riguardavano solo Kim», dissi. Poi lavai il viso cercando di darmi una svegliata e di riscuotermi. Il problema era che non riuscivo a togliermi dalla testa la ragazzina.

Quella notte avevo persino sognato Selene a letto con Luke, che l'aveva baciata, spogliata e toccata come avevo fatto solo io, ma non era facile confessarlo. Mio fratello, ovviamente, mi seguì anche in bagno, invadendo la mia privacy.

«Dovrei pisciare», dissi per togliermelo di torno. Aspettai che andasse via, ma non lo fece. Si appoggiò sullo stipite della porta e inarcò un sopracciglio, in attesa che gli rivelassi che cosa mi stesse frullando nella testa.

«Non funzionano con me i tuoi giochetti, dimmi cosa hai sognato», insisté.

«Niente, non sono cazzi tuoi», sbottai, perdendo la pazienza, e mi avvicinai al water, incurante della sua presenza. Feci quello che dovevo e, dopo aver tirato lo sciacquone, mi lavai i denti. Li spazzolai nervosamente e lo stesso feci anche con la lingua.

Sentivo ancora il sapore di quella puttana di Kim nella bocca e Logan lo sapeva, per questo se ne stava lì in silenzio a osservarmi pensieroso. Mi concesse tutto il tempo necessario. Sapeva che quando lavavo i denti o facevo una doccia mi punivo con l'acqua ghiacciata e strofinavo la pelle con forza fino ad arrossarla, perché sentivo l'odore della mia aguzzina su di me e le sue parole volgari nelle tempie. Mi disgustava quello che ero diventato a causa sua, tanto che a volte pensavo a un modo per strapparmi la pelle di dosso e magari ricucirne una nuova; eppure una parte di me era certa che neanche così avrei smesso di ricordarla.

Quella donna avevo messo radici profonde nella mia testa.

«Allora?» disse Logan, riprendendo la sua tortura con un tono più pacato e misurato. «Perché hai fumato tutte quelle sigarette? E poi come hai fatto a provocare quei buchi nella parete? Sentiamo...» Con il pollice indicò i danni che avevo combinato nella mia camera e il posacenere.

Lavai ancora i denti, sciacquai la bocca e poi sputai nel lavandino, sospirando a fondo.

«Quello più piccolo l'ho fatto con una lampada che ho scagliato con violenza quando ho sognato la lingua di Luke tra le cosce di Selene. Quello più grande scaraventando una sedia quando ho sognato che la stava scopando. Sei contento, ora?» Ecco fatto. Avevo confessato.

Logan abbozzò un sorrisetto sghembo, con un'espressione ilare sul viso.

«Mmh... interessante. Quindi di lei non ti importa proprio? Non ne sei geloso, vero?» mi sbeffeggiò. Le sue parole mi fecero riflettere. Non ero mai stato geloso di nessuna mia amante, mai. Neanche sapevo che diavolo fosse la gelosia.

Superai Logan con un colpo di spalla per tornare in stanza e i miei nervi si annodarono ancora di più, a causa del nostro discorso.

«No, esatto. Non lo sono», replicai. «Perfino a Matt ho chiaramente detto che mi sono solo divertito con sua figlia», lo informai.

«Lo so e hai fatto un'enorme stronzata», mi rimbeccò.

Non avrei ceduto. Non avrei rivelato a nessuno, tantomeno a mio fratello, che avevo mentito soltanto per indurre Selene a odiarmi e tornarsene a Detroit. Ero testardo e avevo ormai preso la mia decisione. Fine della discussione. Infilai rabbioso una felpa nera, seguita da un paio di jeans, e Logan osservò ogni mio movimento con attenzione, deciso a non mollare tanto facilmente.

«L'hai fatto perché sei convinto di non meritarla, vero? Pensi che lei possa giudicarti se scoprisse il tuo passato?» mi chiese, ma non gli risposi.

Sapevo bene quello che stava cercando di fare. Voleva infilarmi le sue idee e i suoi pensieri nella testa. Voleva convincermi a correre da Selene per impedirle di odiarmi, come già stava accadendo, peraltro.

«Non sono il tipo che rincoglionisce per una donna come tutti, Logan. Non sono un Romeo che si arrampica sul balcone per andare dalla sua Giulietta. Non andrò da Selene a strisciare come un verme con le lacrime agli occhi. Non le chiederò scusa. Se vuoi assistere a qualche grande scena d'amore, allora ordina un dvd o vai al cinema con la tua ragazza, perché la mia vita non è un cazzo di film romantico. Ti è chiaro o vuoi che te lo scriva a caratteri cubitali?» Ripresi fiato, dopo avergli praticamente sputato addosso tutta la mia rabbia. Lui era mio fratello e avrebbe dovuto capirmi più di chiunque altro, invece non ci riusciva. Non mi capiva.

Non capiva che non potevo stare accanto alla bimba con tutti i miei problemi da risolvere.

La mia testa non c'era.

Non sapevo neanche dov'era, ma ero certo che fosse fuori.

Che io fossi fuori dalla normalità.

E fino a quando non avessi avuto il controllo di me stesso, non avrei potuto intrecciare la mia vita alla sua.

«Preferisci che continui a farle del male o preferisci che lei stia lontana da me e sia felice? Eh? Qual è la decisione più giusta?» Avanzai verso di lui e lo sfidai. Tentai di metterlo alle strette e di disarmarlo. «Rispondi, qual è la decisione più giusta, Logan?» urlai, poi lo fissai negli occhi e lui sostenne il mio sguardo. Parve riflettere sulla questione un secondo, poi scosse la testa rattristato.

«Tu hai bisogno di aiuto, Neil. Lo sai, vero?» Mio fratello mi colpì proprio nel punto dolente, proprio nel mio tallone d'Achille, proprio dove non avrebbe dovuto colpirmi. La sua domanda fu come la lama di un coltello puntata allo stomaco; sentii un brivido freddo percorrermi la spina dorsale. «Questa situazione non puoi più gestirla da solo. Ti stai consumando e ti stai lasciando consumare dal passato. O ti salvi o...» Le sue parole arrivarono dritte al mio cervello, ma anche al petto. Mi graffiarono, mi punsero, mi fecero male.

La mia testa le respinse, le cacciò via; non voleva accettarle.

«Io... io... sto bene... riesco a gestire tutto.» La mia sicurezza vacillò, ma non mi piegai. Non mi spezzai. Restai in piedi. Perché non avrei mai permesso a nessun altro – nemmeno a qualcuno della mia famiglia – di controllare la mia mente, com'era successo con Kim.

All'idea di essere di nuovo manovrato da qualcuno, pensai che preferivo morire piuttosto che salvarmi; forse inconsciamente avevo ormai intrapreso una strada senza via d'uscita, dentro di me sapevo già che quella sarebbe stata la mia fine e anche la mia *liberazione*. Non mi piaceva dirlo ad alta voce, non mi piaceva ammetterlo, non l'avrei mai confessato né a Logan né a Chloe, perché loro avrebbero sofferto troppo, ma non avevo altra scelta.

Arrivai a pensare che solo così avrei potuto liberarmi del tutto di Kim.

«Non stai gestendo proprio un cazzo. La vita che conduci non è normale e tu non...» Non gli concessi il tempo di finire. La mia voce coprì la sua, con prepotenza, rabbia, ma anche rassegnazione.

«La mia vita non è mai stata normale. Dai miei dieci anni in poi è cambiato tutto. Ho sempre vissuto così. Non posso più lottare. Non a venticinque anni. Non adesso. È troppo tardi, Logan.» La mia voce si incrinò.

Troppo spesso ormai mi sentivo vinto e pensavo di aver già perso la guerra; troppo spesso mi chiedevo dove trovassi la forza per andare avanti, per resistere; ultimamente, però, sentivo che anche quella forza mi stava abbandonando, sentivo che mi trovavo sull'orlo di un precipizio. Camminavo, cercavo di non cadere, ma stavo iniziando a barcollare. Non riuscivo a sostenere il peso della sofferenza. Più passavano i giorni, più iniziavo a sentirmi schiacciato dalla realtà. «I farmaci non mi hanno aiutato, così come i dodici anni di terapia con il dottor Lively. Non posso fare più nulla…» Lo guardai negli occhi. Era questa la verità. Con Logan non fingevo, con lui ero me stesso, perciò potevo ammettere come mi sentivo davvero. Le sue iridi cambiarono, divennero lucide, limpide e fu lì che io lessi il *vero amore*, quello in cui credevo, quello che mi aveva tenuto in piedi per tanto tempo e che continuava a tenermi in piedi ancora adesso. Ma sapevo che non sarebbe stato sufficiente.

La mia vita era una grande illusione.

Un gioco pericoloso.

Avevo superato tutti i livelli e con fatica ero arrivato all'ultimo.

Avevo corso.

Avevo corso per anni per sfuggire al mio nemico, ma stavo rallentando.

Adesso mi ero stancato.

Stavo perdendo.

I miei mostri avrebbero vinto.

E alla fine di tutto ci sarebbe stato un enorme GAME OVER *lampeggiante ad attendermi.*

Lo sapevo ormai.

Neanche l'amore poteva salvarmi.

L'amore non salva.

Solo la medicina può farlo.

Ma, con me, anche quella aveva fallito.

«La terapia l'hai interrotta un sacco di volte, Neil…» Logan mi si avvicinò quasi con timore. Era chiaro che non gli piaceva quello che stava leggendo sul mio viso, il buio che stava vedendo nei miei occhi. Tuttavia, doveva accettare la fottuta realtà: mi stavo spegnendo. E per la prima volta lo stavo ammettendo.

«Sono stanco, Logan. Sono stanco di sognare Kim, di sentirla. Sono stanco di tornare con la mente ai miei dieci anni. Sono stanco di tornare di continuo in quella casa. È una tortura ogni volta. È una prigione. E mi è rimasto solo un modo per rompere quelle sbarre…» Spostai lo sguardo altrove. Nelle ultime due settimane mi erano capitati sempre più spesso momenti di panico, di crisi di nervi, o semplicemente momenti di debolezza, come questo. Erano tutti segnali che la mia mente voleva lanciarmi. Segnali inconfutabili da cogliere.

«No!» urlò lui, avventandosi su di me. «Non devi neanche pensare certe cose. Scaccia via tutte queste cazzate. Dannazione, stai dicendo delle assurdità e non va bene. Non mi piace affatto questo tuo modo di ragionare, Neil, e non è da te. Sei forte, lo sei sempre stato, non puoi mollare...» Mi appoggiò le mani sul viso e i suoi occhi si aggrapparono ai miei; sentii addirittura il suo cuore battere forte. La paura fuoriuscì dal suo corpo e attraversò il mio, e me ne dispiacqui. Non volevo spaventarlo. La mia testa, ormai, era come sabbia trasportata dal vento: andava per conto suo, e non riuscivo a gestirla, non *come* prima, non *quanto* prima, e non sapevo cosa fare. Mi sentivo instabile e non mi succedeva da tanto.

«Neil, non va bene né quello che dici né quello che pensi. Non va bene per niente.» Logan mi scosse il viso come se fossi ubriaco o fatto, ma purtroppo non lo ero.

«Ragazzi, cosa succede?» Mia madre entrò nella camera con addosso uno dei suoi completi eleganti e mi guardò allarmata, come se fossi un cazzo di psicopatico in libertà. Scacciai via le mani di Logan dal mio viso e cambiai umore, di nuovo. Anche questo mi succedeva troppo spesso.

«Non dovresti essere al lavoro tu?» Sbuffai, poi recuperai il pacchetto di Winston per infilarlo nella tasca dei jeans. Non riuscivo proprio a stare senza sigarette, soprattutto nelle condizioni in cui ero.

«Neil, posso parlarti?» disse, poi si rivolse a mio fratello: «Logan, lasciaci soli per favore».

Dalla sua voce capii che qualcosa la turbava, ma tentai di mostrarmi indifferente.

Mio fratello mi accarezzò un braccio per intimarmi di rimanere calmo. Era davvero spaventato, glielo leggevo negli occhi. Dopo un'ultima occhiata preoccupata, uscì dalla mia stanza, lasciandomi solo con lei. Con la donna che un tempo consideravo *mia madre*.

«Se devi rompermi le palle, ti informo che oggi non è giornata», le feci presente, fissandola negli occhi.

«Lo dici ogni giorno, Neil. Hai idea di come stia vivendo la situazione Matt?» Si stava preoccupando del suo compagno anziché di me. Esattamente come quando ero bambino, lei non si accorgeva di nulla.

In quel momento i suoi occhi blu non abbandonarono per un solo istante il mio viso, ma, come al solito, li sentii lontani, freddi, incapaci di comunicare con i miei.

«Il dottor Lively mi ha chiamata. Mi ha detto che hai ripreso a parlare da solo, ad avere le visioni di un bambino che ti fa dei dispetti e…»

«Direi che il mio psichiatra ha dimenticato il significato dell'espressione: segreto professionale.» Risi nervosamente e mi resi conto che non mi sarei più fidato di lui.

«L'ha fatto solo perché ritiene che la tua situazione sia grave. Sei fuori controllo», mormorò preoccupata e mi ci volle un grande sforzo per non cacciarla via dalla mia camera.

«Mamma, continua a fare quello che ti riesce meglio», le dissi, gettandole sul viso ben truccato tutto il mio sdegno. «Cioè pensare solo alla tua vita», aggiunsi a bassa voce senza neanche guardarla. Cercai di superarla per uscire dalla stanza, ma lei mi afferrò per il braccio conficcando le unghie rosa nella mia pelle come se stesse cercando di aggrapparsi a me; peccato che non poteva aggrapparsi a un pezzo rotto come me senza tagliarsi.

«Ti sembra questo il modo di parlarmi? Sto cercando di capire cosa ti prende. Sei andato a letto con la figlia del mio compagno senza valutarne le conseguenze. Esci ogni sera con il tuo gruppo di amici scapestrati e rientri tardi. Sei aggressivo e irrazionale. Devi iniziare a darmi ascolto, altrimenti…»

Sollevai una mano per fermarla subito. Non volevo sentire le sue minacce. Mi aveva sempre considerato diverso e non era mai stata capace di aiutarmi.

E se questo significava amare un figlio, allora l'amore era proprio una grande merda.

«Altrimenti cosa fai? Mi metti in punizione?» Le sorrisi sarcastico sapendo bene che non esercitava alcun potere su di me. Non poteva gestirmi, non ne era mai stata capace.

Era una fallita.

Ma non glielo dissi, altrimenti l'avrei spezzata.

«Neil. Sono tua madre, voglio solo aiutarti e…» Si fermò quando mi liberai bruscamente dalla sua presa. Mia madre sobbalzò e si toccò il petto con una mano.

Aveva paura di me?

Aveva sempre avuto paura di me, forse.

Non ero io, quello che definiva un completo disastro?

Quello sbagliato?

Sì, ero proprio io.

E ricordavo ogni cosa.

«Vuoi aiutarmi?» Scoppiai a riderle in faccia perché quella era la stronzata più grande che potesse dire. «E dove cazzo eri quando tuo marito mi puniva perché mi definiva un pervertito? Quando la babysitter mi scopava e mi umiliava? Dov'eri in quei momenti? Eh, mamma?» sbraitai furioso a poca distanza dal suo viso; oltre a Selene, mia madre era l'unica altra donna capace di farmi perdere qualsiasi connessione con la ragione.

«Non puoi dirmi certe cose...» I suoi occhi iniziarono a riempirsi di lacrime, ma non mi importava; ormai non provavo pietà per nessuno, neanche per la persona che mi aveva messo al mondo.

«No, hai ragione. Non posso dirtele, perché non hai il coraggio di ammettere a te stessa il tuo grande fallimento. E il risultato ce l'hai proprio davanti agli occhi. Prendine atto e accettalo. Io sarò anche una testa di cazzo, ma tu eri una pessima madre e continui a esserlo.» La fissai negli occhi truce; volevo che leggesse nei miei ciò che pensavo davvero di lei. Volevo che capisse che avevo gettato nel cesso il nostro rapporto ormai da anni, volevo che smettesse di sperare di ricevere un gesto affettuoso da me perché non sarebbe mai successo.

«Io lo so, Neil. Lo so che hai sofferto tanto, lo so che ti hanno fatto del male, ma io darei la mia stessa vita per te e per i tuoi fratelli. Penso ogni giorno a quello che ti è capitato, e se potessi tornare indietro e cancellare tutto, lo farei. Mi manchi tanto. Mi mancano un tuo abbraccio o un tuo sorriso, qualsiasi piccolo gesto d'affetto che un figlio possa concedere a sua madre. So che non stai bene. Lo vedo, non puoi andare avanti così... non più...» Cercò di avvicinarsi ma indietreggiai, guardandola indignato. Era assurda: erano anni che elemosinava da me qualcosa che non avrebbe mai potuto ottenere. Io non provavo niente nei suoi confronti, se non una profonda delusione.

«A te non deve interessare la mia vita.» Continuai a ignorare le sue parole, ma sapevo che ormai ero irrecuperabile.

Stavo precipitando.

E da quando avevo lasciato andare la bimba era peggio.

Tutto mi era piombato addosso.

Con lei vedevo la luce, in lontananza.

E quella luce mi dava un briciolo di speranza.

Una piccola speranza di raggiungerla... un giorno.

Ma adesso ero finito nel buio totale.

Non vedevo niente davanti a me.

Solo un tunnel profondo.

Interminabile.

Oscuro.

Non c'era niente per me.

Stavo annegando.

Stavo perdendo.

La mia anima stava morendo lentamente e io non stavo facendo nulla per salvarmi.

«Non puoi mostrarti orgoglioso con tua madre, Neil. Lo capisci questo? Sei troppo drastico, non concedi a nessuno una seconda possibilità. Ti supplico da anni di permettermi di amarti e tu mi neghi tutto. Mi neghi te stesso, mi neghi la possibilità di starti accanto. Tu non stai bene e, se pensi che me ne starò in disparte a guardarti mentre ti annienti, ti sbagli!» Iniziò a piangere, ma la mia reazione fu un sorriso di scherno, amaro come veleno.

«Non bisogna chiedere il permesso per amare un figlio. È sempre stato questo il tuo più grande errore.» La fissai serio e notai che era intenta a riflettere sulle mie parole. Non attesi un minuto di più: approfittai della sua distrazione e andai via.

La lasciai sola nel suo silenzio sofferente e uscii di casa.

La cosa migliore che avevo fatto, nell'ultimo anno, era stata quella di seguire i corsi all'università e di studiare. Solo in quel modo riuscivo a non pensare.

Anche se non era facile. Ormai i miei problemi erano legati con dei fili stretti alle dita delle mie mani: Kim, il mio passato, le violenze di mio padre, Scarlett, il rapporto con mia madre, la diffidenza, il mio orgoglio, l'incapacità di credere ai sentimenti e a tutte quelle cazzate, i miei disturbi comportamentali e infine Selene. Ogni filo mi si era conficcato nella pelle in modo doloroso, ma l'ultimo l'avevo reciso proprio due settimane prima.

Se fossi stato egoista, avrei deciso di tenere la bimba con me, di non lasciarla andare, ma non desideravo un futuro tetro per lei, volevo il massimo. E cacciarla era stato il mio modo assurdo di proteggerla e di renderla felice.

Avevo capito, ormai da tempo, che ero destinato a convivere con le ferite passate, a sentirne ancora il dolore addosso e dentro; per me non c'era cura, non c'era medicina, non c'era via d'uscita, non c'era luce, non c'era salvezza.

Di conseguenza, la mia presenza avrebbe portato solo il buio e il male nella vita di Selene.

Certo, forse la bimba aveva apprezzato il mio corpo, le mie attenzioni a letto, i baci, le carezze, ma neanche lei avrebbe mai potuto amare uno come me, convinto che i sentimenti fossero solo un'illusione.

Quelli come me non si potevano amare.

Presto anche Selene avrebbe capito che l'amore era solo un insieme di parole importanti, che non avevano alcun reale significato. Era un insieme di gesti, frasi a effetto senza alcun valore.

La gente amava senza amare davvero.

Viveva nell'illusione di un amore che non sarebbe mai esistito.

Perso nelle mie riflessioni, presi la Maserati e mi diressi al campus per seguire uno dei miei corsi.

Tuttavia, dopo le prime tre ore di lezione, sentii la necessità di estraniarmi da tutto e di starmene da solo.

Così uscii dall'aula, annoiato al massimo e con un bisogno disperato di fumarmi una sigaretta. Camminai per il corridoio, fingendo che andasse tutto bene, fingendo di essere il solito Neil strafottente, ed evitai le occhiate maliziose delle ragazze, pronte a darmela in uno dei bagni pubblici; sarebbe bastato un semplice cenno del mento per convincerle a starci, ma non avevo voglia di farmi nessuna.

Sicuramente avrei rifiutato chiunque avesse tentato un approccio con me.

Mentre proseguivo verso l'uscita della facoltà, sfilai l'iPhone dalla tasca e il mio pollice scorse automaticamente tra i contatti, fermandosi su un unico nome: Trilli.

Succedeva sempre così.

Volevo mandarle un messaggio o chiamarla. Pensavo a lei, in ogni istante, ma non facevo nulla per rimediare a ciò che le avevo fatto. Non mi sarei mai sottomesso, non avrei perso la testa per nessuna, tantomeno per lei. Per giunta non chiamavo le donne e non mi preoccupavo per loro. Dipendevo solo da me stesso.

Appartenevo al mondo, non alle donne.

Fermo sulla mia convinzione, arrivai finalmente all'aperto, dove mi accesi una sigaretta.

«Ehi, *Miller*, non dovresti essere a lezione?» Una voce femminile e familiare attirò la mia attenzione. Davanti a me c'era l'ultima persona che avrei voluto vedere: Megan Wayne.

«Dovrei farti la stessa domanda.» Liberai il fumo nell'aria e la squadrai. Indossava dei pantaloni di pelle troppo aderenti e una maglietta nera con la stampa enorme di un teschio argentato proprio sulle tette prosperose. Lo stile da rocker non mi faceva impazzire, ma a lei donava parecchio.

«Che c'è? Non ti piace il mio look?» chiese, quando si accorse del mio sguardo sul suo corpo, e inarcò un sopracciglio.

«Senti, Svitata, non sono in vena di fare conversazione», le dissi arcigno, per farle capire di non importunarmi.

«Sei sempre poco loquace, Miller.» Si scostò una ciocca nera dietro l'orecchio e mi guardò intensamente. Le sue iridi verdi come l'edera tentavano sempre di sconfinare, di guardare oltre quello che mostravo a tutti.

«E tu mi stai sempre tra i coglioni.» Feci un altro tiro e mi guardai attorno soltanto per ignorarla. La sua presenza mi infastidiva.

«Wow, che modi.» Megan abbozzò un'espressione sorpresa e affilai lo sguardo su di lei; in quell'istante i suoi occhi scesero a fissarmi le labbra, tra le quali stringevo la sigaretta. «Mi chiedo come faccia una come Selene a sopportarti per più di dieci minuti», mi sbeffeggiò, senza rendersi conto che nominare la bimba era un errore: stavo cercando di non pensare a lei.

«Cosa c'entra lei adesso?» le chiesi infastidito. Il mio cambiamento d'umore fu palpabile e Megan se ne accorse.

«Eravate carini durante la partita a biliardo.» Sorrise maliziosa e, a quel punto, decisi di stroncare sul nascere qualsiasi suo dubbio.

«Non stiamo insieme», misi in chiaro, spostando gli occhi su un gruppo di studentesse bionde lì accanto. Le osservai con attenzione, nella speranza che qualcuna potesse suscitare il mio interesse, ma ancora una volta non accadde.

Ero annoiato dalle donne e il mio corpo non reagiva a nessuna. Neanche alle bionde.

«Sì, l'ha specificato anche lei.» Megan scrollò una spalla e tornò all'attacco. «Alyssa poi mi ha detto che è tornata a Detroit dopo che hai fatto lo stronzo con suo padre», aggiunse incuriosita e io la fissai confuso.

«A quanto pare, tu e tua sorella non avete proprio un cazzo da fare oltre che parlare di me», le dissi di getto. Inspiegabilmente, Megan sembrava essere sempre a conoscenza di quello che accadeva nella mia vita, cosa che mi irritava.

«Logan le ha raccontato tutto e lei l'ha detto a me», spiegò con noncuranza. Scossi la testa e pensai che avrei dovuto fare un bel discorso anche a Logan.

«Prima o poi dirò a mio fratello di tapparsi la bocca», risposi infastidito. Odiavo chi si intrometteva nelle mie cose o chi tentava di analizzarmi come faceva Megan.

«Selene ti piace», affermò la Svitata d'un tratto, sedendosi su un muretto poco distante da noi. La guardai serio come sempre e abbozzai un sorriso di scherno.

«E tu cosa ne sai?» Mi misi sull'attenti e continuai a fissarla inflessibile; non le avrei mai permesso di entrare nella mia testa.

«L'ho capito da come la guardi.»

«Davvero? E come la guardo?» Avvicinai la sigaretta alle labbra e, di nuovo, i suoi occhi indugiarono sulla mia bocca.

«Come se fosse il sogno più bello che tu abbia mai vissuto», rispose, e la mia espressione impenetrabile scomparve. Rimasi con la Winston penzolante ed espirai il fumo dal naso, incapace di controbatterle.

«Che stronzata», commentai, osservando una ragazza che ci passava accanto. La chioma ramata fu il primo dettaglio che notai di lei. Gli occhi azzurri, però, erano banali, di un colore insignificante come tanti; non vidi nessun mare, nessun oceano in quelle iridi.

Nessuna era come Selene.

Tuttavia, la tipa in questione ricambiò il mio sguardo con intensità, nella vana speranza di ottenere le mie attenzioni; dopotutto, la mia cattiva fama mi precedeva: me ne ero scopate così tante che non potevo essere infastidito dall'idea che le ragazze cercassero da me ciò che io stesso avevo sempre concesso. Questa volta, però, non avevo doppi fini, non c'erano perversione, né desiderio, ma sentii forte solo la voglia di vedere Selene apparire magicamente. Di vedere la bimba sculettare verso di me per urlarmi contro che fumavo troppo e che ero uno stronzo; volevo che mi saltasse addosso e che mi desse uno dei suoi baci inesperti e impacciati. Mi venne una voglia improvvisa di assaporare le sue labbra carnose che sapevano di cocco, e la lingua che riempiva di zucchero la mia bocca.

«Ti infastidiva la presenza di Luke Parker. Puoi mentire agli altri, ma non a me, Miller.» Megan riprese a parlare e rimpiansi i pochi secondi in cui aveva taciuto. Mi passai una mano sul viso e imprecai sottovoce.

«Ma che cazzo ti importa? Mi stai analizzando, per caso?» Iniziai a perdere la pazienza e lei ridacchiò come se non avesse davanti un uomo possente e intimidatorio. Come sempre, sminuiva la mia dominanza e non mi temeva affatto. E per questo la odiavo.

«Gli uomini aggressivi li apprezzo solo a letto, quindi sta' calmo.» Allargò di poco le gambe e si mise comoda sul muretto, senza smettere di prendermi in giro.

«Se andassi a letto con una come te, non la farei camminare per una settimana. Meriti di essere seriamente punita», sbottai al limite della tolleranza e pensai a quanto sarebbe stato soddisfacente legarla e lasciarla nella stanza di qualche albergo, da sola, per giorni. Forse così avrebbe imparato a non provocarmi.

«Hai il fascino di un cavernicolo. Te l'hanno mai detto, Miller?» Si morse il labbro per non scoppiare a ridermi in faccia e avanzai verso di lei. Megan non smise di ridere neanche quando si accorse chiaramente che stavo perdendo il controllo, così mi infilai tra le sue ginocchia e l'afferrai per la gola.

«Stai provocando la persona sbagliata, Svitata.» L'avvicinai a me e le parlai a un soffio dalle labbra. La guardai dritto negli occhi e mi resi conto che c'erano delle macchie marroni nei suoi smeraldi verdi. Mi soffermai a fissarle e, nel frattempo, notai che Megan non arrossiva, non si mordeva il labbro, non tremava e non mi temeva. Non era come Selene.

«Tratti così la donna a cui hai dato il tuo primo vero bacio?» Sbatté le ciglia lunghe e si finse dispiaciuta.

«Si è trattato solo di un gioco», ribattei calmo con il timbro di voce che adottavo quando volevo sedurre qualcuna e farmela; in questo caso, però, non avevo nessuna intenzione di andare a letto con lei, eppure…

«Ma ti è piaciuto», sussurrò, muovendo piano le labbra carnose.

All'improvviso, venni catapultato nel passato.

Io e Megan avevamo quattordici anni, eravamo a una festa di compleanno, seduti sul pavimento, e stavamo partecipando al gioco *Sette minuti in paradiso*. Consisteva in una lotteria casuale nella quale si scrivevano i nomi dei partecipanti su dei biglietti di carta. Questi ultimi venivano poi mescolati in un cappello. A quel punto, un incaricato estraeva i nomi dei due fortunati che avrebbero dovuto baciarsi per ben sette minuti. E la sorte aveva voluto che toccasse proprio a me e Megan, che un attimo dopo ci eravamo ritrovati chiusi nella camera del festeggiato. Dopo l'imbarazzo e la paura iniziali, ci eravamo baciati per dieci minuti, trasgredendo la regola del gioco, dato che nessuno dei due voleva smettere. Quello era stato il nostro primo bacio dopo le violenze che avevamo subito da Ryan e Kimberly. In realtà, prima di quel momento, non avevamo mai baciato nessuno, se non costretti. Tanto che a entrambi capitava di avere dei conati di vomito al pensiero del contatto delle nostre labbra con quelle di qualcun altro. La sintonia – così come la mancanza di conati – era stata una sorpresa per entrambi e l'avevamo attribuita al fatto di avere lo stesso passato. A Megan non era mai stato necessario raccontare nulla.

Lei sapeva già tutto di me.

«Anche a te è piaciuto», risposi seducente. Cercai di non muovermi e di non stringerle troppo la gola; non volevo farle del male, ma solo intimorirla. Megan però sembrava perfettamente a suo agio, nonostante la mia stretta. La tenacia e la forza che aveva dentro erano, come sempre, la sua arma più potente e lei sapeva bene come usarle.

«In realtà, non l'ho mai dimenticato», ammise; poi, con una leggera spinta mi fece indietreggiare e saltò giù dal muretto, pulendosi i pantaloni. «Chiama Selene, Miller. Chiedile scusa, dalle uno dei tuoi baci da capogiro e smettila di fare lo stronzo. Non lo merita.» Mi sorrise un'ultima volta e ancheggiò verso l'ingresso dell'università, sicura di sé. Scossi la testa e mi leccai il labbro inferiore, riflettendo sulle sue parole.

Non avrei cercato la bimba.

Avrei soltanto continuato a proteggerla...

Da me.

14
Selene

Alla fine, ai miei occhi tu eri destinata.
Pablo Neruda

«Ci vuole precisione, fa' piano», sussurrò mia madre mentre tentavo di disegnare un tulipano su un piatto di vetro. Ormai avevo iniziato anch'io a cimentarmi nella pittura su vetro.

Da dopo il mio ritorno a Detroit, infatti, i giorni trascorrevano tra corsi all'università, pomeriggi con Janel e Bailey, e soprattutto lunghe chiacchierate con mia madre tra un piatto di vetro e un bicchiere da dipingere. Nonostante solitamente parlassimo di tutto, io e mia madre non avevamo ancora affrontato ciò che era successo a New York e di questo le ero grata. Tuttavia, lei sapeva benissimo che non stavo bene, e non mi riferivo soltanto alle emicranie post-incidente, bensì al mio stato d'animo.

Non facevo altro che immaginare me e Neil in una dimensione surreale nella quale eravamo insieme, pronti a lottare contro i demoni e a unire le nostre anime caotiche. Si dice che i sogni siano delle immagini ingannevoli che al tempo stesso manifestano i nostri desideri occulti, e per me era davvero così. Io lo sognavo, immaginavo che io e lui fossimo finalmente insieme, felici e pronti a tirare un calcio al passato.

Come facevo a non odiarlo dopo tutto quello che era successo?

Non lo capivo, ma purtroppo desideravo ancora averlo, avere tutto di lui. Desideravo baciare la sua anima buona e accarezzare quella dannata, abbracciare le sue perfezioni ma anche tutte le imperfezioni, condividere i ricordi del passato e fare progetti per il futuro. Desideravo che lui fosse mio e che io fossi sua, oggi e per sempre, come se fossimo una conchiglia e una perla che si erano ritrovate dopo essersi cercate a lungo nella peggiore delle tempeste.

Avevo, però, paura di lui e di soffrire; avevo paura di ricominciare a lottare da sola per un amore che non sarebbe mai sbocciato. Temevo anche di essere calpestata di nuovo, di scoprire che Neil continuava ad andare a letto con le sue bionde, di sopportare un'altra volta le parole taglienti che usava per farmi a pezzi il cuore.

Era stato chiaro perfino con mio padre: «Appena l'ho vista mi sono prefissato l'obiettivo di usarla».

«Selene…» Mia madre mi risvegliò dai pensieri e mi voltai a guardarla. Se ne stava bella ed elegante accanto alla porta, pronta ad aprirla. «Credo che tu abbia ospiti», disse sorridente e mi accigliai.

Ero così assorta da non aver sentito neanche il suono del campanello? E poi, chi poteva essere?

D'improvviso scattai in piedi e lasciai sul tavolino da lavoro il pennello e il piatto al quale mi stavo dedicando. Mi toccai i capelli sciolti, temendo di non essere abbastanza presentabile, e sfregai nervosamente le mani sui jeans. Intanto mia madre sorrideva, come se sapesse già che quel pomeriggio avremmo avuto visite, così spalancò la porta. Un attimo dopo, Logan e Alyssa entrarono raggianti.

«Ragazzi!» urlai subito, scacciando via l'iniziale turbamento. Non li vedevo da settimane e ritrovarmeli lì, a Detroit, fu una sorpresa del tutto inaspettata. Allora corsi verso di loro e saltai addosso ad Alyssa.

«Volevamo vederti», disse lei quando mi strinse in un abbraccio caloroso. Logan, lì accanto, mi accarezzò i capelli e mi stampò un bacio tenero sulla guancia.

«Come stai?» Aggiunse lui, mentre li invitavo a seguirmi in salotto. Mia madre si rifugiò subito in cucina per prendere del succo dal frigo e nel frattempo mi sedetti sul divano, accanto ad Alyssa. Logan, invece, si accomodò sulla poltrona di fronte.

«Bene. Non mi aspettavo di vedervi, che ci fate qui?» chiesi guardando entrambi. In realtà, dopo che Matt aveva scoperto tutto, ero andata via senza neanche salutare Logan e Chloe. Mi ero scusata con entrambi in seguito, inviando loro un semplice messaggio, ma senza confessare quello che era successo davvero, anche se sapevo che erano stati messi al corrente dell'accaduto subito dopo la mia partenza.

«Sei andata via senza neanche salutarci. Sappiamo tutto, Matt è ancora distrutto», mormorò Logan, sospirando. Ero consapevole del fatto che per mio padre fosse stato un vero choc apprendere la notizia della mia pseudo relazione con il figlio di Mia, ma non era quello a farmi soffrire, bensì le parole di Neil, così fredde e insensibili.

«Mio fratello non pensava davvero ciò che ti ha detto», aggiunse Logan, leggendomi nella mente. Come faceva a saperlo? Ne aveva parlato direttamente con lui? Un sorriso di scherno mi si impresse sulle labbra e scossi la testa subito.

«Oh, invece sì. Pensava esattamente tutto ciò che ha detto. So che vuoi difenderlo perché è tuo fratello, ma...» cercai di finire, ma Logan mi interruppe.

«Sono il primo a pensare che sia una testa di cazzo, Selene, ma credimi, tu gli piaci. Gli piaci sul serio e questo lo spaventa.» Sospirò e Alyssa sbuffò con disappunto, ma Logan la ignorò e proseguì. «Non sta neanche bene ultimamente», aggiunse rattristato e una strana vibrazione mi fece fremere il petto. Provavo sempre le stesse emozioni contrastanti – confusione, paura, eccitazione, amore – quando pensavo a Neil.

«Gli è successo qualcosa?» chiesi allarmata e in quell'istante sopraggiunse mia madre reggendo un vassoio con tre bicchieri ricolmi di succo; lo posò sul tavolino basso di fronte a noi e ci sorrise.

«Vi ho portato qualcosa da bere, ragazzi. Se avete bisogno di me, sono di là», si congedò, concedendoci la giusta privacy per parlare, così tornai di nuovo concentrata su Logan.

«Allora?» insistei agitata, perché volevo capire se fosse accaduto qualcosa di grave a Neil e il solo pensiero mi rendeva nervosa.

«Neil deve affrontare i suoi problemi e ultimamente sembra voler mollare tutto, anziché lottare come ha sempre fatto. L'odio di Matt e la delusione di nostra madre sono stati il colpo di grazia per lui», rispose rattristato. Logan dava per scontato che potessi capire con esattezza di quali «problemi» stesse parlando, anche se ne avevo solo una vaga idea. In effetti, a Coney Island non mi aveva rivelato molto, pertanto non immaginavo tutto quello che ogni giorno suo fratello era costretto a sopportare a causa del trauma subito per mano di Kimberly.

«E adesso? Dov'è?» La voce mi si incrinò e il mio istinto mi suggerì di prendere il cellulare e di chiamarlo, ma l'orgoglio si oppose. Soprattutto dopo quello che aveva detto a Matt.

«Gli avevamo proposto di venire qui con noi», si intromise Alyssa. «Ma ha rifiutato categoricamente di vederti. Dille la verità, Logan.» Poi, fulminò il suo fidanzato, al che abbassai il viso sulle gambe, perché avrei preferito non sapere un dettaglio simile.

«Conosco mio fratello meglio di chiunque altro. Ci tiene a Selene e, se non è qui, avrà i suoi buoni motivi, cazzo!» la rimbeccò infastidito Logan e lei si schiarì la voce a disagio. Nessuno, ma proprio nessuno, doveva permettersi di toccare Neil di fronte al fratello. Il loro era un legame viscerale, così forte che non consentiva neanche alla sua ragazza di immischiarsi.

Dopo quel piccolo screzio, continuammo a parlare del più e del meno sorseggiando i nostri succhi; poi deviai l'attenzione sui corsi universitari per cercare di stemperare l'aria eccessivamente tesa tra Logan e Alyssa; una volta ritrovata l'armonia, il tempo trascorse troppo in fretta, e quando, dopo un paio d'ore, i due dovettero andar via per non perdere l'aereo, mi sentii malinconica.

Sulla soglia, Logan si raccomandò di scrivergli e Alyssa di divertirmi con altri ragazzi e togliermi dalla testa Neil. Sembrava proprio non sopportarlo per niente e con il passare del tempo la sua antipatia nei confronti di Neil stava seriamente aumentando.

«Quando torneranno?» mi domandò mia madre una volta rimaste sole.

«Non saprei», risposi pensierosa, sedendomi su una sedia in cucina e fissando il cielo oltre la finestra. Aveva appena cominciato a piovere e la luce del lampione oltre il cancello rendeva visibili le piccole gocce d'acqua come se fossero migliaia di aghi luminosi. Le goccioline scivolavano rapide lungo il vetro e il cielo era nero come il mio umore.

«Prima o poi dovrai parlarmi di te e Neil, signorina. Lo sai, vero? Ti sto solo concedendo del tempo prima di affrontare l'argomento da mamma a figlia», disse mia madre con un tono severo e mi voltai a guardarla. Era da tanto che non mi parlava così, avevo perfino dimenticato il disagio che provavo quando mi guardava come stava facendo adesso: con freddezza.

«Sì, lo so, mamma», mormorai cercando di non mostrarmi infastidita. Ero già consapevole di aver sbagliato tutto e che la mia relazione con Neil sarebbe andata a finire esattamente così, non avevo bisogno della sua ramanzina.

«Bene, vado a farmi un bagno caldo», mi informò, poi sparì oltre la porta della cucina.

Sbuffai e tornai a guardare fuori dalla finestra. Come una bambina, sollevai l'indice e mi misi a disegnare faccine buffe sul vetro appannato: la prima con la linguaccia e la seconda con gli occhi incrociati, unite da un piccolo cuoricino al centro. Sorrisi tra me per quel disegno sciocco fino a quando il suono del campanello interruppe l'ammirazione della mia *opera d'arte*, facendomi sospirare infastidita.

«Chi cavolo sarà adesso?» Mi alzai controvoglia e mi diressi a passo lento verso l'ingresso.

«Selene! Vai ad aprire!» urlò mia madre dal bagno in fondo e alzai gli occhi al cielo.

«Sì, ci sto andando», brontolai mentre il campanello continuava a suonare con impazienza. «Un attimo, santo cielo!» sbottai acida, poi allungai una mano sul pomello della porta e la aprii annoiata.

«Sei una bambina del cazzo e non so neanch'io perché sono venuto fin qui, spero solo che non mi caccerai via e che mi lascerai spiegare perché ho detto quelle cose a tuo padre.»

Sgranai gli occhi appena la voce baritonale e profonda di Neil vibrò tra le pareti del salotto, come un potente tuono capace di farmi accapponare la pelle.

Mi vennero i brividi e il battito accelerò.

Neil era questo: farfalle nello stomaco e tachicardia.

Il più seducente degli inganni, la più raffinata delle torture.

Il suo viso era tutto bagnato, così come i capelli scombinati che gli ricadevano lunghi sulla fronte. Un chiodo di pelle gli fasciava le spalle larghe, evidenziando i bicipiti allenati, mentre una semplice maglia bianca con uno scollo a v, completamente zuppa d'acqua, aderiva alle linee scolpite dei pettorali e dell'addome. I miei occhi, poi, saettarono sulle gambe toniche fasciate dagli skinny neri per poi risalire sul viso, precisamente sulle labbra gonfie e leggermente schiuse, che tante volte avevano scatenato le mie voglie più peccaminose.

Lo fissai scioccata: non mi aspettavo di ritrovarmelo lì, proprio fuori dalla porta di casa. Cercai di respirare e ragionai su due alternative: potevo cacciarlo e mostrargli quanto fossi arrabbiata con lui, oppure potevo accoglierlo e ascoltare quello che aveva da dirmi.

«Deduco che questo sia il tuo bizzarro modo di salutarmi, vero? Ciao anche a te», risposi con la voce tremante. Avrei voluto mostrarmi più sicura, ma il mio atteggiamento palesava quanto fossi agitata. Il cuore stava per scoppiarmi nel petto e il corpo tremò sotto il suo sguardo tenebroso e terribilmente eccitante.

«Posso entrare?» Si passò una mano tra i capelli grondanti d'acqua e li scompigliò. Era davvero sexy e lo sguardo mi scivolò ancora sui muscoli guizzanti del petto e dell'addome scolpito; li fissavo ammaliata mentre si contraevano a ogni suo movimento permettendo al tessuto fradicio della maglia di aderire maggiormente alla pelle ambrata.

Tuttavia, cercai di darmi un contegno e di riflettere su quello che avrei dovuto fare. Neil meritava che lo lasciassi lì, sotto la pioggia, o al massimo che gli urlassi contro di tornarsene a New York, e invece tutto ciò che dissi fu…

«Sì.» Mi schiarii la voce e mi spostai di lato per farlo passare. Lui accennò un lieve sorriso e il miele nei suoi occhi si illuminò come il sole splendente all'alba. In un attimo ebbi la conferma di quanto fossi completamente pazza di quel ragazzo; mi bastavano il suo sguardo per sentirmi di nuovo viva, la sua presenza per capire che nei momenti di crollo era lui la ragione per non mollare, il suo sorriso per illuminare un cielo oscuro. Volevo odiarlo, volevo stargli lontana; avevo cercato di estirpare dal mio animo le radici di un amore ormai nato, ma era stato sufficiente rivederlo perché quel sentimento tornasse di nuovo prepotente, incontrollato e più forte di prima.

«Sei sola?» La sua voce mi riscosse dai pensieri mentre continuavo a fissarlo completamente incantata. Neil avanzò di qualche passo e avvertii la suola delle scarpe strofinare sul tappetino blu, a forma di mezzaluna, posto dinanzi all'ingresso.

«Oggi sono venuti qui Logan e Alyssa.» Ignorai la sua domanda e dissi la prima cosa che mi venne in mente solo per l'eccessiva agitazione. Per giunta ero confusa: Alyssa mi aveva detto che Neil non voleva vedermi, eppure adesso era lì, di fronte a me, e non era uno dei miei sogni.

«Sì, lo so», rispose soltanto, infastidito dalla mia affermazione, poi si richiuse la porta alle spalle. Con una mano si toccò il ciuffo ribelle e il mio sguardo seguì le tracce di alcune goccioline che gli scendevano fino alla barba corta. Gli donava tantissimo. Neil era sempre selvaggio, ispirava voglie indecenti, perciò non facevo altro che ammirarlo come se fosse un Dio.

In totale calma si sfilò il chiodo di pelle e lo sistemò sull'attaccapanni posizionato alla sua sinistra.

«Che ci fai qui?» gli chiesi brusca, tornando alla lucidità.

Non potevo farmi ammaliare dalla sua bellezza. Dovevo ricordarmi quello che aveva detto a mio padre e fargli capire che le sue parole avevano un peso per me. Neil, però, mi guardò con l'espressione di un predatore che stava studiando a fondo la sua vittima e, in quell'istante, una scossa elettrica mi attraversò il petto, facendomi fare un passo indietro.

Stargli così vicina non era positivo: il suo buon profumo mi stordiva e aveva già invaso il mio spazio.

«Vorrei parlarti», rispose, e mi colse alla sprovvista.

Proprio lui voleva parlare con me?

Stentavo a crederci.

«Per dirmi che per te non conto niente e che mi hai solo usata? Credimi, l'ho capito», ribattei indignata, tirando fuori la rabbia che avevo represso troppo a lungo. Non mi aveva cercata, non si era scusato… e adesso piombava in casa mia, con l'atteggiamento sfrontato e l'aria irriverente di chi pensava di avermi in pugno, ma non era così.

«Tesoro. Chi era alla por…» Mia madre sopraggiunse alle mie spalle con dei pantaloni neri e una semplice maglia azzurra di cui si stava rimboccando la manica lunga sull'avambraccio. Puntò gli occhi azzurri sul ragazzo dinanzi a sé e si spostò con l'indice una ciocca di capelli scivolata dallo chignon ordinato.

«Salve, signora…» Neil mi lanciò un'occhiata in attesa che io gli suggerissi il cognome di mia madre, che sicuramente aveva dimenticato, ma non dissi nulla. «Signora...» ripeté ancora, questa volta più indeciso; si grattò un sopracciglio con il pollice e mi lanciò continue occhiate in cerca del mio aiuto, che volontariamente non gli concessi per godermi la scena.

«Signora... ehm... Calvin?» Azzardò con un'aria interrogativa, poi si morse il labbro inferiore conscio di aver probabilmente sbagliato. Mi trattenni dal ridere e lui dovette accorgersene perché mi fulminò all'istante.

Gli occhi di mia madre, invece, continuarono a fissarlo con circospezione mentre Neil si inumidiva le labbra particolarmente agitato. Non l'avevo mai visto così teso.

«Martin», lo corresse infine mia madre, abbozzando un sorriso divertito. «Judith Martin», specificò con gentilezza e io, incapace di trattenermi ancora, scoppiai a ridere posandomi una mano sul ventre. Entrambi si voltarono verso di me e mia madre inarcò un sopracciglio confusa; Neil, invece, serrò la mascella terribilmente infastidito dal mio atteggiamento.

«Sì, mi perdoni, signora Martin, non ho buona memoria», si giustificò, poi tornò a guardare me con uno sguardo così severo da spegnere subito le mie risate.

«Selene, è così che ti ho insegnato ad accogliere gli ospiti?» mi ammonì mia madre, facendomi capire di darmi un contegno, poi rivolse nuovamente lo sguardo al ragazzo incasinato dinanzi a noi. «Tu sei Neil, giusto?» Un sorriso di caloroso benvenuto le si dipinse sul viso e lo squadrò attentamente dall'alto verso il basso.

«Sì», ribatté lui restando fermo dove si trovava, con i vestiti zuppi d'acqua e il corpo vigoroso che emanava una bellezza mozzafiato. Sapevo che non sarebbe stato molto loquace nemmeno con mia madre, anzi, aveva già parlato troppo per i suoi gusti.

«Bene, Neil, credo che tu debba cambiarti, altrimenti ti verrà una bella influenza.» Mia madre sollevò un indice e lui si guardò la maglietta fradicia, poi sospirò.

«Piove sempre qui a Detroit? Questo temporale ha seriamente rotto il caz...» Si fermò alternando lo sguardo da me a lei, e notò la mia testa scuotersi in segno di diniego, per fargli capire di evitare parolacce. «Il cavolo… ha rotto il cavolo.» Si schiarì la voce e abbozzò un sorrisetto tirato che risultò anche sensuale.

«Concordo con te, Neil. Vado in camera a recuperare qualcosa da farti indossare. Credo di avere ancora dei vecchi indumenti del mio ex marito», spiegò velocemente mia madre, picchiettando un indice sul mento.

Guardai Neil e mi accorsi che era molto nervoso, tanto che riuscivo a percepire che stava facendo una fatica enorme a parlarle. Ormai lo conoscevo meglio di quanto pensasse. Poco dopo mia madre si allontanò e gli occhi dorati di Mr. Incasinato si spostarono su di me. Furiosi.

«Hai finito di prendermi per il culo?» mi redarguì con un sopracciglio inarcato.

«Calvin», ripetei sarcastica, trattenendomi ancora dal ridere.

«Sei proprio una bambina», borbottò, alzando gli occhi al cielo.

«E tu sei uno stronzo. Non ho dimenticato ciò che hai detto a Matt.» Gli feci una smorfia impudente e lui mi rivolse un sorriso divertito.

«Ti sono mancato a quanto pare, vero, Trilli?» Mi fece l'occhiolino, seducente, e un calore bruciante mi avvampò nelle guance.

«Se davvero avessi sentito la tua mancanza, ti avrei cercato», ribattei con fermezza, determinata a comportarmi esattamente come lui. D'altronde, era proprio lui che mi stava insegnando a dare risposte pungenti e a essere menefreghista. Tuttavia, qualcosa negli occhi di Neil cambiò e lui avanzò a passo deciso verso di me, fino ad afferrarmi i capelli in un pugno. Sorpresa, mi lasciai sfuggire un verso di dolore e lui mi respirò sulle labbra, facendomi irrigidire. Le mie braccia furono pervase dalla tensione, divaricai leggermente le gambe e puntai gli occhi nei suoi, in segno di sfida.

«Non puoi mentirmi, bimba. Ricordalo», sussurrò; le pupille gli si erano dilatate tanto da ridurre le iridi a un anello dorato.

«Ecco a te, Neil.» La voce di mia madre mi fece trasalire e lui si allontanò, riassumendo un atteggiamento compito ed equilibrato. Ignara di tutto, lei gli porse degli indumenti puliti e gli sorrise.

«La ringrazio», rispose Neil in modo quasi impercettibile, come se non fosse abituato a gesti simili; poi mia madre gli indicò il bagno ed entrambe osservammo la sua figura imponente incamminarsi verso quella direzione.

«Be', direi che è indubbiamente sexy, ma questo non giustifica il fatto che tu non mi abbia parlato di voi.» Mia madre ripartì all'attacco e mi avvicinai a lei cauta, imbarazzata più che mai.

«Mamma, adesso non è il momento di parlarne», la rimproverai cercando di non farmi sentire da Neil. «Tra noi non c'è niente, siamo solo due incasinati», aggiunsi sbrigativa, e lei ostentò un'espressione sospettosa.

«Incasinati?» ripeté confusa.

«Esatto.» Sospirai, affranta. Non avrei potuto definirci in nessun altro modo.

Poco dopo, i passi di Neil interruppero il nostro discorso e ci voltammo verso di lui, che adesso era fermo nel salotto con addosso una tuta di Matt. La felpa, che aveva un ampio logo sportivo blu elettrico al centro, gli stava troppo stretta sia sulle braccia sia sul torace possente, i pantaloni invece gli calzavano abbastanza bene, ma risultavano comunque inadatti alla sua stazza.

«Forse avrei dovuto darti qualcosa di più grande?» Mia madre inclinò la testa di lato e lo guardò accigliata.

«Io e Matt non abbiamo la stessa taglia, ma può andare. Non si preoccupi», ribatté lui con una punta di ironia, risultando quasi simpatico.

Quasi.

«Ahimè, mio marito non è un gigante e non ha mai avuto tutti quei muscoli», mormorò ilare mia madre, facendomi arrossire. Neil rimase impassibile come sempre e le sorrise soltanto. Avrei dovuto farle presto un discorsetto; non poteva riempirlo di complimenti come se fosse una ragazzina alla sua prima cotta. «Accomodati sul divano con Selene, caro, vi preparo un tè caldo. O preferisci qualcos'altro?» gli chiese avviandosi verso la cucina, ma Neil scosse la testa e declinò la proposta con un semplice: «Sto bene così».

Quando mia madre si rifugiò in cucina, rimanemmo soli e mi guardai attorno imbarazzata, indecisa sul da farsi. Neil non era qui per caso, non era giunto a Detroit per scambiare due chiacchiere davanti a un buon tè, non sarebbe stato da lui. Tutto aveva sempre un doppio fine...

«Allora? Cosa devi dirmi?» Incrociai le braccia al petto e non fui affatto gentile, a differenza di mia madre. Del resto, lei non era stata ferita come me, non lo conosceva neanche, non sapeva quanto fosse ingannevole e bastardo.

«Carina la tua casetta.» Neil deviò il discorso, osservando il piccolo salotto collegato all'ingresso. La mia villetta era completamente diversa da quella di Matt. Lì non c'erano sfarzo, lusso, lampadari di cristallo o la mega piscina in giardino, perciò Neil mi stava prendendo in giro, come sempre.

«Sei incredibile. Hai davvero una faccia tosta a presentarti qui dopo quello che è successo», lo rimbeccai, mentre lui, in tutta calma, mi diede le spalle per osservare delle foto sulla parete, che ritraevano me da piccola.

«Eri buffa anche da bambina. Quanti anni avevi qui? Cinque?» commentò beffardo, guardandone una in particolare. Ero al mare, tra le braccia di mia madre, con un costumino colorato, decisamente imbarazzante. Avrei dovuto dirle di sbarazzarsi di quella foto e di riporla in qualche cassetto, per evitare il disagio che stavo provando in quel momento.

«Smettila di cambiare discorso.» Mi misi di fronte a lui e lo fissai dal basso. Gli arrivavo al petto e il profumo di muschio era così forte da confondermi. Neil abbassò il viso per guardarmi e sussultai. I suoi occhi erano sempre capaci di comunicare in una forma silente che stavo imparando a comprendere e, in quel momento, erano così torbidi da farmi intuire quanto fosse infastidito dal mio atteggiamento.

«Vuoi farmi perdere la pazienza, vero?» sussurrò truce e lanciai guardinga un'occhiata in cucina, timorosa che mia madre potesse sorprenderci così vicini.

«Quella incazzata dovrei essere io, non tu», replicai e lui sorrise. Non ne capii il motivo e non ne ebbi neanche il tempo; Neil mi si avvicinò e con una mano mi sfiorò il fianco, facendomi sussultare.

Indossavo dei semplici jeans con un maglione bianco, nulla di attraente, ma lui mi stava guardando come se volesse strapparmi tutto di dosso.

«Mi piaci quando sei così aggressiva, Tigre», mormorò sottovoce, avvicinando il viso alle mie labbra. Dopo un istante, prese un lungo respiro e si trattenne dal baciarmi. Sapevo che voleva farlo, tanto quanto anch'io volevo che lo facesse, ma lui preferì starsene fermo, a poca distanza da me, con un bagliore di lussuria negli occhi.

«Adesso non è il momento di pensare a…» cercai di dire, ma Neil si avvicinò ancora fino a raggiungermi l'orecchio.

«Fotterti?» continuò per me; sentii il suo respiro caldo sulla pelle e il torace sfiorarmi i seni.

La voce baritonale ebbe lo stesso effetto di un affondo tra le cosce, così chiusi gli occhi e mi morsi il labbro, deglutendo a vuoto. I brividi mi percorsero la schiena e un fuoco bruciante si accese nel basso ventre.

«C'è mia madre. Smettila.» Ebbi il coraggio di spintonarlo, ma le mani tremarono, quando lo toccai. Neil fece qualche passo indietro, ancora con la stessa espressione divertita, e mi resi conto di quanto fosse difficile resistergli.

Era difficile resistere al modo in cui le labbra carnose si muovevano per accompagnare le parole che pronunciava. Era difficile non poterlo spogliare per avvertire la pelle liscia a contatto con la mia, non poter far scorrere le dita nel ciuffo folto e scombinato, non potere baciare e accarezzare il suo corpo selvaggio.

Era difficile resistere alle fiamme del desiderio che ci avvolgevano ogni volta che eravamo così vicini.

«Ho bisogno di rimanere da solo con te», aggiunse, serio. La sua richiesta poteva significare tante cose: forse voleva parlarmi, forse voleva insultarmi di nuovo o forse voleva sedurmi perché era consapevole di quanto fossi arrendevole al suo tocco.

Per fortuna Neil si allontanò da me, appena avvertì i passi di mia madre, e si sedette sul divano, permettendomi di tornare a respirare. Accavallò una caviglia sul ginocchio opposto e continuò a soppesarmi con lo sguardo, in attesa di una risposta.

«Ragazzi, il vostro tè.» Mia madre ci raggiunse con le due tazze fumanti e ci guardò confusa quando percepì il silenzio che incombeva nel salotto.

Pensierosa, scoccai un'occhiata all'orario. Erano le otto e sapevo che lei sarebbe uscita con Anton Coleman quella sera, ma io non potevo assolutamente rimanere da sola con Neil in casa. Immaginavo già come sarebbe andata a finire: io e lui, nudi, sul mio letto.

Scossi la testa. Non potevo permettermi di cedergli, non di nuovo. Dovevo evitare qualsiasi situazione compromettente.

«Selene, io tra mezz'ora andrò via, ma...» Mia madre si schiarì la voce e alternò lo sguardo da me a Neil con fare severo. «Non ho alcuna intenzione di lasciarti qui, da sola, con un ragazzo», disse senza alcun filtro e sgranai gli occhi per l'imbarazzo.

Possibile che mia madre dovesse trattarmi come una bambina proprio in presenza di Neil?

Non la sopportavo quando faceva così.

Le lanciai un'occhiataccia per farle capire di darci un taglio e lei rincarò persino la dose.

«Come ben sai, ho un appuntamento che non posso rimandare, quindi...»

«Io e Neil usciremo», dissi di getto per togliermi dall'impiccio. Guardai Neil, mordicchiandomi un'unghia, e lui aggrottò la fronte.

«Davvero? E dove andrete?» chiese mia madre, posandosi le mani sui fianchi con fare indagatore.

«A fare un giro. Neil non è mai stato qui a Detroit, quindi...» Gli lanciai un'occhiata complice e lui si alzò dal divano, alquanto irritato. Non mi piacevano per niente la rigidità del suo viso e la tensione dei muscoli. Tuttavia, mantenne la calma davanti a mia madre: mi si avvicinò con la solita postura sicura e sorrise in modo finto.

«Certo, usciamo. Se questo servirà a tranquillizzarla, signora Martin, perché no?» Mi stava assecondando, ma era evidente l'intento sarcastico con il quale lo stava facendo. Mia madre raddrizzò la schiena, guardinga, e osservò entrambi ancora una volta.

«Bene, allora vado a prepararmi», rispose, incamminandosi su per le scale. In quell'istante mi voltai verso Neil e ridussi gli occhi a due lame ardenti.

«Potevi almeno sforzarti di mostrarti entusiasta, sai?» lo rimproverai mentre il suo sguardo, adesso famelico, mi puntò le labbra.

«Qualcuno dovrebbe spiegare a tua madre che se voglio scoparmi sua figlia, posso farlo anche contro un muro. Non ho di certo bisogno di una camera da letto», affermò in modo spavaldo come un vero sbruffone, dall'aspetto, però, aitante come pochi.

Ma un momento... cosa aveva detto?

«Pensi davvero che te lo permetterei?» replicai pungente, e lui mi si avvicinò fino ad accarezzarmi una ciocca di capelli. Se la rigirò nell'indice e inchiodò le sue iridi su di me, facendomi notare le scintille di malizia che le attraversavano.

«Avresti il coraggio di respingermi?» sussurrò, toccandomi con il pollice il labbro inferiore. Ne tracciò il contorno con delicatezza e inspirò profondamente.

«Tu avresti, invece, il coraggio di usarmi ancora dopo quello che hai detto a mio padre?» mormorai e Neil sollevò lo sguardo dalle labbra ai miei occhi. Stava cercando di analizzarmi e di capire perché gli avessi dato una risposta simile. Mi dispiaceva ferirlo, ma volevo che si assumesse le sue responsabilità.

«Ho dovuto dirlo.» Continuò ad accarezzarmi il labbro e mi fissò rattristato. Le scintille di malizia, adesso, erano sparite per lasciare il posto a un lato di lui più umano e sensibile.

«Non mi sembra che qualcuno ti abbia costretto.» Volevo sottrarmi al suo tocco, ma tutto ciò che feci fu restare immobile ad assorbirlo; l'avrei fatto, fino a quando avessi potuto.

«Non capisci, Selene.» Neil posò la fronte sulla mia e chiuse gli occhi. Il suo palmo caldo prese ad accarezzarmi la guancia, l'altra mano, invece, corse sul fianco per stringermi a sé. Avevo compreso ormai che aveva sempre bisogno di un contatto con me, anche il più impercettibile, come se fosse necessario a dargli la forza di parlarmi.

«Se tu fossi più chiaro, forse ti capirei», riuscii a dire e lui riaprì gli occhi; poi mi scostò di lato la frangia e guardò la cicatrice, sospirando.

«Bene, io...» Mia madre ci raggiunse di nuovo, con un tempismo davvero tremendo; Neil indietreggiò subito e io cercai di ricompormi. Non volevo farle notare quanto fossi sopraffatta da lui o il grado di intimità che condividevamo.

«Ehm... mamma...» Feci un sorriso stentato e lei si sedette sul divano.

«Anton tarderà, aspetterò qui. Magari tu va' a prepararti così io farò due chiacchiere con Neil», propose lei e quasi mi venne da ridere. Sapevo già come sarebbe andata a finire: Neil non avrebbe spiccicato una parola; non sarebbe stato comunicativo né loquace come lei credeva. Come mi aspettavo, lo vidi irrigidirsi al pensiero di conversare con mia madre. Anche teso era stupendo, un adone imponente che celava la sua vulnerabilità dietro una coltre di muscoli e carne, potenza e virilità, peccato e vizio.

E io ne ero dipendente.

Mi costrinsi a smetterla di fissarlo e colsi l'occasione al volo per recarmi in camera. Non volevo lasciare quei due troppo tempo da soli, dato che sapevo che non sarebbero andati d'accordo. Mia madre non apprezzava i tipi come Neil – be', in verità, nessun genitore l'avrebbe fatto –, così mi lavai e mi cambiai in fretta. Indossai dei jeans scuri e un maglione azzurro. Poi infilai gli stivali alti e sistemai i capelli lasciandoli sciolti oltre le spalle; infine, applicai un po' di mascara e illuminai le guance con del fard.

Dopodiché, scesi di corsa le scale e mi recai in salotto, dove vidi subito Neil in piedi, con il chiodo di pelle nuovamente indosso, concentrato sulla copia di un quadro. Mia madre, invece, era seduta sul divano, intenta a studiarlo come se fosse un esperimento scientifico.

«Sono pronta», dissi, arrivando con la fretta di un ladro. Temevo la ramanzina di mia madre – anche se per fortuna aveva saputo da Matt solo della nostra relazione e non che fossimo andati a letto insieme –, perciò volevo portare via Neil da lì il prima possibile. Lei mi aveva già detto di non fidarsi di lui, quindi dovevo cercare in ogni modo di evitare che gli facesse domande compromettenti. Tuttavia, appena misi piede sull'ultimo gradino, mi resi conto che la conversazione tra i due aveva preso una piega totalmente inaspettata.

«Quindi ti piace? Mia figlia si lamenta continuamente dei quadri che compro per arredare la casa», stava dicendo mia madre a Neil. Nessuno dei due si era accorto di me.

«Sì, in realtà apprezzo molto René Magritte», rispose lui con un lieve sorriso. «Questo quadro si intitola *Gli amanti*, vero?» Aggiunse lui, indicandolo con il mento. Intanto, avanzai a passo lento per tenere d'occhio la situazione, attenta però a non disturbarli. Sempre ignari della mia presenza, loro proseguirono assorti nel discorso.

«Esatto», ribatté mia madre, stupita.

«So che è stata realizzata nel 1928 o qualcosa del genere. Attualmente esistono due versioni, una è conservata alla National Gallery in Australia e l'altra al MoMA di New York. Mi piace il suo significato: l'amore inteso come un sentimento che non si vede, una sorta di conflitto tra ciò che appare e ciò che ognuno di noi nasconde perfino a se stesso», continuò Neil, con la sua voce roca e profonda che mi faceva increspare ogni centimetro della pelle, mentre mia madre lo guardava esterrefatta, come se non si aspettasse tanta cultura da uno come lui.

Io, invece, sapevo quanto fosse immenso, misterioso e ricco. Ricco di una conoscenza interiore di cui non amava vantarsi. Lui, del resto, era fatto così: era un libro da scoprire pagina dopo pagina, un libro che racchiudeva al suo interno un mondo pieno di varietà, profondità infinita e imprevedibilità.

«Sì.» Mia madre sbatté le palpebre e cercò di non mostrarsi troppo sorpresa. «*Gli Amanti* è uno dei miei quadri preferiti. Oltre a insegnare letteratura, infatti, amo l'arte. Anzi, no, ne sono completamente affascinata», affermò mentre Neil le sorrideva tranquillo. «Sei un appassionato d'arte anche tu?» gli chiese poi e lui annuì.

«Ho trascorso l'infanzia con i miei nonni materni, che erano abbastanza esigenti in fatto di studio. Volevano che i loro nipoti fossero ben istruiti, per cui dovevo rinunciare alle partite di calcio, all'ora della merenda o al giro in bicicletta con gli amici per assistere alle opere teatrali, frequentare biblioteche e seguire le lezioni private», spiegò lui, infilandosi le mani nel giubbino; a quel punto mi schiarii la voce ed entrambi si accorsero finalmente di me.

«Oh, Selene, eccoti qua», disse mia madre, alzandosi dal divano. Ne approfittai per rassicurarla ancora una volta.

«Quando Anton ti riaccompagnerà a casa, mandami un messaggio, così rientrerò anch'io», le proposi e lei sorrise lanciando un'occhiata indecifrabile a Neil.

Aveva cambiato opinione su di lui? Lo speravo.

«Neil, tu rimarrai da noi stanotte?» Si rivolse a lui con un tono indulgente, che mi stupì parecchio.

«No, posso tranquillamente cercare un albergo, non voglio...» rispose subito Neil senza alcuna esitazione, ma mia madre scosse la testa e gli parlò sopra.

«Puoi rimanere qui da noi. C'è la stanza degli ospiti», gli disse cordiale e io non capii se stesse fingendo di essere accogliente o meno.

Cos'era successo in mia assenza?

«Okay, credo che sia meglio andare, ora», replicai sbrigativa. Presi la borsa e mi infilai il cappotto, mentre Neil mi osservava serio. Forse si stava chiedendo il perché del mio atteggiamento sollecito, ma non mi importò. In quel momento, volevo soltanto salvarci dalla pericolosissima Judith Martin.

Aprii la porta e, dopo aver salutato mia madre, uscii, seguita da Neil. Rabbrividendo per il freddo, mi strinsi nel cappotto e lanciai un'occhiata al cielo. C'erano ancora dei grossi nuvoloni scuri e l'odore di pioggia aleggiava nell'aria, ma sembrava che per ora il temporale si fosse placato.

Per un istante rimanemmo fermi sul portico, come se nessuno dei due sapesse bene cosa fare. A New York non eravamo mai usciti insieme, non c'era mai stato un appuntamento vero, pertanto adesso ero in forte imbarazzo. Eppure ero stata proprio io ad avere la brillante idea di uscire per sfuggire a mia madre e, a tal proposito, mi venne la curiosità di chiedere a Neil cosa si fossero detti.

«Non essere tesa. Tua madre mi ha solo chiesto che università frequento, quanti anni ho e se ho qualche sogno nel cassetto.»

Mi voltai verso Neil quando parlò, anticipando la domanda che stavo per fargli. La sua capacità di leggermi nella mente era sempre incredibile; non era mai cambiata dal primo giorno.

«Ti ha chiesto...» farfugliai a disagio. «Ti ha chiesto di noi?» Gli dissi di getto, e lui si infilò le mani nel giubbino per estrarre il pacchetto di Winston.

«No e, se l'avesse fatto, le avrei detto che la sua bimba è ancora vergine», rispose ilare, prima di infilarsi una sigaretta tra le labbra.

«Che stupido che sei.» Gli tirai una leggera gomitata e lui mi guardò, stranito.

In effetti mi resi subito conto che non eravamo soliti scherzare – o meglio, che di fatto era successo poche volte –, così tornai seria e assunsi una postura sicura, decidendo per ora di posare l'ascia di guerra e di metterlo a suo agio. Avrei avuto modo di parlargli di ciò che era successo a New York più tardi.

«Sei mai uscito con una donna?» Scesi i gradini del portico e mi voltai nella sua direzione. Neil era ancora fermo in quell'esatto punto, concentrato ad accendersi la sigaretta. Ripose l'accendino in tasca e fece il primo tiro, avanzando verso di me.

«No, e non lo farò neanche con te», brontolò, burbero come sempre. Inarcai un sopracciglio, abbozzai un sorriso e ripresi a camminare. Non sapevo neanch'io dove fossi diretta, ma in quel momento non mi importava.

Era Neil il posto giusto.

«Probabilmente sei qui a Detroit perché ti sei pentito delle cose offensive che mi hai detto l'ultima volta, quindi dovrai farti perdonare», affermai ironica, mentre lui mi raggiungeva e mi affiancava. Ricordare le sue parole crudeli non mi rendeva affatto felice, ma cercai di sdrammatizzare soltanto perché non volevo discutere. Come mi ero ripromessa in passato, non l'avrei mai giudicato, ma solo compreso, anche se ciò significava tollerare atteggiamenti irrispettosi.

«Non sono pentito di un bel niente», ribatté, fumando nervosamente. Alle volte sembrava un vero bambino testardo e orgoglioso, ed era decisamente irritante.

«Ah no? E perché sei venuto da me, allora?» lo incalzai. Nonostante avessi deciso di non tartassarlo troppo, volevo capire cosa lo avesse spinto a mettere da parte l'orgoglio per raggiungermi.

Infilai le mani nelle tasche del cappotto e continuammo a camminare tra le villette limitrofe alla mia. Neil si guardava attorno ed evitava di incrociare i miei occhi, soltanto per nascondermi i suoi pensieri.

Ormai lo conoscevo.

«Perché…» sussurrò, prima di interrompersi. Al suono della sua voce, mi fermai davanti a lui, sbarrandogli la strada. Anziché proseguire, fece un ultimo tiro e gettò via la sigaretta ancora quasi intera. «Perché volevo vederti», disse d'un tratto, fissando un punto a caso oltre le mie spalle, poi si leccò il labbro inferiore e si passò una mano nel ciuffo.

Il mio cuore fece una capriola assurda al suono delle sue parole e un sorriso spontaneo mi si impresse sul viso, ma subito si spense quando pensai al possibile motivo per il quale Neil voleva vedermi.

«Per usarmi?» gli chiesi, utilizzando il termine che lui stesso aveva sempre associato al nostro rapporto. I suoi occhi dorati si posarono su di me di scatto e mi preparai a una delle sue risposte taglienti. Ci ero abituata.

«Per stare con te», mormorò in maniera del tutto inaspettata, poi riprese a camminare per sfuggirmi. Non voleva che indagassi sulle sue intenzioni, su ciò che pensava e provava in quel momento. Ma stavolta ero decisa a non mollare tanto facilmente. Mi ritrovai così a inseguirlo a passo svelto, per tenere il ritmo delle sue falcate, e nel frattempo ripensai al nostro scambio di messaggi precedente al mio weekend a New York. In quell'occasione Neil aveva associato il mero rapporto sessuale al concetto di *stare insieme a qualcuno*, e dovevo capire se intendeva la stessa cosa anche adesso.

«Spiegati meglio», gli dissi, con il respiro corto; Neil stava procedendo troppo velocemente, non curandosi di me.

«Non c'è nulla da spiegare», sbottò irritato e io sbuffai.

Perché con Neil doveva essere così difficile parlare?

«Invece una spiegazione me la devi.» Riuscii a raggiungere il suo braccio e lo afferrai per fermarlo. Le mie dita si artigliarono al tessuto di pelle del giubbino e Neil si voltò. Guardò dapprima la mia mano, poi il mio viso, con un'espressione truce. Non voleva che lo toccassi, ma non me ne curai.

«Sai quante cose ho sopportato per te?» sbottai. Sentii la rabbia risalire dal fondo del cuore come un fiume in piena e l'idea di non discutere con lui sfumò via. «Ho tradito il mio ragazzo, sono stata picchiata da Jennifer in mensa, sono stata ridicolizzata dai Krew nella dépendance quando hai pensato di farti fare un pompino in mia presenza da una ragazza qualsiasi, ho tollerato la tua idea di fare sesso con me e Jennifer la notte di Halloween, seppure fossi conscio di quanto io la odiassi, e infine ho rischiato la vita perché un pazzo mascherato, che ti sta alle calcagna, ha provocato il mio incidente!» urlai, ormai incollerita, e lui mi fissò interdetto.

Corrugò le sopracciglia e si divincolò dalla mia presa, avvicinandosi a un palmo dal mio naso.

«Player?» sussurrò, con un tono che stentavo a riconoscere. In realtà, non avevo previsto di rivelargli la verità così e me ne pentii subito; tuttavia, ormai l'avevo confessata e non potevo più tornare indietro.

«Sì, lui», confermai, abbassando il viso. Avvertii il suo sguardo tagliente e percepii il suo respiro affannoso. Stava per esplodere.

«E quando cazzo avevi intenzione di dirmelo?» Mi afferrò per il mento e mi costrinse a guardarlo. Avevo gli occhi lucidi e il labbro tremante. Non volevo piangere, ma le emozioni mi tradivano sempre. Neil se ne accorse e qualcosa cambiò nei suoi occhi, che da foschi divennero caldi. Anziché farmi del male – cosa che gli sarebbe riuscita facilmente dato che era più forte di me, e io troppo piccola e minuta – attenuò la stretta ferrea e sospirò. Poi scosse la testa e inaspettatamente mi attirò a sé. Mi abbracciò, stringendomi contro il suo petto, e per un istante rimasi sbigottita. Il suo profumo mi avvolse tutta, così come il calore di quel gesto tanto banale, ma molto intimo per lui.

«Capisci perché non ti voglio nella mia vita?» mi mormorò tra i capelli e sollevai il viso per guardarlo. Non ebbi neanche il tempo di controbattere che Neil mi diede prima un bacio sulla fronte, proprio sulla cicatrice, poi un altro sulla punta del naso. Infine, mi prese il viso tra le mani e mi accarezzò le guance con entrambi i pollici, mentre i miei occhi lo fissavano incantati.

«E tu capisci che non si può lottare contro le proprie emozioni? So quello che provi», sussurrai. Era vero: provavo i suoi stessi sentimenti anch'io; erano qualcosa di forte, di illogico, di incontrastabile. Qualcosa che non ci permetteva di stare lontani. Erano una forza istintiva e irrazionale; un'energia incondizionata e potente. Era come se i nostri corpi si fossero scelti prima ancora che lo facessimo noi.

«E cosa provo?» mi chiese, con una punta di ironia nella voce.

«Tante cose. Senti che la persona che ti piace è la prima a cui pensi, che faresti di tutto per lei, che tira fuori il peggio ma anche il meglio di te, che lei è al di sopra di te stesso e che ti fa tanta paura perché ti provoca un'emozione così forte da star male», risposi, con le braccia avvolte attorno ai suoi fianchi e il viso incastrato tra i suoi palmi grandi. Come se stesse riflettendo su ciò che avevo appena detto, Neil mi fissò intensamente, poi mi diede un casto bacio sulle labbra, troppo fugace per godermelo abbastanza, e sorrise.

«Ancora con queste stronzate, Trilli? Non ti sopporto quando sei così sdolcinata», mi rimproverò con sarcasmo e si allontanò da me, passandosi una mano nel ciuffo folto. Rimasi perplessa. Neil sembrava proprio non rendersi conto della sincerità dei miei sentimenti e pensava che parlassi solo per perdere tempo o che dicessi cose senza senso. Non mi credeva e non attribuiva alcun peso alle mie dichiarazioni.

«Confondi l'attrazione sessuale con qualcosa che non esiste, Selene. Non smetterò mai di dirtelo.» Riprese a camminare e pose una certa distanza tra noi. Ancora.

«Stai scherzando? Se fossi stata solo attratta da te, non avrei tollerato tutti i tuoi comportamenti a dir poco inaccettabili e...» Mi fermai quando Neil si voltò nella mia direzione e mi fulminò con lo sguardo, adesso torbido e minaccioso.

«Se non avessi avuto questo corpo, questa faccia e le mie capacità a letto, avresti provato le stesse 'fantastiche' emozioni dentro di te?» mi schernì indicando se stesso, con un sorrisetto strafottente sul viso. *Cosa stava cercando di insinuare?*

«Certo», risposi con sicurezza, senza alcun dubbio. Non era neanche necessario che me lo chiedesse, ma lui indietreggiò e scosse la testa.

«Che bugiarda», disse infatti; no, non mi credeva proprio.

Si voltò di spalle, di nuovo, e riprese a camminare. In quell'istante, mi accorsi che la spiegazione plausibile ai suoi atteggiamenti aveva un nome ben preciso: Kimberly. Era stata lei a deviare la mente di Neil, inculcando falsità a un bambino cresciuto troppo in fretta. Era stata lei a spingerlo a credere che le donne fossero tutte uguali, che volessero solo usarlo. Per questo era convinto che gli stessi mentendo.

«Aspetta», dissi, mentre faticavo a stargli dietro e tentavo di raggiungerlo. «Neil. Rallenta», lo pregai, ma non mi diede ascolto, così iniziai a marciare a passo svelto fino a quando riuscii ad affiancarlo. «Per favore, fermati!» Gli sfiorai il braccio e lui si voltò, terrorizzato. Inspiegabilmente, sembrava proprio spaventato da me e non solo per ciò che gli avevo detto. Mi guardava, infatti, come se fossi un mostro gigante pronto ad annientarlo, così cercai di calmarlo, trovando una scusa banale.

«Hai mai mangiato un hot dog?» gli chiesi dal nulla, e mi sentii davvero folle per avergli posto una domanda tanto stupida. Neil aggrottò la fronte e inclinò la testa di lato, fissandomi confuso e riflessivo. Anche così era bellissimo e quella consapevolezza quasi mi strappò un sorriso. Poi mi morsi il labbro a disagio in attesa di una reazione. Quando i suoi occhi tornarono lentamente al familiare colore luminoso del quale ero tanto infatuata, tirai un sospiro di sollievo.

«Che?» chiese, sconvolto, così mi schiarii la voce e riformulai il mio invito.

«Ho fame e quindi volevo chiederti se ti andasse di mangiare qualcosa.» Ecco, ora la mia proposta era decisamente più comprensibile.

«Un… un… hot dog?» ripeté e il mio sguardo indugiò sulle sue labbra carnose, decisamente illegali. Bastava ammirarle per farci pensieri indecenti a riguardo. Tuttavia, mi riscossi e mi concentrai sulla domanda.

«Sì. Quel panino con dentro un wurstel, farcito da ketchup, maionese o…»

«So che cazzo è un hot dog!» mi rimbeccò e sussultai per il timbro austero e aggressivo. Mi sentii improvvisamente in imbarazzo e trascorsero diversi secondi nei quali nessuno dei due disse nulla. Tentai di non piangere, mentre Neil si posava una mano sul fianco e con l'altra si toccava il viso. Quando, però, il silenzio divenne insopportabile, decisi di parlare per prima.

«Sto cercando di andare d'accordo con te!» sbottai, spazientita. «Sto cercando di parlarti, di capirti, di rassicurarti, di fare tutto ciò che posso, ma santo cielo! Sei ingestibile!» conclusi, ormai al limite della tolleranza. Non ce la facevo più, ero davvero sull'orlo di una crisi di nervi. Neil mi guardò sbigottito, poi sospirò scompigliandosi il ciuffo. Forse aveva capito che stava davvero esagerando.

«Okay, okay. Sta' calma», mormorò arrendevole. «Ho un carattere di merda, me ne rendo conto anch'io», ammise con la sua solita arroganza.

«Io ho fame e andrò a mangiare. Puoi seguirmi o tornartene a New York anche adesso. A te la scelta.» Dettai la mia condizione e lo superai con un colpo di spalla che non lo smosse neanche di un centimetro. Nonostante ciò, rimasi impettita e camminai a passo spedito.

Basta.

«Dove stai andando?» domandò alle mie spalle, ma non mi voltai.

«Lontano da te!», risposi, sventolando una mano in aria.

Stavamo discutendo animatamente sul marciapiede, nel bel mezzo del mio quartiere, ma poco mi importava.

«Selene!» mi chiamò e sentii i suoi passi dietro di me. Lo ignorai. «Trilli», ritentò, come se bastasse quel soprannome per indurmi a voltarmi. Altro flop. «Bimba», insisté e gli sollevai il dito medio. «Ora che ci penso, non è così male starti dietro, almeno da questa prospettiva posso guardarti il culo», disse poi, probabilmente per irritarmi, ma proseguii decisa.

«Mi chiedo come tu faccia a vederlo, visto che indosso un cappotto lungo, genio», lo rimbeccai, consapevole del fatto che non avrebbe potuto guardare proprio un bel niente e che mi stava solo prendendo in giro.

«Conosco a memoria tutto il tuo corpo. Quante volte ti ho piegata a carponi?» Ridacchiò compiaciuto e mi fermai di scatto, poi mi guardai attorno, timorosa che qualcuno lo avesse sentito. Sarei morta per l'imbarazzo, in tal caso.

«Ma sei impazzito?» Gli puntai addosso il mio sguardo furioso e sistemai la borsa sulla spalla.

«Stai approfittando della mia pazienza, ragazzina. Io non rincorro nessuno, sappilo», replicò improvvisamente serio e infastidito. Sollevai un angolo delle labbra e strinsi gli occhi in due fessure.

«Be', a quanto pare stai rincorrendo me, o sbaglio?» chiesi sarcastica, e lui inarcò un sopracciglio.

«Soltanto perché sei una bambina del cazzo e voglio che torni a casa sana e salva. Sai, ho dato la mia parola a tua madre.» Mi fece l'occhiolino e fu allora che persi ogni sicurezza.

Mia madre aveva ancora la cattivissima abitudine di raccomandarsi con le persone con le quali uscivo?

Mi misi una mano sulla fronte e scossi la testa. Avrei dovuto rammentarle che avevo ventun anni e che, per giunta, era assolutamente sbagliato fidarsi di uno come Neil.

Ma un momento…

Come aveva fatto lui a fare breccia nella sua corazza d'acciaio in così poco tempo?

«Smettila di domandarti perché tua madre si sia fidata di me. Non te lo rivelerò mai», disse e sgranai gli occhi sorpresa. Alle volte la capacità di Neil di comprendermi mi faceva seriamente paura.

«Non ti sopporto più!» Ripresi a camminare.

Per la prima volta rimpiansi i tempi in cui facevamo solo sesso, senza discutere come stava accadendo adesso. Era contraddittorio pensarlo, quando qualche minuto prima l'idea di essere soltanto «usata» da lui mi aveva angosciata. E poi, un dettaglio che avevo trascurato mi colpì come un fulmine. Ultimamente, Neil manifestava una certa ritrosia e in più occasioni mi aveva toccata senza mai arrivare al sodo. Sembrava che ogni volta qualcosa gli impedisse di lasciarsi andare. Anche nella dépendance, quando si era imposto su di me, con un preliminare che non avrei neanche mai lontanamente pensato di fare con un uomo, si era fermato prima ancora di raggiungere l'orgasmo. E la domanda era: perché?

Presa dai miei pensieri, non vidi una piccola buca, inciampai e il tacco dello stivale si ruppe, provocandomi una lieve storta alla caviglia.

«Oggi non ne va una giusta», brontolai esasperata; nel frattempo, Neil mi raggiunse e si mise a guardare la scarpa che avrei dovuto gettare via, poi si trattenne a stento dal ridere. Lo fulminai.

«Bene, principessa. Adesso con la scarpetta rotta dove pensi di andare?» mi schernì, ma non mi persi d'animo, anzi. Zoppicando, lo superai di nuovo. Forse il destino mi stava remando contro, ma, come una vera combattente, avrei fatto di tutto per contrastarlo.

«Su, fermati. Non puoi camminare così», mi disse Neil alle mie spalle e, poco dopo, mi afferrò per il polso con forza, facendomi voltare nella sua direzione. Gli fissai il ciuffo, poi i lineamenti perfetti e mi chiesi perché non stessimo seduti su una panchina a baciarci come una coppia normale, anziché rincorrerci e affrontare problemi di ogni tipo, iniziati sin dal nostro primo incontro.

Nonostante quel pensiero fugace, però, non volevo cedergli. Stavo proprio per dirgli di lasciarmi andare, quando Neil si posizionò di fronte a me, dandomi le spalle, e si piegò sulle ginocchia.

«Non so per quanto resterò qui, ma ti voglio addosso per tutto il tempo», confessò. «E ora sali.» Girò appena il viso e indicò la sua schiena possente compressa nel giubbino di pelle.

Cosa?

«Devo montarti sulla schiena?» Inclinai la testa di lato e sbattei le ciglia più volte.

«Sì, anche se avrei preferito farti montare su qualcos'altro, ma mi accontento», rispose malizioso. Avrei dovuto aspettarmelo.

«Ma perché devi essere sempre così pervertito?» borbottai, poi gli strinsi le braccia attorno al collo, con le dita che sfioravano i pettorali scolpiti; in quell'istante, le sue mani scivolarono sul retro delle cosce per sollevarmi di peso. Incontrò per un attimo l'ostacolo del cappotto, lo superò, poi finalmente Neil si alzò in piedi, come se fossi leggera come una piuma; d'istinto gli strinsi le ginocchia ai lati del bacino. In realtà avrei potuto rifiutare il suo invito, ma dentro di me bramavo un contatto con lui dal primo istante in cui l'avevo visto sulla soglia di casa.

«A letto, però, la mia perversione non ti dispiace», ribatté con un pizzico di ironia. «Stringiti a me», aggiunse poco dopo e gli obbedii. Gli appoggiai anche la guancia accanto all'orecchio e mi inebriai del suo profumo fresco.

«La gente che ci vedrà penserà che siamo pazzi», commentai preoccupata appena iniziò a camminare con sicurezza, facendomi sussultare a ogni passo.

«E allora? Quante volte ti ho detto di fottertene di ciò che pensano gli altri?» mi redarguì e sbuffai. Spesso le sue risposte mi lasciavano basita. Tuttavia, anziché ribattere, mi aggrappai con più forza a lui e mi godetti il calore del suo corpo. Sentivo il cuore battere perfino nella pancia, tanto era devastante il suo effetto su di me.

«Prosegui dritto, così ti porto al miglior food truck di Detroit», dissi e lui mi scoccò un'occhiata furtiva che mi permise di concentrarmi sul profilo disegnato, gli occhi allungati agli angoli, le ciglia castane al di sotto delle quali mi osservava con i suoi raggi di sole.

Neil era davvero perfetto; non mi colpiva, però, solo la bellezza del viso, ero anche attratta dalle sue mille espressioni; non ne apprezzavo solo la prestanza fisica, ma anche ogni movenza. Era carismatico, virile in ogni suo gesto, dominante e dannato nello spirito.

Non mi sarei mai dimenticata di Neil, sarebbe stato impossibile, per questo spesso mi spaventava ciò che provavo per lui.

«Manca tanto?» ribatté, seguendo le mie indicazioni.

«Prosegui su questa strada e non essere impaziente», lo rimbeccai.

«Vuoi farmi mangiare cibo di strada? Ho capito bene?» domandò poi con un tono superbo.

«Sì, per una volta rinuncerai ai tuoi cari pistacchi», gli risposi ironica. «E poi io non sono abituata ai ristoranti di lusso o ai bistrot costosi. Mi piacciono le cose semplici», aggiunsi e percepii la sua risata gutturale.

«L'ho intuito da parecchio, bimba.» Mi lanciò un'occhiata che non seppi decifrare e camminò ancora, fino a quando non ci ritrovammo dinanzi al parco, poco distante da casa mia, dove si trovava il *Billy's Truck*. «Sarebbe questo?» Neil si avvicinò a un camioncino itinerante color acquamarina, con graffiti e disegni vivaci, e sorrisi.

«Sì», confermai.

«E io dovrei prendere da mangiare da quel… *coso*?» brontolò, mentre iniziavo ad avvertire l'acquolina in bocca per l'odore di patatine e panini farciti che arrivava a ogni passo.

«Esatto», risposi, ignorando le occhiate curiose dei clienti che si voltavano a guardarci. Dato che Neil mi teneva ancora sulla schiena a causa del piccolo imprevisto al mio stivale, probabilmente sembravamo abbastanza strani agli occhi della gente. «Ti farò assaggiare gli hot dog migliori di Detroit», gli promisi entusiasta.

«Non riesci proprio a reprimere la tua voglia di wurstel, vero, Trilli? Se ne vuoi uno bello grosso sai a chi chiedere», ribatté malizioso e mi irrigidii.

Perché la sua mente doveva sempre remare in una direzione oscena?

«Il tuo improvviso sarcasmo mi sta infastidendo», gli dissi di getto, irritata. Tuttavia, siccome non credevo possibile che Neil nascondesse la capacità di fare battute e scherzare, ero anche molto sorpresa.

«Mi preferisci burbero?» Si voltò di profilo e gli guardai le labbra carnose, incurvate in un sorriso sensuale. Mi piaceva sempre, anche quando si comportava da stronzo, ma evitai di dirglielo. «O passionale e dominante?» aggiunse provocatorio e un fuoco mi si accese nel petto, tanto che i capezzoli spinsero contro la sua schiena e li sentii desiderosi di essere avvolti dalle sue labbra piene; il cuore, invece, iniziò a pulsarmi nel basso ventre e mi fece avvampare le guance.

«Smettila.» Mi schiarii la voce e per fortuna Neil, seppure conscio delle reazioni che mi suscitava, si limitò a ridacchiare.

Dopodiché, ci fermammo dinanzi alla marea di cibi esposti sul truck, compresi i miei amati hot dog, e Neil inclinò la testa stranito.

«Lascia parlare me», gli dissi e sollevai un braccio in direzione di Billy, un uomo sulla quarantina con una barba folta e un codino lungo quanto i miei capelli. «Ciao, Billy!» Attirai la sua attenzione sorridendo e l'uomo osservò accigliato dapprima me e poi Neil, che mi teneva ancora sulla schiena.

«Selene, cara. Cosa ti è successo?» Billy appoggiò le mani sul bancone del truck e mi osservò preoccupato.

«Oh, niente. Un piccolo incidente con il mio stivale», risposi ilare, alzando il piede per mostrargli il tacco rotto, e Billy sorrise.

«Capisco. Dimmi cosa ti serve e accomodatevi a una delle panchine, mi occuperò di tutto io», affermò cortese, e Neil sospirò profondamente.

«Due hot dog con la senape», ordinai e l'uomo annotò.

«Per te e per il tuo nuovo ragazzo? Dov'è finito Jared?» chiese incuriosito, senza rendersi conto che stava toccando un tasto dolente. Jared era un capitolo chiuso e preferivo non ricordare tutto quello che era successo tra noi.

«Senti, *Willy*, datti una cazzo di mossa», intervenne Neil con i suoi soliti modi bruschi, poi si incamminò verso l'ingresso del parco senza aspettare che l'altro dicesse qualcosa. Attraversammo il breve viale contornato da alberi vari e, alla luce dei lampioni luminosi sparsi ovunque, osservai le piante ornamentali dai colori vivaci; dopo qualche metro, arrivammo alle panchine di legno distanziate tra loro. Neil ne adocchiò proprio una abbastanza isolata, interposta tra due cespugli alti, la puntò e, una volta a destinazione, mi lasciò scivolare giù dalla schiena, così mi sedetti per prima, posando i piedi per terra.

«Ma che ti è preso? Potevi essere più gentile con Billy», lo ammonii, sistemando la borsa al mio fianco, ma Neil non mi rispose. Si sedette accanto a me e distese un braccio lungo lo schienale della panchina, poi sollevò una caviglia sul ginocchio opposto. Non capivo mai i suoi improvvisi sbalzi d'umore né che problema avesse con i nomi degli uomini, che storpiava sempre. Inspirò a fondo e in quell'istante mi parve, come sempre, selvaggio e attraente da morire; il suo silenzio, però, mi mise a disagio e pensai che, come al solito, la sua rabbia era capace di mettere a tacere perfino l'intero universo.

«Mi hai portato nel posto in cui venivi con Jedi?» chiese dopo un po', puntandomi addosso i suoi occhi dorati. Mi fissò severo e deglutii impacciata. Cosa avrei dovuto dirgli? Per un secondo pensai di mentirgli, ma alla fine optai per la verità.

«Sì, qualche volta ci sono venuta con lui», ammisi e lui scosse la testa con un sorriso di scherno. Non disse altro e si tastò le tasche del giubbino per tirare fuori il pacchetto di Winston. Ne estrasse una con i denti e se l'accese, facendo il primo tiro. Forse lo aveva infastidito l'idea che avessi portato lì anche Jared perché Neil voleva sentirsi importante. Gli piaceva che facessi di tutto per lui, che annullassi me stessa per corrergli dietro e che condividessi con lui momenti unici, mai vissuti prima. Pretendeva tutto questo, ma senza darmi nulla in cambio.

«Hai ripreso a frequentare l'università?» domandò all'improvviso. Quella di cambiare discorso in modo repentino era un'altra delle sue assurde capacità.

«Sì. Per giunta Ivan mi ha passato gli appunti per permettermi di recuperare e mi tocca studiare come una matta», risposi, seguendo il discorso che aveva deciso di aprire.

«Chi sarebbe questo Ivan?» domandò tranquillo, poi aspirò una lunga boccata di fumo. Odiavo che fumasse, volevo aiutarlo a smettere, ma sapevo che era troppo testardo per darmi ascolto.

«Il fratello gemello di Janel, una mia cara amica.» Scrollai le spalle con nonchalance, ma mi accorsi del modo torbido in cui, adesso, mi stava guardando.

«Quindi? Chi è? Un tuo compagno di corso? Un amico?»

Come mai voleva sapere nel dettaglio chi fosse? Sospettava che io e Ivan avessimo una relazione o qualcosa del genere? Non mi era mai venuto il dubbio che Neil fosse geloso di me; anzi, avevo sempre sperato di suscitargli una piccola reazione, che però non c'era mai stata, non in modo palese, quantomeno, quindi supposi che la sua fosse una semplice curiosità.

«Un amico, sì. Anche se è un giocatore di basket. Ha un corpo pazzesco e due occhi verdi ammalianti», esagerai soltanto per stuzzicarlo. Ivan non era così attraente come Neil, ma in quel momento volevo farglielo credere.

«Ah, sì? E perché non te lo scopi?» Si voltò a guardarmi e mi sbuffò il fumo in faccia, facendomi tossire. Lo faceva sempre quando voleva provocarmi.

«Potrei farci un pensiero, sai?» risposi sprezzante. Lui incastrò la sigaretta tra le labbra e mi afferrò per i fianchi, facendomi sedere sulle sue gambe. Per un attimo rimasi sconcertata, poi gli posai un braccio dietro la nuca e sentii la sua mano stringermi la coscia.

«Vacci a letto allora, così avrai la conferma che non esistono amanti migliori di me», mi mormorò a poca distanza dal viso, alternando lo sguardo dai miei occhi alle labbra. Stava cercando, di nuovo, di gettarmi tra le braccia di un altro? L'aveva fatto anche la sera in cui eravamo usciti con Logan e Alyssa, inscenando quella farsa sul fortunato con cui trascorrere la notte.

«Non ti importerebbe, vero? Tanto hai le tue bionde a disposizione.» Con le unghie gli accarezzai la nuca e mi finsi tranquilla, anche se la gelosia che avvertivo dentro faceva più male di un coltello affilato.

«Cosa vuoi che ti dica?» sussurrò rauco, avvicinando il viso al mio. «Che l'ultima con cui ho scopato sei stata tu?» La lieve distanza tra le nostre labbra era colmata solo dai respiri che si incalzavano a vicenda, mentre il suo profumo mi avvolgeva così tanto da indurmi a socchiudere gli occhi. Seppure ammaliata da lui, mi costrinsi a riflettere sulle sue parole. Sì, mi sarebbe piaciuto sentirgli dire che ero l'unica per lui, la sola ad aver goduto del suo corpo da quando ci eravamo conosciuti e la sola a cui volesse donare il cuore. Avrei voluto sentirmi dire che ero speciale e che ero la donna giusta per lui, ma sapevo che non sarebbe mai accaduto.

«Ragazzi, ecco a voi i vostri hot dog.» Billy si avvicinò alla nostra panchina con i due panini tra le mani e interruppe l'assurda conversazione in corso.

«Grazie, Billy», dissi e afferrai gli hot dog.

«Buon appetito.» Nonostante la scortesia di Mr. Incasinato, l'uomo ci sorrise e tornò al suo truck.

«E io dovrei seriamente mangiare questa roba?» Neil ovviamente osservò disgustato il panino che reggevo per lui in una mano e fece una smorfia. Poi lo prese controvoglia e, dopo il primo morso, lo divorò in cinque minuti.

«Era disgustoso, vero?» lo derisi mentre si stava pulendo le labbra con un fazzoletto di carta; io invece mi stavo gustando la delizia di Billy a piccoli morsi.

«Diciamo che non era così male.» Scrollò le spalle e si abbandonò contro la panchina spostando gli occhi sulle mie labbra, mentre masticavo imbarazzata.

«Ci sei uscita con questo Ivan?» Le sue iridi color miele mi scrutarono con attenzione facendomi deglutire a fatica il pezzetto di hot dog.

Era davvero tornato sull'argomento?

«No. Non ancora», puntualizzai, perché non volevo escludere l'ipotesi che potesse accadere in futuro. Neil irrigidì le gambe e temetti che volesse farmi scendere dalle sue ginocchia, invece non accadde.

«Quindi ti piace», constatò, fissando lascivo la mia bocca.

«Non ho detto questo.» Diedi un altro morso al mio panino e spostai lo sguardo su un cespuglio, per sfuggire ai suoi occhi.

«Guardami», ordinò lui e percepii nella sua voce il desiderio misto alla rabbia che spesso non riusciva a gestire. Sebbene non capissi proprio perché mi parlasse con quel tono, d'istinto obbedii. Smisi di mangiare e abbassai le mani con cui reggevo il mio hot dog.

«Non c'è niente tra me e Ivan.» Mi passai la lingua sull'angolo delle labbra per raccogliere una goccia di senape e i suoi occhi ne seguirono il movimento, riducendosi a due fessure luminose. Perché mi stavo giustificando? Ma soprattutto, che diritto aveva lui di farmi domande sulle persone che frequentavo?

«Inizia sempre tutto con un 'niente'», rispose austero e con una punta di sospetto; dal canto mio, continuavo a non capire perché mi stesse dicendo quelle cose.

«Io non sono come te. Non riesco a concedere il mio corpo a chiunque», misi in chiaro, perché non sopportavo che sospettasse certe cose di me. Mi sarei concessa a un altro uomo solo se me ne fossi innamorata; per il momento, però, il cuore batteva unicamente per lui, il ragazzo incasinato di New York.

«Per questo non potresti mai stare con uno come me», mormorò turbato. «Ti riporto a casa.» Mi fece scivolare accanto a lui e si alzò in piedi, poi raccolse le carte dei nostri panini e le gettò in un cestino poco distante. A quel punto, mi alzai anch'io e guardai il tacco del mio stivale che penzolava rotto, così Neil mi si avvicinò e si piegò di nuovo sulle ginocchia.

«Per oggi approfitta della mia gentilezza, Trilli», disse ironico e mi aggrappai, di nuovo, al suo corpo possente per farmi condurre fino al truck di Billy a pagare. Nessuno parlò in quel breve tragitto e mi sentii ancora una volta a disagio.

«Ragazzi, andate pure. Offre la casa!» proruppe Billy quando arrivammo alla cassa, e Neil mi lanciò un'occhiata vacua.

«Sicuro?» domandai al proprietario del food truck, che per tutta risposta ci sorrise e ci porse due biscotti sul palmo della mano. «Certo, prendete anche questi. Sono due biscotti della fortuna.» Fece una pausa e aggiunse rivolto a me: «Spero che te ne portino tanta, Selene». Dopodiché, allungò il braccio verso di noi e Neil, con la sua solita indifferenza, li afferrò; a quel punto, ringraziai Billy per entrambi.

«Fermati lì», sussurrai a Neil, indicandogli uno degli alberi più grandi del parco, sotto il quale, a dire il vero, ero già stata, con Jared, anche se non avevo mai condiviso con lui le emozioni che provavo con il mio incasinato. Un istante dopo ci fermammo nell'esatto punto da me suggerito e Neil mi lasciò scendere. Lo guardai stiracchiarsi la schiena, ma non apparve nessuna espressione stanca sul suo bellissimo viso, segno che non faceva fatica a camminare con me addosso. Neil aveva davvero una forza incredibile.

«Perché siamo qui?» mi chiese guardandosi attorno. Non c'era nulla oltre a un lampione tenue.

L'aria fredda della notte sferzava i nostri corpi, mentre i suoi occhi dorati rubavano la scena al bagliore delle stelle che ci facevano compagnia nel cielo oscuro e limpido.

Pensai che Neil era misterioso e imperscrutabile, lontano e sconosciuto, proprio come un cielo stellato.

«Apriamo i biscotti, no?» Li indicai mentre li teneva nel palmo della mano e lui abbozzò un sorriso lieve, prima di mostrarmeli.

«Sei proprio una bimba. Credi davvero a queste stronzate?» Me ne diede uno e, senza dargli ascolto, lo ruppi in due, tirando fuori il bigliettino contenuto al suo interno.

«Non essere sempre così guastafeste.» Sbuffai e lo vidi avvicinarsi a me.

«Cosa dice?» chiese annoiato.

«Permettimi di rinascere nei tuoi occhi ogni volta che ti guardo», lessi ad alta voce. Sollevai lo sguardo lasciando che i suoi occhi dorati si fondessero con i miei, come i raggi del sole all'alba che diventavano tutt'uno con il mare, prendendo per mano le onde e conducendole nei sogni più belli.

E Neil era anche questo: intenso come un'alba sul mare.

«Leggi anche il tuo.» Mi schiarii la voce a disagio. Lui sbatté le palpebre un istante, poi ruppe il suo biscotto con un colpo secco e sfilò il biglietto contenuto all'interno.

«Cosa c'è scritto?» Mi sporsi incuriosita su di lui e ne sentii il profumo trasportato da una piccola folata di vento, che smosse appena i miei capelli.

«*Kiss me like you love me*», lesse lentamente aggrottando la fronte confuso. «Leggete ad alta voce la richiesta contenuta nel vostro biscotto della fortuna e rivolgetevi alla persona che è con voi in questo momento», continuò a leggere e inclinò la testa di lato per poi inarcare un sopracciglio verso di me «Perché a te è uscito un aforisma e a me una richiesta?» borbottò corrucciato e sorrisi.

«Perché sei tu quello più incasinato e il tuo biscotto della fortuna vuole darti una mano», lo sbeffeggiai con una smorfia ironica e, in quell'attimo, lui si avvicinò lentamente, facendomi tornare improvvisamente seria. Smisi persino di respirare quando le sue mani mi si posarono sui fianchi, esercitando una lieve pressione per attirarmi a sé.

«Allora, Trilli...» sussurrò sensuale mentre i miei occhi lo stavano fissando incantati. «Baciami come se mi amassi...» aggiunse divertito e seducente, in attesa di una reazione.

Oddio...

«Io... non... cioè...» Sbattei le palpebre inebetita, alternando lo sguardo dai suoi occhi alle labbra, increspate in un sorriso lussurioso.

«Baciami come se...» Si avvicinò ancora sfiorando appena la punta del naso con il mio e inclinò la testa solleticandomi la fronte con i capelli scombinati, «...mi amassi...» ripeté sottovoce; così, con un gesto sfacciato e coraggioso, lo afferrai per la nuca e lo avvicinai di più a me. Lo baciai e, mentre le mie mani si perdevano nei suoi capelli, lasciai che le mie labbra accarezzassero le sue in modo lento e fuggevole.

Le sentii morbide e calde, ma solo per un attimo, dolce e struggente, poi gli succhiai il labbro inferiore e lo catturai tra i denti, facendogli emettere un mugolio di desiderio che mi percorse la spina dorsale.

«Qualcosa del genere?» Mi allontanai di poco e appoggiai la fronte sulla sua, riferendomi al piccolo bacio di poco prima, l'unico che ero stata in grado di dargli, perché troppo imbarazzata e sopraffatta dalla sua presenza. Neil si leccò le labbra e mi osservò pensieroso.

«E questo ti sembra un bacio?» chiese insoddisfatto, risalendo con una mano lungo la mia schiena e posandomela deciso sulla nuca. Senza consentirmi di aggiungere altro, strinse i miei capelli in un pugno e premette le labbra contro le mie, in modo urgente, pretendendo che mi aprissi cedevole alla sua lingua.

E in quel momento esplosero tutti i colori.

Sentii la terra tremare.

Lo accolsi come se fosse la pasticca di una droga potente.

Lo sentii addosso e non pensai più a nulla.

La mente si spense, i pensieri si svuotarono per riempirsi soltanto di lui.

Lui, che era così bello e neanche se ne accorgeva, lui che era il bisogno più estremo che avvertivo, lui che avrei voluto stringere al cuore per evitare che scappasse via.

Fu come un'eclissi e il nostro bacio rimase lì, sospeso nella penombra del Sole e la Luna.

La sua mano mi strinse con più forza la nuca, l'altra mi corse sul fianco e il suo bacino spinse involontario contro il mio basso ventre.

Neil incise le sue voglie su di me, mi avvolse l'anima con la lingua bramosa e mi impedì di respirare.

Ansimò lui e ansimai anch'io.

Gememmo senza pudore, in quel parco misterioso, sotto un cielo puntellato di stelle luminose, che godevano del nostro spettacolo tanto quanto noi godevamo di noi stessi, con le bocche affamate, le lingue avide.

E smisero di esistere Inferno e Paradiso.

Così come i nostri casini, il suo passato, il mio incidente, Player.

Non esisteva nulla.

Solo noi due, anche se un noi forse neanche c'era.

Eravamo una magia incompresa.

Un mistero irrisolto.

Un caos inspiegabile.

«Neil…» Non riuscivo a respirare; come sempre, non ero in grado di stargli dietro; lui, però, non mi diede tregua. Si impossessò subito delle mie labbra e riprese a divorarmi, come se avesse atteso troppo a lungo questo momento. La sua mano mi risalì sull'addome, al di sotto del cappotto, e mi palpò con forza un seno. Gemetti e lui mi strinse le dita attorno ai capelli con più forza. Mi morse il labbro inferiore e poi ci passò la lingua umida poco dopo.

In quel momento la sua dominanza aveva fatto inginocchiare al suo cospetto l'angelo che era in me.

Continuammo così. Ci cibammo delle nostre emozioni e dei desideri reciproci come se fossimo insaziabili.

Nessuno voleva lasciar andare l'altro.

Riprendemmo fiato per poco e poi ancora.

Mi prese.

Mi toccò.

Mi inebriò.

Mi assaporò senza sosta.

Mi avvolse, mi rese libera ma anche schiava della sua voglia.

E continuammo a fare l'amore con le nostre bocche.

A fondere i respiri irregolari, con i cuori che impazzavano, le labbra gonfie e lucide dei nostri sapori.

E continuammo a gemere.

A volerci.

Sempre di più.

Molto di più.

E non pensai più a niente quando la sua lingua scese sul mio collo stordendomi per poi risalire ancora sulle labbra torturate dai suoi demoni.

E gli occhi erano chiusi, le fronti unite, le mani che tremavano, i respiri rotti.

Il desiderio schizzò in alto e raggiunse le stelle, imbarazzate dal nostro bacio lussurioso.

E…

«Se fosse davvero così?» gli sussurrai affannata e stravolta dal suo assalto.

«Cosa?» Neil aprì gli occhi e mi accarezzò una guancia, bello più che mai.

«Se io ti…» *amassi*, avrei voluto dire, ma le sue pupille dilatate mi bloccarono le parole sulla punta della lingua. Neil indietreggiò e mi guardò spaventato, come se mi fossi appena trasformata in un mostro.

Alcune stelle gocciolarono dal cielo come se stessero piangendo, altre si spensero a una a una.

Il mio cuore si ruppe come quei biscotti e la fortuna volò via.

Neil lasciò parlare i suoi occhi e io ne colsi il linguaggio muto.

Il suo sguardo mi disse tutto quello che c'era da sapere…

15
Neil

Attenti agli uomini comuni, alle donne comuni
attenti al loro amore.
Il loro è un amore comune
che mira alla mediocrità.
CHARLES BUKOWSKI

«*E se io ti…*»

Stava per dichiararsi sul serio?

Per fortuna, non avevo permesso a Selene neanche di finire la frase; il nero delle mie pupille aveva risucchiato subito l'oceano cristallino del suo sguardo, lo stesso nel quale mi specchiavo, mi perdevo, annegavo, per poi tornare a galla e rituffarmi nel mio mondo contorto.

L'unico posto adatto a me.

Ero io quello sbagliato.

Ero io che non sapevo neanche cosa volevo davvero.

Da un lato, volevo stare solo, non volevo legarmi a nessuno, non potevo dare niente e non potevo pretendere niente in cambio; dall'altro, non riuscivo a togliermi Selene dalla testa: la sua pelle mi faceva impazzire, tanto quanto le sue labbra, il suo profumo di cocco, le sue gambe e tutte quelle linee che Dio aveva unito alla perfezione quando l'aveva creata. Il suo corpo, per me, era una strada tutta curve sulla quale avevo fatto più di un giro con la mia auto, ma, cazzo, non volevo dipendere da lei, non volevo avere una relazione, perché avrei infranto tutte le regole, com'ero abituato a fare, e le avrei spezzato il cuore.

Lo sapevo già.

Le avevo fatto male molte volte, ma sarebbe stato ancora più grave ferirla mentre avevamo una relazione dalla quale lei si aspettava rispetto, fedeltà, attenzioni e tutte le stronzate che ne conseguivano. Io non ero l'uomo giusto, non ero una macchina che poteva parcheggiare in un garage.

Ero un'auto da corsa, pronta alle sfide, ai pericoli, ai salti nel vuoto. Ero un'auto pronta ad andare in frantumi, a distruggere o a essere distrutta.

Ero un'auto libera che correva in solitaria verso un'unica meta: *il nulla.*

Volevo condurre con me anche lei?

No. Non l'avrei mai fatto.

Lei meritava il suo finale, la storia perfetta, un futuro brillante. Lei era una principessa che avrebbe dovuto incontrare il suo principe azzurro. Meritava di crearsi una famiglia, di avere accanto un marito amorevole, dei figli che avessero la sua stessa anima pura e l'oceano al posto degli occhi.

Nonostante ciò, mi rendevo conto che in parte l'avevo già contaminata; infatti, avevo lasciato che entrasse in contatto con il mio mondo distorto il giorno in cui mi ero preso la sua verginità e poi quando avevo continuato a fotterla ancora, a fottermi tutto di lei, fino a renderla persino un bersaglio di un maniaco che voleva me, come lei stessa mi aveva confermato poco prima, quando mi aveva urlato che il suo incidente era stato provocato da Player.

Se mi fossi accorto che Selene si stava innamorando di me, mi sarei fermato prima; non avrei mai creduto che la bimba, testarda, impacciata e bellissima, avrebbe potuto perdere la testa per me, e invece il destino mi aveva riservato quest'altro problema.

Ancora stentavo a crederci, cazzo.

Come era potuto succedere?

Selene cercava un uomo che le facesse perdere la testa; io invece cercavo qualcuno che mi aiutasse a ritrovarla.

Eravamo opposti, diversi, due dimensioni troppo lontane.

Perso nei pensieri più caotici, marciai spedito verso casa sua mentre Trilli mi seguiva zoppicante a causa del tacco rotto. La voglia di saltare sul primo aereo come un ladro che aveva appena saccheggiato un'intera banca, era tanta, troppa; eppure, al tempo stesso volevo cercare di non commettere ancora lo stesso errore di sempre: scappare.

Non sapevo come comportarmi. Nessuno dei due aveva emesso

una sola sillaba dopo il nostro bacio da capogiro, un bacio che mi aveva risvegliato la voglia di toccarla, di farla urlare, sudare, tremare, godere sotto di me, consumata dal piacere più estremo.

Avevo ancora i muscoli scossi e un'erezione da tenere a bada a causa dell'anorgasmia di cui non potevo parlare a nessuno, tantomeno a lei.

Mentre camminavo, avvertivo il suo sapore dolce sulle labbra, risentivo i gemiti timidi che, ovattati, mi avevano raggiunto le orecchie, i suoi desideri piegati al mio volere, come se fossi un re, una divinità, che era riuscito a incedere dentro di lei. Avvertivo persino nelle narici il profumo al cocco che mi aveva stordito, peggio della marijuana, peggio del rum, peggio di una puttana esperta.

Era solo profumo di cocco, eppure io avrei voluto assorbirlo tutto per lasciarlo scorrere dentro di me, come un toccasana che mi avrebbe purificato dal veleno, dai ricordi, dalle mani di quel mostro di Kimberly su di me.

Giunto davanti alla porta d'ingresso, sospirai e mi girai verso di lei, persa a fissare un punto nel vuoto, completamente in silenzio. Forse era imbarazzata o angosciata per la mia reazione; mi venne voglia di farle una carezza, ma desistetti.

«E se io ti...»

No, non era così che doveva andare. Selene non doveva amarmi.

«Resti o...» sussurrò appena, senza proseguire. La voce le tremò, mentre le mani esili si torturavano tra loro in preda all'agitazione che non riusciva a controllare. Evitò di guardarmi perché sapeva quanto fossi incazzato e che tutto era sbagliato.

Un altro uomo al mio posto avrebbe gioito e festeggiato nel sapere che l'unica ragazza che reputava davvero perfetta gli stesse praticamente donando il cuore, ma non io. Io non esultavo, perché odiavo le cose belle. Il destino si faceva beffe di me, me le faceva assaggiare e poi me le strappava via. Mi era successo troppe volte, per questo non ci sarei cascato di nuovo.

Avevo vissuto una vita tremenda, perciò non riuscivo ad apprezzare questa fata dagli occhi cristallini sul mio cammino.

Il mio posto era altrove e il mio mondo era diverso dal suo.

«Allora?» balbettò e la sua voce dolce mi parve una corda che si stava attorcigliando al mio collo. In quel momento, mi infastidiva tutto di lei: il viso candido, le labbra carnose, perfino la sua presenza.

Non era affatto colpa sua, però, ma mia.

Io ero quello imperfetto e caotico; l'unica mia certezza era che avevo troppi dubbi.

«Stai zitta, Selene. Non fiatare neanche», sbottai sprezzante, tirando fuori l'altra parte di me, quella crudele, che faticavo a controllare e che io stesso odiavo.

Mi faceva perdere il controllo e vedevo dinanzi a me solo tanti disegni psichedelici, solo colori contrastanti, solo sagome e linee fluorescenti, come se fossi sotto l'effetto di qualche droga che altro non era se non la rabbia.

La mia peggior nemica.

Il respiro era troppo accelerato, era bastata una sola parola, sospesa nell'aria, per far scattare nella mia testa la molla della follia.

«Non capisco perché sei arrabbiato.» Selene prese le chiavi dalla borsa con le mani che le tremavano, e cercò di inserirla nella serratura. Il primo tentativo fallì e il mazzo le cadde per terra; al che si piegò e lo raccolse, riprovando.

«Non tremare come una ragazzina e apri questa porta», le ordinai infastidito, e i suoi occhi si sgranarono spaventati, tanto che ci vidi dentro la tempesta provocata proprio da me.

Quando finalmente aprì, la seguii nella casa completamente buia. Per fortuna sua madre non era ancora tornata. D'un tratto, Selene accese l'interruttore della luce e si diresse su per le scale, senza degnarmi di un solo sguardo, così la seguii, come il prepotente che ero, e le guardai il culo, con la voglia di schiaffeggiarlo.

Ero proprio una contraddizione vivente: la odiavo, ma volevo anche farmela.

Maledizione.

«Nessuno ti ha detto di seguirmi», mi rimproverò lei, sfilandosi il cappotto, prima di entrare in quella che supposi fosse la sua camera. Varcai la soglia della stanza e ne ammirai subito l'arredamento, elegante e sobrio; poi spostai gli occhi su Selene, intenta a sfilarsi gli stivali per rimanere con dei buffi calzini colorati.

«Dobbiamo parlare», le dissi truce, passandomi una mano sul viso. Ero irrequieto e nervoso, sentivo che stavo per esplodere, sbottare e distruggere qualcosa. Sapevo anche che le avrei fatto di nuovo del male, d'altronde era ciò che mi riusciva meglio.

Ero talmente complesso da non capirci un cazzo di me stesso.

Avvertivo dentro una stanchezza amara.

Mi sentivo abbattuto e sconfitto dalla vita.

Ma soprattutto solo.

Come lo ero stato a dieci anni, quando nella mia stanza mi leccavo le ferite come un cane bastonato che vagava confuso per le strade deserte di una società disumana.

Come quando mi asciugavo le lacrime che mi solcavano il viso.

Come quando mi rinchiudevo nel mio guscio, lì dove mi proteggevo da tutti, lì dove mi sentivo al sicuro, lontano dai legami.

Non mi fidavo di nessuno, non mi lasciavo catturare, perché se fosse successo sarei morto.

Avevo innalzato un muro invalicabile per allontanare da me il dolore, ma anche l'amore.

E questo Selene non voleva proprio capirlo.

«Non doveva andare così!» Alzai la voce, facendola sussultare. Di nuovo, ero a dir poco furioso. La bimba si morse il labbro e trattenne il respiro, indecisa su come comportarsi, ma soprattutto su come affrontarmi.

«Io non volevo...» tentò di dire, ma non la lasciai parlare. Era il mio marchio, il mio tratto distintivo quello di sopraffare tutti, di non sentire giustificazioni.

«Tu non volevi cosa? Cosa cazzo non volevi, Selene?» sbraitai fuori di me e mi accorsi che tremava. «Non dovevi legarti a uno come me. La parola che stavi per pronunciare in quel parco non deve esistere tra me e te, non devi associarla a me. Cosa non ti è chiaro di tutto questo, eh?» Le puntai un dito contro, conscio del fatto che stessi esagerando e che lei non meritasse un comportamento simile, ma i ricordi del trauma ormai mi avevano travolto e mi avevano spinto giù da un precipizio.

Ero in caduta libera adesso, e mi sarei schiantato sulla ragazza impaurita davanti a me.

«Io non volevo dire un bel niente! È stato il momento, la situazione, non ho riflettuto abbastanza», si difese annaspando nelle sue stesse parole. Mi stava mentendo, la conoscevo bene ormai e la leggevo come un libro aperto, perciò sapevo che stava solo tentando di proteggersi da me, di rimediare all'errore già commesso.

«Quindi non volevi dirmi che ti sei innamorata di me?» ripetei con un sorriso sadico. «Eppure l'avresti detto chiaramente, se non ti avessi fermata. E non sei una che direbbe una cosa del genere a chiunque, Selene. Sei malata anche tu, malata dell'amore, ma io non sono la tua cura, non sono la tua medicina!» le dissi, usando le mie parole affilate come coltelli, incurante di infliggere tagli al suo cuore. «Io non sono nato per amare, Selene. Rendo complicate le cose semplici e impossibili le cose complicate. Sono fatto così. Il mio scopo nella vita non è amare qualcuno. Non lo conosco questo cazzo di amore che tutti vi illudete di provare, che tutti osannate senza neanche sapere che diavolo sia. Ti è chiaro o no?» E ruotai la punta del mio coltello invisibile nelle ferite che già le avevo inflitto, nutrendomi del suo dolore.

Avevo così tanta rabbia dentro di me da esserne schiavo.

Ero così deluso dalla vita che ero diventato insensibile.

Ero il risultato di questo mondo crudele. Non avevo più un cuore, perché mi era stato strappato via quando ero solo un bambino.

Non potevo quindi donarlo a Selene, che volevo e non volevo.

Già, non volevo una relazione con lei, ma volevo scoparla su quel letto e tapparle la bocca con la lingua.

Ero proprio il re del caos o, forse, era il caos il re di me stesso.

Non ci capivo più niente ormai.

«Mi è chiarissimo, ma non è colpa mia. E poi tu sei un folle! Fino a mezz'ora fa mi stavi baciando e adesso mi urli contro senza un motivo preciso!» La sua voce scese di un tono a ogni parola e si coprì gli occhi con una mano. Stava piangendo, ma stava tentando di nascondermelo.

Selene non poteva capirmi perché lei non sapeva la verità. Non era al corrente di ciò che mi diceva Kim: lei mi usava perché mi amava e secondo lei la nostra relazione celava un amore incomprensibile agli altri.

«Il motivo c'è, invece!» la rimbeccai. «Odio la parola 'amore'. Non voglio sentirla, soprattutto non da te», misi in chiaro, anche se mi rendevo conto che Selene non era come Kimberly; tra me e la bimba non c'era mai stata la violenza che invece avevo subìto nel rapporto malsano con la babysitter.

Se solo avessi avuto il coraggio di confessarle tutto…

«Tu sei pazzo!» Selene finalmente reagì, e mi guardò con rabbia e delusione. Mi sentii sollevato. Forse, se mi avesse urlato contro che ero un bastardo, che non ero adatto a lei, che ero un problematico del cazzo, avrei considerato tutto più giusto.

«Sì, esatto. Lo sono.» Mi appoggiai alla sua scrivania, sconfitto dalla mia stessa ammissione, e mi massaggiai la fronte che iniziò a pulsare.

Selene fece un sospiro pesante e si strinse nelle spalle. Quando la guardai, e notai che il maglioncino che indossava le fasciava alla perfezione i seni sodi, pensai di gettarla sul letto, di sottometterla a me e di risolvere tutto senza «parlare».

«Dovresti smetterla di avere paura, di scappare da me e di chiuderti in te stesso. Potrei essere l'unica che…» Ma, di nuovo, non la lasciai finire. Selene si rifiutava proprio di guardare in faccia la realtà: ero schivo e troppo problematico per pensare di condividere la mia vita con una donna.

«Smettila, cazzo!» sbottai, poi piegai la testa sulla mano perché un forte mal di testa mi costrinse a serrare gli occhi. *Ti prego, basta*, pensai. *Non dire che devo aprirmi con te, non dire che saresti l'unica per me o che mi accetteresti così come sono, perché poi potrei anche crederci. E finirei per credere anche alle cose belle.*

Tu sei una cosa bella, Trilli, fin troppo. Se ti aprissi il mio cuore e tu decidessi di andar via o qualcuno ti strappasse via da me, io cadrei a pezzi. Per non sgretolarmi non devo dipendere da nessuno, tantomeno da te. Potresti farmi male, e io non posso concederti di rompermi.

O di consumarmi.

Sono già stato ferito. Ma se Kimberly è riuscita a distruggermi, tu avresti il potere immenso di uccidermi.

E non posso lasciartelo fare.

Invece di rivelarle tutto ciò che pensavo, però, rimasi in silenzio.

«Adesso cos'hai intenzione di fare?» mi chiese e non seppi rispondere. «Non ha avuto nessun valore per te la serata trascorsa insieme?» Altra domanda che ignorai. «Non ha significato niente il nostro bacio?» Anche se lei sperava che le rispondessi, io non le dissi niente di niente. «Neil...»

Feci roteare lentamente il pollice e l'indice sulla fronte e cercai un sollievo che non arrivò.

«Devo andare.» Fu tutto ciò che le concessi, perché non potevo darle nient'altro.

«Di nuovo? Vuoi scappare di nuovo?» chiese, incredula e rassegnata. In quel momento sollevai lo sguardo su di lei e notai che aveva gli occhi lucidi e il labbro tremolante. Volevo baciarla e porre fine a tutto quello strazio, ma lei proseguì: «Neil, smettila di farmi del male. Sei venuto a cercarmi per questo? Per ferirmi ancora?»

No. Non ero lì per quel motivo, anzi. Avevo detto a Logan che non sarei mai venuto a Detroit, ne ero fermamente convinto, finché mio fratello non mi aveva detto: «*Se la perderai, una come Selene non ti ricapiterà tanto facilmente*», e allora avevo preso il primo aereo e avevo raggiunto la mia Trilli, facendo un'enorme stronzata.

«Dovevi aspettartelo», le risposi cinico e lei si sedette sul letto con le spalle chine. Le mani le si posarono sulle cosce e i capelli ramati le ricaddero sui seni. Scossi la testa, scacciando via il pensiero di consolarla, e mi incamminai verso la porta della camera. Tuttavia, dei singhiozzi improvvisi mi indussero a fermarmi.

Quante volte le avevo mancato di rispetto? Quante volte l'avevo delusa?

Quanto avrebbe resistito, la mia fata, prima che le sue ali si spezzassero?

Mi voltai e la vidi rannicchiata sul letto, in posizione fetale. Sembrava una vera bimba, adesso. Sospirai e mi avvicinai a lei, sedendomi sul bordo del materasso senza chiederle il permesso. Lei mi ignorò e io le fissai il naso piccolo che si incurvava verso l'alto; mi piaceva posarci un bacio ogni tanto, soprattutto quando lo arricciava con una delle sue smorfie.

«Non voglio...» mi schiarii la voce e le accarezzai i capelli. «Non voglio vederti piangere», riuscii a dirle, ma lei si tolse di dosso la mia mano e si asciugò una lacrima.

«Lasciami stare», sussurrò e mantenne lo sguardo fisso nel vuoto; io, invece, le guardai i capelli color bronzo, dai riflessi ramati, che le ricadevano lungo il viso disegnato. Sì, Dio aveva proprio fatto un buon lavoro con lei e la sua bellezza era stata la mia trappola.

«Ti sei mai chiesto come sarebbe viverci davvero?» Puntò gli occhi azzurri nei miei e respirò piano. Le sue iridi oceano stavano cercando di fare l'amore con me, ma i miei occhi dorati la stavano fottendo, le stavano facendo intuire quanto la desiderassi. Le accarezzai un fianco e lei sussultò, piegando maggiormente le ginocchia al petto. Non voleva che la toccassi, non avrebbe ceduto neanche se l'avessi sedotta come facevo con tutte.

«Dovresti riposare ora...» deviai il discorso, o perlomeno ci provai, e lei si imbronciò.

«Smettila di trattarmi come se fossi una bambina. Non lo sono. Ti ho fatto una domanda e pretendo una risposta.» Si mise seduta e si scostò la frangia di lato, scoprendo la cicatrice evidente; nonostante la forza che cercava di ostentare, non poteva vincere contro la mia strafottenza.

«Quale domanda?» la presi in giro e lei divenne rossa di rabbia. Si appoggiò di schiena contro la spalliera del letto e allungò le gambe di fronte a sé. Sporse le labbra in un broncio involontario e io la guardai affamato. *L'avrei presa a morsi ovunque.*

«Sei proprio uno stronzo», replicò pungente.

«Le fate non dovrebbero dire le parolacce», la derisi e le fissai le cosce. Dovetti fare uno sforzo enorme per non strapparle di dosso quei maledetti jeans.

«È questo il tuo problema: pensi che io sia una specie di principessa uscita dalle fiabe, ma ti sbagli. Non vivo in un castello incantato. Ho anch'io un passato di merda, una famiglia distrutta, un padre con il quale non vado d'accordo, un ragazzo che mi sputa in faccia che per lui non conto niente ogni volta che cerco di fargli capire che per me lui è importante», disse tutto d'un fiato, amareggiata; inspirò e continuò a parlarmi furiosa. «Se questo vuol dire essere una principessa, allora non ho capito un bel niente delle favole!» Scosse la testa con delusione e strinse le mani in due pugni, accanto alle gambe.

Non capivo perché Selene non aprisse le ali per librarsi in volo e fuggire via da un nemico diabolico come me, perché si ostinasse a impressionarlo, stordirlo e a contaminarlo, quando lei era così forte e tenace, intelligente e delicata, attraente e…

Bella da morire.

«Ci ho pensato più volte a viverci davvero.»

E a sbatterci in ogni istante della giornata. Ti avrei voluto dentro e addosso in ogni minuto. Saresti stata il mio angelo avversario contro il quale lottare fino all'ultimo dei miei giorni. Ti avrei morso la lingua tagliente, baciato il broncio infantile, accarezzato i capelli profumati e leccato le curve sinuose. Ti avrei chiesto di aprire altri biscotti in un banale parco di Detroit e di inseguire insieme la nostra fortuna. Ti avrei proposto di baciarmi come se mi amassi altre mille volte, ma ti avrei anche chiesto di non dirmi mai «ti amo». Poi ti avrei fatto inginocchiare al mio cospetto, resa schiava della mia anima, ti avrei mandata via un milione di volte, ma sarei venuto a riprenderti sempre.

Ecco, ogni tanto avevo pensato a me e te insieme. E non solo su un letto.

La guardai serio dopo averle confessato una parte della verità e d'istinto le accarezzai una guancia. I brividi mi percorsero la schiena quando le dita entrarono a contatto con la sua pelle soffice e lei sussultò per il mio gesto. Le fissai gli occhi azzurri ancora lucidi di sofferenza, le labbra secche serrate tra loro.

«Distenditi», sussurrai e lei obbedì, nell'esatto momento in cui, con ancora addosso la tuta di suo padre e il mio chiodo di pelle, mi posizionai accanto a lei, su un fianco, e le toccai i capelli.

Selene era di fronte a me adesso, e mi stava fissando intensamente, tanto da farmi sentire nudo.

«Mi dirai un giorno che cosa ti rende così arrabbiato?» mormorò beandosi del contatto con le mie dita che scivolavano delicatamente tra le sue ciocche lunghe.

«Dormi adesso», risposi, osservando le guance arrossate e le palpebre gonfie a causa del pianto. Lei sospirò mentre io assorbii il suo profumo di cocco, per catturarlo nei polmoni e portarlo via con me.

«Quindi, stanotte resterai o…» ripeté, combattendo contro la stanchezza e il bisogno di dormire, perché aveva ancora voglia di parlare.

«Shh…» le sussurrai, poi le diedi un bacio sulla fronte.

I suoi occhi si chiusero completamente e, dopo qualche minuto, il suo respiro si fece più profondo. Si era addormentata. Smisi di accarezzarla e mi alzai cauto dal letto, attento a non far cigolare le molle per non svegliarla. In punta di piedi mi diressi verso la scrivania e frugai nel suo portapenne rosa con la stampa di un gattino. Sorrisi alla vista di quel dettaglio infantile, poi le scrissi un post-it, buttando giù la prima cosa che mi venne in mente. Sistemai la penna al suo posto e attaccai il misero messaggio sul primo di una pila di libri.

Poi mi preparai a fare ciò che mi riusciva meglio: scappare e deluderla.

Aprii la porta, che scricchiolò lievemente, e le lanciai un'ultima occhiata fugace. La luce soffusa dell'abat-jour era ancora accesa e illuminava la figura di Selene sdraiata sul letto, con una mano chiusa a pugno accanto alle labbra e l'altra abbandonata lungo il fianco.

Era la mia bimba, e lo sarebbe stata sempre.

Sgattaiolai fuori dalla stanza richiudendo la porta dietro di me, e tirai un sospiro di sollievo appena scesi le scale e raggiunsi indisturbato il salotto.

«Stai andando via?»

Trasalii quando sentii la voce sicura ma pacata di Judith. Mi voltai a guardarla e la sorpresi dietro di me. Indossava ancora un cappotto elegante e le scarpe alte, segno che era rientrata da poco.

«Sì. Laverò gli indumenti che mi ha prestato e…» Lei scosse la testa e mi chiese di concederle un minuto. Poco dopo tornò con in mano una busta nella quale aveva messo i miei vestiti, ora asciutti, e me la porse cortese.

«Gli abiti di Matt puoi tenerli. Questi invece sono i tuoi.»

«La ringrazio per i vestiti e per l'ospitalità, ma adesso devo proprio rientrare», dissi prendendo la busta con un sorriso tirato.

«Nero…» ribatté Judith e mi bloccai proprio mentre stavo tastando la tasca del giubbino in cerca del pacchetto di Winston; non fumavo da troppo, perché, ogni volta che trascorrevo del tempo con Selene, mi dimenticavo del tutto della nicotina.

Stava diventando lei la mia dipendenza.

«Cosa?» risposi accigliato.

«Il tuo nome deriva da *Njal*, che significava 'nuvola'. Poi è stato latinizzato nel termine *Niger*, che significa nero.» Incrociò le braccia al petto e appoggiò una spalla alla parete, mentre io la guardavo sorpreso dal fatto che conoscesse la provenienza etimologica del mio nome.

«Esatto», mormorai, posando la mano sul pomello della porta.

«Sei nato come una *Njal*, una nuvola bianca, e sei diventato *Neil*, il buio, l'oscurità, ma sta a te decidere se continuare a esserlo o se tornare ciò che eri in origine.» Sostenne il mio sguardo, studiandomi attentamente come se fossi uno dei libri sulla mitologia greca che studiava, o uno studente alle prese con una domanda difficile d'esame.

Le sorrisi maliardo.

«Strano il destino, vero? Il mio nome, come me, ha subìto una metamorfosi, signora Martin. Ma purtroppo non c'è niente che io possa fare per tornare a essere una Njal», dissi sarcastico, poi aprii la porta e sentii l'aria pungente della notte sfiorarmi la pelle del viso. «Buonanotte», la salutai serio e andai via, chiudendomi la porta alle spalle.

Nero era il mio nome, nero era il mio essere.

E avrei dovuto ringraziare il destino per avermi trasformato nell'oscurità, per avermi concesso una vita pietosa, per avermi reso schiavo del sesso, amante del vizio, succube del peccato carnale e ostile ai sentimenti.

Avrei dovuto ringraziarlo per aver messo il suo angelo dagli occhi oceano sul mio cammino, in un momento sbagliato, nel luogo sbagliato, nel modo sbagliato.

Per gli incubi che mi torturavano ogni notte.

Per aver permesso a una puttana di usarmi a dieci anni.

Per avermi costretto a scappare dall'unica cosa bella che mi era capitata, perché se mi fossi legato a Trilli avrei perso me stesso.

La vita era una partita a scacchi.

E questo fu un punto per la mia fata e un altro colpo incassato da me, il diavolo vinto...

16
Neil

Appartengo a coloro che, fra il sistema e
il caos, propenderanno sempre per il caos.
EMIL CIORAN

ME ne stavo fuori dalla biblioteca universitaria a fumare e dopo un ultimo tiro gettai il mozzicone, intenzionato a rientrare.

Ero tornato a New York ormai da una settimana. Non sentivo la bimba esattamente da allora, cioè quando ero andato via da Detroit, nel cuore della notte, lasciandole un misero bigliettino sulla scrivania.

Nonostante fosse trascorso del tempo, il nostro bacio mi era ancora ben impresso nella mente.

Quella sera, la sua lingua aveva tentato di comunicare con la mia in un modo che non conoscevo.

Quando Selene mi aveva baciato, era arrivata perfino nelle parti del mio corpo segnate dall'odio, dal ricordo, dalla rabbia.

Quando mi aveva toccato, aveva tentato di toccarmi l'anima, di penetrarmi sotto la pelle per incidere dentro di me la sua essenza.

Voleva piantare fiori nel mio cuore arido, atrofizzato, congelato, ma non sarebbe accaduto tanto facilmente come pensava.

A ogni modo, per abbattere la malinconia e scacciarla dai miei pensieri, mi ero immerso nello studio e avevo finalmente superato il mio penultimo esame.

«Sapevo di trovarti qui. Com'è andato?» Logan mi posò una mano sulla spalla facendomi sobbalzare.

«Ma che cazzo! Vuoi farmi venire un infarto per caso?» sbottai irritato e lui alzò gli occhi al cielo.

«Dai, non tenermi sulle spine», insisté, sistemandosi la tracolla piena di libri.

«È andato.» Scrollai le spalle con indifferenza e lui sorrise fiero.

«E lo dici così? Ci sei quasi, te ne manca uno e poi potrai laurearti!» urlò euforico Logan, mentre i miei occhi si spostarono annoiati sugli studenti che entravano e uscivano dalla biblioteca.

«Sì, non è niente di che», ribattei infastidito. In realtà non avevo alcuna aspettativa sul futuro, soprattutto perché qualche settimana prima avevo consegnato al professor Robinson un progetto architettonico importantissimo – serviva infatti a valutare le capacità tecniche di ogni studente per capire quante probabilità si aveva di diventare architetti – che mi aveva affidato da mesi e lui mi aveva congedato con un semplice «Gli darò un'occhiata», dopodiché non ne avevamo più parlato. Ogni volta che lo avevo incontrato nei corridoi si era limitato a un saluto furtivo, pertanto ero convinto che non gli fosse piaciuto. In tal caso, il mio sogno sarebbe sfumato e, con il carattere che mi ritrovavo, avrei avuto difficoltà a fare qualsiasi altro lavoro.

«Neil.» Logan mi si parò davanti e mi studiò a fondo. «Stai bene?» Inclinò la testa di lato per osservarmi meglio e sospirai.

«Sì, perché non dovrei?» Sostenni il suo sguardo con freddezza, impedendogli di sbirciare dentro di me, anche se conoscevo le sue capacità di capirmi e sapevo che con lui non avevo scampo. Un attimo dopo, infatti, mi afferrò per il braccio e mi spinse con sé in un angolo più appartato.

«Stronzate», sbottò infastidito, tenendo ancora la mano stretta sul mio bicipite. «Stai scappando da qualcuno che potrebbe piacerti e renderti felice. Te ne rendi conto? Selene ti fa paura perché sai anche tu che con lei sarebbe diverso. Ti fa paura perché è l'unica ragazza che vuoi davvero», ripeté per l'ennesima volta e mi pentii di avergli raccontato tutto appena rientrato da Detroit. Ero così sconvolto che gli avevo detto della nostra serata al parco, dei biscotti della fortuna, del bacio, di quel «*e se io ti...*» e della nostra discussione.

«Logan, finiscila.» Mi liberai con un brusco strattone dalla sua presa e mi sistemai il giubbino di pelle. «Io non sono come te. Selene non è come Alyssa. Il nostro rapporto non è come il vostro, fatto d'amore, di coccole, bacetti e cazzate varie. Ficcatelo in testa!» Gli picchiettai un indice sulla tempia e lui si scostò dal mio tocco.

«Sto solo dicendo che devi smetterla di scappare da ciò che senti e da ciò che vorresti», insisté ancora cercando di abbattere la mia corazza, ma invano. Ci avevo messo anni per costruirla, ci convivevo da un'intera vita e ormai faceva parte di me.

«Logan, io non voglio nessuno. Non voglio nessuna maledetta relazione. Non rinuncerò mai alla mia libertà. Non annullerò me stesso per una fica che tra le gambe hanno tutte. Ti è chiaro o no?» Le parole mi scivolarono fuori come un fiume in piena, una tempesta di sabbia, un terremoto il cui epicentro era interposto tra noi, nel piccolo spazio che ci divideva.

«Non vai a letto più con nessuna. Come me lo spieghi questo?» mi rimbeccò, facendo un'espressione furba che non mi piacque per niente.

«Perché ho un problema. L'hai dimenticato? Il dottor Lively mi ha consigliato di non avere rapporti sessuali per ora», misi in chiaro, abbassando la voce. Ero sempre stato un tipo riservato e non volevo che orecchie indiscrete ascoltassero informazioni private.

«Quindi hai ripreso la terapia?» Inarcò un sopracciglio.

«No», risposi secco.

«Però gli stai dando ascolto, giusto?» chiese e per un attimo lo guardai confuso. «Perché non provi ad andare a letto con Selene? Forse perché temi che con lei l'orgasmo ci sia?» insinuò e quasi gli scoppiai a ridere in faccia.

«Credimi, ho provato con lei uno dei miei preliminari preferiti e non ha funzionato.» Gli feci l'occhiolino e ripensai a ciò che era successo nella dépendance, quando le ero salito sopra per muovermi tra i suoi seni.

Lui sbuffò. «Il sesso con lei sarebbe diverso e lo sai bene. Proveresti un coinvolgimento emotivo, per questo stai evitando di cedere, vero?» Assunse un'espressione saccente e mi infastidii. Odiavo quando capiva i miei ragionamenti o modi di agire, così spostai lo sguardo altrove, soltanto per non fargli intendere che aveva fatto centro.

«Devo tornare dentro. Ho da studiare per l'ultimo esame.»

Propinai a mio fratello una scusa banale soltanto per troncare il discorso, ma lui scosse la testa e mi trattenne ancora.

«Fidati di Selene, tanto ti ha già accettato per quello che sei. Quante volte l'hai scopata? E quante volte ti ha permesso di comportarti da bestia, senza un minimo di rispetto per lei?» Fece una pausa a effetto, ma non mi concesse il tempo di rispondere alle sue domande. «Nonostante questo, però, non ti ha mai giudicato», aggiunse fissandomi negli occhi. Per un istante dubitai che Logan le avesse raccontato qualcosa del mio passato, ma scacciai via il dubbio. Mio fratello sapeva quanto fossi restio a parlarne con la gente, pertanto non mi avrebbe mai fatto una cosa simile alle spalle.

«Proverebbe disgusto per me», gli risposi con un velo di malinconia, dando voce alla mia convinzione: nessuna donna avrebbe davvero accettato di avere accanto un uomo come me, con ferite così profonde dentro.

«Invece ti capirebbe», disse sicuro. Tuttavia, mi limitai a scuotere la testa e ad allontanarmi per entrare in biblioteca. Non avevo voglia di proseguire la nostra conversazione: pensare alla bimba mi angosciava e io non volevo che il mio umore dipendesse da lei.

Eppure, più pretendevo che Selene uscisse dalla mia testa, più lei se ne stava lì, a ogni ora del giorno, continuando a fare rumore.

Con un sospiro, tornai al mio tavolo e mi chinai sul libro, poi recuperai la matita e me la infilai tra le labbra per mordicchiarla, come facevo sempre quando studiavo. Attorno a me c'era un silenzio rilassante, interrotto ogni tanto dal fruscio di qualche pagina.

Qualcuno si schiarì la voce per attirare la mia attenzione e d'istinto sollevai la testa. Fermo di fronte a me c'era il professor Robinson, con un completo elegante e una pila di fogli stretta al petto.

«Neil... posso disturbarti?» chiese cordiale.

«Salve.» Fu tutto ciò che dissi prima di notare un sorriso che gli incurvava le labbra sottili.

«Ho controllato il tuo progetto architettonico e devo dirti che, nonostante la lunga attesa per la consegna, il tuo lavoro è stato decisamente eccellente», mi elogiò. Stentai a crederci. Aggrottai la fronte e mi guardai attorno, notando le due studentesse del tavolo accanto lanciarmi un'occhiata curiosa. Del resto, io ero Neil Miller, appartenevo ai Krew ed ero noto per motivi che non c'entravano nulla con lo studio, pertanto mi misi in piedi, sovrastando il professore, e chiusi il libro di scatto.

«Vuoi che ne parliamo in un posto più tranquillo?» intuì lui, probabilmente credendo che non volessi disturbare chi stava studiando, quando, invece, non volevo semplicemente che gli studenti scoprissero che amavo l'architettura e che la mia media era una delle più alte dell'intero corso.

«Sì, usciamo da qui», proposi serio e lui mi osservò guardingo, ma non me ne curai. Presi il libro con una mano e mi infilai la matita nella tasca del giubbino, poi lasciammo la biblioteca.

«Allora...» Il professor Robinson si mise a passeggiare per i vialetti del campus e di tanto in tanto salutava qualche studente. Io rimasi al suo fianco, curioso di sentire cosa avesse da dirmi. «Come ben sai, Neil, ho sempre pensato che tu fossi uno dei migliori del corso, ma attendevo di valutare il tuo progetto per esserne certo.» Sorrise e continuò a camminare a passo lento. Io mi adattai e, nel frattempo, tirai fuori il pacchetto di Winston, infilai una sigaretta tra le labbra e la accesi, ignorando la sua occhiata di disappunto.

Se volevo fumare... fumavo.

«Ne sono felice.» Mi sforzai di dirlo, perché in realtà questo stronzo mi aveva ignorato del tutto nelle ultime settimane, facendomi sospettare che il mio progetto fosse un totale disastro, e invece...

«Vorrei farti una proposta.» Si fermò d'improvviso e lo imitai. Feci un tiro dalla sigaretta e voltai appena il viso, per liberare il fumo nell'aria.

«Di cosa si tratta?» gli chiesi, tornando a fissarlo negli occhi. Il professor Robinson prese tempo prima di rispondere, poi proseguì.

«Ho scelto due studenti del mio corso, i più meritevoli, per uno stage di architettura a Chicago, e tra questi ci sei proprio tu.» Rimasi in silenzio ad ascoltare il resto. «È sicuramente un'esperienza utile, di durata variabile, che ha come scopo principale quello di apprendere tutte le competenze di un buon architetto. Generalmente è finalizzata all'ingresso nel mondo del lavoro. Tu e l'altro studente scelto avrete legami con il microcosmo lavorativo tipico di uno studio d'architettura, insomma con tutto ciò che ruota attorno alla progettazione. Conoscerete gente che condivide la vostra stessa passione e alloggerete in un appartamento per due persone. Penserò a tutto io, voi dovrete semplicemente fare i bagagli e inseguire i vostri sogni», concluse lui e io rimasi turbato, oltre che sorpreso, dalle sue parole, tanto da non notare che ci aveva raggiunto una terza persona.

«Professor Robinson, salve.» La voce sensuale di Megan si intromise nella nostra conversazione. Si fermò vicino a noi e la squadrai. Indossava una camicia aderente che le evidenziava il seno prosperoso e un paio di jeans così stretti da metterle in mostra le curve perfette. I capelli neri erano legati in una coda alta e gli occhi verdi sembravano più lucenti di quanto ricordassi.

Quando mi sorpassò, le lanciai un'occhiata al culo e lei, che mi aveva beccato, sorrise compiaciuta.

«Megan, che piacere vederti. Stavo parlando con Neil dello stage di Chicago», la informò, poi si rivolse a me. «Megan ha già accettato. Non mi resta che attendere la tua risposta», disse lui, entusiasta. Io tossii e gettai via la sigaretta. Il mio umore cambiò all'improvviso e, in quell'esatto momento, decisi che avrei rifiutato. Il mio sarebbe stato un no categorico.

«Oh, bene. Ci penserò io a convincere Miller, non si preoccupi, professore», affermò lei con un'espressione insolente sul viso.

«Non accetterò mai di venire a Chicago con te» risposi irritato, senza curarmi della presenza del professore.

«Cosa c'è, Miller, hai paura di condividere l'appartamento con una ragazza?» mi provocò Megan e sollevò un angolo delle labbra in modo sarcastico, facendomi seriamente perdere la pazienza.

«Le donne mi piace averle sopra o sotto, non attorno. Soprattutto quando sono delle svitate», le feci l'occhiolino in modo sfacciato e lei spostò lo sguardo sul professor Robinson che ci stava fissando imbarazzato.

«Ragazzi, non credo che le vostre confidenze personali siano attinenti allo stage del quale vi stavo parlando.» Tirò su gli occhiali da vista con l'indice e continuò a osservarci perplesso.

«Ha ragione, professor Robinson. Miller ha qualche problema a gestire i suoi impulsi, lo perdoni.» Megan abbozzò un sorrisetto divertito e inarcai un sopracciglio, fissandola truce.

«Direi che dovrete chiarire le vostre divergenze, perché, qualora anche Neil accettasse, passereste molto tempo insieme. Mi raccomando, ragazzi. C'è in ballo il vostro futuro», disse il professore e ci sorrise; poi, dopo averci salutato ed essersi raccomandato per l'ennesima volta di riflettere sulla proposta di Chicago, si congedò per un impegno imminente, lasciandoci soli.

A quel punto, afferrai Megan per un braccio prima che potesse dileguarsi e la trascinai in un posto più tranquillo.

«Ma che cazzo pensavi di fare, eh?» sbottai a poca distanza dal suo viso, con un tono minaccioso. Lei, tuttavia, non si scompose e mi osservò per niente intimidita.

«Mi piace solo prenderti in giro», si giustificò come se non mi avesse messo in ridicolo davanti a un professore, per giunta mentre affrontavamo un discorso che riguardava un argomento serio.

«Ma davvero?» la schernii. «Be' impara a rivolgerti a me con rispetto d'ora in avanti», le ordinai arcigno; a differenza sua, che stava abbozzando un sorriso ilare, non stavo affatto scherzando.

«Non mi piacciono gli uomini che tentano di imporsi su di me», mi redarguì.

«E a me non piacciono le donne che perseverano negli stessi errori», la avvertii mentre i suoi occhi, con delle leggere striature bronzee, si incastrarono nei miei con insistenza. Poi la lasciai andare soltanto perché non sopportavo il modo in cui mi guardava, la sicurezza che ostentava e soprattutto che non mi temesse affatto.

Mi resi conto che avevo incontrato tante donne nella mia vita e tutte avevano sempre manifestato una certa soggezione nei miei confronti. Tutte, eccetto Megan.

«Pensa allo stage di Chicago, Miller, e non perdere tempo.» Fece un passo indietro, poi tirò fuori il pacchetto di Chesterfield per accendersi una sigaretta. Erano le stesse che fumava da ragazzina.

«Non condividerei mai nessun appartamento con te. Non ti sopporto», dissi e le guardai le labbra piene, precisamente il neo scuro che le punteggiava l'arco di Cupido, conferendole un fascino sensuale, poi sollevai lo sguardo sui suoi occhi.

D'improvviso, ricordai uno dei nostri primi incontri.

Allora era una bambina timida con la strana abitudine di indossare sempre un fiocco bianco che le reggeva i lunghi capelli neri come il carbone.

Mi piaceva quel contrasto…

Eravamo seduti nel giardino della mia villa, all'ombra di un albero che ci riparava dai raggi ardenti del sole. Indossava un abito rosa cipria lungo fino alle ginocchia con lo scollo tondo e un nastro di raso in vita che la rendeva bella come una di quelle bambole di porcellana che mia madre amava collezionare.

Kimberly aveva portato Megan da me, come ormai accadeva da svariati pomeriggi, perché voleva prepararci a un gioco che avremmo fatto presto. Diceva che saremmo stati i protagonisti di un film, che io avrei interpretato Peter Pan e che Megan sarebbe stata Wendy. Diceva anche che ci avrebbe fatto indossare dei costumi, ma qualcosa non mi convinceva nel suo sguardo quando ne parlava.

«Quindi, ciao si dice hola*?» le chiesi corrugando la fronte. Non sapevo nulla dello spagnolo. A dieci anni era già tanto che conoscessi la mia lingua.*

«Sì, hola.*» Megan si scostò una ciocca di capelli dal viso incurvando verso l'alto la bocca disegnata e carnosa.*

«E piccola? Come si dice?» domandai ancora, curioso, piegando le ginocchia al petto e stringendole con le mie esili braccia.

*«*Chiquita*», rispose, evitando il mio sguardo e facendo un sorriso tenero.*

«Quindi tu sei... chilita*?» Inclinai la testa dubbioso e mi passai una mano dietro la nuca. Non ero bravo con le lingue straniere e nemmeno a memorizzare le cose.*

*«*Chiquita. Chi-qui-ta*», mi spiegò divertita. La sua risata era ingenua, innocente, ma fu subito sostituita dalla sofferenza dello sguardo.*

«Ryan dice che ormai non sono più chiquita, *però.» Si posò una mano sul basso ventre e serrò le gambe spaventata, come se quel nome le avesse provocato un dolore profondo, che partiva dall'anima e le si diramava in ogni piccolo punto del corpo.*

I punti sui quali Ryan Von Doom esercitava il suo spietato potere...

I miei occhi rimasero completamente incastonati nei suoi come un brillante in un cerchio di platino, non sapevo neanche quanto tempo fosse passato da allora o perché la mia mente avesse ripescato dal fondo dei ricordi proprio quel piccolo momento.

«Ti divertivi a darmi lezioni di spagnolo, un tempo», le dissi ironico e lei, dopo un attimo di confusione, capì di cosa stessi parlando.

«*Chiquita* non sapevi proprio dirlo», mormorò Megan con un tono dolce, ricordando lo stesso aneddoto del passato.

«Non ero bravo a memorizzare le parole.» Scrollai le spalle e la vidi fare un tiro dalla sigaretta. Lei espirò e, malgrado fossimo distanti, avvertii, misto al fumo, anche il suo profumo di fiori d'arancio, che mi infastidì.

«Eri un bambino così gentile, adesso sei diventato un *chico malo*», borbottò corrucciata e inarcai un sopracciglio.

«La vita mi ha reso quello che sono oggi», risposi, riassaporando l'amarezza di ciò che avevo vissuto.

«Puoi sempre decidere se farti condizionare o meno dal passato», ribatté decisa e in quell'istante ammirai davvero la tenacia che aveva avuto nell'affrontare tutto. Megan era sempre stata più forte di me; forse lei era persino riuscita a superare ciò che le aveva fatto Ryan, mentre io ero ancora fortemente legato a Kim.

«La mia babysitter è stata più brava di te a insegnarmi l'uso della lingua. Pensi che possa dimenticare ciò che ha fatto così facilmente?» La mia voce bassa e austera la fece sussultare.

«Anche a me il mio maestro di chitarra ha insegnato cose completamente diverse da quelle che mi aspettavo», ribatté riferendosi a Ryan Von Doom, il bastardo che a suo tempo, in comune accordo con Kimberly – babysitter deputata ad abbordare i bambini dai dieci anni in su –, si era finto un insegnante privato di musica, professionale, preciso e inappuntabile, che impartiva lezioni di chitarra. Ma solo alle bambine, che sceglieva meticolosamente. I due erano ben organizzati, calcolavano tutto nei minimi dettagli e puntavano sempre le famiglie più benestanti. In breve tempo riuscivano a guadagnarsi la fiducia dei genitori e ad agire indisturbati.

«Devo... devo andare», farfugliai confuso, perché tornare con la mente indietro mi sconnetteva dalla realtà. A volte mi provocava anche la nausea. Perciò, per evitare di vomitare lì, nel bel mezzo del campus, decisi di interrompere subito la nostra conversazione.

«Ci si vede, Svitata», le dissi prima di voltarmi di spalle e allontanarmi il più possibile da lei.

Tornai a casa circa un'ora dopo.

Avevo ricevuto venti chiamate da Jennifer, ma non avevo risposto a nessuna, perché non volevo trascorrere del tempo con i Krew; la mia mente era ancora ferma sul discorso avvenuto con Megan e per giunta avevo cose più importanti da sbrigare, come recarmi dal dottor Lively. Raggiunsi in fretta la mia stanza e mi spogliai per fare una doccia, poi, una volta finito, uscii con un asciugamano attorno ai fianchi e camminai per la stanza a piedi nudi, gocciolando ovunque, per cercare dei boxer puliti e i miei jeans scuri.

Quando mi rivestii, mi accigliai nel notare che una delle mie felpe preferite era sparita.

«Dove cazzo è finita?» sbraitai tra me e me; stavo per chiamare Anna e rimproverarla perché sapeva benissimo che doveva lasciare le mie felpe pulite ripiegate con cura sul letto, ma poi...

«Chloe», intuii, dirigendomi come un carro armato verso la sua camera. Non bussai neanche e spalancai la porta di colpo, con i miei soliti modi bruschi.

«Neil! Non sai bussare?» sbottò infastidita mia sorella appena mi vide. Se ne stava distesa sul letto e, allarmata, sfilò gli auricolari. Ispezionai attentamente il suo corpo e mi accorsi che indossava dei leggings neri e, ovviamente, la mia felpa blu.

«E tu non sai chiedere il permesso prima ti toccare le mie cose?» Mi posai le mani sui fianchi e assunsi una postura severa. Gli occhi grigi di Chloe scivolarono dal mio busto nudo ai jeans stretti, e subito inarcò un sopracciglio.

«Sono tua sorella. Non è necessario che tu faccia l'ingresso da figo e per giunta mezzo nudo. Ti ricordo che non hai alcun effetto su di me», commentò con sarcasmo e scosse la testa, facendo oscillare la coda bionda da una spalla all'altra; poi si infilò di nuovo gli auricolari e tornò a ignorarmi.

«Sono mezzo nudo perché devo indossare la mia cazzo di felpa!» sbraitai strappandole le cuffiette di mano con irruenza. Mia sorella trasalì e gonfiò le guance come una bambina arrabbiata.

«Sei capriccioso. Hai un guardaroba strapieno e rompi le palle per una dannata felpa!» si difese decisa e balzò giù dal letto. Mi fronteggiò con aria di sfida e mi picchiettò un indice sui pettorali. Quella per noi non era una novità: io e Chloe discutevamo spesso, il più delle volte perché lei si infilava nella mia stanza e mi rubava le cose senza neanche chiedermelo.

«Io voglio quella! È la mia preferita!» brontolai ancora, poi con un sorrisetto beffardo mi misi gli auricolari nella tasca posteriore dei jeans.

«Neil...» disse lei, avvicinandosi di un passo. «Lo sai che ti voglio bene. Non litighiamo.» Mi abbracciò e strofinò la guancia sul mio addome. Sapevo bene cosa stava cercando di fare. Voleva corrompermi. Ero debole di fronte al legame che mi univa ai miei fratelli ed entrambi ne erano consapevoli.

Non riuscivo mai a essere davvero stronzo con loro due, perciò ne approfittavano.

«Me la fai tenere la tua felpa? Comunque stavo notando che oggi sei più bello del solito e che i tuoi muscoli si sono gonfiati. Hai cambiato gli allenamenti in palestra? No, perché sei davvero pazzesco!» Chloe iniziò a farneticare complimenti di ogni tipo. Sfoggiò un sorriso furbo e sbatté le ciglia, appoggiando il mento sul mio petto, ancora avvinghiata a me.

«Non è necessario che tu faccia la ruffiana per convincermi. E ti ricordo che ho i tuoi auricolari e che non li riavrai fino a quando...» Mi fermai quando Chloe sgusciò fuori dal nostro abbraccio e lasciò penzolare proprio gli auricolari da una mano.

Ma che cazzo...

Li aveva presi dalla mia tasca posteriore, dopo avermi distratto con tutte quelle moine.

«Che stronza», affermai divertito, scuotendo la testa. Lei ridacchiò trionfante e si sedette sul letto.

«Ho imparato dal migliore.» Scrollò una spalla con un atteggiamento superbo, ma in quell'istante smisi di concederle la mia attenzione perché il mio sguardo si spostò su quello che sembrava l'invito a una festa, gettato alla rinfusa proprio accanto a lei.

Mi accigliai e, con uno scatto felino, lo afferrai facendola sobbalzare.

«Neil!» Scese dal letto e tentò di prendere il foglietto, ma lo sollevai in alto per leggere cosa ci fosse scritto.

«Una festa in maschera.» La mia voce rigida e severa fu sufficiente a intimidirla, bloccando i suoi tentativi di riprendersi l'invito. Chloe si scostò una ciocca di capelli dal viso e mi osservò impaurita.

«Lasciami spiegare...» indietreggiò deglutendo.

«Spiegare cosa? Tu non ci andrai!» Stropicciai in una mano il pezzo di carta, gettandolo a terra, e la guardai truce. Non sarebbe mai andata a una festa universitaria, una di quelle in cui circolavano troppa droga e fiumi di alcol, decisamente inadatta a una ragazzina come lei.

«Infatti», confermò, facendomi aggrottare la fronte.

Cosa?

«Non ci andrò», ripeté lasciandosi cadere sul bordo del letto. «Sì, Madison è stata qui e ha lasciato l'invito, ma ho già rifiutato.» Tirò su e giù la zip della mia felpa come se stesse cercando di scaricare la tensione che avvertiva addosso, e sospirò.

«Sicura?» le chiesi nella speranza che non mi stesse mentendo.

«Certo.» Annuì, tornando a distendersi con gli auricolari nelle orecchie e chiudendo la nostra conversazione. Decisi per una volta di fidarmi di lei e perfino di non indagare su chi avesse dato a Madison quell'invito, sicuramente Chloe lo sapeva.

Di certo non volevo vietare a mia sorella di divertirsi, ma il mio comportamento era giustificato: non potevo permetterle di andarsene in giro liberamente con un pazzo che mi stava alle costole. Player avrebbe potuto colpire chiunque e dovevo assolutamente evitare che alla mia famiglia succedesse qualcosa.

Con la mente affollata di preoccupazioni, tornai in camera mia, infilai un'altra felpa e recuperai le chiavi dell'auto, poi scesi in salotto pronto per andare alla clinica psichiatrica del dottor Lively.

In realtà, non avevo deciso di riprendere la terapia, ma sentivo il bisogno di parlare con il mio psichiatra, di farmi ascoltare da lui, perché era l'unico che riusciva a comunicare con i miei mostri, l'unico che riusciva a capire i miei problemi e a suggerirmi la soluzione giusta.

Tuttavia, quando, venti minuti dopo, raggiunsi la sua clinica, scoprii che il dottor Lively non c'era.

«Cosa vuol dire che oggi non è qui?» ripetei alla signora Kate, la donna con il culo cascante seduta dietro il bancone all'ingresso. Lei mi guardò da sopra gli occhiali tondi e sospirò.

«Vuol dire che dovrà tornare un altro giorno e possibilmente fissare un appuntamento», rispose spazientita; senza aggiungere altro, mi incamminai verso l'uscita e imprecai come un pazzo.

Mi ci era voluto molto per raccogliere il coraggio di recarmi lì, e proprio quando ne avevo avuto l'intenzione ci si metteva anche la sfiga a ostacolarmi. Probabilmente non sarei più tornato. La voglia di scambiare qualche parola con il mio psichiatra non sarebbe ricomparsa tanto facilmente...

«Neil.»

Mi fermai quando qualcuno mi richiamò. Mi voltai accigliato e vidi il dottor Keller, nel suo abito elegante, concentrato a fissarmi incuriosito.

«Che piacere vederti, ragazzo. Come stai?» Sorrise e inarcai un sopracciglio con il mio solito atteggiamento schivo.

Che diavolo voleva lui, adesso? Non ci avevo più parlato dal nostro ultimo incontro al bar.

«Salve», mi limitai a dire, infilando le mani nelle tasche del giubbino. Lui si avvicinò con il solito portamento distinto e mi soppesò con lo sguardo, come avrebbe fatto qualsiasi strizzacervelli.

«Sei venuto a cercare Krug? Oggi aveva un impegno da sbrigare perciò ha dovuto posticipare tutti gli appuntamenti e...» Non terminò neanche perché lo interruppi.

«No, ero qui solo di passaggio. Credevo di potergli parlare, ma non si preoccupi, non era niente di importante.» Scrollai le spalle e lui fece ancora un passo verso di me.

«Ti va di fare una passeggiata in giardino?» propose all'improvviso e lo guardai scettico. Perché quell'uomo tentava sempre di sconfinare? Non ci conoscevamo molto, eppure, ogni volta, cercava di instaurare un dialogo con me. Non era il mio psichiatra, però, e per questo ero restio nel concedergli la mia fiducia.

«Ho da fare», ribattei senza un minimo di delicatezza e lui mi superò, avviandosi verso l'uscita.

«Bene. Andiamo, allora», replicò come se avessi accettato il suo invito.

Voleva di nuovo prendermi per il culo come era accaduto l'ultima volta nel suo studio?

Tuttavia lo seguii, curioso di capire che cosa gli passasse per la testa; così uscii e l'aria fredda mi accarezzò il viso. Individuai il dottor Keller poco distante da me e mi diressi verso di lui, calpestando il viale dell'enorme giardino che conduceva all'ingresso della struttura. Lo psichiatra se ne stava immobile, di fronte alla maestosa fontana che avevo notato anche il primo giorno, ma senza soffermarmici troppo.

Questa volta, però, l'ammirai attentamente; fissai il delfino posizionato all'apice della decorazione realizzata in cemento e polvere di marmo. Si ergeva fiero, libero come se fosse reale, con una perla stretta nella bocca; nel guardarla le mie labbra si incurvarono in un sorriso debole ma spontaneo. Poi mi concentrai sulle goccioline d'acqua che cadevano, rimestandosi nella vasca sottostante, luccicavano sotto i riflessi del sole come se fossero tanti cristalli azzurri, identici agli occhi della bimba. D'un tratto, immaginai una mano invisibile che realizzava un dipinto surreale, tracciava il contorno del viso candido di Selene e le onde dei capelli ramati, sullo sfondo di un cielo limpido.

Inspiegabile come lei. Immenso quanto lei.

Un'opera d'arte.

Ecco cos'era Selene, ma non l'avrei mai detto.

«La conosci la leggenda del Delfino con la Perla?» Il dottor Keller si accorse della mia presenza e mi parlò, senza però guardarmi.

«Ancora con queste stronzate, dottor Keller?» sbottai, poi mi accesi una sigaretta e aspirai a pieni polmoni la nicotina, sperando di trovare la calma di cui avevo bisogno.

«Chiamami pure John e dammi del tu», ribatté lui, tranquillo, mentre fumavo con indifferenza.

«Okay, John. Sarò più chiaro: non ho voglia di ascoltare le tue cazzate», ripetei, proprio per infastidire il dottorino che sembrava avere un autocontrollo davvero invidiabile.

«Nella mitologia e nelle leggende di tutto il mondo, il delfino è considerato un amico dell'uomo, simbolo del bene contro le potenze occulte del male.» Keller iniziò a parlare ignorando completamente le mie parole. «Rappresenta il legame tra il mondo terreno e lo spirito. Incarna il ciclo vitale di morte e rinascita.»

«Ma perché hai questa dannata abitudine di parlare anche quando non voglio ascoltarti?» gli chiesi seriamente irritato, aspirando il fumo dalla mia Winston, ma John mi lanciò un'occhiata di sbieco e continuò a fissare il delfino, incurante del mio atteggiamento.

«Adoro questa fontana, perché il delfino indica la forza interiore, la ricerca del destino e della libertà, che è un valore innato dell'uomo», proseguì lui e io alzai gli occhi al cielo, ormai rassegnato all'idea che avrebbe parlato senza curarsi del mio disinteresse. «La perla che stringe nella bocca indica la purificazione dal male. Un'antica leggenda narra che, quando un delfino trova la sua perla e nuota stringendola, vuol dire che avrà fortuna, che ha trovato la strada giusta, la luce da seguire per non perdersi nell'immensità dell'oceano», spiegò concentrato, con un sorriso vago sul viso rugoso dal quale traspariva una grande saggezza.

«Senti, John, io credo che tu abbia seriamente dei problemi. Sei fissato con le leggende, le perle, il mare e tutte queste stronzate...» Liberai il fumo nell'aria e gettai il mozzicone nel giardino, guadagnandomi una sua occhiataccia severa per aver inquinato l'ambiente. «E devi smetterla di rompere i coglioni a me.» Bene, ero stato molto chiaro. Il dottore finalmente avrebbe capito il mio punto di vista e mi avrebbe lasciato in pace.

«Sai, Neil, sei un tipo simpatico in fondo», rispose invece, e lo guardai sorpreso perché mi aspettavo che mi cacciasse via, che mi dicesse quanto fossi maleducato e irritante; ma non fece niente di tutto ciò.

«Io? Simpatico?» ripetei accigliato.

Perché avevo sempre l'impressione che mi prendesse per il culo?

«Esatto. Nonostante tu non faccia altro che mostrare il lato burbero di te, penso che tu sia un bravo ragazzo», commentò, sedendosi poco dopo su una panchina di legno lì accanto. Accavallò una gamba sull'altra con eleganza e mi guardò attentamente. Mi avvicinai a lui, ma rimasi in piedi a fissarlo dall'alto. «Hai trovato una fidanzata che possa apprezzare questa tua grande simpatia, Neil?» chiese dal nulla, facendomi quasi scoppiare a ridere.

«Ma che cazzo di domande mi fai?» Inarcai un sopracciglio perché non sapevo dove John volesse andare a parare; in realtà, non mi piaceva che tentasse di ficcanasare nella mia vita privata.

«La mia è solo una curiosità. Sei giovane e bello. Avrai qualche donzella che ti corre dietro, no?» Sorrise e lo guardai serio. Donzella? Ma come diavolo parlava?

«Non sono impegnato con nessuna, se è questo che vuoi sapere», risposi seccato, ma non gli feci notare che ormai avevo capito che mi stava prendendo in giro; dopotutto, mi divertiva fargli credere che fossi così ingenuo da non accorgermene.

«Quindi il cubo di vetro con dentro la perla, che ti ho donato tempo fa, non ti ha portato fortuna?» chiese dispiaciuto.

«Certo. La ragazza a cui l'ho regalato ha subìto un incidente quasi mortale il giorno stesso», lo informai, senza dosare a dovere le parole, che gli sbattei in faccia come se fossero pugni dolorosi.

«E perché hai deciso di regalarlo proprio a lei?» Ignorò ciò che avevo detto e passò oltre facendomi irritare.

«Le ho detto che ha subìto un incidente», puntualizzai infastidito, e lui mi guardò come se fossi io quello che non aveva capito cosa intendeva.

«Hai detto 'quasi' mortale, deduco che lei ora stia bene.» Incrociò le mani e inclinò la testa di lato, socchiudendo appena un occhio per i raggi del sole.

«Sì, sta bene.» Fisicamente, perlomeno. Emotivamente la bimba era di nuovo delusa da me.

«Ecco, il cubo le ha portato fortuna, allora.» John sorrise compiaciuto e io aggrottai la fronte. Questa conversazione mi stava seriamente irritando. «Come si chiama la ragazza?»

«E a lei che cazzo importa?» Ormai il linguaggio e il tono burbero erano fuori controllo, ma John non sembrava esserne sorpreso né intimidito.

«La ami?» rincarò la dose e pensai seriamente di andarmene. Immediatamente. Poi, però, guardai in alto e mi misi a riflettere. Se il cielo fosse stato un foglio, per me sarebbe stato facile usare una matita per scriverci sopra tutti i miei pensieri. Mi bastava sollevare un indice per tracciare delle parole lì, tra le nuvole, e Selene avrebbe potuto leggerle senza che io mi mettessi a spiegarle come mai fossi scappato dopo la serata trascorsa insieme.

Perché la vita non poteva essere così facile?

Dovevo usare le parole.

Che cazzata.

Erano solo suoni insignificanti, banalità e chiacchiere.

Che però ferivano, distruggevano.

«Smettila, John», lo minacciai, facendogli intuire che stava oltrepassando i limiti. Amare Selene? Era un'eresia per me. Sì, a lei ci tenevo, ma a modo mio. Le volevo bene, provavo affetto per lei, mi faceva tenerezza come una bimba, ma niente di più.

«Le voglio bene. Credo.» Mi stupii della mia risposta, che mostrò al dottore un'insicurezza che non mi apparteneva per niente.

Cazzo.

John mi osservava in attesa che io dicessi o facessi qualcos'altro. Allora, senza sapere bene perché, infilai una mano nella tasca dei jeans e tirai fuori il bigliettino del biscotto con scritto: KISS ME LIKE YOU LOVE ME.

L'avevo conservato e letto varie volte; più ci pensavo e più ne ero spaventato.

«Si chiama Selene», cedetti infine. «L'ultima volta sono scappato via lasciandole un misero post-it sulla scrivania, dopo aver letto questo», confessai, porgendo al dottore il pezzo di carta incriminato, in modo che capisse bene in che diavolo di situazione fossi finito.

«Baciami come se mi amassi», lesse pensieroso quando strinse il foglietto tra le dita. Poi mi rivolse uno sguardo visibilmente confuso. Tra di noi calò un silenzio imbarazzante che non fui capace di colmare in nessun modo. A disagio, mi domandai perché stessi parlando con lui di Selene. Le risposte potevano essere molte: forse avevo bisogno di confidarmi con qualcuno, forse non riuscivo più a contenere dentro tutte le mie paure o forse volevo capire come affrontare il tutto. Non avevo un padre con il quale parlare, non l'avevo mai avuto. Nella mia vita era sempre mancata una reale figura maschile da prendere come esempio, per questo mi rivolgevo al dottor Lively quando sentivo la necessità di confrontarmi con un uomo che potesse capirmi.

«Le ho chiesto di baciarmi come se mi amasse, ma ero ironico.

Io non credo di certo a queste stronzate.» La mia voce era bassa e atona, e mi sentii improvvisamente nervoso, così mi accesi un'altra sigaretta. «Ma non mi aspettavo che lei l'avrebbe fatto davvero e, cosa peggiore, che mi avrebbe confessato di...» Sospirai; gli occhi di John, luminosi come la sabbia, mi osservavano pensierosi e lui abbozzò un sorriso che non seppi decifrare. Aveva intuito tutto senza che continuassi.

«Capisco. Be', sì, è un bel problema», disse sarcastico. «Ma sai, Neil, ci sono tanti tipi di sentimenti e spesso non è facile riconoscerli con precisione.» Rigirò il biglietto tra le mani e lo fissò riflessivo.

«Da piccolo mio padre mi leggeva sempre *Il Piccolo Principe* di Antoine de Saint-Exupéry. Ricordo che si soffermava spesso su un prezioso passo per farmi comprendere la differenza tra *amare* e *voler bene*.» Sollevò lo sguardo e solo allora decisi di sedermi accanto a lui, sulla panchina, per degnarlo di tutta la mia attenzione. «Voler bene significa cercare negli altri ciò che riempie le aspettative personali di affetto, di compagnia; significa rendere nostro ciò che non ci appartiene, desiderare qualcuno per completarci, perché sentiamo che ci manca qualcosa.» Si fermò e puntò gli occhi nei miei mentre facevo un tiro dietro l'altro dalla sigaretta per cercare di tranquillizzarmi. «Ma amare è un'altra cosa. Amare significa desiderare il meglio per l'altro, permettergli di essere *felice*, anche quando il suo cammino è diverso dal nostro. È un sentimento che nasce dalla volontà di donarsi, di offrirsi completamente senza alcun interesse in cambio. Per questo, l'amore non sarà mai fonte di sofferenza. Quando una persona dice di aver sofferto per amore, in realtà ha sofferto perché ha voluto bene. Se si ama davvero, non ci si deve aspettare nulla dall'altro.» Il suo monologo mi provocò una sensazione di fastidio e rabbia, che mi indusse a chiudere la mano a pugno sulla gamba.

«Amare significa fare un salto nel vuoto, affidare la propria vita e la propria anima all'altra persona. E prima di donarsi bisogna conoscersi e sapere tutto dell'altro, bisogna andare oltre la rabbia, oltre gli sbagli. Non deve trattarsi di un possesso egoistico, bensì di una 'silenziosa compagnia'. Bisogna aprire il cuore e lasciarsi amare. *Il meglio è viverlo*, suggerisce il Piccolo Principe», concluse il discorso con un sorriso affettuoso, ma la mia risata amara spense la sua espressione benevola, cancellando in un battito di ciglia ogni sua aspettativa di persuadermi con le sue idee.

«Mmh, bel discorso, John.» Lo guardai impassibile e un velo d'ombra mi calò sul viso. «Peccato che mi scivoli addosso come acqua sporca.» Il mio tono fu così tagliante da fargli increspare le labbra in una smorfia avvilita.

«Sai, dottore…» Mi appoggiai allo schienale della panchina e gettai via il mozzicone della sigaretta, per poi rigirare in una mano il pacchetto di Winston. «La visione della vita è diversa per chi ha ricevuto troppo male sulla propria pelle, per giunta nella sua casa, che dovrebbe essere un luogo di cura, sicurezza, conforto e…» Lo guardai con un sorriso sbieco. «Amore», aggiunsi con enfasi. «L'amore diventa un concetto diverso quando ti viene sussurrato all'orecchio da una donna di dieci anni più grande, che ti tocca senza il tuo permesso, ti spoglia e ti costringe a un rapporto sessuale mentre ti dice: '*No, Neil, non è sbagliato. Questo è amore*'.» Strinsi il pacchetto di Winston nella mano ed evitai di guardare la faccia di John, sicuramente sbigottita. «È la prima volta che lo confesso a qualcuno che non sia il dottor Lively, ma è per questo che odio quella fottuta parola.» Mi girai verso John e ne colsi lo sguardo completamente smarrito nel vuoto. Era a dir poco scioccato.

«Quella donna me la sussurrava durante l'orgasmo. Per celare l'immoralità di tutto ciò che stava accadendo. Il sesso sporco che facevamo era nascosto dietro quelle cinque lettere. Lei diceva che la sua era una forma di *amore* al solo scopo di persuadermi e ingannarmi. Ricordo ancora quando, completamente sudato, correvo nella doccia per togliermi di dosso il suo odore e strofinavo la pelle fino a renderla così rossa da procurarmi delle piccole escoriazioni. O quando mia madre, tornata dal lavoro, avvertiva un odore strano nella mia stanza, e non potevo di certo dirle ciò che accadeva sul letto…» Osservai gli occhi di John e la sua mascella contratta; il respiro gli divenne affannato e le narici si dilatarono come se stesse cercando di trattenere un impulso rabbioso.

«E quanto è andata avanti questa situazione? Quando l'hanno scoperto i tuoi genitori?» Si schiarì la voce e si irrigidì. Per la prima volta da quando lo conoscevo, il dottor Keller mi parve vulnerabile.

«I miei erano sempre fuori, per lavoro. Mio padre gestiva la sua famosa società, e mia madre... be', lei la sua azienda di moda. Si è accorta che qualcosa non andava soltanto quando ho iniziato a mostrare dei disturbi comportamentali: aggressione a scuola, rabbia eccessiva, ostilità al contatto, insonnia durante la notte. Conseguenze tipiche di un abuso», spiegai, mordendomi nervosamente il labbro inferiore. «Questa situazione è durata circa un anno. È stato il periodo più infernale della mia vita», dissi freddo, imperscrutabile come sempre, come se stessi raccontando cosa avevo mangiato a colazione e non trauma così grave. John chiuse gli occhi e con la mano si toccò il viso. Sembrava nervoso, adesso, e molto anche.

«Lei... lei... è in prigione adesso?» domandò cauto, cercando di inspirare profondamente, colpito dalle mie rivelazioni. Quante storie simili aveva ascoltato in clinica? Perché era così turbato dalla mia?

«No, è stata trasferita in un centro psichiatrico», risposi vago, sentendo la testa pulsare e un forte dolore al petto che mi compresse i polmoni, trascinandomi con sé nel baratro in cui cadevo sempre quando ricordavo.

«Mi sento ancora sporco, e mi vergogno di quello che mi è successo. Non posso dare amore perché l'ho ricevuto nel modo sbagliato. Riesco ad associarlo solo a qualcosa di ignobile e, di certo, non posso stare con una ragazza come Selene. Lei non immagina neanche questo lato oscuro del mio passato. Se scrutasse dentro di me, troverebbe il vuoto. I miei problemi li conosce solo la mia famiglia perché non ho mai voluto che la gente mi considerasse pazzo. Lotto ancora contro me stesso per non farmi del male o per non cedere a tentazioni sbagliate, che però potrebbero attenuare il mio malessere. Molte volte tendo a spostare il mio dolore dalla testa al corpo, sfogandolo con l'odio, la rabbia. E questo mi fa sentire vivo, libero almeno nel breve momento di follia, incurante di fare del male ad altre persone. Questa situazione del cazzo mi provoca disagio. Io non so chi sono, John, e non so cosa voglio. Credo di essermi smarrito da così tanto tempo, da non sapere più quale strada seguire. Vago nell'Inferno, da solo, cercando ancora di capire quale sia il mio posto.» Mi alzai in piedi e sentii la necessità di porre la dovuta distanza tra noi. John si alzò a sua volta e sospirò.

«Devi guardarti dentro, ragazzo, e pensare a tutto quello che hai affrontato, e soprattutto superato, fino a ora. Devi essere fiero di te stesso per essere stato in grado di rialzarti di fronte a difficoltà quasi insormontabili per un bambino. Le persone *normali* non immaginano neanche le forti emozioni con cui hai a che fare.» Il dottore tentò di posarmi una mano sulla spalla, ma indietreggiai per non essere toccato. Lui intuì il mio disagio e la infilò nella tasca dei pantaloni. «Ma sei qui, e questa è già una prima vittoria. Ti sei rimesso in piedi, hai cercato di andare avanti come un vero guerriero. E lo sei.» Mi sorrise per rassicurarmi, ma rimasi serio ad ascoltarlo. «Inconsciamente, le persone come te sono quelle che possono insegnare tanto agli altri. Grazie per esserti fidato di me e per avermi concesso una parte di te.» La sua voce fu gentile e pacata; in tutta risposta, abbozzai un sorriso di circostanza. Poi lo guardai incamminarsi verso l'ingresso della clinica.

Grazie al nostro discorso, mi era ancora più chiaro il motivo per il quale non avrei mai potuto ricambiare il sentimento di Selene.

Preferivo tenerla lontana, piuttosto che perderla nel tempo a causa dei miei problemi.

L'avrei protetta e avrei cercato di starle vicino, perché avevo capito di volerla.

I miei occhi l'avevano scelta sin dal nostro primo incontro, quando indossava quel maglioncino infantile con la stampa di Trilli. Il mio corpo, poi, l'aveva scelta ancora nell'esatto momento in cui le mie dita le avevano sfiorato la pelle vellutata.

Lo diceva anche il Piccolo Principe: l'amore non è un bisogno egoistico di tenere accanto una persona, ma significa lasciarla andare per permetterle di essere felice.

Lei sarebbe stata la perla che avrei cercato di proteggere fino alla fine dei miei giorni.

E la sua felicità sarebbe stata il mio unico obiettivo.

17
Selene

...li dovevi vedere quando si ritrovavano dopo le guerre del cuore: lui l'accarezzava sulla guancia e l'universo non contava più un cazzo.
CHARLES BUKOWSKI

ERA trascorsa una settimana dall'ultima volta che avevo visto o sentito Neil.

Troppe volte mi ero chiesta come mai fosse fuggito via, che cosa ci fosse di sbagliato nella dichiarazione che non ero riuscita neanche a terminare. E pensare che un attimo prima era stato tutto magnifico: ricordavo perfettamente il modo in cui mi aveva baciata nel parco, la sua lingua che avvolgeva la mia impedendomi di respirare, il suo bacino che spingeva contro di me pigiando l'acceleratore che faceva correre a una velocità irrefrenabile i battiti del cuore. Poi, però, avevo rovinato tutto soltanto perché gli avevo parlato a cuore aperto senza riflettere.

Sbuffai e lanciai la posata nel piatto; avevo lo stomaco completamente chiuso. Il pensiero di Neil continuava a ossessionarmi, sentivo perfino il profumo di muschio nell'aria come se lui fosse lì, vicino a me, nella mensa universitaria.

«Non hai detto una parola. Ci spieghi cosa ti prende?» chiese Bailey, che aveva finito di mangiare l'insalata rigorosamente segnata nella sua dieta, mentre Janel, seduta accanto a lei, non faceva altro che fissarmi, curiosa di sentire la mia risposta.

«Io credo di...» sospirai affranta. «Non riuscire a stargli dietro», dissi all'improvviso rassegnata all'idea che non avrei mai potuto gestire uno come Neil.

«Parli di Neil?» chiese ancora Bailey e annuii soltanto. Avevo raccontato l'accaduto alle mie amiche nel dettaglio perché avevo avvertito il bisogno di parlarne con qualcuno; e se Bailey, però, pensava che Neil meritasse un'altra possibilità, Janel sosteneva che fosse troppo stronzo e problematico.

«Dovresti lasciar perdere», disse infatti quest'ultima agitando una mano, poi iniziò a sbucciare una banana; io invece allontanai la mia zuppa, nauseata all'idea di mangiare, e abbassai lo sguardo sulle gambe. Non andava affatto bene tutta quella situazione. Io e Neil avremmo dovuto parlare, affrontare gli ostacoli insieme, prenderci per mano e correre contro tutto e tutti, invece non comunicavamo.

Non riuscivo a capirlo e non mi sentivo capita a mia volta.

La nostra era una continua lotta e temevo di non avere più le forze per inseguirlo, temevo di dovermi rassegnare alla realtà: io e lui eravamo un «noi» impossibile da realizzare.

«Selene...» Janel posò la mano sulla mia e mi guardò rattristata. «Quel ragazzo ti cerca solo per scopare. Dovresti mettere fine al vostro rapporto malsano», disse preoccupata, anche se in realtà Neil non mi cercava più neanche per il sesso. Le occasioni c'erano state, ma lui si era accontentato di qualche preliminare oppure si era fermato ancor prima di spogliarmi e di arrivare al sodo. Non era assolutamente normale un atteggiamento simile da parte sua. Di solito si imponeva, era dominante, pretendeva le attenzioni e soprattutto un contatto fisico che per lui fungeva da mezzo di comunicazione con me. Adesso, invece, sembrava bloccato, costretto a gestire degli impulsi ai quali non poteva dare sfogo. L'avevo capito da molto ormai, ma non riuscivo a comprendere il motivo del suo comportamento.

«Sì, forse dovrei.» Abbassai il viso e ricordai il messaggio riportato sul banale post-it che mi aveva lasciato quella notte: CI SARÒ SEMPRE PER TE, MA NON COME VORRAI. SCUSA SE NON SO RESTARE.

Sorrisi amaramente tra me come una sciocca.

Come avrebbe potuto esserci se non sapeva restare?

Come al solito Neil si contraddiceva ed estrapolava pensieri contorti frutto della sua personalità complessa. E ancora una volta mi sentivo in balia delle onde del suo caos, un caos nel quale aveva trascinato anche me.

«Lui... lui è troppo ingestibile», sbottai d'un tratto facendo sobbalzare entrambe. «È venuto a Detroit per cosa? Per farmi ancora del male? Non fa altro che scappare e tornare, scappare e tornare. È instabile, non sa quello che vuole e io sono stanca!» dissi tutto d'un fiato e le mie amiche si scambiarono un'occhiata perplessa. Stavo seriamente dando di matto. «Io gli ho dato tutto. Tutta me stessa...» Mi presi la testa tra le mani, esasperata, e mi trattenni a malapena dal piangere. Avevo già versato troppe lacrime per lui.

«Non sempre un sentimento ha bisogno di manifestarsi nei modi in cui siamo abituati. Non sempre l'amore corrisponde a una dichiarazione esplicita. Quanti *Ti amo* oggigiorno vengono detti e rimangiati con leggerezza?» intervenne Bailey, sempre ottimista. «Tanti. Troppi. Io credo che Neil non sarà mai il tipo di ragazzo che amerà in modo convenzionale. Lui amerà nel modo che crede più giusto e conforme a se stesso.» Scrollò una spalla e fu allora che inclinai la testa di lato, confusa dalle sue parole.

«Che intendi?» le domandò Janel, incuriosita.

«Che Neil potrebbe amare Selene pur restando complicato com'è. Insomma, non sarà mai un tipo da dichiarazioni, fiori o quant'altro. Selene, dal modo in cui tu ce ne hai parlato, ho capito che reputa poco rilevanti queste formalità e fidati, amica mia, spesso i sentimenti nascosti risultano essere i più veri. Non c'è bisogno di urlare alle stelle per attirare la loro attenzione e credo che Neil sia così. Sarà in grado di amarti un giorno, ma in un modo tutto suo e forse proprio per questo speciale.» Bailey mi sorrise e per un attimo mi si accese nel petto un barlume di speranza. Forse aveva ragione. Forse Neil attribuiva all'amore un significato diverso, ma questo non voleva dire che non ci tenesse a me.

«Mmh, quando non parli di Tyler sei perfino capace di dire cose intelligenti. Sono commossa», la prese in giro Janel con una mano sul cuore e Bailey alzò gli occhi al cielo.

«Guarda che sono una ragazza molto intuitiva», replicò l'altra gonfiando il petto con fierezza.

«Meriteresti una standing ovation da parte di tutti gli studenti presenti in mensa», disse Janel e tutte e tre scoppiammo a ridere; dopo il momento di leggerezza, però, i pensieri tornarono prepotentemente a insidiarsi nella mia mente, facendomi incupire di nuovo.

«Secondo voi cosa dovrei fare adesso?» Ero patetica. Avrei

dovuto dire che per me era finita, che ormai avevo voltato pagina e che ero pronta a frequentare qualcun altro, invece non facevo altro che rimuginare su una soluzione da trovare per sistemare le cose con Neil.

Che stupida.

«Scordati il linguaggio dell'amore, Selene. Neil ha bisogno della sostanza, non della forma», intervenne ancora Bailey come se lo conoscesse più di me. La mia amica sembrava più brava di me nell'interpretare il modo di pensare del mio incasinato. «Non crede nell'amore, giusto? Allora amalo senza dirgli esplicitamente che lo ami. Amalo quando lo guardi, quando lo abbracci, quando ci parli, quando ci scherzi, quando fate sesso. Evidentemente non vuole sentirselo dire, oppure non lo accetta», concluse.

Neil credeva a tutto ciò che era muto, ma vero. Avevo sbagliato a confessargli i miei sentimenti, avrei dovuto amarlo in silenzio. Probabilmente, avrebbe creduto al mio amore solo quando lo avesse sentito dentro di sé senza la necessità di dire altro.

Una volta a casa, mi sentii più tranquilla. Parlare con le mie amiche si era rivelato davvero utile, così raggiunsi mia madre in cucina con un gran sorriso, che si fece persino più ampio quando percepii nell'aria l'odore della *cherry pie*, la mia crostata preferita. Tutta contenta, mi sedetti su una sedia.

«Sei una mamma fantastica», mi complimentai con lei, che indossava un grembiule colorato e un guanto da forno.

«Non pensare che con le tue lusinghe io mi dimentichi di parlarti di… *quella cosa*», mormorò, piegandosi per tirare fuori dal forno la crostata pronta. Sapevo bene che con «quella cosa» si stava riferendo a me e Neil. Mia madre non accettava ancora l'idea che non mi fossi confidata con lei, ma purtroppo non capiva che per me sarebbe stato troppo imbarazzante parlarle della mia pseudo relazione. «Non salto di gioia al pensiero che tu e il figlio di Mia siate stati – o stiate tuttora – insieme, sia chiaro…» disse con un tono severo e autoritario. «Ma ormai è successo. Sei adulta e voglio che tu faccia le tue scelte, pur assumendotene la dovuta responsabilità.» Sospirò e iniziò a tagliare a spicchi il dolce, spostandoli uno per volta su un piatto.

«E per la cronaca, spero vivamente che abbiate usato sempre

le precauzioni. Non voglio un nipotino prima della tua laurea! Tienilo a mente!»

Sgranai gli occhi e tossicchiai appena mi resi conto della direzione inaspettata che aveva preso il nostro discorso. Da quando Neil era andato via mia madre non faceva altro che riservarmi domande invadenti e battutine allusive. Era perennemente nervosa e questa cosa mi infastidiva parecchio.

«Mamma!» Alzai la voce arrossendo con evidente imbarazzo, ma lei si voltò e mi fissò con un sopracciglio inarcato. «Ti prego, non parliamone», farfugliai con le guance completamente infuocate, e per fortuna lei non continuò. «Piuttosto, domani andrai in quel centro benessere con Betty e le tue amiche per il suo compleanno?» le chiesi cambiando completamente discorso.

«Sì, anche se non sono sicura di lasciarti qui da sola per due giorni», disse incerta, slegando i lacci del grembiule per sfilarselo.

«Oh, santo cielo! Non sono una bambina. Posso stare quarantotto ore senza di te.» Le feci una smorfia impertinente e lei mi guardò severa, come al solito. «E per di più Betty è la tua migliore amica. Vuole trascorrere del tempo con te e con le altre. Vi conoscete da anni ed è importante per lei che tu ci sia», aggiunsi e posai il mento sui palmi delle mani, in attesa che mia madre si sedesse con me per mangiare il nostro dolce preferito.

«Sì, ma...» tentò di dire e scossi la testa.

«Ma nulla. Ci andrai e basta», replicai seria e lei sorrise senza però darmene conferma. A volte era decisamente troppo apprensiva, e non volevo che a causa mia trascurasse la sua vita privata.

Il giorno dopo mentre me ne stavo tranquilla distesa sul divano, vidi mia madre scendere le scale con un piccolo borsone. Dopo una marea di tentennamenti, sembrava aver deciso che avrebbe festeggiato il compleanno di Betty al centro benessere e avrei fatto in modo che se lo godesse appieno.

«Non ne sono ancora convinta», sbuffò incamminandosi verso di me. No, forse non aveva deciso.

«Mamma, domani sera sarai qui. Si tratta solo di una notte.»

Scrollai le spalle e mi appoggiai di schiena sul bracciolo, allungando le gambe.

«Lo so, ma non me la sento lo stesso. Ho già avvisato la vicina, la signora Kamper, e potrai rivolgerti a lei per qualsiasi cosa. Io con ogni probabilità ti chiamerò circa una volta ogni mezz'ora, quindi rispondimi», ordinò severa, facendomi sorridere. Mia madre era sempre stata così: maniaca del controllo, soprattutto quando si trattava di me.

«Stai tranquilla. Io andrò all'università domani e neanche noterò la tua assenza.» Alzai gli occhi al cielo e lei si accigliò.

«Sei sempre troppo amorevole, tesoro», mi prese in giro.

«Lo sai che ti adoro.» Mi alzai dal divano e le andai incontro per abbracciarla. Ne avevo davvero bisogno. Le sue braccia erano la sola certezza che avevo e il suo amore era l'unica mia ragione di vita. Se non ci fosse stata lei, non sarei mai diventata ciò che ero adesso. In effetti, stavo per crollare dopo il divorzio dei miei, ma mia madre mi era sempre stata accanto, pronta a raccogliere tutti i miei pezzi e creare con essi un puzzle colorato.

Tuttavia, neanche il suo affetto avrebbe potuto colmare il vuoto che avvertivo dentro, causato da Neil e dai suoi comportamenti per me incomprensibili. Cercai di non lasciar trapelare la mia sofferenza finché mia madre se ne andò; rimasta sola, lo stomaco prese a brontolarmi, così mi recai in cucina e aprii il frigo. Notai che era quasi vuoto e mi resi conto che avrei dovuto fare la spesa, ma in quel momento non avevo voglia di uscire. Così lo richiusi e sbuffai, poi mi rintanai in camera per fare una doccia. Una volta finito, sospirai dinanzi allo specchio del bagno e camminai per casa con un asciugamano avvolto attorno al corpo e i capelli arruffati raccolti in uno chignon disordinato. Gocciolai ovunque sul pavimento, ma non me ne curai. Poi aprii le ante del mio armadio e tirai fuori un paio di slip bianchi e dei leggings neri. Preferii non indossare il reggiseno, che consideravo dannatamente scomodo, e afferrai una maglietta semplice che arrivava all'ombelico, con la strana stampa di una scimmietta nel mezzo.

«Sei orribile», borbottai all'animaletto della giungla come se potesse rispondermi, ma decisi di tenerla indosso. Nonostante i ventun anni, il mio look era ancora abbastanza adolescenziale, però a me piaceva. Come se non bastasse, poi, infilai anche le mie ciabatte pelose e mi incamminai verso il salotto, pronta a godermi la solitudine. Tuttavia, trasalii appena il suono acuto del campanello interruppe l'atmosfera silenziosa e tranquilla. Mi misi sull'attenti perché ero sola in casa, così, prima di aprire, scostai la tenda della finestra accanto alla porta, lanciando un'occhiata fuori. Non riuscii a vedere nessuno.

Tentennai qualche istante sulla possibilità di aprire o meno, però la curiosità ebbe la meglio e cedetti.

Aprii e sgranai gli occhi quando mi ritrovai Neil davanti. Mi immobilizzai, tanto che non riuscii neanche a sbattere le palpebre. Poi mi precipitarono addosso il panico, l'ansia e la confusione, ed ebbi perfino l'impressione che il cuore mi stesse pulsando nella pancia.

«Quanto ci voleva per aprirmi?» Bastò la sua voce calda per provocare un tremito nel mio basso ventre. I miei occhi si incastrarono nei suoi, lucenti e intensi come sempre, e poi scivolarono sulle spalle ampie, coperte dal giubbino nero, e sulla tuta bianca che contrastava perfettamente con la pelle ambrata. La sua bellezza era così mozzafiato che mi girò terribilmente la testa. «Sei sola?» La sua domanda mi ridestò dal momentaneo stato di trance. Mi ero perfino dimenticata di averlo lasciato sulla soglia, perché troppo concentrata a squadrare i suoi muscoli. Stavo per rispondergli, ma ammutolii e aggrottai la fronte quando notai i suoi occhi color miele ispezionare lentamente il mio abbigliamento, come avevo fatto poc'anzi anch'io con lui. Neil indugiò a fissarmi i seni; i capezzoli turgidi spingevano come sassolini contro il tessuto sottile della maglietta e lui li aveva chiaramente notati.

«Allora?» ripeté scocciato, poi avanzò con irruenza e impose nell'aria il suo profumo fresco, che prese a pugni la mia ragione.

«Che ci fai tu qui? Mia madre non c'è e...» ma non ebbi il tempo di terminare che Neil chiuse la porta con un tonfo e mi ritrovai di schiena contro la parete, sovrastata dalla sua figura possente che torreggiava su di me. Le sue labbra si avventarono sulle mie e mi divorarono con prepotenza, poi mi infilò la lingua in bocca e la mosse come se fosse un flagello, inducendomi a ricambiare. Sentii il suo sapore di tabacco confondersi con il mio, di menta, senza alcuna delicatezza né emozione. Nel nostro bacio c'erano solo desiderio, voglia e fame.

«Non indossi il reggiseno, lo sai che effetto mi fa...» mi sussurrò sulla bocca ignorando la mia domanda, poi riprese a baciarmi, mentre mi insinuò una mano sotto la maglietta per stuzzicarmi. Ansimai e il suo corpo virile ed eccitato aderì completamente al mio, lasciandomi percepire l'erezione tra le cosce. Il mio cuore batté furioso nel petto, i brividi mi incresparono la pelle, ma ero tesa, terribilmente tesa.

Credeva di andarsene e ritornare quando voleva? Credeva che fosse sufficiente l'atteggiamento dominante e l'aspetto avvenente per farmi dimenticare quello che era accaduto?

«No, aspetta...» Gemetti dal dolore appena la sua mano mi strinse il seno in modo rude, comprimendolo nel palmo caldo come se fosse un palloncino pieno d'aria da scoppiare. «Neil», farfugliai riuscendo ad allontanare le mie labbra dalle sue, che scivolarono troppo rapide sul mio collo. Poi, Mr. Incasinato mi afferrò i capelli in un pugno e li tirò, per esporre maggiormente la gola al suo desiderio. Succhiò e leccò avido la pelle, strappandomi un lamento. Dopo un secondo di piacere, però, tornai in me. «Neil, ho detto no!» Lo spintonai con forza e lo vidi barcollare. Un'espressione perplessa gli si impresse sul viso mentre io lo guardavo completamente senza fiato. D'istinto mi toccai le labbra che sentivo tumide e cercai di realizzare cosa fosse appena successo.

«Che ti prende? Mi stai respingendo? Sul serio?» Si passò una mano nel ciuffo ribelle e mi fissò serio, in attesa di una risposta.

«Cosa mi prende?» ripetei cercando di incamerare aria. «Non mi hai detto neanche 'ciao'! Non sono la tua bambola gonfiabile, Neil!» Alzai la voce e lui si accigliò come se stesse cercando di capire se stessi parlando seriamente o meno.

«Era solo un bacio del cazzo, non ti avrei scopata sulla parete. Rilassati.» Mi squadrò dall'alto verso il basso rapidamente, con sufficienza, e il suo umore cambiò. Adesso sembrava proprio infastidito e nervoso.

«Sei sparito dopo avermi lasciato un misero post-it sulla scrivania. Con quale diritto piombi in casa mia e pretendi le mie attenzioni come se non fosse successo nulla? Eh?» Mi sistemai rabbiosamente la maglietta e notai di nuovo il suo sguardo soffermarsi sul seno. «E guardami in faccia quando ti parlo!» ordinai fuori di me. Ero seriamente delusa dal suo comportamento e ancor di più dall'arroganza che ostentava ogni volta.

«Innanzitutto, calmati», ribatté sprezzante guardandomi dritta in faccia. «Io non prendo ordini da nessuno, tantomeno da te. E per di più non dovresti incazzarti per un bacio, dopo che le ultime volte me l'hai praticamente sbattuta in faccia e sono stato io a non cedere.» Abbozzò un sorriso di scherno e lo fissai sconcertata. L'avrei preso a calci, ne ero certa.

«Sei proprio uno stronzo!» lo insultai.

«Perché non ti scopo da tanto o perché ti ho baciata adesso?» Inarcò un sopracciglio e affondò i denti nel labbro inferiore divertito da tutta quella situazione. Gli occhi dorati mi penetrarono fin dentro le ossa, mi spogliarono del tutto, ma non avevo alcuna intenzione di cedere.

«Piantala con queste stronzate. Visto che sei qui, dobbiamo chiarire alcune cose. Siediti.» Gli indicai il divano e il suo sguardo si abbassò sulla mia mano, anche se mantenne ugualmente un'espressione beffarda.

«Mmh. Oggi sei aggressiva, Trilli. Non mi aspettavo un'accoglienza simile.» Mi fece l'occhiolino e non si mosse di un solo centimetro. Fu allora che persi la pazienza.

«Smettila di fare il coglione, maledizione! E se continuerai a prendermi per il culo farai bene a uscire da quella porta, prima che ti ci spedisca io senza nessuna gentilezza. È chiaro?» urlai indicandogli la porta d'ingresso e notai subito il suo sorriso affievolirsi, sostituito poi dal familiare velo d'ombra che gli calava sul viso. Mi guardò negli occhi, cupo, e le pupille nere divennero lucide come la canna di una pistola carica.

«Selene, bada a come parli», mi avvertì con un tono basso ma truce. Rabbrividii e deglutii a fatica come se avessi tanti chiodi di ferro nella gola.

«Per una volta dammi ascolto», ripetei più calma e purtroppo meno decisa. Neil si sedette controvoglia sul bracciolo del divano e incrociò le braccia al petto.

«Spara le tue cazzate, forza...» sospirò e cercai di non far caso al suo atteggiamento antipatico al quale non riuscivo a dare una spiegazione. Era nervoso, annoiato e perfino irritato da me.

«Le mie cazzate?» lo rimbeccai offesa, mantenendo una certa distanza tra noi. «Te ne sei andato lasciandomi un misero biglietto. Te ne rendi conto?» Chinai le spalle e sospirai. Dovevo calmarmi, altrimenti non avremmo trovato nessuna soluzione ai nostri numerosi problemi.

«Sì, e credo che il motivo sia ovvio...» Si morse l'interno guancia e mi osservò nell'attesa che io lo intuissi.

«Pensi che io sia innamorata di te?» Incrociai le braccia al petto e assunsi una postura sicura. «Non lo sono. Stai tranquillo. Mi sono espressa male quella sera», mentii, anche se non ero certa che Neil ci avrebbe creduto. Era troppo furbo per non dubitare che gli stessi propinando una giustificazione banale.

«Allora okay. Accetto le tue scuse», disse e scrollò le spalle.

«Non ti ho chiesto scusa», risposi confusa.

Stava scherzando? Pretendeva davvero che io mi scusassi?

«Dovresti, invece. Per me la parola 'amore' è un'offesa», replicò, fissandomi con il solito cipiglio autoritario.

«Ma non te l'ho detta», mi difesi spazientita e lui scosse la testa divertito. «E comunque sei tu quello che dovrebbe scusarsi», aggiunsi e Neil si alzò dal divano per incamminarsi verso di me, che feci un passo indietro. Ogni volta che avanzava come un felino, mi sentivo sempre piccola e indifesa.

«Non lo farò mai. Hai sempre saputo sin dall'inizio che tipo fossi.» Si fermò a poca distanza da me e sondò il mio viso con attenzione.

«Dovresti smetterla di giocare con me», affermai decisa e lui corrugò la fronte. Non sapevo in quale altro modo interpretare la nostra situazione.

«Pensi sul serio che io stia giocando con te?» chiese perplesso e io annuii soltanto, convinta. «Tuo padre crede che io sia un criminale, un delinquente o ancor peggio uno psicopatico scappato da qualche manicomio. Non parlo con lui da quando ci ha scoperti e ora sono qui, con la consapevolezza che potrebbe ammazzarmi se lo sapesse, e tu pensi che io stia giocando? A quale scopo?» Si irrigidì e mi guardò torbido, irritato dalla mia domanda.

«Non lo so!» sbottai. «Non ti apri con me e io non riesco a capirti!» Allargai le braccia esasperata e lui sorrise. Io non ci trovavo proprio nulla di divertente, ma Neil, probabilmente, sì.

«Non sto giocando con te. Qualsiasi cosa io stia facendo, è così reale da mandarmi in totale confusione...» Mi prese il viso tra le mani e sussultai. Era incredibile che bastasse il suo tocco bruciante per scombussolarmi. Neil appoggiò la fronte sulla mia e chiuse gli occhi, forse per placare qualcosa che lo tormentava nel profondo. Ma scossi la testa e mi tolsi le sue mani di dosso. Sapevo quanto fosse incasinato, sapevo anche che avrei dovuto comprenderlo, ma questo non significava lasciarmi calpestare ogni volta che voleva.

«Credo di non poter perdonare ogni tuo gesto irrispettoso. A tutto c'è un limite, Neil», specificai contrariata, fissandolo negli occhi dorati che adesso notai mortificati. Non avrei voluto essere così drastica, ma era stato lui stesso a cercarsela.

«Ma che dici?» mi sorrise sottovalutandomi, come sempre. «Sta' zitta e dammi un bacio.» Si avvicinò nella chiara intenzione di baciarmi e quando sentii le sue labbra calde e morbide sulle mie, mi irrigidii. Non si comportò nel solito modo impetuoso, si limitò piuttosto a un contatto casto, che però non volevo approfondire, perciò gli posai le mani sui fianchi e lo allontanai da me.

«Non credo che tu possa rimediare ai tuoi errori in questo modo», gli dissi seria e lui mi guardò prima accigliato, poi turbato dal mio rifiuto. Si passò la lingua sul labbro inferiore e sospirò spazientito.

«Vuoi portare avanti questa discussione ancora per molto?» mi rimbeccò irritato.

«Sì, probabilmente fino a quando non ti renderai conto del tuo comportamento di merda.» Feci un passo indietro e Neil rimase del tutto sorpreso dalla mia scontrosità.

«Non ti chiederò scusa», mise in chiaro, sempre convinto di non aver fatto nulla di sbagliato.

«Non saprei cosa farmene delle tue scuse», ribattei allora, soltanto per colpirlo. Sapevo quanto fosse forte e spesso indifferente alle mie parole, ma dovevo pur difendermi da lui in qualche modo. «Vuoi dirmi perché sei qui? Te l'ho già chiesto, ma come al solito hai ignorato la mia domanda.» Incrociai le braccia al petto in attesa di una risposta, e questa volta sincera.

Neil indietreggiò di poco e finalmente capì che non avrebbe dovuto contraddirmi.

«Volevo soltanto vederti», rispose secco.

«Per un motivo in particolare?» insistei dubbiosa e lui abbozzò un sorriso enigmatico sul quale scivolarono i miei occhi. A quel punto mi schiarii la voce e cercai di mostrarmi immune al suo fascino.

«Deve necessariamente esserci una motivazione per vederti?» Scrollò le spalle e tornò ad assumere un atteggiamento strafottente.

«Be', sei hai affrontato un viaggio per raggiungermi fino a Detroit deduco che tu non l'abbia fatto senza una valida giustificazione, no?» gli chiesi, e a Neil non sfuggì la mia ironia pungente.

«Sto per perdere la pazienza, sappilo», mi avvertì irrigidendosi.

«Io l'ho già persa. Pensa te», dissi a mia volta senza alcuna titubanza. D'un tratto sorrise, poi scoppiò a ridere di gusto, posandosi perfino una mano in faccia.

Che diavolo gli era preso?

«Sei davvero adorabile quando ti incazzi, Tigre», disse tra una risata e l'altra, mentre lo fissavo seria, per fargli capire che non avrei ricambiato affatto il suo fastidioso sarcasmo.

«Sarei adorabile anche se ti cacciassi via a calci nel culo?» Inclinai di poco la testa e finsi di essere curiosa della risposta; Neil, tuttavia, continuò a ridersela per niente preoccupato.

«Questa frase mi sembra di averla già sentita», mi sbeffeggiò e io sfoggiai un sorriso finto.

«Sì, infatti. Me l'ha detta uno stronzo nella sua dépendance a New York», lo informai.

«Lo stronzo che però ti ha concesso di dormire con lui», rispose seducente, facendomi l'occhiolino.

«Dovrei esserne onorata?» In realtà avevo apprezzato quell'atto di fiducia, ma non glielo avrei mai detto. Non meritava di saperlo.

«Dovresti sentirti fortunata, è un privilegio che non concedo mai a nessuna», disse con un tono serio che mi parve così sincero da ammutolirmi. L'avevo soltanto intuito, ma sentirglielo confessare così apertamente fu inaspettato. Rimasi in silenzio qualche istante, perché Neil come sempre era riuscito a disarmarmi e a vincere.

«Adesso vorrei baciarti, comunque», aggiunse poi, rompendo il silenzio. Sussultai per quell'affermazione così spudorata e feci un passo indietro.

«E io non voglio», mentii. Lo desideravo, ma non potevo cedergli sempre. Non potevo farmi usare e gettare quando voleva. Avevo anch'io una dignità, e comprendere i suoi atteggiamenti o i suoi problemi non significava annullare me stessa.

«Bugiarda.» Si avvicinò come un predatore pronto a imporsi, proprio come amava fare, e con agilità mi infilò la mano tra i capelli per attirarmi la testa verso di lui, mentre l'altra mi avvolse la vita. Piegò il collo e mi sfiorò le labbra, guardandomi negli occhi. Mi morse il labbro inferiore e lo tirò, mentre mi fissava con le sue iridi dorate. In quegli occhi vidi cose lontane e l'impossibile. E in quel momento decisi che, anche se Neil non mi amava, io gli avrei comunque donato tutto ciò che potevo, perché l'amore non pretendeva niente in cambio.

«Devo proprio insegnarti tutto, bimba?» mormorò e gli fissai le ciglia lunghe, incapace di reagire. «I baci non si chiedono. Mai.» Mi leccò il contorno delle labbra e le scosse di desiderio mi fecero vibrare il corpo, tanto che la mia intimità pulsò e il respiro mi divenne affannoso. Cercai di allontanarmi da lui, ma Neil mi infilò un ginocchio tra le gambe e io trasalii. Affannata, mi aggrappai ai suoi fianchi e lui iniziò a muovere lentamente la gamba, colpendomi il clitoride. Chiusi gli occhi e mi costrinsi a non gemere, lottando contro il desiderio di vederlo nudo su di me. Neil, però, si fermò di colpo e io lo guardai, stupita. Mi sentii improvvisamente sollevata dall'idea che non avesse continuato. Sia perché ero ancora arrabbiata, sia perché sapevo che non sarei stata in grado di resistergli.

«Non oggi, bimba», sussurrò sensuale con un sorrisetto da stronzo, poi si allontanò di qualche passo lasciandomi perplessa. «Non posso cedere. Se accadesse, ci andrei giù pesante e non sono sicuro che lo sopporteresti.» Mi osservò dall'alto verso il basso con un'espressione pensierosa e, di nuovo, non capii cosa stesse cercando di dirmi. Neil non era mai chiaro e pretendeva sempre che intuissi ogni cosa. «Quindi puoi stare tranquilla per ora, Tigrotta», concluse beffardo.

«Tigrotta?» ripetei e ricordai il momento in cui mi aveva chiamata Tigre per la prima volta mentre stavamo ballando insieme, e lui aveva unito i nostri corpi facendomi provare delle sensazioni sconvolgenti di cui non mi sarei mai più liberata.

«Sì, ti si addice perché sei dolce e tenera», disse con una smorfia che non seppi decifrare, e lanciò un'occhiata languida al mio seno, poi inspirò nervosamente e si toccò i capelli. Ancora una volta si stava costringendo a non saltarmi addosso come, invece, avrebbe voluto fare e per una volta gliene fui grata. Avrei davvero desiderato domandargli che cosa lo frenasse, dato che sapevo non solo quanto fosse bello, ma anche perverso e sfacciato, il mio incasinato. Per un attimo riemersero le mie insicurezze e mi sentii poco attraente, soprattutto per il modo in cui ero vestita in quel momento, poi però abbassai gli occhi sui pantaloni della tuta che indossava e mi accorsi che era eccitato, quindi potevo scongiurare l'ipotesi che non fosse più attratto da me.

«Okay.» Sospirai e abbassai il viso sulle mie ciabatte pelose, le stesse che, adesso, stava fissando anche Neil. Le guance mi presero fuoco e mi preparai a ricevere un insulto o qualcosa di decisamente offensivo, infatti…

«Cazzo, quelle sono più orribili del tuo pigiama», brontolò e sgranai gli occhi per l'imbarazzo.

«Sei proprio un idiota!» lo rimbeccai e Neil scoppiò di nuovo a ridere di gusto. «Oh, per punizione adesso andremo a fare la spesa, così ti renderai utile a portarmi le buste. Almeno diamo un senso alla tua visita di oggi», aggiunsi beffarda, e lui tornò improvvisamente serio, come se gli avessi detto che a breve ci sarebbe stata la fine del mondo. In realtà la voglia di uscire era ancora pari a zero, ma appena vidi la sua espressione sconvolta capii che fosse una buona idea.

«No, no, aspetta. Che? La spesa? Io e te? Stai scherzando?» Aggrottò la fronte e scosse la testa. Incrociò le braccia al petto e mi osservò dall'alto, mentre cercavo di non farmi distrarre dai muscoli che guizzavano a ogni movimento.

«Sai quanti uomini aiutano le donne a fare la spesa? Sono uomini maturi, gentili e…»

Mi interruppe con la sua solita prepotenza. «Be', io non sono come loro.» Si intestardì e mi osservò serio.

«Se ci andremo insieme… ti darò un premio al nostro ritorno.» Finsi di provocarlo, soltanto perché sapevo che in questo modo avrebbe accettato di accompagnarmi. Così mi avvicinai a lui e con un indice gli accarezzai il petto scendendo sugli addominali, poi sbattei le ciglia. Ma non fui poi molto convincente, perché lui si morse il labbro e sorrise divertito.

«Che cosa c'è?» Indietreggiai e mi posai le mani sui fianchi, picchiettando un piede sul pavimento. Se Neil voleva irritarmi ancora, ci stava riuscendo benissimo.

«Non puoi pensare di sedurmi per ottenere quello che vuoi, Tigrotta.» Si avvicinò lentamente facendomi indietreggiare contro la parete. Odiavo, odiavo questa sicurezza e padronanza che esercitava su di me. «Non ti scoperò. Non oggi…» ripeté, appoggiando un gomito sulla parete, e squadrò la mia figura dall'alto verso il basso. «Anche se la voglia di strapparti di dosso questi pantaloni e di sprofondare la lingua fra le tue gambe è tanta…» Con l'indice mi accarezzò il collo delicatamente, mangiandomi con gli occhi come un animale affamato, poi prese una ciocca dei miei capelli e iniziò a giocherellarci. «Così tanta che non ti lascerei uscire dalla tua bella cameretta per tutta la giornata e…» Mi si avvicinò all'orecchio e inspirò il mio profumo, premendomi il petto muscoloso contro il seno. «Affonderei in te come non ho mai fatto finora.» Strinse tra i denti il lobo del mio orecchio e serrai le cosce; probabilmente smisi anche di respirare, ma Neil si allontanò di colpo, lasciandomi inebetita a fissarlo.

«Andiamo al supermercato, allora?» chiese. Mi guardò malizioso, consapevole del controllo che aveva sul mio corpo, e tentai di tornare in me. Le gambe tremavano e il cuore galoppava, tuttavia cercai di non mostrargli la mia vulnerabilità. Andai a cambiarmi e, una volta pronta, lo superai impettita, come una donna sicura di sé.

* * *

Mezz'ora dopo raggiungemmo il supermercato più vicino a casa e ci fermammo di fronte alle porte automatiche dell'ingresso. Ovviamente Neil mi aveva fatto credere per un attimo di essere d'accordo ad accompagnarmi, ma quando aveva capito che dicevo sul serio, si era intestardito. Avevo fatto di tutto per convincerlo a venire con me, gli avevo perfino sventolato una banconota da cento dollari sotto il naso, dimenticando che proprio lui non aveva di certo bisogno di soldi, ma senza alcun risultato. Finché alla fine gli avevo detto: «*Se non andiamo a fare la spesa non mangio*». Allora mi aveva afferrata come un sacco di patate e trasportata con la forza fuori di casa. Durante il tragitto a piedi, avevo scoperto che Neil non solo considerava orribile il mio guardaroba, ma pensava che fossi troppo magra, per questo l'ultima scusa era risultata la più convincente.

«Pronto per questa esperienza entusiasmante?» lo derisi sistemandomi il cappotto, mentre Neil faceva l'ultimo tiro dalla sua Winston.

«Ma guarda che cazzo mi tocca fare...» borbottò, alzando gli occhi al cielo. «Per fortuna siamo a Detroit e nessuno mi conosce.» Si incamminò dentro con la solita postura spavalda e lo seguii.

«Sarà divertente, vedrai», ribattei sarcastica.

Appena entrati, afferrai un carrello e lo spinsi davanti a me, lanciando un'occhiata a Neil che non faceva altro che sbuffare continuamente.

«Sbufferai per tutto il tempo?» gli chiesi girando per i vari scaffali e fermandomi ogni minuto per osservare i prodotti da acquistare.

«E tu ti fermerai ogni dannato secondo?» Infilò le mani nelle tasche dei pantaloni sportivi e lasciò aderire il tessuto proprio sul grosso rigonfiamento tra le gambe. Il mio sguardo scivolò lì e ci indugiò qualche istante.

«Sono curioso di capire che prodotto stai guardando, Selene.» Neil se ne accorse e riportai i miei occhi sul suo viso. Aveva un sopracciglio inarcato e un sorrisetto sexy che gli avrei tolto a suon di baci. Ovviamente arrossii subito e ripresi a spingere il carrello impacciata.

«Niente, non farti strane idee», replicai con un sospiro.

Possibile che non ne facessi mai una giusta?

Ignorai Neil, che mi stava fissando di sbieco, poi mi piegai per prendere un pacco di patatine e lo gettai nel carrello.

«Queste patatine sono buonissime, dovresti...» Mi fermai quando colsi Neil con gli occhi puntati su un uomo brizzolato alle nostre spalle. Il tipo, che sembrava avere circa cinquant'anni, si sentì intimidito e si allontanò con una certa fretta. Neil tornò a guardare prima me, poi la gonna che avevo indossato per uscire, e mi accigliai.

«Non piegarti troppo», mi rimproverò severo, superandomi di qualche passo, scocciato e nervoso. Io, invece, rimasi immobile a capire cosa fosse successo. «Ti muovi?» aggiunse allora.

Trasalii al suono della sua voce austera e lo seguii subito.

«Ti ha infastidito qualcosa?» chiesi cauta mentre lui camminava accanto a me, con le mani ancora affondate nelle tasche e lo sguardo freddo.

«Nient'affatto», ribatté seccato, senza guardarmi, quindi decisi di non insistere. Ormai avevo capito il suo carattere e non volevo irritarlo di più. Mi fermai ancora, questa volta per afferrare qualche bibita e degli snack, mentre Neil fissava gli scaffali con la mente altrove e l'espressione annoiata.

«Oh, i pistacchi!» esordì all'improvviso dal nulla come un bambino felice, facendomi sobbalzare.

Che cavolo!

«Ma sei matto?» Mi appoggiai una mano sul petto per lo spavento, ma lui mi ignorò e allungò un braccio per afferrare tre pacchetti di pistacchi sgusciati.

«Questi li mangerò solo io.» Li lanciò nel carrello e sorrisi.

«Non preoccuparti, non vorrei mai che un pacco di pistacchi ci crei ulteriori problemi. Ne abbiamo già troppi», brontolai e mi incamminai con il carrello verso il reparto dei dolci. «La cioccolata ti piace? Io e mia madre ne mangiamo tanta, siamo due golose e...» Mi voltai a cercare Neil con lo sguardo e notai che era particolarmente distratto. Tentai di capire cosa avesse catturato la sua attenzione e, poco distante da noi, vidi una donna più grande, bionda, che lo stava divorando con gli occhi. Lui stava decisamente ricambiando: se ne stava fermo a fissarla e lei ne stava subendo tutto il fascino, come chiunque altra. Non seppi cosa fare perché vederlo tornare indietro a chi era e a chi sarebbe sempre stato mi faceva male. Mantenni la calma e ripetei a me stessa che l'amore era totale accettazione dell'altro e io non dovevo giudicare Neil, ma soltanto comprenderlo.

Dopodiché, abbandonai un istante il carrello e mi avvicinai a lui, toccandogli il braccio. Neil si scansò guardingo e io mi sentii profondamente a disagio, timorosa di ricevere qualcuna delle sue frasi brusche o offensive. Quando fui certa che lui non mi avrebbe aggredito, spostai l'attenzione sulla donna in questione che si allontanò appena notò la mia presenza. A quel punto, Neil mi guardò infastidito e mi preparai a una delle sue sfuriate, invece mi stupì.

«Solo fondente», disse calmo, puntando i suoi occhi nei miei.

«Cosa?» balbettai in preda alla confusione totale, dato che non sempre riuscivo a stare dietro ai suoi ragionamenti contorti.

«La cioccolata... mi piace fondente.»

Mi fece capire che mi aveva sentito, ma che al tempo stesso non voleva che gli facessi domande sul perché si fosse incantato a fissare quella donna.

«Okay, allora prenderò anche una barretta di cioccolata fondente.» Accennai un sorriso tirato, celando la delusione per il suo comportamento, e mi piegai per recuperare dallo scaffale la barretta. Nel rimettermi in piedi, però, avvertii un forte giramento di testa che mi face barcollare, e le braccia di Neil mi presero al volo.

«Selene, stai bene?» Mi afferrò per la vita, fissandomi allarmato e preoccupato, e il suo profumo mi avvolse, facendomi dimenticare qualsiasi cosa.

«Si, è solo... un piccolo giramento di testa», risposi toccandomi la fronte. «Da quando ho subito l'incidente, ogni tanto mi succede. Sto bene.» Cercai di riacquistare l'equilibrio, e lanciai la barretta nel carrello, ma i suoi occhi dorati non lasciarono per un solo istante i miei.

«Forse sei stanca. Vuoi che torniamo a casa?» chiese premuroso, ma io scossi la testa.

«No, è passato. Durano sempre poco, sto bene.» Ci fissammo intensamente negli occhi e capii che Neil stava cercando di scovare qualche incertezza dentro di me; quando non ne trovò, mi lasciò andare e proseguimmo il nostro giro. Adesso, però, era lui a spingere il carrello, con i gomiti appoggiati sulla barra di metallo verde e i bicipiti gonfi che non sfuggivano alle occhiate maliziose delle varie donne presenti.

«Stai comodo lì dietro?» Lo guardai di sottecchi, mentre adesso gli camminavo proprio davanti, intenta a prendere tutto ciò che serviva in casa.

«Soltanto perché ho la visuale del tuo bel culetto. Lo sai che ho un debole per lui», rispose fissandomi spudoratamente il sedere.

«Siamo in un supermercato, e…»

«Ecco, questa roba credo che a te serva», mi derise Neil quando arrivammo nel reparto di tutto ciò che riguardava l'intimo femminile. Vedendo gli scaffali che traboccavano di detergenti, salviette e assorbenti, mi venne in mente di rivolgergli una domanda del tutto assurda.

«Perché con me non hai mai usato il preservativo?» Mi voltai a guardarlo e lo sorpresi a osservarmi. Non era così che intendevo aprire il discorso, ma come al solito ero stata troppo precipitosa. Subito mi imbarazzai.

«Perché mi hai detto che prendi la pillola», rispose Neil atono, rimanendo nella stessa posizione spavalda, e aggrottai la fronte.

«Poteva essere una bugia e tu ti sei fidato», replicai.

«Non avresti mai avuto il coraggio di mentirmi su una cosa simile», disse sicuro di sé.

«Quindi ragioni così? Se una donna ti dice che prende la pillola, ti fidi e basta?» Abbassai la voce e infilai le mani nel cappotto. E forse sì, adesso sembravo proprio una bambina, ma non mi importava; Neil invece sorrise beffardo.

«No. L'ho fatto solo con te senza. Te l'ho già detto, è inutile che continui a farmi la stessa domanda per verificare la mia sincerità», ribatté tranquillo inarcando un sopracciglio. Mi stava dimostrando che davvero era stato onesto e l'*unicità* del nostro rapporto mi rese contenta.

«Perché… solo con me?» Mi avvicinai lentamente e lo guardai negli occhi, sperando in una spiegazione vera. Non era il massimo parlarne in un supermercato, ma con Neil dovevo sfruttare appieno le occasioni in cui si mostrava propenso a darmi delle risposte.

«Perché ti conosco. Conosco la tua vita sessuale. So che sono stato il primo e l'unico finora. E poi, mi piace sentirti pelle contro pelle. Quando vado a letto con le altre è diverso», disse scrollando una spalla. «Sono intransigente anche sui rapporti orali. Di solito mi piace riceverli, ma non amo ricambiare.»

«Ma a me, tu…» Mi fermai, imbarazzata all'idea di proseguire quell'assurda conversazione e lui sospirò; aveva intuito cosa intendessi.

«Non farmi altre domande», borbottò annoiato, strappandomi un sorriso spontaneo.

«Ho capito tutto. Sono speciale», dissi soddisfatta, notando il suo sopracciglio incurvarsi verso l'alto; Neil assunse un'espressione seria, anzi serissima.

«No, sei una bambina fastidiosa e basta», mi rimbeccò e si allontanò da me, ma decisi di non demordere.

«Comunque ho visto come hai guardato quella donna bionda prima.» Alle mie parole Neil si fermò e lasciò perdere il carrello per guardarmi.

«Sei gelosa?» Sfoggiò un sorriso da seduttore nato, ma lo ignorai prendendo altri prodotti e lanciandoli nel carrello.

«No, per niente», replicai, stringendo le mani attorno alla barra di metallo del carrello per spingerlo in avanti; poco dopo, però, avvertii il petto di Neil aderire alla mia schiena, i suoi palmi enormi appoggiarsi sulle mie mani e il suo mento sulla testa. Mi fermai di colpo, un calore incontrollabile mi si propagò in tutto il corpo per arrivare dritto al *cuore*.

«Avrai due splendidi bambini un giorno. Un maschio e una femmina. Avrai un cane, una bella casa e un marito che ti ami…» Voltai appena il viso di lato e mi concentrai sulla sua voce profonda. «Sarai una donna indipendente, elegante e attraente. Tuo marito sarà pazzo di te. Tua figlia avrà i tuoi stessi occhi azzurri, e suo fratello la tua stessa forza e tenacia. Ogni fine settimana farete dei viaggi di famiglia. Nel vostro giardino organizzerete serate a tema con musica e barbecue. Sarai una mamma esemplare, una moglie da sogno e una donna perfetta. Tuo marito sarà un uomo fortunato. Un giorno, Selene, un giorno scoprirai di essere incinta e ne sarai felice, ma quando accadrà non sarò io l'uomo che avrai accanto», concluse serio, imperturbabile. Allora mi voltai completamente verso di lui e lo fissai negli occhi luminosi. Le sue braccia rimasero allungate sul carrello e la mia esile figura venne imprigionata dalla sua, più possente; in quel momento, però, non era il suo corpo a schiacciarmi, bensì le sue parole.

«E tu? Tu dove sarai?» Cercai di mostrare la sua stessa freddezza, ma fallii miseramente perché le labbra iniziarono a tremare e gli occhi a pizzicare. Tuttavia, non piansi, non dovevo.

«Da qualche parte, nel mondo. Ho sempre sognato di viaggiare. Andare via da tutto e tutti. Insomma, è chiaro che uno come me non potrebbe aspirare a una famiglia, una moglie e dei figli. Cosa potrei regalare? I miei casini? Il mio carattere decisamente pessimo?» Scosse la testa con sarcasmo, senza mostrare alcun ripensamento o dubbio. «Ma tu, Selene... tu sei nata per vivere un futuro da favola.» Mi sorrise, poi sollevò una mano per accarezzarmi la guancia delicatamente. Io, però, mi scansai.

«Smettila», sussurrai, spostando lo sguardo altrove.

«Perché? Ti manderò qualche cartolina. Magari mi dirai come stanno i tuoi figli o addirittura come sta tuo marito», aggiunse serio, nonostante per me avesse detto la cosa più assurda del mondo.

«Smettila, ho detto», ripetei ancora, stringendo le mani a pugno e storcendo il naso a causa del suo profumo che mi colpiva dritto in faccia a ogni movimento, ricordandomi che non avrei mai potuto fare a meno di lui.

«Hai ragione. Forse tuo marito potrebbe essere geloso di me. Allora manderò qualche cartolina a tua madre, che poi la recapiterà a te», affermò riflessivo. Mi accorsi che Neil era davvero convinto di tutto ciò che stava dicendo e lo guardai sconvolta.

«Basta!» Lo spintonai bruscamente dal petto, dimenticandomi perfino che fossimo in un luogo pubblico, e notai la sua espressione sorpresa. «Perché mi dici queste cose? Ti piace farmi del male? Forse è un'altra delle tue perversioni di cui non sono a conoscenza?» Alzai la voce, incurante delle occhiate delle persone che ci passavano accanto con i loro carrelli, incurante di tutto.

«Farti del male?» ripeté come se la pazza fossi io. «Ti ho solo detto come immagino che sarà il tuo futuro. Cosa c'è di male? Io aspiro al meglio per te...» disse con un tono calmo, ma non risposi neanche. Chinai le spalle e cercai di mostrarmi forte. Come sempre, quando si trattava di Neil e della sua mente contorta.

«Selene…» Mi si avvicinò e mi sollevò il mento. «Bisogna accettare la realtà per quella che è», disse con un sorriso triste, poi mi superò lasciando un vuoto colmato solo dal suo profumo.

Sapevo che, dopo quello che era accaduto con Kim, pensava di non meritare un futuro felice.

Pensava di essere macchiato.

Sbagliato.

Ma non era lui il problema.

Il problema era il passato che non riusciva a superare.

Neil era stupendo e meritava tutto l'amore di questo mondo.

Meritava un futuro felice.

E io avrei fatto il possibile per tirarlo fuori dal suo buio.

18
Selene

Sentivo l'acqua, sentivo la risacca che andava e veniva. Era come se stessi venendo con tutto l'oceano. E venivo, venivo, non finiva mai. Alla fine rotolai giù.
CHARLES BUKOWSKI

NEIL era ancora con me, a Detroit.

Rientrati dal supermercato, mi aveva dato una mano con i sacchetti della spesa e avevamo perfino pranzato a casa insieme. Non sapevo quanto sarebbe rimasto, avevo paura di chiederglielo, ma ero contenta di trascorrere del tempo con lui; mi sembrava che per la prima volta ci stessimo conoscendo davvero.

Col passare delle ore, era diventato più loquace, anche se spesso tornava a chiudersi in se stesso, oppure diventava particolarmente pensieroso e si accendeva una sigaretta, smarrendosi a fissare un punto nel vuoto.

In quel momento, lo stavo ammirando proprio mentre aspirava delle lunghe boccate di fumo. Era bello perfino in momenti così banali.

«Perché mi stai fissando?» Espirò il fumo dal naso e mi guardò serio. I suoi occhi sembravano ancora più chiari al riflesso del fuoco che avevo acceso nel camino del salotto per scaldarci.

«Stai fumando in casa, mia madre mi ucciderà al suo rientro», dissi angosciata. In realtà mia madre non avrebbe mai dovuto scoprire che avevo permesso a Neil di trascorrere del tempo da soli in casa nostra, altrimenti mi avrebbe fatta fuori sul serio.

«Rilassati, per quando tua madre tornerà, la puzza sarà svanita.» Fece un altro tiro e si accomodò meglio sul divano, mentre io mi inginocchiai accanto al televisore per scegliere quale film vedere su Netflix. «Uno d'azione, niente film romantici strizza palle», mise in chiaro, e io strisciai verso il divano, ma rimasi seduta per terra. «E poi perché stai lì sul tappeto?» Si accigliò e mi schiarii la voce incerta se dirgli il mio reale pensiero. Poi decisi di essere sincera.

«Perché non si può guardare un film con te accanto, Neil», replicai e lui ridacchiò.

«Non ti mangio, Trilli.» Mi fece l'occhiolino e si sistemò meglio sul divano, con la sigaretta penzolante tra le labbra.

«Probabilmente hai già 'mangiato' parecchio in questo periodo con le tue bionde», continuai a scorrere con il telecomando in cerca di un bel film da guardare, nella speranza che una locandina fra le tante mi colpisse.

«Cosa te lo fa pensare?» La sua voce mi arrivò alle spalle, ma non distolsi lo sguardo dallo schermo.

«Non mi tocchi più. Questo basta per farmi supporre cosa combini a New York», dissi in totale sincerità. Anche se a poco a poco mi sentivo più a mio agio con lui e gli parlavo in totale tranquillità, sapevo che con Neil bisognava dosare ogni parola e soprattutto capire di che umore fosse prima di dirgli determinate cose.

«C'è un altro po' di crostata alla ciliegia?» Deviò il discorso e mi voltai a guardarlo. Ne aveva già mangiata metà e fui felice di sapere che l'avesse gradita così tanto.

«Mia madre è una vera maga in fatto di dolci. Aspettami qui.» Mi alzai dal tappeto e mi incamminai verso la cucina. Mi diressi a passo spedito verso la crostata abbandonata sul bancone, e stavo per prenderla quando sussultai per lo squillo del mio cellulare. Lo tirai fuori dalla tasca dei pantaloni, che mi ero messa appena rientrata, e mi accigliai nel leggere il nome di Ivan lampeggiare sul display.

«Pronto», risposi titubante.

«Ciao, Selene. Sei a casa? Janel mi chiedeva se volessi unirti a noi per andare a una festa», propose, ma dei rumori strani disturbarono la linea. «Non è vero, Selene, è stato lui ad avere l'idea di invitarti.» Riconobbi la voce di Janel e sorrisi.

«Be', in verità...» Tentai di rispondere, ma Ivan iniziò a battibeccare con sua sorella.

«Ma che diavolo le stai dicendo!? Selene, ci sei? Preparati. Passiamo a prenderti tra mezz'ora», disse in fretta e subito mi allarmai.

«No, no! Ivan, dobbiamo rimandare. Ho ospiti in questo momento e non posso uscire.» Mi scostai una ciocca di capelli dietro l'orecchio e sospirai.

«Oh, d'accordo. Sarà per la prossima volta?» chiese e nell'esatto momento in cui stavo per annuire, le mani di Neil mi si posarono sui fianchi facendomi sussultare.

«S-sì, certo.»

Il cuore schizzò in gola, chiusi la chiamata e bloccai lo schermo; poi appoggiai il telefono sul bancone, spingendolo lontano con le dita. Neil se ne rimase fermo, dietro di me. Il suo petto mi schiacciò la schiena e l'erezione spinse tra le mie natiche.

«Chi era?» mi sussurrò all'orecchio, severo ma tranquillo, tracciando con le dita il bordo dei miei pantaloni per arrivare lentamente sul davanti.

«Ivan. Voleva che andassi con lui e sua sorella a una festa.» Cercai di non balbettare, anche se non era facile mantenere la calma con Neil così vicino.

«Mmh, ancora questo Ivan.» Il suo respiro mi colpì il collo come un soffio di vento leggero. «Comunque ho cambiato idea. Preferisco qualcos'altro alla crostata.» Infilò l'indice oltre il bordo dei pantaloni e mi sfiorò l'elastico delle mutandine.

«Dovresti dirmi qualcosa di te, ogni volta che vuoi qualcosa di me. Ricordi il nostro compromesso?» La mia voce fu appena udibile. Mi aggrappai al ripiano di marmo mentre la sua mano si chiuse a coppa sul mio pube, stringendomi con possesso fino a farmi boccheggiare.

«Non scopo con nessuna da un po'.» Spinse il bacino contro il mio sedere e inarcai la schiena con un gemito inaspettato. Andai in estasi quando iniziò a muoversi lentamente. «E non riesco a raggiungere l'orgasmo, per questo non ti ho toccata.» Mi appoggiò le labbra sul collo e infilò la mano sotto le mie mutandine, facendomi trasalire. «Devo continuare?» Mi sospirò accanto all'orecchio e mi accorsi della fatica che stava facendo nel confessarmi una verità del genere. Nonostante mi sentissi già stordita, capii il motivo che aveva indotto Neil a controllarsi per tutto questo tempo e una parte di me si sentì sollevata.

«Come mai?» chiesi con un filo di voce, deglutendo perché

sentivo la gola improvvisamente secca. Poi mi girai verso di lui, sbattendo le ciglia confusa, e notai il suo sguardo soffermarsi proprio sui miei occhi. Gli accarezzai la mascella ispida di un accenno di barba e lui accolse il mio tocco senza oppormi resistenza.

«Non ti riguarda. Ma se vuoi usarmi, te lo lascio fare», rispose e mi incupii, perché non mi piaceva quando mi parlava in quel modo.

«Io non voglio usarti.» Provai un forte dolore al petto e per un attimo il respiro mi si mozzò. Mi venne da piangere e non volevo che succedesse. «Ma come mai hai questo problema?» insistei sperando di non turbarlo con una domanda così personale. Non ero stupida, il fatto che non raggiungesse più l'orgasmo denotava la presenza di un motivo serio e probabilmente Neil era a conoscenza della causa, anche se non voleva rivelarla.

«Non c'è niente che non va nel mio corpo. Ti basta sapere questo.» Sorrise e mi baciò il collo, poi trascinò le labbra fin sotto l'orecchio. Inspirò il mio profumo e mugolò in segno di apprezzamento.

«Provi dolore?» Forse era sbagliato chiederglielo, ma avevo bisogno di sapere più dettagli e soprattutto di capire se il sesso per lui fosse una costrizione.

«No.» Neil posò le mani sul bancone e mi imprigionò; poi mi fissò negli occhi con lascivia. Appena intuii le sue intenzioni perverse, con uno scatto felino lo spintonai, mi liberai dalla sua presa e corsi fuori dalla cucina.

«Dove pensi di andare, Tigrotta?» Sentii la sua voce alle spalle mentre continuavo a correre con i capelli che fluttuavano nell'aria e un'espressione eccitata – e spaventata – in viso. Lo desideravo, ma, al contempo, sapere ciò che stava affrontando mi aveva scossa.

Superai in fretta il salotto e salii le scale, con il cuore che pompava frenetico nel petto, il respiro affannato e i suoi passi decisi dietro di me. Sapevo che, se l'avesse voluto, mi avrebbe già acciuffata, ma stava solo giocando. Così continuai a correre come una bambina e lui a inseguirmi come un leone selvaggio, a passo lento e deciso.

«Tanto ti prendo...» Sghignazzò alle mie spalle. In quell'istante, aprii la porta della mia stanza e mi fiondai dentro affannata; prima che potessi richiuderla, Neil mi raggiunse e la bloccò con la spalla, infilando anche un piede per aiutarsi.

«No! Non entrerai!» Premetti le mani contro la porta per resistergli e lo sentii ridere di gusto dall'altra parte, poi diede una spallata al legno e la spalancò. Io barcollai all'indietro, cercando di non cadere.

«Dove scapperai, adesso? Mmh?» Neil richiuse l'uscio con un tallone e mi squadrò tutta, poi si leccò le labbra in modo lussurioso.

«Qualcosa mi invento», replicai, indietreggiando a passo misurato; senza smettere di sostenere il suo sguardo carnale, aggirai il letto e aumentai la distanza tra noi.

«Ti voglio e ti prendo. Stanne certa.» Sollevò un angolo delle labbra e avanzò ancora, come un cacciatore concentrato sulla preda.

«Non credo proprio.» Gli sorrisi beffarda e, prima che potesse acciuffarmi, saltai sul letto per passare dall'altro lato della stanza e corsi verso la porta, ma Neil, velocissimo come una gazzella, mi afferrò per un fianco e mi sbatté di schiena contro la porta, prima ancora che potessi aprirla. Mugolai per il dolore e strinsi appena gli occhi.

«Ti ho presa.» Mi incastrò con il suo corpo e mi guardò dall'alto con i suoi bellissimi occhi, lucenti e sensuali, mentre io cercavo di riprendere fiato. «Hai perso la lingua, Tigrotta?» Mi derise con il solito atteggiamento sfrontato e sicuro di sé, quando non dissi nulla.

«Ci sei riuscito solo perché te l'ho permesso», lo sfidai.

«Ti avrei presa comunque. Ti prenderò sempre...» Si piegò sul mio collo e iniziò a posarci baci umidi, stuzzicando il mio desiderio. «Adesso direi che abbiamo giocato abbastanza e poi ti ho rivelato una cosa di me...» Trascinò le labbra sulla mia clavicola e, con entrambe le mani, mi afferrò l'orlo della maglietta, per sollevarla lentamente verso l'alto e lanciarla sul pavimento.

«Cosa dovrei darti?» chiesi affannata, restando fedele anch'io al nostro patto. Neil si allontanò appena per guardare i miei seni nudi e sorrise soddisfatto.

«Tutta te stessa. Proprio tutta...» Continuò a guardare il mio petto, poi fece un verso gutturale e mi prese i seni con entrambe le mani. Si chinò e avvolse tra le labbra carnose un capezzolo.

D'istinto, gli toccai i capelli morbidi e inarcai la schiena sulla porta, sentendo le gambe improvvisamente molli e la testa ruotare.

«Allora va bene. Ti darò tutta me stessa», sussurrai, cercando di non far caso ai miei slip umidi e alle sensazioni che Neil risvegliava in me.

«Tutto ciò che puoi...» ribatté appoggiando le mani ai lati della mia testa e facendo guizzare i bicipiti definiti, mentre i miei occhi scivolavano bramosi lungo tutto il suo torace.

Poi, con il briciolo di coraggio che possedevo, agganciai tra l'indice e il pollice il gancio della zip della sua felpa bianca e lo tirai verso il basso, lasciando che il tessuto si aprisse lentamente come un sipario, per mostrarmi lo spettacolo erotico dei pettorali gonfi e degli addominali disegnati. La pelle ambrata spiccò e inebetita ne ammirai la visione stupenda, come una spettatrice impaziente seduta in prima fila.

«Approvi, Trilli?» Si morse il labbro inferiore con i denti bianchissimi, mentre il mio indice tracciò la linea centrale e concava dell'addome e scese verso il basso, per esplorarlo come se lo stessi vedendo per la prima volta.

«Molto.» Sollevai lo sguardo per incastrarlo nei suoi occhi luminosi, e gli infilai le dita nell'elastico dei pantaloni sportivi, per accarezzare la lieve peluria del pube.

«Ti voglio e non posso più aspettare.» Sorrise lascivo e con entrambe le mani mi prese i pantaloni per farli scivolare lungo le gambe. Lo aiutai a togliermeli, sollevando prima un piede e poi l'altro, e li spinsi lontano appena si aggrovigliarono attorno alle caviglie. Senza perdere altro tempo, mi iniziò a baciare il collo, mentre gli accarezzavo il busto seminudo. La sua pelle era calda e liscia, tanto quanto le labbra che scivolavano ancora verso il basso. Sulla clavicola. Sulla spalla. Sul seno. Ma prima che arrivassero dove più le desideravo, Neil si fermò e mi osservò divertito. In quell'istante lo considerai bello, dannatamente bello.

«Siediti sul bordo del letto», ordinò afferrandomi per i fianchi e spingendomi lentamente indietro. Seguii il suo comando e, cercando di non incespicare sui miei stessi passi, mi sedetti con solo gli slip addosso. Sollevai il viso e lo guardai dal basso, mentre mi accarezzava la guancia con le nocche ruvide.

«E ora, allarga le gambe», aggiunse con un sorriso tronfio, inginocchiandosi davanti a me. Sembrava un angelo oscuro, a cui il passato aveva strappato le ali piumate. Nonostante il mio corpo lo desiderasse, arrossii, e dal suo sguardo divertito fui certa che l'avesse notato. Seppur titubante, allargai di poco le cosce e piegai le dita dei piedi sul pavimento, mentre le sue labbra mi si posarono sul ginocchio e risalirono lente verso l'interno coscia. I capelli ribelli mi solleticarono la pelle sensibile e l'accenno di barba mi punse un po', ma fu tutto così piacevole che sentii i brividi scorrere veloci su ogni parte di me. Con i palmi delle mani affondati sul letto, e le gambe aperte, avvertii i suoi polpastrelli agganciarsi agli slip. Poi puntò gli occhi dorati nei miei.

«Ti dispiace se li strappo?» Sorrise appena e, senza consentirmi di rispondere, li ruppe completamente gettandoli sul pavimento. Restai senza fiato a causa del suo gesto, e mi sentii anche confusa, ma poi qualcosa si smosse nel basso ventre, facendomi contrarre ogni muscolo e pulsare maggiormente l'intimità.

«Ormai l'hai fatto...» risposi ilare, ma Neil non stava guardando più il mio viso, bensì il punto delicato tra le mie cosce. Mi stava letteralmente mangiando con gli occhi e iniziai a tremare, forse per l'agitazione, forse per l'eccitazione.

«Allarga le gambe, ho detto», disse più brusco, dato che, dopo che mi aveva denudata, le avevo involontariamente serrate, dando ascolto alla parte di me timida e imbarazzata. Non avevo ancora raggiunto la dovuta familiarità con il sesso, per me era sempre come se fosse la prima volta, mentre Neil era completamente a suo agio.

A ogni modo, con un sospiro profondo, gli obbedii. Aprii completamente le cosce, sentendo le pieghe del mio sesso schiudersi come i petali di una rosa, esposta ai suoi occhi famelici, e lui mi ammirò. Si morse il labbro carnoso, poi sorrise sfacciato e si aggrappò alle mie gambe senza alcuna delicatezza.

«Neil», lo chiamai, stringendo le lenzuola tra le mani, ma i suoi occhi color miele rimasero concentrati lì, su quella parte di me che lui sembrava adorare, venerare come una divinità. Era pronto a incendiarmi, a rendermi sua in ogni modo possibile.

«Cazzo, voglio leccartela.» Si piegò sul mio pube e iniziò a posarci baci dolci e umidi, guardando me al di sotto delle ciglia castane; le scintille della perversione esplosero nella penombra della stanza e le mie guance presero fuoco.

«Oddio», mormorai quando la punta della sua lingua scese voluttuosa e calda sul clitoride. Neil lo stuzzicò, lo succhiò piano e il mio gemito di piacere fu inevitabile. Chiusi gli occhi e gli accarezzai i capelli scombinati, spingendogli la testa contro di me. Come promesso, gli diedi tutta me stessa, tutto ciò che voleva. Mi strofinai sfacciatamente sulla sua bocca, cercando un sollievo dal fuoco che sentivo dentro, ma i miei movimenti erano limitati perché ero bloccata dalle sue mani forti, le stesse che non facevano altro che stringermi con possesso.

«Mi piace sentirti così coinvolta.» Neil sorrise malizioso, poi continuò a lambirmi con la lingua in modo esperto. E scese giù, sempre più giù, con lo sguardo ancora inchiodato al mio viso imbarazzato. «E adoro il tuo sapore.» Infilò la lingua nel mio ingresso e la mosse come se mi stesse baciando, come se quella fosse una seconda bocca e volesse condurmi oltre i limiti.

«Sì...» gemetti appena e inarcai la schiena. Sentivo i capezzoli turgidi a causa della sua lenta tortura. Conscio di quanto fossi stordita, Neil mi guardò e sorrise con le labbra lucide dei miei umori. Se le leccò e mugolò. Di colpo, sostituì la lingua con due dita e urlai. Le ruotò in circolo e iniziò ad accarezzarmi; poi le mosse avanti e indietro, veloci e decise, preannunciando ciò che sarebbe successo poco dopo.

«Sì, così, fammi vedere come godi, bimba...» La sua voce virile mi provocò un tremito più forte, che mi fece ansimare. Non riuscivo più a resistere, la tensione divenne insopportabile.

Inclinai la testa all'indietro, strinsi le lenzuola tra le mani, mentre Neil continuava a dominarmi. D'un tratto, il mio cervello andò in cortocircuito e il respiro divenne corto. Feci ondeggiare il bacino e accolsi dentro di me le sue dita, fino in fondo. In quell'istante, avvertii l'ondata di calore che risaliva dal basso. Percepii, come sempre, il bisogno irresistibile di riempire il vuoto che sentivo dentro di me, con lui.

Soltanto con lui.

«Fai la brava. Non ti farò venire così...» sussurrò Neil perverso, poi sfilò le dita dalla mia intimità e le avvicinò alle labbra per succhiarle. «Ora, distenditi», mi ordinò e io obbedii.

Lo guardai stordita e ansante, con il cuore in gola e un ronzio strano nelle orecchie. Dopodiché, mi distesi sul letto ed esposi tutta me stessa ai suoi desideri. Neil sorrise divertito e si tolse del tutto la felpa, mostrandomi il busto muscoloso sul quale i miei occhi scivolarono libidinosi; poi slacciò il nodo dei pantaloni e li lasciò cadere lungo le gambe sode. Mi osservò sicuro di sé, e attraente da morire, e, senza smettere di osservarmi, abbassò i boxer neri per disfarsene.

Cercai di guardarlo negli occhi, ma Neil sapeva bene che avrei voluto guardare qualcos'altro di lui, e che non abbassavo lo sguardo solo per l'imbarazzo. Con un sorriso sfrontato, da perfetto stronzo, appoggiò un ginocchio sul materasso e salì sul letto, come un felino, lento e suadente, per posizionarsi tra le mie gambe aperte.

Era spavaldo e perverso.

Semplicemente perfetto.

Si sedette sui talloni e mi fissò ancora tra le cosce, con gli addominali contratti, la cui linea centrale fungeva da sentiero che conduceva alla parte più virile e, al contempo, spaventosa del suo corpo.

A quel punto, mi arresi e cedetti alla tentazione: gli osservai il membro eretto che lui avvolse subito nel palmo della mano per concedersi piacere davanti a me. Fu allora che il suo sguardo mutò. Le fiamme alte del desiderio bruciarono il miele delle sue iridi, mentre si toccava senza pudore. Era così eccitato da non riuscire a stringerlo completamente; le vene sporgevano più del solito, il glande era scoperto. Per un attimo, pensai di alzarmi e scappare via per paura di quello che sarebbe successo di lì a qualche istante, ma la visione di Neil, nudo, con il suo fisico armonico e slanciato, scacciò via ogni mia titubanza. In quell'attimo, un ciuffo ribelle gli ricadde sulla fronte fino a coprirgli parte del sopracciglio destro e lui mi parve più sexy che mai.

Mi concentrai sulla mano che si muoveva decisa per tutta la sua lunghezza e lo fissai inebetita, sconvolta e timorosa. Non l'avevo mai visto così teso e carico come una mitragliatrice pronta a farmi fuori.

«Sei sorpresa, Selene?» Sorrise provocante e con la sua solita sfrontatezza si avvicinò per strofinarsi tra le mie gambe in modo lento e sensuale. Il mio piacere aumentò fino a farmi ardere nelle sue stesse fiamme. «Adesso preparati...» aggiunse divertito, con la voce più intensa e rauca. Ma non mi importò dei suoi avvertimenti, delle sue parole. Lo desideravo troppo.

«Fai in fretta.» Sollevai il bacino incitandolo e lui mi guardò di nuovo l'intimità. Affamato. Affamato come non l'avevo mai visto prima d'ora. E, con un mezzo sorriso compiaciuto, strinse la sua erezione dalla base e finalmente si fece spazio dentro di me, con un colpo secco, deciso e indelicato. Sussultai e mi modellai attorno a lui, stringendo i denti.

«Cazzo, quanto mi mancava scoparti...» Neil si distese su di me e spinse il bacino con più forza, facendomi inarcare. Si resse sui bicipiti gonfi e iniziò a muoversi, senza consentire al mio corpo di adattarsi a lui. Mi sentii un piccolo porto che stava accogliendo una nave gigantesca. Neil si tirò fuori da me e riaffondò, facendomi sussultare; mi aggrappai alla sua schiena e cercai di tenere il ritmo delle sue spinte. Poi continuò a penetrarmi, con più veemenza, a infliggermi colpi profondi, come se io non ci fossi, come se fosse da solo, perso nel suo piacere estremo.

«Piano», gli dissi, sentendo ovunque la sua bocca che mi succhiava, leccava e mordeva il collo; con una mano mi strinse il seno e trattenne il capezzolo tra le dita provocandomi un bruciore doloroso, ma piacevole. Poco dopo, i nostri corpi accaldati e uniti iniziarono a sudare. Le mie dita presero a tracciare le mezze lune che gli si formavano sulla schiena tra i muscoli contratti, le mie gambe gli avvolsero più strette il bacino che come una furia sbatteva contro di me facendo cigolare le molle del letto. Lo sentivo tutto. Fino in fondo. Usciva e rientrava con una velocità e una forza inaudite, fondendo il piacere a un leggero dolore. Mi sentivo stordita, sospesa a mezz'aria su una giostra spaventosa, sballottata come una piccola barca in una tempesta in mare aperto. Percepivo i suoi ansiti nell'orecchio, la sua bocca che mi marchiava la pelle.

«P-piano», balbettai, perché non riuscivo a parlare, ma Neil parve non sentirmi. Era chiuso nella bolla del suo piacere e delle sue spinte profonde. Completamente in balia di quell'amplesso travolgente, sentii la vista annebbiarsi e percepii i suoni ovattati. Poi abbassai il viso tra i nostri corpi e gli osservai il triangolo rovesciato che urtava contro il mio pube, il *Pikorua* che terminava sull'inguine sinistro, gli addominali che si contraevano per lo sforzo, le lenzuola aggrovigliate attorno a noi. «Piano... Neil...» Il suo nome mi uscii in un ansito più simile a una supplica, poi spostai le mani sulla spalliera del letto, strinsi le dita attorno alle sbarre per cercare di afferrarmi a qualcosa e frenare il mio corpo che sobbalzava all'indietro a ogni spinta e scivolava in avanti seguendo i suoi movimenti, ma tutto ciò che ottenni fu l'esatto opposto: Neil continuava imperterrito a penetrarmi con tutta la sua potenza, facendo urtare contro la parete anche la spalliera in ferro battuto, come se volesse sfondare il muro. «Neil», lo chiamai spaventata ed eccitata al tempo stesso; strinsi gli occhi e gli abbassai le mani sulla schiena sudata.

«Shh...» Mi zittì con un bacio. Passionale. Carnale. Brutale. Mi infilò la lingua in bocca e la ruotò con la stessa furia con cui sbatteva il bacino contro il mio. Mi mancò il respiro e andai quasi in apnea. Non riuscivo a stargli dietro, non riuscivo a seguire il suo ritmo. Non era mai successo. Stavo entrando nel panico più totale perché non sapevo cosa fare. Come fermarlo. Non riuscivo a tirarlo fuori dalla sua bolla.

«Neil... rallenta...» provai a dire, ma ancora una volta mi ignorò. Sembrava fuori controllo. Indomabile. Un leone che sbranava la sua preda accecato dalla ferocia. Il mio corpo, intanto, cominciava a mandarmi segnali contrastanti: anche se ero sempre più eccitata e bagnata, mi sentivo anche indolenzita e frastornata. D'un tratto la sua bocca si spostò, di nuovo, sul mio collo, permettendomi almeno di riprendere fiato, ma il petto muscoloso continuò a schiacciare il mio, comprimendomi i polmoni. Sentii il battito del cuore irregolare; mi parve pulsare perfino nelle tempie, in gola, sui polsi, nella pancia, nelle costole, come impazzito. Era tutto assurdo, perverso, animalesco, ma anche dannatamente... eccitante. Stavo provando delle sensazioni così erotiche da essere indescrivibili tanto erano intense. Neil era bello da morire, quanto incredibile da vivere.

«Stammi dietro, Selene, perché non rallenterò...» mi ansimò nell'orecchio, incitandomi a seguire il suo ritmo sfrenato. Allora mi impegnai con tutta me stessa: mi aggrappai alla sua schiena, posizionai i talloni sul materasso, piegai le ginocchia e spinsi il bacino verso l'alto, assecondando i suoi colpi. «Brava, così... proprio così...» Mi morse la spalla e iniziai a ondeggiare anch'io, ad accoglierlo davvero tutto, a sentirlo oltre ogni limite. All'improvviso inarcai la schiena e cacciai un urlo incontrollato. Poi tremai tutta e mi abbandonai a un potente orgasmo, inaspettato.

Ma Neil continuò a muoversi ancora.

Non si fermò neanche per un istante.

Fuori e dentro.

Fuori e dentro.

Una furia.

In realtà, se mi avessero chiesto di descrivere cosa stava succedendo, non avrei saputo rispondere. Era qualcosa di immenso, selvaggio, doloroso, ma unico, dannatamente *unico*, e con mia sorpresa scoprii che mi piaceva. Era estasi. Godimento. Vita.

Gli infilai una mano tra i capelli umidi, sconvolti come me, e strinsi i denti per il piacere e il dolore.

«Mi stai facendo male, stronzo», gli sussurrai all'orecchio, sentendolo sorridere nell'incavo del mio collo come se non aspettasse altro che quelle parole. E all'improvviso si sedette sui talloni e mi prese in braccio. Mi ritrovai così a cavalcioni su di lui, i nostri visi allineati tra loro e le mie cosce aperte sul suo bacino.

«Forse non verrò, ma ci sto provando...» Mi tenne ferma su di lui, e mi accarezzò il sedere, poi mi sbatté di schiena sul materasso e fui di nuovo sotto di lui. Il suo corpo possente mi coprì del tutto e finalmente capii cosa stesse cercando di fare: voleva rompere la barriera psicologica che gli impediva di godere davvero, stava lottando contro se stesso. Era in atto una guerra.

«Mi sentirai tutto. Oggi, domani, per l'intera settimana», disse con impeto, poi uscì lentamente da me, con ogni centimetro di lui che abbandonò le mie pareti stremate e brucianti, e io mi irrigidii. Tuttavia, non ebbi neanche il tempo di tirare il fiato perché rientrò più a fondo, con più forza e potenza, come una lama infuocata che squarciava un pezzo di carne, senza alcuna delicatezza. Le sue mani strinsero le lenzuola e le mie unghie gli graffiarono la schiena per ripagarlo con la stessa moneta, ma niente riusciva a fermarlo.

«Dammi tutto te stesso. I tuoi dolori, le tue paure, le tue frustrazioni. Posso accettarle. Posso *accettarti*», gli sussurrai all'orecchio e serrai gli occhi appena mi diede un'altra botta selvaggia, facendomi emettere un urlo di piacere, così viscerale da graffiarmi la gola. Farfugliai anche il suo nome e quando sollevai appena le spalle per tentare di cambiare posizione, Neil mi rimise giù con una mano. Ero senza fiato, sudata e sfinita.

«Sta' zitta, Selene, è quello che sto facendo», ringhiò infastidito; si spinse ancora dentro e fuori di me come una bestia e gemette in modo così virile da farmi rabbrividire.

Mi resi conto che ero completamente sottomessa a lui. Neil aveva il controllo, il potere, il comando e nulla lo avrebbe fermato.

Spinse ancora e smisi di respirare; mi inarcai e urlai di nuovo, venendo attorno a lui.

Precipitai nel suo Inferno, lì dove non esisteva la ragione, ma solo la follia.

«Continua.» Gli leccai il collo e lo accarezzai, incitandolo a non fermarsi. Volevo che si sentisse libero, volevo che affrontasse i suoi mostri, volevo che capisse che avrei fatto di tutto per lui. Neil mugugnò qualcosa e mi morse il labbro inferiore con forza, poi lo succhiò. La fronte gli si imperlò di sudore, gli occhi divennero luminosi, la pelle ambrata e brillante come l'oro. Mi bastò vederlo, bello come il sole, per tremare sotto di lui.

«Non sentirti sbagliato, non ti giudicherei mai», gli sussurrai ancora all'orecchio, tra i nostri ansimi, tra il rumore dei corpi che continuavano a cercarsi, tra le molle che cigolavano, tra il sudore, i profumi intrecciati, l'odore del sesso, intenso, profondo, carnale.

«Dovresti considerarmi un mostro, invece.» Mi leccò il collo a sua volta e scese sul seno; si chinò su un capezzolo e lo succhiò avido, tirandolo tra i denti dolorosamente per poi lenirlo con la lingua.

«No. Non lo penserei mai», risposi a fatica, percependo un suo gemito gutturale nell'orecchio. Le mie mani, nel frattempo, continuarono a toccarlo ovunque. Venerai ogni parte di lui: le spalle larghe, la schiena potente, i fianchi stretti, i glutei marmorei.

Era un adone perfetto. Una macchina del sesso.

Un ammasso di muscoli e di peccato.

E a me piaceva peccare. Con lui.

Neil era amore e sesso.

Caos e disordine.

Era imperfetto e ingestibile.

Ma in quel momento era mio.

Mentre gli accarezzavo l'anima con le mie parole e gli sussurravo all'orecchio tutto ciò che pensavo, attesi che venisse.

Aspettai che l'amplesso selvaggio finisse per accoccolarmi su di lui e abbracciarlo. Tuttavia, Neil sembrava ancora ben lontano dal traguardo. Continuava a penetrarmi, più carico che mai. Io, invece, smisi persino di sentire il mio corpo che sobbalzava come una molla a ogni colpo. Mi parve di essere liquefatta sul materasso, sciolta come cera a contatto con il fuoco. Avevo i capelli arruffati, le guance accaldate, le gambe dolenti e il corpo squassato, ridotto in poltiglia dai molteplici orgasmi che mi aveva procurato, perché Neil era decisamente smisurato, incontrollato, perverso e sexy da morire.

«Non so se...» disse tra un ansimo e l'altro, e gli baciai il collo con quel minimo di forza che mi era rimasta. Neil mi guardò eccitato, estasiato, *perso*.

Il suo naso sfiorò il mio, una goccia di sudore gli colò dalla fronte sulla mia guancia, mentre le sue labbra se ne stavano schiuse a poca distanza dalle mie, sospese tra i nostri respiri affannati. Per un attimo smise di assaltarmi, poi però riprese, veloce e inferocito, a infliggermi stoccate brevi ma profonde.

«Ci riuscirai, continua...» dissi esausta, con la voce inudibile, poi gli appoggiai le mani sui muscoli dei fianchi per rallentare le sue spinte.

Ma era tutto inutile.

Neil ormai aveva intrapreso la corsa verso l'orgasmo.

Era un cavallo imbizzarrito, incapace di fermarsi. Perciò non facevo altro che alternare momenti di assoluto piacere a momenti in cui temevo che potesse davvero farmi male, seppur involontariamente. Inoltre, nonostante fosse assurdo quel modo di possedermi e di reclamarmi, continuavo ad eccitarmi.

«Cazzo, sei ancora così stretta...» commentò con un timbro sensuale e rauco. Con un riflesso spontaneo, contrassi i muscoli pelvici per aumentare l'attrito tra noi e Neil si mosse incontrollato dentro di me.

«Ci sono quasi…» ringhiò con il respiro spezzato e appoggiò la fronte sulla mia. Mi persi a fissargli le labbra carnose e lucide, il viso sudato e contratto dal piacere. Un piacere che ero certa che solo io riuscissi a dargli. Tuttavia, non gli dissi nulla e mi godetti i suoi gemiti gutturali e virili dandogli tutta me stessa, proprio come mi aveva chiesto. Gli guardai gli occhi e cercai di resistere alla sua forza, al suo corpo prestante che mi sbatteva con vigore, alla sua energia che sembrava essere inesauribile. E finalmente, dopo un numero infinito di colpi potenti, lo sentii irrigidirsi e fermarsi dentro di me. Strinse il lenzuolo nei pugni e i bicipiti guizzarono. Le linee del maori parvero ruotare attorno al braccio destro lucido e sudato. Il letto smise di cigolare. Il mio respiro si arrestò. Il cuore decelerò e le sue iridi color miele tornarono lì, da me, uscendo dalla sua bolla. Neil mi osservò con gli occhi socchiusi, poi crollò su di me, nascondendo il viso nell'incavo del mio collo, e iniziò a essere pervaso da contrazioni involontarie. Gli accarezzai i capelli e lo accompagnai in quella corsa irrefrenabile che si concluse con una vera e propria esplosione di piacere. L'orgasmo tanto atteso arrivò, e fu così lungo e intenso che Neil tremò prima di marchiarmi dentro, non solo il corpo, ma anche l'anima.

Gli accarezzai la schiena e sentii i suoi muscoli rigidi sotto le dita. Con un sospiro profondo, si abbandonò all'estasi e rimase immobile su di me. Aveva il respiro irregolare e mi accorsi che il cuore gli palpitava velocemente nel petto. Io, invece, mi sentivo più indolenzita che mai, perciò rilassai le ginocchia e in quell'istante Neil puntò gli occhi nei miei. Mi guardò con la fiamma del desiderio ancora accesa, e all'improvviso si alzò da sopra di me, facendomi sentire improvvisamente freddo. Si sdraiò supino accanto a me e fissò il soffitto senza dire una parola. La pelle ambrata era lucida e i muscoli ancora tesi. Mi resi conto che era sfinito tanto quanto me, perché quello non era stato solo sesso.

Era stato batticuore.

Adrenalina pura.

In quegli attimi di piacere, Neil era stato capace di distruggere il castello incantato.

E di costruire attorno a noi un'incantevole follia.

Lo guardai mentre fissava in alto, perso nei suoi pensieri e cercai di non far caso al suo sapore salato che avvertivo sulla lingua e alla sua presenza che percepivo ancora tra le gambe.

«Credo che dopo non riuscirò a camminare», interruppi il silenzio in modo ironico. Neil, però, non disse nulla per un tempo indefinito mentre i miei occhi si alternavano dal suo profilo lineare alle labbra di un rosa più scuro. Dopo il sesso era così disordinato e sfatto da risultare ancora più selvaggio e bello.

«Stai bene?» mi chiese senza guardarmi. Ma dal tono di voce sembrava confuso e *irritato*.

«Tutto sommato, sì», gli risposi, tirando su le lenzuola per coprirmi. Mi girava la testa e la mia intimità era ancora eccitata ma anche dolente; il basso ventre, inoltre, era provato dai suoi colpi e la pelle bruciava nei punti in cui mi aveva baciata, morsa e toccata. Non era mai stato così intenso prima d'ora, tra noi.

Neil fece un sospiro pesante, poi si mise seduto sul letto, passandosi una mano tra i capelli scombinati. Non capii cosa stesse pensando, ma sembrava agitato e teso. Ormai lo conoscevo. Aveva per caso intenzione di scappare di nuovo?

Dove sarebbe andato con le ali strappate?

Con il viso sporco di cenere?

Con il passato che continuava a dipingere di sangue il suo corpo?

«Devo...» Si alzò dal letto, mostrandomi il sedere tonico, e si piegò per prendere i boxer. Li infilò in fretta e io seguii ogni suo movimento in silenzio, attonita, congelata.

«Devi?» lo incitai a proseguire e mi sollevai appena. Quando mi sedetti, sussultai a causa del fastidio tra le gambe, ma cercai di non farci caso.

«Fumare una sigaretta», ribatté atono, poi prese il pacchetto di Winston e si incamminò verso la portafinestra che dava accesso al balcone della mia stanza. La aprì e uscì, sbattendola con un tonfo forte.

Ragionai sul suo comportamento, ma ancora una volta non capivo cosa gli fosse preso. Mi sentivo solo delusa, vuota e usata. E non per quello che avevamo condiviso, ma per la sua strafottenza, per il modo in cui si chiudeva nel suo mondo quando non eravamo a letto insieme. Io non ero come Jennifer o come le sue amanti. Il suo atteggiamento altalenante mi faceva sentire come una prostituta d'alto bordo che, dopo aver soddisfatto le sue richieste, attendeva di essere pagata. Nonostante avessi appena tentato di farlo evadere dalla prigione invalicabile nella quale era rinchiuso, non avevo ricevuto una carezza, un abbraccio o una parola confortante.

Rabbiosa, mi alzai dal letto con la testa che vorticava appena e mi misi in piedi sulle gambe deboli. Arrancai fino al bagno, dopo aver pescato dall'armadio degli slip puliti, e guardai il mio riflesso allo specchio. I capelli ramati erano un disastro. Gli occhi azzurri vivi e lucenti. Le guance tinte di rosa. Le labbra tumide a causa dei suoi baci. Mi accarezzai il collo e delicatamente sfiorai con l'indice i segni lasciati da Neil. Sempre troppo avido. Troppo affamato. Mi scrutai ancora e mi accigliai nel notare un piccolo livido attorno al capezzolo. Abbassai il mento e con l'indice lo sfiorai, facendolo inturgidire, e una smorfia di dolore mi si impresse sul viso.

Fino a qualche mese fa il sesso, nelle mie convinzioni, era totale condivisione di anima e corpo.

Avevo sempre sognato di concedermi a qualcuno che mi avrebbe coccolata.

Rassicurata.

Abbracciata.

Amata.

Ma niente era andato come sognavo.

E adesso ero lì, nel bagno della mia stanza.

A fissare una ragazza che non riconoscevo.

Ma innamorata e per niente pentita delle sue scelte.

Nonostante tutto.

«Sei proprio una stupida...» mi dissi. La colpa non era di nessun altro se non mia. Scossi la testa con amarezza, mi infilai gli slip puliti e mi rinfrescai il viso, cercando di darmi una sistemata. Ma sussultai appena avvertii la portafinestra aprirsi e sbattere di nuovo; l'odore di fumo misto al suo profumo invase l'aria, fino alle mie narici.

Cercai di restare indifferente e temporeggiai ancora, ma sentii i suoi passi vicini, sempre più vicini. Non pensai a niente, non feci niente. Sbirciai solo di sottecchi la sua figura possente posarsi con una spalla sullo stipite della porta, fiera e austera come sempre; anche se finsi di guardarmi allo specchio, il pensiero virava incontrollato nella sua direzione.

«Se devi tornare a New York, vai pure.» Ruppi la tensione imbarazzante tra noi e mi girai verso di lui. Mi imposi di non guardarlo e avanzai per uscire dal bagno, ma la mano calda di Neil mi afferrò per il fianco costringendomi a fermarmi davanti a lui. Gli fissai un punto indefinito del torace, il cuore riprese a battermi a una velocità assurda e deglutii a vuoto.

La sua mano si spostò dal mio fianco alla schiena e mi attirò a lui. Gli premetti i seni sull'addome e un brivido di freddo ed eccitazione mi attraversò tutta. Non sapevo cosa avesse intenzione di fare. Mi scostò i capelli dietro la spalla e il suo sguardo mi ispezionò il collo, poi il seno e i fianchi.

L'odore di sesso, di sigaretta appena fumata e di muschio filtrò dentro di me, e mi mancò il respiro.

«Non me ne vado», rispose dopo un lungo silenzio, con la voce bassa e profonda capace di farmi vibrare come una corda di violino. Lo guardai: era serio, inflessibile come sempre.

«Perché... perché ti stai comportando così?» Rabbrividii appena, d'altronde ero nuda e stavo gelando. «Ci sei riuscito...» mormorai, sprezzante. «Se il tuo intento era quello di farmi sentire usata ci sei riuscito e...» Ma Neil appoggiò d'istinto le sue labbra sulle mie e mi zittì. Mi avvolse con un braccio e mi premette una mano sulla base della schiena, mentre l'altra si infilò tra i miei capelli. Fu un bacio casto, a occhi aperti, un bacio che serviva a interrompere le mie parole, con un rimprovero silenzioso. Dopo un attimo, si allontanò e mi prese per mano.

«Stai gelando e sì, ti ho usata, ma non nel modo che pensi», mi disse trascinandomi con lui fuori dal bagno. Senza lasciarmi la mano, si piegò per raccogliere la sua felpa bianca e me la porse.

«Ah no? Non nel modo in cui usi Jennifer e le altre?» lo rimbeccai profondamente delusa, e lui mi posò la felpa sulle spalle.

«Indossala. Ti scalderà subito», ordinò e istintivamente infilai le braccia nelle maniche enormi. Neil mi aiutò a richiudere la zip, poi mi osservò dall'alto verso il basso, stranito.

«Ti ho fatto una domanda», sbottai acida e i suoi occhi dorati salirono dalle mie gambe nude al viso. Sentii il profumo di muschio addosso e dentro di me si fece strada il pensiero che forse altre donne avevano potuto indossare qualcosa di suo in passato, cosa che mi fece irritare ancora di più.

«Con le altre non ho raggiunto l'orgasmo», ribatté serio, passandosi una mano sul viso. «Adesso possiamo dormire o devi rompermi le palle?» chiese seccato e contrariato.

«Romperti le palle?» ripetei indignata.

«Sì, esatto. Non fai altro che dire stronzate.» Iniziò ad alterarsi, lo capii dallo sguardo torbido, dai muscoli tesi, dal cambio di voce. E tutto questo mi spaventò. «Sei così chiusa nel tuo cazzo di mondo colorato, Selene. Pensi solo a quello che faccio con le altre e non hai ancora capito che tu per me sei diversa. Okay, non sono perfetto. Non ti coccolo, non ti abbraccio, non ti sussurro cose tenere all'orecchio e quindi? Esiste un manuale da seguire dopo una scopata, per caso? Magari vuoi anche un dolcetto, una rosa e cose simili? Sei convinta che io ti usi come uso loro perché sei una bambina incapace di cogliere i dettagli. In più occasioni hai nominato le mie amanti solo perché sei insicura e forse è anche colpa mia, che non riesco a concederti le attenzioni che vorresti, ma questo non ti dà il diritto di farmi sempre domande o di farmi sentire oppresso in questa cazzo di situazione che non riesco a gestire neanch'io!» Mi fulminò con lo sguardo e avanzò verso di me facendomi indietreggiare spaventata.

«Ma...» tentai di replicare, però mi fermai quando Neil mi si avvicinò minaccioso, inducendomi a tacere.

«Non lo vedi proprio, eh? Sono venuto di nuovo a Detroit per te, per accertarmi che tu stessi bene perché so benissimo di aver sbagliato ad andarmene l'ultima volta. Per colpa tua sto perfino saltando i corsi all'università a un passo dalla laurea», sbraitò fuori di sé, facendomi tremare dalla paura. «Ma devi capire che ho dei problemi, li ho sempre avuti, e che devi smetterla di credere a un noi inesistente. Cosa vedi adesso? Un uomo o un mostro? Dimmelo!» sbottò a un centimetro dal mio viso, mentre me ne stavo schiacciata contro la parete, intimorita. Neil mi afferrò per i capelli e mi costrinse e fissarlo negli occhi, strattonandomi verso di sé. «Dimmelo. Cosa vedi?» Era furioso e mi trattenni a stento dal piangere; avrei dovuto reagire e non farmi calpestare.

«Vedo un uomo che ha incontrato sul suo cammino un mostro», sussurrai e i suoi occhi mi fissarono sorpresi. Rimase immobile per qualche istante, poi attenuò la presa sui capelli e fece un passo indietro. Si toccò il viso e scosse la testa.

«Che ne sai, tu?» mi chiese guardingo. Non avrei mai potuto dirgli che Logan mi aveva confessato una parte della verità su Kimberly Bennett, così finsi di non esserne a conoscenza.

«L'ho dedotto.» Mi strinsi nella felpa e mi scostai la frangia di lato. Ero stanca e frastornata. Sostenere un discorso con Neil in quelle condizioni era più difficile di quanto pensassi. Dopo un attimo prese ad aggirarsi per la stanza, indeciso sul da farsi. Forse voleva andare via, scappare di nuovo, ma glielo avrei impedito.

«Facciamo che cerco di farti scivolare via tutte le angosce», gli dissi e lui si voltò a guardarmi, circospetto, fermandosi in un punto imprecisato della camera. «Facciamo che laviamo via insieme lo sporco che senti addosso. Sfamiamo la voglia pazza di averci e facciamo che tu diventi un po' me, e io divento un po' te per cercare di capire a fondo ciò che sentiamo.» Mi avvicinai a lui senza alcun timore, stavolta, e Neil rimase immobile ad ascoltarmi. «Facciamo che ti lasci toccare e abbracciare da me, perché sai che non ti farei mai del male. Scacciamo via le tue paure, affrontiamo il mondo insieme. A testa alta. Prendiamo a pugni il tuo passato. Cancella i ricordi e affronta il presente con me, anche se questa è la realtà che nessuno vorrebbe mai vivere. Resta così, con le spalle fiere, il petto in fuori, gli occhi guardinghi e le mani intrecciate alle mie. Perché è lì, in quelle mani, unite come catene di fuoco, che potremo trovare la nostra vera forza», conclusi ansante. Neil sembrava seriamente colpito dalle mie parole. Chinò le spalle e si grattò un sopracciglio, chiudendo gli occhi. Poi si voltò nella mia direzione e venne a passo spedito verso di me, con un cipiglio serio e autoritario. Tremai al pensiero che potesse sbraitarmi di nuovo contro, invece mi afferrò per la nuca e mi sfiorò il naso, puntando gli occhi nei miei.

«Facciamo che stai zitta e che mi baci.» Mi leccò le labbra e se ne impossessò subito con urgenza. Fu un bacio spietato, carnale, seducente. Neil mi reclamò e io non seppi più dove eravamo; come ogni volta mi sentii soggiogata e trasportata in un altro mondo. Nel suo.

Mi aggrappai ai suoi fianchi, e solo quando appoggiò la fronte sulla mia potei riprendere fiato. Lui se ne accorse e sorrise, perché sapeva benissimo l'effetto che sortiva su di me.

«Selene, non voglio litigare con te.» Mi accarezzò la guancia e mi osservò negli occhi, pensieroso. «Non ho intenzione di andare via stanotte. Resto qui», aggiunse e la mia rabbia svanì del tutto appena notai la dolcezza che traspariva dalle sue parole, una dolcezza che non esternava quasi mai.

«Neanch'io voglio litigare.» Abbozzai un flebile sorriso e mi godetti la sua carezza.

«Allora dormiamo e basta.» Si allontanò e si diresse verso il letto. In realtà, non sapevo come mai avesse deciso di restare, ma ero emozionata all'idea di dormire di nuovo con lui. Era successo già una volta e mi aveva espressamente detto che non significava nulla, ma, per me, tutto ciò che condividevamo aveva sempre un valore immenso.

Neil si distese sul mio letto, bello come un dio, e mi guardò sfacciatamente le cosce che la sua felpa mi copriva a malapena. Lo raggiunsi a passo incerto e mi sdraiai accanto a lui. Dopo un istante mi attirò a sé con un braccio, incastrando i nostri corpi come due pezzi imperfetti di un puzzle ancora da finire. Lasciai che la mia schiena gli aderisse al torace e lo sentii sospirare. Mi sentivo ancora più minuta in quella posizione, con il suo braccio possente che mi stringeva sotto il seno, eppure anche protetta e coccolata, quando, con la punta del naso, Neil iniziò a concedermi lievi carezze sulla nuca.

«Quante donne hanno indossato le tue felpe?» gli chiesi, mordendomi il labbro troppo tardi per la domanda inopportuna. Non volevo aprire un'altra discussione e sperai che non si arrabbiasse di nuovo.

«Solo due», ammise e la gelosia mi strinse lo stomaco. Odiavo provare sensazioni simili, tuttavia non riuscivo a controllarle. Mi costrinsi a non allontanarlo e a non comportarmi come una ragazzina, ma Neil percepì il mio nervosismo perché mi strinse più forte. «Mia sorella e adesso una bimba del cazzo che mi fa continuamente perdere la pazienza», sussurrò, poi mi mordicchiò il lobo dell'orecchio e si strusciò tra le mie natiche, facendomi sentire quanto mi desiderasse ancora. A quel punto mi voltai completamente e mi posizionai su un fianco, guardandolo negli occhi, offesa e arrabbiata.

«Perché devi essere sempre burbero?» Mi imbronciai e lui mi accarezzò la schiena lentamente.

«Non ti piaccio?» Mi diede un bacio sulla punta del naso e tornò a guardarmi.

«No», mentii. La sua voce bassa e roca mi inviò scosse elettriche al petto e il suo odore era così buono che mi fece perfino dimenticare qualsiasi cosa logica volessi dirgli.

«Ma che bugiarda...» Smise di toccarmi la schiena e mi sfiorò un fianco, poi con l'indice tracciò il contorno delle mutandine e infilò la mano al di sotto del tessuto, facendomi rabbrividire. «Non ti piaccio eppure sei di nuovo bagnata per me...» sussurrò, toccandomi tra le cosce. Nel frattempo, la sua erezione premette su di me, segno del suo desiderio ardente. Neil non si stancava mai, per lui il sesso era un vero mezzo di comunicazione, uno scettro magico con il quale sprigionava tutto il suo potere.

«Anche tu sei di nuovo eccitato per me», lo provocai e Neil mi baciò il collo, tirando fuori la mano dai miei slip.

«Direi che è ora di dormire, adesso.» Mi parlò come se avesse davanti una bambina di cinque anni. «E preferirei avere il tuo bel culetto su di me per tutta la notte.» Mi spinse di fianco e mi fece tornare nella posizione di poco prima. A volte mi chiedevo se il mio corpo non fosse solo una marionetta nelle sue mani. Tuttavia, smisi di preoccuparmi quando mi abbracciò e mi appoggiò il mento sulla testa, inspirando l'odore dei miei capelli. Trascorsero vari minuti di silenzio, nei quali fissai il vuoto di fronte a me e immaginai di essere una piccola farfalla che ci osservava dall'alto. Svolazzava sulle nostre figure con il battito delle ali lento ed elegante, e ci ammirava mentre eravamo l'una accanto all'altro, come una coppia perfetta, su un letto grande che profumava di sesso, di caos, di emozioni, di litigi, di risate, di abbracci, di corpi, di respiri, di baci.

Peccato che di perfetto noi avevamo ben poco o quasi...

Nulla.

Con una strana angoscia dentro, mi rivolsi di nuovo a lui, forse per abbattere le mie insicurezze.

«Neil?» lo richiamai, sperando che non si fosse addormentato.

«Che c'è?» rispose poco dopo, annoiato.

«Ci tieni a me?» gli chiesi. Forse poteva sembrare una domanda banale, ma dopo tutto ciò che avevo sopportato per lui, meritavo di saperlo.

«Dormi, Selene.» Si posizionò meglio e sbuffò.

«Almeno un po'?» insistei, sbadigliando assonnata.

«Buonanotte», mi congedò con la solita freddezza.

«Ma...»

«Bimba, non rompermi il cazzo e dormi», ordinò arcigno e alzai gli occhi al cielo.

«Sei proprio un idiota», lo rimbeccai.

«E tu sei una fata. La mia Trilli. Ti basta?» Sentii il soffio del suo respiro tra i capelli e mi mossi nervosamente contro di lui.

«No, voglio l'esclusiva.» Mi voltai e gli lanciai un'occhiata sbieca. Non riuscii a vederlo, ma ero certa che Neil stesse riflettendo sulla mia proposta.

«Cioè?»

«Niente donne, oltre a me. Devo toccarti solo io», gli spiegai con più chiarezza e lui non rispose, tornando a concedermi delle carezze con la punta del naso; l'attesa divenne insostenibile per me.

«Ci penserò», promise. Non era un sì, ma, per fortuna, non aveva neanche rifiutato categoricamente. Forse anche Neil si stava rendendo conto che il nostro rapporto poteva essere migliore, se si fosse impegnato a darmi di più del semplice sesso che concedeva a chiunque.

«Grazie...» mormorai soltanto.

«Selene?» Questa volta fu lui a richiamare la mia attenzione e mi voltai di nuovo. «Potrei fare qualche incubo stanotte...» mi fece presente, preoccupato, ma gli rivolsi un sorriso lieve e gli accarezzai il dorso della mano, che mi penzolava sullo stomaco.

«Non importa, li mandiamo via insieme. Chiudi gli occhi.» Mi voltai completamente verso di lui e, dopo qualche attimo di titubanza, mi diede ascolto. Poi gli scoccai un bacio dolce sulla palpebra destra e un altro su quella sinistra. Dopodiché Neil riaprì lentamente gli occhi, investendomi con il suo sguardo dorato, adesso ancora più luminoso.

«Si chiama 'il bacio dell'angelo'. Me lo dava sempre mia nonna quando da piccola avevo difficoltà a dormire per la paura del buio. Diceva che aveva il potere di scacciare via qualsiasi incubo.»

Neil mi osservò serio e sollevò un angolo delle labbra in modo pigro e sensuale, spingendomi la testa sul suo petto.

«Sei schifosamente dolce, Tigrotta. Sappi che li vorrò spesso questi baci», sussurrò. Forse a modo suo mi aveva appena fatto un complimento? Non ebbi tempo di rimuginarci su, perché Neil mi strinse a sé e il mio cuore iniziò a svolazzare nel petto come un colibrì.

«Avrai tutti i baci dell'angelo che desideri, allora, ma solo se mi dirai altre cose di te, okay?» Mi accoccolai su di lui e gli ricordai il nostro patto.

«Okay», rispose, poi chiusi gli occhi e mi addormentai.

Ormai Neil scorreva dentro di me.

Il mio amore per lui sarebbe stato immortale.

E chissà se anche lui, un giorno, avrebbe avuto un colibrì al posto del cuore.

Chissà se anche a lui la pelle si sarebbe riempita di brividi quando ascoltava la mia voce.

Chissà se anche a lui le gambe avrebbero tremato quando mi guardava.

Chissà…

Dopotutto, si sa che l'amore è pericolo.

È piacere.

È coraggio.

È sofferenza.

Certo, il suo casino mi era entrato nella testa e mi aveva cambiata.

Ma io non avevo paura.

Avrebbe trovato sempre conforto nelle mie braccia, le braccia del suo angelo.

Perché ormai lui era una parte di me.

E lo sarebbe stato per sempre.

19
Neil

Trova ciò che ami e lascia che ti uccida.
Lascia che ti prosciughi.
Lascia che si aggrappi alla tua schiena e che ti pesi trascinandoti nell'insignificanza
Lascia che ti uccida e che divori i tuoi resti.
Molte cose ti potrebbero uccidere, alcune lentamente altre velocemente, ma è molto meglio essere uccisi da un amore.
CHARLES BUKOWSKI

CONTINUAVO a fissare la foto di mia madre e di mio padre.

Mamma indossava l'abito da sposa e non sorrideva.

Sembrava che mi stesse guardando.

Sembrava anche triste.

Papà le avvolgeva un braccio attorno ai fianchi e le dava un bacio sulla guancia.

Lui sembrava felice.

E per fortuna non mi stava guardando.

Mi vergognavo troppo in quel momento.

Kim diceva che toccarci nella stanza dei miei genitori era più eccitante.

Il cuore batteva forte nel petto.

«Neil, dove sei?» Sentii la vocina di Logan oltre la porta chiusa e avrei voluto rispondergli, ma la babysitter non voleva.

«Shh... fai silenzio.» Kim si leccò il labbro inferiore e mi sorrise. Annuii arreso e le permisi di continuare la sua tortura. Se ne stava sopra di me e mi ripeteva che doveva insegnarmi ancora molte cose.

Strinsi gli occhi e mi trattenni dal piangere.

Non piangevo mai mentre Kim mi faceva del male.

Sentivo solo lo stomaco attorcigliarsi e la voglia di vomitare.

Mi concentrai di più sulla foto di mamma e papà.
Mi sentivo consumato.
Stordito.
Sporco.
Senza più un'anima.
Senza più una dignità.
Scusa, mamma, se non ho il coraggio di dirtelo, pensai.

Fumavo la mia sigaretta nella penombra della stanza di Selene, seduto alla scrivania su una sedia del cazzo, troppo scomoda e piccola per la mia stazza. Era notte fonda e uno dei miei incubi mi aveva fatto balzare giù dal letto, nervoso e sudato.

Kim mi aveva svegliato, di nuovo.

Non ce la faceva proprio a non fare la puttana nella mia testa almeno per una notte.

Liberai il fumo nell'aria, spostando lo sguardo sulla bimba. Iniziai a osservarla mentre dormiva distesa nel letto. Le lenzuola le coprivano le gambe nude e il busto era avvolto dalla mia felpa bianca. Troppo grande per il suo corpo esile.

Ressi la Winston tra l'indice e il medio e la girai nella sua direzione. Chiusi un occhio e fissai il punto di combustione, che man mano la consumava.

E forse io per Selene ero questo.

Il suo punto di combustione.

E lei era la mia sigaretta.

Più passava il tempo e più la consumavo.

Ma, alla fine, cosa ne sarebbe rimasto di lei?

Feci un altro tiro, unendo il fumo con l'odore di cocco che aleggiava tra le pareti, e fissai la bimba.

Le guardai i capelli arruffati in tanti fili ramati sul cuscino, il braccio flesso, con la mano chiusa a pugno accanto alle labbra carnose, gonfie e ancora rosse dei miei baci.

Poi le osservai la pelle diafana, i marchi rossastri sul collo a causa delle mie mani prepotenti. Tutte le mie voglie erano incise proprio lì, sul suo corpo, a ricordarmi il sesso che avevamo condiviso.

Era colpa sua se avevo perso il controllo in quel modo. Era bella da perdere la testa, ingenua, dolce e mi guardava come se fossi un uomo meritevole della sua purezza.

Sospirai a fondo, mi passai una mano sul viso, poi tra i capelli. Agitai una gamba nervosamente e fissai ancora Selene, lì, mentre il buio regnava dentro di me.

A volte dovevo scappare.

Dovevo andarmene, per poi correre di nuovo da lei.

Il nostro era un rapporto malsano.

Lo sapevamo entrambi.

E allora perché perdeva tempo con uno come me?

Doveva regalare i suoi sogni a qualcuno che avrebbe potuto realizzarli.

Doveva donare le sue lacrime a qualcuno che le meritava.

E i suoi abbracci agli angeli come lei.

Non a me.

Aspirai ancora altra nicotina e, mentre mi avvelenavo i polmoni, pensavo.

Nel momento in cui finalmente stavo bene con Selene, il mio passato mi afferrava per i capelli, ricordandomi che dovevo rimanere nel mio mondo oscuro: con le bionde, con i pugni e gli schiaffi di mio padre, con le mie lacrime invisibili, con il corpo macchiato, con l'ansia, la paura, la solitudine, i miei disturbi.

Ogni volta che cercavo di mettere un piede fuori dal mio caos, i mostri tornavano a riprendermi.

E io ci provavo a entrare nella sua luce.

Ci provavo a seguirla.

Ma come facevo?

Come facevo se ancora ero un prigioniero?

Mi avvicinai al letto della mia Trilli, lentamente, e mi sedetti, facendo cigolare appena le molle. Strinsi la sigaretta tra le labbra, socchiudendo gli occhi a causa del fumo denso, e sollevai una mano per accarezzarle una guancia. Le accarezzai anche i capelli e il collo, mentre lei dormiva serena, come una bambina, con quell'espressione buffa sul viso.

«Mi sento meno vuoto, quando sto con te», le dissi conscio del fatto che non potesse sentirmi. «La stanza è meno fredda, quando dormo con te, ma ho paura di essere inghiottito. Da te. Da ciò che mi dai. Da ciò che vuoi da me, perché mi confondi. E poi chi mi aiuta a sopravvivere se tu mi spezzi?» le chiesi, facendo un altro tiro. Selene si mosse appena sotto il mio tocco, ma continuò a dormire, così continuai: «Hai questo potere... altroché se ce l'hai. Puoi spezzarmi, ma io non posso lasciartelo fare. Mi sono ricucito da solo, a fatica, e tu potresti farmi di nuovo a pezzi.» Finalmente avevo ammesso la verità più grande di tutte: avevo paura di lei.

Io, proprio io, temevo il potere magico di una ragazzina dagli occhi color oceano. Le fate erano pericolose, lo sospettavo già da bambino. Ti incantavano, ti rendevano schiavo e poi ti abbandonavano, lasciandoti solo in un cumulo di sofferenza e desolazione. La bimba mugolò nel sonno, schiudendo appena le labbra carnose, tondeggianti come un cuore. Poi le fissai le ciglia lunghe e continuai ad accarezzarle lentamente la pelle liscia come seta, mentre tornavo a rimuginare su ciò che avevamo fatto poco prima.

L'aveva pretesa con ardore, rabbia e lussuria nel suo letto. Volevo farle capire che non poteva cercare del buono in me, che non poteva spingermi oltre i limiti. Io stesso ero consapevole di quanto fossero fuori dal comune i miei comportamenti e di quanto fossi difficile da gestire. Per un attimo mi ero smarrito nel suo corpo, alla ricerca dell'oblio del piacere, ma subito ero tornato alla realtà e la mia vita aveva ripreso a essere una grande merda. «Non sei mia e io non sono tuo», le dissi, continuando a fumare. «Perché noi apparteniamo al mondo, e non l'uno all'altra. Siamo anime, non cose. E ci sarà qualcun altro, un giorno, per te.» Era faticoso ammettere di non essere all'altezza di Selene, confessare a me stesso di non poter esaudire le sue aspettative. Sapevo di piacerle, sapevo che mi desiderava, ma la domanda era sempre la stessa: mi avrebbe amato, se non avessi avuto questo aspetto?

Perché anche Kimberly mi aveva amato, ma soltanto perché ero «bello». Me lo diceva sempre.

Ricordarla di nuovo mi provocò un moto di angoscia incredibile, così mi alzai dal letto e mi incamminai a piedi nudi verso la scrivania di legno. Gettai il mozzicone nel cestino, poi guardai il portapenne a forma di bicchiere sagomato con la solita stampa del gattino, e frugai al suo interno in cerca di un pennarello *nero*. Una volta trovato, lo sfilai e mi avvicinai al vetro della portafinestra, che mi restituì il mio riflesso. Guardai il corpo coperto solo dai boxer, le gambe lunghe, i fianchi stretti, le linee definite dell'addome, i pettorali gonfi, le spalle larghe, i due tatuaggi, le vene sporgenti che si diramavano come sentieri imprecisi sotto la pelle scura. Il mio aspetto era quello di un uomo adulto cambiato, diverso, ma dentro ero ancora il Neil dei miei dieci anni, che portava addosso i segni della violenza di Kim.

D'un tratto il mio viso mutò, la barba sparì. Gli occhi divennero più dolci, i capelli scombinati e lunghi, i tratti delicati e infantili. Adesso indossavo una canottiera dell'Oklahoma City e un paio di pantaloncini blu, quelli che mettevo sempre quando giocavo in giardino. All'improvviso non ero più a casa di Selene, ma nella mia casa di New York, con la coscienza sporca, l'anima macchiata, l'innocenza distrutta, la voce della babysitter che mi chiamava continuamente.

Con i ricordi che vorticavano nella testa e gli occhi fissi sul riflesso del vetro, tirai con i denti il tappo del pennarello. Poi ne appoggiai la punta morbida sul mio petto e iniziai a muoverla, come se la mia pelle fosse una tela da sporcare, un muro da scarabocchiare, un foglio da scrivere, una storia di merda da raccontare.

Premetti il pennarello su di me con rabbia, disegnandomi addosso linee di ogni tipo, mentre il cielo mi faceva da spettatore e il sole iniziava a illuminarmi con i raggi dell'alba. Anche oggi mi ero svegliato prima del destino, ma non era servito a cambiarlo.

Dopo minuti infiniti, lasciai cadere il pennarello sul pavimento, e con il dorso della mano mi macchiai di nero ogni lembo di pelle sul petto, sul collo e sulle braccia. Sputai il tappo che reggevo tra i denti e mi fissai ancora nel riflesso del vetro, che adesso avrei voluto spaccare.

«Neil.» La voce di Selene mi raggiunse le orecchie, ma restai immobile.

«Lo vedi, bimba? Nella mia testa c'è un meccanismo contorto e perverso.» Parlai guardandomi nel vetro.

«Che stai facendo?» Sentii le molle del letto cigolare e dei passi deboli avanzare verso di me lentamente.

La Tigrotta aveva paura?

«La colpa è di chi si fa stuprare, lo sapevi?» Fissai ancora il vetro e iniziai a parlarle, come mi aveva sempre chiesto.

«Che... che stai dicendo?» balbettò. Sicuramente Selene non mi capiva, non poteva.

«Al bambino piaceva la compagnia di Kim. Si faceva toccare volentieri. Avrebbe dovuto respingerla e, invece, le ha permesso di andare avanti per un anno.» Sorrisi e scossi la testa con sarcasmo. «Sono sporco per colpa mia», conclusi e mi girai verso di lei. Incontrai subito i suoi occhi oceano che scivolarono lenti e straniti sul mio corpo per poi tornare sulle mie iridi, adesso vuote e perse.

«Cosa ti sei combinato?» mi chiese, poi raccolse in fretta una lacrima sulla guancia. Non voleva piangere in mia presenza oppure aveva capito di cosa stessi parlando?

«Stai bene?» chiese ancora, spaventata. Ma si avvicinò ugualmente e le guardai le gambe nude. La felpa larga le copriva tutte quelle curve da capogiro, i capelli erano indisciplinati, le labbra secche e gonfie, gli occhi color fiordaliso, appena sveglia, abbagliavano perfino il sole. Tentò di toccarmi, ma feci un passo indietro. Non volevo.

«Hai usato un pennarello?» Arricciò il naso, fissandomi il petto.

«Sono macchiato», le confessai, sperando che potesse intuire da sola cosa avevo vissuto da bambino. Non avevo il coraggio di parlargliene apertamente, ma volevo che sapesse la verità.

«Allora voglio esserlo anch'io.» Si morse l'interno della guancia pensierosa, poi si guardò attorno e si piegò raccogliendo il pennarello.

Era impazzita come me?

«Guarda...» Lentamente tirò verso il basso la zip, mostrando i seni sodi e tondi. I miei occhi si concentrarono sui capezzoli arrossati e in particolare su un livido attorno all'areola, mentre lei lasciava scivolare sul pavimento la felpa restando davanti a me solo con le mutandine. Mi venne di nuovo voglia di scoparla, ma cercai di non distrarmi.

Selene si avvicinò il pennarello al collo e iniziò a tracciare delle linee indefinite. Fece lo stesso anche sul petto, sulla pancia e sulle braccia. Poi ci passò sopra il dorso della mano, creando delle enormi macchie di inchiostro; infine, sollevò lo sguardo su di me, divertita come una bambina, ma sicura come una donna.

«Siamo macchiati entrambi, adesso. Vedi?» Sorrise e lasciò cadere il pennarello sul pavimento, poi si avvicinò ancora fino a sfiorarmi il torace con i seni alti e tondi. Il suo profumo mi indusse a chiudere per un attimo gli occhi e mi trasportò altrove, lontano, sulla mia Isola che non c'è. Il sangue mi iniziò a fluire più veloce. Il battito cardiaco accelerò come se il cuore avesse appena ricevuto un calcio per ripartire. I miei occhi si aprirono e puntarono i suoi, poi scesero sulle labbra piene, sul seno, sulle gambe snelle e...

Sei carina... le dicevo.

Sei un'opera d'arte... pensavo.

All'improvviso la presi in braccio, senza gentilezza né preavviso. Le mie mani le finirono sul culo e glielo strinsi, facendole avvolgere le gambe attorno al mio bacino. La bimba mi si aggrappò alle spalle e la baciai con un desiderio bruciante. La baciai come un animale affamato, aggressivo e rabbioso, sapendo bene che a lei piacevo anche così.

«Buongiorno.» Fu tutto ciò che riuscii a dire mentre la conducevo nel bagno. Aprii la porta con un calcio e lei sorrise tra le mie braccia. Era leggera, profumata e minuta. Non riuscii neanche a raggiungere il box doccia, che la schiacciai di schiena contro le mattonelle fredde accanto al lavandino e continuai a divorarla, ingoiando i suoi gemiti e donandole i miei.

«Buongiorno anche a te», disse, senza fiato, rossa in viso, ma non mi fermai. Le palpai un seno in modo rude e le pizzicai il capezzolo tra le dita. Percepii l'eccitazione scorrere in ogni parte di me, l'erezione pulsare sotto i boxer e dovetti strofinarmi tra le sue cosce per cercare un attimo di sollievo.

«Neil, aspetta...» farfugliò Selene al mio orecchio e mi bloccai subito, come un pezzo di ghiaccio.

«Cosa?» La guardai negli occhi, fermo e impaziente, senza rimetterla a terra.

«Sì, be', dopo questa notte. Ecco... fa ancora male...» disse imbarazzata e mi resi conto di quanto fossi stato irrazionale.

«Hai ragione. Mi dispiace, bimba.» Appoggiai la fronte sulla sua e i nostri respiri affannati si incalzarono a vicenda, poi la posai sul pavimento, ma non mi preclusi la possibilità di toccarle il sedere e la schiena ancora una volta.

«Vorrei... ma...» tentò di giustificarsi e le posai subito un indice sulle labbra.

«Dovresti fare un bagno caldo», le dissi semplicemente, con un sorriso lascivo su cui indugiò il suo sguardo. «Con il calore passerà tutto», aggiunsi serio; a quel punto, mi allontanai da lei controvoglia e mi avvicinai alla vasca accanto al box doccia.

«Un bagno?» ripeté confusa mentre iniziavo a riempire la vasca con acqua calda, sedendomi nel frattempo sul bordo freddo.

«Sì, vieni qui.» Intinsi un dito nell'acqua per controllare la temperatura e Selene si avvicinò arrossendo, con i suoi banali slip che la rendevano più sexy di quanto pensasse. Il tessuto bianco era più scuro e umido al centro e io la fissai lì, come una bestia che non mangiava da mesi.

«Spogliati.» Le sorrisi e la guardai, lentamente, dall'alto verso il basso per metterla a disagio.

Era adorabile.

«Smettila», mi ammonì, ma con mia sorpresa fece come le avevo detto. Si spogliò e mi espose la sua nudità, con una certa fierezza. Così ne approfittai per divorarla con gli occhi e i brividi che le corsero sulla pelle mi confermarono che le stavo facendo un effetto devastante: la stavo scopando senza neanche toccarla.

D'un tratto, ripensai al suo sapore dolce e mi leccai il labbro inferiore; la voglia di risentirlo era sempre troppa, non mi bastava mai.

«Mi stai guardando come un pervertito», borbottò a disagio avvicinandosi al bordo della vasca; prima che potesse entrare, però, l'afferrai per un fianco e l'attirai a me. Mi ritrovai con il viso allineato al suo addome e ci posai un bacio. Lei strinse le gambe e si irrigidì.

La solita bimba.

«Forse perché lo sono...» Le sorrisi sfacciato e le toccai il retro delle cosce, baciandole il basso ventre piatto e soffice che si ritrasse al contatto con le mie labbra ardenti. «E molto anche...» Scesi lentamente sul pube liscio e la baciai anche lì, notando che aveva la pelle d'oca ovunque. Le sue mani mi si appoggiarono sulle spalle e la schiena le si inarcò. «Lo sono oltre i limiti della decenza...» Le strofinai il naso sul monte di Venere e le leccai il clitoride, piccolo ed eccitato. Poi sollevai lo sguardo e mi tuffai nei suoi occhi luminosi, con un sorrisetto sfacciato. «Adesso entra nell'acqua.» Mi alzai piano e mi strusciai volontariamente contro di lei, per farla boccheggiare.

«Il solito stronzo», brontolò come una bambina, profumata di cocco e di sesso, sporca d'inchiostro e più bella che mai.

«Muoviti, Tigrotta.» La sculacciai e lei sobbalzò, poi si immerse nella vasca come una dea. Mugolò in segno di apprezzamento e le fissai i capezzoli turgidi e bagnati, accarezzati dall'acqua limpida.

«Tu non vieni? Devi pulirti.» Indicò il mio petto macchiato e le sorrisi appena, infilando una mano nella vasca e sfiorandole la caviglia liscia.

«Vuoi farmi venire?» Inarcai un sopracciglio per enfatizzare il concetto e lei alzò gli occhi al cielo.

«Fai il bagno con me.» Usò un tono sensuale e con una mano iniziò a toccarsi il seno, guardandomi divertita perché sapeva che non le avrei resistito.

«Mi stai provocando?» Mi alzai dal bordo della vasca e afferrai l'elastico dei boxer, che feci scivolare velocemente lungo le gambe. Il suo sorrise beffardo si spense quando gli occhi le si posarono sulla parte del mio corpo che amava e temeva di più. «Non parli più, Tigrotta?» Sfoggiai un sorrisetto sghembo e sollevai una gamba per entrare nella vasca, proprio dietro di lei.

«Sarebbe meglio se ti mettessi di fronte... cioè... ecco... credo...» Entrò nel panico, ma la ignorai e mi sistemai dietro di lei; la imprigionai con le gambe e le permisi di appoggiarsi al mio petto.

«No, devo stare dietro di te. Proprio vicino al tuo bel culetto», le sussurrai malizioso all'orecchio, muovendo appena il bacino per mettermi comodo; lei sussultò appena avvertì la mia erezione premerle contro la base della schiena.

«Certo, ovviamente», commentò sarcastica, poi allungò un braccio per afferrare una spugnetta blu e il bagnoschiuma al cocco.

«Lascia, faccio io.» Glieli strappai di mano con i miei soliti modi bruschi e cercai di non far caso alle sue imprecazioni. Versai una quantità abbondante di bagnoschiuma nell'acqua e poi lanciai la spugnetta sul pavimento.

«Ma che fai? Quella...» Si ammutolì quando iniziai ad accarezzarle le spalle.

«Preferisco usare le mani. Sono un vero romantico, lo sai...» mormorai seducente, scendendo lentamente con le mani sul seno e toccandoglielo con decisione; Selene mi appoggiò la testa contro il petto.

«Non perdi mai un'occasione per approfittarne», brontolò con un sorriso divertito. A quel punto scesi sul ventre e l'accarezzai anche lì, con una delicatezza che non mi apparteneva.

«Ti avrei scopata di nuovo, se avessi voluto approfittarne, invece ti sto solo coccolando...» Le baciai il collo e con le mani scesi ancora e ancora, arrivando al centro delle cosce. La toccai lentamente e Selene si irrigidì. «Rilassati.» Non volevo sentirla così tesa, tutt'altro. Così le massaggiai il clitoride delicatamente e lei sospirò.

«Hai fatto i tuoi incubi, vero?» mormorò triste e la sua mano mi accarezzò il braccio.

«Sì», confessai apertamente, accarezzandola sull'addome adesso.

«Mi dispiace. Credevo che dormire con me potesse farti bene», disse affranta girando il viso verso di me; ne approfittai per scostarle i capelli bagnati dalla fronte.

«Sto bene con te...» *Ma niente può cancellare Kim dalla mia testa.*

«Vorrei che tu stessi benissimo, non soltanto bene.» Sbuffò e con entrambe le mani raccolse un po' di schiuma e ci soffiò sopra.

«Sei proprio una bimba. Vuoi anche le paperelle nell'acqua?» la sbeffeggiai guadagnandomi una gomitata nello stomaco. «O ti basta il drago?» le sussurrai ancora, spingendo in avanti le anche per farle sentire di che drago stessi parlando.

«Neil!» Sobbalzò e fece fuoriuscire l'acqua; a quel punto scoppiai a ridere e lei si imbronciò. «Non è divertente!» mi redarguì, poi, per dispetto, mi soffiò la schiuma sul viso e mi finsi improvvisamente serio. Selene si morse il labbro come una ragazzina insolente e tra noi iniziò una vera e propria guerra; figurarsi se riuscivamo a fare un bagno in modo normale.

La bloccai con le gambe, poi iniziai a tirarle dei pizzicotti leggeri. La bimba cercò di divincolarsi e rise. Rise come una pazza. Il suono della sua risata si diffuse ovunque, e i miei ricordi mi parvero lontani. La sensazione fu bellissima.

«Neil, finiscila, dai.» Senza fiato, Selene si ritrovò a cavalcioni su di me, con i capelli bagnati che le ricadevano sui seni, il petto che si sollevava affannato, i capezzoli eccitati sui quali scivolavano goccioline di cristallo.

Ed era magnifica, cazzo.

«Trilli, hai due possibilità: o ti levi da questa posizione, o ti lasci scopare come si deve. A te la scelta.» Appoggiai la testa sul bordo della vasca e scivolai più in basso, per congiungere perfettamente i nostri corpi, ma la bimba sembrava concentrata a fissare il mio petto, riflessiva e assente.

«Non devi mai sentirti macchiato. Mai», sussurrò dolcemente, passandomi le mani sui pettorali e poi sul collo, per togliere le macchie d'inchiostro del pennarello che sbiadivano lentamente fondendosi con l'acqua pulita. «Capito? Mai», disse in tono affranto, sull'orlo delle lacrime. Non volevo che soffrisse per me e per ciò che ero.

Le bloccai i polsi e la guardai negli occhi, quegli occhi puri che si incastrarono nei miei, lasciandomi percepire tutta la sua tristezza.

«Promettimi che non piangerai più per me.» Il mio suonò più come un comando che non come una richiesta. Ed era proprio questo: un ordine.

«Cosa?» Assunse un'espressione stupita e il mio sguardo scivolò sulle labbra carnose.

«Promettilo, Selene», le ripetei meno brusco.

«Non posso… io… non…» Scosse la testa, ma l'afferrai per i fianchi.

«Ho detto: promettilo.» Sollevai il busto e la fissai severo. Lei chinò le spalle e si arrese.

«Va bene. Te lo prometto», cedette.

«Brava…» Le diedi un bacio casto sulla punta del naso e mi rimisi comodo, con la testa appoggiata sul bordo freddo e le mani salde sui suoi fianchi. «Adesso che intenzioni hai? Vuoi cavalcarmi?» La presi in giro per scacciare via la tensione e lei sgranò gli occhi.

«Oddio, no!» Deglutì e il mio sguardo scese sui segni rossastri che le punteggiavano il corpo.

«Lo so, bimba. Stavo solo scherzando», le dissi e Selene sospirò sollevata, poi aggrottò la fronte pensando a qualcosa.

«Che ora sarà? Io devo andare a lezione.» Si sollevò in fretta da me e uscì dalla vasca, mostrandomi il corpo lucido e bagnato. La mia tigrotta aveva un culetto da favola, e prima o poi mi sarei preso anche quello.

Mentre lei frugava in giro alla ricerca di un asciugamano, restai immerso nell'acqua, nella fragranza di cocco profumato, e la guardai disinvolto, divorandole sfacciatamente ogni centimetro di pelle esposta.

Una volta trovato l'asciugamano, se lo avvolse attorno al corpo, spegnendo le mie fantasie indecenti, e sbuffai.

«Calmati. Saranno le otto e hai lezione alle nove. L'ho letto sul tuo calendario», mormorai annoiato e uscii anch'io dalla vasca, ovviamente con meno eleganza di lei, spargendo acqua ovunque.

«No, tu non capisci. Devo prendere gli appunti, ritirare i programmi, capire quali libri acquistare e...» Si fermò appena i suoi occhi scivolarono sul mio corpo, attratti da ogni gocciolina d'acqua che mi lambiva la pelle lucida e ambrata. Selene restò immobile a fissarmi, inebetita. Guardò le mezzelune dei pettorali, poi gli addominali definiti e, con un gesto involontario, si morse il labbro carnoso con forza. Ma non si fermò. Scese ancora, lentamente, verso il basso, e si soffermò sull'erezione, altrettanto lucida e tesa in alto, proprio in bella vista.

«Okay, ho capito. Non ti farò perdere altro tempo.» Le feci l'occhiolino provocante e afferrai un asciugamano per avvolgerlo attorno ai fianchi.

«Neil...» Mi richiamò e mi osservò fermo davanti allo specchio. Con una mano mi sistemai i capelli bagnati e la guardai dal vetro, concedendole tutta la mia attenzione. «Voglio conoscere tutto di te», aggiunse e notai le sue guance tingersi di rosso. La fissai pensieroso, senza cogliere al volo il significato della sua affermazione, poi intuii cosa le mancava conoscere: il mio *sapore*.

«Che stai dicendo?» Corrugai la fronte e mi voltai verso di lei.

«Pensi che non ne sia all'altezza?» Appoggiò le mani sui fianchi e mi sfidò, come sempre. La bimba si stava cacciando in un grosso guai.

«Non sai ciò che dici.» Scossi la testa e mi misi a osservarla dall'alto verso il basso, poi avanzai verso il suo corpo snello a passo lento, notando ogni sua sicurezza crollare piano piano. Mi fermai a poca distanza dal suo viso e la fissai, con arroganza e strafottenza. «Te ne pentiresti», le dissi in modo schietto e lei sorrise.

«Non accadrà», ribatté sfiorandomi i fianchi e un brivido d'eccitazione mi corse lungo la schiena, ma feci un passo indietro per sottrarmi al suo tocco.

«Sai come sono fatto.» Lo sapeva bene e non volevo che si sentisse usata da me.

«Non mi importa, voglio provare», disse senza alcuna inibizione, poi abbassò lo sguardo e si torturò le mani a disagio. Forse si stava già pentendo della sua proposta, o forse stava semplicemente attendendo che io accettassi. Storsi il naso con disappunto; non volevo cederle, poi pensai a ciò che avrei provato se fosse stata lei a concedermi il mio preliminare preferito. Così vinse il maledetto istinto e mi avvicinai al suo orecchio.

«Quindi vuoi succhiarmelo?» la provocai malizioso e Selene fece qualche passo indietro, urtando di schiena contro il muro. Mi guardò il torace nudo con aria riflessiva e deglutì a disagio. Ormai, però, mi aveva provocato e aveva liberato il leone dalla gabbia; la mia gazzella non poteva più scappare.

«Adesso?» Dal suo viso pallido percepii tutto il timore che stava provando. La rispettavo troppo per costringerla a fare qualcosa che non voleva. Ma ero un gran bastardo quindi non mi sarei precluso la possibilità di giocare un po' con lei.

«Hai paura?» Mi leccai il labbro inferiore e mi avvicinai. Appoggiai una mano al lato della sua chioma arruffata e le premetti il bacino contro il fianco per farle capire che il mio cazzo la stava proprio aspettando.

«No, per niente», sussurrò, guardandomi da sotto le ciglia nere e folte, con il suo sguardo oceano più cristallino del solito.

«Sei sicura?» le domandai, notando le guance arrossarsi di più. «Non sentirti costretta. Io sto bene così.» Le accarezzai il mento e lei si fece più ardita: mi sfiorò il bordo dell'asciugamano che avevo addosso. In quel momento, mi resi conto che Logan aveva ragione: con Selene non solo avevo provato l'orgasmo, ma avevo voglia di provarne un altro e un altro e mille altri ancora.

«Sono sicura.» Mi si avvicinò e mi baciò il collo. In quel momento, sentii solo il suo profumo di cocco e non riuscii più a riconoscere il mio. Inebriato, le infilai una mano tra i capelli, e Selene iniziò a baciarmi lentamente ogni lembo di pelle. Così espirai piano e mi godetti il tocco delicato delle sue labbra.

Sapevo che la bimba non aveva mai fatto un preliminare del genere, che la sua splendida bocca era ancora pura e sarebbe stata la prima volta per lei, e per un secondo ebbi un ripensamento.

La sua aria innocente e al contempo provocante, però, spense ogni mio neurone; sentii il cuore battermi ovunque e il sangue fluire in una sola parte del corpo.

«Puoi ancora fermarti», le dissi, tenendo a freno la mia euforia, perché si trattava di lei. Se avessi avuto davanti qualcun'altra, me ne sarei fottuto e le avrei già riempito la bocca a modo mio, ma con lei no.

Con lei ci sarei andato piano.

«No. Desidero tutto di te», replicò, baciandomi il petto; le strinsi i capelli e, con uno strattone, la bloccai per riportarle il viso a poca distanza dal mio. Selene sgranò gli occhi quando si rese conto dei lampi di lussuria che illuminavano i miei.

«Ti avverto. Non potrai più tirarti indietro.» Le sorrisi sfacciato e mi appoggiai sul bordo del lavandino, sfidandola. La bimba avanzò seminuda verso di me, ancora gocciolante d'acqua, e mi osservò gli addominali, poi il basso ventre. Sembrava eccitata ma pensierosa.

Abbozzai un sorriso lascivo e lei guardò proprio l'erezione gonfia, ancora coperta dall'asciugamano.

«Non accadrà», ribatté determinata.

«Inginocchiati», le ordinai allora, accarezzandole la guancia morbida; Selene si avvicinò ed eseguì il mio comando, posizionandosi di fronte a me. Al che, sciolsi il nodo dell'asciugamano e rimasi completamente nudo davanti a lei.

La bimba guardò sconvolta il membro inarcato verso l'alto, imponente, maestoso, proprio a poca distanza dal suo viso, e sbatté le palpebre ripetutamente. Poco dopo iniziò a entrare nel panico e strinse il suo asciugamano come se potesse aiutarla in qualche modo a capire se davvero sarebbe riuscita a prenderlo tutto; io serrai le labbra per non scoppiare in una fragorosa risata.

Era troppo tenera.

«Ci andrò piano. Stai tranquilla...» la rassicurai subito e le accarezzai il viso mentre lei deglutiva visibilmente tesa, e continuava a fissarmelo come se fosse qualcosa di mostruoso da cui scappare. Forse stava perfino cambiando idea.

«Come... cosa dovrei fare... è troppo... cioè io... oddio», balbettò confusa sollevando i suoi occhioni su di me, per rivelarmi tutta la sua inesperienza, e le sorrisi appena. Odiavo ammetterlo, ma adoravo quell'aspetto di lei. Per la prima volta nella mia vita, mi piaceva una ragazza così ingenua.

Mi piaceva quel lato di lei buffo, infantile, a volte fastidioso, ma unico.

Maledettamente unico.

«Toccami.» Le sollevai un polso e le appoggiai la mano alla base della mia erezione. Selene l'avvolse e iniziò ad accarezzarlo dall'alto verso il basso. «Brava, così.» Restai appoggiato in modo spavaldo sul bordo del lavabo e osservai fiero il membro inturgidirsi sempre più nel palmo della sua mano, mentre lei mi guardava negli occhi come se stesse cercando di entrarmi dentro.

Dove voleva arrivare?

«Adesso leccalo», sussurrai appena, poi le infilai una mano tra i capelli e la spinsi con gentilezza verso di me. Imbarazzata, Selene sussultò perché non si aspettava quel gesto. Deglutì e tirò fuori la lingua, appoggiandola con delicatezza sulla punta del mio membro e muovendola impacciata. «Sì, piano...» Inclinai leggermente la testa e mi sfuggì un piccolo verso di piacere. Fu strano, perché solitamente gemevo poco, ma con la bimba stava diventando tutto imprevedibile.

«Stai andando bene, Selene. Continua.» E lei mi obbedì. Con

la lingua scese lentamente in basso, poi tornò sulla punta, ruotandoci attorno in modo curioso. Intanto, la sua mano continuava a muoversi goffa sulla base. Mi resi conto in quel momento che la sua insicurezza non faceva altro che eccitarmi e mandarmi in fumo il cervello. Sembrava una bambina alle prese con un giocattolo nuovo. Una bambina che scartava il regalo di Natale. Una bambina che scopriva, sperimentava ed esplorava. «Adesso, copri i denti con le labbra e prendi solo la punta. Piano.» In realtà la voglia di scoparle la bocca era tanta, ma era Selene quella inginocchiata davanti a me, non una bionda qualsiasi.

Era la mia Trilli. Mi costrinsi quindi a controllarmi.

Lei annuì e aprì la bocca, lasciandomi scivolare dentro di lei. Il suo calore mi accolse subito e d'istinto contrassi l'addome per la sensazione piacevole che si irradiò dalla schiena al petto, stringendomi in una morsa ardente.

«Respira dal naso.» Mi sfilai con lentezza e poi le rientrai di nuovo in bocca. Dopodiché, iniziai a muovermi e a dettare il ritmo giusto. Nonostante la sua inesperienza, era stupendo sapere di essere il primo anche in questo. La tenni per i capelli, le massaggiai la nuca con delicatezza e lei sostenne il ritmo. Sembrava seriamente concentrata e di tanto in tanto mi guardava in cerca di rassicurazione, perciò le sorridevo.

Come faceva a risultare adorabile anche inginocchiata tra le mie gambe?

«Brava, prendine un po' di più, senza esagerare. Non devono venirti i conati.» Il mio respiro iniziò ad accelerare mentre lei si impegnava a esaudire ogni mia richiesta. E più passava il tempo, più la mia Tigrotta giocava, mi esplorava e capiva che cosa mi piacesse. Era ancora tesa, ma adesso anche più sicura di sé. Proprio come volevo. In quel momento, tutto mi apparve così giusto, naturale, spontaneo, come se i nostri corpi fossero nati per questo. Come se fossero due metà imperfette che si completavano alla perfezione.

Mentre Selene continuava a concedermi piacere, io la guardavo ammaliato.

Pensai allora che le avrei insegnato tutto ciò che la gente considerava immorale, impuro e perverso.

Le avrei insegnato tutto ciò che i perbenisti del cazzo consideravano un... errore.

Tutto ciò che i finti moralisti consideravano... indecente.

Tutto ciò per cui qualcuno lassù avrebbe dovuto punirmi e condannarmi.

L'amore era stata un'invenzione di Dio.

Il sesso, invece, un'invenzione sbagliata dell'uomo.

«Sì, così...» sussurrai rauco, mentre lei si abituava alla nuova intrusione. «Ora succhialo.» La mia voce divenne più arrochita dal desiderio, che cercai di contenere. Strinsi le dita sul bordo del lavabo, mentre Selene mi accoglieva nella bocca sempre di più. Mi fece entrare e uscire e io le facilitai il compito, ondeggiando cauto. Mi dava piacere così lentamente da farmi impazzire. «Sì bimba, sei brava...» Le accarezzai i capelli setosi e mi leccai il labbro inferiore, poi attirai la sua nuca verso di me e sentii le sue mani aggrapparsi alle mie cosce per sostenersi. «Di più», sussurrai a corto di fiato e lei chiuse gli occhi, arrossendo. «Ti piace?» La guardai e lei annuì, aumentando la mia voglia, incitandomi a spingere più veloce il bacino verso la sua bocca.

Io ero diabolico ma lei, cazzo, era... divina.

D'un tratto, i suoi occhi azzurri divennero lucidi e con la mano continuai a stringerle i capelli morbidi, muovendomi con più vigore. Le feci capire che adesso si faceva sul serio, che adesso non dovevamo perdere tempo, che ora si giocava ma a modo mio.

«Guardami», le ordinai; lei riaprì gli occhi e li puntò nei miei. Era inesperta ma *perfetta*, la mia Trilli.

E mi piaceva esattamente così: un po' donna, un po' bambina. In quel momento, la sua mano prese ad accarezzarmi i testicoli e la bocca carnosa mi viziò ancora, ma io ero insaziabile e ingordo. Ne volevo di più. Così contrassi gli addominali e continuai a spingermi dentro di lei.

Passarono svariati minuti, non sapevo neanche quanti, e Selene sembrava stanca e provata dalla mia resistenza, anche se ormai avrebbe dovuto sapere che non venivo mai subito. Le accarezzai la testa per incoraggiarla e lei continuò a muoversi come una dea. Era elegante e angelica anche in quella situazione, anche mentre io, da grande egoista, mi prendevo da lei ciò che volevo.

«Ci sono quasi… continua…» Il fuoco iniziò a salire. Si levò lento proprio dalla base della mia schiena. Pian piano mi incendiò completamente ogni muscolo, ogni lembo di pelle. Mi morsi il labbro inferiore e la guardai ancora. Era bella. Delicata. Come un *angelo divino* che soddisfaceva i vizi del suo demone oscuro. D'un tratto i testicoli formicolarono, le vene dell'addome si gonfiarono e il sangue defluì verso il basso a ogni spinta.

L'erezione si tese ancora nello spazio ristretto della sua bocca, facendola tossire; a quel punto le sue dita affondarono nelle mie gambe per supplicarmi silenziosamente di rallentare. Ma non potevo, non ora.

«Sto per venire.» Le sue labbra che strusciavano sulla mia pelle lucida sembravano qualcosa di perverso e *romantico* al tempo stesso. La guardai e poi, un attimo dopo, mi tuffai nel suo sguardo oceano.

E lei lo sapeva?

Che in quel momento erano i suoi occhi a risucchiarmi?

Ad annientarmi?

Mi sentivo bollente e ormai al limite. Avvisai Selene, le dissi di scostarsi, ma lei non lo fece. Allora farfugliai qualcosa di incomprensibile tra i denti e mi aggrappai ai suoi capelli, pronto a marchiarla per farle sentire il mio sapore proprio come aveva desiderato. Un brivido mi percorse tutto, dalla spina dorsale fino al cervello. Fu intenso e profondo. La vista si annebbiò, il collo si tese, ogni muscolo si contrasse e scoppiai dentro di lei.

Boom.

L'orgasmo fu un'esplosione potente e incontrollabile. La bimba mi guardò dritto negli occhi per tutto il tempo e creò una vera connessione tra noi. Eravamo concatenati, uniti, complici. Dopo un attimo che parve eterno, Selene mi si aggrappò più forte alle gambe, poi tossì con il corpo tremante. Io, invece, fui colto da una debolezza improvvisa e mi appoggiai senza fiato sul lavandino, in preda ai residui dell'orgasmo fenomenale appena provato.

La fissai intensamente, mentre tentavo di tornare alla lucidità, e pensai che probabilmente si sarebbe ricordata di me per sempre, avrebbe pensato a me se ci fosse stato un altro uomo al mio posto, perché sul suo corpo erano incisi i segni dei miei baci, della mia lingua, delle mie mani e anche del mio seme.

Io mi stavo prendendo tutto di lei, ma era pur vero che Selene si stava prendendo tutto di me.

«Mi hai prosciugato, bimba», le sussurrai, sorridente, e lei, dopo avermi baciato l'addome e il petto, si rimise in piedi, barcollando un po' su se stessa. Il viso candido era arrossato e sulle labbra era evidente il segno della mia eccitazione. Sembrava stordita, ma del resto non era affatto abituata a soddisfare questo genere di *voglie*. Senza pensarci troppo su, l'attirai a me con entrambe le braccia, i nostri corpi si scontrarono e le leccai le labbra, sentendo il mio sapore su di lei.

«Lo succhi a meraviglia, Tigrotta, sei stata brava», le sussurrai all'orecchio, poi la sculacciai facendola sobbalzare. Selene si risvegliò così dallo stato di trance e sospirò.

«Non è vero.» Si passò le dita sulle labbra tumide, confusa e ancora intontita.

Perché era bella in ogni momento?

Dopo un secondo, si scostò e aprì il rubinetto per lavare il viso e asciugarlo, ma l'afferrai per un fianco e l'avvicinai a me di nuovo, in modo rude. Selene sollevò su di me lo sguardo eccitato e pensai che era tanto innocente quanto indecente, la mia Trilli.

«Sì che è vero. Devi ancora imparare, ma te la sei cavata piuttosto bene.» Le feci un sorrisetto divertito e lei mi guardò contrariata.

«Non la smetti mai di prendermi in giro, stron...» Neanche finì la frase perché la baciai con urgenza. La mia lingua incontrò la sua, calda e voluttuosa, e i nostri sapori si confusero tra loro. All'improvviso la suoneria di un cellulare squillò, ma non me ne curai e continuai a baciarla.

«Neil, dovresti rispondere...» La sua mano mi si appoggiò sugli addominali contratti, incendiando perfino quel punto della mia pelle, ma continuai a gustarmela come se fosse una caramella, o un confetto da mordere. Scesi sul collo e la leccai, poi arrivai sulla gola e gliela succhiai con enfasi, facendola ansimare. Non mi importava del telefono, o di chiunque mi stesse chiamando; non avevo voglia di allontanarmi da lei. Il telefono smise di squillare per poi riprendere un attimo dopo.

«Ma che cazzo.» Sbuffai rumorosamente e imprecai a bassa voce. «Dammi un minuto.» La superai nervoso e mi incamminai nudo nella camera da letto. Mi guardai attorno in cerca del mio iPhone e mi ricordai di averlo lasciato nei pantaloni. Frugai nelle tasche e lo sfilai di fretta. Lessi il nome che lampeggiava sul display e i miei polmoni si restrinsero, l'ossigeno venne a mancare.

Lanciai un'occhiata al bagno, notando Selene intenta ad asciugarsi i capelli, e mi allontanai verso la portafinestra per rispondere alla chiamata.

«Che diavolo vuoi?» sbraitai contro Megan, dall'altro capo del telefono.

«Ciao, Miller. Hai deciso cosa fare per lo stage di Chicago?» mi chiese divertita e alzai gli occhi al cielo.

«Hai un tempismo di merda. Perché mi hai chiamato? E poi come fai ad avere il mio numero?» Mi passai una mano tra i capelli e mi guardai attorno alla ricerca dei boxer.

«Be', non è stato così difficile averlo. Ce l'hanno praticamente tutte le bionde della nostra università.» Ridacchiò e io iniziai a camminare freneticamente per la stanza.

«Io non ti ho dato il permesso di contattarmi», sbottai infastidito.

«Volevo sapere che cosa avessi deciso. Il tempo stringe, Miller», disse, ignorando completamente le mie parole, e sbuffò.

All'improvviso, un rumore mi fece voltare e notai Selene, di spalle, intenta a tirar fuori un maglioncino e dei jeans dall'armadio. Aveva indossato l'intimo e neanche me n'ero accorto. Chissà da quanto era dietro di me. La Svitata aveva sempre la capacità di distrarmi con le sue stronzate.

«Non ho ancora deciso, Megan, ma sarà un no», borbottai, guardando il culo della bimba prima che mi privasse di quella bella visuale tirandosi su i pantaloni.

«Come fai a dire di no, se non hai ancora deciso?» La Svitata mi rigirò la domanda e alzai gli occhi al cielo.

«Senti, adesso devo andare. Evita di rompermi ancora il cazzo», la redarguii prima di chiudere senza neanche attendere una risposta, poi lanciai il cellulare sul letto e imprecai sottovoce.

«Che succede?» mi chiese la bimba, raccogliendosi i capelli umidi in una coda alta. La guardai tutta: indossava degli indumenti sobri, era priva di trucco, la cicatrice era visibile sulla fronte; ancora una volta la considerai bella come una perla preziosa. Tuttavia, scacciai via qualsiasi pensiero perverso sul suo corpo e mi diedi dell'idiota perché la voce di Megan mi aveva riportato alla realtà, ricordandomi chi ero. Avevo sbagliato di nuovo: avevo scopato Selene, poi mi ero addormentato con lei e, come se ciò non bastasse, avevo preteso perfino che me lo succhiasse. La situazione mi stava seriamente sfuggendo di mano.

«Niente...» La superai burbero e raccolsi i miei boxer dal pavimento per infilarli subito. Non avevo neanche un cambio, ma dovevo andarmene. Ora.

«Come niente? Parlavi con la sorella di Alyssa, giusto?» Selene sapeva chi era Megan perché l'aveva conosciuta in un locale; quella sera aveva persino pensato che io ne fossi attratto.

Attratto, maledizione. Non ci sarebbe stata cosa peggiore.

Rabbioso, recuperai anche i pantaloni della tuta e la felpa bianca che profumava di cocco.

«Sì, giusto.» Mi rivestii con gesti rapidi e meccanici, poi presi il cellulare per infilarmelo in tasca.

«E perché hai cambiato umore da quando hai parlato con... *Megan*?» Accentuò il suo nome e non mi sfuggì la punta di gelosia nel tono di voce.

«Non iniziare a rompermi le palle con le tue domande, Selene.» Mi voltai verso di lei con troppa irruenza e la bimba trasalì. «Adesso preparati, ti accompagno all'università, poi torno a New York.» La congedai così, in pochi secondi, senza guardarla negli occhi, perché sapevo già che dentro il suo oceano ci sarei annegato.

«Ci vado da sola!» sbottò contrariata, poi tirò fuori una borsa qualsiasi dall'armadio per riempirla di tutte le cazzate che le ragazze si portavano dietro, e brontolò qualcosa che non riuscii a capire.

«Ti accompagno.» Il mio era un ordine. Fine della discussione.

«Sei il solito prepotente. Ti odio quando fai così», sbraitò senza guardarmi.

«E tu sei la solita bambina del cazzo. Perché non ti limiti a darmi ascolto e a smetterla di frignare per ogni cosa?» la aggredii e lei scosse la testa delusa.

«Sei assurdo. Non te ne importa un bel niente di me e di come vivo tutta la nostra situazione!» Mi fronteggiò e mi puntò il dito contro, piccola ma coraggiosa.

«Ah, davvero? Pensi questo?» Sorrisi sarcastico e mi avvicinai per sovrastarla, come sempre.

«Sì. Non mi dici cosa succede. Non mi dici nulla, come faccio a capirti? Come faccio a starti accanto o ad aiutarti in qualche modo?» sospirò esausta, passandosi entrambe le mani tra i capelli lunghi, che poi spostò su una spalla.

«Non sono cose che ti riguardano. Semplice», risposi con la prima idiozia che mi saltò in mente, soltanto per non dirle quanto fossi arrabbiato con me stesso per ciò che avvertivo dentro di me e contro il quale lottavo ormai da tempo.

«Certo, ovviamente. Devo stare zitta, accettare tutto. Farmi scopare da te; svegliarmi con il corpo dolente e pieno di segni. Farti un...» Si fermò imbarazzata appena le lanciai un'occhiata truce. Una di quelle che mettevano a tacere tutti senza che io dicessi nulla.

«Non rinfacciarmelo. È la cosa che odio di più!» Alzai la voce furioso e strinsi le mani a pugno, con la chiara intenzione di spaccare qualcosa. Lei abbassò lo sguardo notando la mia tensione e fece un passo indietro.

«Guardati. Mi tratti come se fossi il tuo sacco da boxe. Subisco le tue sfuriate, i tuoi ordini, i tuoi sbalzi d'umore. Vuoi che diventi la tua maledetta schiava, Neil? Eh?» Gesticolò spazientita e le fissai le labbra carnose, che avrei voluto mordere e baciare ancora, come se fosse davvero la mia schiava. Mia e di nessun altro.

«Sì, se fossi la mia schiava sessuale non sarebbe male...» le risposi piccato e lei inspirò a fondo prima di esplodere.

«Ti odio. Anzi sai cosa ti dico? Non ti sopporto. Sei... irritante, arrogante, dispotico, lunatico, sgarbato e irrispettoso. Tornatene a...» Prima che potesse terminare, il mio cellulare squillò di nuovo. Selene mi guardò la tasca, così, con un sospiro nervoso, tirai fuori il telefono per rispondere. Se si fosse trattato ancora di Megan, l'avrei rimessa al suo posto in modo davvero scurrile, ma quando notai il nome di Logan che lampeggiava sullo schermo, mi accigliai e risposi subito.

«Che c'è?» dissi seccato.

«Neil», rispose affannato e mi preoccupai, tanto che il mio atteggiamento mutò all'improvviso.

«Logan, stai bene?» Mi posai una mano sul fianco e attesi che parlasse.

«Torna subito a casa. Non posso anticiparti nulla, ma sappi che è urgente...» Il cuore prese a battermi all'impazzata nel petto. Riagganciai subito, e in preda all'ansia superai Selene senza degnarla di altre attenzioni, ma lei mi afferrò per un braccio e mi voltai a guardarla.

Era a dir poco spaventata.

«Devo andarmene. È successo qualcosa, ma Logan non mi ha accennato nulla», le dissi soltanto, scrollandomela di dosso.

«Va bene, ma almeno mi chiamerai?» Azzardò insicura, ma scossi la testa e feci un passo indietro. Stavo per ferirla di nuovo, perché avrei fatto di tutto per distruggere le sue illusioni.

«Non chiamo mai le donne dopo che ci ho trascorso la notte insieme.» Le fissai le labbra un'ultima volta, poi inspirai il profumo di cocco che aleggiava nell'aria e uscii dalla stanza senza alcun ripensamento.

Per me la cosa più importante, adesso, era tornare a casa e capire cosa fosse successo, perché, quando c'erano di mezzo i miei fratelli, tutto il resto non contava nulla.

20
Neil

Inspirai. Espirai.
Mi sembrava di impazzire.
Mi succedeva spesso.
CHARLES BUKOWSKI

«ECCOMI.» Qualche ora dopo entrai finalmente in casa e guardai Logan in piedi in salotto. «Spero che tu mi dia una notizia importante, perché ho preso il primo volo per tornare in tempo», dissi annoiato, poi richiusi la porta con un colpo di tallone, sfilandomi il giubbino. In quel momento, vidi mia madre camminare ansiosa nel salotto, Matt che cercava di consolarla e la governante che porgeva loro una tisana o qualcosa del genere.

«Neil! Dove sei stato?» Appena mia madre si accorse della mia presenza, mi venne incontro con le braccia allungate verso di me, ma indietreggiai impedendole di toccarmi; Matt mi lanciò un'occhiata truce.

Ormai, dopo che aveva saputo della malsana relazione fisica che avevo con sua figlia, mi odiava. A stento mi rivolgeva la parola, ma a me andava bene così.

«Tesoro, sta' calma», disse a mia madre. Mi voltai verso di lui e lo squadrai; indossava il solito completo elegante, e aveva il pizzetto curato e i capelli neri tirati indietro dal gel.

Patetico.

«Mi dite che cazzo succede?» Sbottai al limite della pazienza e in quel momento Alyssa scese velocemente le scale. Nonostante l'arrivo della sua ragazza, Logan rimase immobile. Dallo sguardo di mio fratello capii che era sicuramente successo qualcosa di grave.

«Neil, ascoltami… ecco… è successo tutto questa notte. Tu eri via, e Chloe è uscita di nascosto per andare non so dove e non è più rientrata!» disse di getto Logan, buttandomi addosso la verità come una doccia fredda. Mi ritrovai improvvisamente al centro di un terremoto, al centro di un'esplosione devastante, e mi girò la testa a causa del battito cardiaco improvvisamente accelerato.

«Cosa?» In realtà avevo sentito benissimo, ma dovevo realizzare la situazione, avevo bisogno di metabolizzare, ma i singhiozzi di mia madre e le parole confortanti che le rivolgeva Matt mi riportarono alla realtà fin troppo presto.

«Come ha fatto a uscire di nascosto? C'eri tu in casa. Dove cazzo eri mentre lei usciva indisturbata da qui? Eh?» Con uno scatto felino e il temperamento fuori controllo, mi avventai su mio fratello e lo afferrai per la camicia facendo trasalire tutti.

«Nella mia stanza. Ero stato da lei poco prima. Stava studiando sul letto. Mi aveva detto che era stanca e che non sarebbe uscita e...» spiegò e allentai la presa su di lui; in fondo sapevo che Logan non c'entrava nulla, non era colpa sua anche se...

Mi si accese una lampadina nel cervello.

Il biglietto della festa in maschera...

«Cazzo», sbottai, e salii di corsa le scale per raggiungere la stanza di Chloe. Una volta entrato, iniziai a lanciare tutto in aria pur di trovare quel biglietto con l'indirizzo della festa. Dopo pochi minuti lo trovai gettato sotto il letto; poi, mi precipitai nella mia camera e presi le chiavi della Maserati.

«Dove stai andando?» mi chiese Logan quando raggiunsi il salotto, ma non persi tempo a rispondere. Uscii in giardino e mi incamminai a passo spedito verso la macchina. Mio fratello mi seguì e con lui anche Alyssa. Non obiettai e permisi a entrambi di venire con me. Tuttavia, avevo i miei sospetti che ci fosse Player di mezzo e in tal caso non avremmo avuto molto tempo per agire.

«Le avevo detto di non andarci! Maledizione!» gridai, infuriato. Poi mi sedetti al posto di guida e accesi il motore.

«Neil, resta calmo. La troveremo.» Mio fratello mi toccò il braccio, ma me lo scrollai di dosso. Uscii dalla villa e accelerai. Le ruote stridettero sull'asfalto e Alyssa, seduta sul sedile posteriori, cacciò un urlo, ma non me ne importò nulla. Il tachimetro segnalò una velocità vertiginosa, mentre mio fratello inseriva nel navigatore digitale l'indirizzo da raggiungere.

Dopo circa dieci minuti, giunsi davanti alla villa a due piani nella quale si era tenuta la festa. Parcheggiai in fretta e scesi dall'auto, calpestando il viale principale con rabbia.

«Se non la trovo, oggi ammazzerò qualcuno», sbottai sentendo i passi di Logan e della sua ragazza dietro di me. «E nostra sorella sarà punita», aggiunsi furioso.

Una volta alla porta, suonai incessantemente il campanello dell'abitazione, e un tipo assonnato, con dei lunghi rasta, apparve sulla soglia. Aveva gli occhi gonfi, rossi e lucidi, probabilmente nel suo corpo era ancora in circolo la droga che aveva assunto durante la notte.

«Voi chi sie...» Non lo lasciai neanche terminare; lo spintonai ed entrai. Poi, come un cane da caccia, iniziai ad analizzare tutto ciò che avevo davanti. Mi guardai attorno. Il salotto era ampio, con due divani angolari, un televisore al plasma e un tavolino ricolmo di buste di patatine, bong e altra merda. Avanzai deciso con la rabbia che mi ribolliva nel sangue, scansando malamente i corpi inerti sul pavimento, ancora addormentati o così ubriachi da sembrare morti. Erano quasi tutti mascherati. C'erano bicchieri rossi di carta sparsi ovunque, insieme a cicche di sigarette e canne. Qualche coppia nuda se ne stava aggrovigliata sul divano e qualcun altro era seduto di schiena contro la parete.

Percepivo nell'aria la puzza di tabacco, di erba, di alcool e di sesso. Il tipico odore nauseante delle feste devastanti a cui un tempo partecipavo anch'io.

Dov'era il mio piccolo Koala?

Guardai tutti in cerca della sua chioma dorata e dei suoi occhioni grigi. Non sapevo neanche come si fosse mascherata o che cosa avesse indossato, ma sapevo per certo che l'avrei riconosciuta in qualsiasi caso.

«Miller, che ci fai tu qui?» Un tipo alto, biondo, dal fisico palestrato mi si parò davanti, bloccando i miei passi e di conseguenza quelli di Logan e Alyssa.

«Cerco Chloe, qualcuno l'ha vista?» Tutti sapevano che era mia sorella e anche cosa accadeva quando toccavano o lei o Logan.

«Ah, la biondina? Mmh... non saprei, forse l'ho vista... forse.» Ridacchiò, probabilmente ancora sbronzo, e la mia rabbia agì per me: afferrai il malcapitato per la nuca e lo sbattei di faccia contro la parete.

«Neil!» intervenne Logan, ma non gli diedi retta. Usavo i miei modi per ottenere ciò che volevo e, in quella situazione, li avrei messi in pratica tutti.

«Dove diavolo è Chloe, coglione? Cerca di ricordare dove l'hai vista l'ultima volta!» urlai all'orecchio del tizio, guardando la sua guancia schiacciata contro il muro.

«Io... io... non lo so... io non ricordo...» farfugliò impaurito, ma ero così arrabbiato, impaziente e spaventato da ciò che le sarebbe potuto accadere da non riuscire a controllarmi. Infuriato, trascinai con me il tipo e adocchiai il bagno poco distante da noi. Poi lo sollevai di peso e gli infilai la testa nel lavandino aprendo l'acqua fredda.

«Ecco a te. Con una bella rinfrescata, il cervello tornerà a funzionarti», dissi fuori di me mentre il ragazzo si dimenava, ma non riusciva a contrastare la mia forza. Una volta soddisfatto, chiusi il rubinetto e gli alzai la faccia davanti allo specchio, posizionandomi dietro di lui. Lo sovrastavo di circa due teste e lui prese a tremare. «Adesso, stronzo, ricorda dove l'hai vista l'ultima volta o giuro che ti prendo a pugni.» Lui sollevò le braccia in segno di resa, ma non mollai la presa sul suo collo. Continuai a trattenerlo, fissandolo torbido.

«Io... io...» balbettò.

«Non farmi incazzare o divento spietato. Parla. Avanti», lo minacciai furibondo. Nessuno doveva toccare ciò che mi apparteneva o impazzivo.

«Era con... con un'amica vestita da diavolo e... i Krew...» farfugliò impaurito, così lo lasciai andare, sgomento.

«I Krew?» ripetei sconvolto. Immagini di Xavier, Luke, Alexia e Jennifer con Chloe si materializzarono nella mia testa, lasciandomi incredulo, più spaventato di prima.

«Che diavolo ci faceva con i tuoi amici?» intervenne Logan intimorito, pensando sicuramente a quanto fossero bastardi e pericolosi. Mi allontanai in fretta dal coglione e uscii dal bagno fetido, passandomi entrambe le mani tra i capelli. Dovevo mantenere la calma e ragionare. I miei occhi puntarono il piano superiore, lì dove c'erano le stanze da letto.

«Neil, aspetta.»

Ignorai la voce di mio fratello e salii le scale, poi iniziai a tirare calci a tutte le porte, nella speranza di trovare Chloe rannicchiata, da sola, in qualche letto. Magari un po' sbronza, ma in quel caso l'avrei perdonata. Ciò che per me contava davvero era trovarla, sana e salva. In quelle stanze, però, c'erano solo coppie addormentate sotto le lenzuola o qualcuno troppo fatto per capire cosa stesse succedendo.

«Maledizione.» Imprecai e percorsi il corridoio fino a quando i miei occhi non saettarono su tre figure che stavano avanzando verso di noi. Li riconobbi subito. Erano i Krew. C'erano tutti, tranne Xavier.

«Dove cazzo è Chloe?» Il primo a cui rivolsi tutta la mia rabbia fu Luke, che afferrai per il bavero del giubbino e sbattei contro il muro. Lui ridacchiò e aggrottò la fronte, per niente scosso, da stronzo qual era.

«Ciao anche a te. Come al solito sei incazzato.» Sorrise, ma la mia espressione furibonda lo fece tornare subito serio.

«Quella puttanella di tua sorella sarà nel letto di qualcuno, calmati», si intromise Jennifer e mi voltai a guardarla. Indossava un abito corto da infermiera sexy, con il seno strizzato in un reggiseno in pizzo rosso e completamente in vista. Lasciai andare Luke e istintivamente afferra lei per il collo, con una sola mano. La bionda sussultò e si aggrappò al mio braccio.

«Se c'è una puttana, quella sei tu», sibilai a denti stretti. Sulle labbra scarlatte di Jennifer si aprì un sorriso divertito, poi con una mano la bionda mi toccò tra le gambe ostentando uno sguardo maliardo.

«Non disdegni mai le mie attenzioni, però.» Mi fece l'occhiolino e, con uno scatto rabbioso, la lasciai andare malamente.

«Fottiti!» sbottai disgustato; a volte mi chiedevo anch'io perché cadessi così in basso e me la facessi con certe donne. «Ditemi dov'è Chloe o giuro sulla mia vita che me la pagherete!» sbraitai puntando un dito contro ognuno di loro. In quel momento, però,

Logan mi appoggiò una mano sulla spalla e mi indicò una ragazzina mora che non avevo neanche notato.

«Madison, tu sei sua amica, vero? Sai dirci dov'è? Ti prego...» Logan si rivolse proprio a lei con un tono afflitto e provato. Nel frattempo, io mi toccai il viso e istintivamente tirai un calcio a una bottiglia di vetro vuota sul pavimento, facendola schiantare contro il muro. Il silenzio della ragazzina mi infastidì, così avanzai furibondo verso di lei.

«Io non prego nessuno, invece.» Spintonai bruscamente Logan e Madison indietreggiò spaventata. «Dimmi dov'è mia sorella!» le ordinai, afferrandola per un braccio. La ragazza sgranò gli occhi e mi fissò terrorizzata. «Dimmelo, cazzo! Dimmelo!» Iniziai a scuoterla con rabbia. «Parla!» le urlai a poca distanza dal viso, ma lei sembrava scioccata. Io, invece, ormai avevo perso la ragione, non riuscivo a capirci più niente, ero sulla giostra della mia follia e non sarei sceso tanto facilmente.

«Neil, la stai spaventando.» Logan mi posò una mano sulla spalla e mi tirò indietro. «Ha solo diciassette anni. Non puoi rivolgerti a lei così», mi redarguì e lo guardai affannato.

Sentivo la rabbia scorrere in ogni parte di me, mi si era attorcigliata addosso come un serpente.

«L'unica cosa che possiamo fare, è continuare a cercarla», intervenne Alyssa.

«Oh, ma guarda, c'è anche la fidanzata del fratellino», commentò Luke con Alexia, facendola sghignazzare.

«Tu smettila di fare l'idiota», lo rimbeccai, perché sapevo che Logan non sopportava che qualcuno prendesse in giro la sua ragazza.

«Ignoralo e ascoltami.» Logan mi afferrò il viso e mi indusse a guardarlo. «Concentriamoci solo su Chloe»

Giusto, con i Krew stavamo solo perdendo tempo e io dovevo assolutamente trovare mia sorella.

«Hai ragione», mormorai e lui mi sorrise. Poi mi voltai verso gli altri e squadrai tutti, lentamente, con aria torva. Senza proferire una parola di più, li superai, colpendo con una spallata Luke, e proseguii la mia ricerca. Mancavano ancora tre camere da letto, forse Chloe si trovava lì dentro. Ma d'un tratto il mio cellulare squillò. Lo sfilai dalla tasca dei pantaloni e vidi un numero anonimo. Logan si sporse accanto a me e mi lanciò un'occhiata preoccupata. Stavamo pensando alla stessa persona. Aprii la chiamata e…

«Neil», disse una voce modificata da un alteratore vocale che mi impediva di capire se il mio interlocutore fosse un uomo o una donna. Annuii verso Logan, confermandogli i nostri sospetti, e lui impallidì.

Si trattava proprio di Player 2511.

«Sapevo che c'entravi tu, figlio di puttana. Dov'è Chloe?»

«I bambini sono sempre un enigma magnifico», rispose divertito e la mano destra mi tremò, così la chiusi a pugno per non perdere il controllo.

«Dimmi dov'è.»

«Sarebbe troppo facile così, non credi?» mi schernì e lanciai un'altra occhiata a Logan, che adesso aveva stretto a sé Alyssa.

«Forme, colori, magia, GYR9391. Risolvi l'enigma entro un'ora se vuoi che la piccola Chloe sopravviva.» Inaspettatamente pronunciò un altro indovinello e cercai di memorizzarlo, poi lo ripetei nella mente mentre lo psicopatico riagganciò senza dire altro.

«Era proprio Player», dissi a Logan, quando mi si avvicinò per avere più dettagli.

«Che cosa ha detto?» mi chiese allarmato e sospirai.

«Mi ha dato un altro enigma da risolvere», lo informai, poi gli riferii di cosa si trattava.

«E che diavolo vuol dire?» Aggrottò la fronte confuso.

«Non lo so. Abbiamo solo un'ora per trovarla.» Il pensiero che potesse succedere qualcosa a mia sorella mi fece tremare di rabbia e subito ripresi a camminare per il corridoio. All'improvviso aprii un'altra porta, ma di Chloe non c'era traccia, poi tirai un calcio alla porta accanto e vidi che sul letto c'erano un ragazzo disteso prono e due donne accanto a lui. Di cui una bionda e minuta.

Sgranai gli occhi incredulo e riconobbi il tatuaggio sul braccio di Xavier, così di slancio tirai via le lenzuola e lo feci sussultare.

«Ma che cazzo!» sbottò acido, girandosi verso di me ancora assonnato; guardai bene i volti delle due donne nude. Per fortuna la biondina non era Chloe.

«Copriti!» urlò Logan, posando una mano sugli occhi di Alyssa per non farle vedere il corpo di Xavier completamente nudo.

«Che cazzo ci fate qui?» sbraitò lui rivolto a me, poi si alzò infastidito dal letto e si guardò attorno alla ricerca delle mutande.

«Dov'è Chloe?» chiesi subito, ma gli occhi neri del mio amico non mi guardarono neanche.

«Perché pensi che io lo sappia, scusa?» Mi superò in tutta calma e raccolse i boxer per infilarseli. Logan non fece altro che fissarlo inorridito e, una volta rivestitosi, Xavier gli lanciò un'occhiata minacciosa. «Che c'è, principessa? Non hai mai visto uno stallone in vita tua?» Xavier derise mio fratello e si passò una mano tra i capelli provati dalla nottata che aveva trascorso.

«C'è la mia ragazza. Vestiti!» ordinò Logan, con una mano ancora sugli occhi di Alyssa.

«Logan non guardo nulla, fidati», lo rassicurò lei con un tono innocente, ma Logan, geloso da morire, le intimò prontamente di stare zitta.

«Sei insicuro a quanto pare. Male... molto male», lo sbeffeggiò Xavier, scoppiando in una sonora risata, ma Logan restò serissimo e inspirò a fondo.

«Non ti sopporto! Sei il peggiore», lo provocò mio fratello, osservando le due donne che dormivano nel letto. Xavier si infilò anche i jeans neri e gli lanciò un'occhiata sardonica.

«Non giudicarmi, principessa. Tuo fratello ha le mie stesse abitudini.» Gli strizzò un occhio da gran bastardo e decisi di intervenire.

«Chiudi la bocca, stronzo», lo minacciai, fissandolo truce, e lui sostenne il mio sguardo con fermezza per tutto il tempo.

Xavier era l'unico, oltre a Luke, ad avere le palle di sfidarmi.

«Dimmi, capo. Cosa vuoi che faccia per te?» Sollevò un angolo delle labbra e si infilò una felpa, degnandomi allora di tutta la sua attenzione.

«Che cazzo ci faceva Chloe con voi? Mi è stato detto, quindi non negarlo. Non è tornata a casa per la notte, sai dov'è? Si è allontanata con qualcuno? Ha bevuto?» Gli rivolsi tutte le domande che avevo in mente e lessi la più totale confusione nei suoi occhi. Inclinò la testa di lato come se stesse pensando a chissà cosa, poi parlò.

«No. Era con la sua amica, la tipetta mora che esce con Luke. Sì, per questo tua sorella è stata con noi, ma soltanto pochi minuti», spiegò freddo, senza nessun cedimento o esitazione.

«E poi? Cos'ha fatto? Dov'è andata?» Mi passai una mano sul viso cercando di ricostruire i pezzi della serata di Chloe, ma avevo solo un terribile mal di testa e la fottuta paura che le fosse successo qualcosa. Tuttavia, sapevo che, senza raccogliere degli indizi, non sarei mai stato capace di decifrare l'enigma che Player mi aveva lanciato.

«Non lo so. Ha detto che voleva fare un giro, che aveva bisogno di una boccata d'aria. Io ero impegnato ad abbordare le tipe che mi sono scopato.» Indicò con il pollice le donne alle sue spalle e imprecai sottovoce. Xavier non poteva sapere più di ciò che mi aveva riferito, ma tentai ancora.

«Sai se ha preso qualcosa?» Parlai in codice anche se mio fratello aveva intuito che mi riferivo alla droga; al suo orecchio inquisitore non sfuggiva nulla della conversazione tra me e Xavier.

«Ehi, amico, cosa credi? Che perdo tempo con le ragazzine? Per giunta so che è tua sorella, non voglio di certo fare la stessa fine di Carter Nelson.» Sollevò le braccia in aria per rafforzare il concetto. «Io punto le donne più... *mature*.» Sorrise sfacciato lanciando un'occhiata maliziosa ad Alyssa, che lo guardò curiosa e intimidita, mentre Logan le cinse le spalle con un braccio per marcare il territorio.

Stavamo solo perdendo tempo prezioso.

«Logan, andiamo», ordinai a mio fratello, superando Xavier.

«Vuoi una mano a cercarla?» chiese il mio amico, attirando la nostra attenzione.

«Per quale motivo vorresti aiutarmi a cercarla?» Assottigliai gli occhi su di lui e lo fissai attentamente.

«Lo sai che a risolvere casini io e te siamo forti.» Scrollò le spalle e mio fratello iniziò subito a scuotere la testa nervosamente.

«Neil no! Lui con noi non viene! Non esiste! Cazzo!» esclamò indignato, guardandolo con aria di sfida.

«Hai paura che tocchi il culetto della tua bambolina?» lo istigò l'altro e Logan avanzò verso di lui, ma lo fermai posandogli una mano sul petto.

«Xavier, dacci un taglio o perdo la pazienza», lo avvertii severo e lui divenne serio, rendendosi conto che non stavo scherzando.

«Neil, non mi fido di lui», mi bisbigliò Logan all'orecchio, facendomi riflettere a riguardo.

«Vi darò solo una mano, *principessa*, sta' calmo.» Ci superò con indifferenza e seguii la sua figura uscire dalla camera.

«Tu smettila di guardarlo», sbottò Logan verso la sua ragazza, poi insieme seguimmo Xavier al piano inferiore, infilammo la porta e ci dirigemmo alla mia auto. Una volta che fummo seduti in macchina, dettai l'enigma ad Alyssa e lei lo appuntò su un foglio, riflettendoci su. Inevitabilmente, adesso sia lei che Xavier erano al corrente della situazione di Player.

«Cioè, esiste un coglione mascherato che ti manda indovinelli assurdi e minaccia la tua famiglia?» mi chiese il più folle dei Krew mentre se ne stava seduto sul sedile anteriore a fumare.

«Sì, più o meno», ribattei, poi accesi il motore e mi addentrai in una strada a caso. Non sapevo neanch'io dove fossi diretto. Erano già trascorsi venti minuti dalla chiamata di Player e il tempo stringeva.

Lui e i suoi fottuti giochetti...

D'altronde, sapevo che avrebbe colpito ancora. Sospettavo da tempo che il prossimo bersaglio sarebbero state mia sorella o mia madre, per questo avevo vietato a Chloe di uscire da sola e di partecipare a qualsiasi festa. Soprattutto se organizzata da ragazzi più grandi e sconosciuti, che avrebbero potuto rappresentare un pericolo. Invece Madison era caduta nelle grinfie di Luke e aveva convinto Chloe ad andare con lei. Così, mia sorella era riuscita a intrufolarsi a quel party esclusivo, dato che noi Krew potevamo partecipare a qualsiasi festa e portarci chi volevamo, anche senza invito. Bastava dire chi fossimo per manipolare la mente della gente e per incutere timore.

«*Forma* potrebbe indicare una forma geometrica», commentò Alyssa dai sedili posteriori, seduta accanto a Logan, tirandomi fuori dal mio vortice di pensieri. Xavier fece un tiro dalla sigaretta e mugolò pensieroso.

«E colori? Magia?» borbottai nervoso, cercando di non perdere la pazienza, ma soprattutto la lucidità.

«Be', colori… potrebbe indicare un oggetto colorato?» ribatté ancora Alyssa dubbiosa, facendo scoppiare in una sonora risata Xavier.

«Mmh, bella e intelligente. Interessante», intervenne lui mettendola a disagio, senza pensare alla gravità della situazione in cui eravamo. Avevo deciso di farlo venire con noi soltanto perché potevo aver bisogno di qualcuno agile e forte quanto me. Dopotutto, Xavier era cresciuto per strada ed era abituato a fronteggiare chiunque. Bastava istigarlo e si trasformava nella peggiore delle bestie, per questo andavamo d'accordo. In fondo eravamo simili, anche se faticavo ad ammetterlo. Tuttavia, non avevo considerato quanto il mio amico amasse provocare Logan, cosa che poteva crearci dei seri problemi.

«Neil, o lo fai tacere o lo sbatti fuori dalla tua auto!» Logan alzò il tono di voce, furioso, ma Xavier scoppiò a ridere. Io, invece, lanciai un'occhiata a mio fratello dallo specchietto retrovisore.

«Dateci un taglio», dissi a entrambi, poi sospirai e continuai a pensare a quell'enigma.

Forma. Colori. Magia…

Cosa poteva avere tutte queste caratteristiche insieme?

E improvvisamente ricordai il *cubo di Rubik*. Da piccolo ci giocavo sempre e riuscivo in poco tempo a risolverlo, risalendo alla posizione originale di tutti i cubetti dello stesso colore. La scintilla si accese.

«*Cubo di Rubik*», affermai, interrompendo la lite tra Xavier e Logan.

«Esiste un motel che si chiama Rubik», intervenne subito Alyssa e sorrisi. Forse stavamo riuscendo a capirci qualcosa.

«Questo potrebbe spiegare tutto», disse Logan. «*Forma* indica il cubo, *colori* il suo essere colorato, *magia* perché viene definito anche cubo magico… ma GYR9391?» chiese scettico Logan, dopo aver colto il mio ragionamento e collegato ogni parola all'altra come avevo fatto esattamente anch'io.

«Potrebbe essere una targa. Alyssa, dammi l'indirizzo di quel motel», le ordinai e, quando lei me lo riferì, feci una brusca inversione e mi diressi al *Motel Rubik*. Guidai come un folle al pensiero di cosa ci potesse fare Chloe in un luogo simile, e mi agitai.

«Attento, tra poco c'è una curva stretta», mi avvertì Xavier, ma continuai a tenere il piede sull'acceleratore, incurante del fatto che la lancetta del tachimetro sembrasse impazzita.

«Neil, rallenta», mi redarguì anche Logan, ma, anziché dare loro retta, strinsi il volante con forza e inspirai profondamente per mantenere la dovuta concentrazione ed evitare di schiantarmi da un momento all'altro. Tuttavia, la curva pericolosamente stretta mi costrinse a decelerare e a scalare rapidamente le marce.

«Neil!» urlò Logan, ma, con l'ausilio del freno anteriore, cercai di non sbandare e in compenso le ruote posteriori stridettero rumorosamente sull'asfalto, scivolando lateralmente e mandando in derapata l'auto. Mantenni il controllo per tutto il tempo; al termine della curva girai velocemente il volante nella direzione opposta e con un colpo di acceleratore ripresi a dare gas, tirando un sospiro di sollievo.

«Praticamente stavi per ammazzarci!» commentò Alyssa con una mano sul petto, Xavier invece scoppiò a ridere e continuò a fumare disinvolto.

«Le principesse, qui dietro, non sono abituate al tuo stile di guida», mi disse ironico il mio amico.

«Ma piantala, imbecille. Principessa sarai tu!» lo rimbeccò mio fratello mentre io lanciavo continue occhiate all'orario.

«Facciamolo constatare alla tua bambolina, che dici?» Xavier gli lanciò un'occhiata sbieca e frenai di colpo, facendo sobbalzare tutti.

Accostai nel parcheggio isolato del motel e ne osservai l'insegna, che illuminava a stento l'asfalto e i muri scrostati della struttura datata e malridotta. Poi spensi il motore.

Più guardavo il posto che avevo davanti e più sembrava un bordello per prostitute.

E infatti, appena scendemmo dall'auto notai una donna vestita in modo succinto ancheggiare verso l'ingresso accompagnata da un uomo molto più grande di lei, con la barba lunga, una pancia che sporgeva dalla maglietta bianca e lo sguardo da pervertito.

«Ma che posto è?» chiese Alyssa inorridita, e il solo pensiero che mia sorella fosse lì mi mandava completamente in bestia.

Cercai di rimanere lucido. Ricordai che l'enigma conteneva una targa – GYR9391 – e mi guardai attorno in cerca proprio di un'auto che potesse averla. Tutto ciò che vidi, però, furono solo un vecchio camion e una moto nera. La mia attenzione però saettò su Xavier, che, senza il mio permesso, aprì il bagagliaio della Maserati e tirò fuori una mazza da baseball.

«Che stai facendo?» Lo guardai rigirarsela in una mano, poi mi venne incontro.

«Sapevo che la tenevi lì dietro. Le abbiamo anche io e Luke, ricordi?» Sfoggiò un sorriso sornione, battendo l'estremità della mazza sul palmo della mano opposta.

«È una follia! Cosa vuoi fare con quella?» domandò Logan sconvolto, ma Xavier non gli rispose nemmeno. Dopotutto, avevamo usato più volte mazze o spranghe di ferro per farci rispettare, quindi per noi era assolutamente all'ordine del giorno.

«Dobbiamo cercare un'auto che abbia la targa GYR9391», ordinai deciso e ci incamminammo tutti quanti per il parcheggio, come lupi attenti a fiutare la loro preda. Alyssa strinse la mano di Logan, mentre Xavier era accanto a me, guardingo e minaccioso.

«E se invece Chloe fosse in una delle stanze del motel?» chiese il mio amico, dubbioso, indicando circospetto l'ingresso. Avevamo poco tempo per controllare le singole camere di quel lurido posto. E Player mi aveva indicato un enigma ben preciso, pertanto avrei dovuto seguirne gli indizi alla lettera.

«Non credo», risposi, affidandomi alle sensazioni che di solito non sbagliavano mai.

«Lì c'è un'auto con quella targa!» urlò d'un tratto Logan, indicando un'auto ferma accanto a un albero, sul retro del motel. Non aspettai un secondo di più. Sfilai la mazza da baseball dalle mani di Xavier e mi avviai con lunghe falcate verso il veicolo abbandonato, piegando il busto all'altezza dei finestrini e sbirciando all'interno, ma…

Era vuota.

Rimasi qualche istante perplesso, poi abbassai lo sguardo sull'orologio al polso: avevamo ancora quindici minuti a disposizione.

Una rabbia cieca mi indusse a colpire l'auto e a ogni colpo liberai la rabbia, la frustrazione e la delusione. Il tempo stava scorrendo troppo velocemente e gli occhi grigi di Chloe mi apparvero nella mente come un ricordo lontano. Mi sembrò di percepire nell'aria il suo profumo fruttato e provai un forte dolore al cuore. Lei era una parte di me e quel maledetto psicopatico di Player voleva strapparmela via.

Dopo un tempo che mi parve infinito, smisi di distruggere l'auto. Mi fermai con il respiro affannato, la fronte imperlata di gocce di sudore, i muscoli tesi e il battito frenetico. I vetri dell'auto erano ormai frantumati. La carrozzeria danneggiata.

A quel punto, gettai a terra la mazza e appoggiai entrambe le mani sul tettuccio, ormai sconfitto e arreso.

«Neil...» Mio fratello si avvicinò tremante al bagagliaio e me lo indicò con un cenno del capo. Un secondo dopo sopraggiunse Xavier, che, intuendo ciò che intendeva Logan, cercò di forzarne l'apertura, ma senza un cacciavite o un attrezzo qualsiasi sarebbe stato impossibile.

«Dobbiamo provare a...» tentai di dire, ma il mio cellulare squillò di nuovo. Lo presi subito e apparve un numero sconosciuto sul display.

Inspirai profondamente e risposi alla chiamata, senza dire una parola.

«Allora, Neil, sei riuscito a risolvere l'enigma, ma non del tutto», disse, facendomi serrare la mascella. Mi guardai attorno cercando di capire se ci fosse qualcuno a spiarmi, ma non vidi nessuno. Anche se avevo intuito che Player era lì, da qualche parte, a monitorare ogni azione.

«Chiunque tu sia, ti piace nasconderti dietro un telefono o dietro una cazzo di maschera, vero?» lo provocai.

«Cerca di rivolgerti a me con rispetto...» mi redarguì con un sospiro profondo.

«Perché non vieni a prendere me e la smetti con tutta questa farsa?»

«Perché per te...» Si fermò, aumentando la mia agitazione. «Ho in mente qualcosa di più crudele...» Una risata agghiacciante accompagnò la minaccia e non fece altro che alimentare la mia rabbia.

«Sei soltanto un vigliacco», affermai pungente, e il suo silenzio mi permise di capire che lo avevo colpito nell'orgoglio.

«Non giocare con me, Neil», ribatté qualche istante dopo, come se bastasse per intimorirmi.

«Non mi fai paura», sbottai acido passandomi una mano nervosamente tra i capelli.

«Sei la mia marionetta, e io il tuo burattinaio. I fili li muovo io, Neil, e non c'è niente che tu possa fare per salvare i tuoi cari o per salvare te stesso. Ora ho un nuovo indizio per te: tua sorella è rinchiusa nel bagagliaio dell'auto.» Rise trionfante mentre avvertivo la rabbia scorrere in ogni parte di me. Il dubbio di Logan era giusto: Chloe era lì dentro. «E adesso piegati. C'è ancora un piccolo tassello mancante.»

Aggrottai la fronte e guardai Xavier e Logan, che mi stavano fissando pensierosi. Lentamente mi abbassai e cercai di capire che diavolo stesse cercando di dirmi Player. In un primo momento, però, non vidi nulla di preoccupante. «Osserva bene», mi incitò, così appoggiai una mano per terra e mi appiattii completamente sull'asfalto per guardare sotto l'auto, dove notai un dispositivo di metallo con una luce rossa e un timer.

Era una bomba.

«Tra 5 minuti e 10 secondi esatti esploderà», mi informò il pazzo, confermando la mia intuizione. Mi immobilizzai, completamente sconvolto.

«Allora, vuoi ancora giocare con me, Neil?»

Ringraziamenti

Ringrazio tutti i lettori che, tra ansia e curiosità, hanno letto anche il secondo volume della serie *Kiss me like you love me*. Questa, come ben sapete sin dal principio, non è una storia d'amore, ma una storia con varie forme d'amore e spero che siate riusciti a coglierle tutte e che io sia stata in grado di svilupparle a dovere.

Neil e Selene sono una coppia un po' fuori dalle righe, incasinata, problematica, ma anche molto forte. Ho dedicato anni di lavoro a questo progetto, per perfezionare al massimo non solo le loro personalità, ma anche per strutturare tutto il misterioso labirinto attorno al quale si svolgono le loro vite. Spero che, come me, possiate vivere fino in fondo questo caos, uscirne emozionati e permettere a Trilli di volare nei vostri cuori e a Mr. Incasinato di entrarvi nell'anima.

Gli ostacoli e i segreti non svelati sono ancora molti.

Ce la faranno Neil e Selene ad affrontare ciò che il destino ha in serbo per loro?

Mi auguro che possiate seguirmi in quest'avventura per raggiungere insieme la nostra Isola che non c'è, e soprattutto…

Per scoprire chi è Player 2511.

Vi adoro
Kira Shell

La serie continua in…

KISS ME LIKE YOU LOVE ME

VOLUME 3

Game over

Prossimamente in libreria

Finito di stampare presso Grafica Veneta S.p.A.
Via Malcanton, 2 – Trebaseleghe (PD)
Printed in Italy

Prova d'acquisto
978-88-200-6834